中國古典名著

萬花樓演義

李雨堂 撰
陳大康 校注

三民書局印行

國家圖書館出版品預行編目資料

萬花樓演義 \李雨堂撰；陳大康校注.
--初版.--臺北市：三民，民87
面； 公分.--(中國古典名著)
ISBN 957-14-2799-3 (精裝)
ISBN 957-14-2800-0 (平裝)

857.44 87001735

網際網路位址 http://sanmin.com.tw

© 萬花樓演義

撰者 李雨堂
校注者 陳大康
發行人 劉振強
著作財產權人 三民書局股份有限公司
發行所 三民書局股份有限公司
地址／臺北市復興北路三八六號
電話／二五〇〇六六〇〇
郵撥／〇〇〇九九九八——五號
印刷所 三民書局股份有限公司
門市部 復北店／臺北市復興北路三八六號
重南店／臺北市重慶南路一段六十一號
初版 中華民國八十七年三月
編號 S 85412
基本定價 叁元陸角
行政院新聞局登記證局版臺業字第〇二〇〇號

ISBN 957-14-2800-0 (平裝)

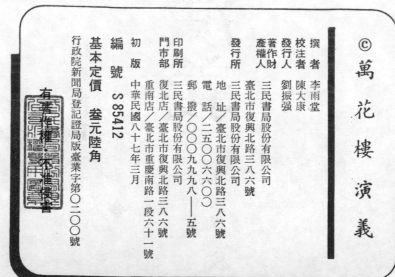

萬花樓演義 總目

引言

陳大康

《萬花樓演義》在清代曾十分流行，各種刊本甚多，同時又有著好幾種不同的書名。它常被人簡稱為《萬花樓》，或稱為《萬花樓楊包狄演義》；此外還有兩個很長的書名，一為《大宋楊家將文武曲星包公狄青初傳》，另一書名則為《後續大宋楊家將文武曲星包公狄青演傳》。以「後續」冠於前，表明它是楊家將故事的續書。由於楊家將的故事早已膾炙人口，這一標榜顯然有利於本書的傳播；而以「初傳」綴於後，則是想說明它與同是描寫狄青故事的《五虎平西前傳》與《五虎平南全傳》屬同一系列，而敘述的內容卻應排在那兩部小說之前。由書名又可以知道，這部小說主要是敘述狄青與包公的故事。與書中常提及的楊宗保不同，狄青與包拯都是宋代真實的歷史人物，宋史裡有他們的傳記，不過《萬花樓演義》卻主要是根據民間盛傳的有關傳說敷演成篇，其描寫與史書記載出入甚大，關於主人公狄青的故事尤其如此。

《萬花樓演義》以狄青從出身到發跡的傳奇經歷為主線，其情節大致可以分為三大部分。在故事的一開始，作者先對狄青的姑母被選入宮中，成為八王爺的王妃的過程作交代，同時又插入劉妃與郭槐以狸貓換太子，陷害李妃的故事；接著則敘述狄青家鄉洪水泛濫，狄青被王禪老祖救至峨嵋山，在山上學藝七年，後奉師命下山尋親。在汴京的萬花樓，狄青打死胡坤之子胡倫，又曾到軍營中當兵。

由於得罪了奸臣龐洪、孫秀、胡坤等人，狄青在這期間幾度遭到他們的暗算與謀害，同時又得到包公、韓琦等人的庇護而化險為夷，最後終於與姑母狄后相逢。第二部分以狄青被派為欽差押送三十萬征衣交付邊關元帥楊宗保為情節主線，他能否按期到達則是讀者關注的焦點。在途中，龐孫奸黨幾度設計陷害狄青，征衣也一度被劫，但狄青殺死了西夏名將贊天王、子牙猜，征衣也重新回到宋營。可是，隨即又發生李成父子妄冒斬殺贊天王、子牙猜功勞一事，楊宗保查明真相後將他們斬首，而李成之妻卻在龐孫奸黨唆使下告御狀，欲置狄青、楊宗保於死地。在陳州賑饑的包公趕回京城，查明此案，龐孫奸黨的陰謀終於破產，其幫凶也被翦除。包公又查明十八年前狸貓換太子一案，宋仁宗得以與生母相見。作品的最後部分描寫狄青在邊關協助楊宗保抗擊西夏，不久楊宗保軍前陣亡，狄青被任為元帥，終獲大勝。宋仁宗遂大封功臣，並欽賜狄青與范仲淹之女完婚。

通讀作品，作者編織故事的本領給人留下了深刻印象，作品中沒有冗長拖沓的敘述，情節的安排相當緊湊，展開的矛盾衝突又十分尖銳，儘管作品中有幾個故事交互穿插，情節也有斷有續，涉及的重要人物有二十多個，但作者卻能將故事有條不紊地次第展開，其敘述細針密線，使人有全篇渾然一體之感。而且，往往是一個扣人心弦的事件剛剛結束，另一個驚心動魄的故事又接踵而來。如邊關上李成父子的冒功一事幾經周折得以查明，讀者也為狄青押送征衣事總算告一段落而鬆一口氣，可是作者又立即開始描述李沈氏為陷害狄青與楊宗保而進京告御狀的故事，龐孫奸黨策劃於密室，負責審案的沈國清編造假口供，他們的陰謀幾乎得逞。這段故事雖在京城展開，但是卻和遠在邊關的狄青、楊宗保的命運緊密相關，那位偏聽信讒言的宋仁宗甚至一度打算下旨要這兩位高級將領自盡。故事的氣氛極為緊張，讀者讀到這兒總是欲罷不能，一直要到包公趕回京城審理此案才能放下心來。可是，這一案件剛被查出個水落石出，澄清十八年前狸貓換太子一案冤情的故事又緊緊地吸引了讀者的注意力。在敘述一樁事件的經過時不斷地派生出新的事件，這也是《萬花樓演義》作者編織故事時的重要特點之一。這些派生出的事件和總事件緊緊地糾纏在一起，它們使原有矛盾的展開更為全面，衝突顯得越發尖銳，而其解決也為總事件的順利解決創造了必要條件。如狄青為索討征衣來到大狼山，斬殺了贊天王與子牙猜，焦廷貴挑著這兩個西夏名將的首級回邊關，不料途中又遭李成父子謀害；楊宗保頗費一番周折後查明李成父子確為冒功，並按軍法將他們斬首，李成之妻李沈氏得知消息後又立即進京告御狀；負責審案的沈國清枉法陷害忠良，他的妻子尹氏勸諫不成以死明志，其鬼魂去向包公訴冤；包公趕回京城，此案的真相才在他的審理下大白於天下。在這二十多回的篇幅裡，內容繁富，情節曲折跌宕，一波未平一波又起，大故事中又套有若干小故事，這種高潮迭起、層層遞進的敘述方法，顯示出作者老練的謀篇布局的功力。

在《萬花樓演義》中，狄青是最主要的英雄人物，而作者則是一直有意將他置於危險之中來塑造這一形象。就拿在京尋親的這段經歷來說，他先是在萬花樓打死奸臣之子胡倫而被抓；後來進軍營當兵，又被孫秀下令用藥棍杖罰幾被毒死；靜山王呼延顯贈金刀讓狄青去斬殺奸臣，可是他卻又被龐洪家人邀進龐府，差點稀里糊塗地遭到謀害。一直到與姑母狄后相逢，他的危難可謂是接連不斷，而正是這一連串事件的描寫，使狄青正直、剛勇、嫉惡如仇但卻魯莽衝動，因年輕而不明世道險惡的特點被刻劃得更為突出。不過，作者為了突出狄青的高人形象，一開始就將他寫成是負有振興宋室重任的武曲星降臨塵世，天生高於眾人，又曾得到過真武大帝傳授仙術，上陣廝殺時只要口中念念有詞，敵將就會翻身落馬，七竅流血而死。大顯神通的故事可能會為當時的讀者所喜愛，作者的本意也是想突出狄青的不同凡響，但是實際上這些牽強附會的描寫卻反而損害了狄青的形象。此外，作品中還時時插入仙家偈語一類，狄青一生的經歷遭遇全早就由上蒼在冥冥中預先設定，各種作為只是在應天命、完劫數，而當作者按這一模式寫來時，狄青的形象就顯得蒼白呆板。若僅就狄青而言，那麼全書中他從下山直到與姑母狄后相逢那部分內容寫得最為精彩，因為那時師父王禪有意切斷了與他的聯繫，讓他獨自闖蕩磨練，這時狄青的性格描寫就顯得相當生動而豐滿。儘管狄青是《萬花樓演義》中最主要的英雄人物，但在性格刻劃方面，他顯然還不如焦廷貴。這位猛將正直剛勇，忠心耿耿，同時又魯莽粗率並帶有幾分幼稚可笑。他時有自以為聰明但極笨拙的盤算，平生毫不理會禮儀規矩，就是在皇帝面前也照樣大大咧咧，這些描寫都使讀者忍俊不禁，留下了深刻的印象。在刻劃人物性格時，作者還有意運用兩兩對比、互為襯托映照的手法。如同為宦官，有奸猾狠毒的郭槐與忠貞善良的陳琳；同為強盜，有冥頑不靈的牛剛與洗心革面的牛健；同為誥命夫人，有貪婪自私的馬氏與賢慧識理的尹氏。這類地位相同而性格品行反差極大的人物在書中還有一些，就連宮中的皇妃，讀者也可以看到劉后與李后的對比。這種互為襯托映照手法的運用，使人物形象更為鮮明，收到了較好的藝術效果。

《萬花樓演義》是一部被歸於講史演義的作品，但若與講史演義的典範《三國演義》作比較，不難看出這兩部作品有著很大的不同。《三國演義》雖被稱為「七實三虛」，但作品中的大部分內容都是按史實寫來；《萬花樓演義》卻正好相反，作品以虛構為主，即使如狄青、包拯是歷史上確有其人，小說對他們的描寫也仍然是大部分沒有歷史依據。《三國演義》是嚴格意義上的講史演義，而《萬花樓演義》則是講史演義中的英雄傳奇支派。在明代，講史演義的創作基本上是屬於前者，而自清中葉後，相繼問世的則幾乎都是英雄傳奇類作品，也就是說，從明到清，講史演義創作曾發生過一次大轉換。《萬花樓演義》是這次大轉換後的產物，若要追尋它在清中葉出現並能風行的原因，那麼首先須得對清代講史演義創作與當時形勢關係略作考察。

從清初到清中葉，講史演義的創作呈現出馬鞍形的態勢。清初時講史演義的創作還較繁盛，儘管此時作品中英雄傳奇的成分與以往相較已明顯增強，但就總體而言，它們的性質仍多與《三國演義》相類。這時作品的特點都在描寫戰亂與社會動蕩，這顯然是明亡清興之際席捲全國的大風暴在創作中的曲折反映。《梁武帝西來演義》、《隋唐演義》分別寫到了南朝與隋唐時國家陷於分裂與混亂的情形，而《說岳全傳》等小說更是以金兵南侵為故事發生的背景。這些作品都著於清軍南侵後不久，其中影射的意味極為明顯。當滿清政府鎮壓了各地的反抗之後，便騰出手來整肅意識形態領域，禁毀小說，特別是禁毀《說岳全傳》這類宣傳民族精神的作品也是他們所採取的各種措施之一。與此同時，在全國各地，大大小小的文字獄也接連不斷地發生。在那文網密布的年代裡，歷史便變成了一個危險的話題，弄得不好就會被解釋為影射現實，而一旦被這樣認定，殺身破家之禍就會接踵而來。那時正如魯迅先生在《買「小學大全」記》中指出的那樣：「為了文字獄，使士子不敢治史，尤不敢言近代事。」然而在這種氛圍中，講史演義創作出現了不可避免的蕭條，它直到乾隆朝才重新現出興旺發達的景象。然而，此時的講史演義卻與以往有著很大的不同，其中最重要的區別，一是重傳奇故事而輕史實依據，一是不再有諸如《說岳全傳》那樣的宣傳民族精神的作品。相繼問世的《說唐演義全傳》與《飛龍全傳》等都在歌頌唐宗宋祖這些「真命天子」，他們是應天順人，澄清海宇而得有天下。這類作品隱含的現實意義是歌頌大清定鼎天下，而宋太祖平南唐的故事又可喻指為滿清王朝對南明小朝廷反抗的鎮壓。如果說入清不久時的作品主要是在抒發亡國之痛，那麼此時的講史演義則在渲染開國之盛。正是完成了由反抗譏諷到稱頌讚美的轉折之後，講史演義創作才重新振作起來。此後，又出現了描述狄青征西平南以及大唐帝國征東征西等小說，它們的問世又與雍正、乾隆時清廷接連對西南西北用兵，建樹所謂「十全武功」的背景有關。就在狄青系列的作品問世前不久接連發生了一些較大的戰役：乾隆十四年，大金川之役結束；乾隆二十四年，南疆回部首領大小和卓木叛亂被平；乾隆三十一年，緬甸之役始；乾隆三十八年，平定小金川；乾隆四十一年，金川之役結束。這些戰役既是《萬花樓演義》等小說問世的背景，同時也是刺激作家創作的重要因素，而由於它們都含有歌頌聖主臨朝，率土傾心的宗旨，因此清政府也允許這類作品的創作與傳播。

《萬花樓演義》等英雄傳奇小說直到清中葉才開始勃興，但是這一類型作品的開山之作其實早已出現，它便是大約與《三國演義》同時在元末明初問世的《水滸傳》。可是，這部小說所描寫的農民造反的內容為封建統治者所憎惡，從明末開始屢屢遭政府禁毀，再加上後來的作家創作時都以「教化為先」為原則，以傳播歷史知識為己任，於是《三國演義》便被他們奉為正宗，而英雄傳奇一派的發展基本上被帶有羽翼信史偏見的作家們有意識地壓制著。然而，雖然就創作刊行的通俗小說而言，這兩種類型作品的發展出現了明顯的不平衡，英雄傳奇故事卻並沒有因此而絕跡，事實上，說書藝人的講唱使它們在民間一直盛傳不歇，而正因為有這雄厚的基礎，所以一旦時機成熟，描寫英雄傳奇故事的作品便會很快地大量出現。《萬花樓演義》就是一部主要是根據說書藝人講唱內容改編而成的作品，書中這類痕跡表現得十分明顯。說書是訴諸聽覺的藝術形式，由於說書藝人不可能在演說過程中停頓下來，讓聽眾做仔細的思索，在這樣的場合就不能採用多線索的、幾種矛盾衝突交叉進行的結構，否則無暇思索與回憶的聽眾很快就會陷入茫然的狀態而感到索然無味，故而說書的結構多顯得簡潔明瞭。《萬花樓演義》雖然內容豐富，事出多頭，但它基本上是以狄青故事為主幹，是以狄青經歷為主要發展線索的單向型結構。小說中涉及的人物雖不少，但一個個故事敘述時，每個場合中出現的主要人物也只有三五個，決不雜亂紛繁。當讀者讀完全書後，他對狄青的故事有著清晰的印象，也容易向他人轉述，其原因就在於說書式的簡潔結構為之提供了便利。此外，故事情節緊湊、連貫、完整並具有傳奇性，以及白描手法的運用，也是說書藝術的重要特點，因為非如此說書藝人就無法緊緊地抓住聽眾，而讀者不難看出，這兩點在《萬花樓演義》中都有相當充分的表現，至於作品語言的粗獷，更是明顯地顯示了它與說書之間的淵源關係。

當然，《萬花樓演義》的創作並不是只依據說書藝人的演出而改編，它很可能還參考借鑒了前人其他形式的作品。本書的好幾個書名都在有意表明這部小說與楊家將的關係，但實際上書中涉及這方面的內容並不多，楊宗保只是個陪襯人物，作者著重描寫的是狄青，其次是包公，而關於這兩人，早在《萬花樓》問世前就已有許多作品描述他們的故事。如在元代，舞臺上已在搬演《狄青撲馬》、《復奪衣襖車》、《刀劈史鴉霞》等贊頌狄青的戲曲，這些內容現在在《萬花樓演義》中都可以讀到；至於清廉剛正、鐵面無私的「包青天」的審案故事，在民間更是家喻戶曉，婦孺皆知。作者將這兩位大眾熟悉的人物的故事交織在一起，無疑地增強了本書的吸引力，而正因為這一交織，本書在某種意義上也可以說是歷史演義小說和公案小說的結合。反過來，本書中的有些情節，如狸貓換太子，則是首次在書面文學中出現，它們後來又常被其他小說、戲曲作品移植搬用，由此可以看出本書多對後世通俗文學創作的影響。

《萬花樓演義》的創作是適應當時讀者閱讀的需要，由於已相隔二百年，現在的讀者接觸這部小說時難免會感到有時代的隔閡，原先吸引當時讀者的某些內容在今日讀來可能變得並不精彩，甚至是平淡無味。作品對封建倫理道德的宣揚顯然並不能打動今天的讀者，而靠法寶戰勝敵人的描寫則肯定給人幼稚可笑的印象。此外，本書在藝術上也有較明顯的敗筆，如作者將書中人物分為幾大類，同類人物除地位高低而引起的必然差異之外，他們的行為舉止及思想言談都大同小異，很少有個人的特色。又如本書著重描寫的狄青，他在汴京尋親期間發生的一系列事件中，性格的粗率魯莽給讀者留下了深刻的印象，可是後來征衣被劫面對楊宗保的怒責時，他卻能鎮定自若、雍容有序地辯駁，顯得十分成熟老練。小說當然應該刻劃人物性格的發展，但狄青的變化過於突然，使人感到這一人物形象前後並不統一。不過，這部小說畢竟還有不少精彩之處，關於人的命運的描述即使以今日的標準衡量仍應歸於成功之列，書中情節的波瀾起伏也可使讀者在閱讀時獲得愉悅的享受，而且，小說著力宣揚的奸佞終究不敵忠良，正義必定戰勝邪惡，這在今日同樣是文學作品中常見的主題。就這個意義而言，《萬花樓演義》仍然是一部值得現代讀者閱讀的較優秀的作品，這也是我們現在將它整理注釋出版的原因。

《萬花樓演義》考證

陳大康

《萬花樓演義》是一部流傳頗為廣泛的清代小說，該書共十四卷六十八回，除第一卷三回外，其餘的都是每卷五回。這部作品曾經有過不少別名，如經綸堂扉頁書為《萬花樓演義全傳》，其上又有橫排四小字「狄青初傳」，這顯然也應視為書名之一，而目錄頁則是題為「後續大宋楊家將文武曲星包公狄青初傳」。此外，還有「萬花樓楊包狄演義」、「大宋楊家將文武曲星包公狄青演傳」等不同稱謂，不過在民間，人們常習慣地將這部小說簡稱為《萬花樓》。

雖然舊時各刊本梓行時所題書名不一，但它們對於作者卻無異議，均題為「西湖居士手編」。「西湖居士」顯然應是作者的別號，而作者的真實姓名其實也不難尋得。作品前有李雨堂所作的序言，其末題署寫得很明白：「時戊辰之春，自序於嶺南汾江之覺後閣云。鶴邑李雨堂識」。所謂「自序」，作序者李雨堂必為作者無疑。不過這位李雨堂的生平經歷，現在卻無法知道了。根據題署中的「嶺南」作判斷，他應當是廣東人，但具體的籍貫究為何地則是不詳。對於「鶴邑」，黃霖、韓同文在《中國歷代小說論著選》中注釋為「疑指鶴市墟，在廣東龍川縣東」，但依筆者愚見，此「鶴邑」似應指廣東省鶴山縣，即今高鶴、鶴城一帶。鶴山縣之得名是因為該縣內有山，其形如鶴，而汾水江於此旁流過，也是如此推斷的理由之一。若「鶴邑」是指龍川縣東之鶴市墟，則此處距汾水江尚有六百餘里，題署中的「汾江」就沒有了著落。

關於《萬花樓演義》的創作時間，由於題署中僅有「戊辰」二字，故而也引起了不同意見。《中國古代小說百科全書》中稱這部小說「成書於乾隆十三年（一七四八）」，而《中國通俗小說總目提要》則云：「戊辰，當為嘉慶十三年戊辰（一八〇八）。」若僅憑「戊辰」二字，確實難以在乾隆十三年或嘉慶十三年之間作出選擇，這就須得尋找其他材料以幫助判斷。清代中葉關於狄青的故事有三部小說，除《萬花樓演義》之外，另又有《五虎平西前傳》（全名為《五虎平西珍珠旗演義狄青前傳》）與《五虎平南後傳》（全名為《五虎平南狄青後傳》）。《五虎平西前傳》現存嘉慶六年（一八〇一）坊刊本，《五虎平西後傳》現存嘉慶十二年（一八〇七）聚錦堂刻本，由於不能貿然斷定它們就是首刻本，因此這兩部作品問世的時間有可能還要更早些。令人注意的是，《五虎平西前傳》卷十四結末處，亦即全書結末處寫道：「若問五虎將如何歸結，再看《五虎平南後傳》，另有續集詳言」，而《五虎平南後傳》開篇即云：「卻說前書五虎將征服西域邊夷，奏凱班師。」卷末則又說「上書已有《平西初傳》載錄，此是續集」。《五虎平西前傳》與《五虎平南後傳》內容相接，出版也一前一後，兩書之間的關係十分清楚。《萬花樓演義》的情形卻有些不同。這部小說敘述的是狄青的出身與發跡的經歷，從內容上看它應排在《五虎平西前傳》之前，但是這兩作品實際問世的次序卻正相反。關於這一點，《萬花樓演義》的作者李雨堂在該書第六十八回的末尾，也就是全書結束處曾寫下了兩段文字作明確交代：

又說明，此書與下《五虎平西》一百十二回，每事略多關照之筆，惟於范小姐招贅完婚事有不同，然其原古本以來已有此筆，悉依原本，不加改作，看者勿深求而議之可也。此書因前未得其初傳，只於狄青已職任邊關中截而起，是未得全錄。今已采得完成，復於真宗天子天禧二年起，至狄青行伍出現，及以上三世，及其父狄廣。又至仁宗癸亥三年，趙元昊始降伏，是照依史而結。一始一末，條達頗不紊錯雜。惜惟稗傳可見哂，一覽於笑談中為幸耳。

由這兩段文字不難看出，李雨堂的創作確在《五虎平西前傳》之後，其起因則是因為他不滿於《五虎平西前傳》是從「狄青已職任邊關中截而起」，對於這位作品主人公的「行伍出現，及以上三世，及其父狄廣」均一無交代，故而他要作一部「狄青初傳」將這部分內容補充完全，使狄青系列的故事有頭有尾。正因為是《萬花樓演義》成書在後，李雨堂創作時便得經常注意「與下《五虎平西》一百十二回，每事略多關照之筆」。就情節而言，《萬花樓演義》與《五虎平西前傳》多有銜接之處，但是李雨堂對《五虎平西前傳》關於狄青婚事的處理卻大為不滿：狄青是堂堂中華元帥，何以會娶蠻夷單單國的八寶公主為妻？於是他便在《萬花樓演義》中加入了狄青與大宋名臣范仲淹之女奉旨成親的情節。然而，《五虎平西前傳》畢竟先已廣傳於世，讀者已經熟悉狄青與八寶公主的故事，為了讓人們認可自己的這一添加，李雨堂又特地聲明，狄青與范仲淹之女奉旨成親的情節是「其原古本以來已有此筆，悉依原本，不加改作，看者勿深求而議之可也」。對於這一情節的處理確實不必「深求而議之」，但是對於我們所要探求的《萬花樓演義》的創作遲於《五虎平西前傳》的問題來說，結論卻已是十分清楚了。

如果現存的嘉慶六年（一八〇一）坊刊本《五虎平西前傳》是這部小說的首刻本，那麼《萬花樓演義》自序題署中的「戊辰」所指的年份便可以立即確定，它決不可能是早於嘉慶六年（一八〇一）的乾隆十三年（一七四八），《中國通俗小說總目提要》的「戊辰，當為嘉慶十三年戊辰（一八〇八）」之說應為正確的判斷。這裏還需要說明的是，自序題署中的「戊辰」也不可能是指嘉慶朝之後的年份。清代嘉慶朝之後的「戊辰」尚有同治七年（一八六八），但由於遼寧圖書館藏有道光十一年（一八三一）新鐫的《萬花樓楊包狄演義》，這就足以排斥此「戊辰」為嘉慶朝之後年份的猜測。

可是，如果現存的嘉慶六年（一八〇一）坊刊本《五虎平西前傳》並非是這部小說的首刻本，那麼《萬花樓演義》自序題署中的「戊辰」所指的年份是否可能是乾隆十三年（一七四八），甚至是更早的康熙二十七年戊辰（一六八八）呢？要解決這一問題，就須得對清代講史演義創作與當時形勢關係略作考察。清初時講史演義創作還較繁盛，這時的作品大多描寫戰亂與社會動蕩，這是明清鼎革之變在小說創作中的曲折反映。可是過後不久，政權已逐漸鞏固的滿清政府開始整肅意識形態領域，禁毀小說，特別是禁毀宣傳民族精神的作品也是其中的重要措施，同時各種大小文字獄也接連不斷地發生，於是講史演義創作也相應地出現了不可避免的蕭條，直到乾隆朝它才重新繁盛，但此時的格調卻與以往大不相同，不再是抒發亡國之痛，而是渲染開國之盛。乾隆朝時清廷接連對西南西北的用兵在講史演義創作中也有反映，這些戰役中最著名的平定大小金川以及對西北準噶爾部的戰爭等，都發生在乾隆中期，《五虎平西前傳》、《五虎平南後傳》與《萬花樓演義》等小說，其實就是在這一背景下問世，因此「戊辰」所指的年份不可能是乾隆十三年，更不可能是康熙二十七年，它確實應該是嘉慶十三年。

《萬花樓演義》是一部講史演義，然而決不可將作品中的描寫誤認作史實，事實上，這部小說中有些人物純屬作者的虛構，歷史上並無其人，如小說中赫赫有名的邊關元帥楊宗保便是如此。《萬花樓演義》剛流行不久，就有人對史無楊宗保其人其事發表過評論，此書經綸堂刊本的第六十三回末評語這樣寫道：

> 稽（楊）業之從孫名宗保，無此名，史亦無此名。然有楊宗吉戰歿於三川寨口，此時亦因西夏大寇興師之日，或亦此良將也。

這位評論者懷疑小說中楊宗保形象含有楊宗吉的影子，此說或非無據，但是不管有意還是無意，作者將歷史人物與傳說中的英雄人物融為一體，敷衍成篇，描寫出抗擊外侮，摒佞除奸，忠心報國的歷史故事，其進步意義與審美價值是值得肯定的。

書中也有些人物如狄青與包拯，雖然歷史上確有其人，但如果將小說描寫與《宋史》中的有關傳記作一比較，就可以發現這兩者實在差距甚遠。《宋史·狄青傳》稱這位名將「為人慎密寡言」，「計事必審中機會而後發」，可是在《萬花樓演義》中，狄青卻常被描寫成剛勇直率，又有些粗心魯莽的血性英雄。至於包拯，《宋史》裡只有一篇短傳，說他「立朝剛毅，貴戚宦官為之斂手，聞者皆憚之。人以包拯笑比黃河清。童稚婦女，亦知其名。」後來在民間傳說中，包拯被形容為剛正不阿，為民除害的清官，許多冤案、奇案都是經由他才審理明白，正義才得以伸張。這部小說中關於狄青與包拯的故事，其實大部分都是根據民間傳說編撰而成，另有一些雖然並非毫無歷史依據，不過作者採用了移花接木或張冠李戴的手法作了重新編織，小說中狄青與他的姑母狄后相逢的故事便是其中較典型的一例。清道光年間人梁紹王對這則故事很感興趣，在作了一番考證後，他在《兩般秋雨庵隨筆》中寫下了這樣一則讀後感：

後閱宋魏泰《東軒筆錄》，首一條即記云：李太后始入掖庭，才十餘歲。唯一弟七齡，太后臨別，手結刻絲鞶囊與之。拊背泣曰：「汝雖淪落顛沛，不可失此囊，異時我若遭遇，必訪汝，以此為物色也。」後其弟傭於鑿紙錢家，然常以囊縣胸間，未嘗斯須去身也。一日，苦下痢，勢將不救，為紙家棄於道旁。有大內院子者，見而收養之。怪其衣服百結，而胸縣囊。問之，以告。院子愁然驚異，蓋嘗奉太后旨，令物色訪其弟也。遂解其囊，入眎太后具道本末。是時太后封宸妃，真宗已生仁宗矣，聞之悲喜，遂以其事白真宗。尋官之為右班殿值郎，即李用和也。及仁宗立，召用和，擢以顯官，後至殿前指揮使，領節鉞，贈隴西郡王，世所謂李國舅者是也。據此，則其人並非杜撰。

由此可見，作者實際上是將李宸妃與李用和的真實事件，搬移到了狄太后與狄青身上。除了移花接木或張冠李戴的手法之外，有時作者又採用了抓注一點，加以想像、發揮的手法。如書中寫到狄青在南清宮降伏龍駒時曾作了這樣的描寫：「此駒生來過於高長，遍體紅毛生采，中央一隻獨角，果然異於凡馬」；而《宋史・狄青傳》中有「青家狗生角，且數有光怪」的記載，龍駒「中央一隻獨角」之說，看來就是由此生發而來。又如小說第二十三回中，北極玄天真武大帝贈與狄青兩件法寶，其中之一名「人面金牌」，並囑咐說：「如遇西夏交兵，急難之際，將此寶蓋於臉上，發念『無量壽佛』，自然敵人七竅流紅，歸原了」。後來狄青在戰場上屢用此寶，無不成功，故而第六十六回中西夏勇將孟雄曾說：「臣聞中國小將狄青，善用一銅面鬼臉，嚇死我邦上將無數」。這一些描寫，也並非毫無根據。《宋史・狄青傳》云：「（狄青）臨敵被髮，帶銅面具，出入賊中，皆披靡莫敢當。」宋人周煇《清波雜志》也介紹說：「向在建康，於鄰人狄似處，見其五世祖武襄公收儂智高時所戴銅面具及所佩牌，上刻真武像，世言武襄乃真武神也。」由以上兩則史料可以知道，狄青率兵作戰時確曾帶過銅面具，而且銅面具上還刻有真武大帝的像，此舉的目的恐怕是為了威懾敵軍。可是在小說家筆下，這一史實便演化為真武大帝贈與狄青法寶「人面金牌」，狄青與敵人交鋒時，只要將此寶蓋於臉上，發念「無量壽佛」，對手就七竅流血，跌下馬來。這類描寫雖甚荒誕，但作者的鋪敘也非全然憑空而來。當然，也有可能並不是作者直接根據狄青作戰帶銅面具就敷演出這些神怪色彩極濃的內容，在他之前這類故事在民間的流傳過程中已經逐漸豐滿成熟，李雨堂只是做了一番整理加工，將它們寫入了《萬花樓演義》。

最後還應該指出，《萬花樓演義》是清代人在描寫宋代的故事。照理說，作者創作時應力求寫出宋代的時代背景、社會氛圍，各種細節也應力求與宋代的實際生活相吻合。然而恰是在這點上，《萬花樓演義》顯出了明顯的不足。有的是明顯地違反了史實，如第四回中有「真宗天子一連進征十一載，方解了澶州之圍」之語，但是實際上，宋真宗在出征的當年，即景德元年的十二月就已班師回朝；又如第一回中有「庚子八年」之說，但宋真宗在位期間，庚子年應為咸平三年。在官制方面，書中有「道」、「撫臺」等稱謂，然而這只是清代人的習慣稱呼，而通政使、千總、副將、參將、守備、游擊、都司等均是明清時甚至僅是清時才有的官職，作者卻將它們全都移至宋代了。又如在地理方面，寫到的江南省為清初所設置，宋時並無這樣的行政區域。想當然地用創作時的社會狀況與各種細節去套歷史上的情景，這是撰寫歷史小說時的大忌，如果以這一標準作衡量，那麼《萬花樓演義》不合格之處甚多。當然，很可能作者只是沿襲了說書藝人的錯誤，可是他在整理加工時，為什麼不一一審核訂正呢？唯一合理的解釋是他無此能力，也許他根本未能覺察。因此，這些缺陷的存在，對了解現在所知甚微的作者的文化層次，也多少有點幫助。

敘

書不詳言者，鑒史也；書悉詳而言者，傳奇也。史乃千百年眼日之書，歷紀帝王事業，文墨輩借以稽考運會之興衰，諸君相則以扶植綱〔常〕之准法者，至重至要之書也。然柄筆難詳，大題小作。一言而包，盡良相之大功；一筆而揮，全英雄之偉績。述史不得不簡而約乎？自上古以來及數千秋以下，千百數帝王，萬機政事，紙短情長，焉能盡博？至傳奇則不然，揭一朝一段之事，詳一將一相之功，則何患夫紙短情長哉？故史雖天下至重至要之書，然而筆不詳則淺，而聽之者未嘗不覺其枯寂也。唯傳雖無關於稽考、扶植之重，如客中寂寞，伴侶已希，遂覺史約而傳則詳博焉。是故閱史者雖多，而究傳者不鮮矣。更而溯諸其原，雖非痛快奇文，煥然機局，較之淫辭艷曲，邪正猶自分焉。然好淫辭艷曲之輩，未必協心，唯嘉正傳、疾艷淫者，定以尒言為不謬也。是為序。

時戊辰之春，自序於嶺南汾江之覺後閣云。

鶴邑李雨堂識

回目

歌曰：

繼天立極惟盤古❶，混沌初開天地分。三皇五帝❷均調治，相傳統緒萬民欽。唐虞二帝❸求賢讓，化育玄功聖澤深。當時洪水為民患，大禹功成水土分。歷年四百終於桀，運屬商湯仁聖君。相傳歷久亡於紂，文王西興拯溺民。御臨八百稱長久，國祚延綿德業深。稱雄七國相吞併，無道強秦二世分。楚漢爭鋒劉應運，四百餘年鼎足均❹。晉興未久遭胡亂，禪篡數傳不永君。隋文一統亡楊廣，十有三年社稷分。義師奮起唐高祖，二十相傳屬宋君。數傳之後惟千古，興廢無常是古云。

俚言敘罷。此書上不言五代紛爭，下不述太祖建業，且開一卷楊宗保❺職任三關，狄武曲星❻臨凡佐宋佐弼乾坤，乃大宋之良將也。在初年未遇時，困乏流離，屢遭顛沛，後得苦盡甜來，正合著孟子曰「天將降大任於斯人也，必先勞其心志，苦其筋骨」之意云耳。

---

❶ 盤古：即盤古氏，我國神話中開天闢地首出創世的人。

❷ 三皇五帝：古代傳說中的帝王，各種史籍說法不一。據《史記》，三皇指天皇、地皇、泰皇，五帝指黃帝、顓頊、帝嚳、堯、舜。

❸ 唐虞二帝：陶唐氏與有虞氏，即堯與舜的並稱。

❹ 鼎足均：此處指魏、蜀、吳三國鼎立。

❺ 楊宗保：民間傳說中的北宋名將，但歷史上實無此人。

❻ 狄武曲星：指本書主人公狄青，但書中所敘狄青事跡，多與史實不符。

第一回　奏宮闈陳情炎宋　承君命賚旨山西

詩曰：

修己安人是聖君，群生瞻仰沐皇恩。
開基首重施仁義，方得延綿國運臻。

卻說大宋真宗天子，乃太宗第三子也，名恒。初封壽王，尋立為皇太子，太宗崩，遂登大寶。在位二十五載，壽五十五而崩。即（位）年乃戊戌咸平元年，其時乃契丹統和十六年也。考帝之初，寬仁慈愛，大有帝王度量。然好奉道教，信惑異端，而禍亂生矣。故屢有邊疆之患，後有契丹澶州之擾也。且慢言。

又說真宗登基後，即進（晉）劉皇妃為東宮皇后，封贈李妃為宸妃，二后俱得寵幸。其年，兩宮皇后齊懷龍妊。真宗暗暗欣然，惟願二后早生太子，接嗣江山。

又表朝中文武自首相一品以下，二三四品官何下百餘員，一一實難盡述。考其忠誠為國者不少，其奸佞不法者猶多。其當時稱賢表行者，太師❶李沆、樞密使❷王旦、平章❸寇準、龍圖閣待制❹孫奭四位大臣，乃當時忠心貫日賢臣。只有王欽若、丁謂、林特、陳彭年、劉承珪五人，相濟為惡，聚斂害民，時人號為「朝中五鬼」。更有陳堯叟、晏殊，亦是奸佞之臣。餘難盡指。時包拯初為開封府尹，龐洪職居樞密副使，忠佞二臣，下書交代。

卻說庚子八年❺，有內監陳琳，一天出朝上殿，俯伏金階，呼聲：「我主萬歲！奴婢見駕。」天子一見，說曰：「你乃掌管宮闈，司理內監。今來見朕，有何本奏？」陳琳奏曰：「奴婢並非文武司職，並無本章上奏，不過面陳奏耳。」天子曰：「你且面奏來。」陳琳曰：「只因上年蒙我主隆恩，放出宮中中年妃嬪一千五百餘名，各官民父母領回已訖。如今三宮六院缺少了許多妃嬪，遂覺使喚已稀。望乞我主萬歲頒旨，另選少艾❻，以備宮中充用。奴婢司理內宮，不敢隱奏。」當下天子聽奏，想道：「宮中妃嬪上年雖則放出一千五百多，但目下年少者尚屬不少，焉可再選，豈不有屈民間多少年少美女？如今朕有個主意，想來八王兄上年王嫂殯天，王兄中饋❼已缺。他年將半百，尚無後嗣，

---

❶ 太師：古代官名，為皇帝高級輔佐官，與太傅、太保合稱為三公。多為大臣加銜，僅表恩寵，而無實權。

❷ 樞密使：宋代以樞密使為樞密院長官，與中書省長官同平章事合稱「宰機」，共掌軍國要政。

❸ 平章：「同平章事」的簡稱。宋時凡實際任宰相之職者，必在其本官外加「同平章事」的官銜，始能行使宰相之權。

❹ 待制：宋時各殿閣皆置待制，為典守文物之官。

❺ 庚子八年：宋真宗在位期間，庚子年應為咸平三年。

❻ 少艾：美貌的少女。

不若趁此選點秀，內中挑其美麗超群貴相者送與王兄作配，豈不是著美事。倘或一二載產下麟兒以接宗枝，未可知也。」

當日真宗想定主見，即降旨前往山西太原，許一府止選才女八十名，不許多選，亦不得借端滋擾良民，限以五月內回朝繳旨，即命陳琳前往。陳琳領旨，天子退朝進宮，文武官員各回衙署，俱已不提。

單說內監陳公公賚了聖旨，帶了八名近身勇士、一千護送宮女兵丁，一路奔進，一月餘方得到了山西省境內。到得太原首府，早有督撫司道大小文武官員前來迎接欽差。陳公公一路進至城中，一同滾鞍下馬。到了大堂中，開讀聖旨已畢。眾文武接旨已畢，一同見禮，依次坐位，談說一番。是夜飲酒相待，不用煩言。晚膳已完，眾文武各各相辭散去。

卻說此座城池乃太原府城。城中督撫❽、布按二司❾、各府州縣大小文武五十多位官員，當時得知萬歲旨下，挑選才女以充宮用，其地頭官員怎敢延惰？知府轉委知縣，處處地方，俱已找尋保領人等，一刻齊集於縣堂。有縣主吩咐傳言：「當今萬歲旨意，挑選美女八十名。不論官家宦女、民家才女，凡十三歲以上，十九歲以下，生來果有才貌兩全者，俱要報名上冊。限以十日內要，共八十名之數，須要早候欽差挑選。如有匿名違命徇私，定當重責不寬。」眾保人領命而去。(又稽史載：狄青，

---

❼ 中饋：原指婦女在家主持飲食之事，後引申為妻子。

❽ 督撫：清代各省置總督與巡撫，合稱督撫。此並非宋時官制。

❾ 布按二司：清代專管一省之財賦與人事的布政使與專管刑名的按察使並稱為布按二司。此並非宋時官制。

字漢臣，原乃山西省汾州府西河縣人氏。玆恐依本傳，言其太原府榆次縣，有大同小異之別。今特表明，看者勿疑而多辯論也。）

當日地方保領於一府之中，城鄉內外，向此名門宦戶的，逐一點名核查。不想太原一府地方，軍人百姓，貧富不一，聞得此消息，甚是驚惶。內有許字了人，自然即時完娶；其年少些未曾匹配的，倉卒也不用過聘，立刻嫁娶的甚多。至有年高配了年少，貧賤娶過富豪也不少。若論挑選宮女，於一府地方選其八十名，眾民何故如此慌亂？皆因父母愛惜子女，責怪不得。倘有年少女兒，育成十四五歲，有六七分姿容，倘或被選去，已是永無相見之日，猶如死了一般，為父母者好不著急。當日不特民間慌亂，即名門官宦之家，倘有美貌超群者，有才情的，各不敢隱瞞，只因奉著聖上旨意，你頂我，彼頂此，皆要獻出，不用煩言。

這一天，眾美人帶至金亭驛中，計民家美女卻有二百餘名，內有官宦之家貴女不過二十名耳。由陳琳一連挑選過，其上等美麗、身材窈窕、纖纖指足者，不過五六十名。其餘的雖然有六七分花貌，不是肌面黑些，抑或身材不稱，選不上的。陳琳曰：「眾位大人，你們若不嗔怪，咱就直言了。聖上上年放出中年美女一千五百餘名，如今只選回少美者八十名，可謂聖上之仁德也。至於臨降旨之時，命要首選一名絕色才貌雙全者為貴人。豈知太原一府地方，八十名尚且不足。眾位大人啊，難道不足八十名之數，就可回朝覆聖上旨意不成？倘列位大人有美隱瞞，欺著聖上，就難怪陳某親往搜查。倘若眾官長中查出有美麗貴人，勿言某之不情，奏明聖上，以違旨論！」

眾文武聽罷，皆無言語，只是眼睜睜的看著一位武官，乃總兵也。此人姓狄名廣，現為本省太原府總戎❿。其祖上原居山西，他祖父名狄泰，五代時曾為唐明宗翰林院。父親名狄元，於本朝先帝太宗時職居兩粵總制⓫，威震邊夷，名聲遠播，中年殯天。老夫人岳氏尚存，生下一子一女，長子即今狄廣總爺；後得懷胎，幼女名喚千金，長成十六之年，真有閉月羞花之貌，沉魚落雁之容，不獨精於女工，而且長於翰墨，還未許字於人。這岳氏老太太愛之猶如掌上之珠，怎肯去報名上冊？眾官員聞知狄門有此美女，內中亦有為子求婚的，只有岳太太不捨，至此蹉跎至年已十六。當時狄爺聽了陳琳要親身到各府搜查，知瞞不過，心中悶悶不樂，只得與眾官同聲說：「陳公公將就些，且寬限我們三天，內如有美不獻出者，回朝奏知聖上，也怪說不得了。」當時陳琳允諾，眾文武各散回衙。不表。

單說狄爺已有二女一子，長女名金鸞，次名銀鸞。但次女未及三歲，已早夭亡過了，如今大小姐年方九歲。公子狄青初產下，方才對月。略略敘明，不用多表。當日狄爺回至府中，滾鞍下馬，回進後堂，悶悶不樂，不言不語。孟氏夫人看了此光景，即道：「老爺！你往日回來，愉顏悅色，如今有何不樂？」狄爺見問，便將陳琳催迫之言細細說知。夫人聽了，也覺驚駭。夫妻愁嘆。

正在悶亂愁談之際，不料小姐適進中堂，一聞愁嘆之聲，也覺驚惶。聽來乃哥嫂嘆惜之言也，早已聽得明白，便慢躦金蓮來至堂中，與哥嫂見禮，只作不懂，開言道：「哥嫂緣何在此愁嘆？有甚因由？」狄爺見問，只得呼聲：「賢妹，愚兄因思父親棄世太早，中年亡了，說起來不覺令人悲傷。」小姐曰：「哥哥既然思念父親，緣何說到違逆聖旨，只恐舉家受累，罪及非輕之言。此乃何解？」狄

---

❿ 總戎：清人稱各省提督下所設的總兵為總戎。

⓫ 總制：總督的別稱。

爺夫婦聽罷，低頭不語。小姐又呼：「哥嫂，你言奴已盡悉。今日既然事急，何必相瞞？」狄爺聽了，即道：「賢妹啊！不幸父親去世太早，撇下萱親⓬在堂，只有你我兄妹二人。如若今日將妹子獻出上冊，一來痛哭壞了老親娘，二來難以割捨同胞之誼，算來覺得煩難。不免明天待愚兄備下一本，附陳琳順搭還朝，奉辨明白。正在籌思，不知可否。」小姐聽了，說道：「哥哥，此事萬萬不可。你非一介愚民，為官豈有不明法律之理？聖上倘准了此本，固然是好了；抑或不准，怪責起來，聖上一怒，你便有逆旨之罪，一家性命難保，更累及母親。豈不是哥哥只因妹子一人，負了你有不忠不孝之名？此舉望哥哥再為參詳。」狄爺聽罷，低頭想了一番，便說道：「賢妹，依你主意怎生方為上算的？」小姐說道：「依愚妹之見，還是捨著我一人，既保全了舉家，又免了哥哥有逆旨之罪，方為上算。但不知哥哥意下如何？」狄爺不覺愁容倍起，長嘆一聲。三人談論一番，不覺天色已晚。

果然過了三天，是日狄爺夫妻正與小姐商量之際，只見一個老家人慌忙走進內堂，口稱：「老爺，今有陳公公領了軍兵，先往節度使衙中搜尋，少一刻定到我們府中來的。」狄爺聽了，悶上添愁，孟夫人嚇得慌忙無措。小姐說：「哥哥，嫂嫂，不必著忙，愚妹自有主意。」吩咐老家人：「且往外堂，喚中軍⓭迎接著陳公公，請他早回金亭驛，不必到我府中，說狄總爺有位姑娘報冊。」當下老家人領命，出外堂去了。

小姐喚丫環進佛堂內請岳氏老太太。此時太太坐下，看見孩兒愁容滿面，又見媳婦、女兒各各一

⓬ 萱親：母親的代稱。

⓭ 中軍：清代標的統領稱中軍。

汪珠淚。太太見此好不驚駭，即說道：「你夫妻、兄妹為何如此？」狄爺只是搖首難言，猶恐太太悲哀起來。太太又問女兒：「你因何也是如此悲傷？其中必有緣故了，快些說與娘得知。」狄小姐未啟言而淚浮粉面，說聲：「母親！你女兒從小長育於宦門，深居閨閣中，有誰委曲於我？只因今日聖上有旨，到本省點選秀女，冊上缺少了數。欽差難以覆旨，只著要官宦人家閨女補數，如今挨戶搜查。如若再匿名不報，全家就禍有不測了。早間報已挨搜至節度使府中，料然來搜查我府。只因哥嫂慌亂，又無可再設施的，女兒只得捨著一身去報名，以免滿門之累。但割捨不得母親之恩、哥嫂之情，總之女兒不孝也！」言罷珠淚沾衿。老太太聽了此言，恰似魂魄飛騰去三千里，嚇得手足如冰。母女抱頭痛哭。

正在悲啼，狄爺夫婦勸解間，有老家人走進內堂報知說：「中軍官方才將陳公公請回金亭驛去了。但陳公公說，老爺若肯將小姐獻進，至為知機，但切不可延留耐久，即要就日還朝覆旨。」狄爺說：「知道了，你去罷。」家丁退出。又說這狄廣有一子年幼哺乳，故屬不知事體；那九歲女兒雖知人事的，別離哭泣，到底不甚過傷；只有母女、夫妻四人的淒慘。

又過了三日，又見老家人傳報：「陳公公今日立刻要請小姐出府。只因於官宦人家選足了八十名之數，只差我家小姐一人未到的。」老太太聽了，母女痛哭得倍加淒慘。狄爺夫婦含淚苦苦相勸，老太太只得收了淚，說道：「也罷！我為娘且送你至驛中，以盡母子之情。」狄爺連忙吩咐備了兩乘大轎伺候。小姐帶淚相辭嫂嫂，這孟氏夫人下淚紛紛，各言珍重之話。

當時母女上了大轎，狄爺騎上駿馬，一班家將隨行，一路呼呼喝喝，出了帥府大堂，一程來至驛中。先差旗牌官⓮去通報，然後將二乘轎抬扛到內廂。狄爺下馬相隨，至大堂。陳公公敬他是位小姐，又是狄爺同到，步下階相迎。母女下了大轎，太太攜挽嬌兒，站立右堂。陳琳先與狄爺見禮，後將小姐小心舉目一瞧，果然生色，麗異於眾秀女。有詩贊曰：

輕盈嬌艷一鮮花，均與西施鬥麗華。
漫言古美堪餐色，再世楊妃產狄家。

當下陳琳看見小姐生得容光姣姣，拔出尋常，滿心喜悅。說聲：「總戎大人，此位是你令愛小姐麼？」狄爺曰：「非也，乃下官同胞小妹。」陳琳曰：「原來乃大人令妹。果然天賦美質，非凡香所及。倘注上冊名回朝，如經聖上一目，乃一大貴人也，福分非輕的。」狄爺說：「老公公前日已有言在先，倘眾文武中有美不即獻出，回朝奏知聖上，以違旨論。但下官思量妹子雖有此才美，只因家母年高，愛惜女兒如珍，割捨不離，是至隱瞞未報。望祈老公公回朝將就些，以免下官有欺君之罪，不勝感激了。」

陳琳曰：「總戎大人何須過慮。汝今依旨將令妹冊上，何云為欺君？既遲些報獻，不過人子體念親心之意耳，陳某焉有深求。但令妹是何尊名？」狄爺曰：「小妹閨名千金也。」陳琳即命秉筆人將進宮冊上頭名注上「狄千金」畢。陳琳得此美人，隨即在眾美中選了十餘名，湊足了八十名之數。餘

⓮旗牌官：此處指擔任傳遞號令等職的小吏。

美人發回各家父母領還。

當時不用狄府大轎，要請小姐上香車。當下老太君心如刀割，小姐淚似湧泉，扯牽母手，奚忍分離。狄爺見此光景，也覺慘然，只得硬忍，解勸母女一番。老太君只得含淚叮嚀女兒一遍，轉身又向陳琳道：「陳公公，我女兒年少，寸步未離閨閣，嬌生貴食一十六秋，萬里風霜，望祈照管。老身即死，在九泉也記歸肝膽了！」陳琳諾諾應允，又說道：「老太君，小姐今日選回朝，定然一位大貴人了。何須悲苦，實乃可喜。陳某凡事自當照管，不用掛懷。且暫請回府去，吾即速登程回朝了。」母女只是珠淚紛紛，實乃死別生離。母子情深，悲難盡述。狄爺也來催促，小姐又含淚說道：「哥哥，小妹此去吉凶未卜。但母親年老，小妹一別之後，定然愁慘不堪。萬望哥哥、嫂嫂百般解勸，只祈留心，則小妹一別，死死生生，別無所慮了。並今趲急，不能與嫂嫂面別一言，心有不安。望哥哥回歸代小妹拜上一言，留意撫訓侄兒、侄女。哥嫂自能教育，固已不用小妹多囑。總於母親處用心留意，即乃哥哥看待小妹之恩了。」言未罷，珠淚一行。狄爺帶淚連聲允曰：「賢妹，汝且放心。愚兄平日侍奉母親，汝也盡曉。」當日兄妹二人，身同一脈，也覺不忍別離，各言衷曲之語。不特小姐女流情種，故屬依依留戀兄母，即狄爺乃是轟轟烈烈英雄，此際未免兒女情長而英雄氣短，說至胞誼生離，不禁潸然淚下。不知狄小姐分袂如何，且看下回分解。

第二回　仁慈主選美賜兄　賢孝女回書慰母

詩曰：

君聖臣賢國運昌，情深一脈更為良。
同眠大被姜家德❶，灼艾分疼❷是宋王。

當時狄爺兄妹正在悲離之際，岳太太流淚，在袖中取出玉鴛鴦一對，呼喚女兒：「此對鴛鴦，乃是當初你爹爹奉旨征遼，回朝加爵，聖上恩賜。此寶善能避邪鎮怪，刀斧不能砍下。此乃傳家之寶，父親歸世遺下，為娘謹敬收藏數十秋。今日與一只你帶去，留下一只與你哥哥，以遺日後便了。」小姐一雙玉手接過，正要說話，有陳公公幾次催促，小姐只得含淚上了香車，與著眾女子上路。當日也有父母、哥嫂一班相送，何下三五百人，哭泣的哭泣，囑咐的囑咐，一一實難盡述。陳公公吩咐起程，

❶ 同眠大被句：形容兄弟友愛。東漢姜肱，與弟相友愛，常同被而眠。

❷ 灼艾分疼：宋太祖趙匡胤往視弟匡義病，親為灼艾。匡義覺痛，太祖亦取艾自炙。後以灼艾分痛喻兄弟的友愛。

文武官紛紛送別，俱已不提。

單說岳氏太太只見女兒香車一起，淚如雨下，心似刀割，哭聲淒楚，撲跌於地上。狄爺連忙扶起，解慰一番，太太只得帶淚起轎。狄爺辭別眾官，乘馬回衙，進內安慰太太。孟氏夫人已知姑娘別去，夫妻談論，不勝傷感。

按下狄府慢提。卻說陳琳催車出了城外，一路程途急發，直向汴京而來。水陸並進，已有月餘，方至河南地面，又是數天方達帝都，於午朝門外候旨。

此日悉值真宗天子方臨朝罷，與南清宮八王爺在著長樂殿內下棋。有內侍奏知選至美女回朝一事。天子聞奏，龍顏大悅，傳旨先宣陳琳，一一奏明；然後傳旨：「宣進美人於殿內，朕當親目。」陳琳領旨，即跑出外殿，至午朝門外，吩咐眾美人：「下了香車，即要入朝面聖。」當下陳琳帶領八十位美人，引進長樂殿中，在丹墀❸之下齊齊倒身下跪。陳琳捧冊獻上，有內侍展於龍案上。

天子舉目一觀，只見頭一名美女姓狄名千金，下邊注著「宦門」二字。天子此時從頭至尾看畢，或有宦門，或有閨女不等。天子看罷，即傳旨宣首名狄千金上殿。陳琳領旨下階，奉宣千金見駕。言畢，只見中央一位美裙釵，金蓮慢趲，上了丹墀，正身跪下俯伏，燕語鶯聲，口稱「萬歲」。天子看見此位美人，不啻蕊宮仙女，宛如月殿嫦娥。龍顏倍喜，說：「此女果然美麗不凡。」八王爺也是讚嘆：「不獨美色天姿，更且禮數雍容，出身必非微賤之輩。但不知怎樣人家官職耳？」天子說：「待朕細問他。」便問道：「狄千金，你既是山西太原人氏，身入宦門，父居何職？你且細細奏與朕知。」

---

❸ 丹墀：古代宮殿前的石階，漆成紅色，稱為丹墀。

狄小姐說：「臣妾領旨。」即有七言絕句奏上。詩曰：

原籍山西府太原，父為督制狄名元。
總兵狄廣親兄長，深沐皇恩世代沾。

真宗天子聽奏，喜色洋洋。八王爺曰：「不意此美人才貌雙全也。」天子說：「王兄果然眼力不差，他果然是世代勛家之女。朕選此美女，原有個主意在先：想來王嫂去歲登仙，王兄目今尚缺中饋之人。朕今將此女賜與王兄，送至南清宮內，以主內助便了。」

當時八王爺一聞天子之言，慌忙離位，欠身打拱，口稱：「陛下雖有此美意，但臣該有罪如天了。狄千金乃奉旨點選，聖上以充宮中使喚，微臣焉敢領旨匹配！伏望我主龍意參詳。」天子說：「王兄不必推辭。此是朕之美意，有旨在先，如不中於理，陷王兄於不義，朕豈為之哉！」即傳旨陳琳，將狄美人送至南清宮，再贈宮娥十六名陪伴美人，脂粉銀十萬兩。八王只得謝恩而出。此時陳琳領旨，送狄小姐往南清宮去了。

天子又看第二名美人名冊，喚寇承御。天子說聲：「好個承御的美名也！」就將他改填作頭名。當時天子又命宮娥領了七十九名美人，帶引至東宮見娘娘，待他分發三宮六院，也且不表。

次日，天子命發出庫銀一萬六千兩，發往山西各家出選父母，以為保養之資。又說是日狄小姐早有宮娥與他梳妝，穿過宮衣服式。而八王爺望北闕❹先拜謝君恩，後坐於正殿當中。早有宮娥扶出貴人，兩邊音樂齊鳴，鏗鏗盈耳。來至正殿中，朝見千歲，行了君臣大禮，然後參天叩地已畢，有宮女一班扶了美人還宮。當晚王府內擺設筵宴，眾文武俱來叩賀，在於正殿上飲宴慶鬧，直至日落西山，眾大臣拜辭千歲爺回府而去。陳琳復又進宮回覆聖上，俱已不表。

單言是夜王爺回進宮中，與貴妃合巹傳情交杯，酒至數巡，方才命撤去餘席。君臣二人同攜玉手，同歸羅帳，共效于飛❺之樂，難以形容。一宵好事，不覺五鼓❻更初。次日，王爺與貴妃梳洗已畢，清晨進朝謝了君恩，退朝回歸王府內，有狄妃接迎王駕坐下。

王爺開言說：「賢妃，你匹配孤家，實乃聖上龍恩美意。但只一說，前日陳琳奉旨往選時，將你名姓報入皇冊內，充做宮娥，以供使喚；今日身作皇妃貴人，你的令堂、令兄遠隔數千里外，未必知之。明日聖上差官往山西賞賜銀兩與眾秀女父母，以補賠養育之資。你何不修書一封，待孤家命差官附搭你兄母，以免他切望之心。你意下如何？」狄妃聞命，立即離位下拜謝恩。八王爺命左右宮娥扶起，即取過文房四寶放於桌上。宮女濃研香翰，狄妃玉指將龍箋展開，提持毫管，快似龍飛鳳舞，又如驟雨狂風，箋上書得沙沙有聲。大意安親問候信息，不用多述。

當下八王爺看見狄妃下筆敏捷，拾起書箋一看，言如錦繡，字字珠璣，心中暗喜贊羨：「賢妃真乃才貌兩兼也！」此刻狄妃將家書封固，八王接轉，即起位離後宮，到正殿上坐下，即命掌府官：「宣

❹ 北闕：古代宮殿北面的門樓，是大臣等候朝見或上書奏事的地方。後通稱帝王宮禁為北闕。
❺ 于飛：比翼而飛，後用以比喻夫婦和好親愛。
❻ 五鼓：古時分一夜為五段，稱為一更、二更、三更、四更與五更。五鼓即五更。

來往山西的欽差見孤。」掌府官領旨，去不一刻，將欽差宣到王府，掌府官引見。此時一見王爺，登時俯伏拜見，八王爺即命平身。原來這欽差乃一位奸佞狼臣，由知府職行賄賂於上司，拜大奸臣馮拯太尉❼為門下，龐太師是他岳丈。數進大財帛於眾奸權，是以由知府升為道❽，以至知諫院❾。此人姓孫名秀，當時躬身立著。

八王爺呼聲：「孫欽差，你今奉旨往山西給賞，但孤家狄妃子有家書一封，勞你順帶往榆次縣，投於狄總戎府中，回朝日孤家自有重賞。」孫秀聽了，諾諾連聲，雙手接過書來，叩謝出了王府，扳鞍上馬，數名家丁隨後而回。想道：「狄總兵名狄廣，乃狄元之子。想當初狄元為兩粵制臺時，吾父在他麾下奉命解糧，只因違誤了限期，被他按以軍法梟首，死得好不慘傷。我今與狄門不共戴天之仇。如今八王選這狄妃，此女是他親生，此一封書不過是報喜的吉信。不若我將此書埋沒了不與，再與他報回凶信，暫解心頭之忿，豈不快哉！」主意已定，即將書藏過。又是晚景一宵，早早領了王府中一萬六千銀兩，押起車輛，離卻汴京城，一路登程。水陸並進，已至山西。

是日城中督府司道早知欽差到來，遠遠恭迎，見禮之間，不能盡述。當日孫欽差即將銀子交付布政使司暫貯，傳命縣主傳示選女的父母人民，報名領給，每一門賜賞白金二百兩，實得一百二十兩。此緣孫秀乃奸貪之輩，折出每二百兩減剋了八十多金，賺出六千四百兩，被他吞去瞞昧了，眾人那裡

❼ 太尉：秦與西漢時為全國最高軍事長官，後漸成為已有官職上的加官，無實權。

❽ 道：即道員，清代省以下，府州以上的行政長官，宋時並無此官制。

❾ 諫院：諫官官署。

得知。

當日狄總爺一聞聖上有銀兩恩賜，故欽差一到，他正要打聽妹子的信息。至次早晨，具備名帖，吩咐家丁到衙邀請欽差。當日孫秀早已定下主意，即傳命回了名帖，吩咐就日打道向總戎狄府而來。狄爺聞報孫欽差來拜會，又稱言有機密事情相商，必要到後堂才好相見，狄爺連忙出府迎接。

兩相見禮畢，攜手進至後堂，再復敘禮坐下。家丁敬遞過名茶。狄爺啟口道：「無事不敢邀駕欽差，只為大人奉旨到來，給賞眾秀女父母，內有位狄千金之名，進京之後，但不知如何下落？諒大人在朝必曉原由，故小將特請孫大人到來，求達消息。」孫秀聽了，反問：「老總戎，你因何知有狄千金之名？又是同姓，莫非此女是你令愛麼？」狄爺曰：「非也。不瞞大人，此女乃末將舍妹子也。」孫秀曰：「原來乃總戎大人令妹，真乃可憐可惜也！」狄爺聽了，連忙問曰：「孫大人為何說起憐惜二字，莫非有甚差池不美麼？」孫秀故意左右一瞧，呼聲：「總戎大人，幾個侍家丁，可是內堂家人，抑或是外班散役？」狄爺言道：「幾人乃內堂服役。」孫秀曰：「下官言來，不要傳揚出外方妙。倘一走漏風聲，你禍有不測，連下官也要累及了。初時令妹進到皇宮，略聞他思念家鄉，憶思父母，日夜悲啼，天天怨吵。三宮六院，個個憎嫌不悅。豈知令妹性急，抑或憂忿過多，竟自懸梁而死。聖上聞知大怒，說污瀆了宮闈，罪不容於誅，已將屍首棄拋於荒郊之外。下官奉旨之日，聖旨稱言，命我密訪他父母問罪。幸得陳公公一力為大人遮瞞，不奏明是大人嫡妹。想來大人還須趁個早時尋條出路，以免受此羅網之災。下官但據事直言，只恐衝瀆，休得見怪。」狄爺聽了，神色慘變，只得稱謝。孫爺頓時告別。狄爺當時無心留款，相送欽差去了。

回至內堂，早有岳氏老太太在堂後聽得明白，一見狄爺進堂來，他便一把扯住，問曰：「我兒！方才欽差之言是真是假？倘若是真的，為娘的性命斷難留於世了。」狄爺聽了，忙呼：「母親何用驚慌？早間欽差不過談論國家事情，未有什麼言辭，你為甚如此著忙？」太太呼：「我的兒！方才欽差與你說的一番，我也明白得七分，為何你倒反瞞我麼？」狄爺聽了，不覺垂淚，說：「母親，這是禍福無常，如今不必追究真假了。你既然得聽欽差之言，便是如此了。」老太太說：「我女兒到底怎生光景的，須要速速說明來！」狄爺曰：「母親啊！今日聖上旨詔孫欽差到來，恩賞眾秀女父母，不論官民，一概俱有給賞的，惟我家無名，料想起來，妹子定然凶多吉少了。這欽差之言豈不是真的麼？」岳氏太太聽了，早已嚇得三魂失去，七魄飛騰，大呼一聲：「我的好苦命也女兒，死得好慘傷啊！」往後一跤，跌於地中，一氣絕了。狄爺夫婦齊步趕上，慌忙扶起，哭呼「母親」、「婆婆」。眾丫環、使女齊集至內堂，看見老太太面如金紙，一息俱無，已知死了。

狄爺含淚說：「手足已冰冷了。」夫婦對著放聲哭泣。狄爺說：「一向安安然，豈知今日妹死母亡，如此慘傷，實乃天之不祥也，至弄得如此收場！」孟氏夫人紛紛下淚，說：「不意禍從天降，實我狄門不幸，至有此災殃。可憐姑娘年少慘死，又受此暴露屍骸之罪。老婆婆又因他而亡。數月之久，家散人亡，言之令人痛心不已。」狄爺聞言，更覺淒惶，夫妻對著屍骸，痛哭過哀。

有眾家丁、丫環、僕婦一同下跪，道：「稟上老爺、夫人，不可過慟。老太太既已殯天，好打點收拾為安，方是正理。況於天暑，烈熾非凡，誠恐太太玉軀停貯不得多天。」當時狄爺夫婦聽得家人稟告，只得收淚，即於堂上安放下太太。狄爺又進內取出白金百兩，命得力家丁去備辦棺柩。不一會扛抬到，即命匠人登時趕造起一棺一槨，又做許多衣裝之類。官家使用器煩，不比民間薄葬，一一實難盡述。到次日，將太太玉軀入殮已畢，夫妻痛哭一番。其時大小姐金鸞年已十歲，已知人事，不免傷感，憶著婆婆。只有小公子不知人事幼兒，也不多敘。當日收殮太太之後，少不得僧道追薦。狄爺忙亂數天，方才寧靜。

有一天，夫妻商議，狄爺曰：「如今妹子在朝自盡了，母親又因妹子氣忿身亡。且孫欽差又通知皇上大怒，只因妹子自縊了，污穢了宮闈，還言要訪拿父母取罪。幸得此機未洩。我今不免趁母親亡過，預上一本，附搭撫臺❿，辭退官職，一來省卻禍患之憂，二來歸回祖居，以葬母親，夫人意下以為何如？」孟氏夫人聽了，說道：「此言未為不是。但想這欽差之言未知真假，豈可因此一言，便灰了壯行之心？老爺還該細細參詳，抑或命人回朝打聽才是。」狄爺曰：「據這孫秀之言，說得似乎真確，但今又難得實信。倘要回朝打聽，往返數十天，倘聖上當真追究起來，那時逃遁不及了。況吾年近五旬，在朝為官十餘年，後來奉旨回鄉剿盜寇，不覺將近十載。如今看得仕途甚淡，不若趁此退回故土，樂得自活清閒，省得擔憂受慮，羈制於官規。如今且不分孫秀真假之言，且辭官回歸故土，以了吾畢生，以終天年。」不知狄爺如何辭官，告駕允准否，且看下回分解。

❿ 撫臺：清時巡撫別稱撫臺。

第三回　奸用奸謀圖正士　孽龍孽作陷生靈

詩曰：

用舍行藏❶不可期，樂天聽命要知機。
避凶趨吉多明哲，方見保身智士奇。

卻說狄廣夫妻商議已定，是夜狄爺於燈下書了辭官殯母本章一道，封固了。到次早，打道來至左都御史❷衙中，懇求附呈辭官本折一道，制臺❸只得順情收了。當下狄爺辭別回府，登時打點起行裝，天天等候聖旨命下。且慢表。

先說孫欽差頒給完了公務，是日動身回朝。有各府司道送財禮，彼乃奸貪之輩，一概收領，並不推辭。是日，文武官員紛紛送別。克日登程，涉水行舟，月餘方到汴梁城中。次早上朝繳旨後，到南

❶ 用舍行藏：當為「用行舍藏」，意為被任用即行其道，不任用即退而隱居。
❷ 左都御史：清時，左都御史為中央監察部門的最高長官，右都御史為總督的坐銜，故而此處應為右都御史。
❸ 制臺：總督的別稱。

清宮覆命，對八王爺言：「狄總兵外出巡邊，未曾討得回書，故臣難以聽候他回至，今日還朝覆旨。」當下八王爺信以為確，倒厚賞了孫秀數色禮物。孫秀拜謝回府，即將私抽秀女之賞銀及各官送禮，共得銀三萬餘兩，他派為三股，與馮拯、龐洪分得，二奸臣大悅。

次日上朝，馮太尉、龐樞密啟奏聖上，言孫秀奉旨往山西，一路風霜，未得賞勞，又力薦他才可大用。故聖上升他為通政使❹，專理各路本章呈進。孫秀不勝喜悅，感激馮、龐二人。當日孫秀侍奉龐洪甚恭，二人十分相得。孫秀言聽計從，故龐洪將女兒匹配於孫秀。閒話休題。

忽一天，適有山西左都御史有本回朝奏聖，並附搭狄廣辭官告假折子一道，一同投達至京都。本章經由通政司，當日孫秀見了此本，猶恐八王爺得知，問起根由，洩出機關，就不妙了。即將狄廣折子竟自私下埋沒了，止將御史本章達呈。聖上准奏，旨下山西。孫秀又陰與馮、龐二相酌量，假行聖旨，准了狄廣辭官歸林本章。此事果然被三奸瞞沒了。

聖旨一下，狄爺接得旨意，欣然大喜，與孟夫人連日收拾起軟細物件，打點行程。是日帶領家眷人口，車輛駕著岳太太棺柩，一程回到西河縣小陽地故居宅子。住頓數天，擇選了良辰吉日，將岳太太靈柩安葬已畢。狄爺又在墳前起造了一間茅屋，自要守墓三年。狄爺之純孝，盡人子之心，誠難以及也。

又說狄青乃武曲星君降世，為大宋撐持社稷之臣。但狄門三代忠良，惠民保國，是以武曲降生其家，注其先苦後甜，以磨礪其志，正見金愈鍛而愈堅，玉愈琢而愈成也。又言江南省❺蘇州府內包門

❹ 通政使：明清時通政司之長官，掌內外奏章、封駁和臣民密封申訴。此非宋時官制。

三代行孝，初時玉帝原命武曲星下界，降生包門。有文曲星聽了玉旨差去武曲，他早已先走下凡，造包氏家降生了，故玉旨敕命武曲往狄府臨凡。及各凶星私走下凡者甚多，大宋委曲訟獄者不少，故應於文武二曲除寇攘奸，故今大宋文包武狄，在仁宗之世，非此二臣不能安邦定國也。

按下閒言少表。且言景德❻甲辰元年，皇太后李氏崩，文武百官掛孝，旨下遍告四方，不用多述。至仲秋八月，畢士安、寇準二位忠賢並進相位，不過群臣朝賀，也不煩談。忽至閏九月，契丹主興兵五十萬，殺奔至北直❼保定府，逢州奪州，遇縣劫縣，四面攻擊，兵勢利銳。定州老將王超拒守唐河，契丹幾次攻打不進。王將軍百般保守，城上準備弓箭火炮，親冒矢石，日夜巡查。契丹攻不得利，只得駐師於陽城。王老將軍即日急告回朝，又有保定府四路邊書告急，一夕五至，中外震駭。文臣虛恐，真宗天子心頭納悶，惶惶無主，問計於左相寇準。準言：「契丹雖然深入內境，無足懼也。向所失敗，皆由彼眾我寡，人心不定，至失去數城。倘我主奮起，一時領兵，御駕親征，虜寇何難卻逐！」

時天子心疑不定，悉值內宮報道劉皇后、李宸妃娘娘兩宮同時產下太子，當時帝心悶亂，憂喜交半。聞奏正欲退回內宮，有寇公諫帝曰：「今日澶州有泰山壓卵之危，人心未定，若非陛下御駕親征，不能鼓舞眾武夫之銳氣。倘一回內宮，陛下疑難不決，料然不往親征，則北直勢難保守。北省既陷，大名府與吾汴梁交界，若此則中外彷徨，臣料雖愚劣，以智者所猜，必曰大事去矣。懇乞陛下深思之，

---

❺ 江南省：清順治二年置江南省，轄今江蘇、安徽二省兼及江北各地；康熙時分為江蘇、安徽二省。

❻ 景德：宋真宗所用之第二個年號。

❼ 北直：即今河北省。

請勿還宮而行，如臣所請，則幸甚矣！」當時畢士安丞相亦勸帝准寇丞相之言。真宗天子時已准奏，乃不進宮，酌議進征之策，傳旨兩宮皇后好生保護初生太子。不表。

是日，天子召集群臣，問以征伐方略。有奸臣二人：資政學士王欽若，彼乃南京臨江人，猶恐聖上親征，累及於己，要隨駕同進征伐，契丹兵精將勇，抵敵不過，就難逃遁了。故奏請聖上駕幸金陵，以避契丹鋒銳，然後旨調各路勤王師征剿，無有不克矣。又有陳堯叟附和搭奏，他乃四川保寧府人，請帝臨幸成都。其時天子尚未准奏，即以二臣奏請出奔之言，以問寇公。然寇公心中明白二人奸謀，乃大聲言曰：「誰為陛下設畫此謀者，其罪可誅也！此人勸駕出奔，不過為一身一家之計耳，豈以陛下之江山為重乎？況今陛下英名神武，群臣協和，文武具備，倘大駕親征，敵當遠遁。不然，出奇以撓其謀，堅守以老其師，勞逸之勢，我得勝算之利矣。奈何陛下棄社稷而幸楚蜀遠地哉，萬一人心散潰，敵人乘勢而深入，豈不危哉？」於是帝意乃決，准於即日興兵。將陳堯叟貶罰其祿。寇公又懼王欽若詭謀多端，疑沮誤了軍國大事，奏他出鎮大名府。他一到城守，契丹兵至城下，他束手無策，惶惶恐懼，只是閉城修齋誦經，祈禱不已。後得聖上大軍一至，方才救回此城。此是後話，休得過述。

卻說馮拯太師一見聖上依寇準之謀，御駕親征，又罰去陳堯叟俸，貶出王欽若，心中忿恨不平，即奏曰：「陛下專用準謀者，斯亦危矣。諺云：鳳不離窠，龍不離窩。今陛下離朝中而歷此疆場險地，豈不危乎？不若命將出師，便能奏捷，何必定請聖上親征？伏祈我主勿用寇準之言，則社稷幸甚！」聖上未及開言，寇公怒曰：「讒言誤國，而妒婦亂家，信有之矣！爾馮拯不過以文章耀世，軍國大事，非爾所知也。如再沮疑君心，所誤非淺。不念君恩，不恤生民，只圖身家計者，則非人類也！」馮拯亦怒，正要開言，惱了一位世襲老元勛：官居太尉，姓高，他乃高懷德子，名高瓊。即出班大聲奏道：「寇丞相之謀，深益社稷良策。奈何陛下阻於奸臣之論，誤之非輕。今日澶州危於旦夕，百姓彷徨，將士離心。目擊澶州全省盡陷，陛下再遲疑不往親征，則北直失守，中州❽乃四面受敵之地，社稷非吾有矣，陛下不免為失國之君。」馮拯在旁叱曰：「辱罵聖上，當得斬罪，還敢多言麼！」高太尉厲聲喝曰：「老匹夫！無乃區區於筆硯之間，以文字位至兩府❾，不思答報君恩，只圖私己以丕天下，生成人面畜心，還敢多言沮惑！如眾文武中有忠義同心者，共斬爾頭，以謝天下，然後請聖上興師。況爾既以文章得貴，今日大敵當前，何不賦一詩以退寇虜乎？」馮拯被罵得羞慚滿面，不敢復言。

當時天子決意親征，不許再多議論。是日點起精兵三十萬，偏將百餘員，命高千歲掛帥，寇丞相為參謀，大小三軍皆聽高、寇二人調度。即日祭旗興師，旗幡招展，一路出了汴京城，水陸並進，非止一日。可退得契丹否？按考一連相持十餘年，方得平服。按下不提。

又說宮中劉皇后當日聞知李妃產下太子，至晚他產下公主，他心頭憤忿。次朝，二后俱報生太子。但劉后思量：「今日聖上雖然出征，不知何日回朝？倘班師回來，吾生下公主，出報太子，一時之忿，豈不惹下欺君之罪，怎生方算才好？」忽又想：「內監郭槐是吾得用之人，且喜他智謀百出，不免召他來，商議有何良策便了。」想罷，即命宮女寇承御召至。郭槐來到宮中，叩見劉娘娘，問曰：「呼喚奴婢，有何吩咐？」當下劉娘娘將一時心急，差人報產太子，猶恐聖上回朝詰責之事說了一遍。劉

❽ 中州：即今河南省。

❾ 兩府：指中書省與樞密院。

娘娘曰：「既恐聖上執罪，又惱著碧雲宮李宸妃產下太子，實憂聖上還朝倍寵於他。故哀家特召你來商量，怎生了結得他太子？」郭槐聽了，想下一計，說道：「娘娘勿憂，只須如此如此，包得謀陷得太子了。」劉后聽了大悅，說：「好妙計！」即要依計而行。

忽一天，李氏娘娘正在宮中閒坐，思量聖上為國辛勞，不見親生太子一面，刻日興兵去了，但願早早得勝回朝。如今產下太子數月，且喜太子精神倍足，健質魁魁，實乃令吾暗喜也。李娘娘正在思量間，忽見宮女報說劉娘娘進宮，李娘娘聽了，出宮相迎。二后一同見禮坐下，二人細細談言。劉后裝成和顏悅色，甚是自然。說：「公主乏乳，要餵乳，特到宮中。」當時李娘娘接抱了公主，劉娘娘抱著了太子，耍弄一番。時劉后十分喜色，說：「今日聖上親征北夷，閒坐宮中甚見寂寥，賢妹不若到我宮中一遊，以盡姊妹之樂，不知賢妹意下何如？」當時李后見他喜色滿面，不知是計，不好卻意，只言道：「蒙賢姐娘娘美意。但吾往遊，只恐太子無人小心持懷，怎生是好？」劉后說：「不妨。這內侍郭槐為人甚是謹細小心，太子交他懷抱，一同進宮去，便可放心了。」李后欣然應允。是日，帶領了幾個宮娥，將公主交回劉后，小太子劉后交郭槐懷抱，一路進到昭陽宮。二后分坐交談，劉后傳命擺宴。

不一刻，佳宴豐排，兩位皇后東西並席，兩行宮娥奏樂，歡敘暢飲。劉后殷勤相勸，交酢多時，已至日落西山，方罷止宴。李后問及太子時，劉后言道：「太子睡覺，猶恐驚了他，故命郭槐早送回賢妹宮中去了。」此時李后信以為真，安心在此交談一番。已是宮燈亮設，李后謝別，劉后相送出宮房去了。

先說劉后回至宮中，喚來郭槐，問及太子放於何所。郭槐道：「稟上娘娘，已將太子藏過了，用此物頂冒過。但奴婢想來，此事瞞不得眾人，況娘娘生的是公主，人人盡知。倘聖上回朝，他奏明，便禍關非小，不特奴婢萬死之罪，即累及娘娘亦危矣。」劉后聽了，大驚說：「此事弄壞了，怎生是好？」郭槐一想，說：「娘娘，如今事已至此，一不做，二不休，只須用如此如此計謀，方免後患。」劉后說：「事不宜遲，即晚可為。」一時交三鼓，二人定下計謀，劉娘娘命寇宮娥將太子抱往金水池拋下去。寇宮女大驚，只得領命抱著太子到得金水池來。已是時將天亮，寇宮女珠淚汪汪，不忍將太子拋溺，但無計可出得宮去，救得太子。只深恨郭槐奸謀，劉后聽從毒計。但此事秘密，只有我一人得知，如何是好？

不表寇承御之言，先說李后回至宮來，問及眾宮女，太子在那裡。宮女言：「郭槐方才將太子抱回，放下龍床，又用綾羅衹蓋了，說太子睡熟，不可驚覺於他，故我不敢少動，特候娘娘回宮。」李后說：「如此，你們去睡罷。」眾宮娥退出。

其時李后卸去宮妝，正要安睡，將羅帳揭開，綾衹揭去，要抱起兒子。一見嚇得魂魄俱無，一跤跌仆於塵埃。一刻，悠悠復蘇，慢慢捱起，說：「不好了！中了劉后、郭槐毒計！將吾兒子換去，拿一隻死狸貓在此，如何是好？」不覺紛紛下淚，「如今聖上不在朝，那人與吾作得主？況劉氏凶狠，與外奸臣交通，黨羽強盛，洩出來聖上未得詳明，反為不美。不若且待聖上班師回朝，密奏明方得妥當。」

不表李后怒恨，卻說寇宮女抱持太子在金水池邊哀哀暗哭。時天色大亮，有陳琳奉了八王爺之命，到御花園來摘採鮮花，一見寇宮女抱持一位小小公子在河邊暗泣落淚，大驚，即問其緣由。寇宮女即將劉后與郭槐計害李后母子原故一一說明。陳琳驚懼，說：「事急矣！且不採花了。你且將太子交吾載藏於花盒之內，脫離了此地才是。」當時寇宮女交付太子與陳琳，叮囑他：「須要小心，露出風聲，奴命休矣！」陳琳應允，急忙忙載太子於盒中。正借先王靈庇，大宋不應失嗣，太子在盒中不獨不哭泣，而且沉沉睡熟。故陳琳捧著花盒，一路出宮，並無一人知覺。

又說寇宮女回宮覆稟劉皇后。是晚劉后與郭槐定計，又要了結李娘娘。至三更時分，待眾宮人睡去，然後下手。寇宮女早知其謀，急急奔至碧雲宮，報知李娘娘。李后聞言大驚。寇宮女說：「娘娘不可遲緩了，倘若多延一刻，逃脫不及了。幸得太子得陳公公救去，脫離虎口。今奴婢偷盜得金牌一面，娘娘可速扮為內監，且往南清宮去狄娘娘處權避一時，待聖上回朝，然後伸奏此冤情也。」當下李后十分感激，說：「吾李氏受你大恩，既救了吾兒，又來通知奸人焚宮。今日無可報答，且受吾全禮，待來生銜環結草⑩，以酬大德。但今一別，未卜死生，你如此高情義俠，令我難忍分離。」言罷倒身下拜。寇宮女慌忙跪下，曰：「娘娘不要折殺奴婢，且請起，速改妝逃離此難。待聖上還朝，自有會朝。但須保重玉體，不可日夕愁煩。奸人自有復報。」說完，李后急忙忙改妝，黑夜中逃出宮院，又不見逃到南清宮，不知去向。是晚火焚碧雲宮，半夜中宮娥、太監、三宮六院驚慌無主，及至天明，

---

⑩ 銜環結草：比喻感恩圖報。銜環：漢代楊寶九歲時，曾救養一受傷黃雀，傷癒後放歸。其夜有黃衣童子謝楊寶救命之恩，並贈白環四枚。結草：春秋晉大夫魏武子遺命殉葬其妾，子魏顆不從命而嫁之。後顆與秦力士杜回戰，有所嫁妾之父結草使回仆地，遂獲之。

方才救滅。眾人只言可惜李娘娘遭此火難，那裡知是奸人計謀。連及八大王與狄后，雖知奸計焚毀此宮，但亦不知李后逃出，只言「可惜焚死於宮中」。不表。

又說劉后，有宮人報上，寇宮女投死金水池中。劉后與郭槐大驚，說：「不好了！料然他通知李后逃去。他既通知李后，必然不肯溺死太子。」是時又無蹤跡可追，只得罷了。命人埋掩了寇宮女，按下不提。

又說狄廣自從埋葬了母親，守墓三年。不覺又過幾載，狄爺年已四十八，狄青公子年方七歲，小姐金鸞年已十六。此日狄爺對妻言：「女兒年已長成，前時已許字張參將之子。吾年將五十，諒後頭光景無多，意欲送女去完了婚，了卻心頭一事也。」孟夫人說：「老爺之言不差。男大須婚，女大須嫁，定不更移之理。所恨者，前時姑娘至年長，未許字於人，耽擱至年十六，故被選去，白送斷了性命，真可憫也。」狄爺說：「妹子死了，實乃母親愛惜之過。至年長不願許字，可憐他青年慘死也。」說完，具柬通知張家。

又說這張參將，名張虎，現做本省官，為人正直，與人寡合。上數載夫婦前後而亡，遺下獨子名張文。他自父母棄世，仍襲依武職守備官，年方二十。一口，接得狄爺書，他思量：「父母去世，又無弟兄叔伯，不免承命完娶了，好待內助維持家業。」是日一諾允承。是月擇了良辰吉日，娶了狄小姐，忙亂數天，不用煩言。這是少年夫妻，況小姐賢慧和順，夫妻自是恩愛。但張文家與狄府同縣，故張文時常來探望岳母，意氣相投。時狄公子年已八歲，郎舅相得敘話，極盡其歡。張文見舅子雖是年少，生得堂堂一表，言談氣概與眾不同，必不久於人下之輩。話休煩絮。

一天，狄爺平起打個寒戰，覺得身子欠安，染了一病。公子母子驚慌，延醫調治，皆云莫治。想是大限難逃，一日沉重一日。張文夫婦回來狄府，看見狄爺奄奄一息，料然此病不起，母子四人暗暗垂淚，不敢高聲哭泣。小姐暗對狄公子含淚叫道：「兄弟啊！你今年幼，倘爹爹有甚差池，依靠何人？」公子含淚道：「姐姐，這是小弟命應吃苦也。」

不言姐弟傷心。忽一天，狄爺命人與他穿著冠帶朝服，眾家人小使不知其故，孟夫人早已會其意。又聽半空中一派仙音樂奏，狄爺二目一睜，也知辭世之苦，淚絲一滾，呼聲：「賢妻、子女，就此永別也！」說完瞑目而逝。孟夫人母子哀哀痛哭，一家大小哭聲淒慘。張文泣下，勸解岳母不必過哀。當日公子年幼未諳事情，凡喪事張文代辦，數天料理，方才安殮殯葬了狄爺。又說狄爺在日，身為武職，並非文員有財帛得來。況他為人正直，私毫不苟，焉有重資遺後？無非藉些舊日田園度日。是以兩次殯葬之後，一貧如洗。小公子得些園中蔬菜之類，與母苦度。虧得張文時常來往照管。公子年幼，乃伶仃孤苦。狄小姐掛念母、弟，故慫丈夫常常來往，是他的賢孝處。

是時，又是一陽復始，初春了，家家戶戶慶賀新年，獨有公子母子寂寥寥過歲。忽一天，日正午中，只聽狂風大作，呼呼響震，烏雲滿天，忽又聽汲汲水浪洶湧之聲。一鄉中人高聲喧鬧，都說「不好了！如何有此大水滔滔湧進？想必地陷天崩了。」母子聽了大驚，正要趕出街中，不想水勢奔騰，已湧進內堂，平地忽高三尺。一陣狂風，白浪滔天，子母漂流，各分一處。原來此水乃赤龍作孽，即將西河一縣反作洋灣。不分大小屋宇，登時沖成白地，數十萬生靈俱葬魚腹，深為可憫。惡龍既作此惡孽，傷害多人，豈無罪過？上帝原以好生為德，豈容作此惡孽，災虐殃民！後來貶下凡間作龍馬，以待有用之人。下文詳表。

當日公子年方九歲，母子分離於波浪之中，自分必死。按下孟夫人不表，單言公子被浪一沖，早已嚇得昏迷不醒，那裏顧得娘親。耳邊忽聽狂風一捲，早已吹起空中。又開不得雙目，只聽耳邊風聲呼呼響亮，不久身已定了，慌忙睜開二目四邊一看，只見山幽寂靜，左邊青松古樹，右邊鶴鹿仙禽，茅屋內石臺石椅，幽雅無塵，看來乃仙家之地。心中不明其故。見此光景，心下驚疑之際，不覺洞裡有一位老道者，生得童顏鶴髮，三綹長鬚，身穿八卦道衣，方巾草履，渾然仙氣不凡，走將出來。公子一見，慌忙跪拜於洞外，口稱：「仙長原來搭救弟子危途也。」老道人聽了，呵呵冷笑曰：「公子，若非貧道救你，早已喪於水府了。你今水難已離，但今休想回轉故鄉了。」公子聽罷，目中流淚，呼聲「仙師」！不知公子有何言論，何日回歸故土，且聽下回分解。

第四回　西夏國興兵侵宋　王禪祖遣徒下山

詩曰：

邊疆敵患古今常，定國安邦藉良將。
武曲降生扶宋室，功標麟閣❶姓名芳。

當下狄公子言曰：「仙師！弟子如此一般苦命，自幼年失怙❷，與母苦度安貧。不意洪水為災，諒來母親已死於波濤之內。今弟子雖蒙仙師搭救了，但想母親已亡，又是舉目無親，一身孤苦，實不願留命於人間。伏望仙師仍將弟子送回波濤之內，以畢此生，免受陽塵苦楚，實見仙師恩惠矣。」道人聽了，微笑曰：「公子不用心煩。吾非別人，吾道號鬼谷子。此地乃峨嵋山也。貧道在此山修道有年，久脫凡塵俗務，頗明天意。你目今雖然困苦多災，日後實乃國家棟梁之貴。即你母親雖然被水漂淘，尚還未死，仍得親人救了，日後母子還有重逢之日。你今且堅心在吾山中守候，待貧道傳授你幾

❶ 麟閣：即麒麟閣，漢武帝時所建，在未央宮內。漢宣帝甘露三年，畫功臣霍光等十一人圖像於閣內。
❷ 失怙：指父死。怙，依賴。

載兵機，武藝精通之時，然後回歸故土，自有一番顯達驚人、揚名後世之舉，方不負吾救你上山一番緣遇之心。」公子聽了，即連連叩首不已，願拜仙長為師。當時公子叩首，仙師雙手扶起，帶他至洞中安慰一番。自此狄公子在洞中，安心肄習❸武藝。王禪又授他六韜三略❹奇能，以待天時協舉。公子雖聽仙師勸勉，但思親之念未嘗一日忘之，並憶姐丈夫妻，亦未知被水所傷否，生死如何？

不表仙山公子習業，再言朝上情由。卻說南清宮八王爺自從得陳琳忠心，為主救得小太子回宮，只因聖上起兵征討未回朝，故未得奏明奸后奸監陷害太子情由，只得將太子認作親生兒，與狄后撫育。至次年，狄后又產下一子，八王爺大喜，一同撫養。又過了數年，聖上仍未回朝，時真宗自起兵，一去已有九載，太子已有九歲，狄后子已八歲，其年八王爺年已五十八。一天，王爺得病不起，薨於庚申四年。聖上未回，滿朝文武百官開喪掛孝。只因八王爺乃趙太祖匡胤嫡裔，其威名素著至外夷，蕭后也聞其賢，即當今皇帝亦敬重於他。故今殯天，不異帝崩，大小文武掛孝，絕禁樂音。閒言休絮，話不重煩。

又說真宗天子一連進征十二載❺，方解了澶州之圍，敗逐契丹，遣使講和，每歲納幣二十萬。天

---

❸ 肄習：學習，練習。

❹ 六韜三略：六韜為漢人偽託呂尚編寫的兵書，分文韜、武韜、龍韜、虎韜、豹韜、犬韜六部分，故稱六韜。三略亦為古兵書，舊題漢黃石公撰，已失傳。此處六韜三略泛指兵法。

❺ 十二載：真宗親征，當年十二月即回師，此處所敘顯然與史不符。即使按書中所敘，自真宗景德元年親征，至（天禧）庚申四年八王爺死，已相距十五載。

子准旨，命寇丞相、高元帥即日班師。涉水登山，非止一日。大兵一路凱歌唱奏，王者之師，一程毫不驚擾。百姓安寧。一朝回至汴京、各文武大臣齊集，遠遠出城接駕。天子只因得勝還朝，文武大臣各各加升。隨征文武論功升賞，不能一一盡述。

帝一回朝，方知八王去世，不勝傷感，即謚為忠孝王。其子長的原乃太子，如今真宗那裡得知？八王去世，狄后不敢奏明，故聖上只痛恨火毀碧雲宮、李后母子遭難而已。只言不幸，不得太子接嗣江山。自思年將花甲，精力已衰，未必再嗣；即有孕嗣，恐已不久於世，年幼兒難以嗣位，不如冊立了王兄長子，以嗣江山便了。主意已定，次早降旨，冊立受益為皇太子，改名曰楨，其年十四。又敕旨加封狄妃為太后；次子趙璧封潞花王，年方十三，襲父職。其年冊立太子，群臣朝賀，大赦天下。旨意一頒，各省十惡大罪俱沾了天子恩德，一一實難盡述。

到次年壬戌乾興元年春二月，真宗天子果如所料，不久於世，得染一病，調治不痊，月內崩於延慶殿，壽五十五。計其在位二十三載，謚曰文明武定，葬於永定陵。是時百官舉哀，遍頒天下，不用煩談。皇太子楨即位，號曰仁宗。劉、狄二后並尊為皇太后。其時未有太子，故未冊立。癸亥天聖元年，立正宮郭氏為皇后，美人張氏為貴妃。後來郭后被廢，罪由呂夷簡唆言。再立曹氏為皇后，是曹彬孫女，後話不提。

至秋閏九月，故相寇準卒於雷州。自真宗得勝回朝，有奸黨一班王欽若、丁謂、錢惟演、馮拯、陳堯叟、內侍雷允恭等，讒毀寇準，至降貶至司戶❻。是丁謂內結劉太后，假傳聖旨，而帝尚不知。

❻ 司戶：州縣掌戶口籍帳之官。

而人畏太后、丁謂，無敢扶準以明奏也。卒於雷州，歸葬西京❼。路至荊州公安縣，民間感德，皆設祭於路，因立廟宇，號竹林寇公祠。公三居相位，忘身報國，守道嫉邪，卻被奸臣陷算，深為可嘆。後追贈為中書令，復敕封萊國公，謚曰忠愍。厚錫❽良臣，也不多表。

更考大宋真宗之世，常有契丹入寇之患，至仁宗即位之後，增歲幣四十萬，契丹以兄禮事帝，其侵擾之患方息。當日雖無契丹北擾，而西戎日見強威，兵精將勇，屢思奪占宋室江山。前者雄關既得楊延昭拒敵，屢次興師，未得其利。延昭既歿，又有後嗣楊宗保據守此關多年，西戎屢被敗回，戎主略不敢侵擾。但今鼓蓄銳師已久，一交秋日，發動大軍四十萬，戰將數十員，領兵主帥乃贊天王，副元帥子牙猜，左右先鋒大孟洋、小孟洋，主佐中軍伍須豐，五員猛將，乃西戎頭等英雄。是日奉了西夏主命，路經鞏昌府發進。鞏昌府在陝西邊界，一連鳳翔、平涼、延安幾府，俱被攻陷，直抵綏德府，與山西省偏頭關交界。三川關口守將楊宗保，幾次開兵，未分勝負，只得差官快馬上本回朝告急。

當時，奉差官不分星夜，趕趲回朝。此一天正在設朝，眾文武臣趨蹌朝賀畢，有值殿官傳聖上旨意：「有事出班啟奏，無事退朝。」旨意宣罷，只見武班中有兵部尚書孫秀出班奏上：「雄關楊元帥有本上謁我主天顏。」當時有殿前侍衛接上本章，展開御案上。仁宗展龍目一觀，本章曰：

雄關總領兼理軍兵糧務事、軍國大臣楊宗保：臣奉守三川二十餘年，向藉聖朝威德，陛下深仁，

❼ 西京：此處指洛陽。

❽ 錫：與，賜給。

寧謐多年，兵無鋒鏑之憂，將無甲冑之苦。可惱西夏國趙元昊賊心不改，稱帝於西羌，於七月孟秋日興兵四十萬，水陸並進，寇陷陝西，全省震動，數府擾攘，直抵綏德，與三川境界相連。臣幾次開兵，未得其利。臣年花甲，精力已衰，難勝其任，不能為主分憂。懇乞陛下早發銳師，經濟謀臣，成此重地，方解旦暮之危。緩則雄州之地非吾有矣。並慮隆冬寒候，軍士苦寒，還仰陛下早賜軍衣三十萬，得以軍需。乞陛下龍意留神，萬勿以為泛視。臣冒死謹陳，不勝待命迫切之至。

當下仁宗天子看畢，開言問曰：「既然西夏元昊作叛，寇陷陝西，眾卿有何良策禁他？」言未了，只見文班中一位大人執笏步至金階奏曰：「臣啟陛下！」天子一見，其臣乃吏部天官❾文彥博也。天子說：「卿有何良謀以禁叛逆？」文彥博奏曰：「臣思偏頭關與綏德府交界，三川重地，若非楊元帥鎮守，不獨陝西失守，即鄰省山西亦危矣。今有本回朝請益兵並求軍衣，雖然救兵心急，無奈契丹攻於北，朝內武略大臣曹偉、韓琦、程世衡等，皆分兵守鎮，今一時未得領兵之臣。陛下須早降旨意，操練三軍，招兵募勇，豈無出類拔萃之人？然後挑選智勇雙全者，解送征衣。我主以為何如？」天子聞奏，點頭曰：「依卿所奏。」即命孫兵部招集智勇雙全之將，並往御教場操訓十萬軍馬，以備登程。是日孫秀領旨，天子退朝，文武各散回衙。

又說當日仁宗皇帝即位之後，選了龐洪之女為西宮昭儀❿，加升其職，龐洪入相。孫秀，龐洪之

❾ 天官：吏部尚書之別稱。

婿，由通政使又進為兵部尚書。二人顯耀，權勢威隆，不多煩表。

按西夏姓拓跋，自赤辭歸唐，太宗賜其姓李，後又討黃巢有功，雖未稱國，而人已稱王。五代子孫世王，至宋太祖加封鎮興太尉，賜德明姓趙，回來臣宋，至子元昊始稱帝，興兵寇宋凡二十年，強悍莫禁。及降服，以臣事宋。凡傳二百五十八年，後元滅之。後話不提。

再說狄公子自遭水患，子母分離，幸得王禪鬼谷救上峨嵋山，收納為徒，傳授諸般武略，屈指光陰迅速，已有七載。一日獨自思量曰：「吾命生不辰，父親身居武職，祖父亦是顯貴名揚，不料及至我身，父親亡後，與母藉些舊產相依，清貧苦捱，也是木然。豈料年方九歲時，洪水為災，傷害了多少人民。吾蒙王禪老祖救上仙山，收納為徒習藝。但不知母親被水，未曉全亡。倘若喪於波濤之內，不免魚腹安葬了，為子豈不痛哉！但日前師父有言安慰，言吾母命不該終，還得親人搭救，日後自有重逢。思量師父雖然如此說來，但吾思親心切，愁心焉能放下？幾次要拜辭師父下山，尋訪母親下落，無奈師父不許，款留了，我亦不明其意。今在山中七載，且喜學得武藝高強，志在安邦定國，建立功勞，恢宏先人之緒，方得遂心。但吾年已十六，年當少年，正該與國家出力。但師父近年吩咐我，待時而動，下山扶助宋君。料此機會不遠，但不知待到何時？」

慢言公子日日山中思悶，半思立業半思親。又說鬼谷仙師，一日推算陰陽，西羌興旺稱帝，趙元昊得勢，雄師猛將如林，要爭占大宋江山。楊家將不能平伏，狄青賢徒不得在山修道了，只好保宋安邦。今在山中已有七載，不免差他回歸汴京，趁此機會扶助宋君便了。即命童子喚來狄公子。

---

⑩ 昭儀：九嬪之一，王宮中的女官，也是帝王的妃子。

當下公子拜見，稱說：「不知師尊呼喚，有何叮囑？」老祖曰：「賢徒，喜得你今災難已退，為師今日命你往汴京，速速離山去。一旦回朝，自得親人相會，就今日下山去罷。」公子聞言，不覺落淚曰：「師父，既然我災難已消，可以離山。但一來蒙師父救吾一命，恩育七年，傳授全身武藝，一日分別離山，心中不忍負此深恩；二者弟子既下山，實乃思親念切，待我先回山西故土，待我著落母親安在，然後回朝，未知可否？」老祖聽了，微笑說：「賢徒！你雖有此良孝之心，且丟開離師為母憂愁。我許你到汴京，自有親人相會。為師豈有誤你的，何必定轉故鄉？」公子一想，曰：「師父命我速回汴京，許有親人相見，想必是我母親了。」只得諾諾應允：「謹依師命。但盤費毫無，那裡走得？」老師父冷笑曰：「男子漢大丈夫，盤費小事，何須掛慮！吾今與你子母錢一個，須當謹記收藏，便是盤資日用了。但到得汴河橋地面，就沒了此金錢，也無妨礙了。」公子聽了大喜，拜謝師尊，雙手接了金錢，收入香囊中。微笑道：「上啟師尊：再有什麼神通妙術，傳些與弟子，以應防身之用。」老祖曰：「賢徒，你的隨身武藝盡可足矣，何必再求仙術的？況且仙家妙術，非一朝一夕可傳也。趁此天氣晴明，下山去罷！」公子稱是：「弟子就此拜別了！」深深四叩，起來肩負行囊，踩開大步，出仙山而去。老祖微笑曰：「好個年少小英雄也！實乃國家棟梁之臣，豈懼西羌猛將雄師？但狄青此去，尚有微災。小將但趁趕機會，該應如此。雖然先歷些苦楚，後來顯貴非比尋常。」即喚童子：「你可於七月十五之日，在河南開封府汴河橋，將狄青子母金錢收取回來，不得有誤。」童子奉命去了。不提。

不表老祖妙算機關，卻言狄公子出洞下山，獨自行走，忽然耳邊呼呼響亮，開不得雙目，身不由主起在空中。不久騰騰而下，雙眼睜開，不是仙山，乃平街大道。日已西歸，一見旅店，即進內安身。但思量：「不知此處是何地名。被風吹到此處，必然是師父的妙法，想必近朝中了。」不覺店主拿到酒飯，便問他此地何名，店主言：「河南省近開封府。」狄青聞言大悅：「不料師父一陣狂風送吾到汴京，不用跋涉程途，妙啊！」不覺放開大量飲嚼。只因在仙山素食七年，如今見了三牲魚肉，覺得甘美異常，吃個不休。再言狄青乃一員名將，貴品不凡。生來堂堂一表，身軀不長不短，肥瘦合宜。面如傅粉，唇似丹朱，口方鼻直，目秀眉清，看來不甚像個有勇力有武藝之輩，豈知他乃一員虎將，食量自然廣大，店主多送酒饌，一概吃個盡磬，反嚇得店主驚訝不已。老夫妻兩口兒說：「不料這人生來如此清秀，又不是猛漢粗豪，吃酒饌如此過多，果奇哉也！」

不言店主倆夫妻之語，卻說小英雄吃酒半酣半飽之際，偶然想起沒有盤費結交店主酒饌錢，心下籌思，說聲：「罷了！且將囊中金錢做抵莊押在此招商店中，且尋另日機會便了。」用飯已畢，即向囊袋中一摸，此番公子大喜，說曰：「奇了！吾別師父動身之時，只得一個金錢，為何此時有了許多？」撈將出來，數了一數，卻有一百個銅錢；再摸，沒有了。原來要曉得這金錢來歷，乃鬼谷的子母金錢，產出一百個銅錢，待他足一天用度，多也不得，少也不得。當日狄青欣然想來：這子母錢原乃仙家寶物，深感師父大恩，一個錢反化出一百個來，但願天天如此便好了，路中盤費不用顧慮的。當日歇宿了一宵，次朝又用了早膳。店主算帳，用了酒飯銅錢九十三文。公子交結完，又問明開封府城路途，還有四五天方進得大城。問畢一路而去，這子母錢日日如是產出一百個來。

公子一連數天，夜則宿，曉則行，單身寂寞淒涼，不覺到了皇城。但見六街三市，人煙稠密，人民居止，鋪戶密密層層。到了一方，名曰汴河橋，公子就住足於橋欄中。自言：「師父有言吩咐，倘我進了汴京城，自得親人相會。我今已進了皇城，未曉親人在於何方，教我那裏去找尋？況且我年交九歲，就上了仙山，至今已有七載，縱使親人在目，日久生疏，也難識認。料想必非別的親人在此，想必是我生身母也。母親啊，不知你在於何方！」一路感嘆，不覺欲進招商店，因腹中飢了，伸手向袋中一摸，不覺大驚說：「不好了！因何子母錢今天只得一個，連餘剩的一文也沒了？」不信的又摸一回，果然剩下金錢一個。此時小英雄心中煩惱，緊鎖雙眉。不知狄青此時如何度日尋親，且聽下回分解。

第五回　小英雄受困參神　豪俠漢憐貧結義

詩曰：

英雄結識義相投，合志同心契合稠。
今日貧交初聚會，他年功業覓封侯。

當下狄公子曰：「金錢，我一路而來，虧得你天大以作用度，為什麼你卻產不出百十個來？倘你化不出來，就沒了盤費，教我那裡去覓食？」當時公子自言自語的躊躇，取出金錢，反反覆覆的摸弄，不覺失手咕咕碌碌跌下橋欄。公子說聲「不好」，兩手搶抓不及，跌於橋下波瀾中。公子心中大惱，眼睜睜只看著橋下水似箭流，對著波濤說出痴話來，呼聲：「水啊！你好作孽也！此子母錢乃師父贈吾度日的，你因何奪去？真好狠心也！如今失去金錢，從何物覓食？又無親近可依，如何是好？」心中氣悶，長嘆一聲：「罷了！我狄青真乃苦命之人，該受困乏的。奉師之命到此，只望得會親切之人，料然師父之言有準，豈知到此失去子母錢。如今難以度日，我亦斷不街頭求丐的，頂天立地之漢，豈肯作此羞慚之行？不若身投水府，以了此生，豈不乾乾淨淨！」

又論這狄青，小小少年，全不想到七年肄業、武藝高強，又不記憶師父之言：一到汴京，自有好處。失了金錢，愁無盤費度日，就尋起短見來。這是小英雄立志不願乞度丐食以辱親，高品也！當時放下衣囊在於橋邊，低頭下拜，呼聲：「水啊！我九歲時便遭你大難淹溺，因命未該終，得師父救了。今朝不願乞丐度日辱親，願入波濤之內，料想師父未必再來搭救。虛勞精力集得全身武藝，師父奇能未展，雙親未報劬勞……」

正在倒身下拜，有些來往之人立著觀看，都說他痴呆人，紛紛交頭接耳言談。忽來了一位年老公公，前來扯著小公子，問曰：「你這小小年紀，是何方來的？緣何在此望空叩拜，且說與老漢得知。」公子抬頭一看，說曰：「老公公，你有所不知。吾不是你貴省人，我乃山西省來的。為遭水難，得師王禪救上仙山收為徒，習藝七載……」老公公說：「你既上仙山，因何又來此處？」公子曰：「只因奉師之命，到此尋親。得師贈我金錢度日，方才墮下水中。沒了盤錢，故不願丐食偷生，特地拜謝師父之德，父母之恩，溺於波濤之內。」

老公公聽了，微笑曰：「你這小官人好痴呆也！萬物皆惜生，為人豈不惜命？你為失此金錢小事就尋此短見，真乃痴呆也。」公子曰：「老公公，非我看得生死輕微，只因沒了金錢，乏了盤資，乞丐於道中，豈不羞慚於祖先？與其生，不如死為高耳。」老人聽罷，說：「小漢子，你是遠方外省人，不曉得我們本省事。待老漢指點你一個所在：離此地不遠，有一座相國寺廟，當日周朝鄭國賢大夫子產為愛民清正，死後人民感德，立廟而祀之，十分靈感。人若虔誠禱告，十有九驗。不若你去求問神聖，倘若神聖許你得會親人，自然神差鬼使，你得相見了；如神聖說你難會親人，那時候你再死未晚也。」眾觀看之人也來相勸他。狄公子聽罷，只得依從，說曰：「既蒙老公公、眾位良言，小子前往求禱神明便了。」老人又呼：「小漢子，還有一言。你可曉得古語云：『逢人且說三分話，未可全拋一片心。』你師命你下山，是天機秘密之旨，言語之間須要斂跡些。在老漢跟前，言既出便罷了，倘別人詢你，真情斷斷不可透露。」公子應允，當時拿回包囊，踩開大步而去。

又明：這子母錢雖是狄青失落水中，實是王禪手下童子收還去。更有一說駁問老祖：既將子母錢贈與狄青，為何今日又收取回此錢？無非助他路上的盤費，但他到得汴京，自然另有機會，故收去此錢，正是助他得會親人機竅也。即方才老公公言語機密，或是老祖化身來點化也未可知。

當下狄青一路上逢人便問相國寺的去處。一到寺前，果見來往參神之人十分擁鬧。這公子等候一會，方得來往人少些，即忙進內，放下衣囊。只見有僧人在此，便呼一聲：「和尚，吾要參神求問靈簽。」僧人聽了應諾，即引公子到了中殿。炷上名香，跪於蒲團上，稽首禱告一番，訴明來意情由。稟告罷起來，到神案上提簽筒，信手拾起竹簽一枝。公子一看，其簽上有絕詩四句云：

古樹連年花未開，至今長出嫩枝來。
月缺月圓周復始，原人何必費疑駭。

狄公子看罷，持簽對僧人曰：「和尚，吾小子請問你：我要尋訪一人，未知可得會晤否？」和尚接簽訣看罷，問曰：「你尋訪之人未知親切的人，抑或異姓友朋？」公子言：「是親切之人。」和尚曰：

「據貧僧詳細來，此位親人分離日久的了。」公子曰：「何以見是久不會的？」和尚曰：「首言『古樹連年』句，豈不是日久不會之意麼？」公子說：「不差也。」和尚又曰：「『至今長出』第二句，是與你至親至切，同脈而來，他是尊輩，你是晚輩之意。其人必然得會相見，日期不遠。」公子想來：一脈親人，必然吾母親無疑了。又問：「應於何期相會？」和尚曰：「『月缺月圓』，即在此一二天即可相會了。但今日雖是月圓之夜，據貧僧推詳起來，即此七月還未得相會。」公子曰：「緣何還有一月間隔？」僧曰：「『周復始』三字，還要過了此月。待至下月中旬中秋之節，定得親人聚會無疑了。」公子聽罷，復又倒身下跪。叩謝過神祇，拱手作謝過僧人。

正要蹺出，僧人上前與公子討些簽資，公子微笑曰：「和尚，小子是個初到汴京貧客，實無錢鈔與你。已經動勞於你，我不該當的，改日多送雙倍香資便了。」豈知僧人最是勢利，錢財上豈肯放得分文？聽了狄青之言，即上前扯牢，怒曰：「萬般閒物可以賒脫得，惟有求神問卜之資，難以拖欠神明的。你這人真乃可惡，勞動貧僧一番，分文不與的麼？你倘不拿出錢鈔來，休想拿出此囊包。」說未了，向地下搶去香囊。當時公子大怒，喝聲「休走」，搶上撈住僧人一手。不須用力，這僧人十分疼痛，掙扯不脫，高聲嚷救。

不意當時外邊來了兩個人：一人是淡紅臉，宛如太祖趙匡胤一般；一人生得黑漆臉，好像唐朝尉遲敬德模樣。若問兩漢來由，乃是天蓋山為強盜的英雄，結拜弟兄。當日扮為販賣綢緞，是在山上打劫得來的綢緞，來到河南開封府城做客商。進城將緞子貯於行家銷發，但未銷發完，是以二人也來相國寺中參神。久聞相國寺乃子產廟，神聖靈感，弟兄二人特至寺中求問日後如何結果。參神已畢，早聞公子、僧人爭論之言，也不甚在意。正要跑出廟門去，猛然看見狄公子乃一纖纖少年，扭住僧人一手，僧人就大呼救喊，痛得額汗並流。當下這紅臉漢對黑臉漢說：「看此人細細身軀，不想有此膂力，必非等閒之人。」黑臉言：「如此看來，此人只在你我之上。但不知他何等樣人，且與他做個相識也妙。」言罷，二人復跑進廟中，帶笑曰：「你這和尚行為太差也！你既為出家之人，原要方便為主。既然他是外省人，未曾便得錢鈔也罷了，不該強搶他包囊。」又說道：「此位仁兄，且看吾弟兄面上，放手饒他。」

當下公子抬頭，一看二位少年昂昂氣象，使放了僧人，喝聲：「出家之人如此勢利，若非二位來勸解，定斷不饒你的！」當下僧人得放，心中氣悶，只得進內拿出杯茶相奉。三人敘禮坐下。紅臉漢曰：「請問仁兄尊姓高名，貴省何鄉，乞道其詳。」狄公子曰：「小弟姓狄，賤名青，乃山西太原府西河人氏。二位尊姓高名，還要請教。」紅臉微笑曰：「原來狄兄與弟一府之誼。」公子曰：「兄弟也是西河人麼？」紅臉言：「非也，乃同府各縣，吾乃榆次縣。賤姓張，名忠也。」公子曰：「久仰英名！此位是令昆玉❶麼？」張忠曰：「不是。他是北直順天府人，姓李名義。吾二人是結交異姓弟兄。但不知狄兄遠居山西，來到汴京何幹貴事？」青言：「二位有所不知，小弟只因貧寒困乏，特到京中尋訪親人下落。二位仁兄，到此有何貴幹的？」二人言：「狄兄，吾二人只因學習得些武藝，但無能得薦效力，故在家置辦些緞子布匹到來銷發，以遣愁煩。如今貨物銷發於行，不意在此相會狄兄，實乃三生有幸。」公子曰：「原來二位乃英雄之輩，正該效力於國家，足見與弟心同一業。」張忠曰：

---

❶ 昆玉：對別人兄弟的美稱。

「敢問狄兄，小弟聞西河縣有位總戎狄老爺，是位清官，勤政，除凶暴，保善良，為遠近人民稱感。不知可是狄兄貴族否？」公子曰：「乃弟先嚴也。」二人聞言，笑曰：「小弟有眼不識泰山，冒昧不恭，多多有罪。原來狄兄是位貴公子，果然生來貴品，非比常流。」公子曰：「二位言重，弟豈敢當。但吾一貧如洗，涸轍❷之中，言來羞愧。不得已訴之神明，以待許吾以生死的。」二人聽罷，微笑曰：「公子休得太謙。既不鄙吾弟兄卑賤，且到我們寓中敘首盤桓，不知尊意如何？」李義又呼喚和尚：「且拿去此小錠銀子，只作狄公子的香資。」這僧人見了五兩多一錠銀子，好生喜悅，連稱厚賜作謝，要留住再款齋茶。三人說：「不消了。」公子拿回香囊，三人一同出廟。

三人一路談談說說，進了行店中。店主姓周名成，當時與狄公子通問了姓名，方知狄青乃官家公子，厚禮謙恭。當晚周成備了一桌上品酒筵，四人分賓主坐下，一同暢敘，傳杯把盞，說得投機，談說直至更深，各各睡去。

至次日，張忠、李義對狄青言曰：「你乃一位官家貴公子，吾二人出身微賤，原不敢親近。但我弟兄最敬是英豪，今見公子英雄義氣，實欲仰扳，意欲拜為異姓手足之交，不知尊意容納否？」公子聽罷，微微笑曰：「我狄青雖然忝屬先人之餘光，今已落後，是個貧窮下漢。二位仁兄是富厚英雄，比弟執鞭左右，尚且不足。但辱承過愛，敢不如二位之命？」二人聽了大悅。

張忠又曰：「若論年紀，公子最小，應該排在第三。但爾乃貴公子出身，若稱之為弟，到底心上不安。莫若結個少兄長弟之意。」李義笑言：「此話倒也說得相宜。」公子聞言曰：「二位仁兄說的

---

❷ 涸轍：涸轍之鮒的簡略說法，比喻身陷困境，急待救援的人。

話倒也糊塗了。論理般般原要挨次序才是，年長即為兄，年輕即為弟，方合於理。」李義又曰：「吾二人主意已定，公子休得異議多端。且在於店中階下，當空叩告神祇便了。」當下又求店主周成備辦齊香燭之類，焚炷香，同告禱。狄青恭身將居止、年辰上書表白，張忠、李義亦是皆然，此不用再言述過，即稟告結拜桃園之誓，無非煩俗之談，也難盡說。三人祝告已畢，起來復坐。自此之後，張忠、李義不稱狄公子，即轉呼狄哥哥。

是日，狄青想來：前者多蒙師父搭救上仙山，學全武略，打發吾下山，許以到京便有親人相會。豈料親人不見，及得邂逅相逢，結交得異姓弟兄，算來乃一奇遇也。但見二人一紫臉，一黑臉，昂昂氣概的英雄，生來異相，覺得驚人。且弟兄二人言，在家天天操習武藝，但今未曾與他比較得高低，未知那人精通。要知武藝誰好，且待空閒之日，或當演比英雄便了。張忠一日呼聲：「狄大哥，你初到汴京，未曾遍耍各地頭風俗，且耽擱多幾天，與你玩耍。待銷完貨物，再與你一同訪親，未知意下何如？」李義亦笑曰……

不知李義有何言語，如何比較雌雄，且看下回分解。

第六回　校演英雄分上下　玩游酒肆惹災殃

詩曰：

窮困英雄涸困龍，一朝奮翮❶便乘風。
可量海水人難量，方信天機造化功。

當時李義笑曰：「張二哥，今日既為手足，何分彼此。好鳥尚且同巢，何況我們義氣之交。況狄哥哥為遭水患，親切之人已稀，又不知此地親人訪尋得遇否，莫若三人敘首，豈不勝於各分兩地哉。」張忠聽罷，言曰：「賢弟之言有理，愚兄差了。」狄青聽了二人之言，不覺咨嗟一聲曰：「二位賢弟提起我離鄉別井，不覺觸動吾滿腹愁煩。」張、李言：「不知哥哥有何不安也？」狄青曰：「吾單身漂泊，好比水面浮萍，倘不相逢二位賢弟如此義氣相投，尋親若不遇，必然流蕩無蹤了。」張、李齊呼：「哥哥，你既為大丈夫英雄漢，何必為此擔憂。古言『錢財如糞千金義』，我三人須學管、鮑分金❷，勿效孫、龐結怨❸。」狄青聽了曰：「難得二位如此重義也。吾之疏見，難及高懷。」言談之

---

❶ 奮翮：鳥振翼高飛，比喻人的奮發有為。翮，羽莖，也代指鳥翼。

際，不覺日墜西山。一宵晚景夜膳休提。

次日，李義取了幾匹緞子，與狄青做了幾套衣裳更換。張忠又對行主周成說：「倘若哥哥要用銀子多少，且與他，即在吾貨物帳扣回便是。」周成應允。從此三人日日往外邊耍玩，或是飢渴，即進酒肆茶坊歇敘。玩水游山，好生有興。當時張忠對李義私言議曰：「吾們且待貨物銷完，收起銀子，與狄大哥回山受用，豈不妙哉！今且不對他說明。」

不表二人之言，原來狄青又一別樣心，要試看二人力量武藝如何。偶一天，耍玩到一座關公廟宇，其廟殿中兩旁有石獅一對，高約有三尺，長約有四尺。狄青曰：「二位賢弟，當日楚項王舉鼎百鈞❹，能服八千英雄。此石獅賢弟可提得動否？」張忠曰：「看來此物有千六百斤，差不上下，且試試提舉罷。」當下張忠將袖袍一捲，身軀一低，右手挽起獅腿一提，拿得半高，只得加上左手，方才高高擎起。只得走了七八步，覺得沉重，輕輕放下，頭一搖，說聲：「來不得了，只因此物重得很。」李義曰：「待吾來也。」低軀一坐，一手提起，亦拿不高。雙手高持，亦走得殿前一圍，只得放將下來。笑曰：「大哥，小弟力量不濟，休得見哂。」狄青言：「二位賢弟力氣狠強，真乃英雄之輩。」李義

---

❷ 管鮑分金：春秋時齊國的管仲、鮑叔兩人為友，曾一同經商，管仲分利多，鮑叔不以其貪，知其貧也。後以「管鮑」喻知心結交的朋友。

❸ 孫龐結怨：戰國時孫臏與龐涓同學兵法。後涓為魏將，嫉臏之才，召臏到魏，施以刖刑。後齊使者載臏歸，臏為齊謀擊魏，涓智窮兵敗，自殺。

❹ 鈞：古代重量單位名，三十斤為一鈞。

曰：「大哥，你也提拿來與小弟一觀。」青曰：「只恐吾一些也拿不動的。」張忠曰：「哥哥且請試看拿來。」當下狄青微笑走上前，身軀一低，腳分八字，伸出猿臂，一手插入獅腿，早已高高擎起，周圍團團三四轉。張忠、李義見了，吐舌搖頭，言曰：「不想哥哥如此怯弱之軀，力量如此強狠，我們不能少及。」當下狄青提著獅子運轉幾圍，面不改色，氣不速喘，將獅子一高一低幾次，然後輕輕放下，依舊安放原處。張忠笑曰：「哥哥，你果然力勇無雙，吾二人所深服也。實乃安邦定國奇能，唾手可取功名富貴了。」狄青曰：「二位賢弟休得過譽，愚兄的力量武藝有甚奇罕。」當下又見廟左側有青龍偃月刀一把，拿來演武。上鐫著「重二百四十斤」。張忠、李義雖然舞得動，仍及不得狄青演得如龍取水、燕子拋翅一般。張、李實乃深服。頑耍一番，三人一同出了廟，向興鬧街道而去。李義曰：「二位哥哥，如今天色尚早，頑得腹飢了，須尋個酒肆坐坐才好。」張忠、狄青皆言有理。一路言談多見投機，不覺來到一所十字街頭，只見一座高樓，十分幽雅。三人步進內樓，呼喚拿進上號美酒佳饌來。酒保一見三人，嚇了一驚，言：「不好了！蜀中劉、關、張三人出現來，走罷！」張忠曰：「酒保不須害怕，吾二人生就面容凶惡，心地乃是善良也。」酒保曰：「原來客官不是吾本省人聲音，休得見怪。且請少坐片時，即有佳酒饌送來。」當下三人只見閣子內有幾桌人食酒，又見樓中不甚見大，一望那裡廂對面一座高樓，雕畫工巧，芳香花氣遠遠吹噴出外廂，陣陣撲鼻芬芳。張忠呼酒保，要揀個好座頭。酒保應諾：「客官且在此位便甚好了。」張忠曰：「這個所在我們不坐，須要對面此座高樓，我們要在此食酒。」酒保說：「三位客官要坐此高樓，斷難從命了。」張忠曰：「這卻也為何？」酒保言：「休問多端，你且在此食酒罷。」張忠聽了，問曰：「到底為什麼登不得此樓的？快些明言來。如若果然坐不得的，我們就不坐了，你也何妨直言。」酒保說：「三位客官不是我本省人，怪不得你們不知。吾隔樓有個大勢力的官家，本省胡老爺，官居制臺職。有位凶惡公子，強占此地，趕逐去一坊居民，將吾閣子後廂起建此間畫樓，多栽奇花異草，古玩琴棋名畫，無不具備，改號此樓為『萬花樓』。」張忠曰：「他既是官家公子，更有這樣凶蠻的？」酒保曰：「客官，你不知其故。只因孫兵部就是龐太師女婿，胡制臺是孫兵部契交黨羽，是以他勢炎滔天，人人害怕，百姓人家那個敢去惹他？這公子名胡倫，日日帶領十餘個家丁，倘愚民有些小關犯於他，即時拿回府中，登時打死，誰人敢去討命？如今公子建造此樓，時常到來賞花游玩、食酒開心的。故禁止一眾，不論軍民人等，不許到他樓上閒頑，豈敢在此食酒？如有違命者，立刻拿回重處。故吾勸客官休問此樓，猶恐惹著，大凡災禍不輕了。」

當時，不獨張忠、李義聽了大怒，如雷高聲咆哮，即狄青也覺氣忿不平。張忠早已大喝一聲：「休得多說！我三人今日必要登樓用酒，豈懼胡倫這小畜生！」言罷，三人正要跑進樓去，嚇得酒保大驚，額汗並流，只得跪下叩頭求告言：「客官千祈勿上樓去，方才饒得我性命也。」狄公子曰：「酒保，吾三人上樓食酒，倘若胡倫到來放肆，自有我們與他理論，與你什麼相干，弄得如此光景？」酒保曰：「客官有所不知，胡公子諭條上面有規定：本店若縱放閒人上樓者，捆打一百。客官啊！我豈經得起打一百麼，豈非一命無辜送在你三人手裡！懇祈三位客官不要登樓，只要算個買物放生，存些陰騭也罷。」張忠冷笑曰：「二位哥弟，胡倫這狗子如此狠凶，也怪他不得。恃著數十個蠢漢，橫行無忌，順者生，逆者死，不知陷害過多少個良民也！」狄青曰：「我們不上花樓去，顯然懼怕這狗烏龜了，非為漢子之稱。」李義也答言「有理」。急嚇得酒保心亂如麻，此番叩頭猶如搗蒜一般。張忠一手拉起，呼聲：「酒保，你且起來，吾有個主張。如今賞你十兩銀子，我三人且上樓坐坐，片時就下來了。那胡倫難道有此尷尬，即此刻到來麼？」李義曰：「酒保你好愚呆也！一刻間受用了十兩銀子，還不妙麼？」當日酒保也貪想這十兩銀子：「想來這紫臉客官的話倒也無差，難道胡公子卻有此湊巧，向此時候就來了不成？罷了，且大著膽子受用了十兩銀子罷。」即呼：「三位啊，就登樓一刻，即要下來的。」三弟兄說：「這個自然，決不累著你淘氣的。且拿進最上品好酒肴送上樓來，還是重重銀錠供你。」酒保聽罷，應諾而下。

三人登進樓臺，但見前後紗窗多已關著，先推開前面紗窗，一看就是街衢上，多少人來往，鋪戶居民，宇屋重重；又推開後面窗扇，果見一座芳園，森森樹木，隊隊飛禽，亭臺樓閣，猶如圖畫一般。只見秋花滿目，及時而開，青松翠柏，參天秀茂一片，巧鳥靈禽，嬌聲頻美。弟兄稱意開懷。李義曰：「此座花園好幽雅也！」只見四邊粉壁如雪如霜，張著名人古軸，簫管銅絲的的俱備，玩物器皿俱齊。只因胡公子四時登樓頑耍，合了一班朋黨，吹彈歌唱，是以如此。三人坐於白玉凳上，一刻酒肴送到，排開案桌上，弟兄放開大量，暢飲醇醪，言言談論。又聞陣陣花香噴鼻，更覺稱心。

若說這三位少年英雄，包天膽量，況且張忠、李義乃是天蓋山的強盜，放火傷人不知見過多少，那裡畏懼什麼胡制臺的公子。他不登樓則已，到了花樓來，總要吃個爽快的酒，焉肯即時下樓。當時高聲喧鬧，幾次催取好酒。李義高聲呼喚：「酒保！還不速送酒上來？」拍臺擲凳。張忠罵聲：「狗王巴的戎囊，既開的是酒肆，巴不得客人多用酒饌，多賣錢鈔。」酒保一聞呼罵之言，即忙跑走上樓中，稱：「客官！小店裡實在沒了酒的，且請往別處再用罷。」張忠喝聲：「狗王巴！你言沒了酒，欺著我們的？」一把將酒保揪住，圓睜環眼，擎起左拳，嚇得酒保色寒，抖抖蹲做一堆的求饒。在旁李義曰：「酒保，到底有酒沒有的？」狄青言：「酒是有的，無非厭煩著我們在此，只恐胡倫到來，連及於他之意耳。酒保，如若胡倫到來處治你，只言我們強搶上樓的，決然不干累於你。」酒保曰：「既如此，請此位紅臉客官放手，待吾拿酒來罷。」當下張忠放手。酒保下得樓來，吐舌伸唇，言：「不好了！這三人食了兩缸酒，還要添起來。也罷了，只憂公子到來，就不妥當的。」酒家正在心頭著急，卻然胡倫就到了。

再講胡倫，年方二十外，生得面貌不佳，不是胡制臺親生，乃胡爺繼養獨子，只貪游蕩，不喜攻書。胡爺並不拘束，聽其所為，是至胡倫放縱得品行不端。平素淩虐良民過多，眾民一知他到，便遠遠躲避，所以送他一個混名「胡狼虎」。這一天，乘了一匹白馬，帶了八個家丁，各處去頑了而回。本來不是要到酒肆中，只因狄青三人未登樓之先，已有一個無賴棍漢名徐二，在裡面食酒。後來看見酒家得了張忠十兩銀子，私放三人上花樓食酒，徐二暗言曰：「我前日食了他的酒肴未有錢鈔，俯懇他記掛數日欠帳，他卻偏偏不肯，要吾身上衣衫折抵了。如今破綻落吾眼內，不免報稟與胡公子得知，搬弄些唇舌。料想惡公子必不肯干休，教這狗囊混鬧一場，方出我的怨氣。正是明槍易躲，暗箭難防也。」想罷，完了酒鈔，出門而去。

事有湊巧，胡公子正在一路回府，徐二急趕上跪下言：「小人迎接胡大爺。」胡倫曰：「你是那人，有甚事情？」徐二曰：「無事不敢驚動大爺。只因方才酒保故違大爺之命，貪得財帛，擅敢容放三人在萬花樓食酒，特來稟知大爺。」胡倫聽了，問曰：「如今還在此麼？」徐二曰：「如今現在樓中。」胡倫曰：「你且去罷，明日到來領賞。」徐二言「多謝大爺」而去，喜而言：「白搬唆了口舌，還有賞領，這場買賣真好做也。」

不說徐二喜悅，卻說胡倫想來怒氣沖沖，帶了家丁，如狼似虎，一程來至酒肆中。喝聲：「酒保！那人登樓食酒？」當時店中閣內坐下食酒人，一見公子到來，一哄走散了。酒家嚇得魄散魂飛，連忙跪下叩頭不止。有八個家丁跑進樓臺大喝：「這裡什麼所在，你們敢在此吃酒麼？」弟兄三人聽了大怒，立起座位言曰：「酒樓是留客之所，人人可進。你莫非就是胡家幾個奴才麼，奉命來阻撓吾們吃酒，好生膽大！」八人齊喝：「我家胡府大爺要登樓來，你們快些走下還好，這算不知者不罪。」三人喝聲：「放屁！胡倫有甚大來頭，不許吾們在此麼？快教他來認認我桃園三弟兄，立側侍酒，方恕他簡慢之罪。」家丁大怒，喝聲：「膽大奴才，好生無禮！」早有胡興、胡霸搶上，揮起雙拳就打。卻被張忠一手格一人，乘勢一進，又至胸前，二人東西跌去丈遠。又有胡祥、胡福飛步搶來。不知如何爭持，且看下回分解。

第七回　打死愚凶除眾害　置生豪傑慰民情

詩曰：

官民犯律一般同，豈料制臺縱子凶。
當世若無包府尹，善良定遭羅網中。

當時李義看見兩人打來，他圓睜環眼，喝聲「慢來」！飛起連環腳，二人一齊跌去。胡昌、胡順、胡榮、胡貴四人一齊擁上，向三人奔來。狄青實不介懷，將身一低，伸開雙手，在四人腿上一擦，四人喊聲「不好」，一齊撲地跌覆下。八人一齊起來，又是搶上，豈知身軀未近，人已先跌，只得爬起身來，一同逃下樓去。狄青看見，冷笑曰：「這八個奴才，不消三拳兩腳，打他奔下樓去。二位賢弟，我想胡倫未必肯干休，料他必來尋事，不免我們三個一同下樓去，方為上策。須然不是畏怯於彼，猶恐他多差奴才來，就虎落平陽被犬所欺了。」張忠曰：「哥哥所算不差，我們下樓罷。」

此時狄青在前，張忠、李義在後，正要下樓，豈料胡倫公子雄赳赳氣昂昂搶上樓來，高聲大喝：「誰敢無禮！吾胡大爺來也！」狄青問曰：「你就是胡倫麼？」輕輕在他肩上一拍，胡倫已立腳不穩，翻身跌下。八個家人上前扶起，已跌得頭暈眼花了。即喚家丁們：「快拿住三個賊奴才！」狄青喝聲：「胡倫，你還敢來麼？」胡倫被撲跌得疼痛，心中忿怒，喝聲：「何方野畜，擅敢放肆！我公子就來，你便怎的？」直搶上前，八個家人隨後；有胡榮見勢頭不好，先回家中禀報胡爺去了。胡倫奔搶至狄青跟前，狄青伸手夾胸抓住提起，脊背向天，如抓雞一般。七個家人只管吶喊，又見張忠、李義怒目圓睜，不敢上前。大罵：「這還了得！三個死囚奴，如此膽大凶狠，還不放下公子。胡老爺一怒，擔憂你三條狗命死得慘刑！」

當時狄青乃少年心性猛，二者酒已半酣之際，一聞家丁之言，怒氣沖沖，喝聲：「狗奴才！要吾放他麼也不難，且還你罷！」將胡倫一抛，高高擲起，頭向地，腳頂天，已跌於樓下。三人哈哈冷笑，重回樓中食酒，已忘記了方才下樓之言。當下七名家將見抛了公子下樓，急急跑走下樓來。只見公子磕破天靈蓋，血流滿地，已是不活。嚇得面如土色，大呼：「反了！反了！清平世界，有此凶惡之徒，將公子打死，真乃目無王法了！」店家早已唬嚇得半死。街上閒觀之人漸多。是時胡府家丁又添上百十餘人，將酒店中重重圍了。

這三人在樓中食酒，還不曉得胡倫跌死。正在食酒高興之中，你一杯我一盞。有二、三十人一擁上樓來，要拿住凶手。這三人一見大惱，立起來，仍復拳打腳踢，多已打退下去。有酒家看事不好，只得硬著膽子登樓來，跪下叩頭不已。稱言：「三位英雄，乞祈勿動手，救救小人狗命才好。」三弟兄曰：「我們又不是打你，何用這等慌忙的？」酒家曰：「三位啊，你今撲跌死了胡公子，他的勢大凶狠，你不知麼？方才小人已曾告禀過了。」狄青曰：「胡倫死了麼？」酒保曰：「天靈蓋已打得粉碎，鮮血滿地，還有活的麼？但今胡老爺必來拿問我了，豈不曰小人一命喪於你三位手中！」狄青曰：「店主休得著忙，我們一身做事一身抵當，決不來干連你的。」酒家曰：「你雖然如此言來，只是你三人乃異省的，一時逃脫去，豈不連累害了小人？」張忠曰：「我三人乃頂天立地英雄，決不逃走的。你且再拿美酒上來，我弟兄食個爽快就是。如不送酒來食，我們即逃走去了。」酒保聽了，諾諾應允，言：「要酒也容易了。」此時急忙跑下樓，取一罈美酒送上樓來。只憂三人脫身而去，是以美酒佳肴，多送上樓來。三弟兄大悅，盡量飲用不休。

是日胡制臺聞報，大驚大怒，立刻傳地頭知縣，前往捉拿凶身。差役人等數十名，到了酒肆門前。縣主於此排堂，驗明屍傷，係跌撲殞命的。只因知縣要奉承上司胡大人，少不得要審問的。當時縣主喚酒家，問其姓名，酒家稟上：「大老爺在上，小人名喚張高。」縣主又詢三人姓氏：「怎樣將胡公子打死的，你直白說來。」酒家言：「老爺，他三人名姓小人倒也不曉，只是一人紅面的，一個黑面的，一位白面的同來食酒，要上對樓中。當時小人再二不肯，再四推辭，豈知他十分凶狠，伸出大拳頭，將小人揪住要打。那時小人畏怯了，只得容他登樓去。後來公子到了，即時登樓廝鬧。若問如何毆打，小人倒也不知，只為小人在樓下，他相毆在樓上，所以不知其由。老爺若問公子如何死法，只要詢三個客人才知明白。」

縣主聽罷點頭。當下衙役喚至三人，縣主問曰：「你姓名且稟來。」張忠曰：「吾姓張名忠，山西榆次縣人氏。」李義稟曰：「吾乃北直順天府李義也。」青曰：「吾乃山西西河人狄青是也。」縣主曰：「你三人既為越省人氏，在外為商，該當事事隱忍才是。在此食酒，緣何一刻便將胡公子打死？

你且從實招來，以免再動刑！」張忠曰：「大老爺明鑒，吾三人在樓中食酒，與這胡倫兩不交關的。豈料他領了七八個家丁打上樓來，不許我們食酒。這是胡倫差也。」縣主聽了，喝聲：「胡說！你還說胡公子差麼？你既坐了他樓，只須相讓，用些婉辭言語解勸，未必至於相毆的。況他是個尊貴公子，你三人乃一匹愚民。即同輩中借用了東西，還要婉話相讓。如今料你三個凶徒欺他弱懦斯文之體，行凶將他打死了，還說此強蠻之話，好生可惡！」狄青曰：「老爺，若論理來，胡倫亦有差處。他一到店中，即差家人打上樓來，不分理論。後至胡倫廝鬧進樓，小人並不曾將他毆打，他已怒氣沖沖，失足撲於樓下。他是失足跌死，怎好冤屈小人打死他？望乞大老爺明鑒參詳，保持為民父母之心。」縣主大怒，喝聲：「利口凶徒，你們將公子打死，還敢花言強辯！況屬皇城法地，豈容此凶惡強徒！若不動刑法，怎好招認？」吩咐：「先將這紅臉賊狠狠夾起來！」

當時差役正動手，要將張忠靴子脫了，豈知來了一位鐵面閻羅官。此人姓包名拯，一路巡查到此。卻論包爺身為巡撫，此時不是聖上差他做個日巡官，乃是包公自為主意。只因目下奸黨甚多，恐怕他作弊端陷民，是日不打道又不鳴鑼，只靜悄悄帶了張龍、趙虎、董超、薛霸四個排軍❶各處巡察。一近酒肆坊中，只見喧嘩人擁，包爺住轎，喚趙虎去查問何事。趙虎領命，去一會回來：「稟上大老爺，有三個外省人氏：張忠、李義、狄青，將胡制臺公子打死於酒肆中，封丘縣老爺在此相驗問供，是以喧鬧。」包爺一想：老胡奸賊，縱子不法，橫行無忌，幾次要擒他破綻收除，奈無機竅。這小畜生也有今日，正死得好，地頭除一大蟲子❷。想未了，有知縣到來迎接，曲背彎腰，稱言：「卑職封丘縣

❶ 排軍：「排」同「牌」，指盾。排軍原指排手，即一手使用盾，一手執武器的軍兵，後來用以泛稱一般軍兵。

參見包大人。」包爺就問：「貴縣，這三個凶身那一人招認的？」知縣曰：「啟上大人：這三個凶身都不招認。卑職正要動刑，卻值大人到此，理當恭迎。」包爺曰：「貴縣，這件事情重大，諒你辦不來也。待本部帶轉回衙細細審問，不憂他不招認的。」縣主曰：「包大人，卑職是個地方官，待卑職審究，不敢重勞煩大人費心。」包爺冷笑言：「你是地方官，難道本部是個客家官麼？張龍、趙虎，可將三名凶犯帶轉回衙。」二人應諾，一同帶住三人。包公又轉店中，再驗屍首，並非拳刃所傷，只是破了天靈腦蓋。當下心中明白，登轎回衙。只有封丘知縣心中不悅，恨著包公多管閒事，必然帶去開豁了凶身，豈不令胡大人將吾見怪，只恐這官兒做不成了。只得吩咐衙役：「錄了張酒家口供，將公子屍骸送到胡府中。」不打道❸，一程到了胡府中。

先說胡爺一聞兒子身亡，怒忿不消的痛恨，夫人哀哀苦哭，痛著兒子喪於無辜。忽報封丘縣到來，胡爺傳命後堂相見。知縣進來，叩見畢，低頭稟知：「大人，方才卑職驗明公子被害，正在嚴究凶身，不想包大人到來，將三名凶犯拉去。為此卑職特送公子屍軀回府，稟明大人定奪。」胡爺言：「包拯如此無禮麼？」知縣曰：「是。」胡爺呼道：「包拯啊！這是人命重大事情，諒你不敢將凶身開豁的。暫請貴縣回衙罷。」知縣打拱言：「如此，卑職告退了。」

知縣去後，胡爺回進後堂，一見屍首，放聲悲哭。又見夫人苦切，家小丫頭也是悲哀。胡爺長嘆一聲：「如今為爹娘年老，單養成你一人，愛如掌上明珠。兒啊！指望你承嗣香煙，今被凶徒打死，

❷ 大蟲子：指老虎，此處用以喻惡霸。

❸ 打道：此處指擺鳴鑼開道、令百姓迴避等官員出行的架勢。

後嗣倚靠誰人？賊啊！我與你何仇，行凶將吾兒打死，斬絕我胡氏香煙？恨不能將你這賊千刀萬剮！」閒話休題，是日，免不得備棺成殮。

卻說包公帶轉犯人，升堂坐下，凜烈巖巖❹，令人著驚。命人先帶張忠，吩咐他抬起頭。張忠深知包公乃是一位正直無私清官，故一心欽敬，呼聲：「包大老爺，小民張忠叩見。」包公舉目一觀，見他豹頭虎額，雙目電光，紫膛面，看他猛勇之輩，若為一武職，不難挑上。即言：「張忠，你既非本省人，做什麼生理❺？因何將胡倫打死？且公稟來。」張忠想定：「這胡倫乃是狄哥哥將他撩下樓去跌死的，方才在知縣跟前豈肯輕輕招認？但今包公案下，料想瞞不過的，況且結義時立誓義同生死。罷！待我一人認了罪，以免二人之累便了。」定下主意，呼聲：「大老爺！小民乃山西人氏，販些緞匹到京發賣，與狄、李二人在萬花樓酒肆敘談。不料胡倫到來，不許我們坐於樓中，領著家人七八個，如虎如狼，打上樓來。只為小人有些膂力，將眾人打退下去。後來胡倫跑上樓，與小人交手，一跤跌於樓下，撞破腦蓋而亡。小的原是個凶手。」包爺想來：「本官見你是個英雄漢子，與民除害，倒有開豁你們之意，怎麼一刑未動，竟自認為凶手，這是何解？」即喝曰：「這是胡倫自己跌下身亡，與你何干？」忠曰：「是小的打他下樓的。」包爺喝聲：「胡說！胡家人多，你人少，焉能反將胡倫打下樓的？」喝他下去，又喚李義上前，命他當面。

包公一看李義，鐵面生光，環眼有神，燕頷虎額，凜凜威嚴。包爺曰：「你是李義麼？那裡人氏？

---

❹ 巖巖：高峻貌。

❺ 生理：此處指謀生之道。

這胡倫與你們相毆，據張忠言，他跌墜下樓身死，可是真麼？」原來李義亦是莽夫，那裡聽得出包公開釋他們之意，只想張二哥因何認作凶手？待我稟上大老爺，代替他罷：「啟稟大老爺，小人乃北直順天人。三人到來，販賣緞匹，在萬花樓食酒。與胡倫吵鬧，小的性烈，將他打下樓，墜撲身亡。」包爺喝曰：「張忠已經說明白，兩相毆打，他失足墜樓而死，你怎的冒認打死他？難道打死人不要償命的麼？」李義言：「小的情願償命，只懇大老爺赦脫張忠的罪，便沾大恩了。」包爺聽了，冷笑曰：「好個莽匹夫也，下去！」再喚狄青上堂。

包爺細看小英雄，好生面熟，但不知在那裡相會過的。原來包公乃文曲星，狄青乃武曲星，今生雖未會，前世已相逢，故爾當時包爺滿腹思疑，此人好生面善，但一時記認不著。呼聲：「爾是狄青麼？那省人氏？」狄青稟曰：「小民乃山西省太原人氏。只為到此訪親不遇，後逢張、李，結拜投機。是日在樓中食酒，不知胡倫何故引了多人上樓，要打吾三人。但小民等頗精武藝，反將眾人打退下樓，吾將胡倫丟拋下樓跌死。罪歸小民，張、李並非凶手。大老爺明鑒萬里，望開二人之恩。」包爺將案桌一拍，大喝：「你小小年紀，說話胡塗！看你身軀怯弱，豈像打鬥之人，如何這等冒認胡供？此人必是痴呆的。」喝命：「攆他出去！」狄青大呼：「老爺，小的是凶身正犯！」包公喝曰：「痴呆人胡說！況且張忠說明他墜樓身死，你這奴才敢在本部跟前冒為凶身！」大喝攆出。早有差人將狄青推出去了。

旁邊胡府家人看見，急上前：「稟上大老爺，這狄青既是凶身正犯，因何將他趕出？」包爺曰：「他乃年輕弱質，不是打架之人。」家丁：「啟上大老爺：他已自己招認作凶身的。」包公曰：「他乃冒認，欲脫張、李二人耳，怎好再屈枉無辜！」家丁曰：「望懇大老爺勿放走凶身，只恐家老爺動惱了。」包公怒曰：「你這狗才！將主人來抑抗本部麼？」扯簽撒下：「打了二十板！」打得痛苦哀哀，登時逐出。包公本欲將張、李一齊開豁了，奈無此法律，不免暫押獄中再處，即時退堂。

有眾民見包公審三人，將狄青趕出，打了胡府家人，好不爽快。只為胡倫平日欺壓眾民，被害過多，今日見三人乃外省人氏，打死了他，猶如街道除去猛虎，十分感激三位，實欲包公一齊放脫了他。你言我語，不約而同心想來，好善憎惡，個個皆然。不知張、李如何出獄，且看下回分解。

第八回　說人情忠奸駁辯　演武藝英漢從權

詩曰：

忠良本是惜忠良，不比奸臣惡毒腸。
只為私仇忘正義，千秋難免臭名揚。

不表眾民人喜得打殺了胡倫公子，除去本地頭大患，卻說狄青被包公趕逐出了衙門，不解其意，一路思量：包大人將我開釋了，難道吾父親做官時與他是故交？但吾幼年時爹爹升到本籍山西省做總兵時，包爺初在朝做內官。但今雖將我罪名脫摘，還不知二位弟兄怎麼樣了？

狄青正在思想，只見衙役等押出兩人，連忙上前隨後：「二位賢弟出來了麼？愚兄在此等候多時了。」二人說：「哥哥，你且回店中，等候我二人則甚？」狄青曰：「候你二人一同回去。」二人微笑曰：「小弟回去不成了。」狄青問曰：「不知包大人如何斷你二人？」張忠曰：「包大人也沒有什麼審斷，只傳諭下來，將我二人收禁候定。」狄青曰：「你二人下監牢去麼？如此我也同去了。」二人言：「大哥，你卻痴了。你是無罪之人，如何進得獄中？」狄青曰：「賢弟那裡話來！打死胡倫，原是我為凶手，包大人偏偏不究，教我如何得安？豈忍你二人羈於縲絏❶之中。我三人死生不離，方見桃園弟兄之義也。」張忠笑曰：「哥哥，你今日就欠聰明了。吾二人是包大人之命，不得不然耳。你是局外之人，況乎這個所在，不是無罪之人可進得的。吾還有一說，哥哥附耳近些，方可說知。」當時張忠附耳細言：「這件事情，包公卻有開釋之意，小弟決無抵償之罪。哥哥可放心回去，對周成行主說知，拿百拾兩銀子來使用便是了。」狄青聞言嘆聲曰：「屢聞包大人鐵面無私的清官，若得他開發你二人無大罪，我心方安的。」談談說說，不覺到了牢中，狄青無奈，只得別去。回歸店中，將情達知周成行主，嚇得他吃驚不小，就將他貨物銀子兌了一百兩，交付狄青。次日到獄中探望二人，分發使費。少停回轉行中，心頭煩悶，日望包爺釋放二人。

按下三人不表，再言胡坤府內之事。家丁被打回來，稟知：「包公審壞此事，將一個正犯狄青開放去，小人駁說得一聲，登時拿下，打了二十，痛苦難堪。」胡爺聽了，怒曰：「可惱！包拯竟將正犯放走了，又毒打家人。如此可惡，包黑賊真不近人情了！」吩咐打道出衙，一路往孫兵部府中而來。原來孫秀因龐洪入相，進女入宮為貴妃，他是國丈女婿，故由通政使職升為司馬❷，名聲赫赫的大奸權。適胡坤是龐國丈的門生，故孫、胡二人十分厚交，成其莫逆弟兄。又言胡坤不去見包拯，名正言順說秉公之論，反去鬼頭鬼腦來見孫司馬，顯見他不是光明正大之人了。

當日孫兵部聞報，吩咐大開中門，衣冠齊整的迎接。攜手進至內堂，分賓主坐下。茶遞畢，孫爺

---

❶ 縲絏：拘繫犯人的繩索，引申為牢獄。

❷ 司馬：兵部尚書的別稱。

問曰：「不知胡老哥到來，有失遠迎，望祈恕罪。」胡爺曰：「老賢弟，休得客套了。愚兄此來非為別故……」胡坤將此事一長一短說知，再呼：「孫賢弟，吾平日本與包拯不投機的，今又打我家人，欺吾太甚，故特來與你相商。但狄青是個凶身正犯，他已放脫了。有煩老賢弟去見這包拯，要他拿回狄青，與張、李一同審作凶身，一同定罪，萬事干休；如若放走了狄青，我與他勢不兩立，必要奏聞聖上，究問他一個壞法貪贓之罪，管教他頭上烏紗帽子除下。」孫兵部聽了，大怒曰：「可惱！可惱！包黑賊如此欺人太甚！胡兄不必心焦，愚弟亦與包拯不合。但為此事，亦代你走一遭去見他，憑彼性子倔強固執，吾往說話，諒包拯不得不依。」胡爺曰：「如此，足感賢弟，有勞了！」孫秀當日吩咐備酒於書房，二人食至紅日西歸，胡坤方才作別回衙。

次日，孫秀打道上馬，一程來至包府，令人通報。包爺一想：孫秀從不來探望我的，此來甚是可疑。只得接進私衙內，雙雙見禮坐下。包爺曰：「不知孫大人光降，有何見諭？」孫秀冷笑曰：「包大人，難道你不曉得下官的來意麼？」包爺曰：「全然不曉。」孫爺曰：「只為胡公子被張、李、狄三人打死，理當知縣審究，卻被包大人帶轉回衙來。」包公曰：「這件案情知縣辦得，難道下官倒管不得麼？」孫秀曰：「管是管得的，但不應該將個凶身正犯放脫去，是何道理？」包爺曰：「怎見小小少年狄青是凶身正犯？」孫秀曰：「這是狄青自招認的。」包爺曰：「如此孫大人親自目擊麼？」孫秀曰：「雖非目擊，難道胡府人算不得目擊麼？」包公曰：「如此，只算得傳來之言，不足為信。倘國家大事，大人可以到來相商，如今不過是一樁誤傷人命，不是什麼大不了的事情。若要私說情面，休得多說。」孫秀曰：「包大人，你說的多是蠻話。」包爺冷笑曰：「下官原是蠻話，只要蠻話蠻得有理就是了。但這胡倫是自跌撲於樓下而死，據你的主見，要他三人償他一命之意，爾豈不曉得家無二犯，罪不重科，比方前數日有許多人在此食酒，如是，一概多人俱要償他的命了。為民父母，好生樂善，大人未必昧此。況且此案下官未曾發結，少不得還要復審再行定奪。」

孫秀曰：「包大人，你一向正直無私，是至聖上十分降重於你，滿朝文武人人敬你。豈知今日此椿人命正案便存了私，弄得化為烏有。如今你私放了正犯，胡坤兒子被他打死，豈肯干休？倘被他奏聞聖上，你頭上烏紗帽可戴得穩實麼？」包爺聽罷，冷笑曰：「孫大人，下官這烏紗時刻由著不戴的，只有存著一點報國之心，並不計較機關利害也。」孫秀曰：「包大人，據你的主見，這狄青不是個凶犯，應得釋放的麼？」包公曰：「何曾是凶犯？自然應該放脫的，少不得也要奏知聖上。這胡坤不奏明聖上，下官也要上本的。」孫秀曰：「大人，你奏他什麼來？」包公曰：「只奏他縱子行凶，欺壓貧民，人人受害的款頭❸。」秀曰：「這有什麼為據的？」包公冷笑曰：「你言沒有憑據麼？這胡倫害民惡款過多，吾已查得的確，即現在萬花樓之地，亦是趕逐去居民強占奪的。況且張、李、狄三人乃異鄉孤客，這顯見胡倫恃著官家勢力，欺他寡不敵眾，弱不敵強，那人不曉？豈有人少的反把人多的打死，實難准信的。倘若奏知聖上，這胡坤先有治家不嚴之罪，縱子殃民，實乃知法犯法，比之庶民罪加一等。即大人來糊講，私說情面，也有欺公之罪。」這幾句言來，說得孫秀無言可答，帶怒曰：「包大人，你好鬥氣之人！拿別人的款頭，捉別人的破綻，我想同為一殿之臣，何苦盡結冤家？勸你世情看破些也罷。」包公大聲言曰：「孫大人！這是別人來惹下官淘氣❹的，非吾去覓人結抗也。奏

❸ 款頭：此處作罪名解。

知聖上，亦是公斷。是是非非，總憑聖上公議。倘若吾差了，總然罷職除官，吾包拯並不介懷的。」

當時包公幾句侃侃鐵言，說得孫秀也覺心驚了。想來這包黑子的骨硬性鯁，動不動拿人蹤跡，捉人破綻，倘或果然被他奏知聖上，這胡坤實乃有罪的。悔恨此來反是失言了，此時倒覺收場不得，只得喚聲：「包大人！下官不過聞得傳信之言，說你將凶手放脫了；又想大人乃秉公無私的，如何肯抹法瞞公，甚是難明，故特來問個詳細，大人何必動惱？如此下官告辭了。」

當日孫兵部含怒作別，一路復來到胡府，將情告知。包拯強硬之言，反要上朝劾奏胡兒。胡坤聽罷這番言語大怒，深恨包公。是晚，只得備洒相款。敘間，孫秀講起狄青，言他乃一介小民，且差人慢慢緝著，訪明下落，暗捉拿回處決他，有何難處。

不表二奸敘話，再說黑面清官包公見孫秀去後，冷笑曰：「孫秀啊，你這奸黨！雖則借著丈人勢力，只好去壓制別人，若在我包拯跟前弄些乖巧，教你休想也！真掃刮得他來時熱熱，去時淡淡的。」又想：「胡倫身死，到底因張忠、李義而來，於律又不能將二人置於無罪。故吾將二人權禁於囹圄中，這胡坤又奈不得我何。」

不說包公想像，再說狄青自別了張忠、李義之後，獨自一個在店中寂寞不過，心中煩悶，只因弟兄兩人坐於獄中，不知包爺定他之罪輕重，一日盼望一日。當時來了周成，笑呼：「狄公子，有段美事與你商量。」狄青言：「周兄，有何見教？」周成曰：「小弟有一故交好友，姓林名貴，前者一向當兵，而今升武員，為官兩載。日中閒暇，到來談敘，方才無意中談及起你的武藝精通之處。林老爺

❹ 淘氣：此處意為生氣。

言，既是年少英雄，武藝精熟，應該圖個進身方是。我說只為無人提拔，故而埋沒了英雄。林爺又說，待他看看你人品武藝如何。即依吾主見，公子有此全身武藝，如何不圖個出身，強如在此天天無事的。若得林爺看覷，你就有好處了。不知公子意下如何？」狄青想道：這句話卻是說得有理。但想這林貴不過是個千總❺官兒，有什麼希罕？有什麼提拔得出來？但這周成一片好心，不好卻拒他之意。即時應諾，整頓衣巾，一路與周成到來拜見林貴。

當日林老爺一見狄青身材不甚魁偉，生得面如傅粉，目秀神奇，雖非落魄低微之相，諒他沒有什麼力氣，決然沒有武藝的。看他只好做文官，為武職休得想望了。便問狄青：「你年多少？」狄青曰：「小人年已十六了。」林爺曰：「你是一年少文人，那得深通武藝？」狄青曰：「老爺，小人得師指教，略知一二。」周成呼：「林兄長不要將他小覷，果然武藝高強，氣力很大。」當日林爺那裡肯信，便叫狄青：「既有武藝，須要面試演，可隨吾來。」狄青應允。

林爺即刻別過周成，帶了狄青回到署中。開言：「狄青，你善用什麼器械？」青曰：「不瞞老爺，小人不拘刀、槍、劍、戟、弓、矢、拳、棍，皆頗精熟。」林貴想來：你小小年紀，這般誇口，且試演爾一回便知分曉了。即同到後廂寬敞地，已有軍器齊整，就命狄青演武。

狄青暗想：可笑林貴全無眼力，小視於吾。且將王禪師父的仙傳武藝演來，只恐嚇震殺你這官兒的。當時免不得上前呼：「老爺，小人放肆了。」林爺曰：「你且演試來。」小英雄一提起槍，精神

---

❺ 千總：明清時官名。明時為京軍三大營領兵官之一，由功臣擔任；清時為位次於守備的下級武官。此處所用為清時官名。

抖擻，舞來猶如蛟龍剪尾，獅子滾球，真乃槍法希奇，世所罕有。隨營士卒見了，心寒驚訝。林爺更覺慌張深服，方信周成之言非謬。槍法已完，又取大刀頑演，只見霞光閃閃，刀花飛轉，不見人形。當時人人喝彩，個個稱揚，林爺大悅。大刀舞完，劍、戟、弓、矢，般般試演，實乃非人可及。林爺不勝讚嘆，自道肉眼無能，錯覷英雄小漢。便問及狄青：「你有此高強武藝，那人傳授你的？」狄青言：「家傳世習也。」林爺曰：「既家傳，你父是何官職？」狄青曰：「父親曾為總兵武職。」林爺曰：「原來世代將門之種，怪不得武藝般般迥異尋常。今吾收用你在營中效用，倘得奇遇，何難武功顯達驚人。恨吾官卑職小，不然還借你有光了。今且屈你在此效力，入你一名步卒便了。」狄青曰：「多謝老爺提攜也。」此時只得羈身於此兵營矣。

狄青思量：欲托足於此，以圖機會耳。不然即做了這把千總官兒，亦不希罕的。是日周成店主心中喜悅，以為狄公子得進身地了。這是淺人之見如此耳。但他亦是一片留心盛意，故狄公子不好卻他之意，權在林貴營中。不知如何圖得機會進身，且看下回再敘。

第九回　急求名題詩得禍　私報怨越律傷人

詩曰：

愛民保國忠良志，妒技憎賢佞者心。
善惡兩途奚混跡，春秋直筆見公吟。

慢言狄青在林貴營中進用，其時乃七月才殘，始交八月。前時西夏趙元昊興兵四十萬，攻下陝西綏德、延安二府，直進兵偏頭關。守鎮三關口乃楊元帥。三關一曰偏頭，一曰寧武，一曰雁門。此三關乃萬里長城西北隘口重地，屢命名將保守。如今楊元帥關內亦是兵雄將勇。上月楊元帥已有本告急回朝，仁宗天子旨命兵部孫秀天天操演軍馬，挑選能將，然後發兵。時乃八月初二，選定吉日，諭集一班武職將官，要往教場開操。是日，城守營乃值林貴，於教場命人打掃潔淨，孫兵部的公位乃鋪氈結彩。安排了座位名款，預備以俟孫爺下教場。不表。

又言狄青在教場中獨自閒玩，不覺思思想想，動著一胸煩惱，長嘆一聲：「吾蒙師父打發下山，到了汴京已有二十多天，不見親人，反結交得異姓手足，實見義氣相投。豈知不多幾日，惹起一場災禍。但想我雖在營中當兵效用，到底不稱吾心，不展我才。就是目下兵困三關，我狄青埋沒在個小小武員名下，怎能與國家出力效勞？真枉為大丈夫也！」當時小英雄雙眉緊鎖，自嘆自嗟，又想來：「目下正是用兵較武之際，只可惜吾狄青枉有全身武藝也。想來又不便俯懇林爺，獨推薦於己。這孫兵部焉能曉得石中藏玉，草裡埋珠，這便怎麼的好？」當日白言白想，走過東又游耍過西。又見公案上有現成的筆墨在此，暗想：不免吾於粉壁上面題下數言，將姓名略現，好待孫兵部到此細問推詳。倘得他貴人一舉薦，便可展吾的安邦定國之略了。想罷，即提起毫管書了四句詩辭於粉壁間，後面落了姓名。放下毫管言：「孫兵部啊！你是職居司馬，執掌兵符，總憑你部下武員將士許多，焉能及得我狄青仙傳技藝！」但見紅日沉西，狄青回營去了。

次日五更天，教場中許多武將官員紛紛敘集❶，兵丁紛紛敘班，多少總兵、副將盔明甲亮，兵丁隊伍旗幡招展，教場中殺氣沖霄。當時人馬擁吐鬧熱，天色尚屬黎明，未大亮，故壁上字跡沒有人瞧見。少停鼓樂喧天，孫兵部來到教場。非同小可，各位總兵、副將❷、參將❸、守備❹、游擊❺、都司❻、總管❼等五營八哨❽，諸般將士，挨次恭迎，好不威嚴。

---

❶ 敘集：按次序排列集合。下文中「敘班」同此意。
❷ 副將：清代於總兵官之下設副將，統理一協軍務，又稱為協鎮。此非宋時官制。
❸ 參將：清代綠營的統兵官，位次於副將，掌管本營軍務。此非宋時官制。
❹ 守備：明清時官名。清代於綠營軍中置守備，位次都司，分領營兵。
❺ 游擊：清代綠營兵設游擊，位次參將，分領營兵。此非宋時官制。

當時孫兵部端然坐下公位，八位總兵分開左右，下邊挨次侍立。兩名家將送上參湯用過。時天色已大明，偶然看見東首正面壁上有字跡幾行，不知那人膽大書於此。只為往日開操，此壁並無一字，孫秀如今一見，命張愷、李晃二總兵往看分明。二位總兵奉命向前，細觀詩句，記了姓名，復位上稟部臺言：「粉墻上字跡乃詩詞也。旁邊書著姓名，乃山西人，姓狄名青。」孫秀聞言，想來狄青還在京，又問：「其詩如何？」張愷言：「其詩曰：玉藏蠻石少人知，如逢識者見希奇。有日琢磨成大器，惟期卞氏獻丹墀❾。」

孫秀當下想來：一些不錯，料然是前日打死胡公子狄青也，卻被包拯放走了他。雖則同名同姓，天下所有，怎的又是山西人氏？想必他仍在京中，未回故土，但未知安身在於何處。倘若為著胡倫之事查捕於他，猶恐結怨於包黑。不若因此事執罪，何難了決這小畜生！想罷，傳知八位總兵言：「作詩之人，詩句昂昂，寓意迂闊，必然狂妄。你等須要留心，細訪其人，待本部另有規訓於他。」眾人同聲答應。

忽旁邊閃出一位總兵：「啟上大人：卑職馮煥，前日查得兵糧冊上有城守營林貴名下，新增步卒

---

❻ 都司：清代綠營兵於游擊之下、千總之上置都司。此非宋時官制。

❼ 總管：清代之東三省、新疆圍場，皆置總管以率兵駐防為職。宋時有馬步軍都總管，為督軍之官。

❽ 五營八哨：清代勇營編制，百人為哨，五哨為一營。此處泛指軍隊。

❾ 有日琢磨二句：此處用和氏璧典故：相傳春秋時楚人卞和發現一塊玉璞，先後獻給楚厲王、武王，都被認為欺詐，被截去雙腳。等到楚文王即位，卞和又抱璞哭於荊山下，楚王使人剖璞加工，果得寶玉，稱為和氏璧。

姓狄名青，亦是山西人氏。」孫兵部聽罷，喜盈於色，言曰：「妙！妙！」即傳諭千總：「引領狄青來見本部，暫停操演。」一聲軍令，誰敢有違？當時孫秀心花大放，暗言：「狄青啊！誰教你題此詩句？這是你命該如此的。少停來見本部時，好比蜻蜓飛進蛛絲網，鳥入牢籠那裡逃？胡坤好不感激於本官也。但此事弄翻了，這包黑子那裡得知，還來放脫得他的……」思未了，忽家將領進營員林貴到案下，雙膝跪下，呼聲：「大人在上，城守營千總林貴叩見。」當時伏跪下。孫秀曰：「林貴，你名下可有一新充步兵，是狄青否？」林貴稟曰：「小弁名下果有步兵姓狄名青。蒙大人傳喚，小弁已將狄青帶同在此。」孫秀曰：「如此快些喚來見本官。」當時林貴只道好意，恨不能狄青得遇貴人提拔，是以滿心大悅，帶同他至來參叩兵部大人。此時跪倒塵埃，頭也不敢抬。孫秀吩咐抬頭，當面呼聲：「狄青，你是山西人氏麼？」狄青曰：「小人乃山西省人也。」孫秀曰：「前日你在萬花樓上打死了胡公子，已得包大人開豁，你怎不回歸故土，還在京城何也？」狄青言：「啟稟大人：小的多蒙包大人開釋了罪名，實乃感恩不淺。如今欲在京中求名，故未歸里。又蒙林爺收用名下，今聞大人呼喚，特隨林爺到來參見。」

孫秀聽了，點頭暗言：「正是打死胡倫之狄青。」登時怒容滿面，殺氣頓生，喝聲：「左右，拿下！」當下一聲答應，如狼似虎搶上，猶如鷹抓雛兒。若論狄青的英雄膂力，更兼拳藝超群，這些軍兵幾人，焉能拿捉得他？只因思量：以國法，這孫秀乃一位兵部大人，此時身充兵役，是他管下之人，那裡敢造次？這是有力不敢用，有威不能施，只聽他們拉拉扯扯起。當時旁邊林貴嚇得驚駭不小，又不敢動問。孫爺復喝令將狄青緊緊捆綁起，狄青呼曰：「孫大人啊！小人並未犯法，何故將吾拿下的？」

孫秀大喝曰：「膽大奴才！你緣何於粉壁上妄題詩句的？」狄青稟上：「大人，若言壁詩詞，乃是小人一時戲筆妄言，並未有冒犯大人。只求大人海量，開恩姑饒。」孫兵部喝聲：「狗奴才！這裡是甚麼所在，擅敢戲筆侮弄麼！既曉本部今日前來操演，特此戲侮，顯見你看得軍法全無。照依軍法，斷不容情！」吩咐林貴：「將他押出，斬首報來！」狄青呼：「大人！原是小人無知，一時誤犯，只求大人海量，恕饒小人初犯。」復跪下連連叩頭。有林千總也是跪在左邊，一般的求免死罪。

孫兵部變臉大喝曰：「休得多言！這是軍法，如何徇得情面？林貴再多言討情，一同梟首正法！」當下林千總暗想：狄青料然與孫賊有甚麼宿仇，料也難以求情脫的。只可惜他死得好冤屈也。逆忤不過孫兵部的權令，早已將此小英雄緊緊捆綁起，兩邊刀斧手推下。

當下狄青看此，只是冷笑一聲，言：「吾狄青枉有全身仙藝，空懷韜略奇能，今日時乖運蹇，莫想定邦定國，休思名入凌煙⑩。既殘七尺之軀，實負卻鬼谷仙師之德。」想來實覺怒氣沖天，雙眉倒豎，二目圓睜，那裡心上有驚，只是重重氣勃，這是英雄氣概出於自然也。當時捆推狄青出教場外，小英雄雖然不懼，反嚇唬得林貴暗暗憂驚，教場中大小將官士卒個個駭然；又見林貴被叱，那得還有人上前討救。

當其時，雖則軍令森嚴，不許交頭接耳，到底眾軍多人暗中你言我語，言：「狄青死得無辜，孫兵部實乃糊塗之輩，全不體念人。若當兵，也是無可奈何的困苦人。他縱然一時戲寫了幾句詩詞，犯了些小軍法，也不該造次將他斬殺的。」有人言：「孫兵部乃是龐太師一黨，共同陷害忠良。想來狄

⑩ 名入凌煙：封建王朝為表彰功臣而建築凌煙閣，內繪有功臣圖像。

青決是忠臣後裔，是以兵部訪詢得的確，要斬草除根，不留餘蔓之意，也未可知。況且狄青一小卒耳，入隊尚未多日，怎盡曉軍法如爐的？還可以從寬饒恕於他。既不然陷害於人，也是狼心過毒了。」

不言眾將眾兵私議，再表狄青正在推出教場之際，忽報來說，五位王爺千歲到教場看操。孫爺吩咐將狄青帶在一旁候開刀。是時兵部恭身出迎，林貴帶狄青在西邊，兩扇繡旗裹住他身軀。林貴附耳教他：「待千歲王爺一到，快速喊救，可得性命了。」又言兵部迎接的王爺，第一位年少，潞花王趙璧，第二位汝南王鄭印，是鄭恩之子；第三位男平王高瓊，高懷德之子；第四位靜山王呼延顯，呼延贊之子；第五位東平王曹偉，曹彬之子。此五位王爺除了潞花王一人，皆有七旬八十之年，在少年時皆是馬上功名，故今還來看軍人操演。此日身坐金鑾⑪，徐徐而至，許多文武官員等候兩旁。

此刻，林貴悄悄將狄青肩背一拍，狄青便高聲大喊：「千歲王爺！救其性命啊！」一連三聲。孫兵部覺得，呆了一呆。有四位王爺不甚管閒帳的，只有汝南王鄭印好查察事情，問曰：「甚麼人喊叫？左右速查來。」當下孫兵部低頭不語，接了五位王爺坐下。一同開言問曰：「孫兵部，因何此時還未開操？」孫秀曰：「啟上眾位千歲爺：只因有步卒一名，在粉壁正對公位胡亂題詩戲侮，為此將他查問正法，故而還未開操。」

鄭王爺問曰：「其詩句在於那裡？」孫秀言：「現在於對壁上。」當時汝南王特自踱上前，將那詩詞一看，思量：這幾句詩詞也不過高稱自才，求人薦用之意，並非犯了什麼軍法。想來孫秀這奸賊，又要屈害軍人了，本藩偏要救脫此人，即踱回坐下。早有軍兵稟覆：「千歲爺！小人奉命查得，叫屈

⑪ 金鑾：此處指王爺的車駕。

之人，乃是一名步兵，姓狄名青。」王爺吩咐：「帶他進來。」當時汝南王呼聲：「孫兵部，此乃一軍卒，無知偶犯的，且姑饒他便了，何以定要將他斬首？覺得狠心太殘忍了。」孫秀呼聲：「老千歲，這是下官按軍法而行，理該處斬的。」千歲冷笑曰：「按什麼軍法？只恐有些仇怨是真。」言未了，不覺帶上狄青，捆綁得牢牢跪下。王爺吩咐放了綁，穿衣回。當下狄青連連叩首，謝過千歲活命之恩。

王爺曰：「你名狄青麼？」狄青俯伏稱是。王爺又問曰：「你犯了什麼軍法？」狄青曰：「啟稟千歲爺：小人並未犯軍法。只為壁上偶題詩句，便干孫大人之怒，要處斬的。」鄭千歲聽了點頭，言曰：「你既充兵役，便知軍法，今日原算狂妄些。孫兵部，本藩今日好意，且饒恕了他。」孫秀曰：「千歲，這軍法不可姑饒的。」王爺曰：「緣何饒恕他不得？你且說來。」孫秀曰：「狄青身當兵役，豈不知軍法利害？即敢如此不法，若不執法處斬，便於軍法有乖了。」

王爺冷笑曰：「你言雖有理，只算本藩今日討個情，饒恕了他也。」孫秀曰：「千歲的鈞旨，下官原不敢違逆。但狄青如此狂妄，輕視軍法，若不處決，則十萬之眾，將來難以處管了。」鄭千歲曰：「你必要處斬他麼？本藩偏要放釋他的！」當時激惱了靜山王，曰：「孫兵部，你今太覺無情了！縱使狄青犯了軍法，鄭千歲在此討饒，也該依他的。」四位王爺不約同心，一齊要救困扶危，你言我語，倒弄得孫秀啞口無言，滿面發紅，深恨五人來此，狄青殺不成，又羞慚得不好收場的，只得氣悶難忍言曰：「既蒙各位千歲鈞旨，下官也不敢復忤了。但死罪既饒，活罪難免也。」

汝南王曰：「據你便怎麼樣再處的？」孫秀曰：「打他四十軍棍，以免有礙軍規。」鄭千歲曰：「既饒他死罪，又何苦定打他四十棍的凶狠？且責他十棍也罷。」二人爭執多時，孫秀皆以軍法為言。

眾位王爺覺得厭煩了，勇平王言曰：「若論小軍兵犯了些小軍律，念他初次，可以從寬概免，如責打四十棍，也過於狠毒。如今孫兵部還要置人於死地，可謂殘忍之人也。也罷，打他二十棍，好待孫兵部心頭略遂，不許復多言。」

孫秀聽了大慚，不敢再辯，即離了座位，悄悄吩咐范卻總兵用藥棍，總兵應允。又言平日間孫秀製造成藥棍，倘不喜歡其人，或冒犯於他，便用此藥棍。打了二十棍，七八天之內就要兩腿腐爛，毒氣攻於五臟，就嗚呼哀哉了。打四十棍，對日死。打二十棍，三日亡。打二十棍不出十天外，打十棍不出一月中，也要死的。范總兵當時領命，將藥棍拿到，按下小英雄，一連打了二十棍，好利害疼痛。打畢：「稟上千歲爺：已將狄青打完了繳令。」王爺言：「且放他起來。」孫秀吩咐：「除了他名，撵他出去！」然後發令人馬操演。此日鐘鼓齊鳴，教場中熱鬧操演。但不知狄公子乃日後一位王侯貴品，今日被藥棍打了二十，苦痛難忍，血水淋漓，真覺可憫，出了教場而去。不知性命如何，且看下回分解。

第十回　被傷豪傑求醫急　搭救英雄普濟良

詩曰：

運退黃金多失色，時來頑石也生輝。
未逢機會英雄困，能屈能伸智士為。

慢言教場中操演軍馬，卻言狄青被藥棍打了二十，痛楚難當，由爾英雄猛漢，強健之軀，也難忍當此疼痛。一程出了教場，連心胸裡也隱痛起來。可憐一路慢行遲步，思思想想：「這孫兵部好生奇怪，吾與彼並非冤仇，為何將我如此欺凌的？當時若無千歲王爺解救，必然一命嗚呼了。咳！但想我狄青不過年方長成二八，指望得些功勞，出力於皇家，以紹❶先人武烈。豈知時命不齊，運多迍蹇❷，受此欺凌。但想孫秀，你非為國求賢之輩，枉食朝廷厚祿，職司兵權之任。倘我狄青日後風雲一助，不報此怨，誓不立於朝堂。但今痛得苦楚，如何行走？」當下鮮血淋淋，不住滴流，猶如刀割一般。約摸

❶ 紹：繼承。
❷ 迍蹇：境遇受挫折，不順當。

走半里之遙，實欲走回周成店中，不想痛得捱走不動。不覺行至一座廟堂，不曉是何神聖，只得捱踱進廟中，權且歇息，在丹墀上臥下，呼喘叫痛連聲。

約有個辰刻，來了一位本廟司祝❸老人。定睛一看，動問曰：「你是何人，睡臥於此？」青曰：「吾乃城守營林老爺名下兵役，因被孫兵部責打二十棍，兩腿疼痛，難以行走，故於此處歇息片時。」司祝曰：「這孫兵部可與你有什麼仇怨，抑或誤了公幹事情？」狄青言：「非與彼有仇，亦不是誤了公幹。只一時犯了些小軍規，被他打了二十軍棍，痛苦難禁。」司祝曰：「久聞孫爺的軍棍比別官的倍加利害，軍人被打的，後來醫治不痊，死過數人，老拙所目擊。你今著此棍棒，必須早日調治才好。」狄青曰：「不瞞尊者你，吾非本省人氏，初至京城，那裡得知有甚高明國手？」司祝曰：「醫士甚多，只不能調癒得此棒毒。只有相國寺內有位隱修和尚，他有妙藥方便，乃吾省開封一府有名神效打撲被傷諸般中毒方藥。但這和尚比眾不同，他為人心性最清高，常閉戶靜養，只有官員裡來交參。又有一說，他人既與官宦相交，心性定然驕傲，但他不然，生來一片慈善之心。倘得醫治人痊效，富厚者定然酬謝金帛玩器；如遇貧困人，說得苦切求懇，即方便贈送方藥，也常常有的。」當下狄青聽了說：「多承指教。」司祝言罷，進內去了。狄青思量：既有此去處，不免捱進去求見和尚調治便了。但我今身上未有資財，只得往去求懇他開個善心。調理好，張、李兄弟處，店中尚有餘銀子，借他些酬謝也使得。想罷起來，踱出廟去，一步挨捱一步，逢人便問相國寺之所行址。

行不遠，果有古廟一間，閉著寺門。只得忍著疼痛，將門叩上幾聲。裡面開門，來了一位小和尚，

❸司祝：指廟中負責祭禮之人。

言曰：「爾這人因何叩門？到此何事？」狄青呼：「小師父，吾狄青有急難，來求搭救。身當兵役，卻被棍棒打傷，要求和尚大師父調治。」這小和尚聽了，進內稟知。去半刻而回，言：「大和尚呼喚你進內廂見。」

當下狄青忍著痛，隨著小和尚進至裡廂。一連三進，內一座幽靜書齋，一位和尚當中坐於交椅，年紀已有花甲，手姿神旺，雙目澄清，顏容綽彩，開言曰：「爾這人來求藥調疾的麼？」狄青見問，即倒身下跪，將情一一達知。老和尚聽他如此痛楚，便呼徒弟扶起。言曰：「你既受此棍傷，十分痛楚，何須倒跪塵埃，更然痛上加苦了。貧道是出家人，乃救人為心，何曾計較分毫。又念爾山西遠省孤零客，更何計較。我想這孫兵部乃龐太師的女婿，二人相濟為惡，更有王欽若等五人，百姓稱之朝中五鬼，亦是大奸大惡之臣。貧僧看你的痛苦直透內心，必然被他藥棍打傷的。這奸臣製造成的藥棍，傷陷人已過多。」言罷，引狄青至側室，睡下禪床，將窗門緊閉。又細問狄公子一番，便言：「你今受孫賊毒害了。他用藥棍打爾兩腿，不出三天就腐爛，至七天之內，毒傳五心，縱有名醫妙藥，也難救解的。」狄青一聞此言，心內一驚，口稱：「大和尚，萬望慈悲，搭救我異鄉難人，叨感恩德如山也。」這隱修聽了，笑道：「貧僧既入修戒之門，六畜微命尚且惜其所生，何況同生同類之人。你今受此重傷，吾若坐視不救，何用身入修行之域？」當時在架上取出一小葫蘆，倒出兩顆朱丹，一顆調化開教他先吃下，一顆汗後而服。回身又取出草藥三束：一束是善能解毒，一束善能活血，一束善能止痛。就命小和尚一齊搗爛，用米醋化開，塗搽於兩腿之上。

當時狄青越覺痛得昏迷，大叫一聲：「痛殺也！」足一伸一縮，登時昏暈了，遍身冷汗滾流不住。

此時小和尚也嚇一驚。見他昏迷不醒，大和尚又喚徒弟：「快取油紙，將他被傷處封固，再取被褥一張，與他蓋好身軀。這一顆丹丸，待他汗止後化開而服。」時天色已晚，小和尚送進齋膳。武曲星身遭災難，按下慢提。

又言教場孫兵部見天色已晚，吩咐暫止操演，明日再操。當日五位王爺一齊起駕，孫秀頻頻恭送。此話休提。

又說林千總回歸署內，心煩不樂，言：「狄青，你具此英雄偉略，何難上取功名。豈知你禍起壁上，幾行字跡，險些一命難逃。你今雖得汝南王救了，但久聞這奸臣造成藥棍一條，傷人不少，倘或被他仍用此棍打你，又是難逃一命也。但今未知你走在那方，痛苦在那裡，使吾一心牽掛不安。也罷！且差人查訪他罷了。」

不談林貴差人查訪，又言狄青雖遭藥棍傷害，幸得隱修的妙藥調治。當日內服丹丸，外敷山藥，毒氣盡消。一連過了五六天，其腐爛處已皮光肉實，走動如常。又按：這隱修和尚，實乃濟世善良之輩，調癒了狄公子，尚憐他行走未能如常，且冒不得風。既無財帛相謝，反將公子留款，餐膳之費乃是他的。看來真乃救急扶危為心，不以資財為重之輩，在出家人中如是存心，亦不可多得。

狄青在寺中治有數天，又調服了幾次丹藥，痊癒了。思想：這和尚如此救濟，得他調理痊癒，吾赤手到來，飧膳所供，乃是他的，今日無物作謝於他，不免將此身上血結玉鴛鴦相送與他便了。但又思想：此寶吾七歲時母親對吾言，此物乃三代流傳家寶，外邦進貢一對與朝廷，聖上贈賜與曾祖。乃雌雄一雙，一只雌的祖母已交付姑娘，一只雄的與吾母親收藏。如今交於我佩服，於身邊已有九載，一見鴛鴦如見生身母一般，今日無可奈何，只得將此寶送與老和尚罷！主意已定，向腰間解下繡囊，取出玉鴛鴦，但見閃閃霞光從口中吐出。言：「寶物啊！你出產在番邦，曾祖叨先皇惠賜，伴吾佩服多年，今日不想要分離了。但今見此鴛鴦，不覺又想起吾的姑娘。曾記幼年時母親時常所說，父親有一同胞妹子，似玉如花之美，先帝已選上朝中。父親身為本省總制，選秀女時難以隱瞞，故將姑娘填冊上名。自從送進朝中去後，後來得聽凶信，已歸黃土，可憐屍柩還在京邦，既不得歸鄉入土，想來也覺令人心酸。想我姑娘，雖則身死，未知雌的鴛鴦存於何所？想來此對鴛鴦好比夫婦一般，前日成雙成對，豈料今朝又歸別人，實乃不得完敘也。」

正自言自想之際，只見小和尚含笑到來，言稱：「官人，你今患症痊了。」狄青曰：「多感你師莫大之恩，無可酬報。」小和尚曰：「你手中弄的是什麼東西？」狄青曰：「乃血結寶鴛鴦也。只因思量大和尚活命之恩，怎奈我並無財物相謝，故將此寶送他，聊表微誠。有勞引見。」小和尚微笑曰：「難得你有此良敬之心，去罷。」當下狄青隨著小和尚來至淨房，拜見隱修，言曰：「有蒙活命深恩。」言未了，跪拜於地中。大和尚冷笑曰：「些小搭救之情，何足言謝。」當下隱修起位，扶挽小英雄。狄青遞上此鴛鴦，隱修一見此寶，連忙問其緣由。狄青將此情歷說明，言：「深沾活命洪恩，無以報答，只有隨身小物，聊表寸心，伏望勿嫌微薄，收領小寶，心下略安。」隱修聽了，微微冷笑曰：「吾既入戒門，必以方便救濟為精修，那個要爾酬謝的？況且此物是爾傳家之寶，老僧斷不敢領情也。」狄青當時懇切訴說一番，隱修只得收放下。

是日，狄青想來身體已如常痊癒了，即要拜辭出寺。隱修曰：「且慢。你患傷雖痊，還未可粗動，且從緩，多耽擱三兩天乃可。」狄青曰：「還動不得麼？」隱修曰：「這是孫賊用毒藥汁浸淫棒棍傷你，一心要絕你性命，非用藥快速，總不出十天之內，毒氣傳於六腑，則難救矣。今幸安痊，到底兩腿尚劣弱，且再耐靜數天，服些丹丸，永無後日之患了。」狄青聽罷，應諾依命。隱修又吩咐徒弟引他回到禪床安息去了。

又說明，老隱修平生所愛者，古董玩器之物。如今狄公子做人情，相送得知己，故他滿心欣然，拿起玉鴛鴦，看弄一番，笑道：「果然一樁寶物也。我想狄青有此奇寶，必非平常人家之子，老僧要問個清白，才得放心。」當下就將此鴛鴦放裝入香囊裡，還有霞光閃射於外。隱修大喜，言：「此物雖是樁寶貝，但他家傳數代東西，怎領取的？且待他回時吾自有主意。」

又過了三天，無事不說。此日乃八月初七，隱修正在禪房閒坐，忽小和尚報說靜山王爺到來。原來靜山王呼延千歲與這隱修和尚時常來往，如厚交愛友一般。此一天呼千歲騎馬，八名家丁跟隨來到相國寺門首。隱修忙出迎接，隨至靜堂。參禮畢遍，奉過茗茶。隱修請過千歲金安，王爺也說：「和尚這幾天可有興麼？」隱修曰：「貧僧不晤千歲尊顏十餘天，覺得太寂寞。」王爺言：「和尚既然寂寞，何不討個娘子來陪伴的？」隱修曰：「阿彌陀佛，如此則罪過良深了。」王爺微笑曰：「本藩原與你取笑。」隱修點頭不語。

王爺言：「吾倒忘記了。」隱修曰：「千歲忘記什麼？」王爺言：「本藩有丹青一幅，相送與你，不想連次忘懷了，當真記性平常也。」隱修言：「千歲爺為國分憂，記大不記小。貧僧改日到府領賜便了。」王爺四邊一看，只見禪榻清靜，迴無塵埃的幽雅，不覺嘆聲曰：「你修行無憂無慮，好比一活神仙。我等為官，紛繫政務，實不如你自得逍遙。」隱修曰：「承千歲謬贊。念貧僧在此，無非靠著十方田土供奉三尊聖佛，閒來數卷經書消遣。多蒙王爺抬舉，貧衲得藉有光。」王爺冷笑曰：「可我問你，這光頭卻會能言。今日本藩不往看操，且取棋來與你下幾局罷。」隱修取出香囊，內拿出棋子。

王爺偶然看見袋中一只玉鴛鴦，毫光四射，帶笑把頭一搖，言：「你這和尚果是個趣客。這玉鴛鴦是件至趣妙東西，但非民間所有之物，那一位老爺送你的？」隱修微笑曰：「千歲爺，原乃民間之物，只可惜雌雄不得成雙。」王爺曰：「是了！倘得雌的，配成一對，價值連城了，可以上進得朝廷的。不知你多少銀子買下得來？」隱修笑曰：「不用銀子的。只因貧僧醫痊一人，他送吾作謝的。」王爺曰：「你這光頭，倒也得此便宜奇貨。」當時王爺放下這玉鴛鴦，隱修已將棋子四周排開，擺下對坐交椅。即桌面上是棋盤，棋子是象牙造成。不知二人下棋之後，狄公子如何拜別老和尚，且看下回分解。

第十一回　愛英雄勸還故物　忿奸佞賜贈金刀

詩曰：

忠良小將多堪愛，奸佞之臣眾所嫌。
嫉妒生成狠毒性，欺君聯黨勢炎炎。

卻說靜山王正在與隱修長老下棋，方完一局，有小和尚趨進稟曰：「啟上師父：今有狄青在外，要拜辭師父。因見千歲爺在此下棋，故等候於外廂，不敢進來。」隱修曰：「狄青要去了麼？教他且耐半天罷。」小和尚應諾而去。當時王爺聽得狄青之名，接言問曰：「這狄青是何等之人？是你徒弟，抑或外來人？」隱修曰：「千歲爺，這狄青乃營守林千總名下的步卒。」王爺曰：「他在此何幹的？」隱修言：「千歲爺，只為此人前數天被孫兵部大人打了二十藥棍，故來見貧僧，求吾醫治。今已患傷得痊了。」王爺曰：「但想這狄青乃一窮兵，猶恐沒錢鈔謝答於你。」隱修曰：「不瞞千歲爺，貧僧原不冀他酬謝的，倒虧他有知恩有報之心，方才此玉鴛鴦乃彼之物，送吾作謝。又言此物三代家傳之寶。」靜山王聽了，看看隱修冷笑曰：「你方才不說明此物來因，莫非你貪財愛寶，有意圖謀他的？」

隱修曰：「千歲爺責備貧僧太重了。吾並非貪圖之心，實乃彼懇切相送，迫吾收下的。」靜山王言：「此寶是他世代留傳之物，竟然一旦送了你。然而你是出家之人，不該受領他的才是。」隱修曰：「貧僧原推卻不受領他的，但彼執性強懇，只得權且收下。抵待辭去，仍還於彼。」王爺微笑曰：「曾見八月初二操兵有一步兵名狄青，人才出眾，器宇軒昂，詩御安邦定國之懷，今必然是此人。可恨孫秀狠毒，要屈殺此人，虧得汝南王鄭兄一力保全了狄小卒性命，不然身至鬼門關去了。但想這孫秀打他二十大棍，原要陷害他之意，但不知是何仇怨的？待本藩問個明白也罷。」呼曰：「和尚！本藩有話問明，快些喚他來見孤家。」隱修曰：「千歲爺，彼乃一小軍民，怎好胡亂進見千歲爺的？」王爺曰：「這也何妨，速速喚來！」

當時隱修領命，親往外廂喚進小英雄。狄青一睹，連忙拜伏在地，不敢抬頭，呼：「千歲王爺在上，小人罪重千斤，望乞容饒。」王爺呼狄青：「你且抬起頭來。」狄青領命抬頭。當時呼千歲猶恐不是教場中狄青，故命他抬頭，認個明白。靜山王細認小英雄，果然不錯，乃教場中題詩步卒。便問狄青：「爾是何方人氏？」狄青啟稟：「千歲爺，小人家住山西省。」王爺曰：「你既然遠隔山西，今到京中何事？」狄青曰：「小人落難困苦，原到此訪尋親人不遇，一身漂泊無依，後蒙總爺林貴收用，權且當兵苦捱也。」王爺曰：「莫非你與孫兵部有什麼宿仇的？」狄青曰：「從無與彼瓜葛，並沒有什麼緣故的。即壁上題詩，乃平常無關犯的，他要借端殺害小人。非眾位王爺解厄，難免身首分開。」王爺言：「狄青，本藩前日看你詩中寓意不凡，乃一英雄大器，抑或爾素性狂妄，一時胡亂偶言，可明白說與本藩得知。」狄青曰：「不瞞千歲爺，小人六韜三略、兵機戰策，頗得精通，膂力強大，箭法希奇。前日已在林爺處面為試演過，並非狂妄大言。」

靜山王想來：看不出這小狄青，身材不甚魁偉，一貌斯文，不料具此英雄技藝。他誇口大言，看來非假。但不知他膽量如何，待本藩試他一試，便知分曉了。便呼狄青：「你言孫兵部與你並無仇怨，奈他一心要計害於你，莫非爾祖父宿仇也未可知。」狄青曰：「小人也如此思量，足見千歲爺明訓。縱然祖父之仇，小人全然不得而知。」王爺曰：「你前日多虧鄭千歲搭救，方免一刀之苦。那孫兵部的威權利害，似虎如狼。又言死罪既免，活罪難饒，打你二十無情棍。此位大和尚言，這奸臣製成藥棍，曾經傷害過軍民幾命，如今原要絕你性命，是以又用此藥棍打你。若非這隱修大和尚與你調治，便憑你蓋世英雄終是死，鐵石將軍也命亡。」狄青曰：「小人原知老師父大恩。」王爺曰：「狄青，你雖然兩次死中得活，只憂孫秀終難饒你，又生別的計謀捕擒於你，也未可知。」隱修在旁笑言：「千歲爺慮得不差也。」王爺曰：「爾既然武藝精通，明日去了結孫秀，免卻終身之患，出了怨氣，你意下如何？」狄青曰：「千歲爺啊！吾若得手持三尺龍泉劍，不斬奸臣誓不休！」靜山王曰：「本藩贈你軍器，敢放膽往除奸臣否？」狄青言：「千歲爺若有軍器付賜，小人立刻便取奸臣孫秀首級，以復千歲爺尊命了。」王爺言：「倘若畫虎不成反類了犬，你便怎麼的好？」狄青曰：「如弄不倒奸臣，小人殞殘一命，有何相礙，何須畏懼！」

王爺聽了，哈哈笑言：「果見高懷，是個英雄膽量。且隨本藩回去府中。」狄青應諾。王爺還要詢及：「這玉鴛鴦是你送與和尚的麼？」狄青曰：「小人沾大和尚活命深恩，故將此物相送。」王爺曰：「此鴛鴦乃雄的，不得雌的成雙麼？」狄青正要開言，忽醒起記著前日老人教「逢人且說三分話」

之訓，只得轉曰：「稟知千歲爺：鴛鴦原有一雙，只因日久，遺失去雌的了，至今止有雄耳。」王爺曰：「此物既然是爾三代家傳之寶，不當輕易送歸別人。」狄青言：「小人見受了和尚大恩，無可報效，故將此物相送，略表寸心。」王爺聽了點頭，言：「和尚，本藩做主，你且將此物還了狄青。如若爾少什麼玩物，本藩送爾幾款便了。」隱修曰：「貧僧本來不領他的，況千歲爺的鈞旨，豈敢不遵！」當日難得呼千歲愛惜小英雄之心，隱修即取出玉鴛鴦送還。狄青無奈，只得收回，載入香囊。王爺取出黃金二小錠，呼：「和尚，此微資權作狄青醫藥之費，你且收下。」隱修曰：「貧僧不敢受領千歲爺厚賜。」狄青曰：「千歲爺如此，且待小人有寸進之日，再行報答深恩便了。」王爺曰：「既如此，金子且留下作香燭之費便了。」隱修當時只得領謝過。王爺吩咐狄青出外伺候，他二人仍要下棋。一僧一俗，同比高低，一連耍了七盤，王爺贏了三局。小和尚連進香茶，二人隨用，言語之間，無非論著狄青氣概不凡，必非久於人下的。言談之際，不覺日落西山。當下靜山王別了隱修，帶了狄青，家將一路隨行，回到府中。

到次日早起，王爺傳喚家人，請過先王金瓚定唐刀。家人領命，即時兩人抬到。王爺一見，俯伏叩禮畢起來，呼喚狄青：「茲今付爾先王金刀一口，著爾立斬孫秀首級。爾今敢放膽量去否？」狄青一聞此言，接刀答應曰：「謹遵千歲爺的鈞旨！」發勇抖擻，別了王爺，一程跑出王府。王爺又著家丁劉文、李進二人遠遠隨後。原來這柄金刀，乃是宋太祖留遺下的，猶恐日後國家出著奸佞之臣、不肖子孫，敗紊朝綱紀律，若人人可拿出此刀，不論王親國戚，也能割下首級，並不能執罪凶身。故太祖遺命，將刀現貯在潞花王、汝南王、靜山王、東平王、勇平王五位王爺府中，六日一輪，謹敬供奉。

若問金刀輕重，上鐫刊一百斤。此日靜山王大喜，思量狄青真乃英雄烈漢，倘然此去斬卻孫秀，實乃初出場的第一功。除卻孫賊不啻收除狼虎，還去命他滅絕龐洪，真是除清朝野也。

不語王爺大悅，卻言英雄情由。狄青提起大刀，高高擎起，一路跑來蹺去。有官署裡人，認得此金刀乃先王遺下的，又見此位小英雄拿起跑走，認得金刀的人人害怕，嚇得驚慌躲避。當時狄公子初到汴京，那裡得知何處是孫兵部府中，一路逢人便問。細細思量被孫秀暗害，心中忿怒，立心要找尋他，了結冤家。當時王爺先已打發劉文、李進遠遠跟隨在後，以為照應。狄青一程先走，並不知有人隨後，所以往來便問孫府。當時尋問著，偏偏孫兵部不在府，往龐國丈府中去了。狄青問明原故，只得轉回。有孫府中眾家人甚覺驚駭，商量：「這壯士拿了先帝金刀一柄，忿氣而來尋問老爺，幸喜老爺往龐府去了，若在府中，只憂性命難保。倒也為著何由要殺我家老爺的？」內中有一家人名孫龍，言：「吾認得此人，名喚狄青，在教場中被老爺打了二十棍，結下冤家的。」眾家人曰：「如此快速去報知老爺才好。不然老爺不知其故，一路回來，逢著此人，就不妙了。」當下孫龍上馬加鞭，急忙而去。

卻說孫秀、龐洪翁婿二人正在著書齋吃酒，正到巳時牌❶，忽報道：「孫龍要見孫老爺。」當下傳進孫龍，翁婿二人動問何故。孫龍曰：「稟上太師爺、大老爺，不好了！今有狄青，手持先帝金刀來到府門，要尋我大老爺。有門上回說不在衙中，他又往別處去找尋了。小人猶恐大老爺不知其情由

❶ 巳時牌：時牌為揭報時辰的牙牌，以象牙為質，刻字填金。其牌有七，自卯至酉七時用之。巳時為上午九時至十一時。

回府，恐有不測，特來稟知。」龐洪聽了，駭然說：「有這等事！」孫秀更覺一驚，喚孫龍且在外廂侍候，龐洪吩咐賞了他酒膳。當下孫秀急忙忙呼：「岳丈，吾想狄青被藥棍傷得深重，是個必死之徒，已達知胡兄，歡欣不盡。不知今日那人將他調醫好，教他弄起此事來。若非孫龍來報知，小婿幾乎遭他毒手。」龐洪曰：「賢婿，據我算將起來，今日乃呼延顯值管金刀。這老匹夫與爾並非冤仇，如何幹起此事來？」孫秀曰：「岳丈，如今教吾怎生回去的？」龐洪曰：「爾且留宿在此，這小畜生候不耐煩，自然去了。」孫秀言：「呼延顯，平日間吾不來算帳爾，爾反來欺我麼！況且狄青何等樣人，擅把先帝金刀胡亂與他的？」龐洪曰：「賢婿，呼延顯老匹夫少不得慢慢算帳他。」

按下不提翁婿商議，原文歸表小英雄氣昂昂提刀到了天漢橋，乃是來往經由的要道。想來此奸賊經由此橋，不免在此等候，一刀結果他的性命，何不勝於往來跑走。當時坐下橋欄，嚇得經由之人盡是驚慌，不知何故。還有膽小者，猶恐退後不及。只有劉文、李進，是遠遠離立開閒談，只恨不得壯士一刀了卻這孫賊，免得縱容下人強買民間什物，乘機詐取民財，多端擾害。

不語二人之論，且言狄青坐於橋欄，等了半天，巳午交候❷，不覺腹中饑枵❸了。只見橋左邊有餅麵店一間，他就提刀踩開大步，跑進店來，呼聲：「大店主，快些取麵來食。」早已將大刀放在店裡，坐在一桌位。有眾食麵客人，不明此壯士的原由，能提持此大刀，更有店主甚覺駭異不明。當下只得泡上一盆香料三仙佳麵，送至桌中。狄青一見眾客人，慌忙忙的賠結了錢鈔帳，一刻間走跑去盡。

❷ 巳午交候：巳時與午時交會之時，指上午十一時。午時為上午十一時至下午一時。

❸ 饑枵：饑餓。

狄青問曰：「店主，你們眾人因何如此慌忙的？且不用驚慌，吾的金刀不是胡亂殺人的。」店主呼：「壯士如此英雄，能提百斤重金刀，想必事有來因，方才動起先帝金刀，求言其故。」狄青曰：「此刀不殺別人，只斬孫秀奸賊。」店主曰：「可就是孫兵部老爺麼？」狄青言：「不差也。」店主曰：「他是害民賊，正該殺的。時常共同家人，強買民間之物，借端如狼似虎，人人忿怒。不意這奸惡臣也有今日！」這狄青大呼：「取酒！」將麵正食得爽快，忽聽橋面一片喊叫，多人之聲，一望看許多人飛跑走上橋欄。又聞大呼：「要性命的快走啊！」頃刻間如山倒海的一般，多上橋中，口稱逃命，下橋而去。當下狄青看見許多人跑來疾奔，不知何故眾人如此慌亂。欲知詳細，且看下回分解。

第十二回　打猛駒誤入牢籠　救故主脫離羅網

詩曰：

忠厚生來性本然，知恩報效便稱賢。
不忘舊德追思遠，方見英雄品行全。

卻說狄青看見遠遠一匹駿馬，追趕跑上橋來，想來必然是匹顛狂之馬，即跑出店去，走上橋欄，大喝：「逆畜休得猖狂，吾來也！」讓過眾人走跑開。當下店主言：「此人真乃裝著狐假虎威，來騙食酒麵了，趁看狂馬而去，不拿出錢鈔來，且收藏他此大刀便了。」店主正要呼伙伴來扛抬大刀，有劉文、李進跑至店來，喝聲：「奴才！這是祖帝金刀，吾們呼延王爺府中拿出來的，你敢動拿麼？」店主言：「這是不敢的。王府人來，本當白食也。」劉、李二人只不管他，且扛回金刀，仍出橋旁。

只見狄青在橋中，跑來一匹駿馬，生得昂大高長雄胖，渾身好像朱砂點染，四蹄生來如鐵，光身並無鞍轡，向狄青撲面衝來。原來此馬乃東番進貢與朝廷，名曰：「火騮駒」。只因此馬凶惡狠狠，聖上賜與龐國丈。豈知馬狠強不服鞍轡拘鎖，反傷陷了幾名家丁。只為欽賜之物，做製囚籠，將駒阱困了。這火騮駒不伏拘禁，力勢凶狠，天天吵鬧。此日卻被他掙塌了籠廄，逃走出府外。家人飛報與太師。龐洪聽了，忙喚能幹家人追趕上前，諭令眾人：「如有能降伏得此馬，不拘軍民，須請到府中領賞。」眾家丁領命，一程來追趕火騮駒。

跑近橋邊，只見一位少年揪住火騮駒，還是縱跳不已，嘶怒如雷。眾人看見此人生得堂堂一表，力能挽擒此馬，十分驚駭，看不出此人氣力很大。當下狄公子手挽馬鬃，馬兒掙跳不脫，前蹄抓，後腳踩，惱了狄青，喝聲：「逆畜，強什麼！」手狠力一捺，馬已倒按塵埃，不能掙跳。公子性起，連連踹他幾腳，痛得極了，滾來滾去，叫跳不出來。又復狠狠踹踏幾腳，這火騮駒雖則雄壯，怎經得英雄虎力威狠，登時踹破肚腹，腸都已瀉出，橫倒於橋邊。眾人觀看的愈多，人人讚嘆英雄力大。

又有龐府家人走上前，拉住小英雄，同聲稱說：「壯士，我們此狂馬乃龐府跑走出來，傷陷於人，無人可降伏。方才相爺有言，若得有人降伏此馬，請到府中領賞。」狄青笑曰：「那人望他的賞？吾不往也。」眾人曰：「壯士不來，太師爺必要責備我們了。況且壯士降殺此馬，乃是一位英雄無敵之人，速往見太師爺，還有重用於你。」當時你也扯，我也拉。狄青不覺也見可笑，真乃生來性心粗莽，也忘記了拿回店內金刀，只隨著相府家人，一同而走。後面劉文、李進不住呼叫：「狄壯士，不要隨他去，快些轉回來！」當日觀看的閒人何下千萬，一片喧嚷之聲不絕，狄青那裡聽得見呼喚他，隨了眾人，竟歸相府去了。劉、李只得無奈，扛了金刀回歸王府。豈料呼延千歲不在，勇平王高府請他赴宴去了。二人只得將金刀藏好，又不往稟知千歲，故靜山王此日也不知其緣由。不多細表。

卻說龐洪、孫秀在書房吃酒已完，仍談及狄青之事。只見幾個家丁前來稟上：「太師爺，火騮駒逃至天漢橋，遇一少年，十分猛勇，揪住馬兒，按倒在地，踹踏幾腳，此馬登時穿腹而死。為此小人等帶了小漢子回來，稟知太師爺，可有賞賜否？」太師曰：「此人能降伏打殺狂駒，是個英雄之輩，且喚他進來。」家丁領命出外喚狄青。龐洪即時踱出書齋，在中堂坐下，狄青已倒身下跪。

若講到狄青至汴京未及一月，是以不知孫兵部就是龐太師女婿也，不曉龐洪是個大奸臣，所以到他府中。當時倒跪塵埃，言：「太師在上，小人叩頭。」龐洪說：「英雄少禮。爾尊姓高名？」狄青曰：「小人姓狄名青。」太師曰：「爾是狄青麼？原籍何方？」狄青曰：「世籍山西。」當時龐洪聽了不語，暗思量：不料此人是吾賢婿大仇人，不意他反投入吾府中，正如困進鐵網牢籠。待老夫款留在府中，斷送了這小畜生，方免了賢婿大患。想罷呼：「狄壯士，老夫有言在先，如有能人降除此猛駒，必當重用。難得你如今除卻了狂駒，是位蓋世英雄，天下稀少。」太師又曰：「今兵犯邊關，楊元帥受困，你如此英雄，豈可埋沒了？目下正是調兵遣將之期，爾且在吾府中耽擱幾天，待老夫於聖上前，保舉你到軍前效用，建立功勞，爾意下如何？」

當時狄青那裡知他暗算機謀，聞他此言，倒跪連連叩頭。狄青曰：「若得太師爺抬舉，小人三生有幸，深沾大恩。只為小人前時有犯孫爺，只憂他不肯容留於我。」國丈言：「不妨，待老夫保舉你，豈憚他不收用的。家將！且請他往後樓園中少歇，備酒款待。」家人領命。

當時狄青竟忘記了奉殺孫秀之事，隨著龐府家人到著後園樓丹桂亭中食酒，真乃是個有頭無尾的莽少年。獨有龐太師大悅，踱回書房，只見孫秀已睡在醉翁床上。太師喜欣欣呼：「賢婿，你且放心了，狄青已入吾彀中了。」孫秀聞言，立起來問其緣故。太師就將他自投到此一一說知。孫秀大悅，喜洋洋言：「岳丈啊！這小畜生聽了呼延顯使喚，仗著金刀如此猖狂。今日難得上蒼憐憫，使彼自投羅網，反自遭殃，實乃快哉也。」太師曰：「賢婿，如今放下愁腸了，早些回府罷。」孫秀言：「謝過太師。」即時告辭過，喜悅回衙中而去。

且說太師是晚差喚四名得力家丁，要將狄青弄得大醉，然後待夜深放起火來，將他焚害死，明日另有金銀賞勞。當時內有一名家將，名喚李繼英，此人生來心雄膽壯，拳藝精通，上前稟曰：「太師爺，這賊狄青如此狠惡，不獨太師爺動惱，觸及小人也氣忿於他。但思附近皇城之內放火，驚擾不安，終為不美。」太師曰：「依你便怎生打算來？」繼英曰：「據小人的主見，有些不難。三位不用多勞，且待今夜小人進往園中，與狄青假作厚款他，弄彼大醉，何難一刀了結彼性命。神不知鬼不覺，即夜埋了屍首，洩卻兵部大人之氣，豈不省煩，強如放火驚擾。」太師聽了繼英之言，點首笑曰：「如此更妙。但汝雖有些本事，猶恐獨力難成，倘然制他不得，反為不美。」繼英呼：「太師爺！不是小人誇口，倘若不斬得狄青，願將小人首級獻上抵當。如若殺了狄青，只求太師爺提拔，小人便是感恩。」太師曰：「既如此，著你往取他首級，老夫且提拔你做個美地方七品縣官。」繼英曰：「還求太師爺再賞酒筵一桌，待小人將他勸醉如泥，方好下手。」太師准請，命復備酒於園中。又啟上：「太師爺，這匹死馬如何料理？」太師言：「埋於土中可也。」是晚，國丈排夜宴於書房，獨對銀燈而自酌，言：「狄青，汝先遭了藥棍，又得醫痊不死。不想今日依從呼延顯，持刀來殺吾婿，汝圖殺命官，應該重罪。奈此刀乃先帝遺留之物，人人殺卻，也無償罪。幸喜有救星，小畜生今夜遭吾毒手。但呼延顯這老狗，吾的女婿與你並無仇怨，因何懷此毒念？有日教你一命難逃，方見吾老夫手段也！」

不語國丈之言，卻表繼英一路進園，思量當初隨著狄廣老爺在邊關，多於先老爺自少年出生，長育加恩，不異親生兒女。自從恩主歸仙之後，又遇水災，西河一縣，萬民俱遭水難。吾在水中得逃性命，自奔投相府，已將八載。吾時常在此想念著夫人、小主遇水之災，未知生死。方至今朝得逢公子於此，力降龍駒，反遭羅網。但吾繼英曾受先老爺恩德，今日小主有難，豈得坐視不救？故特領此差，搭救了小主離災，方見吾繼英知恩報答之心。思未了，不覺已進至花園中。只見星光燦燦，月白如銀。

當晚，狄青用過晚膳已久，正站立於桂苑亭中。只見寒露霏霏，金風拂拂。此時人靜心清時候，不覺想起衷腸，動起滿胸煩悶。思起下山之日，仙師有言說知，教吾至汴京，自得故人會合，至今還未得切誼人一會。又曾記逃水難時，與母分離，今已八載，不得重逢，諒來骨肉沉於波浪中了。又不知張忠、李義身下囹圄，何時脫難？只恨孫秀妒嫉，險些將吾身首分開，還虧得眾位王爺相救。孫賊又用藥棍打吾二十，幾乎喪命，又蒙隱修調理痊，恩德如山，使吾銘心刻骨。又思到一段念頭，不覺頓足，悔恨心粗，拍胸言：「不好了！呼千歲賜吾金刀往殺孫賊，為降除狂馬，將金刀拋棄在麵店中，我之罪大如天了。若不殺孫秀也不打緊，要失去金刀，千歲爺豈不動惱？此時又夜深，難以出相府，不免挨至明宵晨早，取回金刀，殺了孫賊，千歲爺豈不提拔吾的，強如在此龐府也。」

正在思量，又見來了一人，送至酒饌一桌，呼：「壯士，太師爺敬汝是個英雄漢子，方才傳言備酒設筵，以待壯士盡歡賞月，勿要辜負此良宵也。」狄青曰：「方才已領太師爺叨賜了，如何一而再至？」家丁曰：「太師爺賞爾的酒食，有什麼稀罕？還要狠狠的提拔爾也。」狄青言：「因何用著兩副杯箸？」家丁曰：「太師爺猶恐壯士寂寞，特命繼英兄來伴汝用酒。」狄青曰：「爾們繼英是何等之人？」家丁曰：「此人乃是太師爺得用家將也。」狄青聽了，暗言曰：「思記那繼英之名十分熟悉，但一時刻想不起來。」若問狄青九歲時已遭水難，主僕分離已經八載，故不能記憶。正自言之際，繼英早已到了，扛酒饌家人已轉身去。繼英到亭中，呼聲「壯士！」狄青呼：「足下是何人？」繼英曰：「小人姓李名繼英，特奉太師爺之命，著吾到伴，奉敬數杯。」狄青曰：「那裡敢當！」二人坐下用酒一番。

時交三鼓，一輪明月當空。四顧無人，當下繼英細觀公子，長嘆一聲，立起身軀，把手一搖。狄青不解其意，便問：「李兄，好好食酒，因甚登時發此長嘆，何也？」當時繼英離座，雙膝下跪，呼聲：「小主人！汝可知今夜有大難臨身否？」狄青驚道：「李兄，因何如此相呼？未知劣弟有何大難，且請起才說。」正要伸手攙扶，繼英起來，手一招，二人並跑至登雲閣。足踏扶梯，步步而上。

秋風陣陣，捲透衣襟，時繼英呼：「公子，汝不認識小人了？」狄青曰：「想繼英之名似甚善熟，奈一時記認不來。」繼英呼：「公子，我昔日跟隨先老爺，多蒙恩育，故今不更別名。自從老主人歸仙之後，小主人長成九歲，忽遇水災，小人水裡逃得性命，流落至汴京。無奈一貧如洗，只得投於相府羈身。時思主母、公子，逢災存亡未卜。今幸公子脫難長成，只可惜不曉得共狼虎同群，難脫此禍耳。」狄青聽罷，言：「不差了，如今醒記汝了。但汝言語不明，猶如昏鏡，速些說明罷。」繼英呼喚：「公子，爾與孫兵部不知結下什麼大冤仇？」狄青曰：「吾與彼風牛馬不相關，不知他如何生心害吾的？」繼英曰：「公子，爾難道不知兵部是龐太師的女婿麼？」狄青曰：「我實也不知他是翁婿。」繼英說曰：「太師言，爾要殺他女婿，為此今夜留款於爾。公子豈不中了奸謀毒害？猶如蠅投蛛網，魚入紗罾❶，焉能飛遁？」狄青聽罷，雙眉逆豎，怒目圓睜：「如此言來，龐賊也要害我了？」繼英曰：「他是翁婿相通，要謀害公子。是以小人特領此差，以搭救公子。」狄青曰：「只要爾通知消息，吾明白了。待我今夜打出龐府去，明日還來報仇。」繼英呼：「公子，此事不可！爾雖則英雄膽壯，但思侯門比海，斷斷不能易逃。況且他家將人多，狠勇者不少。」狄青曰：「縱使他龐府千軍萬馬，我何懼哉！」繼英曰：「爾縱然打出相府去了，太師爺明知小人通風，豈不將小人處治，一命難逃了？」狄青曰：「倘若不打將出府，如何得脫離虎穴？」繼英曰：「吾先已打算準，園門已經封鎖，逃以私逃，即此一帶圍墻如斯高險，也難爬跨。只有對壁盤陀石旁有古樹，高接雲煙，公子若爬尋得上樹枝，就可跨得過高墻了。墻外也有大樹相接，即是韓琦吏部老爺府第。」狄青曰：「韓吏部可是龐賊奸黨否？」繼英曰：「非也，韓爺乃赤心為國無私之臣。我太師爺幾次欲除他，也動不得。公子權且走過韓府，避過一宵才可。」

狄青喚繼英：「若非今夜汝通知消息，吾定然遭其奸害。受汝大恩，理當拜謝。」言罷，低頭便拜。繼英也忙跪下，搖首曰：「公子不要折殺了小人，且請起。事不宜遲，休得耽擱，速些離卻此地為高。公子且來此處。」二人下了登雲閣，即至盤陀石。公子爬上大樹，繼英又恐有人進園，東西四瞧，只見寂靜無聲，略覺放心。當時公子爬上古樹，又跨過高墻，雙手又爬過隔墻大樹而去。狄青過得隔墻大樹，望下有三丈餘高，也覺心寒，只得爬枝立而不下。未知過園如何逃脫，且看下回分解。

❶ 罾：魚網。

第十三回　脫牢籠英雄避難　逢世誼吏部扶危

詩曰：

　　持危周急是仁人，妒技憎賢自佞臣。

　　君子小人難混跡，忠奸善惡兩途分。

不語狄公子跨過隔壁大樹，扳枝不下，一望園林，一派也是亭樓畫閣，此乃韓府後園。卻言韓琦官居吏部尚書，年近六旬，為朝廷社稷重臣，忠心耿耿，深疾目前奸佞弄權，朝中五鬼當道。其時相得厚交，不過范仲淹、孔道輔、趙清獻、文彥博、包拯、富弼幾位忠賢而已。只因西夏兵困三關，韓爺日夕心憂為國。近於月中，夜觀星象，只見武曲星金光爍爍，該當有名將出現，保邦護國。第❶不知何方埋沒了英雄將士，至邊夷外敵屢見侵凌，皆由外無良將，內有奸臣也。

此夜韓爺用過晚膳，在著庭前少坐片時。其夜乃八月十五，仲秋之節，天晴氣爽，萬籟無聲，但見：

❶ 第：此處作「但」解。

月射光輝窗透影，庭留芬馥桂生香。

當晚韓爺踱進花園中，更覺皎潔無塵。風敲竹韻，月照花容。韓爺命童子炷上爐香，於月下跪於當空，禱告上蒼憫恤生民，早降定國安邦之彥❷，以攘外敵侵淩。告祝一番，起來又仰觀星月，正應在武曲星顯現，緣何不見將士聞於朝，何也？韓爺正在思量，四方觀望，於當時緣何不見狄青在樹中？其夜雖然月色光輝，但樹大枝叢，是以看不見樹上有人。但狄青在樹上聽得韓爺上稟蒼天之語，句句為君憂民之志，果乃中流砥柱之臣。吾今下去見他，必無妨礙了。想罷，呼聲：「來也！」飛身而下，反嚇得韓爺一驚。定睛一瞧，乃一位少年漢子，穿著長袍短襖。

韓爺連忙喝聲：「爾是何人？好生膽子，於更深夜靜，從空而下來。」其人即下跪，呼稱：「大人在上，小人姓狄名青，山西人氏。只因龐太師要將小人謀害死，四門已封閉了，小人無奈，只得越垣而過。久聞大人愛民忠君，清廉剛正，望乞寬容，渡延蟻命，世代沾恩。」韓爺聽了，暗言曰：「龐洪此奸賊，今夜又要陷害人了。且今天早晨聞老管門言，有位小英雄名狄青，持了定唐金刀行凶，要殺孫秀，莫非反被他們拿下？」想畢，即呼狄青：「汝與龐、孫，實言有何仇怨，至他們生謀陷害？」

狄青曰：「大人聽稟上。」當下狄青將七月內至汴城，得林千總收用，入為步兵起，又說至領命持刀，刺殺孫兵部，後至降除火騮駒。韓爺聽了即打死火騮駒，即攔止他，曰：「今日踹死猛駒者，

❷ 彥：美士，才德傑出的人。

即是汝否？」狄青曰：「正是小人也。」韓爺大喜曰：「妙！妙！看汝不過文雅之姿，不像個有狠力氣之士，不道能除此猛駒，乃是個英雄無敵之漢了。前月番邦貢來此駒，殿前勇侍御四人降他不服，後得石玉小將，方能拿下，放於馬廄。爾既降駒，以後即如何？」狄青曰：「小人打死猛駒，早有許多家丁要小人至相府領賞。小人不允，家丁人多，說太師爺還要重用，由他等扯的扯，拖的拖。吾聞彼言要重用，心下亦有思圖機會之意。當時見了龐太師，他大讚賞我之英雄技藝，故殷勤留款在後樓園，暗圖殺害。」韓爺曰：「汝難道不知孫秀乃龐太師的女婿？」狄青曰：「小人果也不知。幸有他家將繼英通知消息，教吾逃到此園。」韓爺曰：「此人為何有此好意也？」狄青曰：「那繼英本乃吾父舊日家丁，只因身遇水災，分散以後投歸相府。承他不負先人之德，故來搭救通知。」韓爺聽了，曰：「爾父何等之人？」當此狄青說開了，便忘卻「逢人且說三分話」之意，言：「先君狄廣，在故土身為總兵武職。」韓爺曰：「爾祖何名？」狄青曰：「先祖考狄元，先帝時官居兩粵左都御史。」

此時韓爺聽了，不勝大喜，曰：「原來汝乃一位貴公子，世交誼侄。吾中年時，與汝先君在朝十分相得，曾有八拜之交，不啻同胞誼切。後來山西地方盜賊猖狂，本處官不能禁制，故先王命狄廣哥哥出鎮山西，已將三十載。後也一音不聞，已是登仙，亦未知他後裔幾人。但前七八載，山西警報山水灌注，傷壞了萬數生民，只言狄門滅盡了。喜得今日叔侄相逢於偶遇，且生來氣宇非凡，更具此英雄武略，今宵一會，令老夫喜得心花大開。但願汝大展謀猷❸，光恢先人偉業，老夫之深望也。」狄青聽了曰：「小人身已落魄，怎敢妄想的？」當時韓爺雙手扶起，曰：「如今不必如此相呼，竟是叔

❸ 謀猷：計謀。

侄呼喚便是了。」狄青領命，即稱：「叔父請上，待侄兒拜見。」韓爺曰：「不消了。」即手挽狄青，一路回進書房中，只見桌上銀燈尚還光亮。

狄青立著不敢坐，韓爺再三命坐，二人方對坐交椅中，問曰：「賢侄，如今不知令堂還在否？」狄青稱：「叔父聽稟：自吾父歸天，小侄年方七歲，與娘苦捱清貧兩載。九歲時，身遇水災，西河一縣萬民遭殃，母子被水分離，至今七八載，母親還未知生死。」韓爺曰：「汝曩者耽擱在何方？」狄青曰：「侄兒被水時，幸得王禪鬼谷師救上峨嵋山上，收為門徒，傳授武技。向在仙山七載，蒙師傳習將略兵機。但思親念切，日夕愁懷。奉師下山之日，又不許吾回歸故土，言一至汴京，自得親誼相會。不料今朝未得娘親一面。」

當下韓爺聽了，不覺喜形於色，曰：「怪不得賢侄有此英雄技倆，原來是王禪老祖之門徒。」是晚，又吩咐家丁設備酒筵排桌，二人把盞飲酒。敘中，韓爺詢曰：「汝是王禪老祖高徒，自然武藝精通，須要尋個進身之地。待有機會，老夫自然薦拔於汝。」狄青稱：「叔父，小侄雖略有些武藝，奈無提拔之人，只此守拙待愧而已。」韓爺曰：「爾言差矣。說什麼守拙無能之語，為大丈夫立身處世，須要揚名顯世，以昭耀先人。雖有千難萬苦，何須計較，必要轟轟烈烈顯現一番。雖周末儀、秦❹，寒儒奮翮，即漢初信、噲❺，亦行伍功勛。遍觀出類拔萃之人，多出於微賤。汝今正當少年發奮之期，豈可灰冷功名二字！汝無非礙著龐、孫翁婿灰心。但眾奸罪惡滿盈，何能遠遁長存？賢侄可想得來？」

---

❹ 儀秦：指戰國時的張儀、蘇秦。

❺ 信噲：指秦末漢初時的韓信、樊噲。

狄青呼：「叔父，小侄非是誇能。既得兵符滿腹，武藝全身，心存萬丈沖霄志。即目❻兵困邊關，我亦時思效力，奈何機會不就。其時倘能一日風雲助，撐持社稷，定穩江山，小侄亦不讓於旁人也。」韓爺聽了，不覺撫掌欣然，稱言：「妙！妙！賢侄，汝有此大鵬奮翅之量，何難雲龍風虎之會無期！果然志量高天，非老夫所限量也。」狄青曰：「此乃小侄妄言狂思耳，豈當叔父謬贊。」當夜，爾言我語，更覺投機，叔侄情深誼切。

按下韓府長談，卻說龐府內家人繼英，見狄青跨過了高垣，心頭放下。回轉身，步進書房，只見龐太師坐下獨對銀燈，持杯自飲。繼英上前稟上：「太師爺，小人已將狄青弄得大醉如泥睡了，請太師爺賜口龍泉❼與小人，好待下手。」太師笑曰：「狄青果然弄醉了，如此與汝寶劍一口，速速割他首級來回話。但此人能力打猛駒，乃英雄猛漢，故往除他須要小心。」繼英曰：「太師爺不必費心，狄青已醉得懵懂了，何難一刀結果他。」

當時繼英怒氣頓生，恨不能一刀揮去這老奸臣腦袋。還防一身獨力難逃，只是忍耐性子。早已將私積百餘兩白金束繫腰間，再持相府提籠，掛了寶劍，哄騙出重重府門。時候已交三鼓，龐府眾家人有睡有還未睡者，故府門尚未下鎖。當時繼英只言奉太師爺之命，差往孫兵部府中有話，慌忙出逃。重重府門可瞞，只為平日龐太師也有夜差家人往兵部府，況繼英往日行為光明正大，是以人人信服，並無攔阻盤詰。繼英一哄出，猶如鳥出牢籠，魚脫金鉤，騙出關城，如飛而去，只為一片心懷報主之

---

❻ 即目：目前。

❼ 龍泉：劍的泛稱。

恩。

當夜龐太師獨酌持杯，不覺沉沉大醉，和衣而睡在沉香榻中。內外家丁，各自睡去。龐太師酒一醒了，已是五鼓更初，自然先往上朝。朝罷回來，早有園官稟報：「逃走了狄青。」龐太師一聞此語大驚，即查問繼英。內有家丁幾人稟上：「昨夜三更將近，繼英出府，言稱奉太師差往孫大人府中，但昨夜一去未回。」太師曰：「他一人出府門，抑或與狄青同走。」家丁言：「他獨自一人去了。」太師曰：「好膽大奴才！明乃將狄青放走了。」

當時龐太師大怒，步進園中，四圍一瞧，園中墻垣高有三丈，園門四路封鎖，難道騰雲飛遁了的。走過東又步至西，偶然看至盤陀大石與旁邊大樹緊緊相連，說聲：「是了，狄青定然逃往隔壁韓吏部府中而去。」即踱回中堂，登時打發了家丁四十名，兩人一路，分頭去追捕繼英；又發令往兵部府中，取兵三千往圍韓府，前門後戶，俱要搜查狄青回話。當時孫秀聞報，也怒氣沖沖踏穿靴子，罵聲：「狗奴才！好生放肆。」又恨韓吏部窩留逃卒，頃刻點起三千鐵甲軍，一齊來至韓府，重重圍困，吶喊喧天。早嚇得韓府家人驚慌無措，不知為著何事，當時稟報上：「大人，不好了！今有龐太師點兵數千，將吾府中前門後戶團團圍困了，聲言要獻出狄青，萬事皆休，如若大人窩留不放者，即打進門來，言大人也有不便之處。」韓爺曰：「有此異事？爾等何須大驚小怪，老夫自有道理。」韓爺不覺發聲冷笑，罵曰：「狂妄龐賊，爾真乃眼底無人，太放肆，敢來與吾結冤作對！」狄青在旁聽了，大怒道：「叔父，且休懼！數千軍馬，只唯小侄一口兵器出府，可殺他馬倒人亡，才算小侄手段非弱。」韓爺聽了，搖首曰：「賢侄，休得將殺人兩字作頑耍。彼是命官，爾是子民，豈有強民擅殺官兵而無罪律？

這老奸臣好生刁滑者，爾如殺傷他兵，必來奏劾老夫了。吾自有主意，且玩弄得他糊糊塗塗，不敢來查也。」

正在言談之際，忽聞一片喧鬧之聲，又有家人稟知：「龐太師親自到府來了。」韓爺曰：「這老賊親自到來好了，賢侄且這裡來。」當日韓爺不慌不忙，引狄青到一所在，有三丈高樓，上書一匾，曰「御書樓」。此樓乃先王欽賜韓爺校閱典籍，旁有聖旨牌位，除了皇上，不許別人擅進此樓，知有私進，即同侮君論。當日韓爺引狄青進樓，開了重門，留他在內，仍復封鎖回。然後出外，吩咐家人大開府門。

當下龐太師登時蹌進通名，韓爺少不免衣冠迎接施禮，分賓主中堂下坐。韓爺開言：「請問老太師，本官並未干犯國法，因何私差許多軍馬圍困吾家，是何緣故？」龐太師呼：「韓大人，為人倘若欺瞞，自然敗露。爾將狄青窩藏在那裡？速些放他出，老夫即不敢唐突騷擾了。」韓爺曰：「本官也不明什麼狄青。太師既帶兵在此，諒來要搜查了。汝且查來，吾並不阻擋的。」太師聽了，點頭稱是。即呼眾兵，且進搜來。當時眾兵領命，如狼似虎，內外中堂盡搜，單單搜剩的御書樓，餘外不見有什麼狄青。

眾兵與家人只得稟上龐太師。當時太師狐疑不決，不知他早已放去狄青，抑或留藏在御書樓上。是時韓爺冷笑道：「老太師，這狄青在著御書樓上，為什麼不搜查此人下來？真乃枉用多軍了，乃愚夫之見量也。」不知狄青被查捕捉如何，且看下回分解。

第十四回　感義俠同志離奸　圓奇夢賢王慰母

詩曰：

骨肉分離二十年，衡陽雁斷❶信稀傳。
此日鴛鴦重聚會，方知作善感青天。

卻說龐太師聽了韓吏部諷刺之言，也覺沒趣，又攬收不得場，無奈何只得傳與眾家丁：「三千兵丁不分日夜，在此守候。狄青必藏在御書樓，如今是韓琦的硬話，老夫豈有不知。」又呼：「狄青啊，你藏也藏得好，少不得連累及老韓了！」說完，吩咐打道回歸相府。當日三千兵卒，日夜輪流看守，日給饔飧❷，往龐府發用。狄青在著御書樓內，十分惱恨，但遵著韓爺之言，只得忍耐。當時韓爺見龐洪去了，拍掌冷笑曰：「龐奸賊啊，縱使搜不出狄青，也不消用許多守候之人，勞兵費餉，真比愚夫呆子的，乃是自作自弄也！」

❶ 衡陽雁斷：衡陽有回雁峰，相傳雁至此峰不過，因以衡陽雁斷喻音信阻隔。
❷ 饔飧：此處指一日三餐。

不語韓爺之言，卻說靜山王回府，是晚不是他有心不問金刀之事，只因是夜食酒過多醉了，一覺睡至四更時。朝罷回府，方才省悟，即時呼喚至劉文、李進。二人叩首上稟：「千歲爺，昨夜狄壯士在天漢橋等候孫兵部未見遇。先將龐府中的火騮駒踹死，後被龐府人邀去，至今還未見回來。」千歲曰：「金刀放在何方？」二人言：「狄青棄了金刀去收除此駒，為此小人將金刀請轉回來。」千歲言：「因何不即稟明？」二人曰：「昨夜只因千歲爺去赴宴，回來已經沉醉了，故未得稟明。小人該得有罪，望乞姑寬。」千歲聽了，言：「爾們去罷。」又想狄青，可笑他是個有勇無謀的莽夫，要除狂馬，就將金刀拋棄了。倘或失去此刀，怎生是好？本藩一片真情，有心提拔於爾，豈知爾如此狂莽心粗。一事誤來，諸事也誤了，還望爾掌什麼帥印兵符？爾今到著龐府中，猶如困入毒蛇窠裡一般。但如此不中用的東西，我也難顧了，但落得奸臣怪著老夫。

按下靜山王之言不表，再言龐府一班狼虎奴才四十名，分為二十隊，分路去查捉繼英，追趕出關城，加鞭拍馬，不敢少懈。二十路人，你走一路，我跑一方，倘一路之人拿了繼英，二十路之人一眾有功同賞。當時龐喜、龐興同伙，一路不從官街大道，只向私路盤查。

話分兩說，先表繼英一路逃出皇城，他原慮得龐太師差人追趕，是以不從官街而走，卻由小路而奔。其時日已平中了，肚內覺得饑了，只跑一程，不覺有酒肆一所，是靜淡之方。當下繼英將身直進，坐下一桌，呼酒保拿至上好酒饌、鮮魚、美肉、時菜排開，一人獨自擎杯，十分幽靜，倒覺開懷。一邊食酒，一心思量嘆曰：「吾繼英雖為下等之人，出身微賤，也是轟轟烈烈之漢。自幼身進狄門，先主歸天之後，還指望小主長成，早日襲蔭為官。豈知未久遭逢水難，一家骨肉分離，流落汴京，只得身投相府。難得今日公子脫得水災長成了。可恨孫秀、龐洪與他結下深冤，昨夜險些中了他奸謀暗害。我想韓琦老爺是個忠良之官，昨夜必然留收於你，在此我也略得放心。龐洪啊！爾是刁奸萬惡之臣，勢焰滔天，算計多人。吾並不疏言，並不管理；若然要害吾小主，不得不由不搭救的，縱然弄得我投奔無地，也盡吾一點報主之心。但今雖脫離虎穴，奈無家可奔，如今那裡去才好？也罷，不免回轉山西，另尋機會便了。」

不言繼英正在思算，又說龐興、龐喜二人，一路逢人便查問，查過東來查過西，不論茶坊酒肆，也要看看；即招商旅店、古廟庵堂，也進去瞧瞧，那處地頭不查不詰。二人尋找得焦悶起來，商量言：「繼英不知去向，人來人往許多，知道他打從那路途走的，吾二人定然空徒奔波也。」又行至一所三叉路的去處，只有一座高聳聳的酒肆，二人也是同行同走，進去查看。只見望進內廂三大進，四周桌椅兩邊排，但是靜悄悄並無一人在此用酒。有店主一見，問曰：「客官要用酒麼？」二人言：「非也，我們要尋一人。」店中笑曰：「裡面一人也沒有的。」龐喜曰：「沒有就罷了。」正要跑出來，忽聽得樓上喊曰：「大店主，取酒來！」店主應諾。龐興言：「樓上還有人吃酒，快些看來。」二人洒步進至樓中，繼英只道是酒家送酒到樓，忽一見了龐興、龐喜，頓覺呆了。

龐興叫道：「繼英，你做得好！為什麼放走了狄青，自己脫身而去？故違主命，該當何罪？我們特奉太師爺之命，前來拿爾，快快回府罷！」繼英呼：「二位哥哥，我是不回去了。」二人曰：「爾為何不回去的？」繼英曰：「弟在相府八秋，多無差處。但狄青是吾舊小主，不忍彼死於非命，故特將他放走。二位哥哥啊！我想世間萬物盡貪生，為人豈有不惜命乎？如今放走了狄青，我原該有罪，如若回去，太師爺豈肯輕饒於我？今日好比鰲魚得脫金鉤釣，豈有再回去之理！」龐喜言：「繼英休得多言，快些與吾二人回去見太師爺。」繼英曰：「二位哥哥，若要吾回去萬萬不能了。」又呼酒保，且再添兩箸杯來二位食酒。店主應諾下樓而去。

興、喜二人大呼：「店家不用去拿杯箸，那個要食他的酒？」當時店主下得高樓，有興、喜二人即時翻轉面目，喝聲：「繼英，你到底當真回去否？」繼英曰：「去是斷然不回去的。」龐喜曰：「你當真不回去，休怪我們動手了。」他二人一齊跑搶過去，要拿捉繼英，卻被繼英一拳飛去，打倒龐興。當胸一打，好不利害，龐興已仰面跌於樓臺。龐興爬起身，還不肯干休，一拳飛到門面，又被繼英左手一接，右手一拍，已打於樓下。龐喜搶來，又被繼英飛腳打去，跌拋數尺。打得二人滿身疼痛，只喊聲：「好打的！」

當下店主拿上杯箸兩雙，到樓一見之時，大驚呼曰：「客官，不要毆打！」繼英曰：「還要打死這兩個奴才，抵當償他之命。」店主曰：「不可！倘若當真打死了，豈不累及我開店之人麼？三位且吃酒罷。」

當時二人被打，思量：不料繼英有此本事，實難與爭。我二人何苦與他結仇？回歸只言不見就是了。龐興呼聲：「李兄不必多言了，既然你不肯回去，我們只回去覆稟太師爺便了。」繼英聽罷，微笑曰：「你二人早些如此說，我也不敢得罪。二位且請過來吃酒罷。」興、喜曰：「我們沒有酒東。」繼英曰：「多是吾辦的酒饌。」二人言：「如此，叨擾了。」繼英曰：「那裡話來，同伴弟兄，何須客套？」店主問曰：「客官可是做賊盜的麼？不然爭打一番，又同食酒。」繼英喝聲：「胡說！這二位是吾同伴弟兄，我們是龐府中來的。再有上品佳肴美酒，且拿幾品來用罷。」店主領命，登時取到。

三人一同把盞，盡歡暢飲一番。

二人問曰：「繼英兄，我們方才不是了。但今不知爾到著那裡安身？又缺少盤錢，怎生主張？」繼英曰：「二位哥哥不須為我擔憂，行程盤費吾盡足的。」龐喜曰：「繼英兄，方才說回轉山西，你卻愚了。在著龐太師府中，吃的現成茶飯，穿著現成衣冠，仗著太師爺的威權，好不榮光有慶頭的。那狄青到底與爾有甚相關？爾將他放走了，拋卻富貴榮華的大門風，只落得孤零飄蕩，苦受風霜。縱然爾回得山西，一藝不成，怎生是好？」繼英曰：「二位哥哥，人各有心。吾當初跟隨狄老爺之日，待吾不異兒子一般。今日小主人有難，理當救答，保全了先主人一脈香煙。吾繼英縱然禍有不測，死在九泉也是心安了。況且龐太師行惡，勢如烈火，多少無辜盡喪得慘，然日後終於無好報答的。我斷不永遠與此奸臣作伴也。況男子之志在四方，六尺身軀男子漢，何愁度日無依？」

龐興聽了，呼：「繼英兄果然言來不錯。」便對龐喜言：「我家太師爺作惡多端，後來決無好報。倘或有什麼禍事臨門，欲思逃遁遲矣。古道識時權變者呼豪傑。不如趁此另尋機會，與繼英兄作伴同行，爾意下何如？」龐喜曰：「正該如此。但不知繼英兄肯允否？」繼英笑道：「二位哥哥既願同行，妙甚。」龐興又曰：「只是吾兩人盤費未曾拿得，空空兩個光身，如何遠遁？不若轉回盜他些銀兩，連日同行，豈不更勝的？」繼英曰：「不消如此。二位倘能作伴同行，盤錢多是我的。」興、喜曰：「叨擾爾的酒東，怎好又費爾的盤錢？著實不該當。」繼英曰：「弟兄同志，奚分彼此！」

當時，三位說談膠漆，下樓完了酒鈔，齊齊出了酒肆門，一路而行，意向山西而去。適經天蓋山，有數十強徒，手持利刃，要打劫東西。卻被繼英搶了鋼刀一口，殺死數人，餘外的四散奔逃，亦有逃走回山中。原來此座山崗乃是張忠、李義聚集所在，他二人一去兩月多不返，這些小嘍囉天天在此打劫。今被繼英等占奪此山，三人在此暫且羈身落腳，叫小嘍囉伏其使喚。此話暫停，後文自有交代。

回書再表汴京潞花王諱趙璧，乃是趙太祖嫡玄孫，當時年方十五。生來一貌堂堂，與當今嘉祐王手足相稱。不幸父王早已歸天十餘載，他父排行第八，即八大王趙德昭其諱名也。上書選狄妃，已有敘明。如今他子襲依父職，封為潞花王。先帝已敕賜南清宮居住，仍授著打王金鞭。宮中建造一座嵌寶龍亭，供奉著太祖龍牌。有一天潞花王在宮中，大妻朝參母后畢，坐於兩旁。宮娥送上茶湯。用罷，潞花王爺一看，說：「王兒上啟母后：為什麼愁眉關鎖，帶著憂容，未知有何不悅？伏望母后說與兒、媳們知之。」狄后聞兒動問，便言：「兒、媳，只因昨夜三更得了一夢，思量實見奇哉，未知主何吉兆，故以想起來，也覺煩悶不悅。」小王爺曰：「不知母后有何夢兆，怎生夢來？」狄后呼：「兒、媳，為娘的夢見飲宴之間，取一肉餡，方入口中，咬著兩開，內中有肉骨一塊，骨已將牙齒插得疼痛，血來將骨肉染遍了，其餡即合圓。醒後方覺了，想來牙損見血，濾於骨肉，其夢兆諒來凶多吉少，是以想來納悶不安。方才查搜諸典籍上，並無此詳。」小王爺聽了，言：「母后休得心煩。待臣兒去召取詳夢官到來詳解，便知其兆吉凶了。」當時潞花王辭過母后出堂，想來：龍圖閣包拯、韓琦，是乃博學之臣。想罷即差內監往召到二臣。

先來韓老，後到包公，上銀鑾殿，參見千歲。王爺言：「二位卿家休得拘禮。」即命賜坐。內侍獻茶畢，潞花王即將母后之夢說明。早有包爺曰：「微臣粗老愚蠢之輩，只知判斷民情，圓夢的事，從來不懂。」王爺呼：「包卿不明詳解麼？」包爺曰：「臣詳解不來。」王爺又呼：「如此，韓卿可詳解否？」韓爺曰：「臣略能詳解此兆。」王爺曰：「其意如何？」韓爺曰：「其夢肉開見骨，齒血濾於骨肉之間，太后娘娘必主骨肉重逢，是乃吉兆。」王爺曰：「見應在何時？」韓爺曰：「臣思餡缺復圓，該應於十五月圓之夜。」包公暗想，喜道：「韓年兄❸為人學問廣博，比老包中用，枉為龍圖閣之臣也。」包公正在自言，當時潞花王微笑曰：「果也如此，實見奇了。」韓爺曰：「臣據理而詳，該得此兆。但未知準驗與否。」潞花王呼：「包卿，爾職事太煩，且請先回府。韓卿且少留，待孤家稟覆母后，再行定奪。」當時包爺別去，韓爺留待，潞花王進內稟知母后。不知狄太后如何主見，且看下回分解。

❸年兄：唐宋以來，科舉考試同榜登科者稱同年，互相尊稱為年兄。

第十五回　因圓夢力薦英雄　奉懿旨擒拿龍馬

詩曰：

龍駒覓主下凡塵，佐弼英雄建大勛。
有日功完成正果，依然試雨復行雲。

當日潞花王回進內宮，將韓吏部圓夢之言一一稟知。狄太后想來，不覺倍加愁悶。追思昔日離別家鄉，已將二十載，別卻母親、哥嫂以後，一信無聞。後來只聞水漲山西太原，狄氏宗支無人已久，還有什麼骨肉重逢的。遂言曰：「兒啊，既然韓吏部如此言來，亦真假未分，且待來天月圓之夜，準驗如何。且留款下韓吏部，倘果有此事無差，必然厚賞於彼。倘夢詳不驗，然後教他回衙。」當時潞花王領旨，是日留款下韓爺。又言狄太后尋思：「吾身雖云玉葉金枝，王家之貴，只可惜故鄉骨肉分散如煙，還有什麼親誼之人相會。可怪韓吏部無憑無據，反惹著吾的心酸。」言未了，不覺淚已一行。

卻說韓爺是日被潞花王留款在書齋，不覺心中氣悶起來，反恨方才圓詳此夢，抑或未知激惱了狄太娘娘。但據夢而圓，依理而詳，也該有骨肉相逢之兆，但不知驗準否。如若準了便好，倘或不驗，后娘娘怪責，就不妙了。早知如此，方才悔恨把夢來詳，不如照著包年兄，只推不懂，何等不美。

書中慢表韓琦語，再說宮中一事端。當初有一龍馬，名九點斑豹御騮騌，乃是一條火龍變化，幫助趙匡胤騎乘。混一江山以後，此馬仍歸上天為龍，受玉旨恩封。不想數十年間，凡心未了，走下落在山西省，將西河縣翻沉了，殘害卻十數萬生民性命。玉帝大惱，要剮此孽龍。後得眾星君保奏：「目今西夏叛宋，武曲星下凡，平西保國。莫若仍貶他下去作龍馬，勞頓數十年，幫助征戰，將功折罪，以彰吾王好生之德。」玉皇准奏，故今降下此龍在於南清宮後花園荷花池內，作浪興波，好生猖獗。

當日嚇得管園官魂不附體，認作妖魔在花園作怪，即來銀鑾殿上稟知。潞花王聞此，也覺心寒。

當日王府眾人，多已唬怕。狄太后聽知，心中倍惱。不知那方妖怪作孽，思往龍虎山召取法師商量收怪，又覺路途遙遠，往返日久，不知妖魔怎樣猖狂，天天將園門下鎖閉固。眾家丁內監人人唬心，三言兩語，早已驚知書齋韓吏部。他想來：狄青乃王禪鬼谷門徒，向在水簾洞學法七年，況勇力能除狂馬，不免待吾保薦他去收服了怪魔罷。如若狄青收除此妖，千歲自然將他重用，便得進身了，又可免了孫、龐之害，有何不美。主意已定，即日對潞花王說知：「有壯士狄青，本領強狠。他是王禪老祖之徒，仙傳武藝，非人可及，曾在天漢橋力除狂馬。不如召到此人，拿了怪魔，以淨宮闈。千歲意下如何？」

潞花王曰：「韓卿，未知此人在於何方？」韓爺曰：「現在微臣之家。」潞花王曰：「既在卿府，即速召來。」韓爺曰：「這狄青踹死了龐家狂馬，被他哄去到府中，欲圖謀害。幸虧得他故舊家人放走，逃入臣家。詢起世家，原非微賤，乃臣世交誼侄。年紀青春，氣宇昂昂。不想目今龐洪得知在臣府，即差兵圍守於臣家，猶如抄沒家產一般。」王爺聽了言：「可惱！此老賊如此無禮麼？」韓爺曰：「臣該當有罪，不得已藏了狄青在御書樓。」王爺曰：「後來龐賊便怎的？」韓爺曰：「當時龐洪只得回去了。」王爺曰：「憂他不回的！」韓爺曰：「龐洪雖云回去，尚有數千軍兵，不分日夕看守，將臣衙署前門後戶也多把守了。」王爺怒曰：「有這等事麼？真可惱老奸臣！」即傳差官捧了龍牌，立刻要將龐府兵驅散。當日差官領旨，一到韓府，將鐵甲軍盡皆趕散。這些軍兵實守厭煩了，一借此為由，一哄而散。

又提龐府打發四十名家丁，前往追擒繼英，先有三十八名回來稟知，繼英並無蹤跡。龐太師聽言，正在著惱，忽聞潞花王降旨，驅散了三千兵丁，倍加火上添油，忿怒想來：狄青小奴才，定到南清宮裡去，教老夫也無可奈何了。即差人往報知孫兵部，且也休提。

卻說狄青出了御書樓，身乘銀鬃馬，離了韓府。一路思量：「不知此去是凶是吉？」當時進至藩王府中，千歲降旨召進。狄青雙膝跪於銀鑾殿下，俯伏，頭也不敢抬，山呼：「臣山野子民狄青，朝參千歲爺！」潞花王曰：「平身。」呼：「狄青，孤家召你到來，只為宮中後花園新出了一妖魔，十分利害，其形似龍，猙獰兩角，遍體血結通紅，在荷花池內作浪興波。合府忙亂，今關閉數重園門。正欲往召法官，今有韓吏部保薦爾有降龍伏虎之能，從王禪師學藝，法力高強。倘能除了精怪，令母后心安，當今聖上自然封爵獎賞功勞。」狄青聽了思量：叔父真乃可笑。吾雖是王禪老祖之徒，武藝般般多曉，惟有擒拿妖魔不曾學得，爾如何將我保舉起來？這是何解？但想想叔父已經引薦於我，倘若推辭了，千歲爺豈不見怪的？也罷，我想既為男子漢大丈夫，須要做出掀天揭地奇能，方為顯也。

倘若傷在妖魔之手，連叔父也倒翻了。若吾命不該亡，得除妖怪，千歲爺自然收用，就那龐洪算帳也不相礙了。想罷，便說：「野民果有降魔妙手，千歲爺何用擔憂！」潞花王聽了大喜，傳旨備酒相待。用酒膳已畢，已是紅日歸西。

是晚八月十四之夜，一輪明月東升，秋夜天晴氣爽，迴淨無塵。是晚銀鑾殿上燈高掛，南清宮內燭輝煌。夜燕方完，又聞園內喧震之聲。宮人內監個個驚慌，都言妖怪凶狠。當晚狄青對眾內監說：「你們只須助吾皮鼓、銅鑼聲響，便立擒妖怪了。」眾人都說：「全仗英雄大力，不知要用盔甲否？」狄青曰：「不消盔甲，只要鋼刀一口。」當時內侍急忙忙扛至鋼刀。好個心雄膽壯的英雄，腰間掛起寶劍，手提著大鋼刀，呼人引道。眾人不敢先走，內中有膽大些內監，引著小英雄，敲鑼擊鼓，好比慶鬧元宵。方才開了幾重園門，放狄青一人進去，連忙閉鎖回，在著門裡篩起鑼，擂起鼓，一片響聲，無非助其興也。

當時狄青勇抖抖提起大刀，跑來走去。花園寬大，走過東，跑過西，又走走至望月臺，大喝：「妖魔怪畜，快來納命，狄青在此！」當時跑走呼喝不已。看看走到荷花池所，未到池邊，先見水高數丈，伸出一怪，遍體朱紅，看來原是一條火赤龍也。張牙舞爪，真有翻江倒海之勢，大吼一聲，如比雷鳴。當下狄青大喝：「逆畜，來試試鋼刀！」說完，擎起刀尖，指定火龍。其龍一起於岸，池中水勢定了，波浪不拋。但覺耳邊狂風大作，呼呼響亮，園內葉落紛飛。此龍哮咆之聲不絕，張開大口，擺尾昂頭，月光之下，紅鱗閃耀，錚齒像鋼槍，照狄青抓來。人龍相持，已有半個辰刻。狄青雖有此英雄武藝，然龍勢更強，相鬥已久，手中一鬆，大刀墜地。急急回身退後，跑走如飛，卻被火龍趕上，張開血盆大口。狄青反嚇了一驚，元神出現，火龍方知武曲星。只見紅光一道，透上青霄，大吼一聲，在地滾滾碌碌。紅光過後，只聞嘶喇之聲，化成一匹大龍駒，約有五尺高，遍身紅絨毛，烏黑生光。馬蹄四個，雙眼與月，映射如燈，血紅兩耳，頭上當中一角，色青，生來異樣無雙。當時狄青立著看定，不覺笑曰稱奇：「方才交鬥時一火龍，倏忽之間變化為馬，莫非上天賜此奇馬於我？」呼聲龍駒：「爾若肯隨吾狄青，可將頭兒點上三點；如若不歸吾者，首搖上三回。」說言未了，馬頭頃刻連點三答。當時狄青大喜，即忙跪下，拜謝當空。起來即扳上馬角坐上，徐徐走回。連叩園門不見開——只為園裡軍人敲鑼擂鼓，喧鬧之聲不絕，左右園門皆叩不開。心中帶喜悅，在著園中往來馳騁，跑來跑去。其時約有二更時候，園裡眾人且住了鼓鑼，一同忖度言：「狄青進園已有三四個辰刻，與妖怪相鬥，料然勝負已分了。思量開園門，只好狄青收除了妖怪，倘怪物吞了狄青，開園門就不妙了。」你言我語，靜住聽一回，只得開了門，一同湧進。只不見有人，又不聽妖物吼叫之聲。東西四望，不獨不聞妖怪傾波作浪之聲，即狄青也不見了。

豈知此座囿園寬大，一望渺茫，周圍有四五十里。當下只瞧見遠遠有一人一騎而來，快如閃電，登時跑至。座上狄青，高與檐齊。又見他在馬上，呵呵發笑，得意洋洋，往來馳騁。見了眾人，連忙下馬，呼聲：「眾位侍官，看我已將妖魔收降了。」眾曰：「妖魔在那裡？」青曰：「此龍駒便是了。」眾人看來，此馬果然生得奇異於尋常。一同往報知千歲爺。

當下潞花王聞知，心中大喜，登時傳命召到。狄青一路牽著龍駒，一見千歲，即下跪稟曰：「小民已收服火龍，不料化為此馬。」潞花王一見此駒，連稱奇事。又看此駒生來過於高長，遍體紅毛生采，中央一只獨角，果然異於凡馬。狄青啟上：「千歲爺，此馬乃龍變化而成，人間罕有之物。今千歲爺府中出此寶駒，料然祥瑞之物，必須裝上一副鞍轡乃可。」潞花王曰：「爾言不差。傳旨，將孤家的追風駒鞍轡卸下來，裝配此駒之上。」

當時內侍領旨而去。王爺又傳命，備排筵燕。當晚王府中人，七張八口，多稱奇異。早有宮娥一眾奏知狄太后去了。又有韓琦在書齋聞知，連忙跑至內殿，見過此駒，不覺喜悅，稱奇曰：「世所駭聞，龍變化為駒。」看罷又呼：「賢侄，看爾果也奇能，王禪鬼谷之徒名不虛傳也。」狄青說：「叔父，此乃千歲爺的洪福齊天，小侄何能之有？」說未完，鞍轡到了，裝配起來，更見毫毛光采。潞花王見裝配起此駒更加異色，吩咐兩旁侍官即扶上馬。那知龍駒發起狠性，將頭一擺，前蹄一曲，後腿一伸，險些兒將潞花王跌將下來。早有侍官扶下來，便說：「此駒不服孤家。韓卿，爾且試試騎上，龍駒服否？」韓爺笑呼：「千歲，老臣福分薄低，如何乘坐得此寶駒？」潞花王曰：「休得過謙，且坐試如何。」當日韓爺無奈何，只得來乘。只為馬高人矮，仍要侍官扶上。果然韓爺上得龍駒，又是依然不伏。馬背一曲，頭一顛一擺，幾乎將韓爺跌將下來。侍官連忙扶持，下了駒兒。

王爺見了，微笑呼喚狄青，言：「此龍駒爾降伏他的，彼必然伏畏於爾。且乘騎上看看。」當下狄青曲背躬腰曰：「此駒既然不伏千歲與韓叔父，焉肯畏伏著小人？」潞花王喜而言曰：「此駒乃爾降服的，豈不畏懼於爾？」韓爺曰：「千歲有旨，爾且試乘坐來，也是何妨。」狄青聽了言：「小人如此告罪了。」即扳上當中馬角，輕輕一跳，早已跨上金鞍。此駒全然不動。韓爺一見，大喜稱奇。潞花王喜盈於色，跑上前呼：「馬啊！你真乃欺善畏狠了，偏會使刁作難的，將本藩欺著。」當時狄青心中暗暗大喜，一刻下了鞍來，上前叩謝過千歲爺，即開言曰：「此駒既不伏千歲爺乘坐，且待小人道他幾句，待千歲爺再乘上看是如何。」潞花王曰：「不消了。孤家的寶駒異馬盡多，如今連鞍轡一併賞與爾罷。」狄青大悅說：「多謝千歲！」狄青受賜龍駒之後，不知如何得會狄太后娘娘，且看下回分解。

第十六回　降龍駒因針引線　應塵夢異會奇逢

詩曰：

悲離歡合是情常，久別重逢倍喜揚。
善錫盈虧天道報，矢函兩藝❶要參詳。

話說狄青得潞花王將龍馬賞賜於他，心中大喜。拜謝復又啟上：「既蒙千歲爺惠賜，還請賞他一個美名，未知可否？」潞花王曰：「在月色光圓之下所得，即名『現月龍駒』便了。」狄青聽罷，欣然下階，與眾侍官站立。當時天色曙亮了，王爺吩咐帶龍駒入後槽餵料，內侍領旨，牽駒而去。是日，潞花王復詰詢小英雄，呼：「狄青，看爾不出，青年俊美，不意有此奇能。家中父母還存否？作何生理度日？幾久得到仙山拜著王禪為師？今朝降伏了龍駒，免了府中忙亂，皆得爾之功力也。明天奏知聖上，自有獎賞爾勞。」狄青見問，即啟稟上：「千歲爺，小人原祖上不為無名之輩，世籍山西太原

❶「矢函兩藝：矢指箭，函指鎧甲。《孟子．公孫丑上》云：「矢人豈不仁於函人哉？矢人惟恐不傷人，函人惟恐傷人。」此處「矢函兩藝」，指攻擊與衛護之道。

府西河縣小楊村，祖父狄元，曾為兩粵都堂❷，父親狄廣，官居總制，不幸相繼而亡。小人九歲便逢水難，母子分離，自得王禪老祖救至峨嵋山學藝，曾經七載。上月七夕間，奉師命下山，一還汴京，自得親人相會。豈知親人不見，反被奸臣謀害。」當日潞花王還要再盤詰他幾言，忽聞說太后娘娘請千歲爺進見。潞花王正要抽身，又有韓吏部呼：「千歲，這狄青命他回去還是留在這裡？」潞花王曰：「他有此重功，自然留在此，少不得母后娘娘還有恩賜。爾且陪伴狄青飲宴可也。」韓爺言：「領旨。」當下韓爺叔侄傾杯，談談論論，更覺開懷。

卻說潞花王一路跑回宮內，心喜欣欣的，朝見母后娘娘。當下年尊太后開言，呼：「孩兒，方才宮監報說，今已有一英雄漢子收服了妖魔。」潞花王曰：「臣兒稟知母后，此人年輕，武藝高強，名喚狄青，山西人氏。詰問起他家，原非下等之流，世代為官，位貴公子。又得王禪帶至峨嵋山學藝，果也英雄。收服龍駒，皆得韓吏部之薦。」狄太后聽了，言：「此人名喚狄青，山西人氏麼？」潞花王曰：「山西省太原府西河縣小楊村人也。」太后聽了，沉吟自語：「我想小楊村地名乃是吾家鄉，一村中沒有別姓，所居單有我狄姓之人耳。數載之前，只聽水洪山西，西河一縣盡皆淹沒，料得我狄姓之人盡遭水難，也未可知。莫非此少年即水中逃脫的？又名狄青，有此尷尬❸的？」呼：「孩兒，爾可詢他祖上父親名諱否？」潞花王呆想一會，曰：「兒也曾詰過他，彼言祖上名狄元，曾為兩粵都堂；父名狄廣，官居山西總制。」當時狄太后聽了，連聲言：「不錯！不錯！」說未完，珠淚紛紛，

❷ 都堂：都察院的都御史、副都御史、僉都御史及各地兼領此銜的總督、巡撫稱都堂。

❸ 尷尬：此處作巧合解。

愁鎖雙眉。呼喚：「王兒，即要傳旨，快令狄青進見。」當時命宮娥垂掛珠簾。當時潞花王不曉其意，忙呼：「母后，你傳他進見，何也？」狄太后說聲：「王兒，據他言來世冑，乃是做娘的嫡親侄兒了，故要詢他一個明白。」潞花王聽了，反覺驚駭，說曰：「既然如此，即要宣喚他來問個明白的了。」即傳旨召進小英雄。太后娘娘坐於珠簾裡面，潞花王坐於珠簾外邊。

當時狄青膝行而進，伏倒宮前，不敢抬頭仰面。更有太監一名，傳言呼：「狄青，太后娘娘問爾，既是山西省人，那一府、那一縣、那一鄉、那一莊？祖宗三代名諱、字號、官居何職？母親何姓氏？如今在也否？且要一一奏明上來。若有藏頭露尾，反取罪戾不便。」當下狄青不語，暗言：「這太后娘娘盤問得太奇了，因何盤詰起我的家世來？但內裡機關吾難猜測，說出真情來，未知是吉是凶。」只是無可奈何，只得從祖父母姓氏、官職一概說起，說到並無親叔伯弟兄，止有長姊金鸞早已出適了，次姊銀鸞早已夭亡。太后娘娘見說到此處，便問：「爾既無叔伯弟兄，可有姑娘否？」狄青曰：「姑娘果有一人，只幼年時聽母親言過，進上皇宮，早已身故了。」太后娘娘聞言，暗暗慘然，淚珠滾落。嗟嘆一聲言：「現在皇都之地，說什麼身故的？」又問曰：「爾既知姑娘身故，死在那幾載？得何病症而亡？」狄青曰：「只為先帝點采秀女進朝，時小人年幼，不知其由。至長時只聞母所說，姑娘進京之後，即已歸仙。」

原來此段情由，上書已明了：當初狄氏選進宮，聖上賜配八大王。孫秀奉旨做欽差，八王爺命順搭附家書，往山西知照於太原府。孫秀誆言狄氏進宮之後已經身故，是以狄廣聞知，即時上本辭了官。告駕被准，亦是奸臣暗算，認真妹子死了。故狄公子長成八九之年，孟氏夫人已告知姑娘進宮身死，故今狄青見問，即如是而對。

狄太后聽罷狄青之言，不覺肝腸欲斷，帶淚又呼：「狄青，爾既是狄廣之兒，有何憑據的？」狄青一想，便說：「稟上太后娘娘，小人有一家傳血結玉鴛鴦一只，幼年時母親與吾佩繫於身，曾說鴛鴦原有一對，雄的留於此，雌的送與姑娘進朝，但不知雌的失遺在於何方。」太后帶淚取鑰匙，開了取出雌的鴛鴦。狄青又將雄的獻上，仔細看來，一雙無異，一色無分。太后娘娘看過此寶，傳旨：「速將珠簾高捲起。」狄太后珠淚盈腮，抽身出外，連呼喚三兩聲「侄兒」！狄青一見，呆然惶恐，伏倒塵埃，開言不得。早有潞花王見母后喚他「侄兒」，自然非錯的，即起位說曰：「請起。」狄青忙呼：「千歲爺，小人乃一介貧民，還祈不要認錯了。」太后娘娘聽了，帶淚雙手扶住狄青，呼：「侄兒啊！老身是爾嫡親姑娘，在此與爾認真了，何用猶疑。還不起來相見。」

當下潞花王微微含笑，言：「真乃天賜骨肉重逢，不期敘會。」呼：「賢兄，爾何用猶疑，吃此憂驚。」即呼內侍備下香湯，待狄爺沐浴，又命宮娥取討衣冠。有宮人啟稟：「千歲爺，不知用什麼服式與狄爺更換？」潞花王曰：「即取孤的服式與狄爺更換是也。」內監、宮娥領旨去訖。當時狄后娘娘手挽狄青，呼曰：「我那侄兒，做姑娘的今朝與爾相逢，猶如見爾爹娘一般的了。喜得爾長成一脈延生，一表堂堂，威威烈烈氣概。若非花園中逆龍作祟，怎能今日姑侄相逢？」狄青道：「千歲爺、太后娘娘啊！吾實無姑娘的，猶恐錯認了。」狄太后言曰：「汝方才說有姑娘的，怎麼今言沒有，何也？」狄青曰：「姑娘本是有的。」太后曰：「如今在那裡？」當時狄青又要說出已經身故的話，但細想他如此相認了，不好如此說來，只得轉口言：「只知進宮之後已音信俱無，不知詳細了。」太后呼：「侄兒，吾是你嫡親姑娘狄氏也。吾生身故土是小楊莊，與爾父身同一脈。吾父官居兩粵都堂，如今現合鴛鴦成對，雌的吾所收拾，雄的爾母收藏。如今有了憑據，還來糊惑不認姑娘麼？」

當下狄青言：「師父之言驗了。他有言吩咐，教我一至汴京，自得親人相會。豈知相見親人於此地！」只是連連叩首，呼：「姑母大人在上，侄兒不孝，罪大如天。只為侄兒九歲年間，母子分離，六親無靠。後得王禪老祖救離水難，峨嵋山學藝七年。今朝不期而會，何異枯木逢春，枯苗得雨，實乃可喜可欣！」潞花王惚惚喜色，上前拍拍狄青肩上言：「太后方才與爾初見，至爾殷勤盡禮，弟之罪也。以後不用相呼千歲的，弟兄呼喚可也。」狄青曰：「豈敢如此僭越。貴賤懸殊，豈得並稱。」潞花王曰：「至親切中，那分貴賤。」狄太后呼：「侄兒且起來，沐浴更衣，再行相見。」狄青領命，謝過姑娘母子，侍官領他沐浴。慢表。

當時狄太后呼曰：「孩兒，爾且看此雙血結玉鴛鴦好否？分別多年，今日始得成雙。」少年千歲接轉鴛鴦細看，連聲稱妙。只見鮮血彩彩，口吐霞光，即曰：「請問母后，此對鴛鴦既乃一顆寶貝，不知此物產在何方？」狄太后呼：「孩兒，此雙鴛鴦原出於北番，外邦進貢與先皇，後欽賜封爾外公祖。為娘得了雌的，雄的留於爾舅母。為娘時常想念雌雄兩寶，穩道沒有會期，豈料鴛鴦今重逢有日。追思曩昔，倍復慘然。」潞花王曰：「這卻為何？」狄太后曰：「王兒有所不知。此雙鴛鴦乃狄門已傳留三世鎮家之寶，貴重好東西。今日為娘見鞍思馬，把親人念。外祖與舅哥哥得病而亡，倒也罷了。苦則苦舅母遭殃，被水而亡。骨肉沉流波底，不得嗣享以安。」潞花王啟上：「母后且免愁煩，今喜得表兄長成，氣宇非凡。外舅父母留得英雄好後裔，此乃天不虧良善之報也。而今賢表兄生來品質昂昂，具此英雄武略，何難光繼先人？待明日進朝，奏知聖上皇兒得知，封他一員武職官，還有那功臣敢於欺侮的？」狄太后呼：「王兒說什麼封武職官，等明朝傳吾之命，要當今❹封他一個王位。如若不封，說言做娘必要動氣了。」潞花王應允。狄太后又言：「韓吏部洞深算理，圓夢如斯準驗。如今且請他回府去，如贈他金帛財寶，諒他也不領受；也須奏知當今，升他職爵，以獎其勞。」

正言語間，狄青已沐浴更衣，穿著潞花王的服式，看來愈見增威樣數倍的。上前拜見姑娘，太后娘娘見了，心花大放。當日表弟兄一同敘過禮，宮娥內監多人，俱來參見狄王親。太后娘娘又呼：「侄兒且往外中堂，會燕畢再來與爾敘談。」狄青領命告辭，退出中堂去了。

當時日已午中了，潞花王帶喜，即傳知韓吏部先歸衙署，候日加封，即差內官送他回府。此日韓爺喜悅萬分，不覺暗暗稱奇說：「那知狄太后即狄廣哥哥妹了。即陳琳奉選回朝，將已二十年，老夫亦未深知究及此事，但想詳夢，不意如是神準的。」又言：「狄青，汝若非吾薦爾往王府擒魔，焉能今日得姑侄相逢？如今是赫赫然一位王親了，龐洪、孫秀的打算暗謀難施了，即吾老人家也覺心安放了。」

不語韓爺心悅，卻說潞花王爺是夜陪伴狄青筵燕，弟兄開懷暢敘，自未刻❺談言交酢，不覺吃酒數巡，已是時交二鼓。用過夜膳已畢，潞花王傳旨：內監宮人不必多人在此侍候，只留下四名侍兒服伺狄王親。當晚潞花王辭別，自回寢宮安歇去了。慢表。

❹ 當今：當今皇上的簡稱。

❺ 未刻：下午一時至三時。

卻言狄青當晚已經吃酒過多了，又說他酒量雖高，然而他的酒性有分。大凡酒量與酒性卻有兩般之別，吃酒多而不醉者為之好酒量，吃酒多過醉而不生端狂莽者為之好酒性。狄青的酒量雖高，而酒性卻也平常。所以前者在萬花樓上打死胡公子，也因酒性平常之累也，如今又要因酒後弄出事來了。當夜吃酒膳已完，卻有三更時候，他仍未安睡，卻於燈下想像一番，思著兩奸臣，一人乃孫兵部，一人乃龐太師。想來便說：「孫秀啊！吾與爾毫無瓜葛，又並非世仇，為什麼兩次三番要害吾性命？」越思越怒，大呼：「可惱！可惱！爾這惡毒之人真難容也。今夜必要除決爾這個奸惡臣，免卻毒害無辜之患。」登時怒氣沖沖，即要抽身。便呼侍兒兩人：「快打提籠，吾要出府。」侍官稟上：「狄爺，時交三鼓中了，要往那裡去？」當下狄青到底醒中已醉，醉中有醒，倘若言明往找殺孫兵部，他們不願與往的，不若騙哄他們說到韓吏部府中乃可。是時言來，未知狄青如何找殺孫兵部，且看下回分解。

第十七回　忿奸佞圖殺被獲　脫英雄解厄生嗔

詩曰：

未遇英雄困不舒，一朝奮翮有誰如？
漫言胯下為羞辱❶，多少高人發達殊。

當下王府侍官稟上：「狄爺，夜已深了，請明朝去罷。」狄青喝聲：「吾必要走的！爾敢阻擋麼？」當時內侍不敢違逆，只得點起燈籠。這狄青穿的是潞花王服式，腰下又懸著一口寶劍，兩名侍官持了一雙南清宮大燈籠，一重重的叩出府門而出，一連出了九重，方至王府頭門。跑出平街大道，真好一天月色也：萬里無雲，一天星斗。街衢中家家戶戶肅靜無聲，只聞雞聲唱叫無休，犬吠留連不斷。兩侍官不覺向南路而往韓府。

---

❶ 漫言胯下句：指漢韓信受辱事。《史記．淮陰侯傳》：「淮陰屠中少年有侮信者，曰：『若雖長大，好帶刀劍，中情怯耳！』眾辱之曰：『信能死，刺我；不能死，出我胯下。』於是信孰視之，俛出胯下，蒲伏。一市人皆笑信，以為怯。」

狄青指著南方言：「此道往那去處？」侍官曰：「此地是往韓吏部府中。」狄青曰：「如今不往韓大人府了。」侍官曰：「狄王親不往吏部府，要往那裡去？」狄青曰：「吾與孫兵部有深仇，如今要往他府中，仗著三尺龍泉寶劍，今夜必取這奸臣腦袋！」侍官聽罷，嚇了一驚，叫道：「狄王親，這是行凶之事，萬萬不可。」狄青喝曰：「誰言殺他不得？只須吾一劍，即揮成兩段了。」侍官不敢多言，只得引道往孫兵府而去。過了天漢橋，一路不覺已至孫府衙前，一所周圍照壁❷高昂，府門前大燈籠照耀光輝。有千總官❸、把總官❹四圍巡哨，一見了南清宮大提籠到來，嚇得驚駭躲避不及，慌忙無措。認做潞花王駕到，俯伏塵埃，聲聲呼著「王爺饒恕」。

狄青聽了，呵呵冷笑曰：「爾們夜深在此，卻也何因？吾不是妄亂殺人的，只手中寶劍要砍奸臣的頭顱耳。」眾員曰：「稟上千歲爺：小臣等乃孫兵部衙中巡哨也。」狄青曰：「既然如此，快喚孫秀出來見我。」眾員曰：「孫大人不在府中。」狄青曰：「他不在府中，那裡去了？」眾員稟曰：「孫大人往九門提督❺王大將軍衙中赴宴去了。」狄青曰：「可是真麼？」眾員曰：「小臣們怎敢哄騙千歲爺？」狄青聽了，又吩咐向王提督府衙而去。侍官應諾，提燈引道，踩步頻頻。

---

❷ 照壁：古代房屋的一種附屬建築。

❸ 千總官：清代綠營兵制，守備以下有營千總；漕運總督管轄各衛和守禦所分設千總；京師內九門、外七門，每門設千總把守。此非宋時官制。

❹ 把總官：清代綠營軍制，營以下為汛，置把總分領，位次於千總。京師巡捕五營亦置把總。此非宋時官制。

❺ 九門提督：清代步軍統領，掌管京師九門警衛，故亦稱九門提督。此非宋時官制。

若說孫兵部府往提督衙的路，原要經過天漢橋，故今狄青仍要轉回天漢橋，遂持著寶劍隨著侍官。三人正上了橋中，狄青酒不覺湧泛起來，雙足酸麻，暈懵懵的，東一步，西一擺。侍官兩人左右扶定呼：「狄爺仔細些才好。」狄青曰：「吾要殺孫秀奸臣。」內侍曰：「狄爺沉醉了，明日殺他不遲。」狄青喝聲：「胡說！吾今夜不取孫秀腦袋，枉稱英雄。」口中說話，四肢已酥麻了，此刻一步也難移。內監只得扶定在橋欄立著。狄青此際甚是糊塗，便大呼：「孫秀，爾這狗奴才，躲過了麼？」侍官呼：「狄爺，孫秀是懼怕了，果然避躲過的。」狄青曰：「奸賊啊！躲得好！弄我找尋得好。但今夜不除了爾這害民奸賊，非為大丈夫。」當時狄青身體困軟了，憑爾英雄健漢也用不出強來。算來非狄青酒量不高，易於沉醉，只為王府中的美酒比不得閒等之家，酒性好比藥力烈焚，是至狄青醉得沉沉不醒，手插劍尖於地中，側身合眼已入睡鄉了。侍官兩人心焦意悶，只得一手持燈籠，一手扶持伺候立定。

不一刻久，只見遠遠有燈籠火把而來，一乘白馬，一座人轎，原來二人乃孫秀、龐洪也。是晚，只為王提督大將軍天化的母親慶祝壽辰。這王天化乃龐太師的得意門生，故此夜翁婿二人在王提督衙門中開筵會慶鬧。梨園唱戲，酒敘數巡，許多文員武吏，暢敘於府堂。當晚翁婿吃酒至三鼓終方回。兩乘轎馬正要過橋，早有家將跑轉回稟曰：「啟上太師爺，橋上邊有潞花王爺，坐在橋欄之上，像著有些酒醉一般。」二人齊曰：「有這等偶然事也？快些下轎馬便了。」一翁一婿，慌忙下馬，急急步上橋欄。一看，俯伏跟前，呼聲：「千歲王！」當時只為狄青手插寶劍於地中，頭已低下，是至龐洪、孫秀看不出面貌來，只見南清宮的提籠，又是一般服式，自然是潞花王了。二人俯伏在地呼：「千歲！臣龐洪、孫秀見駕，願王爺千歲千千歲！」當日兩個侍官平素也怪著二人，是時並不做聲，待他們跪在此地。

一對佞臣的膝兒跪得已疼痛了，實覺不耐煩，又朗言：「臣等護送千歲爺回府罷。」狄青耳風聞言，頭略抬一抬，二人一見，頓覺駭然，登時抽身而起。龐洪即跑開呼：「賢婿過來！」孫秀走近，龐洪曰：「賢婿，細看此人容貌，並非潞花王也。」孫秀呼：「岳丈，此人乃是狄青了。」登時吩咐家丁把火一照，喝令眾軍上前捉拿。早有侍官兩人阻擋住，言：「此人拿捉不得的，太后娘娘聞知，爾們之罪還了得麼？」龐洪喝曰：「他是有罪之人，還敢穿此服式，冒認王爺，萬死不赦的罪！」侍官聽了，心中著急，大喝曰：「此人是太后娘娘嫡侄，爾們還敢動手麼！」龐洪大喝道：「休得胡說！」孫秀呼家丁：「一併三人拿下來！」當下兩名內監看來不好，飛也似跑走了，竟回歸王府內宮報知。

又言狄青雖有英雄奇能，此際無奈醉得麻軟如泥了，糊糊塗塗，不知所以了，故被他們緊緊綁縛了，還毫不知覺。有數十對家丁，見他迷迷不醒，只得扛抬而起。翁婿二人登回轎馬，下了橋，去路忽忽。狄青的寶劍一柄也被龐府家人拿去。方才跑得兩箭之路，只見前途一對小紅提籠，一肩小轎，坐著一位官員。龐洪是妄大自尊之輩，全無忌憚，在轎命家丁喝曰：「那個瞎眼官兒，還不迴避麼？」原來此位官員正來得湊巧，乃是正直無私的包龍圖也，夜來巡察地頭，在此不期相遇。他本非奉著聖上旨意巡查，皆因勤兼朝政，不惜辛勞，自要查察。強惡頑民乘夜搶奪，酗酒行凶，即要擒拿處治。當時張龍、趙虎啟稟：「大老爺，前面龐太師、孫兵部來了，不知為什麼拿了一位王爺服式人，請大老爺定裁。」包爺聽罷言曰：「這兩人又在此作祟了。」吩咐：「與他相見，可將此位王爺放了綁。」當下張龍、趙虎領命上前，呼聲：「包大人在此，請龐太師、孫大人請住寶車。」正是赫赫有名的包鍘刀，龐、孫府的眾家丁也心驚了，即丟拋了狄青，遠遠的走開。董超、薛霸已將狄青鬆綁拖扶定。

孫秀、龐洪一見大怒，齊呼：「包大人那裡來？」包爺曰：「下官巡夜稽查到此。龐太師二位那裡來？」龐洪曰：「往提督府那裡赴宴回來。」包爺曰：「老太師為何將這位王爺拿著，何故的？」龐太師曰：「是什麼王爺？乃是一名逃兵狄青，盜穿王爺服式，假冒王爺，如今將他拿下定罪。」包爺聽了狄青之名，暗說：「前日將他開豁了罪名，後來又在演武教場幾乎死在孫秀鋼刀之下，前兩天聞家丁傳知他力降狂馬，被龐府人邀去，不知今夜怎生穿了潞花王服式，又被他們拿下了。」原來狄青逃往韓府，又往南清宮降龍駒，姑侄相會事情，包公尚還未知。當下心內猜疑，便開言：「本官來稽查巡夜，那狄青是個犯夜小民，待吾帶回衙中查詢便了。」孫兵部呼：「包大人，這是逃兵小卒，應該下官帶回去的。」包爺曰：「你說那裡話來？狄青兵糧已經大人革退了，還是什麼逃兵？只算犯夜百姓，應該下官帶回。」孫秀曰：「這人原是與爾不相干，是吾管下的革兵，休得多管。」包爺曰：「胡說！這是下官犯夜之民，於爾甚事？」龐洪曰：「包大人太覺多招多攬了。這狄青非爾捉捕，休想帶去！」包爺曰：「老太師不必多言爭論了，一同去見駕，是兵是民，悉聽聖上主裁。」龐洪聽了，便言：「此話倒也說得不差。」三人都不轉回衙，竟往朝房❻來伺候聖上，按下慢提。

先說王府二名內監跑回南清宮報知。是晚潞花王已安睡了，還有太后娘娘尚未睡臥，與媳婦談言，不期而遇嫡侄，狄氏香煙有繼。不盡喜。談長編之論，一聞此說，心中驚怒：「快傳內旨宣召孩兒。」潞花王聞言，心中帶怒言：「狄表兄為人真乃狂莽也。爾今雖是王家內戚，不應夜出持刀往殺這奸臣。

❻ 朝房：封建時代百官上朝前休息的地方。

如今偏偏又遇著這兩個冤家，被他拿去。孤不去救解，誰人出力？」太后呼：「我兒，汝今不必往尋問龐洪、孫秀，且親自出朝往見當今，將此段情由剖奏明白。若要將吾侄兒難為了，吾為娘斷不干休的。」潞花王曰：「遵懿旨。」太后又言：「須要對聖上說知，必要封贈他一家王爵乃可。奏上當今，須要體諒做娘情面。」潞花王應答時，耽耽擱擱，已是四更中了。潞花王梳洗已畢，將龍袍朝衣穿上，用過參湯，嵌寶幞❼頭上戴，藍田玉帶半腰圍。上了一匹白雪小龍駒，三十六對內監跟隨，燈火輝煌引道。

慢說年輕千歲來朝。其時五鼓初交，狄青已經酒醒了，問曰：「寶劍那裡去了？」董超曰：「沒有什麼寶劍的。」狄青曰：「孫秀的腦袋在那裡？」薛霸曰：「休得如此。爾方才已被孫兵部拿下，難道不知麼？」狄青曰：「奇了，果有此事麼？」即把眼睛一抹，睜開虎目，立起來，罵聲：「孫兵部，爾這可惡奴才！」口中罵，又要踩步動身。旁邊四名旗牌軍扯住言：「休要走，不要痴呆！孫兵部乃聖上的命官，你敢殺他的？倘殺了他，爾還了得！」狄青曰：「吾若殺了此奸臣，抵當償他一命。」四人曰：「此地乃官員敘匯之所，休得在此囉唕❽。」狄青曰：「吾緣何在於此方？爾等是何人？」四人曰：「我們乃包大人手下旗牌軍也。方才爾已被拿，全虧我家大老爺巡夜而來，方得放脫，爾方免了此災。如今大老爺、龐太師、孫兵部帶爾前來面聖，且不要張聲。」狄青聽罷，言曰：「不意有此等事的，真乃妙，妙！罷了，且靜靜在此伺候便了。」

---

❼ 幞：頭巾，此處指帽。

❽ 囉唕：吵鬧。

當日上朝，大小眾官先後而來，敘集❾於朝房中候駕。時交五鼓，未央之天，只聽得鐘鳴鼓響，文武百官朝參，敘爵分列兩行。聖上降旨：「那官有奏，即可啟明，以待宣批。」早有龐太師出班奏曰：「臣龐洪昨夜與兵部孫秀拿得逃兵一名，喚狄青。身穿著綉花王服式，張著南清宮的提籠，假冒王爺的刁棍。如今拿下，該得奏聞，以候聖裁。」天子聞奏，正要開言，又有包爺出班奏曰：「臣啟陛下：昨夜臣因於衢道上稽查奸匪強民，時初交四鼓，不想一名犯夜之民，被孫兵部捉獲。但思臣是文官，他是武職，武員定例管理軍兵，文職定然司管百姓。伏維聖上降旨與臣，將此犯夜民並冒穿王爺服式情由交臣詢察明復旨，未知聖意如何？」當時聖上有旨：「狄青不論是兵是民，總以假冒服式為重，即著包卿詢明復旨定奪。」包爺稱言：「領旨。」翁婿二人面光掃盡，只得歸班不語。

又道年少藩王駕到，直上金鑾殿上。朝參已畢，即將狄青於王府降伏龍駒，母后問起因由，得據玉鴛鴦之事，一長一短啟奏明。當時天子聞奏知，心中也覺駭異。想來狄青是母后侄兒，是寡人表弟兄了。又轉言呼：「龐卿，爾也太欠主張，不該混拿御戚為逃兵犯人。倘母后得知，罪干非小。」龐太師聽了，嚇得跪倒丹墀，抽身不得，在旁孫兵部也是一般。只有包公大喜：不意小小良民，乃一顯貴王親也，只好戲弄得兩奸臣著急的。當時又有制臺胡坤在右班中，聽見聖上責斥龐太師，並知狄青是聖上內親，暗中怒氣沖沖，思想如今難以報孩兒之仇了。當下狄青如何處分，且看下回分解。

❾ 敘集：按次序聚集排列。

第十八回　辭高官英雄血性　妒國戚奸佞同心

詩曰：

降生武曲英雄將，扶助江山第一功。
枉爾群奸交冒嫉，昭昭天眼豈朦朧。

當下包公一聞聖上責斥龐太師之言，暗暗大喜：不意這狄青是當今內戚，好作弄得這兩奸臣也。是日，嘉祐君王❶喜色愡愡，傳旨：「宣御戚上殿！」值殿官領旨，降出午朝門，引見官乃包龍圖。狄青聞召，即叩問包爺曰：「小人乃一介小民，穿了這等服式，如何見得當今？」包爺曰：「聖上不許則已，倘動問來，爾原說太后娘娘賜爾所穿的，便無礙了。」一時包爺領了小英雄至金鑾殿，山呼拜舞已畢，聖上欽賜平身。細觀狄青，氣概昂昂，好位英雄小漢，便道：「御卿，可將爾世系重新細細奏與朕得知。」當時狄青聽了聖上動詰世冑，只得將祖上世譜官職，一始一末，盡已細細奏明。上聞奏知，喜色洋洋，又遵著母后懿旨，即封贈為王。狄青一聞上言，倒伏丹墀不起，口呼：「雖蒙陛下

❶嘉祐君王：指宋仁宗趙禎，嘉祐為其年號之一。

天恩浩蕩，咸感無疆。但無功而受此重爵，於理上難行，免不得滿朝文武批論不公也。」天子言曰：「此乃朕遵著太后娘娘之懿旨，那有非理之所可議者？御弟休得過辭。」狄青呼：「臣啟陛下，念小人並無寸功於國，格外恩封重職，縱然眾文武大臣不議，即小人亦有何顏面在朝？故斷然不敢拜受此重爵也。」當時潞花王巴不得狄青受職，豈知他偏偏不受，心中甚覺不悅。便道：「表兄，這是母后娘娘的懿旨，斷不可違忤的。」狄青呼：「千歲啊！小微臣蒙太后娘娘、萬歲隆恩，原不敢違逆；但毫無寸功於國，難以受此厚祿耳。但臣有一言啟奏陛下。」天子曰：「汝且奏來。」狄青曰：「伏乞萬歲降旨，著令英雄武將與微臣比武，臣若強如一品者，願受一品職；勝於二品者，服二品；不過於三品者，即受三品職。此上不負太后、萬歲之恩，下不干滿朝文武之議；臣列於班僚之中方不有愧。此乃量材拔用，方見公平也。」嘉祐君王聽奏，微笑曰：「御弟言來有理，實可准依。即傳旨文武諸卿，次日清晨伺候，寡人親臨御教場看比武。」眾臣皆稱領旨。又言：「御弟二人自回王府，明天早往御教場中。」潞花王、狄青稱言「領旨」。時已辰刻，候駕退回宮，群臣各散。

潞花王表弟兄一路回歸王府，進至內宮，挽手同參太后娘娘。狄太后開言道：「侄兒，不是姑娘埋怨於你，原不該夜深人靜外出王府去行凶殺這奸臣。若非內監回來報我，又是牢籠之鳥矣。」狄青稟曰：「並不是小侄平白妄尋生事，只因想起孫兵部奸賊，忿恨難消，時刻也難容忍，思殺這奸臣。不料到了天漢橋，酒醉就糊塗了，呆呆不醒，反被二奸所獲。多感恩官包大人稽察救脫，奏明當今。」狄太后曰：「既然得包大人脫爾，但不知聖上封贈爾什麼官爵？」潞花王曰：「聖上遵著母后，封他一家王位。豈知表兄偏偏說來不願無功受此重職，反討教場比武，然後封官。故今聖上已經降旨，明日清晨親臨御教場比武。」當時太后娘娘聽了，頓生不悅，呼：「侄兒，爾為人真乃不知進退也。不費吹毛之力，當今即加恩封贈爾為王爵，正乃平步登天之易。爾緣何反要逞勇恃強，場中校武？太欠主張也。」狄青曰：「姑母娘娘，不是侄兒不知進退。吾自幼許為頂天立地奇男子，必要光明正大的行為，不受著別人背後言談，方為無愧。況且筆頭尖上文官業，刀劍撐持武將威。情面上為官，有甚希罕的？借武藝高強，量材調用，此乃大中至正之明理，侄兒立志如此也。」狄太后曰：「侄兒，爾言雖有理，但滿朝武將不少，內中豈無本事強狠者？爾只言力壯，還更有英雄的。倘怯弱與他人，即要當場出醜了。別人恥笑猶可，若被一班奸黨笑談，連我姑娘也少面光了。」狄青曰：「姑母娘娘不須過慮。雖然滿朝強似我者亦有，然弱於我者不少。侄兒自有主見，姑娘且免掛懷。」

狄青雖然如此說來，但太后娘娘心煩不樂，喚聲：「王兒，慮只慮龐洪、孫秀與結仇冤，黨羽之中豈無武官狠強的，定然被奸臣托囑，暗中算計了。況且刀槍之上乃無情之物，萬一失手便傷身，如何是好？」潞花王搖頭曰：「兒也想至其間了。無奈賢表兄不聽勸言耳。倘有差池，便遂了眾奸權之願。」當時狄太后想了一會呼：「我兒，做娘有個道理在此：若要保全侄兒無害，且暫借高太祖的金刀盔甲與他穿戴起，還有那人敢在他身上動一動麼？」潞花王曰：「母后之言甚屬有理。」狄太后即時領了宮娥、太監，來至中殿太祖龍亭位，焚香俯伏，稟告太祖公公要求借用盔甲，以保全嫡侄之故。告祝完，有司管龍亭太監，就將八寶金盔金甲一齊請出。兩名內監，一人捧甲，一人執盔。太后娘娘接過，謝恩而回。還有一柄金瓚刀，其日乃東平王值管，潞花王親身往借，請回府中，以備明朝之用。

按下西邊，卻講東邊話文。原表兩奸雄是日退朝，孫秀與胡坤隨著龐洪回至相府。太師心頭大悅，呼：「二位啊！我想那小畜生是個痴呆人了，現成的一個王爵不要做，反要比武受職，不知他甚麼想頭。」孫兵部曰：「岳父，但如今冤家愈結愈深了，總要將這小畜生收拾了才好。」龐太師曰：「這也何消說的。」胡制臺曰：「不知老太師可有什麼擺布之法？」龐太師曰：「一些也不難。待吾即日傳請幾位武員厚交的：王天化、任福、徐鑾、高艾到來，教他比武之時將狄青了結性命，何曾費吹毫之力。」孫、胡二人聽了大喜，說曰：「果然高見不差。」

當下龐太師即時差家人分頭相請，只言請至相府花園賞桂玩菊。又吩咐備列酒筵，翁婿二人等候。不一刻，先後而來。吃茶已畢，一會邀至待月亭，七人就位暢敘，侍酒自有旁童。八音齊奏，韻雅鏗鏘。酒過數巡，有徐鑾動問曰：「老太師，不想狄青就是狄太后嫡侄。孫兄，爾三位欲收除此人，如今反把狄青光輝到這個勢頭了。」高艾答言曰：「若是狄青受此重職在朝，好比山林出了大蟲一般。靠著太后娘娘勢力，必然橫衝直撞，我輩休矣。我們豈不倒了威風？」孫秀聽了，點頭稱言：「二位想來透論了。」胡坤曰：「原為此事，故請諸位仁兄到此酌量。但憑小卒如此猖狂，這還了得！」有殿前校尉任福笑而言曰：「列位老年兄，這狄青乃太后娘娘內戚，與當今御表相稱，看來難以作對。這段冤家只可解，不可結的。」龐太師聽了，雙目圓睜，帶怒而言曰：「任兄之言，實也欠通。爾難道不聞：恨小非君子，不辣不丈夫。這狄青乃吾翁婿所深疾，胡兄的大仇人，如何容得他過？」王天化問曰：「不知老太師意欲如何？」龐洪曰：「老大特因此事，故請各位賢兄到來商議。明日比武之時，將這小奴才一刀一槍，了其性命。」王天化曰：「老太師，若要了結狄青不是難事，只恐太后娘娘加罪，聖上執責，這便如何？」龐洪曰：「此事不妨。從來比武爭雄，律無抵償之例。如若太后有甚言詞，自有老夫與爾分辨；萬歲執責，有老夫力保，包得無事也。」王天化曰：「如若老太師包得定無事，即在吾王天化身上，立取狄青腦袋便了。」龐洪曰：「這是老夫包保得定，無妨的。」有孫秀、胡坤齊呼：「王將軍，爾既以英雄漢自稱，須有言既出，駟馬難追，無以改更，才算爾英雄膽量！」王天化曰：「孫、胡二兄，那裡話來！俺明日若不取狄青首級，願將自身的腦袋獻上。」孫、胡大悅，曰：「休得重言。」計較已完，復又暢敘，交酹勸醉。用酒已畢，四人作謝，告別回衙；孫、胡也歸府去了。此日閒文不表。

再說次日，是當今天子親臨教場看比武，非同小可，故御教場中打點得清清淨淨，采山殿上排擺得整整齊齊。龍亭座鋪著虎皮氈褥，殿旁圍繞玉石欄杆，說不盡奇燈異彩，蘭菊四芳，金爐靄濃馥。眾又設立兩旁東西的位次，好待公侯將相序立排班。是日五更初漏，滿朝武職文臣，紛紛入朝見駕。眾王侯大臣，俯伏金階，恭請萬歲往御教場看比較武藝。未知何時起駕，候旨定奪。聖上旨下：於辰刻起駕，著令一品文武大臣隨駕，二品、三品文武俱往教場而去。當時一交辰刻，天子燕罷，排擺金鑾起駕。侍御數百名，太監數十對，一路行程，笙歌嘹亮，香馥滿街。一到了教場外，早有二、三品文武官數十員，俯伏兩旁，恭迎聖駕。

當下天子下了八寶沉香彩輦，太監們侍御隨從。至采山寶殿，升登龍位。文武臣再行參見已畢，站立分班。潞花王復奏：「狄青已帶來至教場中候著旨宣。」當時天子降旨：「狄青進見。」狄青聞召，即頂盔貫甲來見君王。天子一見狄青用起太祖盔甲，頓覺慌忙，立起位來迎接。若言到趙太祖駕崩之後，遺下一頂八寶金盔，一副八寶黃金甲，一柄九環金瓚定唐刀。先王旨意，將此金盔鎧藏在南清宮，另用座寶龍亭，謹敬供奉，四名內監，逐日司管。這柄金瓚刀，發與五家王爺，六日一輪，輪流值管。若請得出此刀，人人由他割去首級。請得盔甲出見，滿朝王親御戚大臣也要俯伏恭迎，即當今天子見了此盔甲，亦如見了趙太祖的一般。今狄太后欲使侄兒不受他人之害，故今請借了金刀盔鎧與狄青用。故天子忙問潞花王曰：「御弟，這副盔鎧是那個主意與他用的？」潞花王曰：「是母后借與他用也。」嘉祐君王曰：「如若狄表弟能用此盔甲，即宋室江山也可讓與他了。御弟即速回宮，請問母后才是，如若臣下可用皇家之物，尊卑無序，君臣難以辨別。」當下龐洪等暗暗歡然。

潞花王聽了，一想主上之言原不差也，即時辭駕回至宮中，稟明母后。狄太后聞言想來，言曰：「這原是我失於打算，免不得滿朝文武私議了。但今已借了侄兒所用，兒啊！決不又收還的。汝對聖上言明，只不計較是先王之物，只作狄青自用之物便了。但只一說，倘狄青有甚差遲，總要當今討取的。」當時潞花王應諾，拜辭上馬，加鞭回來，采山殿上將母后的言辭一一奏知聖上。嘉祐君王一聞此語，不覺微微含笑言：「母后真乃淺見多心也。原來借此盔鎧金刀與狄表弟用，無非是恐妨別人所欺也。但他是一皇親御戚，眾臣中豈不留情面與寡人的？」

當下狄青見君，山呼萬歲。天子降旨平身，又傳旨意：「三品武員先與狄青校武。」三品中稱言領旨。天子又言：「賢御表須要小心。」狄青言：「領旨。小臣告罪了。」辭君下了采山寶殿，連忙上了現月龍駒，手執百斤重九環大刀，豪氣昂昂。有龐家翁婿、胡坤、馮拯與著丁謂、陳彭年、陳堯叟一班奸黨，巴不得將狄青一刀揮為兩段。只有包拯、呼延顯、韓琦、富弼、文彥博、趙清獻等一眾忠良，實欲狄青取勝，以掃奸臣之興。

不一刻，只見三品武員中閃出一位總兵官，姓徐，名鑾，年未滿三十。生來一張紫膛臉，頦下短短微髭，高七尺身材，頂盔貫甲，來近采山殿，俯伏見駕。不知比武那人勝負如何，且看下回分解。

第十九回　御教場英雄比武　采山殿惡黨被誅

詩曰：

強中更遇強中手，逞勇還逢逞勇人。
寄語力微休重負，且看剛暴必傷身。

再說總兵徐將軍俯伏奏帝曰：「臣徐鑾願與狄王親較比。惟彼持著先帝金刀，將人壓制，還有那人敢與交手？伏惟陛下降旨，著令狄王親轉換器械方好交鋒。」有旨意下來言：「太后有旨，金刀盔甲不作先王之物，不須轉換，只作狄青自用之物。卿家不須過慮了。」當時徐總兵領旨下殿，騎上花騌駒，勇赳赳，手持丈二蛇矛。兩旁戰鼓轟天，四圍肅靜。

狄青金盔、金甲，持執金刀，目睹威嚴凜凜。徐總兵在馬上，拱手呼狄青：「王親小將，徐鑾奉旨與爾比較武藝，望恕粗率之肆。」狄青也橫刀打拱曰：「請總戎❶大人指教。」二人言畢，放開架勢。狄青飛動金刀，一起即落。徐鑾縱馬持槍，急架相迎。徐總兵雖然武藝不弱，怎當得狄青刀重力

❶ 總戎：清人稱各省提督下所設的總兵為總戎。此非宋時稱謂。

狠。徐鑾槍上一連三擋五架，槍如秤鉤，手疼臂麻。勒退馬曰：「難對敵也！」狄青一見，也不追趕，喜揚揚曰：「如此東西，也來胡混！」又呼：「那位出馬？」當日三品班中幾員武將，多在徐鑾之下，只見彼交手，只擋招得三四架，自忖不用獻醜了，是至三品班中無人出馬。有龐洪等暗暗心忙：「不道他一介小卒，有此高強武藝。」

當下三品班中，退縮無人出敵，只見二品武班中，閃出一位帶刀指揮❷，姓高名艾，年方四九上下，身長八尺餘，臉如淡煙，蜜刷濃眉，環目闊頷，頦下半截短烏髭。黑甲烏盔，手提大斧，拍打烏騅馬。二人拱遜已畢，雙方迎敵逞強。若論高艾本領，比徐鑾高兩倍，彼由武進士出身，官升至指揮，二品之中也算頭領英雄。斯時惡狠狠飛動大斧，當頭砍劈。狄青金刀急迎。二馬相交，交有十餘合，高艾已氣喘嘘嘘，招架不牢。連忙退後，連呼：「狄王親果也強狠，小將無能了。」高指揮退歸班內。

當時，不獨潞花王與一眾賢臣心悅，嘉祐君王也見藹藹龍顏：喜得此英雄小將，乃寡人之幸也。當時只有龐、馮、孫、胡眾奸羞愧成怒，滿面紅紅。又有長沙小將石玉，官居御使，慕羨狄青武藝高強，思量欲與彼交手，見個高低。但思他一者是太后內親，二者乃忠良之後，倘或勝了他，日後也不好相見，不如退步為高。

不表石玉思籌，當日二品班中見高艾已敗，武將人人不敢出班。忽一品班中跑出一員猛將，聲如巨雷，此人乃九門提督王天化也。生來青藍面，頭大腰寬，獠牙露齒，身長九尺，宛像唐時單雄信❸

---

❷ 指揮：明清時於京城設五城兵馬司，置指揮、副指揮，掌坊巷有關治安之事。

❸ 單雄信：隋末群雄並起時李密的部將，後降王世充，為大將。在民間流傳的隋唐故事中，單雄信是著名的英

轉生之貌。這王天化乃龐洪心腹門生，故上時已先奉著太師之托，今日要取狄青首級。彼穿戴上青盔金甲，手執青銅大刀，有雙鈞半❹輕重。座下渾紅點子馬，飛奔而出，大呼：「狄王親，小將今日奉旨比武，倘有妄動得罪之處，休多見怪。」狄青稱：「言重不敢當。小子武藝庸常，還望將軍大人疏容一二，足領厚情。」王天化聽了，冷笑云曰：「休得謙言。」

當日王天化輕視狄青，大刀當頭砍下。狄青那裡著急，持定金刀撒開。王天化原自恃英雄無敵，故不將狄青放在目中，豈知被他金刀一撇，王天化在馬上一連退後兩步。想來他乃一弱少年，劣劣之軀，沒有什麼狠勇，豈期如此利害！當下使盡平生技力賽戰，將青銅刀緊緊揮去，大刀左右飛騰。狄青見彼第一刀架開，即一連兩振，知是個無用之輩。但想來彼乃官高職顯，且相讓一二有何干。且持刀一架一挑，並不回刀。

當有潞花王見此，心中暗急：想來九門提督王天化，有名無敵大將，倘或狄青敗於他，母后定然不樂了。當日不獨年少藩王心頭著急，連及眾位老賢臣人人驚懼，恨不能兩邊住手。長沙小石玉暗暗思量：狄青與王天化殺個平手，倘吾石玉出馬，何難殺敗這王提督？但比武場中不許協助。斯時只有龐、孫、胡三奸暗喜：想來名不虛傳藍面王也！何不早早一刀兩段，取他腦袋，還要捱到什麼時候也？

嘉祐君王細細觀看二人比武，想來：狄青諒難取勝。倘有措手不及時就不妙了，母后怎肯干休。想罷，即忙降旨鼓金。君王旨召，兩位英雄方才住馬歇手。兩旁校軍扛抬過大刀，二人相拱揖遜下馬，雄人物。

---

❹ 雙鈞半：鈞為古代重量單位，每鈞合三十斤，雙鈞半為七十五斤。

二駒小軍牽過。一併同到采山殿上，兩旁俯伏。

君王開言曰：「二卿家的武藝均平，略無伯仲之分。今天較比一場，誰高誰下，不必認真起來。」即旨命狄青授一品之職。狄青曰：「臣有啟奏。陛下今天親臨御教場，各獻武藝，豈可不分高下？既未分高下，微臣焉敢受此顯職？這斷然不可。」天子曰：「依爾主見如何？」狄青曰：「微臣之見，自然見個高低才是。」王天化暗言：吾因看太后娘娘面上，故不傷害於汝。豈料汝不知進退，定要見個高低，只憂性命難保了。

此時嘉祐君王聞奏，也無主意。龐太師自言曰：「這小畜生焉能鬥得過王天化？原算吾賢契的狠勇，吾也明透了王天化之意，一心到底礙著狄太后怪責，故不敢將狄青傷害。如若不能斷送狄青，枉爾王天化平日稱雄逞勇。也罷，待老夫唆動，來斷送這小畜生，才得遂願。」即忙出班，俯伏奏曰：「臣啟陛下：從來比較技武，定然見個高低。諒來王天化有礙太后娘娘執責，是以帶著三分情，讓過狄王親。至當者，立下一紙生死狀，彼此有傷，皆不計及，方可從新再比。伏維我主准奏。」

嘉祐君王一聞此奏，龍顏冷笑而言曰：「同殿中比武，如同玩一般，又不是陣中厮殺，豈可弄成真的。況二人武藝一般均勇，方才已見，如今何用重新再比，立什麼生死狀來？爾心明將狄青欺弄也。倘或狄青有甚差池處，太后娘娘已有言在先，要在寡人身上賠交狄青，爾可擔當否？」狄青又暗言：「這老奸賊想差了念頭，吾無非遜讓三分，彼即疑吾難勝王天化，故特來請旨立文書。若將王天化了結性命，有何難哉？豈不是奸賊爾害了王提督也！」當時即出奏曰：「臣願立生死文書。」天子未及開言，潞花王曰：「狄賢兄，汝如立了生死文書，萬一有傷，母后定然與萬歲吵氣。爾因何如此痴呆不悟也？」狄青聽了，微笑曰：「千歲爺勿憂，縱然吾死在鋼刀之下，全然與萬歲無干礙，太后娘娘何得追究？且請陛下降旨，立了生死文書，以待微臣決個雌雄。」嘉祐君王又曰：「賢御表，休得狂躁。既然立了生死文書，倘被傷了，決無抵償命也。寡人勸汝受職為高。」當時狄青見說論得長編，厭煩了，帶著怒高聲呼道：「陛下，臣今斷不敢受職；如要受職，除非取下王大將軍首級。」狄青此言，激惱得王天化怒氣頓生，大聲言曰：「如若立了生死狀，本將軍不斷送爾一命，誓不稱雄漢！」登時藍面漲成紫色，高聲呼曰：「請陛下准立生死狀，待臣再見個高低！」當時天子只得准奏。內侍傳下文房四寶，即於殿下各立生死狀一紙，大意言御校場中比武，即遇傷身，並無抵償的原由。各立一編，各覓一位大臣見證，書花押。

當日，王天化見證人是龐太師，只有狄青見證沒有一人書押填名。眾王侯、大臣想來，狄青本領怯於王天化，如若做個見證，倘他被傷，太后娘娘追責，禍必干連了。別的諸事何妨，只此樁重大事那裡有此呆人擔當？眾位忠良大臣，不約同心，故此見證無人。只有潞花王心急，帶怒圓睜雙目，看著狄青，暗暗言曰：「世間有此執拗呆人！聖上也如此懇諭，不須再比，以授官爵，豈不現成容易一品朝臣之貴，因何爾如此執拗不依？實乃自尋死路的。倘失手於王天化，只干連著聖上與孤家與母后淘氣了。」

慢言趙千歲心中煩惱，又談石玉透想機關，自語曰：「據吾看起來，狄青之技藝還在王天化之上，方才見他所用刀法，乃是虛招浮架，並不發刀。察其情，又肯立生死狀，定然復有本領使來，可勝王天化。可哂眾臣無此膽量做個證人，待本官與彼做個證人也何妨。縱然狄青死於王天化之手，即太后娘娘執責，將吾處決了，無非將一命結交了此位英雄耳。」即出班見君王曰：「陛下，臣石玉願與狄王親作證人，伏乞准旨書名。」嘉祐君准奏，石御史即押填上名，仍復歸班。有勇平王高千歲頓然不悅，雙目注看石玉，言曰：「可哂賢婿，為人智識毫無也。倘然狄青被傷了，連爾一命也難保。」當時意欲阻擋，無奈聖上已准旨，又已書上姓名。

不表年老王爺煩惱，且說狄青得了證人，二紙文書呈於龍案上。嘉祐君對王天化曰：「卿家須要諒情些。狄青乃朕內戚。」王天化曰：「臣領旨。」王天化自語曰：「生死狀已經立了，還有什麼諒情的！」二人離了采山殿，各請上馬提刀。戰鼓復響，九環大刀一起，青銅大刀架迎響亮，火光並出，閃爍交加。二馬飛騰，已有三十合，還未見高低。若論王天化，也有千斤臂力，當日只見立了生死文書，要取狄青首級，故今舞動大刀，左右上下砍發，盡著平生伎倆較比。狄青曰：「方才且讓爾三分，如今頑真了，讓爾不得，取爾腦袋下來也！」即將九環金刀緊緊揮逼上十刀，殺得王天化只有抵擋之工，並無還刀之力。越覺兩臂酸麻，雙手震痛。正思量敗走，卻被狄青扭轉刀背砍去。王天化慌忙大刀撒架，即要還刀，早被狄青順轉刀口落下，喝聲：「去也！」向著王天化太陽❺斜半面劈下。喊叫得一聲，王天化合體分為兩片，分跌於馬下。狄青笑曰：「王將軍，小子狄青得罪了，伏祈恕怪也。」將他一擺，下了雕鞍。龐太師等見了大驚，呆呆瞪著雙目。有韓爺呼：「千歲！」包公、石御史一眾賢臣大喜，人人欣羨英雄武藝。

又表狄青身軀止得七尺餘，王天化將有一丈之高，怎能從他上體劈下地中？只因現月駒比王天化

❺ 太陽：此處指人體穴名，在兩眉側邊低下處。

青騌馬高多三尺，故而一長一短，兩英豪比來原是一般高。當日劈死了王天化，各位武員、將士人人吐舌搖頭，那裡還再有一人出馬。若云王提督身死，雖云龐洪挑唆，但彼趨炎附勢，混交於奸臣黨羽中，身居重職，不念君恩，未嘗無罪。而今一死，亦自取哉，而且污名難免。附後有詩譏嘆之曰：

為國致身臣子任，趨奸黨惡必忘君。
揚名百世忠良銘，遺臭千秋志佞人。

當日君王降旨，著令狄青去了盔甲，更換一品朝服。狄青即稱言：「領旨。」有龐太師出班奏曰：「臣有啟奏。」天子曰：「龐卿有事且奏朕曉。」龐太師曰：「狄青雖云王家內戚，但未受王封，乃一子民耳。擅敢無禮，當駕前殺死大臣，應得取罪，未便賜其一品之職。望我主龍意參詳。」不知嘉祐君王如何處分，將狄青擬罪否，且看下回分解。

第二十回　獎英雄榮封一品　會俠烈晤對相投

詩曰：

明君有道重賢良，風虎雲龍此日當。
慢語賡颺❶難際遇，一朝期會見鷹揚。

當下嘉祐君王聽了龐太師奏言，未及問答，早有潞花王奏曰：「思忖比武者，各逞平生伎倆。況已當御前眾臣耳目立下生死文書，是乃鐵筆，更無異言。王天化傷了狄青亦不能加罪，老國丈言差矣。既唆言立生死狀，又欲背約傾人，誠乃出爾反爾。爾亦擬青罪，其唆立狀者其誰之咎？」天子聞言點首，開言曰：「御弟之言明而更公。龐卿勿得多辨。」即宣狄青更換一品朝衣。當日英明天子將龐太師面光掃盡，此老奸羞慚滿面，呆呆不敢復辨，孫、胡二人也惱得通臉漲紅。時狄青卸下金盔金鎧，著人請回南清宮收管，九環大刀送回王府收藏。狄青更換朝衣一品蟒服。氣象岩岩，軒昂雅質，俯伏面君。君王傳召，欽賜御表弟平身。言：「武藝奇能，即授王天化缺職，再勿固辭。」狄青謝恩起來。

❶ 賡颺：飛揚輕舉。

傳旨擺駕回鑾，眾文武隨駕相送。又旨：「恩贈收殮王提督，用侯禮，世祿其子。」是君上加恩。王天化夫人聞報，哀哀痛哭。滿門老小，惱恨龐太師害了王提督。

不表收殮事情，卻說潞花藩王，手挽狄青並歸王府，進宮朝見。太后娘娘好生大悅：「難得賢侄兒年少英雄，今已足抑盡眾奸臣也，可與先人有光及吾姑娘壯氣。」是日，南清宮內設張筵宴，潞花王弟兄把盞，先敬高年❷。

閒文少表，即日潞花王傳旨：「著令王提督家屬人口，限以三天內出遷衙署，以待狄王親接印。」連日新任提督先往呼府拜見靜山王，謝了前日贈刀殺奸之情；復往謝韓琦叔父；後拜望各位王侯大臣；並謝石御史於教場內作證。眾皆留款酒宴。內有領的領，辭的辭，長編之書，一難盡述。

次日朝罷回來，又往拜謝包公，談論一番，不覺已交辰候。包爺留挽，狄爺不好卻意。敘間說起龐、孫翁婿二奸權，狄青曰：「未知緣由，與晚生結此深冤，好教吾難揣難猜這兩奸徒也。」包公聽了，微笑曰：「狄王親大人，爾還不明也。據下官看度來，不因別故，只為前時胡倫之父胡坤——他乃龐洪黨羽，拜他門下，孫秀是為相助。今乃朝中奸黨成群，猶如蛆附臭穴窠中，焉有美蟲？爾前者傷了胡倫，下官看爾是個有用英雄，又除民害，特此開釋免究。故此賊懷惱在心，上日借著演武題詩為由，將爾執責要斬，也是如此。」狄爺聽至其間，方覺醒悟曰：「包大人明見，猜測不差。」包爺曰：「王親大人，下官想來也要怪及於汝。是汝原有差處：當日也不該恃勇將胡倫打死。他雖犯法害民不少，死有餘辜。論理，抗正❸惟官吏可殺。若非下官知爾是有用之人，將爾開豁，一經到官辨理，

❷ 高年：指老人。此處指狄太后。

定然依律抵命了。」狄爺曰：「這原得大人之恩德也。」包爺又曰：「即前日既奉命執金瓚刀殺這孫秀，不成即可了，緣何又力降狂馬，被龐府家丁誘去？是爾躁莽不知機之過耳。且昨夜醉得如泥，又要持刀往殺孫兵部，亦爾之差也。況乎子民殺官，事關重大。殺不成，又醉中被他拿下，這原是爾少年心性，輕妄不諳也。今已拘於官箴❹，以後須知切戒，方不誤大事。」狄爺聽了，曰：「大人金石教諭良言，晚生敢不佩服？種種提拔之恩，沒世不忘。」包爺曰：「休得重言。下官不過度理而勸言耳。即今爾雖官高御戚，但龐老賊是聖上得愛之臣，寵妃之父，從不畏別人官高勢重，暗惡陰謀，人人怯懼。爾須刻刻要當心。」狄青首點言諾。又曰：「敢問大人，這張忠、李義，未知怎樣處分？」包爺曰：「下官原知彼二人亦是少年英雄氣概，不願將他歸入重典，只擬個誤傷人命，斷個緩決之罪耳。」狄爺曰：「足見大人保全之恩，惜重人材也。」包爺又曰：「下官想來可發一笑。」狄爺曰：「未知大人所哂何事？」包爺曰：「笑只笑孫、胡、龐三奸，千般打算，糾合眾厚交黨羽，又挑唆立下生死文書，欺著汝再無本事可勝王天化，故力唆立生死狀。但這王天化乃武狀元出身，果有一千斤膂力。今天老奸賊將爾算計，反把王天化一命斷送了。可笑這黨奸臣，空徒打算也。今王天化雖死，反害得他夫人年少無夫，子幼無父，覺也生憐。」狄青呼：「包大人，不是吾晚生誇能。倘有日捉得奸徒破綻，定然削草除根也。」包公聽了，只管點頭稱是，暗言：「爾雖則英雄，原是個魯莽之夫。朝中多少能臣，也扳他不倒，爾初出仕的少年，雖有此志氣，焉能即辦得來！當日談論多時，重酌交酬

---

❸ 抗正：此處指違律犯法。

❹ 官箴：指對官吏的勸戒。如為官忠於職守的稱「不辱官箴」，為官失職的稱「有玷官箴」。

已畢。狄爺作謝而別，卻歸王府，別無多敘。

卻言提督夫人米氏，遵著潞花王鈞旨，三天之外，衙署已遷清楚。當有吉朝，狄爺進衙內，有相得大臣多來護送，衙役、伶人數百恭迎，別有一番慶鬧。只因無關之論，卻不重言。

又表狄太后喜得狄青，不啻見睹親兒，故愛惜彼不異親兒一般。緣他是將門之裔，要將太祖金盔、鎧甲賜贈侄兒。狄青推辭言：「先皇之物，為臣下不敢動用。」太后又傳懿旨，照樣造成盔鎧一副，九環金刀一柄，又將血鴛鴦一對嵌鑲在金盔左右。此實能避諸邪妖物，刀槍箭石不能侵。狄青謝恩拜受。

再言石御史一天閒坐衙中，想來：與龐洪有不共戴天之仇，父親無辜，一命被他陷害。又想上年與母初至汴京，屈指光陰又已一載。已經送母還鄉，托了姐丈夫妻二人，代著本官承歡膝下，略覺無慮。第思去秋與母離鄉別土，到汴京尋覓父親，中途困乏，後得奮勇斬蛇，今職御史。可恨龐老賊傷吾父命，未知何日得雪深仇，不覺為官蹉跎一載。又想：這奸賊又與狄青作對，不知為甚因由。前數天狄青比武時，這些武將多人不是他對手。一傷了土提督，旁日老奸臣滿面怒容，定然二人合謀暗算狄青，故力請立生死狀，亦此意也。吾前日收除了白蟒怪，多言本官狠勇，豈期又出一狄青英雄，不在吾下。但吾二人，多是龐洪目中釘。況狄青狄太后一脈之親，上日彼來拜望，在先前時，他在王府中，不便往答拜，彼今已歸署所，不免前往答謝也。

是日石郡馬端正衣冠，高乘銀鬃白馬，十六對家丁擁護，相隨一程至提督府門。令人通報進內達稟。若照官規，自有尊卑之敘。狄青因彼是勇平王之婿，又曾與己作見證人，是個義俠之輩；而御史與提督之職，不分上下之官，吩咐大開中堂門，恭身迎接進後堂，分賓主坐下，敘說溫寒一番，復提及龐太師。石爺曰：「彼老賊是個弄權不法大奸臣，不知又與王親大人何以作對，乞道其詳。」當時狄青將包公忖度之胡倫事一一說明。御史聽了微笑曰：「這老賊好沒分曉，為著他人事情，將個冤家擔任自躬。但思王親雖乃英雄之漢，怎奈龐賊陰謀狠毒，甚於蛇虎，倘被他暗中又起波瀾，難出奸臣圈困。這便如何？」狄爺聽了，冷笑曰：「石大人，龐賊奸謀，吾也原防早備。但削佞除奸志不忘。」石爺聽了，點頭曰：「倘然如此，本官也感大人之恩也。」狄爺曰：「郡馬大人何出此言？」石爺曰：「一言難盡。」將龐洪陷害，父仇未報，細細言知。狄爺聽罷，曰：「原來郡馬也是會中之人。」石爺曰：「狄王親，爾若除此奸佞，只消請了太后娘娘懿旨，則何難剪除龐賊眾奸黨？」狄爺曰：「大人那裡話來？若靠了太后娘娘勢力，將人抑制，則盡可殺人不償命了。此言不必言也，說來只恐被人入耳哂恥，識智低了。龐賊豈無權勢傾消破綻之日乎。」石爺聽罷，覺得失言沒趣了。即曰：「足見狄王親丈夫氣概，下官失言了。」登時告別。狄爺曰：「下官狂言差了，莫非郡馬大人見怪？」石爺曰：「非也。莫逆之交，豈因言語中執泥者？」狄爺曰：「如不見怪，再請坐少時，奉敬數杯薄酒，略表敬誠，然後回府如何？」石爺曰：「不敢叨擾，改日再領情。告辭了！」狄青殷勤留款不住，只得送別。石御史回歸府中，想來：狄青原是氣量清高之英雄，只因思報親仇，心急口快，情錯失言了。此時不可將石玉錯看了，彼原讚美狄青志量宏高，心中敬愛。

慢語石爺思慮，書中再表狄青情由。因當日閒中無事，思起身入王家顯貴，想出幾條心事來：一者撇不下生身之母，未知死活存亡；二來拋不下張忠、李義英雄兩弟。自於萬花樓一別，至吾今日身榮安享，彼在牢中苦挨，卻不知何日得出牢籠。又思及王禪仙師救難之恩，道德清高，陰陽准斷無差。原許我至汴京得會親誼之人，前時未知因果，現今姑娘尚在，身入宮闈榮貴，三番數次，死裡逃生，得遇姑娘，皆虧韓叔父之薦，方得今日身榮，可知師父之言不謬。但吾一心還期安邦保國，掃除外寇，滅盡內奸，是吾志也。

不表英雄思念，卻言狄后娘娘，一天心頭自悅，只因思起姑侄重逢，狄門香煙有靠，追思往事，如同春夢。自離故土已經二十年，南清宮內，身作王妃，生下王兒趙璧。未及半載，陳琳救得太子進宮，八王爺收育為己子，撫育一十六年。自太子一經救出，即晚火焚碧雲宮，可憐李后遭其一難，只落得劉氏太后安享逍遙。即當今皇兒，那裡得知認仇人為嫡母。數載之後，八王爺殯天，先帝真宗數載後得勝還朝，不一載亦駕崩。早立了太子登基嗣位，年方十七，至今二載。老身今已安享晚年天福，但因故土心牽，難得今日姑侄重逢，狄門香煙有種。喜得侄兒雖然年少，生來烈烈英雄漢，心性清高，令人敬愛。無功受職不為，自要校場比武逞奇能，立下生死狀，險也令人驚心。豈料他有此本領，傷卻王提督，如今已一品高官。但未成配，須要尋覓賢淑嬌娥匹配，重整先人廟宇、墳塋，振作舊家園，方不負侄兒顯貴，吾之心願畢矣。但連數天不會侄兒，心殊悵悵，不免宣來，談及此事便了。頃刻便傳懿旨。

九門提督聞召，即刻端正衣冠，至王府內拜見。太后娘娘心頭怡悅，賜坐於旁。內監遞過龍泉茶一盞。狄太后開言呼：「侄兒，想汝父親棄世，母子相依，又逢水難，汝得仙師搭救，但母親未知生死，汝今思念否？」狄爺曰：「提及吾母親，使吾心更切。一自耽擱仙山七載，日日思念老萱親。但想當初身入波濤之內，怎得復有王禪相救？想來娘親定然不在世了，只可憐身軀若浮萍飄泊。」

狄太后聽了，不覺心酸，下淚不語。半晌嘆聲曰：「賢侄兒，汝今已身榮一品，無奈故居府第，先祖廟宇塋墳被水塌坍，已成白土。今須重壯門墻，昭耀先人才是。未知賢侄意下何如？」狄青離位稱：「是。姑娘大人訓諭，敢不如命！」太后曰：「雖然如此，但汝乃一武員之官，那能抽俸費辦？待吾發出黃金四千兩，差兩名得力官員前往料理可也。」狄爺曰：「恩謝姑娘大人費心。」狄太后又道：「賢侄兒，為姑娘還有事說與汝言知。知汝今年少，官居一品之榮，無如內助人尚缺，待吾與汝細選賢淑作匹，以主中饋便了。」狄爺曰：「姑娘此說，且慢酌量。待侄兒覓回生身母著落，如若果不在世，是終身不娶了。」太后聽了搖首曰：「如此，是痴兒了！枉汝是一英雄漢子，理上欠通。汝不聞不孝有三，無後為大。為人子豈欲斬絕宗枝的？即汝母親不在陽世，亦要繼後傳流。願汝今天遵著吾言，倘得汝香煙種有賴，吾姑娘復有何憂？」狄青只得曰：「謹依姑娘金玉訓諭。」

言談未畢，潞花王已至內宮，表弟兄相見，欣然喜色。敘禮復坐，敘談一刻間，設擺華筵，弟兄對酌，音樂和鳴。歡敘間，已是紅日沉西。狄爺吃酒至半酣，用過晚膳。狄太后曰：「恐妨侄兒酒醺醉了糊塗，又往外廂生事故。」止打發隨從人等回衙，將狄青留宿於王府中。次日飯後，方拜別太后，又辭過潞花王，還至署中。數日後，狄太后選擇吉期，發出黃金四千兩，差文武官兩員，竟往山西西河修建墳塋第宇而去。不關正傳，不須詳言。不知後文如何交代，且看下回分解。

第二十一回　薦解軍衣施毒計　趁承王命出牢籠

詩曰：

英雄出現異尋常，蹈險行危不較量。
為國勤勞無別念，留名青史見馨香。

話說左都御史胡坤，前者兒子胡倫死在狄青之手，反被包公將他開釋了，幾次殺他不成，如今又是狄太后內親，當今御戚，官封一品，那敢動他？一天，孫兵部與胡御史並車攏道來見龐太師，議及一番。龐太師定下一計謀，呼聲：「胡賢兄與賢婿不必心煩。老夫想來，前月楊宗保一連三本，催討軍衣，如今軍衣已經趕造完成，定於本月十五起解。待老夫保奏狄青做名正解官，那石玉這小畜生又是容他不得，保薦他為副解官，好待兩條狗命一刻傾消也。」孫秀曰：「岳父大人，即解送征衣，如何害得他二人性命？」龐洪曰：「賢婿，爾未知其詳。前月仁安縣王登有書到來，言他金臺舍驛中有妖魔作祟傷人。惟縣丞乃老夫的門子，待吾修書一封，前往拜託他照書而行，這雙小畜生還不中計？」孫秀未及回言，有胡坤曰：「石玉曾斬過白蛇蟒怪，狄青曾降伏龍駒狂馬，這兩名奴才何曾畏懼什麼妖邪？倘然此計不成，也是徒然打算了。」龐太師聽了，冷笑曰：「此計不成，還有奇謀打算。再修書一封交寄潼關馬總兵。此人姓馬名應龍，是吾心腹家丁放升的，一見了老夫的來書，豈敢違忤。教他如此如此，縱他不在仁安縣死，定然潼關上亡。爾們思此計妙否？」孫、胡聽了大悅曰：「此連合計謀大妙也！」登時雙雙告別。

至次日，龐太師奏知聖上言：「三十萬征衣已經造備完成，惟缺能士解官。但臣遍觀滿殿文武官員，皆不可領此重任，惟狄王親、石郡馬二人智勇雙全，此去可保萬全。望吾主准奏。」天子旨下曰：「依卿所奏。」即旨召取至二英雄。金階朝謁已畢，旨命欽賜平身。曰：「二位卿家，只因邊關楊元帥催取軍衣，即於急用。三十萬已經趕備，惟缺能勇解官。茲有龐卿薦保二卿解送，狄表弟為正解官，石郡馬作副佐官，不知二卿可往否？」

狄青一聞此旨，想來：莫非又乃龐洪設的奸謀？吾今若不領旨，反被他笑我無能，沒此膽量。即解送軍衣，也是非難事，即差吾往邊關破敵也何妨？想罷即奏曰：「臣無功勞尺寸，身受陛下隆恩，不啻天高地厚，敢不遵旨而往？」天子又曰：「石卿之意何如？」石玉想來：狄青已領旨，本官豈得推辭。即奏曰：「國家有事，臣下當代勞。臣何敢忤旨？」天子又曰：「狄卿，但解送一事，律有限期：定於一月解至，如遲一天，打軍棍二十；遲誤兩天，耳環括箭；三日不至者，隨到隨斬。這是軍法無情，將在外，君命有所不受，楊元帥執法，即寡人也不便討饒。卿家二人也須立定意見，可行則行，不欲前往者，待寡人另立差官解送。」數句言詞，乃聖上暗點狄青勿往之意。豈期狄青會意差了，想來：聖上也用反激我們。但吾有現月龍駒，不消半月可至，有何懼哉？即奏曰：「臣願遵定限；如若違誤限期，甘當軍法。」天子曰：「倘卿果誤了限期，楊元帥執法無情，必然處治，母后定然著惱，即朕也不安。」狄爺曰：「臣既不誤限期，難道楊元帥也還執責於臣的？」天子聽了，舒顏點首曰：「傳旨意，與兵部挑選三千銳兵，備下文書旨意，前操十萬之師，且待調回招討使❶曹偉，為後隊進發。」

當時狄青又想：李義、張忠二人，尚且羈留於囹圄之中，不免趁此機會奏明聖上，將他二人釋放出獄，庶不負當初結義之情，又得同伴前往，有何不妙？即奏帝曰：「臣啟陛下，臣未遇之時，與張、李二人在酒肆中，因酒招災，誤傷了胡公子。曾經包待制判詢明白，現發於獄中，但誤傷者，原無抵命之罪。二士雖乃一小民，然武藝超群，不居臣下。當初義結金蘭❷之日，許以患難相均。伏乞陛下開恩，旨赦二人，與臣共往邊關，以防路途虞阻，或可將功折罪。」聖上准旨，即命包拯詢明定奪。是日退朝，各也不表。

單提狄爺回衙，下坐未久，有內役稟知：「石郡馬拜訪。」狄爺聞言，即開中門迎接，分東西階並進後堂，弟兄相稱。只因二人乃年少英雄，言談得機投意合，今者又共往邊關，故石爺特來拜望。當時二人見禮已畢，石爺曰：「狄哥哥，吾料龐洪薦吾二人解送軍衣，諒非好意也，須提防小心。」狄爺微笑曰：「賢弟」，——又表明白，原來石玉年長於狄青三歲，乃敬彼是王家內戚也，是少兄長弟之意。當時曰：「縱然龐賊群奸設施計謀，焉制困得吾英雄之漢？賢弟，爾若介懷畏怯者，吾白抵擋

❶ 招討使：掌招降討叛等事之官。唐、宋時多以大臣、將帥或地方軍政長官兼任，事已即罷。

❷ 金蘭：言交友相投合。

也。」石爺曰：「哥哥，爾那裡說來？小弟豈是怯劣之夫？如或懼彼奸謀百出，吾亦不願在朝為官了，一心還要報復不共戴天之仇！」狄爺聽了，點頭曰：「足見是英雄膽量了！須早打點動身。」石爺曰：「這也自然。但還要請問哥哥，方才啟奏這張忠、李義緣故，祈與弟知之。」狄爺即將結義、在萬花樓打死胡公子之事一一說知。石爺聽了，微笑曰：「哥哥既然結交生死之重，便當救他出牢籠，及早關照知包大人，好待覆旨聖上。」狄爺悅曰：「弟高見不差。」當交辰中，狄爺留款，雙雙持盞歡敘閒談，一言難盡。

用酒膳已畢，石爺謝別，隨從多人回還府內。有彩霞郡主動問丈夫：「未知聖上相宣如何，還祈達知。」石爺曰：「郡主未知其詳。只因龐太師這奸賊，在聖上駕前薦舉本官與狄家哥哥解送征衣往邊關應用，故有旨宣召。」郡主聽了，登時不悅曰：「君家，汝今領旨否？」石爺微笑曰：「君王有命，為臣豈得推辭？」郡主曰：「君家，汝可曉龐賊奸計狠毒，當初已把老公公謀害了，如今又妒忌汝為官近帝，猶恐君家要報復父仇，是以平地立起風波。今薦爾往邊關，定然差心腹人在前途等候暗算，要斬草除根之意，如何是好？」石爺曰：「郡主休得擔煩。本官與狄哥哥乃是英雄傑漢，豈懼龐賊詭謀？今既奉旨，豈容推卸，即有奸謀，也必往也。郡主奚用掛牽，但願平安還朝，夫妻再聚。」當時郡主花容上眉鎖不開，只為女流膽怯情柔，是皆如此。銀牙切咬，大罵奸權，只得將此情由上達雙親。高王爺聞此，心頭大怒；郡太夫人氣忿不過，罵聲：「龐賊萬惡刁奸，須千刀萬剮不足盡其辜！賢婿在朝，吾得相依，今又使甚麼奸謀，薦彼往邊關。吾年老夫妻，止存一女。賢婿此去，吉凶未卜，倘被奸臣害了，倚靠誰來？」勇平王也是一般愁悶。

慢表高家不樂，再言狄太后得知，心中煩惱，即口宣至狄青。開言喚：「侄兒，汝緣何全無主見，只聽奸臣揮調的？況今已隆冬在即，朔風凜烈，大雪寒飛。倘然風雪將兒阻擋，耽擱了光陰，違誤限期，楊宗保的軍法如爐，豈認得汝是皇親御戚，定然受虧了。教吾不盡掛牽，不免待吾打發王兒，伴汝共往。」狄爺曰：「姑娘休得掛牽。侄兒有此龍駒，限一月光陰也能轉回。」太后聽了，想來侄兒乃鹵直英雄。即曰：「汝一人自然仗得龍駒倚賴，一月可以回來。只今三千兵丁，難道人人都有龍駒的？侄兒且不往為妙。」狄爺曰：「吾自許是烈烈男兒大丈夫，些些小事，看得甚也平常，管教此去毫無所礙，即月回朝。」狄太后想來：侄兒乃執性的硬男兒，須由他去，只命王兒伴他前往。原來太后愛惜狄青，一來只懼龐洪暗算，二者恐他耽誤了限期，楊宗保執法無情，故要潞花王與往，可保無礙之意。此是婦人愛惜之見，皆得如此。豈期狄青看得甚不介意，再三推卻力辭。潞花王曰：「倘兄果誤了限期，楊元帥豈徇情於汝，定然執法處正的。況又龐洪所薦，不知他又用什麼陰謀。不若待弟伴爾前往，方才無慮於心。」狄青聽得厭煩了，即言曰：「姑母娘娘，侄兒性命只付由天命，人或死或生，自有分定之數。若仗著姑娘、千歲勢頭，壓制別人，反被群奸哂笑，非為丈夫也。」說罷，辭別娘娘，回歸衙去。

當時太后娘娘想下一個主意，即傳懿旨往天波無佞府，召宣佘氏老太君。旨下，太君不敢停延，即離卻天波府，駕鑾車竟至王府內，朝參太后。山呼之禮，狄太后即命宮娥扶挽，賜坐於旁。茶罷，佘太君開言曰：「不知太后娘娘宣召臣妾，有何懿旨？」太后曰：「勞宣太君到來，只因侄兒狄青，小小少年，初出仕於朝廷，不知利害，領了當今之命，解押軍衣往邊關。但此去只愁關山險阻，雨雪延綿，違卻限期，猶恐令孫執法森嚴之緣故。」佘太君聽了，曰：「原來娘娘為此掛懷。何不降懿旨疊往，吾孫兒怎敢違卻？」太后曰：「吾的旨意也無如太君的手書更切也。故而請汝到來商議，有勞太君作書一封，待吾侄兒親投與令孫，縱然他程途上多耽阻幾天，也無妨礙了。」太君曰：「折枝小事，有何難處？待臣妾就此修書也。」太后大喜，即喚宮娥取到文房四寶。佘太君舉筆，大意只言：狄欽差領旨解送軍衣，因他是太后娘娘嫡侄，狄門後繼一人，倘然違了日期，須要從寬不究，凡事要周全，看體娘娘金面，叮囑一遍之辭。書罷，送與狄太后。太后觀看畢，欣然喜悅。當日佘太君不曾帶得圖印，立刻差人到天波府取至珍藏印打上固封。太后接轉收藏過，即排筵相款。佘太君領謝了，少停回歸天波府而去。

話分兩頭，再說狄青是日打道前往見包公，只為張、李弟兄，言知包公照察，從寬覆奏之意。包公曰：「下官原知二人可為武職，今得狄王親奏明聖上，下官可以從寬覆旨。但皇親此去押解征衣，是龐老賊薦的，諒有奸謀，路途上須要提防。又屬重任之事，倘然途中阻隔，誤了批期，楊元帥執法無情，不認汝是皇親，定然正法不饒。如今下官預修書一封，汝且帶藏在身，倘恐違限期，關中有禮部文員，此人姓范，名仲淹，可將此書投送他，自有照應。」狄爺領書稱謝，登時告別回衙。

次日，包公上朝奏明聖上：「張、李二民，果無抵償之罪，實乃誤傷，跌撲死胡倫。二人仍禁於獄中，以候聖旨。」當有旨命：「既胡倫自跌撲身死，焉能牽連得張、李抵命。今准狄卿之奏，恩赦二人，護從押解征衣，將功折罪，回朝賞勞升職。」包爺言：「領旨。」當時氣惱得龐、孫、胡三奸，暗咬鋼牙，深恨包公開釋二凶身。料想狄青先奏明二人護押征衣，再奏聖上亦不准。

當日退朝，有包公回衙，釋出張、李。二人拜謝包大人，包公言明：「狄青，太后內戚，今已官居九門提督。汝二人是他保奏出獄，可到衙門拜謝。」二人聽了，喜從天降，拜別包大人，一程飛跑至提督衙來。狄爺早已預吩咐兩旗牌官引進二人，沐浴更衣。然後中堂三人晤會，彼此欣然。

狄爺曰：「二位賢弟請坐。」張忠曰：「如今哥哥是皇親大人了，我們何等之人，焉敢望坐。」狄爺曰：「汝言差矣。想當初結義之日，各願苦樂相均，患難相濟。豈料禍生不測，至二位賢弟身禁囹圄之中，為兄非但不能用同患難，亦無能為與解紛，過意不及。今始脫罪，伏望賢弟大度海涵，不怪愚兄。」張、李二人聽了不知如何，且看下回分解。

第二十二回　出牢獄三傑談情　解軍衣二雄言志

詩曰：

當興運會❶出賢良，撐定乾坤佐帝王。
佞者若登為國患，忠臣出現必安邦。

當下張忠、李義聞言，打拱曰：「哥哥言重，使弟羞赧無措足之地了。」狄爺曰：「二位賢弟既不見罪，且請坐。」二人欣然下坐兩旁。內役獻茶畢，二人合言動問：「難得哥哥一朝平步登雲，古今罕及。自從包公堂上別離，只道今生難期再會，但不曉哥哥一朝榮貴，祈言弟得知。」狄青曰：「言來也覺長編。」一將身投在林千總當步兵，後被孫秀陷害，幸逢五位王爺救脫；又將呼千歲贈金刀殺奸之事述說一遍。二人曰：「哥哥，當日千歲賜汝金刀，未知汝有此膽量去否？」狄青曰：「也願往也。只殺這賊不成。」張忠曰：「哥哥，不殺這奸臣既非英雄漢，又徒然負卻靜山王之心。」狄爺曰：「二位賢弟有所不知。」又將降狂馬，得龐府繼英通線，逃難於韓園，後薦伏龍駒，得認太后娘娘，至比

❶ 運會：時勢。

武得官為止之經過說了。張、李曰：「哥哥既是太后娘娘親人，如今豈懼龐、孫眾奸再使刁的？」狄青曰：「眾奸臣雖奈我何不得，但他狠毒之心未已，不知他又生甚麼詭謀，竟在君前保奏吾二人解送軍衣。」張忠曰：「哥哥，這奸臣定必又生惡謀了。但未知爾今領旨否？」狄青曰：「二位賢弟還未知，今日雖然是龐洪惡計多端，押解軍衣乃聖上所命，如辭旨不往，一者逆忤君上，二者被龐洪哂笑，言吾無此志量。若畏懼他奸謀計算，辭旨不往，非為丈夫也。」張忠、李義齊曰：「哥哥此語言來有理。汝還要何人同往？」狄青曰：「愚兄為正解官，有御史石郡馬為副佐。」張忠曰：「如此，我們也要隨從哥哥前往來了。」狄青笑曰：「賢弟，只因爾二人坐禁牢中，愚兄無日不切思，故特借此為由，保奏爾二人出獄，隨同押護征衣，將功消罪。同到邊關，見機而行，立些武功，有何不妙？」二人聽了曰：「哥哥高見不差。」狄爺曰：「賢弟，吾還有句衷腸之語，在別人跟前並不說出也。」李義曰：「哥哥有何要語？」狄爺曰：「目今西夏兵犯邊關，久聞兵雄將勇，楊元帥前者有本回朝，求請救兵，目今難以退敵。不是愚兄誇張，不獨殺退邊關圍困之兵，即領旨往平西夏，也是非難之事。」張、李二人呼：「哥哥說來，爾卻愚了。」狄爺曰：「何愚之有？」二人曰：「汝何不即於駕前討請旨意，前往征西，顯些本事與龐、孫眾奸賊看看，豈不更妙的？」狄爺曰：「賢弟，吾若在駕前請旨征西，也不是希罕。押解征衣到得邊關，即在楊元帥帳中，也不說明。但在此見景生情，將兵馬出於意外，大破西夏兵，方使龐洪眾奸黨心頭畏服。奏凱還朝，乘機將奸黨拔除，方得朝中寧靖。」

張忠聽得「奸臣」二字，覺得怒氣頓生，曰：「哥哥，爾是個絨囊子，不中用的！爾既稱烈烈英雄漢，皇親御戚大勢頭，前時被奸臣陷害，險些喪命，死中得活，那裡還待得及奏凱班師！小弟甚也容他不得！倘哥哥若付三尺龍泉寶劍與小弟，若不將龐、孫、胡三奸首級拿來，即將己之首級獻上。」旁側李義微笑曰：「張哥哥，汝且收忍耐些乃可，休思動凶。才得身脫牢災，又思闖禍，倘若再犯時，腦袋難保了。」張忠曰：「三弟，雖然如此，但這些群奸，令人一刻也難忘忍性子。倘殺得三奸臣，萬死不辭，並無翻悔。」狄爺呼：「張賢弟，今異於昔矣，也須忍著三分性子。前日身為百姓，一口一身，縱然死活，有何干礙？汝今刺殺了奸臣，不獨自身有罪，究起來，愚兄先有干連，難得到邊關去了。不若權且忍耐，待奸權終有敗露破綻之日，然後削除，豈不得當？」李義連聲稱是，張忠默而不語。李義又言：「綢子、什物、銀子，且交付周成店主也罷。」張忠曰：「如今何暇計及此事的。」

當日狄爺吩咐，排備酒筵，三人持盞，言談多少，一難盡述，是日不提。

到了限期日，乃九月初八日，端備了三十萬軍衣，車輛滿載，正副領了批文，張忠、李義押管三千兵丁，車輛糧草悉備，隨從二位欽差，拜別忠良，不辭奸佞。有韓爺將書一封，交付狄欽差曰：「此書投送與打虎將楊青，他是同鄉之誼厚交，見了來書，自有照應之意。」狄爺作謝，將書收藏過。是日，狄爺復進王府內，拜別潞花王母子。狄太后帶悶交付佘太君家書，囑咐曰：「侄兒，爾雖乃英雄少漢，只是程途遙遠，苦冒風霜，進退小心為要，休得莽為。渡水登山，非比在朝安逸，倍加提防。龐賊眾奸黨，陰謀設陷定有也，須時刻留心。交卸了征衣，即須早日回朝。」狄爺跪受姑母娘娘訓諭。當日，潞花王吩咐，早排筵燕餞別，弟兄對酌閒談，無非餞行之語，不用煩言。燕畢，拜別姑娘母子，來至教場。頂盔貫甲，三千兵丁早班伺候。

又言石御史，拜別岳父母、彩霞郡主，也是一番餞別叮囑之辭，不表。即日高昂駿馬，已至教場。

又言狄青眾人有書付交照察，這石玉並無一書。只因狄青是正解官，石玉是副佐，正解無事，副佐自然無礙了，故石玉無人付書也。

當日狄欽差頭上金盔內藏玉鴛鴦一對，閃閃霞光，直沖霄漢，可以驅邪避妖物，擋刀槍。手提金刀，左插狼牙之袋❷，右佩那鋒利龍泉劍，坐上現月龍駒，真乃威嚴凜凜。石御史頭戴銀盔雪甲，坐上白龍駒，一雙霜雪鐵鞭分插左右，手執長銀槍，實也浩氣昂昂。即張忠、李義，雖無官職，也是頂盔披甲，高坐驊騮，押了車輛。炮響三聲，旗旛飛動，離卻皇城。所至地頭，那官不來迎接？非止一天行程也。且按下。

又說龐洪一心圖害兩位棟梁小將，尚早數天差家人送書一封與仁安縣，一書送與潼關馬應龍總兵。

不表龐洪暗計，再言河北陳州，一連遇饑荒數載，地頭該當遭劫。至第四載，更倍饑饉淒涼，粒米無收。百姓饑死者填盈衢道，貧困者十不存三四。縣主詳文上司，是日本折進朝。君王覽表，方知河北陳州饑饉，問治於群臣。有樞密使太師富弼奏上君王曰：「老臣當日曾蒞任於河北，惟陳州之地，土豪惡奸甚多，詭謀百出。有豪惡積聚，不糶者很多。惟地方官只圖貪酷，焉有為國安民者。至強惡日增，用財可以買法。即豐稔之年，糧米不得賤糶。此事必須得包待制往陳州，賑濟饑民，並收除土惡。有粟之家，自然出糶，雖年不豐熟，而良民自得食矣。」君王聞奏大悅，曰：「老卿家之薦得其人矣，可為朕分憂也。」即降旨包公往河北陳州，開皇倉賑濟。御賜龍鳳劍一口，不拘文武官員，如有不法，任卿施行處斬。當日包公領旨，拜辭同僚文武，限日登程。也且不表。

❷狼牙之袋：箭袋。

再說仁安王知縣，得接龐太師來書，觀畢即回與來人，復贈白金二十兩，以作程途費用。又表仁安縣金亭官驛中，上年出一妖魔，是以眾民沸揚起來，遠近懼怕，即揚傳至汴京城也有知者。惟日午中有膽識雄漢方敢進驛中，至晚夜來，連驛外近地沒一人跑走。當日王登依了龐太師吩咐，一心要害狄、石二位欽差。想來：縱然二人被妖怪吞陷了，也非吾之立心。縱然上司追究，龐太師來書說，自有他一力擔肩無礙，還要升吾官職。當日即差喚役人數名，將金亭驛掃灑得潔淨無塵，鋪氈結彩，四壁熏香，以待安頓欽差大人。

當時衙役人有多般議論，內有膽小者，進內灑掃，只得膽戰心寒，迫於上人之命，不得不然耳。眾役人曰：「王老爺好潑天大膽，此驛中妖魔利害，屢說傷人，倘或欽差大人來，也被傷了，這還得！況乎二位欽差勢頭很大，天子內戚，追究起來，老爺焉能保得性命。倘有干連，我們差役也有不便之處。」當時議議論論，果有膽小的幾人，也逃走了。且按下。

已是端備淨驛中，仁安縣王登天天伺候欽差大人。驛外平陽大地，安排營帳，待屯兵丁。另設空場馬廄，眾武員束備戎裝，軍兵弓箭馬匹齊備。是日乃十五日，忽報二位欽差大人到了，眾文武員齊迎跪接。王登知縣乃文員，跪請二位大人下馬歸驛中，安頓兵丁。當日二位欽差一進了驛中，齊揖見禮坐下。狄爺下令駐兵驛外。張忠、李義押管兵丁，小心巡邏征衣，在此留宿一宵。仁安縣❸與眾文武回衙，不必在此伺候。號令一下，炮響連天，安了營帳。二位欽差即卸下盔甲，穿過便服。十六名勇壯鐵甲軍乃親隨身役。當時日落西山，驛內燈燭輝煌，文武官員早備酒筵，款過二欽差畢。

❸ 仁安縣：此處代指仁安縣縣令。

是夜，狄爺曰：「石賢弟，吾觀此驛，一望空荒野地，吾二人目不安睡，明日黎明趲程也。」石爺曰：「狄哥哥思慮是了。」二人同志，爾言安邦，我思定國。時交一鼓，更鑼響敲。石爺曰：「哥哥，不覺說話之間，已是一更時分了。」狄爺曰：「賢弟，吾與汝辭別汴京到此，已有八九天了。吾恨巴不能早到邊關，交解了征衣，方得心頭放下。」石爺曰：「小弟也是這個主意。還未曉此去三關還有多少程途。倘然違誤了日期，楊元帥定然著惱了。」狄爺曰：「賢弟，這也不妨。即誤了數天限期，尚可諒情，楊元帥未必見罪，自然無礙也。」石爺又曰：「哥哥，爾看好月色光輝也。」狄爺曰：「賢弟，今天十月十五夜，月明如晝，地上如霜。曾記來八月中秋夜事，南清宮內後花園稱言有怪，豈知乃龍駒出現，愚兄得會太后娘娘，親人圓敘，猶如天上月缺而復圓。真乃光陰迅速催期快，而今又是小陽春❹天了。」石爺曰：「因爾言，小弟卻也想起去年，也是中秋月圓之夜，有白蟒精變化人形，在勇平王府內攝去彩霞郡主。當時已將郡主拖入蟠雲洞中，高千歲著急。是時，小弟初至汴京，覓尋父親，貧困如燃眉之急。故弟領旨探其穴，進其巢，與怪蟒爭持，力斬蛇妖，救得郡主回府中。勇平千歲大喜，將郡主匹配了小弟，又奏聞聖上，加封官爵。瞬息間已是對歲一秋多，真乃光陰似箭、日月如梭也。」狄爺聞言，長嘆一聲，也想起困乏遇張、李弟兄時苦處，曰：「果也，世間凡事原難料，富貴窮通只在天。」

二人言談之際，不覺二鼓更敲，登時一陣狂風吹起，呼呼耳邊響亮。弟兄二人立起，四周一看，十六個親隨壯軍也覺心寒。石爺曰：「哥哥，此狂風非正風也。」狄爺曰：「賢弟，爾看此風又起了。」

---

❹ 小陽春：農曆十月。

果然又是一陣狂風，已將燈燭盡皆吹滅。二人呆想其故，此風又打從東北上吹來，明知是怪風，當時各拔出佩劍，面向東北上定睛一看，裡廂並無一物。只見月光遍灑，耳邊仍是呼呼響震，唬嚇得十六名鐵甲壯軍呆呆發抖驚懼。狄青大喝曰：「本官二人在此，妖魔敢來作祟也！」二人正呼喝之際，但見遠遠射出白光一道，跳出一雪亮人，身高長丈多，皺口攢眉，上身短短，下身尖長，飛奔而出，直向石玉跟前跳躍。石爺呼道：「哥哥，此物莫非又乃白蟒蛇魔的？」言未了，見此怪撲來，石爺大喝，揮劍砍去。只見白光閃亮，不知此物是何妖怪，不知人妖勝敗如何，且看下回分解。

第二十三回　現金軀玄大賜寶　臨凡界鬼谷收徒

詩曰：

神聖臨凡贈法寶，他年破敵立功勛。
天生英傑扶真主，枉爾群奸用計深。

當時石爺大喝一聲：「逆畜休得猖狂！」揮動起龍泉劍，光射寒霜。此物持鐵棍如銀光抵擋，人妖爭持，光如閃電，兵刃交加。狄青意欲上前幫助，思量：且試他武藝如何，如若怯於此怪物，然後相助未遲。故旁站不動。當有石玉氣勃勃，劍飛閃爍斬去。只見白人且鬥且退，誘他至庭心。石玉一步步追出庭前。又聞狂風大作響亮，只見後廂門大開兩扇，前面妖魔飛奔出外。外廂一帶空荒，周圍野地。忽妖魔口吐人言，喝聲：「石玉，汝既逞強，好膽子出外見個高低。」石玉大喊：「吾來也！」即飛奔追出內廂門。

狄爺笑曰：「真乃膽量英雄也！」高聲接言曰：「賢弟，休得放走了妖魔，吾來助汝！」即大步飛跑，手持寶劍出至庭心。登時一派白光射目，雙眼昏花了。聞言曰：「狄大人，不可出外了。」狄青聽了，即擦目一看，只見一人祥雲乘體，身高丈多，披髮仗劍，半離地土，約與檐齊，阻擋去路。狄青喝曰：「爾莫非也是妖魔？」此人言曰：「非也，吾乃北極玄天真武也。今夜貴人在此，特來一會。」狄青聽了，驚疑不定。細看一番，開言曰：「或者爾是妖魔，敢冒聖帝，也難分辨也。」此人曰：「狄大人何必多疑。吾乃北極玄天，只因本部下神將思凡，目前俱已流至於西夏，擾侵炎宋二十餘載。全賴范、韓、楊、狄韜略能臣四人，振撫西夏，保邦安民。茲有兩樁法寶付汝。此寶名『人面金牌』，如遇西夏交兵，急難之際，將此寶蓋於臉上，發念『無量壽佛』，自然敵人七竅流紅歸原❶了；此寶雖小小葫蘆，內藏七星箭三枝，如逢勁敵，危敗之時，發出一箭，其快捷如風，敵當授首❷。今贈汝二寶，是汝一生建立功勞，安民保國，盡此二物。須謹細收藏，勿得輕褻。倘成功後，二寶仍要收還。」

當下狄青聽了，滿心大悅。原來今夜聖帝賜二法寶，即雙手殷勤接轉。細看「人面金牌」，倒像孩子們玩弄之物，只是金光閃閃。又將葫蘆內覆出三枝七星箭，細細看來，約有三寸餘長，兩頭尖小利銳，霞光炎炎衝起，方知寶貝之妙。看畢，將二法寶收藏皮囊中，跪伏塵埃叩謝。聖帝吩咐：「大人不須多禮了。但叮囑之言還須謹記：此去多災轉福，遇難呈祥，不煩多慮。」狄青曰：「謹遵聖帝法旨。但小子還有義弟石玉，追拿妖魔出外，未知吉凶如何，再求指示。」聖帝曰：「此非妖，乃變形物耳，但石御史追趕去，須無礙。惟去而不返，難期相見了。」狄爺曰：「石弟去而不返，怎生覆

---

❶ 歸原：指喪命。

❷ 授首：投降或被殺。此處意為被殺。

旨？」聖帝曰：「日後自得重逢，不必介懷也。」當時聖帝使起神通，龍袍袖一展，高起祥雲，香生馥馥，靄射飄飄，光華冉冉而去。

狄爺下拜殷殷畢起來，有十六名壯軍跑至，上稟狄爺言：「方才石大人追捉妖魔，還未見回來，請大人定奪。」狄青一想，自言：「聖帝雖然如此吩咐，吾若不往追尋相助他，非是弟兄手足。」想罷，即跑進內廂。豈知四處周圍敞闊，四壁圍墻無路可通。狄青四方一瞧，曰：「奇了！方才見有門戶一重，如今四圍密壁，故聖帝預定天機，言石弟日後自有相逢。罷了，如難以追尋石弟，只難免憂疑介掛胸中。」坐下只呆呆想像。旁從人點起明燈。

再說白人在前誘石玉，且戰且走。石玉偏不肯縱饒，高擎寶劍，大喝：「怪物那裡走！還不早現形。」趁著月光如晝，緊緊追來。不知有多少程途了，妖人復兜轉步，喝曰：「休趕！」持棍當頭打去。石英雄那裡怯懼分毫，劍上揮開，復手刺去。白怪急忙閃退，石爺飛進數步，劍如雨下。怪物架擋不及，將身一低，在地滾滾碌碌，團團而轉。石玉目瞻不定，看來細睹，不覺自笑曰：「奇了！只言此物是妖魔，卻原乃三矢槍柄。」即拾起來舞動，只見霞光閃閃，與月爭輝。心頭喜悅，連稱「妙妙！今夜幸矣，皇天賜贈寶槍。不免叩謝上蒼，然後回見狄哥哥」。

石玉正思下跪，又聞香濃拂拂，雲繞當空，一位仙翁乘雲而下，五綹長鬚，微笑曰：「石貴人，你今雖得此神槍，只緣槍法未精，還不見爾之英雄，怎能與主保國安民？不如拜貧道為師，再傳授爾兵機武藝，練習精通，才建奇功。爾如不准信，待吾試演雙槍之法爾看來。」石爺曰：「仙師肯教習，乃深幸也。且請試雙槍一觀。」言畢，將雙槍與道人。只見他大袖一展，雙槍起時，左旋右復，宛似蛟龍取水，又如燕子穿枝。石爺呆呆而看，果見槍法精奇，迴異凡常。只見他使一路方完畢了，呼聲：「貴人觀槍法如何？」石爺一想，道：「也覺怪異，不通姓名也相識吾之姓名，定然是位有道仙翁。」又見槍法希奇，即曰：「願拜仙長為師。但今日有王命在身，不能違誤，待到了邊關，交卸征衣畢，然後拜從賜藝便了。」道人曰：「吾非別凡人，乃鬼谷也。如爾到邊關，再無機緣會吾的。即夜可隨往了。」石爺曰：「今夜斷難從命。我奉旨解征衣，楊元帥有限定之期，倘違定期就不妙了。」道人笑曰：「小小事情，即過於介懷，豈是名將襟懷的？」語畢，口念有詞，將槍尖挑起頑石二段，忽化作一對斑猛白虎，爪舞牙張，向石玉奔撲。石玉大喝：「逆畜慢來！」即拳打足踢。道人喝聲，虎不敢動。即跨上虎背，又對石玉曰：「爾若騎上虎背，可勝坐馬，倘出敵，百戰百勝也。」石玉曰：「如此妙甚！」即跨上虎背。道人一見大喜，喝聲：「起！」風一響，二虎即跑上雲端。石玉驚駭呼曰：「倘跌撲下，吾命休矣！」鬼谷笑曰：「如此膽小，焉能出得沙場，殺得上將？」言話之間，跑得漸高，雙入雲霄，竟往峨嵋山而去。按下不提。

卻言狄青獨坐思量，心煩不樂：方才聖帝之言如此，料然石弟難以相見，還不知他收除得怪物如何，不知走往那方，教吾實難猜測。方才果見後廂圍壁中門戶遙遠，石弟追趕出外，因何霎時並無門戶？想來乃神仙妙術變化無窮也。惟正副二解官共事，今缺了石弟，如何覆旨？少不免照此直言也。不覺天明，發令宣揚，眾兵方知驛中有怪祟出現，昨夜攝去石郡馬。狄爺言：「仁安縣這狗官，定有機謀。」即傳王登進內問供。護兵三千聞此，人人駭懼。張忠、李義私議稱奇。

當時王知縣進驛參大人，狄爺喝聲：「爾狗官，好生膽子！此驛中既有怪物，因何將本部留宿於此？昨夜已將郡馬爺攝去，定然凶多吉少。爾這狗官，是受人囑托，抑或自見主謀？從實招供，以免動刑！」王登聽了，驚慌無措，倒跪叩頭不止，騰騰震抖。上告：「王親大人，此驛從無怪物，不知怪祟從何方而至。卑職怎敢生心主謀，暗害二位大人！」狄爺喝聲：「胡說！這不是爾自主謀，定然受奸臣密托。若不明言，刀斧手斬訖！」庭下一聲答應，上前扭起王知縣，解去袍服，又除烏紗帽，嚇得王登魂魄飛天，高聲呼道：「大人饒命！此乃龐太師有書到來，壓著卑職行此機謀的。他要害二位欽差大人之意，實非卑職敢生膽子，立此歪心也。」狄爺聽了，點頭罵聲：「惡毒奸臣！豈知爾又行此陰謀毒害。但雖龐賊壓制著爾行此惡謀，爾既是正大之人，即掛官不做，亦不行此不義之事。爾今罪亦難免。」王登曰：「是！是！卑職悔恨已晚了，雖有罪死無辭。只求大人姑寬開恩一線，世當銜環以報。」叩頭不已。狄爺終於仁慈，況留他為證覆旨。喝聲：「本官王命在身，不能耽擱。王知縣交府官，下禁獄牢。即著本地文武官員訪尋石御史著落。待本官公務畢了，回朝於聖上駕前，與龐賊算帳，知縣由聖上旨處。」

當時王知縣謝了大人不斬之恩，眾文武官員都言「領命」。時交辰刻了，本地文武官員備酒燕送至相款。休得多談。犒勞三軍，也無煩敘。是日，發令登程。炮一響，旗旛飛動，文武俱齊相送。張、李二將，仍押管軍馬征衣。只有石爺撇下坐騎一匹，狄爺仍令馬夫帶行，好生餵料。此日慢提。

又說王知縣帶往府衙而去，自語短嘆長嗟，恨著龐太師：「方才若不分明說白，險些性命活不成了。」只浼求❸府尊，申詳文書，送投上憲❹，附達還朝。龐、孫、胡聞此，重重納悶，言：「狄青、

❸ 浼求：請求。

石玉皆吾作對，今石玉已經中了毒計，定遭妖魔傷陷了；只有狄青仍在，只望他至潼關，不知此計成就如何？」是日君王一看表文，龍心大惱，怒曰：「仁安縣丞定議處決。」當日龐洪力與分辯保免，私傳旨命覆職。不表。

再說勇平王得知大惱，郡主母女苦切萬分，深恨龐賊設施奸謀，害了英年。郡主呼：「母親！去年白蟒攝去女兒，多虧丈夫救脫，收除怪物。不意今被龐賊所害，妖魔攝去無蹤，還有何人救彼？定然凶多吉少了。」王爺、夫人終日安解女兒。也且不表。

卻說潼關總兵官名馬應龍，前月得接龐太師來書，想太師立心要除害狄王親、石郡馬，本總兵定然依命的。但關外地方，乃本鎮所屬，如何刺他？也須在百里外方可，雖是所管屬，也隔遠荒野，差劉參將前往下手方安。馬總兵打點定，傳備大小將官，明盔亮甲，候接欽差大人。一天未到，又一天。是日，狄爺一至潼關，馬總兵與大小官員迎接進關中坐下。眾員參謁過大人，上請金安畢。是日盛筵設款，也無多敘。

當下馬總兵自語：「太師書上言副佐石御史，因何不見到來？也須問個明白。」即動詢王親大人。狄爺將在仁安縣上，被妖魔攝去說明。馬應龍聽了曰：「有此奇事也！但今潼關外面也是地廣人稀，空荒之所，王親大人須要小心。」狄爺曰：「這也何妨？如今天色尚早，即速啟關，以待本官趲途。」當此總兵領命放關，車輛紛紛，都出關城而去。馬總兵送出關外而回，即日邀傳參將劉慶。又表明：這劉慶，年方二十四少年，身高九尺，面玄黑而光采。從幼得異人傳授蓆雲之技，來去

---

❹ 上憲：上司。

如飛，故他混號「飛山虎」。以後當兵效用，膂力強狠，生擒凶盜，故先已拔為千戶，今已升為參將，隨同馬總兵守潼關。年少父亡母存，一妻二子。今得為參將職，時常還望高飛，取得玉帶橫腰，屢思領兵滅西夏。但這飛山虎仗著蓆雲本領，常想征西，抑不知西夏兵雄將勇，只此蓆雲之技怎能抵擋。

是日遵著呼喚，進見打拱曰：「不知總爺傳召有何吩咐？」總兵即將龐太師與欽差狄青作對，今他來書要結果他一命，一一說知。參將呼：「總爺，既云龐太師要取狄欽差一命，何不方才設燕時將他弄醉，一刀砍下頭顱，有何難處？」馬總兵冷笑曰：「爾乃粗莽之徒，那裡得知？若在關中弄死他，況有三千兵，人豈有不知？況又有步將二人，十分凶惡之貌，不是良善之徒。故特放他出關，在百里之外，要爾往行刺了他，也無咎於我們。倘謀事成了，龐太師喜悅，爾我官爵定有加升了。」劉慶聽了，笑曰：「這也非難，且至落雁坡地起雲蓆結果他便了。」馬總兵聞言，大悅曰：「參將須要小心。」劉慶允諾，藏了利刃，駕雲而去。不知刺殺得狄青如何，且看下回再敘。

第二十四回　出潼關虎將行刺　入酒肆母子重逢

詩曰：

圖謀虎將重重計，惡黨群奸個個狠。
轉難成祥豪傑福，多謀佞者反遭殃。

話說劉參將奉了馬總兵之命，駕上蓆雲，離了潼關，向前途落雁坡而來。一程追上，將已七十里，早已趕上。在空中緩緩隨著狄青，豈料他金盔上一對寶鴛鴦有霞光沖起，人下得來，大刀不能落下。今日方知玉鴛鴦之妙處：霞光沖起，刀斧不能砍下，真乃世間無價之寶，故刺客難傷狄青一命。當日乃九月二十九，已日沉西墜，天色昏暗。三人並馬同行，催軍前進，意欲趕個好些地頭安紮。

張忠不意抬頭觀看，連忙抽勒絲繮，呼：「大哥、三弟！爾看空中這朵烏雲，倏上倏又下，總正對著大哥頭頂上，是何緣故？」李義曰：「果奇的。莫不是妖雲也？」狄青曰：「不理論他妖雲妖物，且賞他一箭罷。」即向皮囊中取一箭，搭上弓弦，照定烏雲，嗖的一聲放去。只見這朵烏雲像流星飛去。當日一箭已射中飛山虎的左腿上，好生疼痛。弟兄三人因天色烏暗，到底不知此物是什麼東西。

又見天晚難行，只得在平陽大地安紮，屯了軍馬。

是夜軍士埋鍋造飯，馬匹餵料。張忠、李義巡管征衣，點起燈燭，四野光輝。狄青不覺步行四野，下得平陽地，遠遠見有燈火光輝，再跑數十步，乃丁字長街衢也。對面左側，有酒肆一間，酒店主正在將上好美酒，小缸傾轉大缸，香濃濃的，順風吹送來。大凡愛酒之人，見了酒總要下顧的。狄青想來：此刻夜靜更深，這酒肆還不閉門，夜來還做買賣。不免進內吃酒數盞，然後回營也未為遲。想罷，徐徐舉步而進。

店主一見，嚇得慌忙下跪不及，滿面漲紅。但見此位將官，頭戴金盔，身穿金甲，想來不是等閒之人，故店主跪地叩頭，呼聲：「將軍老爺！小人叩頭。不知駕臨何事？」狄青曰：「店主不必叩頭。爾店中可是賣酒的所在麼？」酒保曰：「將軍爺，此處乃賣酒饌之所。」狄青曰：「如此，有上好酒饌取來，本官要用。」酒家諾諾連聲，曰：「將軍爺，且請至裡廂下坐，即刻送來。」

當時狄爺進內一看，只見座中並無一客，堂中盞玻璃明燈，四壁周圍四盞壁燈，兩旁交椅，數張梨花桌，十分幽靜。狄爺看罷，倒覺心開。揀了一桌，面朝裡廂，背向街外坐定。即刻，店主已將美饌佳釀送至。狄爺獨自一人斟酌。吃過數杯，偶然瞧看裡廂西半角之內，坐著一個婦人，年紀約有二十三、四，面龐俊俏，淡淡施妝，目不轉睛的觀看。狄爺見了，心中不悅，曰：「這釵裙❶真乃不識羞慚也，因何眼呆呆將本官瞧看？父母家若養了這等女兒，大不幸也！認他為妻子，必然家顛倒而衰索的。」原來狄青暗暗之言，乃他正性光明，不貪女色的英雄，故見女子目呆呆看他，惱他不是正

❶ 釵裙：此處代指婦女。

性婦人。

當下婦人呼喚酒保進去，便問此位將軍姓名、住居、多少年紀。酒保曰：「奶奶，他是不意到店中吃酒，過路的客官長，你盤詰他何事？」婦人曰：「不要多管，快些往問清白來。」酒保應諾，暗言：「少奶奶甚奇，吾在他店中兩載，一向謹細無偏，今教吾詰此位將軍姓名、住居、年紀，定然看中了少年郎。」不覺行至桌旁，口稱：「將軍爺，請問你尊姓高名，住居何處，乞道其詳。」狄爺見問，不覺順口言：「世籍山西，狄姓名青。」酒保曰：「多少年紀？」狄爺聽了一想曰：「你因甚詰起年紀來？」酒保曰：「我這裡奶奶請問的。」狄爺稱：「奇了！」即言：「吾年方一十六，爾好不明禮體也！」酒保曰：「將軍爺，休得見怪，吾回報奶奶了。」

酒保跑進內言知，那婦人聽了，喜形於色，還要再詰。酒保曰：「奶奶，還要再動問什麼？」婦人曰：「問他世籍山西那府、那縣、那圖、那保，速問他來。」酒保強著應允，一路搖頭曰：「我家奶奶好蹊蹺。但想青春女子，誰不願樂風流？怪不得見了年少郎君，春心發動，只恐爾畫餅充飢難得飽。我看此位將軍，生來性硬無私，爾枉思他，他不來就爾。」又到了桌邊，呼：「將軍爺，休得動氣。小人還要請問，貴省既是山西，請問那府、那縣、那村莊？」狄青想來：為什麼盤詰起吾的根底來？即說明爾知，且看爾這婦人怎奈我何？便言：「吾乃山西太原西河小楊莊人也。快去報知。」酒保欣然去了，將情達知。

這婦人聽了，眼睜睜的矚著外廂少年將軍一會，只得轉身進內，開言叫呼：「母親，外廂有位年少將軍，女兒看他舉止貌容，好像我家兄弟。故查詰他姓名，又是山西太原西河，又同小楊莊，名狄青，分明確是吾弟了。但女兒不敢造次輕出，母親快去看來。」孟氏聽了，又驚又喜曰：「想起前七載，水灌太原，骨肉分離，都入波濤之內，只言汝弟死於水中，為娘時時傷感，暗暗憂思。今日萬千之幸，孩兒還在世。」狄金鸞曰：「母親休得多言，快些出外廂認明是否。」孟氏急步呼：「女兒且隨娘出外。」

金鸞隨後，孟氏來至酒堂所。金鸞在後，輕指將軍曰：「母親，此人便是，汝可近前認看來。」孟氏即近前細看少年，點首大呼：「孩兒狄青，可知娘在此否？」狄小姐忙呼：「兄弟，母親來了！」狄爺停杯一看，立起來搶上雙膝下跪，呼：「母親！姐姐！可是夢中相會麼？」孟氏夫人手按兒肩，聲言不出，珠淚滾流。狄青呼：「母親休得傷懷。只因不孝孩兒自那日大水分離，已經七八載。兒得仙師搭救在仙山，無時無刻不掛念生身母。今宵偶會，好比花殘復發，月缺重圓。」老太太曰：「孩兒，汝多年耽擱在何方，且起來說娘知。」狄爺曰：「不孝孩兒多年遠離膝下，至慮老母愁苦，罪重非輕。待兒叩稟。」那裡敢起來。孟氏曰：「這降自天災，何獨汝一人，且起來再談罷。」小姐悲喜交半，又呼：「兄弟休言自罪，且起來相見。」狄青曰：「方才弟認不得姐姐了。」金鸞曰：「兄弟同胞一脈，焉有不記認的？」狄青曰：「早時只為離別多年，不期相會，一時間記認不來。今日實乃天遣母子姊弟重逢也。」小姐聽了，含笑曰：「也怪不得兄弟。汝只因水災分離之日，年才九歲耳。」轉聲又對母曰：「且到裡廂，然後言談心事罷。」又吩咐酒保收拾殘饌閉門。不表。

當時母子三人進內坐下，太太呼：「兒，汝一向身羈那裡？怎生取得重爵高官？」狄爺曰：「母親聽稟。」就將被水災之日，得師救上仙山，習藝七年，至得高官。但思親之淚難止，但師父言應得數年隱災，留阻不許歸鄉之事說了。太太聽到此，也說：「為娘遭此水難，幾乎性命難存。幸得汝姐丈張文駕舟相救了，留育在家中。前為潼關游擊，故今在此藏身。不料姐夫去年被馬總兵革職了，故在此開了酒肆。」狄爺曰：「如今姐丈那裡去了？」太太曰：「他往顧客家收取帳鈔去了。」狄爺呼：「母親，但姐夫曾經做過武官，何妨樂守清貧，因何做此微賤生理，開此酒肆？實乃羞顏也。」太太曰：「此乃素其分位而行，不得不然耳。」狄青曰：「但姐姐乃女流之輩，又是官宦門之女，如何管理店內為生理？豈不被旁人議論，有何面目的？」又論狄青原乃直性英雄，是以有言在口，便按捺不住，就埋怨多言。金鸞小姐想來：因何兄弟初會，就怨言著奴的？便呼：「兄弟，此乃婦人從夫而貴，從夫而賤，事到其間也，無可奈何了。」說完抽身往廚中再備辦菜饌。

當晚狄爺言來烈烈轟轟，又見姐姐去了，心甚不安，悔錯失言，招姐姐見怪。老夫人呼：「孩兒，汝性直心粗，埋怨著姐姐，但今久別初逢，不該如此。」狄青曰：「母親，這原是孩兒失言了。姐姐見怪，怎生是好？」孟氏曰：「不妨，待娘與汝消解便了。但汝方才將分離別後的始末才說得半途，怎生得貴，如何受職，且盡說明白來。」狄爺將別師下山時起，一長一短，直言到目前領旨解送征衣。

孟氏聞言，心花大放，喜曰：「前聞姑娘已歸泉世，豈知今日仍存身作皇家母后之尊，相認孩兒，情深義重。可幸玉鴛鴦也有會期之日。但兒啊，爾奉旨解送軍衣，身當重任，不可耽擱了程途，早到不過期限的好，倘然違誤了限期，罪責非輕。」狄爺曰：「母親不妨也。得蒙姑母娘娘恐憂孩兒耽卻程途，違了限期，特宣到佘太君，授著一封書與楊元帥，還有韓叔父、包大人密書相保，倘孩兒過了限期，楊元帥也要諒情，決不加罪於孩兒。」孟氏聽了，深感不盡姑娘用情，並各位忠良厚愛。母子言言論論，不覺已交二鼓。狄金鸞烹好佳肴美酒，排開桌上，請母親上坐，弟姊對坐，細酌慢斟，按下不表。

再說飛山虎倘是弱些漢子，被狄青一箭，早已當熬不起，豈不跌下塵埃。幸然飛山虎的本領很好，雄壯身軀，左腿帶箭，忍著疼痛，緩緩些落下雲頭，在著無人所在，拔箭頭，捻出盡瘀血，再駕起蓆雲，探得狄青落在張文酒肆中，又是遠遠落下，坐在一塊頑石之上。想來：張文是吾同僚好友，待我與他商量，好去了結這狄青罷。

劉慶正在思量，只見火光之下有人一程跑來，原是張游擊。劉慶欣然招手呼：「張老爺，那裡來？」張文止步一觀，笑曰：「原來是劉老爺。夜深一人，緣何在於此？」劉慶曰：「有話與爾商量。但爾往那裡回來？」張文曰：「收些帳目，遇友人留款，是以回歸晚了些。但有何商量，快些說知。」劉慶曰：「非為別故，只為朝廷差來狄王親解送征衣往三關，今已出潼關。但此人與龐太師作對，故太師有書來與馬總兵，要害欽差一命，教吾行刺死他，即加升官爵。方才駕上蓆雲，正欲下手，不知他頭盔上兩道豪光沖起，大刀不能下，實見奇也。今反被他放一箭，射傷了左腿，十分疼痛。如今打聽他進了汝店中吃酒。爾回去若用計勸灌醉他，待吾去了結此人性命，將爾之功上達太師，管教起復你的前程。」

張文聽了，道：「劉老爺，爾得包定起復吾前程，即幫助你一力便了。」劉慶曰：「都在吾身上的。」張文曰：「如此，你且在此候著，一個更鼓❷方好來的。」劉慶允諾，暗喜，在此等候張文回

---

❷ 一個更鼓：更為古代夜間計時單位，也稱為鼓。一夜分為五更，一個更鼓約兩小時。

音。

這張文急匆匆來至家中，將門叩上幾聲。酒保早已睡熟，當時驚醒了，開了店門，說曰：「原來是老爺回來。」又說這酒保，緣何稱張文是老爺？只因他前上年曾做游擊武官，人人稱呼慣張老爺，即近處的百姓或厚朋，也是「張老爺」的慣稱。當下酒保揉開睡眼，呼：「老爺，今宵有親眷人來探訪爾了。」張文曰：「是什麼親人？」酒保曰：「老爺，爾不知緣故，待小人說知。此人年少，氣宇昂昂，穿戴金盔金甲，一位武官。老太太說是他兒子，今進內與奶奶三人同吃酒，說談心事。老爺還該進去陪他吃數杯。」張文曰：「此人什麼姓名？」酒保曰：「姓狄名青，老爺認得他否？」張文曰：「如此，果然是吾舅子了。」方才劉慶在張文跟前只說狄王親，並不說出狄青名字，以致張文全然不知。如若他說出狄青之名，張文自然曉得是郎舅了，也不擔承劉慶將他算計。當夜張文自言：「岳母時常愁苦，想念孩兒，猜他死在波濤之內，日夕慘傷。豈知仍留於世，又得相逢，真乃可喜。」不知張文相會狄青，如何處置劉慶，且看下回，便知分解。

第二十五回　設機謀縛拿虎將　盜雲帕降伏英雄

詩曰：

奸臣黨羽計謀多，欲把英雄入網羅。
天降將星難逆害，愈圖愈福奈誰何。

當晚張文一路進內，思量喜悅。到了中堂，果見一位滿身甲冑的將軍，坐於妻子左側，丫環兩人旁立，當中老太太，一同舉杯。又聞妻曰：「兄弟，酒須寒了，再吃數杯，包汝姐夫回來。」言未了，張文進至，言曰：「待我來陪伴一杯可否？」金鸞頓時站起，呼聲：「相公，我家兄弟在此！」狄爺見姐姐起位，他也站起來，抬頭一觀，呼聲：「姐丈！」太太也言：「賢婿，吾兒子到此。」張文喜曰：「岳母啊！爾今從此眉鎖得遇鑰匙了，真乃可喜也。」一轉聲呼曰：「舅舅兄弟，請坐罷。」當時二人殷勤見禮，丫環又掇上椅一張，郎舅二人對坐，添上杯箸，重新吃酒。

酒至數杯，張文又問及狄青別後之事，狄青將前話一長一短說知。只為狄青以前事看官盡知，故今一言而總括盡，以免煩言。張文聽罷大悅：「難得兄弟少年英雄，早取高官，人所難及。但吾有一言問及，汝前途可曾遇有刺客否？」狄爺曰：「前途並未逢什麼刺客。姐丈何出此言？」張文曰：「如此，還算爾造化，險些兒一命送於嗚呼了。」當時太太母女大驚。狄爺問曰：「甚麼人行刺？爾何以得知？」張文聽了冷笑曰：「都是龐賊奸臣起此風波。有書到來，馬總兵要將爾命結果，故差飛山虎在前途等候。」狄青曰：「吾在程途二十多天，並未逢什麼刺客。如今姐夫既知刺客，在那方埋伏？」張文曰：「爾出關後可曾放發一箭否？」狄爺曰：「途中可見烏雲對頂，或上或下於空中，不知何物，故放射一箭。這朵烏雲猶如鷹鳥飛去，到底不知什麼東西，正在狐疑。」張文冷笑曰：「爾不知也。此朵烏雲乃是馬總兵手下的參將，姓劉名慶，混號飛山虎。曾遇異人，傳授騰雲之技，來去如飛，算得希奇絕技。方才劉慶對吾說知，身駕高空要行刺於爾，不知何故，你盔頂上兩道紅光沖起，大刀不能砍下。又說反被爾一箭傷了左腿。今打聽得爾進吾家中，教我灌醉爾，待他來取首級，事成之後，許升復我游擊前程。當時他說狄王親，我不知何等之人，豈料是至戚誼弟兄。劉慶固屬妄想徒思，龐賊毒計又不成了。」

狄爺聽罷，重重發怒，母女深恨奸臣惡毒。老太太曰：「這玉鴛鴦原是一樁寶貝，若非姑娘好意，將此寶配於盔上，早已身赴黃泉了。」金鸞曰：「母親之言不差，實乃此寶貝之功也。」狄爺曰：「姐丈，這奸臣如此惡毒，數番計害。待飛山虎來，小弟寶劍先結果此人，後回關斬馬總兵。他是一班奸臣黨羽。」張文曰：「賢弟且慢，休得動惱。這飛山虎雖有行刺之心，乃是希圖官高爵顯之故耳。但此人秉性堅剛，最有膽量。雖然人非出眾超群，然而算得一員英雄上將。只可用計將他降伏，不可傷其性命。」狄青曰：「倘或他不肯服我，便如何？」張文曰：「不妨。他平素與我相交，不啻同胞之誼，吾言無有不從。須用如此如此計較，誘引他落圈中，還憂彼不降伏麼？」狄爺聽了，喜曰：「姐丈計算真乃妙用也。」孟氏母女也覺欣然。當時母子四人，酒已不用，金鸞命丫環收拾去了。張文計較已定，將狄青安頓在後樓閣中藏睡。若論張文，曾做過武官，是全房屋寬大，也是廳堂書齋，樓閣內外，都是幽雅潔淨，不比俗中肆灶旁是床帳，堂中是堆柴之所。

當下張文秉燭，命丫環將方才餘饌搬出酒堂中，兩雙杯箸，一壺冷酒。這是張文的設施，只因要收服這劉慶，故而設此圈套。只言與狄青二人一同對飲之意，酒未完而青已先醉了。又喚醒酒保，吩咐曰：「少停劉老爺來時，不可說出狄老爺是我郎舅之親。不要先睡去，猶恐要你相幫之處。」酒保應諾。張文即開了門，提了火把，來至衢中。一見這飛山虎，只言狄欽差早已吃酒沉沉大醉，如今睡於後樓中了。劉慶聞言，心頭大悅，呼：「張老爺，既然狄欽差被你灌醉，待吾前往賞他一刀，爾的前程即可起復了。」張文曰：「劉老爺且慢慢的，倘或被他掙扎起來，爾我不是他的對手，如何是好？」劉慶冷笑曰：「張老爺，不是吾的誇言，只一刀，管送他性命，若再復刀，不為豪傑了。」張文曰：「既如此，與爾同往了。」

二人進了店中，將門閉上，引劉慶至方才擺列殘酒饌之所，然後喚酒保收拾去杯箸殘羹，吩咐再取幾品好饌菜，上美酒一大壺，吃個爽快，然後下手不遲。飛山虎果然跑走至三更多，腹中飢乏了，況是好酒之徒，心中大悅呼：「張老爺之言有理，果見肺腑弟兄。說到吃酒二字，是吾意中之物。但屢到爾家便吃酒，叨擾過多，弟過意不去。」張文曰：「劉老爺，爾若說此言，便不是誼交愛友了。」劉慶喜曰：「足見厚情。但方才收拾的餘饌，可是狄欽差食殘餘的麼？」張文言：「是也。」當下酒保排開幾品佳饌，一大壺雙燒美酒，備辦得速捷，皆因他店中饌酒尚有餘多。二人對坐，爾一杯我一盞，張文同吃，是有心算他無意的，杯杯都是虛食。飛山虎一見酒便大飲大嚼，頃刻一連進了三大瓶，張文杯杯殷勤而對。不一時間，吃得醺醺大醉，心內糊塗。張文大喜。忽時刻間，飛山虎喃喃胡說，已睡於長板凳中，呼呼鼻息如雷。

張文連呼不覺，即喚酒保取到麻繩，將他緊緊捆綁了。又言：「劉參將的本領我卻不懼，只妨他的蔴雲帕跑走利害，不免搜將出來便了。」即解脫衣襟，內有軟布囊一個，裏著蔴雲帕子，即忙取了，又腰下一把尖刀，即也拿下。一一收拾停當，然後加上一大繩捆綁著，猶恐他力狠掙扎脫。拿了尖刀、帕子，回到後樓中，對狄青說知：弄醉他，捆縛了，並拿下尖刀，盜藏了雲帕。

狄青接轉明亮一把尖刀，想來怒氣沖沖，說：「可惱這黨奸臣，必要害吾一命。我卻怪這劉慶不得，他不過奉公命而來。只有龐洪、孫秀這兩虎狼，行此毒意。今生不報復此仇，枉稱英雄也！」將尖刀撂於地下，又將蔴雲帕拿起一看，呼：「姐夫，此物取他何用？」張文曰：「弟有所不知，飛山虎一生的本事全仗此帕，來去如飛。今夜盜了他的，就不是飛山猛虎了。且待他降伏，然後送還。」狄青笑曰：「果也，算無遺策了，吾不及也。」郎舅二人言談有興，言語煩多，不能盡述。

時交四鼓，四唱雞聲，飛山虎悠悠醉醒了，呵嘆一聲，一伸一縮，動舒不得。呼曰：「那個狗囊將吾捆綁了麼？」用力一掙，身軀一扭，掙扎不脫，便高聲大罵：「那個狗奴才將吾捆綁，還不鬆脫吾麼？」旁邊酒保笑曰：「劉老爺，那人教爾貪杯，醉得昏迷不醒的？那狄王親是我們老爺親舅舅，我老爺是他姐姐夫君。爾今落在他圈套中，只憂今夜一命嗚呼了。」

劉慶聽了，二目圓睜，大罵張文不絕口。郎舅二人同跑至外廂，張文撫掌笑曰：「劉老爺，為何如此？」劉慶罵聲：「張文，我與汝平素厚交愛友，不異同胞，不當口是心非哄騙的。為什麼將吾捆綁了？莫非欲陷吾性命麼？」張文曰：「非也。劉老爺休得心煩。這狄欽差原與小弟郎舅之親，他是當今太后嫡侄，貴比玉葉金枝。況他奉旨解送征衣，身擔王命，重任不輕。爾今害了他性命，一則狄門香煙斷送了，二來征衣重任，何人擔當？即爾害了他，聖上根究起來，太后娘娘怎肯干休？即龐太師也難逃脫，爾與馬總兵難道得脫干係麼？」劉慶曰：「張文，既有此言，何不明言早說？將吾弄醉，捆綁身軀，是何理說？」張文曰：「吾不下此手，諒來爾不依，活活一位狄王親，豈不死在爾尖刀之上麼？」狄爺又喚：「劉參將，爾既食君之祿，須要忠君之事，不應該聽信馬應龍的惡意，要傷害於我。況與吾平素非冤非仇，並無瓜葛，汝今依著奸臣，害吾一命，即蒼天亦不佑汝。奸黨之輩，終有惡貫滿盈失勢之時，臭名揚播於人間，有何美處？即龐洪的作奸為惡，我也深知，有日捉拿他破綻，定不姑饒，必要削除奸臣黨羽，肅正朝綱有待，即馬總兵也難脫黨羽中，只憂此時汝也要埋怨著這大奸大惡之臣了。」張文又呼：「劉老爺，你與我平日故交，何殊篔簹❶一脈。但爾立心入於奸黨中，隨忘卻君恩，圖害欽差，即殺爾亦不為過。弟念昔日厚交之情，不忍相害，故勸准狄王親收錄於爾，隨同前往邊關。倘或立得功勞，與國家效力，即不為潼關上參將，也不希罕的。爾原乃一位烈烈英雄，何必依奸附勢，受奸人牽制，即高官顯爵，總非馨香。況先皇名少勢大奸臣，王欽若、丁謂、林持等，前時威福炎炎，後來人人惡死，焉有好收場的？爾今聽弟勸言，便是爾知機之處。」

❶ 篔簹：原為竹名，此處喻指意氣相投的兄弟。

當下飛山虎聽了，想來：已入圈套中，況他郎舅串通，將吾捆綁了，不允依他，也不能的。即想來狄青是太后嫡侄，官高勢重，年少英雄。雖則太師身居國丈，焉能及得此人。一出仕未及半載，已名揚姓顯。況太師作惡為奸，立心不善，張文之言，果也不差，後來必無善報的。莫若聽彼之言，隨欽差到三關，倘立得戰功，豈不強於在此為副佐武員。想罷便呼：「張老爺既有此美意，何不早與我商量？」張文笑道：「劉老爺，若不如此，爾未必丟此參將前程。」狄青又笑曰：「可惜爾乃堂堂七尺之軀英雄，不與國家效力，反附和奸臣，瞞心昧己行為，真乃愚人也。」飛山虎道：「王親大人，原是小將差了。」張文又呼：「劉老爺，如今汝果願隨我家舅舅否？」劉慶曰：「固欲與狄王親執鞭左右，只恨馬總兵忿恨不容情，要害吾的家屬也。且待吾回去提攜家口而遁便了。」張文聽罷，言曰：「爾見不差。若接來吾家中同處，未知尊意如何？」劉慶曰：「張老爺若就相容，更妙也。但今狄王親有王命在身，料難耽擱，請自先登程，待小將安頓了家眷，隨後而來便了。」狄爺曰：「爾言是也。」

當時張文跑過來，將繩索輕輕解脫了。飛山虎上前參見狄王親，又將懷中一摸，不覺呆然了。即呼：「張老爺，吾這蓆雲帕子被爾收藏過，快些交還。待吾回關，打算回覆馬總兵的。」張文冷笑曰：「若將蓆雲帕交還你回關，又恐不願往矣，不再來了。」飛山虎曰：「君子一言，快馬一鞭，那有回去失言爽約不來之理？況弟兄之間，何用多疑。劉某雖乃一愚鹵之夫，頗知愛善，豈是奸詐之徒？」張文曰：「這也不相干，你且回去，攜了家口前來，方能還你。」飛山虎聽罷，無奈何，只得拜別狄王親，辭過張文。

此日話分兩說，單提飛山虎徒步而走，一程回至潼關，不覺天色已黎明了。當日早晨，馬總兵起來升帳，坐於虎堂，自言曰：「昨夜飛山虎一去，狄青性命定然了結矣。」正在自語思量，忽見小軍報上：「稟啟大老爺，今有參將劉老爺進見。」馬總兵傳說：「請進來相見。」小軍領命，起來出到關前，請進飛山虎。但不知他怎生回覆馬總兵，如何脫身逃遁，且看下回分解。

第二十六回　軍營內傳通消息　路途中搭救寃人

詩曰：

君子相交道義親，芝蘭氣味與同群。
惟歸是德無偏倚，方睹賢臣國寶珍。

當下劉慶傳進，參見過總兵大人。馬應龍一見，開言呼：「劉參將，昨夜此事成功也否？」飛山虎曰：「馬大人，不要說起，昨夜徒費而行。小將一駕上蓆雲，即追趕至三四十里外，已趕至狄青。一下手，不想他頂盔上兩道毫光沖起，大刀不能下，不知他盔上有甚寶貝的。一趕追去，已有二更時候，刺殺不成，反被他一箭射傷左腿，只得不追而回。」馬應龍聽了曰：「果有此奇事麼？但龐太師特有此意，如若害不得狄欽差，被他看得我們是個無能之輩了。」飛山虎曰：「大人不須煩惱，待小將今夜打算，定必了結他性命，才算小將不是口上誇言也。」當日馬應龍點頭喜悅。

劉慶辭別，回至家中，將言細說妻母得知。妻曰：「夫言妾無有不依。但吾乃女流之輩，出關一事為難，怎能騙哄瞞得馬總兵，共出得潼關？」母又曰：「媳婦之言不差，須要打算而行，不可造次乃可。」飛山虎笑曰：「母親、賢妻，不必過慮了，如今不用出關了。」就將張文收留於家中一一說明，妻母二人應允。

按下劉慶與家屬商量，且說張忠、李義只因昨夜狄哥哥一人信步去了，等候至天色微明還不見回營，只得東西找尋，分途而覓。先說狄青，是夜原恐二人尋找，故要辭別母親。孟氏太君喚聲：「孩兒，我母子分離七八載，死中得活，難得今日天賜重逢，實乃萬千之幸也。但汝身承王命，做娘不便牽留。但今夜人馬安紮了，不用趲程，且不宿睡罷，談談離別後事，到天明爾登程便了。」狄青不逆違母命，是夜，母子姊弟言言談談，不覺天已微亮。

狄青一心牽掛著征衣，又恐妨張、李二弟兄找尋不遇，故先差張文姐夫前往軍營通知信息，說明一紅臉的名喚張忠，一黑臉的名喚李義，「他二人是吾結義弟兄，有煩姐丈往言明，以免二人找尋，放心不下。」張文領諾，登時抽身出門。不及行走三箭之途，將近軍營，只見一位紫臉大漢踩步而來。張文迎上前，欠身拱曰：「將軍可是張姓麼？」張忠什步說：「是也。你這人一面不交，問我何事？」張文曰：「將軍可是張忠否？」張忠喝曰：「爾是何等之人，敢詰吾姓諱麼？」上前一把抓住。張文呼聲：「將軍不必動惱，我特奉狄王親之命，前來尋爾。」張忠聽了，言：「狄王親今在那裡？」張文將情由一一說知。張忠聽了，急忙放手不迭，笑曰：「多有得罪，望祈恕怪！狄欽差一命，又多虧張兄保存，實見恩德如天，待吾叩謝便了。」正要下拜，張文慌忙扶定，曰：「張將軍，弟輩那裡敢當！且請到前邊弟舍相見如何？」張忠曰：「前邊一帶高檐之所就是尊府麼？如此，兄且先請回，待小弟尋找過李義兄弟，一同到府便了。」張文曰：「李兄那裡去了？」張忠曰：「亦因不見了狄哥哥，故吾二人分途去尋訪，不知他尋找到那方去了。待吾往尋找他回來也。」張文曰：「如此，弟回去俟候二位便了。」

慢表張文回歸，言知狄青，卻說張忠一程跨走，尋覓李義，東西往返。當時日出東方，只見前途遠遠叫喊哭泣之聲。住足遠觀，只見前面有二十餘人，多是青衣短衲，又見後邊馬上坐著一人，橫放一個婦女，猶如強盜打搶光景，擁向而來。那女子哀聲呼喊救命，連聲不斷。張忠一見，怒氣頓生，搶上數步，站立定，大喝一聲：「狗強盜，休得放肆！目無王法，搶奪婦女，斷難容饒的！」一眾聞言，猶如雷聲響發，反嚇了一驚。只見他一人，那裡在心，蜂擁上前，動手打他。卻被張忠雙拳跌二人，一拳倒一個，打得眾人躲的躲去，奔的奔逃。伸手將馬上人拉下，扶定婦人站立道中。一連幾拳，打得此人抵痛不過。喝聲：「奸賊奴才！怎敢青天白日之下擅敢搶人家婦女！難道朝廷王法管爾不得麼？打死你這賊奴才不為過！」此人呼喊：「大王爺勿要打我，望乞寬饒！」張忠喝聲：「爾是什麼樣奴才？說得明明白白，饒爾狗命。」此人呼：「大王爺，且容我說明。吾本姓孫，世居前面太平村。哥哥孫秀在朝，職為兵部。我名孫雲，號景文。」張忠喝曰：「你這奴才就是孫兵部弟兄麼？」孫雲曰：「是也。且看我哥哥面上饒了我罷。」張忠喝聲：「看你哥哥面上，正要打死爾這狗畜生！」孫雲呼喊：「大王爺懇乞饒命，不要打我，以後再不敢胡行了。」張忠冷笑曰：「爾沒眼珠的奴才，我不是強盜，呼甚大王爺！且問你，這女子是那裡地頭搶來的？說得明白時，便饒爾性命；若是含糊，登時活活打死。」

孫雲未及開言，旁邊婦人哭告曰：「奴居前面村莊，不逾二里。丈夫姓趙，排行第二，耕種度日。

這孫雲倚著哥哥勢頭，欺人多少。幾番來調戲強蠻，要奴作妾，丈夫不允。前數天，強惡幾人將我丈夫捉拿去，今日還不知丈夫生死。今早晨天色還未明，打進妾家，強搶了我。喊叫四鄰，無人救援。今得仗義英雄救援奴家，世代沾恩。」張忠聽了，氣怒倍加曰：「有此事？真乃無國法、無青天了。可惱！可惱！」罵聲：「奴才，爾將他丈夫怎樣擺布了？」孫雲曰：「英雄爺，這不知何人捉他丈夫，休得枉屈我。」張忠聽了，喝聲：「爾不知麼？」一拳打在他肩膊上。孫雲叫痛，抵捱不過，只得直言：「收禁在府中。」張忠曰：「既在爾府中，放他出來方才饒你。」孫雲懇曰：「望英雄放吾回去，方能將趙二放回。」張忠曰：「不穩當！放他出來方才饒你。」孫雲只得大呼：「那人躲在林中？可急急回府放出趙二也！」當時眾虎狼輩多已走散，單剩得家丁孫茂、孫高，遠遠的走開，嚇得魂不附體，又不敢上前救解，探頭探腦的聽瞧；一聞主言，二人同跑回府中。

又說張忠拔出寶劍一撇，喝聲：「孫雲爾這畜生！你哥哥是個不法大奸臣，與我等忠良之輩結盡冤家。你這狗囊該當行為好些，以蓋哥子之愆，緣何倚勢，全無國法，強搶有夫之婦女，該得斬罪否？」孫雲苦苦懇求，聲聲「饒命」。正在哀懇之間，來了孫高、孫茂，擁著趙二郎而來。哭叫曰：「將軍老爺，吾即趙二郎了。請將軍爺放饒了孫二老爺罷。」張忠冷笑曰：「爾是趙二郎麼？」此人說：「小人正是趙二。」有婦人在旁邊說：「官人，吾夫婦得虧此位仗義將軍爺救扶，今妾又得脫離虎口，理當拜謝。」趙二曰：「娘子之言有理。」登時下跪，連連叩首。

張忠曰：「不消了。爾被他拿到家中，可曾受他災殃否？」趙二道：「將軍爺，不要說起。小人被捉到孫家，不勝苦楚。將我禁鎖後園中，絕糧二日，飢餓難忍，逼勒我將妻子獻出。小人是願死不從，被他們日夜拷打，苦楚難禁。今日若非恩人將軍救接，小人一命看看難保了。」張忠聽罷言：「爾今脫離虎口，且攜妻子回去罷。」趙二曰：「將軍爺，今日我夫婦雖蒙搭救了，得脫災殃，只慮孫雲未必肯干休，吾夫妻仍是難保無事的。」張忠曰：「既然如此，爾且勿憂，待吾將這狗畜類一刀分兩段，爾便除了後患。」

張忠將孫雲正罵言動手，只聽得後面一聲喝曰：「休得猖狂，吾來也！」張忠扭回頭一看，只見一長大漢，一鐵棍打來。張忠將劍急擋架開，左手一鬆，卻被孫雲掙脫了，即呼孫高、孫茂：「二人在此打聽這紅臉野賊是何名字，那裡來的，速回報知。」二人稱言領命。當時孫雲滿身疼痛，一步步跑走回家中。

且說張忠一劍擋開鐵棍，大怒喝曰：「爾這奴才有何本領，敢來與吾爭鬥麼？」那人大喝：「紅臉賊！爾老子行不更名，坐不改姓，吾名潘豹，混名飛天狼也。爾這賊奴才本事低微，擅敢將吾孫雲表弟欺壓麼？爾且來試試俺的鐵棍滋味，立刻送爾到閻王老子那裡去！」言未了，鐵棍打來。張忠急架寶劍相迎，共比高低。只有野旁地趙二夫妻巴不得張忠取勝，方能保得我夫妻無事而回；倘或紅臉漢有失，我夫妻難保無虞了。一邊夫婦私言暗懼。若稽❶張忠本領力氣，原非弱於飛天狼，但這護身寶劍輕小，不堪用。飛天狼的鐵棍沉重長大，故鬥格不住。即大喝：「飛天狼，我的兒！果然利害！」大呼：「趙二郎，我也顧不得汝了，快些走罷！」他踩開大步望前而奔。潘豹那裡肯放鬆，大喝：「紅臉賊，我定要結果爾的狗命！」一程追去。這張忠飛步而逃，喝聲：「潘豹，我的兒！休得趕來！」

❶稽：考核。

後面大呼「休走」。

不說張忠被他追趕，當下趙二夫妻心驚膽戰，婦人說：「官人，爾雖無力相幫，也該跟去看看恩人吉凶如何，若有差遲❷處，我夫妻打算去避離虎穴，方免後憂。」趙二曰：「娘子之言不差。汝且躲於樹林中，吾即轉回。」趙二飛步跑走趕去。先說趙娘子躲在樹林之內，遍身發抖，早有孫茂、孫高先已看見。孫茂曰：「爾看趙娘子獨自一人在此，吾與爾將他搶回府，送上主人，必有厚賞的。」孫高聽了大喜。二人即向前，不聲不響背上婦人而走。這婦人驚慌叫救，那孫高背著他言曰：「爾喊破喉嚨中什麼用的？」一頭說，一路奔。可憐趙娘子喊叫連聲，地頭民家知是孫家強蠻，無人敢救。

此時將近太平村不遠，真乃來得湊巧，原來前面來了離山虎李義。他與張忠分路去找尋狄青，尋覓不遇，一路看些野景人材，尋不見人，又無心緒。忽一陣狂風吹送到耳邊，聞得嬌聲悲切哭泣，甚覺慘然。抬頭一看，遠遠一人背負一女人，後面一人隨著飛奔而來。離山虎大怒，使出英雄烈性，大喝：「兩個畜生那裡走！清平世界，名教乾坤，膽敢強搶婦女！」提拳飛至孫茂來。孫茂喊聲「不好」，發足走了。只有倒運孫高背負女子走不及，丟得下來，被李義拉定，掙走不脫。婦人還坐地上哭泣。

李義曰：「爾這婦人是那裡被他搶來的？這兩個奴才怎樣行凶？速說明來。」當下婦人住哭，從始至末，細言盡說。李義聽了，怒目圓睜，大喝：「奴才仗了主人的威勢即行凶，今日斷難容汝，送汝歸陰罷！」說完，倒拿住孫高兩大腿，他還哀求饒命幾聲。李義那裡睬他，喝聲：「容爾賊奴才不得！」雙手一開，扯為兩段。笑曰：「來得爽快也！」望著荒地一擱。

❷ 差遲：差錯。

當時婦人慢慢上前，深深叩謝。李義搖頭曰：「你這婦人，何須拜謝。爾丈夫那裡去？」婦人曰：「將軍爺，奴丈夫只因紅臉英雄鬥敗了，被飛天狼追趕，故丈夫追趕，看他吉凶如何。但小婦人亦不知追去好歹。」李義曰：「如此說來，是吾張哥哥了。但從那道途中去？」婦人一一說明。李義聽了，心中著急，拋別婦人，一程飛奔而去。只有婦人仍從此路一步步的慢行，仍是膽戰心驚。

不表孫茂逃回家中奔報，當日張忠被飛天狼追趕得氣喘噓噓，幸得李義如飛趕到，呼聲：「前面可是張二哥否？」當時張忠恨著逃走得遲慢，那裡聽得後頭呼喚之聲。趙二郎一程追隨去，慌忙忙正在四方瞧望，欲找尋個幫助之人。一見此黑臉大漢，趕上呼喚，心中大喜，說：「好了！救星到了！」是日不知李義趕來救得張忠如何，且看下回分解。

第二十七回　圖奸惹禍因心急　別母登程為國忙

詩曰：

扶民保國是忠賢，秉正朝綱所重先。
藉勢奸徒惟利己，損人奚憚有青天。

卻說潘豹只顧追趕張忠，那裡顧得後面有人追趕，卻被李義飛趲上數步，一刀望他頂腦落下，喝聲：「賊奴才！狠惡不成了！」飛天狼喊不半聲：「痛死也……」一顆首級，砍落塵埃，頭跌東，身倒西。李義笑道：「不中用的東西，強狠什麼？」連將半身砍為七八段，將刀穿上腦袋，一路追上大呼曰：「張二哥不要走！」張忠被飛天狼逼昏亂了，呼道：「賊奴才，休得追趕！」口中喊叫，飛奔而逃。李義飛步趕上，近夾領伸手抓住。張忠回頭喝呼：「毛賊還不放手！」李義曰：「同伴合伙，還喚毛賊麼？」張忠方覺是李義，問曰：「三弟從那裡趕來？」當下李義放手言曰：「二哥，爾這等沒用的，日後如何出師對壘？」張忠曰：「三弟，我鬥此人不過，只因劍短刀輕，不稱使用，卻被他趕得逃走無門。」李義刀尖一挑，呼：「二哥，你觀此物是什麼東西？」張忠一看是首級，笑曰：「三弟，你的本事狠勝於愚兄也。」李義曰：「他名飛天狼，如今目擊他狠不得了。」說完將刀一撇，首級撂去丈遠。李義又曰：「二哥，這班奴才如此強惡，白日搶掠婦女，不知是何等土豪惡棍的人？」張忠即將孫雲藉勢作惡一一說明。李義聽罷，帶怒罵聲：「可惡奴才！藉著哥哥勢頭，欺壓善良，真乃朝廷無法了！」

言未了，趙二到來，欣然呼：「二位將軍爺，小人夫妻得蒙搭救，且請到茅舍中，待吾夫妻拜謝，尊意如何？」張忠曰：「不消，我二人有公務在身，耽擱不得。且爾姓名吾忘了。」他曰：「小人名趙二。」張忠曰：「馬上人掙逃去的是孫雲，乃孫兵部之弟。但後來救孫雲的一臉鬍鬚，這是何人？爾可認得此人否？」趙二曰：「他是孫雲中表❶之親，喚之為兄，混名飛天狼潘豹也。平素惡狠如虎，本事高強，與孫雲交通❷並惡，二人倚仗官家勢力，欺淩百姓。個個憎嫌，人人被害怨恨，不知何日何時，收沒此大蟲也。」

李義道：「三哥，若論孫秀是我狄哥哥仇人，他的兄弟如此不法，這還了得！不若吾二人到太平村殺盡孫家滿門，方才出得我怨氣，好待百姓家家平安也好。」張忠也是個粗豪膽量漢，言：「三弟主見不差，去罷！」趙二曰：「二位將軍動不得的。若殺了孫雲，不獨小人夫妻性命不保，即本地頭百姓也要累及了。」李義曰：「我們殺了孫雲乃與民除害，緣何反害了地頭百姓？此何故也？」趙二曰：「若將孫雲殺了，朝中孫兵部得知，但二位將軍已去了，他奏聞聖上，地頭百姓豈不盡遭殃麼？」

---

❶ 中表：父親姊妹（姑母）的兒女叫外表，母親的兄弟（舅父）姊妹（姨母）的兒女叫內表，互稱中表。

❷ 交通：交往，勾結。

張忠曰：「不妨。吾二人乃狄王親部下副將，今領旨解送征衣往三關。今日倘殺了孫家，必然稟明狄王親，自然拜本回朝，定然為國除奸，以安黎庶❸。聖上必然追究孫兵部，惡弟在家藉勢行惡害民，聖上豈不加罪？扳倒了孫兵部，地方上萬民永保平寧了。」趙二聽罷大喜：「如此小人引路便了。」

當日張忠、李義隨著趙二，行程不上二里，什足曰：「前面一帶高大圍墻，便是他的府門了。」李義曰：「爾且站著。」二人一人提劍，一人執刀，一同跑近孫家府門處，喧鬧不休，呼喝：「孫雲我的兒，仗了孫秀之勢，強搶有夫之女，這等無法無天，今特來取爾腦袋！我兩位英雄名喚張忠、李義，隨同狄欽差大人解送征衣到三關上去，今日路見不平，拔刀相助。爾這狗奴才，即速出來受死。若再延遲，吾二人就殺進來了！」

當下守府人飛報知，孫雲大驚失色，連說幾聲：「不好了！他殺了飛天狼表兄，料必利害英雄，眾家丁那裡是他對手。」吩咐關了府門勿啟。孫府中家人大小，唬嚇得魄散魂飛。幸得有位西席❹先生，名喚唐芹，乃教訓孫雲兒子孫浩習讀的。唐芹呼：「東翁❺不用慌忙。古言：柔能克剛。待晚生出府以柔而言，管教兩位粗豪，轉剛為柔而退。」孫雲曰：「先生出府，倘被他們殺將進來，如何是好？」唐芹曰：「晚生包得不妨也。」便教家人開了府門。

一見尊稱：「二位將軍請息雷霆之怒。」二人問曰：「爾是何人？」他言：「小人唐芹也，傳聞

---

❸ 黎庶：民眾。

❹ 西席：古代賓主相見，以西為尊，主東而賓西，後來家塾延師或官府幕職亦稱西席。

❺ 東翁：對僱主的尊稱。

狄欽差大人清正好官，並帳下張、李二位乃蓋世英雄，有保國安民之志。幸到此方，不啻薰風❻冬日之仁愛也。」唐芊要解勸二人，自然要奉贊他幾句。此言奉迎人意，那個不喜歡，誰人不樂愛？二人冷笑曰：「我們原與國家效力，收除盡刁奸強棍的英雄。」唐芊曰：「二位將軍之言是也。爾二位原乃當世英雄，要到邊關立戰功的。彼孫雲沒用東西，何足輕重，殺之不費吹毛之力。殺便殺了，但殺之污了器械，二位將軍饒了他如何？」二人喝聲：「休得多言！這孫雲可惡，不守王法，強搶有夫婦人，捉他丈夫，幾乎困屈死，豈得輕恕此奴才！不須多說，速教他出來納命。」唐芊曰：「二位將軍是個明事人，豈不知孫雲是個村愚俗漢，不讀聖書，不明禮法，是一時妄做。做下不法事，皆因表親飛天狼不好，挑唆他行此事。今這惡徒被二位殺了，諒孫雲再不敢胡行了。望祈二位將軍赦他，老漢再不令他蹈前轍了。」張忠曰：「既赦他強搶婦女之罪，但彼哥哥孫秀乃狄王親仇人，這孫雲趁此有罪，斷斷饒他不得。」唐芊曰：「二位不知其詳。若說孫兵部，與孫雲雖是弟兄，豈知兩不投機，猶如陌路一般。故兄官居兵部之職多年，孫雲沒有官做。況冤有直報，德有德酬，狄欽差與兵部有仇，理該去尋兵部算賬，若將孫雲准折，豈不屈殺他？請二位將軍參詳。」張、李聽了，李義曰：「孫雲果與孫秀不投機麼？」唐芊曰：「老漢怎敢欺瞞二位將軍？」張忠曰：「三弟，我們果與這孫雲無怨無仇，不過一時氣岔。況冤家乃孫秀，他既與兄不睦，且饒他罷。」李義氣易平了，說：「走罷。」二人踩開大步走跑了。唐芊喜曰：「好不中用的莽夫！來時雄勇獰猙，不須老漢舌尖幾點，一溜煙走了。」

❻ 薰風：和風。指初夏時的東南風。

當時唐芹喜進內府堂，將言對孫雲一一說知。孫雲聽了唐芹一片之言，不覺怒從心上起，惡向膽中生，說曰：「原來這班狗畜類，與我哥哥為仇。我孫雲倘不害他，終然有日被他們所害了。欲保全孫家免禍，不如先下手為強。」想定一計，暗弄機關，瞞著唐老先生，只因事關重大，不輕易露得風聲。即回書房寫下密書一封，取出五百兩黃金，明珠四顆，打發一個心腹家人，名喚孫通，將書並金珠物件，吩咐如此如此，速去速回，不許洩漏，回來重賞。孫通領命而去。要知孫雲用計，下文自有交代。

卻說兩位莽英雄不殺孫雲，一依原路而回。趙二一見呼：「將軍，未知孫府中被殺得如何？」張忠想來，一盆火性承應去殺人，焉好說出一個也殺不得之話，只言：「孫雲已趁手一刀割下腦袋了。」李義接言曰：「殺得乾乾淨淨，雞犬也不留的。快些尋妻子回去罷！」趙二稱謝不盡，叩頭起來，往尋妻子回家，也且不表。

卻說李義呼：「二哥可曾尋找遇狄哥哥否？」張忠曰：「早已尋著落了。」李義曰：「找尋遇了方得心安。」張忠又將狄青會母，飛山虎行刺，反被降伏，一一說明。李義聽了此言，拍掌笑曰：「原來狄哥哥母子相逢，姐弟敘會，真乃可喜！我二人同往拜見狄家伯母，爾意下如何？」張忠曰：「且先回營中去看看征衣，然後去也未遲。」

二人回營，已見微微紅日東升，有丈餘高，是辰時中了。但天色昏暗，紅日淡淡。李義曰：「二哥，爾看天色像著陰暗了，倘然下雨，如何是好？」張忠曰：「三弟，東北角上重雲黑黑，朔風緊緊，若非下雨，定然風雪狂飛。倘耽擱在中途，征衣就過限期了。」李義曰：「二哥，算來批文御旨上限期十三解至關前，今日已是初二了，不知還有十幾天程途，可趕得及限期否？」張忠曰：「吾前六載曾由本省至陝西一次，若一刻不停步，決不過限期。」李義曰：「就限期過了，也無干礙，有太后娘娘金面，難道楊元帥不諒情些麼？」張忠稱是：「倘遲三兩天，楊元帥未必執責吾狄哥哥。只憂天下雪霜，軍士受苦也。我們往催促哥哥頻些趲程便了。」李義曰：「張文家中我卻不認得。」張忠曰：「賢弟勿憂，愚兄得知了。」

當時吩咐軍士造朝飧，好打點登程。弟兄一同來到張文家中，張文出迎，接進內堂見了狄爺。同說：「狄哥哥，難得爾今母子不意重逢，同胞完聚。我二人特來拜見高年太太。」狄爺曰：「二位賢弟如此美意，且請坐。待進內稟知母親相見。」當時狄爺進內稟明母親。老太太大喜，傳請二位英雄進內堂。狄青引見，張文在後。二人一見太太，納頭叩拜。老太太雙手挽扶曰：「二位賢侄請起。我兒前日飄蕩到汴京，身窮落難，得蒙二位周旋，使老身感激不盡了。可恨眾奸結通黨羽，設計施謀，駕前保奏我兒解送征衣，在仁安縣幾乎被害，今出潼關，又險遭行刺。今全虧二位賢侄同伴，情誼如胞，更使老身銘感殊深也。」二人說：「伯母大人言過重了！」

當時二人告坐，狄爺與張文相陪，吃過茶一盞。太太曰：「賢侄，若未逢會面，也不談言，今日奉解三十萬軍衣，非同小可。我兒為正解，爾二人本屬不相干，忝叨結義為手足，全仗二位賢侄小心扶持，一路防患保護到關，老身才得放心。」張、李答言：「小侄自然關心，檢點程途，不過所差十一二天的，老伯母且請寬心。」張文又對狄青曰：「賢弟久別初逢，心猶留戀，實思盤敘久幾天，言談別後長編之語。無奈限期迫速，且待交卸了征衣，再敘話便了。」狄青曰：「深感姐夫美情，但母親在府全仗照管。」張文曰：「這也自然，何須掛慮。」狄青曰：「倘劉慶來，即教他早到邊關。」張文應允。

言語間早膳到來，四人用過。當時只為行色匆匆，離別言辭尚且談不盡，張忠、李義那有工夫說出孫雲的話來，是以當時母子眾人尚未得知情由。是日，狄青又進內辭別姐姐，彼此言談幾句分離之語，然後轉出拜別母親、姐丈；張忠、李義也辭別太太、張文，出門而去。當日老太太不見兒面，倒也絕其念，只為母子離別多年，才得相逢，即時別去，未免膽酸心酸，尚屬依依。只因迫於王命，不得已母子天各一方，只有張文夫婦安慰不表。

單提營中眾軍兵已用過早膳，還不見狄欽差回營，多疑評論，有說猶恐過了限期，逃遁了不成？有言猜他到嫖妓家裡去，爾言我語不一。書中有話即長，無辭即短。當下狄欽差與張忠、李義三人回至營中，眾將士紛紛跪接進。狄爺傳知：「眾將兵，本官已用過早膳，倘眾軍用了早膳，還令刻日登程。」眾軍上前稟覆過。是日狄爺吩咐拔寨起程，仍是身披甲胄，騎上現月龍駒。張忠、李義也坐上高駿驊騮馬，隨侍兩旁。數十輛車征衣在前，糧草在後。不想是日果然天昏地暗，細雨霖霖，一連四五天，已是寒風凜凜。又一日是初八，加些霜雪飄飄，軍士多人著急。張、李曰：「我們大抵要停頓了。」狄爺曰：「賢弟，今天已將晚，再停一刻，尋個地頭屯紮便了。」當日冒著風霜而走。不知路途上征衣有阻隔如何，且看下回分解。

第二十八回　報恩寺得遇聖僧　磨盤山偶逢狼寇

詩曰：

英雄奇遇有仙緣，指點無差妙道玄。
厚福有歸方得渡，人謀豈勝道根原。

當日眾將兵三千軍馬，冒著風霜而走。張忠馬上嘆言：「蒼天何不方便我們數天的！」李義曰：「二哥，果然有此大雪霜也。何不待我們到了邊關，再飛雨雪，悉聽風雨下到明年也何干。」次日，狄爺傳知軍士，各換上油衣油兜，並將油套套在車輛之上，蓋好了。弟兄三人也用雨籠摺子，仍復催趕程途前進。雨雪仍不斷加大，狄爺思算程限不多，只得三四天，如若耽擱多一天，就違一天期限。雖有幾封密書的倚靠，到底不違限期為妙。是以悉由天下雨雪，日則兼程趕趲，夜方屯紮。一連三天，已是霜雪加大，雨點濃濃，滑足難走。眾軍士叫苦悲嚎，頗有私言怨語。

狄青對張忠、李義曰：「二位賢弟，今天雪霜比往常倍加，軍士們聲聲叫苦，於心不忍。無可奈何，只得暫且停頓，待雨雪略小些再行前進便了。」張忠曰：「此地一片荒郊，四邊受風霜雨打，在此屯紮，仍見吃虧，須要尋個安固地頭安頓才好。」狄爺曰：「二位賢弟略且停車，待吾往尋個好地段安紮也。」張、李允諾。李義呼：「哥哥尋了地段，速回乃可。」狄青點首，即提金刀拍馬而奔。一瞧四處，荒岡野嶺，多是銀霜。算來今天已是十一天了，計到三關路途差不多尚有三百里。我原指望再兩天到得三關，交卸了軍衣，銷了御旨，事已畢也。豈料連天雨雪紛飛，可憐軍士叫苦悲嚎。朝來雪似煙翻片片，此時綠水盈衢。目擊軍兵勞苦，又因並日兼程，真苦惱也。只得安頓，把限期耽誤了。想來雖則耽誤了限期，楊元帥軍法雖乃森嚴，自然看太后娘娘情面，並且還有幾封書暗佐，料得楊元帥決不加罪於我也。

一路思量，加鞭快馬，往尋所在，豈知龍駒飛跑得快捷，不知不覺已有二十里程途。西風迎面而來，隱隱聞鐘聲在耳邊而過。當日狄青只道行走四五里之遙，這現月駒乃一匹龍馬，已走了二十里。又跑走半刻，狄青看見一座寺院十分高廣，不覺滿心大悅。說曰：「這個所在，正可停頓了。」想罷，復加鞭如飛，迎著雨雪，但此龍駒既能翻騰波浪，何愁三尺途中霜雪？奔至山門首，只見石獅東西對佇，左種是松，右栽是柏。山寺門漆朱油紅，立豎金字牌匾一個，是「報恩寺」三大字。

狄青跑進頭門，下了龍駒。不覺內廂走出兩個僧人，笑容欣欣，年方四十上下，拱揖曲背呼聲：「狄貴人老爺，吾家師知今天駕到，故打發貧僧在此恭候。難得果然有貴人到來，方見家師之言神準也，且請至裡廂敘談。」當下一人牽馬，一人引道，金刀狄青自持拿著。只為刀重，二人拿得艱辛。狄青想來：和尚之言覺得奇駭。素未晤交，先知吾名姓，真乃令人疑惑難猜。

當下到了內廂，正中央立著一位老和尚，下階相迎。但見他臉黑如烏金，僧袍皂帽，草蒲履雪白，三綹長鬚，雙目湛澄，胸掛一串珊瑚念珠，手執龍頭杖一根。身高九尺多，腰圓背厚，宛似天神上聖下凡的莊嚴。狄青見他來接迎，但見此老僧形容古怪，未會面先知姓名，必然是一位有德善行高僧，故不敢怠慢於他，先打了一躬。那和尚只兩手略略一拱，言：「王親大人何須拘禮。」狄青一想：本官深深打躬，這和尚只拱手而答，必然是個大來頭的和尚了。便開言詢問老和尚法號、年紀。老僧曰：「大人請坐，待老僧上告一言。老僧法名聖覺。問年紀，自唐至今三百八十五了。」狄青聞言，駭異曰：「如此，一位活佛了。」和尚曰：「王親大人，老僧的父親乃唐朝尉遲恭，吾俗名寶林也。」狄青聽了，言曰：「原來大唐天子駕下尉遲老將軍的後裔。小將不知，多有失敬之罪了。」和尚曰：「王親大人休得謙恭，貧僧失乎遠迎，望祈恕怪。」狄爺曰：「那裡敢當！但老師父既然唐朝大功臣之後，因何作了佛門弟子？」和尚曰：「王親大人，爾也未知其詳。只因大唐貞觀天子❶跨海東征之日，老僧也隨天子進征。豈料大海洋中波浪大作，險阻無涯，君臣將士個個驚惶。當日天子志誠禱告上天，若得波浪平息，自平服高麗回朝後，情願身入佛門，潛修超聖。禱願畢，果得浪波平靜，方渡東洋。後來征服東遼，班師歸國，我皇不忘此願，要去潛修佛道。有王親御戚、文武大臣，都言萬歲乃天下之主，臣民所瞻依，豈得潛修佛教，效著愚民所為？我皇言：『君無食言，況祈許上天之語。』不依眾臣諫言。當時老僧志願代聖修行。我皇大悅，既於此處敕賜建造報恩寺，是如此來頭也。」

狄青曰：「原來有此緣由，足見老師父忠心為主，不愧萬古流芳也。但今下官有請教於老師父。」和尚曰：「大人所欲何為？」狄爺曰：「下官只為奉旨解送軍衣前往邊關交卸，那知近數天雨雪紛飛，

---

❶ 貞觀天子：指唐太宗李世民，貞觀為其年號。

軍兵苦處，目睹傷心，又無地安營，故而特到此地，欲借寶山寺中安頓一二天。若得雨雪一消，即行前進了。」和尚搖頭曰：「不須借紮此地了。爾們數十萬征衣盡數失去，休思此處安頓也。」狄青變色曰：「老師父，這是聖上欽命征衣，斷不可失的。」和尚曰：「是失去了，還說失不得麼？」狄青曰：「倘失去征衣，下官性命就難保了。」和尚曰：「大人，這征衣於來時候還未失去，今乃失也，此乃定數。如今申❷時候了，爾且在此權宿一宵，貧僧有言奉告。征衣雖然失矣，大人不必驚心，有失自然有歸，從中因禍而得福。老僧斷然不誤爾的。」狄青聽了，心下驚疑：「看觀此僧，是個清高超越不群輩。又言有失有歸，因福而得福，言吾不用心煩，款留吾宿此，想必一番緣遇，也不免在此耽擱一天，明早再行罷。況天色將晚，雨雪難奔。但只慮張忠、李義兩人在中途盼望的。」

不語狄爺權宿寺中，與聖覺祖師敘話，卻說楊元帥自真宗天子時已奉旨鎮守雄關，只因楊延昭棄世後，朝中武將雖有幾位王爺，但年已高邁，少年智勇者卻稀。楊宗保年二十六、七，襲依父職後，至仁宗帝即位，加封為定國王，敕賜龍鳳劍，專主生殺之權。三關上將士專由升革，先斬後奏。他為帥多年，冰心鐵面，軍令森嚴，揚名當世。是日升坐帥堂，言曰：「本帥自先帝時，已奉旨鎮守此關。只因父親去世，襲依父職執掌兵符。此關一向平寧十餘載，豈知近年數秋，西戎兵連年入寇，興動干戈。內有權奸當道，外有敵兵犯境，怎能有日向化邦寧也？屈指光陰，守關二十六載。自西戎興兵爭戰多年，本帥只有保守之力，奈無退敵之能。目下隆冬霜雪之天，帳下軍兵數十萬，專候軍衣待用。前者連連有本回朝催取，不料此時候尚還未到。前日正解官有飛文到來，言在於仁安縣驛中被妖怪將

❷ 申：下午三時至五時。

副解官攝去。本帥猶恐有弊端欺瞞，是以飛差查探，果有其事，已經走本進朝去了。但限期一月，今日已是十二天了，是二十八日期，因何征衣御標不見到音？狄青既為欽命臣，可知隆冬霜雪，兵丁苦寒，早該急趲程途到關，為何耽誤限期？可憐數十萬兵丁寒苦，實見慘傷。」

當中楊元帥公位在中央，左有文職范仲淹，官居禮部尚書；右坐武將楊青，年高七十八，仍是氣烈昂昂。年少時已隨楊延昭身經百戰，兩臂膊猶如鐵鑄之堅，曾經見二虎相爭，被他力打而服，故有名「打虎將官」，封「無敵將軍」；還有多少文官武將，都在帳外東西而列。當時范爺見元帥嗟嘆，微笑道：「元帥不必心煩。聖上命狄青解送軍衣，決不敢在途中延誤。況今限期未到，何須過慮？」元帥曰：「范大人，如此天氣陰寒，兵丁慘苦，倘或被他再耽遲三五天，可不寒壞了多軍也。」范爺曰：「元帥，這狄青既為朝廷御戚，豈不體念軍兵寒苦？或於限內到關也定論不得。」元帥曰：「范大人，狄青既然奉旨，限了軍期，莫非仗著王親勢力，看得軍士輕微，故意耽誤日期也？」楊老將軍冷笑道：「元帥，爾那裡話來？如此連天雨雪，三十萬征衣，車輛數百，途中好生費力，定然雨雪阻隔行程。如要征衣解至，除非雨止雪消。」元帥曰：「老將軍，若待雪消衣到，眾軍兵已寒死了。」范爺曰：「元帥既不放心，何不差位將官往前途催欽差，意下如何？」元帥曰：「大人言之有理。」

元帥正要開言，只見部中一將匆匆跑上帥堂，身長九尺，膀闊腰圓，面如鍋底，豹頭虎目。上前打拱呼：「元帥，小將願往領此差！」一聲響吼如雷。此人乃焦贊之孫名喚焦廷貴。元帥曰：「焦廷貴，本帥著爾往前途催趲征衣，限爾明日午刻回關繳令，如違定斬不饒。」焦廷貴手執短刀，身乘駿馬，帶上乾糧草料，離關飛馬而去。此話暫停。

又說雄關之內，相離二百五十里有座磨盤山，山上有兩名強盜，乃嫡親手足，長名牛健，次名牛剛。弟兄是個英雄之漢，占據此山已有一十二年，嘍囉兵約有萬多，糧草也有三年。這兩名強盜無非打劫為生，並不想什麼大事。故楊元帥道他蛇蟲之類，不介懷於心，故不征剿他，又因西北兵連年入寇不暇。又有李繼英自在龐府放走狄青，與龐興、龐福踞了天蓋山為盜。只因龐興二人心性不良，只得一月，繼英見他殘忍害民，以不睦分伙而奔，路經磨盤山，又結交牛家兄弟。

牛家兄弟二人向與孫雲有事相通。是日乃十月十三清晨，孫通有書送來，二人看罷，牛健曰：「原來孫二老爺要害狄王親，教吾劫他征衣。爾意劫也否？」牛剛曰：「哥哥，孫大老爺乃龐太師女婿，並且他二房中孫武前時向有關照，我們豈可逆他之意？況有金寶相送，有什麼劫不得？」牛健曰：「劫是劫得，但這狄欽差與我並無仇怨，劫了征衣，害他性命，於心不忍。」牛剛笑曰：「哥哥，狄王親若向日與我弟兄有相交，今日原難劫他的；今妙不過一向無交，正好行此事了。」牛健聞言，只得回了來書，白銀五兩賞孫通而去。登時敲鼓傳集眾嘍囉，吩咐畢，內請至三大王。繼英、牛家弟兄起位，三位告坐。牛健笑而言呼：「李三弟，方才孫二老爺有書到來，只因孫大老爺與欽差狄青有仇，如今狄青奉旨押解征衣到三關，故孫二爺托著我們劫取征衣，待他難保性命。有勞三弟管守此山，我弟兄各帶嘍囉五千下山往劫掠他征衣。」

繼英聽了，呆想一番，搖首言：「不可劫他征衣！這是朝廷之物，二位哥哥休得聽孫雲之言，莫貪此無義之財也罷。」牛剛曰：「三弟之言卻像痴呆者，哥哥不可聽他之言。」繼英又言：「二位哥哥，那孫家乃是奸臣一黨，奉承著奸臣，非為英雄大丈夫也。爾二位果要劫掠征衣，結義之情撒開便了。」牛健聞言，怒發於色，二目圓睜，喝聲：「胡說！爾是異姓之人，如何做得我們之主！爾要交情撒開，決不留爾的。」繼英想來：看他們如此，料想阻擋不住了。不免待吾先跑到軍營，通個消息，待狄公子準備便了。這繼英裝著假怒，氣昂昂頃刻分離，單身上馬，提了雙鞭，即匆匆而去。牛健弟兄也不相留，即時召集嘍囉，興兵下山。

又說繼英到山入伙之時，只言知是天蓋山的英雄，牛家兄弟不知他是龐府的家人，為私放走狄青逃出來的，若知此緣由，定然不對他說此事了。當日繼英冒著風寒雪雨，跑馬如飛。豈知一來道途不熟識，二來性急慌忙，走差了路途，故不能去保守得征衣，有此尷尬，亦是定數之難移也。是至張忠、李義，並不知此緣由，不作得準備，不表。

卻說牛健弟兄各帶五千嘍囉，留下一千守山寨。是日，各執兵器，殺下山來。此日現陽光雪略消，但繼英是迷失走差去路，以致牛健嘍囉兵先殺到。牛氏弟兄在此山為寇一十二年，那個僻靜地頭不稔熟？料度東京到此，必從此道經由，必在此處安紮屯，如今果然不出所料。張忠、李義上一日等候狄欽差擇地安營，豈知去久不回，張李二人只得商量，屯紮於荒郊之中，四面受抵風霜之地。一面安營，又是埋鍋造膳。軍士人人抵冒風雨私言；張、李弟兄言談曰：「怪不得言征夫勞苦，非比些小辛勞，今日身經擔任方知也。」不表弟兄言談，眾軍私論，不知強盜殺來，征衣劫得如何，且看下回分解。

第二十九回　磨盤盜劫掠征衣　西夏帥收留降將

詩曰：

軍衣一失害欽差，奸險小人立志歪。
關節❶交通強盜輩，英雄中計遂心懷。

話說李義呼：「張二哥，今天乃十二日了，風雪雨霜已消了。但解官老爺因何昨天往尋地段安營紮屯征衣，如今不見回來？待他一回，好趕到關了。」張忠道：「三弟，我想這狄欽差實有些呆癲，前數天一人獨出，險些被飛山虎結果了性命，今日又不知那裡去了？」

正言之際，忽有軍士飛報：「啟上二位將軍，前面遠遠刀槍密密，不知那裡來的軍馬。恐劫征衣有礙，請二位將軍主裁。」李義喝聲：「有路必有人走，有人馬必持軍器用的。我們奉旨御標征衣，誰敢動他一動！輕事重報的戎囊，混帳的狗王巴！」軍士不敢再多言，去了。未久，又報：「啟上二位將軍，兩彪軍馬殺近我營來了！」張忠、李義齊言：「有這等事？」一同出外觀看，果有兩支軍馬，

❶ 關節：此處指通賄請托。

分東西營殺進。刀槍劍戟重重，喧嘩喊殺大呼，要獻出征衣。牛大王五千嘍囉衝進東營，二大王五千嘍囉殺入西營。

張忠、李義連聲呼：「不好！」即速上馬，取傢伙不及。李義拔出腰刀，張忠拿出寶劍，喝令眾軍抵敵強人。豈知牛剛、牛健的人馬分左右裏將進來，好生利害。高聲喊殺：「獻出征衣！」張忠、李義心慌意亂，各出刀劍迎敵，四人廝殺在荒郊。眾軍兵慌忙不定，保護征衣尚且不及，還敢迎敵？張忠擋住牛健，李義敵截牛剛，東西爭戰，那裏顧得征衣。三千軍又不知嘍囉多少，喊戰如雷，早已驚慌四散，紛紛逃竄，幸得早奔保全性命。當下三十萬軍衣及糧草盔甲馬匹，盡數劫上磨盤山而去。

再言張忠與牛健對敵，豈知手劍短小，抵擋大砍刀不住，只得縱馬敗走，卻被牛健追了三四里。幸得繼英尷尬❷，一馬飛來接戰，張忠復回馬，二人殺退牛健，也不追趕。又言李義與牛剛大殺一場，亦因腰刀短小不稱手，放馬敗走。牛剛見他去遠，不來追趕，帶領嘍囉回歸山寨，撞遇牛健，弟兄喜悅而回。

先表李義敗回，想來心中大怒，言：「可惱！可惱！不知那裡來的強盜，如此利害！」又有敗回軍士聚集回啟上：「將軍爺，征衣、糧草、馬匹盡遭劫去了。」李義一聞，連聲說：「不好了！」又問：「張將軍那裡去？」軍士言：「殺敗而逃，不知去向了。」李義煩惱，正尋抽身幫助，張忠已至，又多出一繼英。問明緣故，繼英細細說知前情，方知是磨磐山上的強盜，受了孫雲之托，來劫征衣。

李義聽了大惱，悔不當初殺卻這奴才。又呼：「二哥，不若我們帶了軍士，殺上山去，奪取軍衣

---

❷ 尷尬：此處「尷尬」當為「趕來」之筆誤。

回來如何？」張忠曰：「三弟不可。方才我二人已被他們殺得竄敗了，保也保不住，那裏奪得轉來？」繼英曰：「軍衣果在他山中，且待狄老爺來時，再行商量罷。」李義曰：「爾們且在此招集回軍士，存頓於空營，待我去找尋狄大哥回來便了。」張忠曰：「你知他在那裡，何方去找尋的？」李義曰：「人非蛇蟲之類，長長七尺之軀，藏得到那裡，有什麼找尋不遇？待我去找尋回哥哥，將山中一班狗盜強人一齊了結！」說完，怒氣沖沖，加鞭而去。張忠與繼英只得招集回三千兵丁，守了空營等待，也不多表。

先說磨盤山牛氏弟兄、一萬嘍囉回到山中，將三十萬軍衣收點停頓了，犒賞眾嘍囉，休得細表。弟兄開懷樂飲，談言一番。牛健忽然想起，拍案說：「賢弟不好了！此事弄壞了。」牛剛曰：「哥哥因何大驚小怪起來？」牛健曰：「賢弟，征衣劫差了。」牛剛曰：「到底怎生劫差也？」牛健曰：「那三十萬軍衣，乃是楊元帥眾兵待用之物，被我們劫掠上山來，楊元帥豈不動惱麼？他關內兵多將廣，經不得他差遣大軍前來征討。我弟兄雖有些武藝，那裏抵擋得過他關上的多軍？可不是征衣劫壞的麼！」牛剛聽了，頓然呆了，連聲說：「果然搶劫得不妙了。楊元帥震怒，必不干休的。哥哥，不若今宵速速送回他，可免此患。爾意下何如？」牛健曰：「賢弟，這是爾攛掇我去搶劫的，如今劫了回來，又教我送回，豈不是害我的麼？」牛剛曰：「今已劫錯了，悔恨已遲。楊元帥大怒，他兵一到，這萬把嘍囉必不濟了。不若及早送還的妙。」牛健曰：「我弟兄做了十餘年山寇，頗有聲名，劫了東西又要送還，豈不敗了自己名威，而且被同道中哂笑不智了。」牛剛曰：「如若不然，怎生打算也？」牛健曰：「朝廷御標楊元帥征衣，擅敢搶劫，還敢大膽往送獻，只好將腦袋割下送獻，方得元帥允准也。」牛剛曰：「果然中孫雲計的。」

當時兄著急，弟慌忙，思來想去，酒已不食。到底還是牛健有些智略，呼聲：「賢弟，我有個道理在此：不免我們連夜收拾起金銀糧物，帶了征衣嘍囉，奔往大狼山，投往贊天王麾下，定然收錄。若得西戎兵破了三關，西夏王得了大宋江山，爾我做名官兒，豈非一舉兩得也！」牛剛喜曰：「哥哥妙算不差。」二人算計定，傳知眾嘍囉，將征衣車輛數百駕起，推出山前，並糧草馬匹，一齊牽載出。二人收拾財物，然後吩咐放火燒焚山寨，下山而去。

不表牛家兄弟向大狼山而去，先說焦廷貴奉了元帥將令匆匆忙急，來到荒郊上，日夜不停蹄走，已是時交五鼓，尋覓不遇欽差。他在馬上思量：奉了元帥將令，催取征衣，豈知鬼也不遇一位。元帥限我明天午時繳令，如今尋至天將大亮，回關繳令就不及了。如今我也不往找尋了，且進前邊數里看看罷。手持火把，馬上而奔行。

行不覺數里，猛然抬頭一看，只見火光一派沖天，山丘一片通紅。焦廷貴住馬曰：「這座山乃磨盤山也。山上剛、健兩隻牛，二人做了十多年強盜，從來沒有一些兒孝敬我焦將軍。如今山上放火，不免待吾跑上山去打搶他些財寶用用，豈不妙哉！」言罷，拍馬加鞭，來到山峰。只見寨中一派火光，那有一物？便言：「兩隻山牛多已走散了，想必財寶一空了。下山去罷。」打從山後抄轉，且喜得一輪明月光輝，天猶未亮。跑下山腳，有座亭驛子，進內，仍有明燈一盞。焦廷貴此時腹內飢了，就將乾糧包裹打開，食個爽快。解下葫蘆殼，將酒盡罄喝了，已醉飽。且將馬拴於大樹枝，打算睡於亭中。此言慢表。

卻說牛健、牛剛弟兄，一路往投奔大狼山，打從燕子河過渡，但無船隻可渡，堅冰塞河，只得沿繞河邊而進。到了大狼山，天色大亮，陽和日暖，雪霽冰消。吩咐眾嘍囉將軍衣、車輛、糧草、馬匹停頓山下，弟兄上山，求見贊天王。有軍兵進內，稟知其事。贊天王登時升坐金頂蓮花帳，百勝無敵將軍子牙猜對坐，還有大孟洋、小孟洋左右先鋒坐於兩旁。

贊天王傳令：「速喚牛氏兄弟進見。」當時弟兄進至山中帳下，同見贊天王已畢，仍然跪下。贊天王開言詰曰：「爾二人名牛健、牛剛麼？」弟兄二人說：「然，小人乃磨盤山上強民，乃同胞手足。」贊天王曰：「爾二人既是磨盤山為盜，而今到此何幹？」二人稟啟：「大王，小人久已有心要來投降麾下，奈無進身之路。幸喜得宋君差來狄王親解送軍衣到邊關，道經磨盤，已被小人殺退護標將兵，劫掠軍衣到來，投獻大王。又有三年糧草並財帛、馬匹、精壯嘍囉一萬二千，伏乞大王一併收用，小人弟兄當效犬馬之勞。」贊天王曰：「孤打聽得朝中狄青，乃一員虎將，況三十萬征衣，豈無將兵護送？爾弟兄有多大本領，殺退得解官，搶掠得征衣？莫非楊宗保打發來的奸細，欲為內應麼？」二人曰：「大王，小人並非楊宗保打發來的奸細。現在磨盤山今將火焚毀山寨，有憑有據的。三十萬征衣餘外，金銀萬餘，嘍囉、馬匹、糧餉多在山下，並沒有絲毫作弊的。」當下贊天王聽了，吩咐大孟洋下山去查明。大孟洋領令，立刻下山，逐一檢驗訖，即進回帳中稟知。贊天王方才准了收錄弟兄二人，一萬兩千嘍囉，俱注名上冊。糧草歸倉，馬匹歸廨，金寶收貯了。又將三十萬軍衣給散眾兵。又說這些西兵多是皮衣裘褲，比了大宋軍衣和暖，有天淵之隔，是以眾兵用不著，原封數百車一件也不亂動，待等狄青一到，原璧奉還。此是後話，也不煩言。

此書先說狄欽差上一夜在著報恩寺安宿，至次日早晨，天乃十三日。紅日東升，急忙忙沐浴。用茶已畢，登時告別老僧人。是日聖覺禪師微笑道：「王親大人，昨夜已失征衣了，但原有歸還之日，大人不必介懷也。如今貧僧還有偈言數句相贈，大人休得多哂，即今此去，便有應驗了。」

當日狄青細思：這老和尚未逢面即知名姓，是個深明德性、潛修品粹高僧，故一心恭敬於彼，即言言入耳，句句中聽。當下這老和尚言未了，向大袖中取出一柬，遞與狄青。這狄青雙手接過，口中稱謝，曰：「得蒙老師父指示，感德殊深也。」又將柬上一看，有絕句詩四句，其詞曰：

匹馬單刀徑向西，高山煙鎖霧雲迷。
防備半途逢刺客，立功猶恐被奸危。

狄爺看罷偈言，收藏進皮囊中。又說：「小將此去邊關，不知吉凶如何，還求老師再指迷途，更見慈悲之德。」老和尚曰：「大人乃保宋佐主之臣，總有凶險，從凶而化吉，何須多慮。」狄爺聽了曰：「老師父妙旨不差，就此離別也。」早有少年僧牽至龍駒，狄爺坐上，執起金刀，出寺而去。

先說焦廷貴在驛亭中睡醒轉來，已是一輪紅日出現東方。一揉開二目，說聲：「不好了！」插回腰刀，拿回鐵棍，急匆匆的解下馬，即跨上。只為奉元帥將令，要在日午後趕回關中，不然腦袋不保。此為何說？只因楊元帥軍令森嚴，一過限期回關，即要受罰，是以焦廷貴睡醒，急忙忙的跑走。他用的鑌鐵長棍，倘有失時倒運之人，撞在他棍上，阻他馬道，就到閻王老爺的去處了。

當時飛馬，心急回關繳令，只礙著雪成冰塊，一見太陽就消化，冰滑馬要快時，蹄滑難快。但這焦廷貴生來性情躁，急說：「不好了！我趕回關去，尚有七八十里途程，如今已是辰時了，這馬又行走不快，如何是好？罷了，罷了，不要坐這老祖宗的，捨脫丟下他罷。」想完，連忙跑跳下馬，撇在路旁。不知何人造化白得此馬，書中也無交代。

當下焦先鋒一程踏冰跑走，反覺快捷。只見前面來了一位黑臉將軍。原來焦、李二位莽漢的尊容，黑得光輝，不相上下。原來此人乃李義，一路找尋狄欽差。當下路逢焦廷貴，詰曰：「黑將軍可見狄欽差否？」焦廷貴見問，喝聲：「爾這烏黑人，擅敢與吾焦老爺拱手麼？」李義曰：「不瞞將軍，吾乃狄欽差帳下副將，吾名李義，混名離山虎也。」焦廷貴曰：「離山老虎，果然凶也。吾今與爾鬥上三合，強似我者，才算爾為離山虎；如怯弱於我者，只算猥灶貓兒也。且看鐵棍來！」言罷，當頭打來。不知二人如何頑戰，焦廷貴如何回關繳令，且看下回分解。

第三十回　李將軍尋覓欽差　焦先鋒圖謀龍馬

詩曰：

一緣一會總無期，不意知交更見奇。
只為勤勞同護國，丹心協力佐軍機。

當時李義見鐵棍打來，短刀架過，呼道：「將軍休得動手！吾要覓尋欽差狄老爺，那裏有閒暇日期與爾賽鬥？」焦廷貴曰：「講了半天，爾今往覓找那個狄老爺？」李義曰：「即正解官狄王親也。」焦廷貴曰：「他與爾一程同走，一營同止，何用找尋？」李義曰：「只因昨天單身獨馬覓地安營，至今未見他回，故往找尋。」焦廷貴聽了，喝聲：「胡說！他既擇地安營，怎說不見回？此言何解？吾奉楊元帥將令，催取征衣，爾反言不見了正解欽差。莫非爾得他錢鈔，放他脫身走了麼？」李義怒而喝曰：「這狄欽差又沒有什麼罪名，怎說吾貪財放走？爾這人言來太狂妄了。莫非爾暗中害了欽差性命，反向我們討取麼？」當日兩人一言貪財放走欽差，一言暗中圖害他性命，二人都是狂莽愚蠢之徒，在此痴言戲語。

焦廷貴曰：「吾今奉元帥將令，來催趲他軍衣，怎說吾圖害了欽差？倘爾這鳥人激惱了吾，焦將軍就要動手了！」李義微笑曰：「爾來催取軍衣，休得妄想了！軍衣數十萬已被磨盤山上的強盜盡數劫掠去了。」焦廷貴曰：「此話是真否？」李義曰：「吾平生未說謊言。為此我找尋狄欽差，前去取討回來。」焦廷貴曰：「沒用的飯囊！爾還說去找取磨盤山的強盜麼？如今山上鬼也沒有了，不知走散在那一方。且請拿下吃飯的東西去見元帥！」李義聽了，嚇了一驚，言：「不好了！既然強盜奔散，狄欽差不見回來，怎生是好？可惱強徒，狄老爺性命休矣！」焦廷貴見李義著急，便呼：「李將軍不用著忙，既失了軍衣，只求我焦將軍在元帥跟前討個情面，元帥決不計較了。」李義曰：「焦將軍，爾休得哄我。」焦廷貴曰：「誰哄爾的？吾平生並未說此謊言。」李義曰：「如此，分頭去覓尋欽差便了。倘一遇狄欽差，焦將軍須要對他說個明白，言征衣雖然失去，幸喜軍兵未受傷殘，現停頓於荒崗，要他速速回營定裁。」焦廷貴應允，各自分徑。

又表明：焦廷貴固屬粗莽之徒，倒有些主意。想來這班強徒既燒了山林，毀了巢穴，又不見投到我關，想必別無去路。定然劫了征衣，猶恐元帥發兵征剿，想來立身不定，投奔大狼山而去。一路思量，心中帶怒。又見遠遠馬上一員將官，真乃威嚴凜凜，金盔、金甲、金刀，盔頂上毫光現現。又想：這員小將的坐騎，在於冰雪堆跑走如飛，更兼馬相如此奇異，一片淡赤絨毛，定然是龍駒馬。不免打他一悶棍，搶奪此馬回關，獻與元帥坐乘，豈不美哉？焦廷貴想定主意，將身躲在一株大樹的背後，等待此將而來。

當日狄青別卻聖覺僧，依他偈言，望西大道而奔。行程不覺二十餘里，果見煙透路迷，封罩樹林中。狄爺自言曰：「老僧人偈言驗矣！果然煙封林徑了。」豈知此路是磨盤後山山寨，雖然焚透，然而山後順著風，故煙鎖山林。狄爺想來，既煙透道途，定然有刺客了。猶恐被他暗算，即發動大刀，前遮後攔，閃閃金光飛越。焦廷貴在著大樹後閃將出來一看，不覺呆觀一會。言：「此人好生奇了！難道知吾在此打他悶棍麼？一路而來，舞起大刀，前劈後擋，做出幾般架勢來。他的刀法周密，那裡有下棍之處？」焦廷貴曰：「一悶棍也悶他不得，不免做個擋路神罷。若不搶奪他馬匹，不見焦老爺的厲害。」即跑出，迎面橫棍擋攔，大喝：「馬上人休走！腰間有多少金銀，盡罄留下來。」

狄青住馬一觀，原來乃一條黑臉大漢，步走手提鐵棍，要討取金銀。當時狄青亦不著惱，徐徐答曰：「本官只得一人一騎，並無財帛，改日帶來送爾如何？」焦廷貴喝曰：「爾不遇我的，是爾造化；若遇了，路途錢定然要拿出的。」狄爺曰：「實實沒有在身邊。」焦廷貴曰：「當真沒有麼？」狄爺曰：「果也沒有了。」焦廷貴曰：「罷了！航船不載無錢客。爾既經由我徑，必要路途錢了。若果沒有錢鈔送我，且將此馬留下准折，便放爾去路。」狄爺曰：「要本官的坐騎麼？倘若不送此馬，爾便怎的處置？」焦廷貴曰：「此乃放心，不憂爾不送；爾若不送此馬我，手中傢伙強蠻了。」狄爺曰：「吾固願送爾，只有同行伴當不願。如若同伴允了，本官即送爾了。」焦廷貴曰：「爾伙伴在那裡？」狄爺金刀一擺，大喝：「狗強盜！此是本官的伙伴，今無別物相送，且將金刀送爾作路途錢！」金刀連連砍發。焦廷貴鐵棍左右砍架，那裡抵擋得住，震得雙手疼痛，大刀已將鐵棍打下地中。大呼：「不好！真厲害也！馬上將軍，饒恕了小將，休得動手！」

狄爺冷笑曰：「爾今要錢鈔、馬匹否？」焦廷貴曰：「不要了，讓爾去罷。」狄爺曰：「與本官速速送來路途錢，好好待趲程。」焦廷貴曰：「吾既不要爾的錢馬，爾反討我的路錢，有此情理否？」狄爺曰：「沒有錢鈔送上，定然不去。」焦廷貴曰：「吾不知爾這俊俏人如此厲害。如今果沒有錢鈔攜來送爾。」狄爺曰：「既無錢相送，且將一件東西抵押，我就趲程了。」焦廷貴曰：「沒有那一件東西。也罷，且將頭盔、鎧甲奉送爾如何？」狄爺曰：「不要。」焦廷貴曰：「短樸刀、鐵狼棍送爾罷。」狄爺曰：「要他沒用處，焉抵得爾身上的好東西？」焦廷貴曰：「這不要，那沒用，難道我身邊好東西是雞巴麼？爾要急用也？」狄青微笑曰：「非要你雞巴急用，只要爾的腦袋也。」焦廷貴曰：「這傢伙實乃奉送不得。」狄爺曰：「這也何難，只消本官一刀撇下了。」焦廷貴曰：「這實難送的東西，倘拿下送爾，教吾拿什麼物件飲食？」狄爺喝曰：「既不肯將腦袋相送，本官伙伴強蠻了。」提起金刀，光輝燦燦，正要砍下，焦廷貴慌張得著急了，高聲喊曰：「爾這人，不要錯認吾為強盜，我乃三關上楊元帥麾下焦先鋒。爾若殺我焦廷貴，楊元帥要與爾討命也。」

當下狄青聽了此言，住手言：「邊關聞有焦廷貴，乃是當初焦贊裔孫。想他既為邊關將士，為何做此非歹之事？」既言：「爾既乃楊元帥帳下先鋒，緣何在此做此勾當？莫非爾貪生畏死，假冒焦先鋒麼？」焦廷貴曰：「那裡話來！吾乃一個硬直漢，那有假冒別人姓名。」狄青曰：「既非假冒，乃為焦先鋒，應當在關中司職，緣何反在於此劫掠，這是何解？」焦廷貴曰：「吾奉元帥將令，催取狄欽差軍衣。只為關中眾兵急需之物，限期已滿，還不見軍衣到關。吾也限午刻回關繳令，跑近此山，見此匹坐騎生得異常，意欲劫回關中，送與元帥乘坐。此是實言。」狄爺曰：「爾元帥差來催取征衣麼？本官乃正解官狄青也。」焦廷貴厲聲喝曰：「爾何等之人，膽敢冒認欽命大臣，罪該萬死！」狄爺笑曰：「一欽差官有什麼希罕，何必冒認起來？」焦廷貴曰：「爾既是狄欽差，緣何一人一騎的耍樂？征衣不見，何也？」狄爺言：「現停頓前途，不出二十里外，在於荒郊中。」焦廷貴聽了，大笑不已。狄爺曰：「爾發此大笑是何緣故？」焦廷貴只是笑而不言。狄爺曰：「爾這人莫非瘋癲呆的麼？」焦廷貴曰：「吾雖則半癲半呆，只是你們管的征衣盡罄失去了。」狄爺聞言著驚而言曰：「果也應了老僧之言了。」

焦廷貴還在那大笑不休，狄爺呼：「焦將軍，爾既知軍衣失去，必知失去那個地頭所在。」焦廷貴曰：「爾跟尋失卻的所在，莫非要吾賠還爾麼？」狄爺曰：「非也，只要焦將軍言明失卻在那方，吾自有道理。」焦廷貴曰：「失在大狼山贊天王賊營裡邊。只是朝廷差汝督解軍衣，應該小心防守，怎麼盡罄失了，反來詰問於我？還不割下腦袋來往見元帥。」狄爺曰：「失去征衣，原是下官疏失。既然盡失落大狼山，吾即單槍匹馬，立刻取討回，豈懼賊將強狠！倘若缺少一件，也不希罕。」焦廷貴曰：「爾這人正是癲呆的了，管守也管不牢，還說此妄言，單槍匹馬取回。爾今在此做夢麼？況大狼山贊天王、子牙猜、大小孟洋五將，英雄無敵，且具十萬精兵，屢稱勁敵。楊元帥血戰多年，尚難取勝，爾這人身長不過七尺耳，一人一騎，不要說與他交鋒，被他一唾液也灌淹倒。爾休得痴心妄想。爾若知識權變者，早些聽吾好言妙語，不過逃之夭夭。待吾回關稟明元帥，只說強盜劫去征衣，殺了欽差。爾便遁回去，隱姓埋名，休思出仕，以畢天年，方保得吃飯東西。」狄爺聽了此言，不覺動惱，雙眉一皺，二目圓睜，呼：「焦將軍非得將本官小視也。但吾非懼怯贊天王等強狠，十萬精兵勁敵。吾自有翻山手段，管教他馬倒人亡，才算得吾狄青平生本領。」焦廷貴曰：「吾今聽汝說此荒唐之言，真乃要河邊洗耳❶不堪聽的。」狄青曰：「焦將軍難道爾不知麼？」焦廷貴曰：「豈有不知。固知爾是太后娘娘嫡嫡內親。但太后的勢頭壓不倒西戎兵將。」狄爺喝聲：「胡說！誰將勢頭來壓制賊師！但本官在京刀劈王提督，力降狂駒馬，赫赫揚名，誰人不曉？今宵定必傷了贊天王，單刀一騎，翻擾十萬西兵。」焦廷貴曰：「倘爾殺不得贊天王，討不轉征衣，那時一溜煙走了，教吾焦老爺那處去尋？實准信不得汝。」狄爺曰：「吾亦不與爾鬥唇弄舌，倘殺不得贊天王，願將首級送爾回關繳令。倘吾討取回征衣，焦將軍願在元帥跟前與下官討個情，將功折罪，可允准否？並不知大狼山在於那方，還要動勞爾指引。」焦廷貴曰：「爾果也收除得西夏將兵，即征衣失去，元帥也不敢責罪了。大狼山路程小將更為熟認，如今不必多言，就此去罷。」說完，拾起鐵棍，撒開大步而走。一對飛毛腿，跑捷不弱於狄青現月龍駒。

又說明：別位正人說來的言辭自然清清楚楚，那焦廷貴是個痴呆莽漢，言來七不答八，驢頭不對馬嘴。方才李義說明被磨盤山強盜劫去征衣，是有憑有據的實事，並不提起反說征衣現在大狼山贊天王營中，此是焦廷貴見磨盤山放火燒盡，是他猜疑測度，反當作真實為據的。今幸被他果然猜測準了，反助著狄青立下戰功，這實乃出於意外也。

當日二人迅速行程，已有數里，前面燕子河阻隔了前程，沒有船筏可渡。若直河而走，只得五里之遙，倘沿河周圍而走，卻有十多里。狄爺勒馬，二人商量，只得繞著河邊而走。幸喜龍駒跑走得快

---

❶ 河邊洗耳：此處用許由的典故。相傳堯欲傳讓天下於許由，許由不受，遁耕於箕山之下；堯又召許由為九州長，許由不願聽此言，洗耳於潁水濱。

捷，焦廷貴兩腿如飛趕進，一連跑走十里多，其時日交巳刻了，相近大狼山不遠。又只見遠遠一座高聳巍峨山，連天相接，密密刀槍如雪布，層層旗旛似雲鋪。又聞吹動胡笳一遍，聲音嘹亮。有巡哨的巴都軍，四山奔逡；許多偏將，馳騁飛奔。狄爺看罷，呼聲：「焦將軍，前面這座高山，一派旗旛招展，莫非即大狼山也麼？」焦廷貴曰：「正是，只恐爾今見了此座山，魂魄也傾消了，還敢前往對壘爭鋒否？」不知狄青如何答話，到山討戰不曉勝敗怎分，且看下回分解。

第三十一回　匹馬力剿強虎寨　單刀倒攪大狼山

詩曰：

一出驚人大將材，單刀匹馬疾如雷。
沙場破敵功魁首，名表凌煙鳳閣臺。

當下焦廷貴正激誚著，狄青言：「焦將軍休得多言。爾且看下官往討轉征衣回來，才見吾言非謬說也。」焦廷貴曰：「爾一人果殺得贊天王，討取得回征衣，算得爾仙人手段了。但吾不能幫助爾的，只好遠遠在此曠野之中等候爾。」狄青諾允，一連打馬三鞭，飛跑到半山中，高聲大喊：「西奴才的叛賊贊天王，搶掠了征衣，速速送還，萬事干休；不出會戰，本官即殺上山來了！」早有巡哨軍進寨報知。

是日贊天王、眾將同在帥堂吃酒暢樂，吹番笛，唱番歌，一片胡笳聲徹響亮。鬧慶之際，見小番進來跪報：「有山下一小將，單刀獨騎，十分猖狂痛罵，要討取回征衣，必要與大王會陣，如無將士出馬，他即殺上山來了。請定裁。」贊天王曰：「有多大本領的宋將，如此狂言！他若討取回征衣，且還他便了，這些軍衣一些也用不著。」子牙猜曰：「不可。吾自興兵以來，威名遠懼，何曾畏怯個把小宋將？一向強狠，豈可一朝怯弱，還他征衣！」贊天王曰：「孤這裡眾兵，一衣也不合用，還了他，原無損益的。」子牙猜曰：「大王若將征衣還他，不但我人人之恥辱，而且敵人只言我等懼戰，畏怯於他，斷然還不得征衣的。」

言未了，又聞報：「山下小將自稱解官狄青，必要與大王見個高低，若再延遲，他就殺上山來。」贊天王曰：「宋將如此猖狂，必要與孤家出敵，可惱！可惱！傳左右，抬過兵器盔甲！」這贊天王生來面似烏金，兩道板眉，豹頭虎額，凜凜神威；朱砂獅子鼻，口闊唇方；長拖兩耳，眼珠碧綠而圓；頦下花黑，半如灰色；長大身軀，一丈二尺；聲如巨雷。他的本來面目無人曉，乃聖帝跟前一大龜化生也。穿掛上鑌鐵金鎧盔，手持流金鐺，騎上烏騅馬，不異金剛神漢，乃西夏國首領英雄。

贊天王想來：孤屢日沙場未逢敵手，這狄青單刀獨騎殺來，取他首級，不費吹毛之力。如若多帶兵丁去殺了他一人，反被宋人言吾領眾欺寡了。故贊天王不帶一人，拍馬加鞭，一聲炮響，衝下山坡。子牙猜、大小孟洋出至山峰觀看。

贊天王跑出山前，高持流金鐺，大喝：「宋朝來的無名小卒，有多大本領，敢來大蟲額上捏汗麼！速速回馬，保全性命！」狄爺大喝：「番蠻那得無禮！吾乃大宋天子駕前官居九門提督狄青也。吾金刀之下不斬無名弱將，快通上姓名。」贊天王曰：「孤乃西夏王御弟，今奉命為監軍總管贊天王也。」狄爺大喝：「叛賊畜生！還不知我主嘉祐君王乃仁德之君，文忠武勇。屢次姑寬，只道由爾逞強，吾主以惜憫生民為心，故略不行征伐，是爾造化。今又膽大，將本官數十萬軍衣劫掠。今日斷難容爾狗命！」贊天王喝聲：「狄青休得妄誇大言。孤自興兵七八載，百戰百勝。楊宗保尚且不敢出敵，爾乃黃毛未退的小兒，休來送死！況我國自唐末時已世冑❶稱王，今日兵雄將勇，取爾大宋江山易如反掌。且吃吾一刀！」言未了，一鐺打來，狄青金刀毫光閃閃的挑開。

若問贊天王身高一丈二尺，比狄青七尺之軀，雖則龍馬高大，然比之贊天王矮了三尺多。他雖是王禪老祖門徒，仙傳刀法，技藝精通，然贊天王實力狠大。當時狄青與他兵刃交鋒七八回合，覺得兩臂酸麻，難以抵敵，斯時欲敗而不可敗，欲戰又不能戰。這焦廷貴在曠野中探出頭一瞧，高聲大喊：「大狼山翻不轉，贊天王殺不成，軍衣討不還，流金鐺擋不過了！」幾句言送到狄青耳邊，激惱他只得拖刀敗走。贊天王拍馬而追。狄青想來：聖帝贈吾的法寶，今日危急之際，不免試用起來罷。勒住馬繮，急向皮囊中取出七星箭一支，呼念「無量壽佛」，登時祭起一道金光，飛繞空中。贊天王眼暈神亂，兵刃低垂。七星小箭猶如流星一般，嗖嗖聲音。廷貴大呼：「好個戲法來了！」只聽得空中一響，寶箭飛溜下來，金光四射，向贊天王頭盔心射下，復飛起空中。此時贊天王痛得難捱，自馬上翻身跌下。焦廷貴一見，即要動強蠻，飛步趕上，拔出腰刀，將頭砍下。扡髮束繫在鐵棍上，踏扁銅盔，收藏懷內。

狄青手一招收回七星箭，焦廷貴好生喜悅，言：「不想爾有此妙戲法來弄倒了贊天王。這等看起來，打破大狼山卻是容易了。」狄爺曰：「焦將軍，且收拾番奴首級。」焦廷貴曰：「然也。但見此寶貝西瓜燈一般，狄欽差，爾云好看也否？」當日箭殺贊天王，龜將元歸真武殿，只邀蛇將共成雙。

❶世冑：世家。

焦廷貴曰：「且再收除了子牙猜，奪還征衣，攻破大狼山，回見元帥繳令罷。」狄爺允諾，大呼曰：「子牙猜，吾狄青在此，速將征衣獻還，捲戈投順，便饒爾等狗命；若再延遲，吾即殺進山中，不饒一卒！」

有子牙猜番將，見贊天王被他殺翻下馬，大驚言曰：「不好！」番兵扛至鐵鎧，即刻上馬，提持兵器。這子牙猜生得面方而長，淡淡青色；濃眉高豎，兩耳兜風；闊額與大鼻相連，頦下根根赤短鬚；身高一丈餘，膂力在贊天王之次。手執金楂槊，一丈八尺，十分沈重。乘上一匹追雲豹，凶惡狠狠。他自言：「二狼主尚且被傷了，要小心些防備乃可。」即帶領一萬番兵，一聲炮響，飛殺下山來。大喝：「小小宋將，本事低微，用此邪術傷人，有何希罕！」狄青大喝：「番奴可是子牙猜麼？」番將喝曰：「既知本先鋒大名，還不獻上首級，還敢多言猖獗！且看金楂槊。」當頭打來。狄青大刀急架相迎。又論子牙猜力量雖則次於贊天王，然而力強於狄青。當日二員猛將，爾一刀，我一槊，殺得征塵四起。番兵喊殺如雷，正要殺上前幫助，焦廷貴大呼：「不要平戰，再變一套戲法，又好割腦袋！」當時狄青殺得看看抵敵不住，雖然未聞焦廷貴之言，然而卻有此意。左手架槊，向懷中取出金面牌帶上，念聲「無量壽佛」。焦廷貴笑曰：「如今不弄戲法，竟在此演劇耍戲了。狄欽差乃趣人也。」有子牙猜見了此法寶，登時暈了，目定睜睜，手足低垂了，金楂槊跌於地中。只聽得半空中一聲響亮，一陣霞光，子牙猜喊呼一聲，七竅流血，直僵僵的翻於馬下。狄青一刀梟去首級。

焦廷貴大悅，笑曰：「妙！妙！戲文做得果然高。」又見一萬番兵，嚇得四散奔逃，狄青二人不趕。焦廷貴又將首級束髮綁於棍上，大呼：「首級賣銀子，五兩一顆，兩顆只取十兩，是賤貨而售了！」

狄青暗暗發笑：「世間有此痴呆的東西也！」仍踏扁頭盔，塞於懷中，呼：「狄大人，已經收拾了二凶狠，餘不足介意，快些攻散山上番蠻將兵，得征衣轉回。」

狄青收回寶牌，大呼：「殺不盡的番奴，有多少，須速下山來，會吾祭刀！」有大小孟洋，嚇得駭然不定，登時提刀上馬，盡領十萬戎兵、眾副將，殺下山來，猶如山崩海倒一般，將狄青團團圍困，喊殺連天。狄青雖然武藝精通，但數千員番將，十萬戎兵，非同小可。狄青飛動大刀，連殺番兵數百人。無奈兵多擁擠，不能殺出。焦廷貴遠遠瞧見勢頭不妙，挑起兩顆首級，如飛跑走，要回邊關報告元帥，添兵幫助。此話慢提。

卻說兩牛力量英雄將，初出交鋒被敵欺，密密刀槍，狄青圍中，左衝右踩，殺得血染征袍，人頭滿地。眾番將墜馬者亦不少，故眾兵亦不敢逼近他馬前。又復言狄青現月駒，乃一臨凡龍馬，所以特異於尋常，一靈不泯，當日大叫，嘶喇一聲，嚇得眾偏將與兩孟洋的凡馬兒紛紛跌撲，有縮跑數十步，反將眾兵踩踏死者甚多。狄青趁此持大刀急劈，殺出重圍而去。

兩孟洋、眾將多嚇一驚，言：「狄青這匹馬，分明是馬祖宗也。」只得吩咐小番將二個屍骸抬上山頭，著令牛健弟兄好生成殮，保守山寨；即帶領十萬兵到八卦山，去見伍大元帥，待他盡起大軍，與楊宗保算賬，並拿狄青。當日一路旗旛招展，往八卦山而去。大狼山單剩兩牛弟兄，一萬嘍囉兵把守。按下慢提。

再言狄青殺出重圍跑走下山，不見番兵來追趕，放心住了馬。想來：戎兵眾盛，一人難以討取征衣。息憩一會，又見大隊軍馬往後山遠遠去了，不知何故，即拍馬又奔上山峰頂，大喝：「番奴，還不送轉征衣，必要殺盡罄才送麼？」正在痛罵，牛健弟兄覺得心慌，吩咐一萬小兵放箭。狄青正討債間，只見箭如飛蝗驟雨，紛紛射來，將金刀舞動，紛紛撇下山中，一枝也近不著他。但此時十月中，天日是迅速，早已黃昏天了。狄青想來：日沉西，今天料難討還得征衣，不免回營，明日再來討索便了。

慢語狄青回營，先說焦廷貴棍梢上挑了兩顆首級，喜色洋洋來到燕子河中，繞河邊而走。這焦廷貴雖然步步快速，然繞河邊而走將有二十里，跑到五雲汛上，已是初更了。十三夜，月色光輝如晝。一路想來：到得關中，請到元帥救兵不及，狄欽差勝負已見，死活已分。不走了，走回關也無用，枉力的。不免先到五雲汛上李守備衙中，不憂這官兒不請我焦老爺吃個大飽醉，況腹中已飢乏太甚。想罷，轉向五雲汛來。但只見守備衙門關閉了，只有巡哨兵丁，在此敲梆打報更籌，已是一更天，一雙守備府提籠點起光輝。

焦廷貴到了府門中，大呼小叫，將門猶如擂鼓。大喝：「門上有人在麼？快些教李守備出來迎接吾焦將軍！」當下驚動了把首門兵，跑出一瞧，只見一位黑臉將軍手持腰刀，鐵棍上挑著兩個人頭，鮮血淋漓，好不害怕。不敢怠慢，呼聲：「此位那裡來的？到此何事相商？」焦廷貴喝聲：「瞎目的狗王巴！吾乃邊關楊大元帥帳前先鋒焦老爺，都不認得麼？」這兵丁聽了，驚嚇不小，即忙下跪，言：「小役不知將軍爺駕到，望乞寬容免罪。」焦廷貴曰：「吾又不來殺爾，又不罪爾，為何這等畏懼？好不生膽子之人。只這兩顆人頭要賤賣的，如今賣不去，速喚李守備出來買了。」

這小兵諾諾而去，一重一重門的叩開。有丫頭傳進話來，李成聽了大驚，忙與沈氏奶奶酌議言：

「邊關這焦廷貴，呆頭呆腦，不知那裡將人殺害，拿人頭來強賣詐銀子。若不將他招接，必有是非尋擾。」李守備妻沈氏，雖乃一婦人，然有些膽識。他胞兄沈不清，在朝現為西臺御史，拜在龐洪門下，也是不法奸臣。李守備單生一子，沈氏所出，名喚李岱，父子同守五雲汛。這李岱年登二十，習學武藝，目下已為千總武職。當下沈氏聽了，笑曰：「老爺休得懼怯。這焦先鋒將人頭發作者，無非借端強取些東西。」李成曰：「他若要我的財帛，這就難了。」沈氏曰：「他是上司，老爺是下屬，上司到來，理當接迎。如彼來，若要財帛，汝原說吾是窮之小武員，實難孝敬。又聞得此人是位貪杯之客，汝且請他食個飽醉兼全，管教他拿了人頭，遠遠別方去發利市，也未可知。」

當夜，不知李成如何打發焦廷貴出衙，且看下回分解。

第三十二回 貪酒莽雄遭毒害 冒功奸輩設謀狠

詩曰：

生死機關定數排，人謀枉爾用心歪。
禍淫福善循環理，天視分明報應佳。

當下李成聽了沈氏之言，大喜言：「賢妻高見不差。」即整衣冠出至府堂，言：「不知焦將軍夜深到來，迎接不周，卑職多多有罪。且請將軍至中堂坐如何？」焦廷貴呼：「李守備，這兩顆腦袋爾可認得麼？」李成曰：「實認不來。」焦廷貴曰：「爾真乃一名冒失鬼了！與吾拿此寶貝去罷。」李成允答，雙手接過鐵棍，背了人頭，呼：「焦將軍請進來！」

當時焦廷貴進至內堂坐下，喧喊啾啾呼：「李守備，比言❶上憲到來爾衙內中，孝敬東西該當送否？」李成曰：「該當敬送的。」焦廷貴曰：「吾今親自到此，說什麼周與不周的接迎，只明欺我的。好生膽子！想爾頸上多生一顆頭麼？」李成曰：「焦將軍請息怒。如若將軍常常到慣的，自然不時伺

❶ 比言：比方說。

候。況並夜深時，將軍密地而來，卑職果於不知，伏惟諒請寬恕。」焦廷貴曰：「也罷！爾既出於不知，不來多計較。但吾今夜殺盡大狼山敵人，如今要轉回三關，尚有百里多，未帶得盤費，進不得酒肆，是以將兩顆首級售於爾，速將盤費拿出來。」當日焦廷貴對李成說此蠻話，無非希圖些酒食。李成心中明白，想來：他說什麼殺盡大狼山，我想大狼山兵雄將勇，如此東西焉有此手段！這兩顆首級不知那個倒運的被他殺了，在我跟前誇張恐嚇。即呼：「焦將軍，爾只一身，又無坐騎，怎說殺盡大狼山？莫非哄我的？」焦廷貴曰：「好個不明白的李守備！爾豈聞將在謀而不在勇，兵貴精而不貴多。為將者於軍中隊伍畏怯而退，乃庸懦之夫，非英雄將也。」李成曰：「大狼山贊天王、子牙猜、兩孟洋五將，乃英雄蓋世，更具十萬雄兵，楊元帥尚且不能取勝，焦將軍只得一人，如何殺得盡他將兵？」焦廷貴冷笑曰：「爾言吾殺不得西夏將兵麼？這是贊天王的首級，此是子牙猜的腦袋，乃本先鋒一手親殺的，難道我偷盜搶掠的麼？好個不識貨的李守備也！」李成曰：「果然是焦將軍親除此二巨寇，實乃可喜可賀，立此重大功勞。但不知怎殺法，求將軍說明卑職知之。」焦廷貴曰：「不瞞爾，吾一箭射倒贊天王，割下首級，一朴刀砍死子牙猜，取他腦袋。殺得大小孟洋、十萬夏兵，四方奔散，殺得好爽快也！」李成曰：「請問將軍，並無弓箭，如何射得贊天王？」焦廷貴喝曰：「以下屬盤詰上司麼？多管閒賬也。」李成應諾，不敢再問。焦廷貴曰：「兩顆人頭，吾要回關報功的，實不能賣送爾的。但吾既到此，爾是下屬，今天怎生相待？」李成曰：「卑職是個窮小守備，實難孝敬，只好奉敬三杯美酒，聊表微誠，且權屈一宵也。」焦廷貴曰：「請我食酒麼？也罷了，只酒要食得爽快，便不深求餘外的別事了。」

李成諾諾連聲，進內與妻商量，言：「外廂焦廷貴說來箭傷贊天王、子牙猜，現有兩顆首級在此，立此重大武功。吾今夜欲思謀死焦廷貴，明日拿首級往見楊元帥，與孩兒李岱冒了此功。待楊元帥奏知聖上，定然父子加封官爵，豈不留名於古的馨香麼？」沈氏聽罷大喜，呼：「老爺好高見計謀也！」即時傳與眾丫環，往東廚安排酒饌。如今焦廷貴說話荒唐，哄著李成將功冒認，稱己之能，豈知弄出天大禍事來。

當夜守備立心冒此功勞，故將蒙汗藥放在酒中。焦廷貴是個好酒貪杯莽漢，見此美酒佳肴，大飲頻嚼，食盡不休，食得東歪西倒，不一刻已遍身痲軟了，動彈不得。李守備一見，滿心大悅，便對兒子說明。李岱是個膽怯少年，聽了說聲：「爹爹此事行不得的，還要商量才好。」李成曰：「吾主意已定，還用什麼商量？」李岱曰：「爹爹，孩兒想這焦廷貴乃是楊元帥麾下的先鋒將，倘或果然楊元帥差他出敵，立了功勞，而今爹爹弄死他，前往冒功，元帥不准信，盤詰起來，登時對答不及，就要敗露了。倘然機關一洩，此罪重大如天的。那時父子難逃軍法，反惹人恥笑批談。望爹爹參詳乃可。」李成聽了，冷笑曰：「孩兒，爾真乃一痴蠢呆人了。這是送來的禮物，焉有不受之理？吾與爾暗中殺了焦廷貴，神不知，鬼不覺，拿了兩顆首級到關，只言十三夜父子二人在汛巡查，只見贊天王、子牙猜在汛口上圖奸百姓之妻，我父子不服，吾一箭射死贊天王，爾一刀了結子牙猜，故連夜拿了首級，特到轅門獻功。楊元帥定然歡欣，自然申奏朝廷得知，穩穩一二品的前程了，強如做此守備微員，無人恭敬。千總官兒到老也貧窮，若問富貴榮華，誰人不想望的？」

當時李岱聽了父親之言，上梯一般的容易，其心已轉，便曰：「爹爹此事果做得周密便好。」李成曰：「有什麼做不密？殺了焦廷貴，便放心托膽到三關去獻功，軒軒昂做位大員，好不快意也。」李岱曰：「爹爹，既然如此，須要殺得焦廷貴暗密才好。」李成曰：「這也自然。」登時取上一條大繩，就將焦廷貴縛捆牢牢。李岱只是渾身抖亹騰騰。李成曰：「不中用的東西！這點點的小事，就發震抖抖？」李岱曰：「爹爹，這個勾當，孩兒實在沒有做慣，故弄不來的。」李成曰：「現現成成的一人殺不來，如何上陣打仗交鋒？」李岱曰：「爹爹，所以孩兒只好做一個千總官兒頑頑的。」李成曰：「如此，且閃開些，待吾來也。」李岱呼：「爹爹小心些，不要反被他殺了。」李成喝聲：「休得多言！」即拿起尖刀磨刷，便呼：「焦廷貴，不是吾今天無理心狠的。可進祿加官，誰人不想念的？今日殺了爾，休得怨著吾不仁。」

正言語間，說：「奇了，為什麼心也驚，膽也不定？不好了，因何兩臂也酸麻起來？」李岱在旁自言想：我家爹爹有些硬嘴。曰：「爹爹為何不下手殺他？」當時李成走上前兩步，不覺膽震心寒，莫言下手殺人，連刀也跌下地中央了。李岱呼：「爹爹，何故呆呆不拾大刀？」李成曰：「我兒，且來幫助吾，一刻可成就此事。」李岱曰：「兒已有言在先，此事我實實弄不來的。」李成曰：「罷了！原是我來拿起刀，不覺手軟發抖，又是跌下。想來莫非這焦廷貴不該刀上死，應該水上亡的不成？且罷，不免將他撂拋水中便了。」

又等候一時，已是三更候了。這李成恐防眾人得知，事風沖漏，故待至夜靜更深，丫環、家丁睡去，外面兵丁人人睡熟。故焦廷貴如何被害，無人得知，單有守門的王龍曉得他放進了焦先鋒，即閉回府門。當時李成父子二人取到棍索，將焦廷貴扛抬起出了府門外，沈氏將門關門閉回。父子趁著月明下，一路匆匆而走。沈氏府中等候父子回來，思量今夜害了焦廷貴，決無人知覺。明日父子轅門報此大功，楊元帥定然喜悅，差官回朝奏知聖上，豈不加官封爵？奴隨夫封贈，好不榮光。

慢言沈氏胡亂思量，卻說李成父子急忙忙扛了焦廷貴，李岱呼：「爹爹，將他拋在那裡？」李成曰：「且到燕子河送他下去。」李岱曰：「前面有山，山中有水窖，拋他下去，縱使淹灌不死，也寒凍死他。」李成曰：「此算倒也不差。」二人扛抬至前山。但這水窖，月光照下，烏光燦燦，深有丈餘，還不知水之淺深。即將焦廷貴拋下，父子二人轉回。豈期失手，連鐵棍也拋下去。後來焦廷貴賴以不死，是人之奸謀斷不能越於定數之外。故李岱不欲殺害，李成欲殺害而不能下手。不揩拋燕子河反投水窖中，又連鐵棍丟下，有許多周折，實焦廷貴不該絕命，天使其靈之故也。

當時父子歡然跑歸，仍是一輪明月當空。不賢沈氏正在等候，且喜父子回來。進內，仍閉府門，內有餘饌，夫妻、父子仍然吃過數盞。李成曰：「夫人，這段事情神不知，鬼不覺。吾與孩兒拿了首級，連夜到關去獻功的。」沈氏呼：「老爺，如此速些登程乃妙。」當夜李成拿了贊天山首級，李岱持了子牙猜腦袋，二人上馬出府，沈氏閉門安息。

話分兩頭，慢語沈氏，休表李成，卻說狄欽差殺出重圍，拍馬飛程，來到燕子河邊，已是月色澄輝。當狄青到了燕子河時，乃焦廷貴進守備衙的時候，故一口難提二話。當有燕子河隔五雲汛有十里程途。是日，狄欽差下得大狼山，已不見了焦廷貴，一到河邊，方才想起焦廷貴，言：「從河面過，僅得四五里，繞河邊走，倒有十五六里。如何是好？」只因已有一更時候，心急意忙，要趕回營中，但大水汪洋，無船筏載渡，正要沿河跑走。加上幾鞭，豈料現月駒聞言，站立不動。狄青言：「奇了！

莫非龍駒思渡水不成?」不意此馬連點頭三搭，前蹄一低，後腿一縱，嘶唎一聲，正要朝下河中。狄青緊緊扣定絲韁，言：「馬呵，下不得水也。倘被淹濯，爾我不能活命了。」此馬聞言，倍加縱跳，嘶唎之聲不絕，早已飛奔於浪波了。狄青緊挽絲韁，扣不定，身不由主，只得隨馬下水。但見此馬發開四蹄，蹈水面猶如平地。月照河中，馬蹄濯水，金光燦爛。狄青初時也覺怯些，及至半里，不覺大悅，笑曰：「妙！妙！此馬世所希罕了，能浮水面，是奇見也。但是吾在南清宮降伏，爾出身原乃金龍化成匹馬的，故乃善伏水性。」當時半刻，已將狄青渡過燕子河，趁著月光，一程跑過數十個山岡。一到了紮荒郊大營紮屯之所，高聲呼曰：「張忠、李義二位賢弟可在麼?」

當晚張忠、李義與繼英找尋不遇狄爺，三人正在煩惱：征衣被劫去，又尋找狄青不遇，糧草又經劫盡，與著三千軍兵人人受飢。忽聞呼張李賢弟之聲，人也到了營中來。三人齊呼曰：「狄老爺雖然回來了，但征衣已被搶劫完。」狄爺言：「吾已得知了，糧、草、馬匹齊全，盡罄的。」狄爺又曰：「此乃小事也。」又問繼英緣何得到此方。繼英見問，將逃出相府後事一一說知，又要叩頭。狄爺不許，連忙下馬扶起。繼英接金刀，帶過馬匹，交付小軍去了。

張忠、李義呼：「狄哥哥，爾果好，往尋地頭安頓征衣，一去日夜不見回來，卻被磨盤山強盜劫搶了征衣；連夜放火燒山，逃遁而去，如今只剩下一座空營寨的。看爾如何到得三關交卸覆命得楊元帥?」狄爺呼：「賢弟，征衣失去也不妨，乃小事的。」張、李曰：「失了征衣還是小事?必要失了江山才算大事不成?」狄爺曰：「賢弟不知其詳。征衣雖然失去，今日立了大戰功，殺贊天王、子牙猜，殺散十萬西兵，到關也可將功贖罪了。」張忠曰：「哥哥愈覺荒唐了。贊天王、子牙猜英雄蓋世，楊元帥尚且不能取勝，汝雖乃❷員虎將，到底一人一騎。他有十萬雄兵，又聞精銳，那裡殺得他過，殺散他兵？休得哄著我們的。」狄爺曰：「賢弟，並非謬言哄你們。」即將報恩寺內得遇老僧人，贈了偈言，路遇焦廷貴，方知磨盤山的強盜劫去征衣，獻上大狼山。吾即單刀匹馬與焦廷貴到了大狼山，箭除贊天王，金面實收拾了子牙猜，細細說明。李義曰：「哥哥，爾既收除得二賊首雄，也該割下他兩顆首級，前往三關獻功。難道無憑無據，楊元帥便准信了？」不知狄青如何答說，如何到關，且看下回分解。

❷乃：是，就是。

第三十三回　守備冒功奔報急　欽差違限趲程忙

詩曰：

行險奸徒冒大功，生成狠毒立心凶。
只圖自富行殘忍，不畏蒼天聽視聰。

當下狄青聞李義之言，即呼：「賢弟，這兩顆首級是焦廷貴取下，難道他沒有到營中？」李義曰：「並未有一人到此。」張忠曰：「不好了！焦廷貴拿首級回關冒此功勞也。」狄爺曰：「不妨，此人是楊元帥的先鋒，乃硬直莽漢，決非冒功之輩。」繼英曰：「諒他先回關通信息，楊元帥也是理論不得。」狄爺又詰繼英：「方才爾言孫雲有書與強盜，劫去征衣。但不知此人是怎生來歷，要害我們？」繼英曰：「小人自逃離相府，與龐興、龐福同到天蓋山落草存身，不料二人殘殺良人，吾為勸言相失，與二人分伙，偶到磨盤山，又與牛健弟兄結拜為盜。不想孫兵部之弟名孫雲，將金寶相送，打劫征衣，要害主人。吾即再三相勸，二人不允，只得翻面分了手。意定下山通個信息與主人，不料心急意忙，走差路途，未到營中，征衣已失。如今既立了大戰功勞，失去征衣之罪可贖，不須在此耽擱，趁此天色已亮，即可動身。」

狄爺聽了，曰：「爾言有理。」李義又將遇見孫雲強搶婦人，吾二人搭救了，一一說明。「可恨這奴才，又通連兩名狗強盜，將征衣糧草盡罄齊劫，弄得我們眾人受飢抵寒，好悶人也！」狄爺言：「我們彼此一般。」張忠曰：「身為大將，捱飢一天二日，有什麼難捱的！」李義曰：「又只苦眾軍兵同飢寒趲路也。」張忠曰：「一到關中，即用膳了。」狄青又理論孫雲搶劫婦女，又串強盜劫征衣，理即擒拿定罪。但無實據，並今趲程在即，不能即辦，暫且丟開。計程急走，明日到關，過限期五天。幸聖上外加恩限，多五日限，明日到關，實過期一天。即日拔寨，狄爺上了龍駒，張忠、李義、繼英三人同上坐騎而行。三千兵丁，人飢馬渴的，同趕趲三關，按下慢言。

先說李成、李岱拿了兩顆首級，是夜趁著月光，一程飛跑，到得三關，已是巳時候。父子下馬，早有關上的游擊、參將、千百把總、多少官員詰詢曰：「爾是五雲汛的守備李成、千總李岱？」二人稱是。參將曰：「爾父子離水汛而來，到此何幹？這兩顆大大人頭那裡得來？」李成曰：「卑職父子射殺贊天王、子牙猜此兩凶狠的腦袋，特來元帥帳前獻功。」眾武員聽了，又驚又喜，說：「妙！妙！能員的李成，英勇的李岱。」二人稱言：「不敢當！」中軍官言：「爾且在此伺候著。」父子應允。

又表楊元帥是日正用過早膳已畢，坐於中軍堂帳，浩氣岩岩，威嚴凜凜。左有尚書范仲淹，右有鐵臂老將軍楊青，下面還有文武官員，分列左右。楊元帥開言呼：「范大人！想這狄青為欽命督解官，征衣期限十四天，已蒙聖上多限五天，今天十五，尚還未到，想他仗著王親勢頭，故意耽延日期。他若到時，不即處斬，難正軍法了。」范爺呼：「元帥，這狄欽差倘或不是王親只故意怠惰延遲，也未可知。他乃朝廷內戚，豈故延程，以傷聖上邊兵？元帥明見參詳。」楊青老將曰：「解官未到，只算他故意耽延，即遲到一天，不過打二十軍棍，何至於斬首？元帥的軍法過於太嚴了。」遂冷笑數聲。元帥想來：范、楊二人何故幫助著狄青？莫非狄青先已通個關節？又莫非二人已趨奉著當今太后娘娘也？又言：「楊將軍、范大人，如若狄青心存為國，惜念眾軍凍寒之苦，還該早日到關。如今限期已過，況大寒雪霜天，眾軍苦寒，倘遭寒死，此關如何保守？」范爺曰：「關中苦寒，未為慘烈；他在途中跑走，迎冒風霜，倍加苦楚。」楊青曰：「如若要殺狄欽差，須先斬焦廷貴。」元帥曰：「焦廷貴不過催趲之人，怎的牽罪於他？」楊青曰：「元帥限他十四午時繳令，今日十五，還未回關，此乃故違軍令，應該正軍法處斬的。」楊元帥聽了，默默不語。

正在沈想之間，忽見稟事中軍跪倒帳前：「啟上元帥公爺：今有五雲汛守備李成、千總李岱，同到轅門求見帥爺。」元帥曰：「他二人乃守汛官兒，怎敢無令擅離汛地？又非有什麼緊急軍情來見本帥，與吾綁進來！」中軍官言：「啟上元帥爺：那李成、李岱有莫大之功，特來報獻。」元帥曰：「他二人又不能行軍廝殺，本帥又不差他去打仗交鋒，有何功勞可報，何功可立？」中軍啟稟：「元帥爺，這李成言箭射贊天王，李岱殺卻子牙猜，現有兩顆首級帶至關前，求見元帥爺。」元帥曰：「有此奇事也？果有此事，實乃可喜。傳他二人進見。」

范爺聽了，微笑呼：「元帥，吾想他父子二人毫無智勇，如何將此二巨雄收除得？此事實有蹺蹊動疑。」楊青曰：「如此聽來，是被鬼弄迷了，元帥休得輕信他。這該死的狗官兒，將吾輩欺負，好生可惡。」元帥曰：「范大人、楊將軍，且慢動惱。若言此事，本帥原是不准信的。但想李成父子若無此事，也不敢輕妄來報，況且現有首級拿來，那贊天王、子牙猜面容豈無識認？且待他父子進來，將兩首級一瞧，可明白了。」

當時父子二人進至帥堂，雙雙下跪，稱：「元帥爺在上，五雲汛守備李成、千總李岱參謁叩見。只因卑職父子箭殺贊天王，刀劈子牙猜，有首級兩顆呈上。」元帥當時令左右兩邊提近，還是血滴淋漓。元帥細細認來，點首面向東西呼：「范大人、老將軍！看來兩顆首級果也贊天王、子牙猜的，請二位看明是否。」二人細認來，言曰：「果是不差了。不信李成父子一向無能，今日如何強在一朝？」范爺呼：「元帥，那首級雖然是兩賊首的，但不知李成父子怎樣取來，也須問詢個明白。」元帥曰：「這也自然。」又發令將兩顆首級轅門號令，覺得人人害怕，個個驚寒。

當下元帥呼：「李成，爾父子兩人有多大本領，能收拾得此二雄？須將實情由言明本帥得知。」李成曰：「帥爺聽稟：前天卑職父子同在汛地巡查，已是二更天時候，只見二人身體高胖，踏雪步月而來，吃酒醺醉沉沉，並無器械護身。詢詰卑職，此地頭有姿色妓女如何。當時吾父子見他不是中原人聲音，即動問他姓名。這黑臉大漢自言是贊天王，紫面的是子牙猜。卑職父子見他二人已經醉了，吾即發一箭，射倒贊天王，兒子李岱順刀劈下了結子牙猜。將二首級割下，今到元帥帳前請功。」當時倘李成言在沙場中交戰立功，自然眾人不准信；他言是夜深了，二人趁他酒醉，無人保護，手無兵器，趁此出其無意中下手，說得理可憑。

當是時，楊元帥、范爺、楊青俱已准信為真了，一同出位言曰：「此乃賢喬梓❶莫大之功也。本

---

❶ 喬梓：據《尚書》載，伯禽、康叔見喬實高高然而上，梓實晉晉然而俯。商子告之曰：喬者，父道也；梓者，

帥之幸，國家寧靖可賴了。且請起。」李成曰：「元帥、范大人、老將軍，吾父子毫無所能，全仗天子洪福齊天，元帥雄威顯著，是以二凶狼自投羅網而來。卑職父子偶然僥倖，何蒙元帥如此抬舉，實為惶恐也。」

元帥欣然扶起李成，禮部范爺挽起李岱，此番樂殺兩愚夫。父子二人起來，曲背垂頭。元帥吩咐擺下兩個座位，父子連稱：「不敢當此座位。」元帥再三命坐，范、楊二人亦命呼坐。李成、李岱只得告罪坐位。中堂上吃過獻茶，元帥又吩咐備酒筵賀功。元帥曰：「難得賢喬梓除此二凶狼，大小孟洋即不介懷也。待本帥申奏朝廷，賢喬梓定有賞功，重爵榮封了。本帥先奉敬一杯，以賀將來。」李成、李岱曰：「元帥爺雖有此美意，但卑職斷然當不起的。」

當日帥堂排開酒燕，李成父子正食得興鬧，忽聞報進狄王親欽命官，解送至三十萬軍衣，現有批文呈上。元帥將批文拆開，上填三十萬軍衣，九月初九在汴京發進，聖上加恩限期多此五天，算今天十五也，算過限期一天。元帥吩咐：「將狄欽差捆綁進。」范爺呼：「元帥，狄欽差此刻到關，也算差得半天。且念他風霜雪雨勞徒，該應免綁才是。」楊老將軍大言曰：「元帥須要諒情些。護載數百輛車、三十萬征衣，途中霏霏雨雪難行，昨天不到，今日方來，雖說過了限期，不過差得幾個時刻，便要綁進欽差，元帥太覺不情了。」元帥想來：爾二人受了狄青賄賂，所以屢次幫襯於他。便曰：「既然如此，免綁。有勞二位大人出關，點明征衣，倘差失一件，仍要取罪。」二人言：「領命。」一同出關外。

子道也。後因以喬梓喻父子。

范爺東邊立著，楊將軍西首拱立。開言曰：「足下是欽差狄王親否？」狄爺曰：「不敢當。晚生輩狄青也。請問大人尊官？」范爺曰：「下官禮部范仲淹也。」狄爺曰：「原來范大人，多多失敬了。」深深打拱，向錦囊中取出待制書一封，雙手遞過范爺，言曰：「此書乃待制包大人命晚生送與大人。」范爺接轉曰：「重勞王親大人了。」狄爺曰：「豈敢！當勞的。」此地不是看書之所，范爺將書藏於袖中。想來：包年兄料得狄青在途中必耽誤限期，要吾周全之意。又問曰：「包年兄與各位王侯近來如何？」狄爺言：「一一安康。」又向囊中取書一封，不想取楊青的書，連佘太君之書一同取出。狄爺也不敢藏回囊中，且揣藏於懷內。又向楊青打拱曰：「此位老將軍是何人？」楊青曰：「某乃安西將軍楊青也。」狄爺曰：「原來楊老將軍，失敬，多多有罪了！」連連打拱。楊青還禮。狄爺曰：「吏部韓大人有書命晚生帶送上。」打虎將軍笑曰：「原來韓鄉親不曾忘記我鐵臂楊也。」此間不便開書，且揣於懷內。楊將軍不問忠臣，反詰奸黨：「這些馮拯、丁謂、王欽若、呂夷簡、陳堯叟、龐、孫一班奸黨烏龜，近今如何？」狄爺曰：「不要說來！一班奸佞倚勢陷害忠良，如狼似虎，君子退貶，小人日進了。」

范、楊二人嘆咨一聲：「聖上原乃一明君，但總過於仁慈，致奸臣膽大弄權，滔天焰勢，可慨也！」范爺又呼：「狄王親，元帥如今正在著惱，只因天寒凍苦，征衣待用，理該及早到關。但限期在於昨天，今天方至，莫非爾果有意耽誤延遲的？」狄青曰：「范大人那裡話來？晚生輩雖則蒙昧少年，但豈不知天氣嚴寒，征衣乃眾將兵待用之物？況且仰承王命，焉敢故意延遲，以取罪戾？奈何路途上風雨雪霜，兵丁寒苦，難走程途，不得已停頓。如今延遲一天，不過止差半日。」范爺又詢：「征衣可是齊到了麼？」狄青曰：「齊到了，但現停頓在大狼山。」范爺聽了曰：「是何言也？元帥委我們查點明征衣，方好給散眾軍人。如何汝反說停於大狼山？此是何解？」狄青曰：「大人不用查檢了，諒也不差錯的。」范爺曰：「休得閒談，速命眾兵押車輛到來，方好查點給眾軍。」狄爺曰：「大人，這些征衣已經失去了。」范爺曰：「怎麼說失去的？」狄爺曰：「被強盜搶劫去，解往大狼山。」范爺曰：「搶去多少？」狄爺曰：「三十萬盡數搶劫去了，一件也不留存了。」范爺聽罷，高聲說：「不好了！如今是捆綁得成的。」楊將軍曰：「殺也殺得成了，有甚麼理論說情的？快些走罷，勿來此混帳，休得耽擱，且走回朝中，不要在三關上作孤魂鬼。」不知狄青如何答話，被楊元帥執斬否，且看下書便知詳細。

第三十四回　楊元帥怒失軍衣　狄欽差嗔追功績

詩曰：

一念貪圖冒大功，機關敗露法難容。
須知作善膺天眷，行惡奸徒定必凶。

當時楊青、范仲淹並曰：「征衣既然盡失，須要逃走回朝，方得性命也。」狄青曰：「二位大人，征衣雖然失去，明日定然討還。」楊青曰：「征衣失在大狼山，汝還想討得回麼？隨口亂談！休得多說，速些遁逃，沒藏姓字，方保得頭顱。」狄青呼：「二位大人，晚生既未討回征衣，如立下一戰功，可以抵消此罪否？」范爺曰：「征衣尚然管不牢，被強徒劫去，還有什麼大功來抵此重罪？」狄青曰：「小將匹馬單刀，殺上大狼山，已經箭殺贊天王，刀傷子牙猜，殺退西戎兩孟洋。晚生雖然有罪，但此功可以抵償。伏惟二位大人明鑒推詳，引見楊元帥。待晚生領些軍馬，刻日討回征衣。」范爺曰：「緣何又是爾收除此二賊雄？吾卻不准信。」楊青曰：「口說無憑，那人准信？由爾說出天花亂墜，且自去見元帥，待爾分辯的。」

當下三人進關，楊、范二人踱至無人之處，將書出開。二人看畢，范爺曰：「包年兄，若是狄欽差違了限期之罪，本部便能一力周全。無奈軍衣盡失，除非代補賠了方得完善。」楊青也言：「韓大人，軍衣一失，重罪難寬，教我二人如何搭插幫助他？除非聖上有旨頒到方免，不是朝廷赦旨，那人保得此罪？」當時二人將書收藏過。

楊青曰：「范大人，若在元帥跟前說明失了軍衣之事，定然捆綁出轅門立正軍法了。」范爺曰：「這也自然的。」楊青曰：「且不要說明，待他自往分辨，我與爾見景生情，可以幫襯者幫襯，不可幫襯者，再行處置。范大人意下何如？」范爺曰：「老將軍之言有理。」二人進至帥堂，楊元帥立起位，言曰：「二位大人，軍衣可無差麼？查點得如此捷速也。」范、楊曰：「一一無差，值得甚事？」元帥曰：「二位大人且坐。」范爺曰：「元帥請坐。」當下又傳狄青進見。

又復言明：前日焦廷貴說明狄青功勞，李成斷然不敢冒此功，如今只因焦莽夫誇口，扯下彌天謊語；今又已將焦廷貴弄死，故放膽前來冒功，是死無對質了。父子二人只曉得是焦廷貴功勞，不知狄欽差功績。當是時，狄青到了，李成、李岱全不介意，只顧揚揚然於帥堂側吃酒爽快。想到元帥定然奏知聖上，父子加官進祿，好生榮華，豈不快哉！樂哉！古言：愚人作事亦愚，皆因不免個「貪」字，招取殺身之禍也。

當下狄青進見元帥，躬腰曲背呼聲：「元帥，正解官狄青進見。」楊元帥見他的盔甲，乃是趙太祖之物，想：狄青雖是太后內戚，總為臣子，怎合用著先皇太祖的遺物？定然太后賜贈於他。又言：此副盔甲前已交代明白，狄青以臣下不當用皇家之物，故太后另加照式造成一副，與侄兒所用，故今元帥認為太祖之物，心頭頗有不悅。即起位立著拱手曰：「王親大人休得多禮。」又問曰：「批文上副解官石郡馬何在？」狄青曰：「啟上元帥：只因副解官石郡馬在於仁安縣金亭驛中被妖魔攝去，未知下落。小將已有本章回朝啟奏聖上。」元帥曰：「關中亦有文書到來。狄王親，解送征衣限期十四日，滿一月五日。如今十五了，及早該體恤眾兵寒苦，即早些趕趲到關交卸才是，為何違卻限外而來？本帥這裏軍法斷不徇私，汝難道不知？」狄爺曰：「元帥聽稟：小將既承王命，遵著軍法森嚴，豈有不知。原要十四日趕到關來交卸，並非偷安延緩日期。無奈中途霜雪嚴寒，雨水泥濘，人馬難行，故違期一天，望元帥體諒姑寬。」范爺點頭自語：「爾言言有理，只恐說出不好話來，就要動勞捆綁手了，看爾如何招架？」元帥曰：「若依軍法，還該得罪王親大人。姑念數天雨雪阻隔，本帥從寬不較。」即呼統制❶孟定國，吩咐速將征衣散給眾軍。

孟將軍得令，正要動身，范、楊搖首，暗言：「不好了！不好了！」狄爺打拱告曰：「元帥且慢。」元帥曰：「卻是為何？」狄爺曰：「征衣已失去，無從給散了。」元帥聽罷，喝聲：「胡說！怎樣說的？」狄爺曰：「征衣果然盡失了。」楊元帥登時大怒，案几一拍：「爾既管解三十萬征衣，因何不小心？想必偷安懈怠。御標軍衣，豈容失的？是欺君藐視本帥了！」喝令捆綁手，卸他盔甲，轅門斬首正法。兩旁一聲答應，刀斧手上前，跪參過元帥，如狼似虎，上前要動手捆綁欽差。這狄青兩手東西攔開，呼：「元帥！小將雖然失去征衣有罪，還有功勞可以抵償。」元帥只做不知不聞。范爺接言呼：「元帥！狄欽差既言有功抵罪，何不問他明白，什麼功可抵此重罪？待他可抵則准抵，不可抵者

❶ 統制：北宋時出師征討，選一人為都統制，以總轄諸將，不作官稱。南宋初置御營司，始設此官職。

再正軍法，未為晚也。」元帥將范爺一瞧，楊青一看，似乎道：「爾二人說查點過征衣，一一無差少，為什麼盡罄沒有？還要多言插嘴的！」范仲淹俱已理會。二人想來：失了征衣，干我甚事？莫非要我們賠償還爾不成？不然觀看我怎的？

狄青曰：「元帥，若問失去征衣，小將理該正法，但元帥的罪名卻是難免。如若要執斬小將，元帥理該一同斬首正法，獨斬我一人，小將豈是貪生畏死之徒！元帥是畏死貪生之輩，沒奈何將大罪卸在小將身上，只恐聖上察知其情由，憑爾位隆勢重，天波府內之人也要正其罪法的！」元帥聞言，心頭著惱，案基一拍，喝曰：「爾失去軍衣，難以卸罪。本帥分付捆綁起，不用多言！」刀斧手應答上前。楊青問曰：「汝的征衣在那處地頭失去的？」元帥曰：「不要管他那個地頭失去，此乃謊言耳。」楊青曰：「元帥身當天下攘寇之任，督理各路軍民，皆乃元帥所屬。失了征衣，不獨遠方失警，元帥失察捕盜之罪難免。況這磨盤山離關不滿二百里程途，爾既為各路捕督元戎，即附境之內管察不著？顯見爾按兵不舉，旦夕偷安，元帥縱盜偷安之罪，將何功績抵消得來？」

當日若問狄青之罪，比之楊宗保之罪還有分別：譬之地頭上失了東西，自然是地方官身上之事。楊宗保統管各路軍民，難道二百里之內磨盤山的強徒即管察不及？須早已剿滅安民乃是，緣何日久縱容強盜，故於敢膽來打劫征衣？是楊元帥失捕近處強盜，比之狄青失征衣之罪加倍重大了。

時狄青曰：「小將在元帥關內地失征衣，理該元帥補償還，如何反將本官屈殺？軍法上全無此理。吾與爾回朝，面見天子，情理上看誰是誰非！爾今不過以勢頭恫恐相欺。但本官乃一烈烈丈夫，豈懼爾存私立法的！」范爺聽了，暗言曰：「此語卻是有理有敫❷的正論。」元帥聽罷，難以答話，只得說曰：「爾失去征衣，罪該萬死，還來頂撞本帥麼？吾且問汝，言將功抵罪，實實有什麼功勞於此？」狄青曰：「收除西戎首寇贊天王、子牙猜，不是戰功麼？」元帥喝曰：「胡說！現有李成箭射贊天王，刀傷子牙猜是李岱，爾擅敢冒認麼？不須多說，捆綁手，速將解官拿下正法！」狄青冷笑一聲，呼：「楊宗保，爾當真要殺害我麼？也罷！由爾便了。」即自卸下盔甲，脫去征袍，刀斧手將狄青緊緊捆綁了。元帥手拿出上方寶劍，旁邊禮部范爺怒氣滿胸，打虎老將氣塞喉嚨。狄青厲聲大罵：「楊宗保！吾明知爾受了朝中大奸臣買囑，串通了磨盤山強盜，劫去征衣，抹煞本官戰功，忘卻『無佞府』三字，故歸於奸臣黨羽中，辜負了聖上洪恩。爾雖生臭名萬載；吾雖死百世知冤。」

這幾句言辭，將楊元帥幾乎氣倒帥堂。二目圓睜，首一搖，罵聲：「膽大狄青！敢將本帥枉屈痛罵麼？速速將他推出轅門斬首正法！」狄爺曰：「楊宗保，爾且住。如若要斬我，須將贊天王、子牙猜首級拿來還我，便由爾殺的。」元帥喝曰：「爾有什麼首級拿來，向本帥討取？」狄青曰：「交代與焦廷貴拿來，已經在爾轅門號令，怎言沒有，何也？」楊元帥聽此言，頓覺驚駭，心中有幾分明白。忙問左右：「焦先鋒可曾回關否？」眾將曰：「啟稟元帥：焦先鋒尚未回關。」范爺聽了，只是冷笑。楊青曰：「既然狄王親交首級與焦廷貴，須向他取討還，方得分明此事。」

正說之間，偶見地下一封書，拾起一看，上面書著：「長孫兒宗保展觀。」楊青微笑曰：「元戎的家書到了。」只因此書狄青卸甲解袍卸跌下來。當時楊元帥心中明白，那裡按捺得定，只得立起位，一手還拿上方劍，一手接持家書。一瞧，乃祖母大人來的家書。只因在著帥堂上，不便拆書觀看，且

❷ 有竅：條理通達。

收藏袖中。明知祖母大人要保庇狄青之意，一把上方寶劍持定，發又發不出，放又放不下。正有些事在兩難，便對范爺曰：「禮部大人，狄青兩顆首級，他說是焦廷貴拿回，但今是真是假，須問焦廷貴才知明白。爾道如何？」范仲淹聽了，冷笑自言想：方才要將狄青處斬，如今看爾殺得成他否？即言曰：「狄欽差過卻限期，罪之一也；失去征衣，罪之二也；冒功抵罪，罪之三也；辱罵元帥，罪之四也。正他處斬之罪還輕，本該碎剮屍骸方正軍法。」這幾句言辭，說得元帥臉色無光，只轉向西邊，呼問楊青，言：「狄青失去征衣，已該正罪，但有此大功，可以抵償。然待焦廷貴方知明白。不知老將軍怎樣主裁？」楊青曰：「生死之權，多在元帥手中，緣何動問起小將來？倘吾勸諫不要斬他，又補賠還不得征衣。此事至干重大，吾實不敢擔當多言喋喋也。」

當時言語，又說得元帥滿臉通紅，呆呆不發。只得吩咐刀斧手且住。又推轉狄青，徐呼：「狄青，爾既收除了贊天王、子牙猜，可將其情由細細言明本帥得知。」狄青帶怒大呼：「楊宗保且聽著！」將失征衣在磨盤山，後往大狼山殺了二將，交首級與焦廷貴先回關中報知，一一說明。復言：「吾立下此戰功，可以抵償了失征衣之罪。爾今實貪冒吾大功，害我一命耳。」元帥聞言，心中不安。楊青笑曰：「妙！妙！兩顆人頭，三人的功勞，這場官司打鬥訟來，著實好看不過也。」

元帥即吩咐傳進李成、李岱父子。二人聞令，即齊來進見元帥。只因官卑職小，自然該當跪下。父跪東，子跪西，言：「卑職李成、李岱謝帥爺賜燕。」元帥呼：「李成、李岱，這贊天王、子牙猜二將，乃欽差狄王親箭射刀傷的，爾父子二人為何冒認了他的功勞？該當何罪？」李成見問及，嚇驚不小；李岱慌張得頭也不敢抬。李成想來：只道功勞是焦廷貴的，故立心冒認了，希圖富貴，豈知乃狄王親功勞。也罷，事已至此，木已成舟，但抵罪不招，要冒到底了，呼：「元帥爺，實是卑職箭射贊天王，兒子刀傷子牙猜，豈敢冒別人之功以欺元帥的！」元帥曰：「狄青，那裡李成、李岱認是他功勞，現有兩顆首級為憑，緣何反說是爾之功？李成、李岱現在這裡，爾且與他對質來。」狄青曰：「既捆綁了本官，殺之何難，何必多詰言的！」元帥即吩咐放了捆綁，覺得面無容光，上方寶劍只得放下。不知狄青如何對質分明，且看下回分解。

第三十五回　帥堂上烈漢嗔功　水窖中莽將逢救

詩曰：

貧富窮通❶各有時，強求未必遂如期。
樂天聽命何云辱，知足無憂古訓辭。

當時楊元帥收回上方寶劍，呼：「李成、李岱，狄王親在此，爾與他質對分明。」李成曰：「是卑職父子功勞，不消對質了。」元帥又喚狄青：「若是爾的功勞，為何並無一言與李成父子對話？」狄青曰：「李成父子何等之人，教堂堂一品，青衣禿首，與他講話的？」元帥又呼左右復還他盔甲。狄青穿戴回盔甲，怒目縱眉，大言曰：「拿首級回關者乃焦廷貴，若要分明此功，須待焦廷貴回關見證。本官與這李成對質，總什麼用？猶如虎犬同堂，豈不威光滅盡！」范爺聽了，點頭答言曰：「欽差大臣如何與冒功的犯人言論？失了帥堂之威。」楊元帥喝聲：「將李成、李岱拿下！」左右刀斧手答應一聲，登時將李成父子拿下。可笑一念之貪，至弄巧反拙。元帥即差孟定國將李成、李岱管守，

❶ 窮通：貧困與顯達。

又拔令喚沈達速往五雲汛，確查十三夜可有贊天王、子牙猜二人酒醉踏雪私行否。沈達得令，快馬加鞭而去。再令精細兵丁查訪焦先鋒去處。「二位大人且與狄欽差做個保人如何？」范、楊二人曰：「事關重大，保人難做的，休來惠賜也。」元帥曰：「暫做何妨？」言來只覺少面光，退下帥堂，進裡廂去了。

當時失去征衣的事情丟拋一邊，重在冒功之事，只等待焦廷貴回來，就得明白。范仲淹見元帥退堂，笑曰：「元帥方才氣昂昂，只怪狄王親。只因理上頗偏，又有佘太君書一封，要殺要斬，竟難下手。」楊青曰：「方才險些兒氣壞吾老人家！觀王親大人，好像一位奇男子，說得理上，烈烈錚錚的敏捷。但不用心煩，待焦莽夫回來，自有公論。且先到吾衙中敘話如何？」狄爺曰：「多謝老將軍！」楊青又呼：「范大人，同往如何？」范爺應允，三人同行。

又說關中眾文武官員，爾言我語，喧嘩談論短長，不關正傳不錄。有孟定國奉了元帥將令，收管李成父子，上了鎖具，不表。

又言李岱呼：「爹爹，太太平平，安安逸逸，做個把小武官，豈不逍遙？因何自尋出煩惱，痴心妄想榮華？豈知今日大禍臨身，皆由不安守天命也。」李成嘆聲：「我兒，這件事情多是焦廷貴不好，狄欽差功勞，他說己之功勞。若還說明狄欽差戰功，我也決不將他弄死，決不冒認此功了。」李岱曰：「爹爹，明日追究起來，招也要死，不招也要亡，如何是好？」李成曰：「我兒，擋抵一頓夾棍，即夾斷兩腿，總然招認不得。」

不言父子二人之說，且表元帥進至帥府內，拆展祖母家書一瞧。看罷言：「祖母大人，若是狄青過了限期幾天，孫兒敢不依命周全？無奈征衣盡失，大罪豈得姑寬？連及孫兒也有失於捕盜之罪。如若狄青果有戰功，還可以將功消罪。但不知焦廷貴那裡去了？想來定然李成父子希圖富貴，謀害了焦廷貴，混拿了首級，到來冒功的。倘焦廷貴果遭其陷害，這樁公案怎生了結？」是夜，元帥悶悶不樂，也且慢表。

再言副將沈達，奉了元帥將令，帶了數十名兵丁，向五雲汛而來。先說焦廷貴，一夜昏沈在水窖中。若講水窖，差不多有二丈深，李成將他拋撂下去，跌撲也死了；縱然跌撲不死，天寒大雪，也寒浸死了。今日焦廷貴不死，想必還要與國家效力，立建武功的，不當胡亂死於李成之手，故得地頭上神祇救護，寒跌不死，亦造化定分也。但彼貪圖口腹，滿口胡言，冒了別人功勞，使人爭論不明，罰他小小磨難，也是報復之公耳。

一夜及至天明，蒙汗藥已醒，焦廷貴已忘記了昨夜事情，反說浴堂內結了水窖，還要洗什麼澡。手足一伸，呼道：「不好了！那個狗囊將吾身體捆綁了麼？」口中大罵不止：「那個狗王巴要吾焦老爺的性命？」兩手一伸，斷了繩索，又將腿上麻繩解下，周圍一看，說：「不好了！此方黑暗暗，是什麼所在？」又細細想來：昨天要打悶棍打不著，做了擋路神；後同狄欽差往大狼山，一款戲法射死了贊天王，一劇戲文弄死了子牙猜；番兵大隊殺來，吾挑了人頭兩顆，往三關討救兵，打從汛上過，教李守備請吾吃酒。怎的吃到這個所在來的？是了，定然吾吃醉而回，卻被歹人鼠盜劫了東西，捆綁身軀，撂在水窖裏，凍得吾死了一般。想來我一身空空如此，又無什麼好東西、多金帛，莫非劫吾雞巴去的？真乃可惡的狗強盜！大罵時，東西跳躍，但並無一處路相通。幾次撈住鐵棍扳上，有二丈多深難以爬上。山高廣大，人到又稀，只憐焦廷貴，到了下午時分，方得一樵子經過，只聞呼曰：「救人啊！吾焦老爺也寒凍死了。」

那樵子住步，四下一瞧，言：「奇了，何處聲聲喊救？」不覺行至水窖，原乃跌下一人。又聞呼喊，曰：「上面那人，拉了焦老爺上來，妙過買烏龜放生的。」樵子曰：「爾是將燒焦老的人麼？」焦廷貴喝聲：「膽大戎囊！吾乃三關焦將軍，那人不聞名的，豈是燒焦老的？」樵夫笑曰：「原來三關上的焦黑將軍也，多多有罪了。」焦廷貴喝曰：「吾不過面貌黑色，豈是燒老焦黑的麼？不必多言，快些拉吾起來，到衙中吃酒。」樵夫聽罷，笑曰：「原來是個酒徒。」即將繩索放下。幸得手中還長二三尺，焦廷貴兩手挽住麻繩，雙足蹬著鐵棍。這樵夫幸喜氣力很大，兩手一操，吊將起來，大呼曰：「像著死屍一般的沈重！」焦廷貴上得來，喝聲：「多言！得罪吾焦將軍麼？」樵子曰：「焦黑將軍，爾方才言過請吾吃酒，休要失信的。」焦廷貴曰：「爾要酒吃也何難，且隨吾來。」樵夫曰：「焦黑將軍那裡去？」焦廷貴曰：「且到李守備衙中去，即有酒吞了。」樵夫曰：「吾不去的。」焦廷貴曰：「爾何不往？」樵夫曰：「李守備那個兒子李岱，前月來吾家中強奸吾妻，被吾取尿一缸撒去，他方才奔了。我今若到他衙裡來，此人豈不記恨前情麼？定然要報雪此恨了。」焦廷貴曰：「如此說來，爾定然不去，焦將軍一人去也。」撒開大步，奔走如飛。樵夫見了，發笑不已：「莫非此人是個癲呆的麼？」

不談樵子歸家去，書接前文。莽漢因又到來守備衙中，高聲呼喊門上的。有管門的王龍出外一看，呼聲：「焦將軍爺，昨夜那裡去了？為何今日又來？」焦廷貴喝聲：「來不得的麼？速些喚這兩名官兒來便了！」王龍曰：「兩位老爺都出外去了。」焦廷貴喝聲：「狗奴才！無非言我又要吃酒的，虛言相哄，言兩個狗官不在麼。吾今不吃酒，只要用飯了。」口中言，大步已踏到裡邊來，當中坐下，雙手拍案，喝聲響震，大呼：「李成！李岱！在那裡？」焦廷貴大罵，催取用膳。當時府內人免不得稟知。沈氏恭人❷聞言，嚇驚不已，說聲：「不好了！焦廷貴不死，即死他父子了。」只得吩咐備酒飯出去。奶奶思量下些毒藥，怎奈日間人目眾多，反為不美。沈氏當時心如焚爍。

卻言副將沈達一路上查來，沒有蹤跡。只因此事李成說是初更已盡之時的事情，是以汛地上眾百姓軍民都說不知。一程又到守備衙中查問，眾兵役也說不知。當日沈達一到，只有守門王龍理會，猜著：「定然老爺害了焦廷貴，拿了人頭往三關上獻功。這是膽大如天的行險也。如若焦廷貴死了倒也不妨，如今焦廷貴現在，老爺、公子便有喪身之禍了。」

慢說王龍自語自驚，有沈將軍一到了守備衙中，進府堂內見了焦廷貴，不覺又驚又喜，呼聲：「焦將軍，爾吃酒好有興的！還不快些回關去。」焦廷貴見，笑曰：「沈將軍，因何爾也到此處來？」又說明，沈達為人最是把細，想來：這是事關天大，只好在元帥跟前方好說明白；若在此處說知，倘被他癲性發作，惡狠狠一刻殺出，不好看來了。若說明白，猶恐招惹違令之責，不若暫瞞了這狂莽酒徒的妙。即呼：「焦將軍，元帥差爾催取軍衣，到底軍衣到否？狄欽差在那裡？為何爾也違將令而耽擱限期？」焦廷貴曰：「沈將軍，不要說起來，吾昨夜食醉了酒，跌下水窨中，險些寒凍死了，還顧得什麼征衣軍令的鳥娘！」沈達曰：「元帥只因爾違誤軍令，大震發怒，特差吾來抓爾回去。如若再

❷ 恭人：原指古代婦人的封號，此處是對官吏妻子的尊稱。

延遲，取下首級，然後回關。」焦廷貴曰：「遲些即取去首級回去？不好了！去了首級，用什麼東西吃飯？速速走罷。」沈達曰：「刀馬在那裡？」焦廷貴曰：「失掉去了。鐵棍也跌下水窖中。」沈達曰：「不中用的東西！」焦廷貴曰：「若是中用的，不在水窖中過夜了。」

慢表沈達帶回兵丁、焦廷貴而去，又說李守備府王龍，當日被嚇得驚呆不已，只悄悄到著三關打聽消息去了。又言沈氏在內堂，倍加著急，呼天呼地呼神祇，只願父子平安無事回來便好了。但想此事，原是老爺欠主張，及早殺了焦莽夫，方免後禍的，因何將他活活的擱拋在水窖裡？豈料他偏偏不死，又得回關。如今凶多吉少，如何是好？免不得父子同歸刀下而亡。

丟開沈氏心中驚亂，再說焦廷貴、沈達二人飛跑，馬不停蹄，到得關來已有二更天了。內重關已緊閉下鎖，沈達只得邀他到己之衙府中。登時吩咐擺酒，二人雙雙對酌。爾一盃，我一盞，半酣之間，沈達向焦廷貴呼：「焦將軍，如今此事要動問爾了。」焦廷貴曰：「沈老爺詰問吾什麼事來？」沈達曰：「元帥差爾催趲軍衣，因何一去不回，反在水窖中過夜？又在守備衙中吃酒，是何緣故？」焦廷貴曰：「沈老爺不要言來，吾焦廷貴真乃倒運也。」即將來去情由細細說明。沈達聽了，點首明白。又將李成父子冒功細細達知。此番焦廷貴大怒，咆哮如雷，火光直噴，呼：「沈老爺！我原想不起怎生在水窖裡過夜，原來是李成父子將吾弄醉，丟拋在水窖裡，拿卻人頭去冒功。可惱！可惱！這還了得！待吾連夜回去，將他狗男畜女，大小齊齊殺盡，還出不得吾之氣忿也！」沈達曰：「焦將軍，去不得的。」焦廷貴曰：「有什麼去不得的？只消吾兩足飛奔，明天早到汛了。」沈達曰：「不然了，李成父子已經拿下。爾今不知，只要爾回來詢質明白，李成、李岱的性命即難保了，何勞爾去將他殺的？是是非非，總在明天了。」焦廷貴曰：「沈老爺，待吾先往殺他家口男女，留下李成父子，難道沒有憑證的麼？」沈達曰：「軍中自有一定之法。他雖有罪，但罪不及於妻孥❸。若爾不奉法令，擅自殺人，豈得無罪的？斷然是動不得，不可造次也。」焦廷貴曰：「但氣忿他不過的！但這個人情賣在沈老爺面上來，乃便宜了這班奸黨了。」沈達曰：「焦將軍，明日元帥審問起來，汝便怎生對質他？」焦廷貴曰：「吾只言狄王親一弄戲法，射死贊天王，一弄戲文，刀劈子牙猜，吾代他挑了首級，道經五雲汛，被李成父子用酒灌醉捆綁了去，拋下水窖中，拿了首級，前來冒認功勞。汝道是否？」不知沈達如何答話，且看下回分解。

❸ 妻孥：妻子兒女。

第三十六回　莽先鋒質證冒功　刁守備強詞奪理

詩曰：

英雄量大福仍大，奸佞機深禍更深。
昧法瞞天終洩漏，千秋只染臭名音。

當下焦廷貴呼：「沈老爺，小將明日如此證他冒功，管教李成父子頭兒滾下來。」沈達笑曰：「憂他頭兒不滾下的！」是夜不表。

到了次日，太陽東升，轅門炮鼓響鳴，文武官員穿袍盔甲，兵丁刀斧如銀明亮。楊元帥升了中軍公位，身穿大紅文武袍，背插繡龍旗八面，腰圍寶玉赤金緣，頭上朝陽金盔戴起，雙足戰靴蹬踏，真乃浩氣騰騰，威嚴凜凜，乃宋朝一位保國功勛，寄命❶大臣。有詩贊曰：

六尺之孤托大臣，邊疆首重撫三軍。

❶ 寄命：此處指使百姓生命有所寄託。

雪梅❷輔弼文官任，攘寇除凶賴武勛。

左位有范禮部，右坐有安西楊老將軍。文員袍服分班立，武將戎裝合集站。狄青上帳見禮畢，即於范仲淹位下攞坐金椅位。昨天要正軍法斬首，今天元帥不即深究，又命人攞了座位，實乃元帥心中明白了李成父子冒認戰功。又有沈達上帳繳令：「啟稟元帥：昨天奉令往五雲汛細細查確，據眾軍民都言夜深人靜，並不知其情有無此事。但焦廷貴拿了兩顆首級道經五雲汛上，被李成父子灌得大醉，捆綁身軀，拋於水窖中一夜，直至昨天午時分，虧得一樵夫將他扯吊上，如今現在轅門候令。」元帥曰：「果有此事？李成父子冒功無疑了。」吩咐孟定國抓李成、李岱到來。孟將軍奉令，展出虎威，抓拿到二犯，拍搭在地。父子不啻磕頭蟲一般，呼：「元帥開恩！卑職父子實乃有功之人。」元帥大喝：「該死的狗官！本帥已經差將查明五雲汛上並沒有贊天王、子牙猜二人酒醉夜出之事，爾敢無中生有，揑誑虛言，冒認功勞的麼？」李成曰：「元帥，其時只為更夜已深，汛上軍民多已睡熟，是以無人得知。」元帥喝聲：「佞口的狗奴才！本帥且問汝，因甚用酒弄醉焦先鋒，捆綁拋於水窖中？一心希圖富貴，將人陷害，取了首級來冒功，忍心害理，畜類不如！」

父子聞言，嚇得大驚，猶比頭顱上打個大霹靂。李岱想來：這件事情，料想抵賴不過的，不如招了，免挨夾棍之苦。那曉得李成立定主意，只願抵死不招。李岱無奈，只得隨著父親抵賴不招。李守備只管叩頭，「元帥爺」連連呼叫不已，言：「並不曾將焦先鋒灌醉拋下水窖中，豈敢在元帥臺前欺

❷ 雪梅：此處喻高潔。

心謊言。上有青天，下有地祇，三光日月，怎敢將人謀害。」元帥聞言大怒，重重喝令：「傳進焦廷貴。」

這焦廷貴一進至帥堂，怒氣沖沖搶上，靴尖將李成、李岱踢打不已，大罵：「好膽大的烏龜的李成！狗王巴的李岱！將吾弄得大醉，捆綁了丟下水窖中，至吾寒得幾乎險死。可惱爾喪良狼心賊，一刻處死爾兩個狗畜類，也難消吾忿氣！」父子二人呼叫「焦將軍」不止，言：「卑職父子沒有此事，怎敢斗膽陷害焦將軍？望乞饒恕了卑職的狗命罷！」焦廷貴喝聲：「狼心狗肺的戎囊，也要命麼？難道本將軍由爾捆綁了，拋在水窖中，拿首級來冒功，便不要性命的？」李成曰：「焦將軍，休得枉屈了人，卑職父子那有此事？」焦廷貴大怒，喝曰：「還言枉屈爾麼？好畜類！」靴尖踢打不已，父子二人呼叫將軍不已的討饒。范爺喝曰：「帥堂之上，不許喧嘩。焦廷貴休得囉唣，失了軍規。」楊元帥問曰：「焦廷貴，本帥差爾催趲狄欽差征衣，為何反在五雲汛而去？李成父子怎生將爾弄醉，且細說明本帥得知。」

當時焦廷貴從奉令未到軍營，先逢李義尋找狄青，又說至生心圖謀狄青之龍駒馬。又略表明，焦廷貴乃一直性莽英雄，從來說話有一句言一句，即做賊盜，做烏龜，也要說個明明白白，藏留不住一句，所以他搶掠東西的行為也要直言出來。元帥曰：「蠢匹夫！身為將士，立此歪心，一鄙陋小民耳！敢於本帥跟前胡說也。」焦廷貴呼曰：「元帥，有些緣故。當時小將見此馬乃一匹異色龍駒，意欲做個打悶棍人，搶劫了這匹異駒，回來送與元帥乘坐。」元帥喝聲：「該罪的蠢匹夫！」怒基❸一拍，

❸ 怒基：此處當指驚堂木。

兩旁吆喝齊聲。焦廷貴慌忙打拱，再言悶棍打不進，直言得功，道經五雲汛，腹中飢了，只得進守備衙中討膳一飽，然後跑走。「不想被他父子弄醉，捆縛身軀，拋下水窖，幾乎寒凍死。混拿首級來冒功，險將小將與狄王親一命遭此惡狠毒手。這兩員狗官，雖粉身碎骨，不足以盡其辜的。」

元帥聽了，冷笑一聲，喝呼：「李成、李岱！焦先鋒說得有憑有據，爾還不招認冒功麼？」李成曰：「元帥，這些虛言何足為據？實乃卑職箭射贊天王，兒子刀傷子牙猜，現有兩顆首級為憑。若是狄欽差之功勞，何故並無首級？卑職現有首級為憑，倒是假的；狄王親沒有首級可據，倒是真的？只求元帥將卑職父子與狄王親、焦將軍狠夾起來，便分真假了。」

焦廷貴聽得，怒氣沖沖，搶上一抓提起，喝聲：「膽大狗畜牲！吾的首級被爾盜來，自然沒了憑證的。」又呼：「元帥不必問長問短，快將兩個狗官正法便了！」元帥曰：「焦廷貴不必動手。」又呼：「李成，既是爾父子的功勞，可曉得贊天王、子牙猜頭上戴什麼盔，身中穿什麼戰袍？須說得對準，才算爾的功勞。」李成想來：須要說得情形相配才好。又想：焦廷貴只有兩顆光光人頭，沒有盔帽的。若說酒醉踏雪，決無有盔甲在身的。便呼：「元帥爺，這贊天王頭戴螺皮玄皮帽，身穿大紅袍；子牙猜身穿玄色戰袍，頭上紅幘子。」李成說未完，焦廷貴高聲大喝：「爾該死的狗囊！說什麼皮螺帽子，烏爾的娘！」伸手向胸懷中取出踏扁頭盔，呼：「元帥！這是贊天王的盔，這是子牙猜的盔，無意之中帶藏在此。人都說我呆痴，今日也不算痴了。」李成想來：若吾知爾有踏扁頭盔藏在懷內，早已拿出來了。元帥曰：「李成，如今還有何分辯？」李成曰：「元帥，不知道焦將軍那裡找來此盔搪塞元帥。揆❹其情，度其理，實乃欽差失去征衣，故以買囑焦將軍為硬證，冒著功勞，欺瞞元帥的。」

范爺曰：「李成，本部且問爾：二賊人既有首級，被爾父子乘其不備所殺，豈無身體的？倘二賊人身體尚在，爾找得來，也算爾之功。」范爺詢詰也詰得透；李成辯答也辯答得妙。即言：「他二人原有四個隨從同走，已將身體搶回去了。」范爺曰：「他馬匹何在？」李成曰：「他是雪夜步行，那有馬匹？」狄爺聽了，不覺微笑，嘆聲：「辯得清楚，好個伶牙俐齒的刁奸賊也。」

帥堂之上，正在審詰未得分明，忽有軍兵來報：「啟上元帥爺：今有八卦山伍鬚丰合同大小孟洋統領三十萬雄師，將四城圍困了，要與欽差狄大人會戰，要報贊天王、子牙猜之仇，十分猖獗。請元帥爺定奪。」元帥打發報軍兵去了，想：西兵捲地而來圍困，我也曾會敵過紅鬚三眼將，身高丈餘，十分凶勇，在八卦山屯紮，與贊天王大狼山相隔一百二十里，兩邊成列犄角❺之勢，實稱勁敵。今天盡起雄師而來，只因狄青殺了他二員猛將也。當下大呼：「李成，若果然是爾父子二人功勞，為什麼賊將伍鬚丰反不與爾父子討仇，偏偏要狄欽差會戰，何說？」李成曰：「元帥，這個緣故，卑職卻不曉得賊將伍鬚丰怎麼與狄欽差討戰。那段功勞，只是吾父子的。」元帥喝聲：「佞口賊！明白到此也不招認麼？」

忽又報到：「元帥爺！西兵攻打四關甚急，請令定奪。」狄爺聽了，立起位呼：「元帥，既是西寇猖狂，待小將出馬，或藉元帥之威，以立寸功。」元帥正要開言，焦廷貴曰：「且慢！爾的仙法奇巧雖好，但今用爾不著。」又言：「元帥，李成父子既能收除贊天王、子牙猜，待他二人出馬與西戎

---

❹ 揆：測度。

❺ 犄角：亦作「掎角」。角，抓角；掎，拉腿。原以此形容合捕鹿之態，後因稱分兵牽制或夾擊敵人為掎角。

對壘，倘殺得退敵兵，便是他功勞；倘殺敗了，是個無能之輩，休思此段功勞，是冒認已真了。未知元帥意見如何？」當時焦廷貴雖然魯莽，卻有此主見：倘他父子出敵，必被西兵一刀一個，豈不省卻多煩折？

元帥曰：「匹夫說來，乃不知進退之見，說什麼！倘或李成父子殺了，不須言，必被番蠻衝進關中，那敢擔此干係？」焦廷貴曰：「不妨。倘他父子出敵，待小將隨後掠陣，不許西兵衝進關來。」范爺曰：「焦廷貴也有三分近理。如若狄欽差在大狼山收除了贊天王、子牙猜，這大小孟洋定然認識他，見了李成、李岱，自然說不是狄欽差，仍要見他交戰的。果然西戎二將在五雲汛被他父子所傷了，大小孟洋定然有說了，那時真假可立分的。」焦廷貴曰：「吾願往做個見證。」楊青笑曰：「范大人之言公斷不差，元帥可准依。」元帥聽了點首，即差李成、李岱領兵出敵，唯當小心。父子二人聞令，嚇得膽戰心驚，父子叩首，求元帥免差。

元帥曰：「爾父子身居武職，必與朝廷出力。沙場對敵，乃武將之常，何得推諉？」李成懇告曰：「卑職父子雖云武職，只好守著近汛查詰奸民，若要打仗交鋒，實在弄不來的。」元帥喝曰：「身作武員，如何畏懼對壘交鋒？許多將士，誰敢違吾號令，爾敢不遵將令麼！」焦廷貴大喝：「狗囊子！做了武官，全仗交鋒對敵之勞。若爾這般貪生畏死，朝廷何用養軍蓄將？倘不遵元帥將令，伸舒狗頭吃刀。爾若殺不過敵人，自有吾在此幫助汝二人。」

父子聽了無奈，只得膽戰心驚，令已領了，呼：「元帥，卑職父子出關抵敵便了。」元帥又給盔甲、馬匹與他，父子二人手持兵器，帶兵一萬而去。焦廷貴在著後遠遠跟隨著。李成暗對李岱曰：「再不想冒功冒出這般事來，今日可以死得成了。」李岱曰：「爹爹好好的守著汛地上，吃的現成俸祿，逍逍遙遙，豈不是好？為貪富貴高官，拿了人頭來冒功，膝蓋兒也跪得痛破了，不想仍要死的。」

不言父子一路出關，懊悔不已。有關內狄爺起位，呼：「元帥，我想李成父子豈是西戎將兵對手！不若待小將出馬，幫助抵敵如何？」元帥曰：「這伍鬚丰也是西戎一員有名上將，身為賊帥，本領不弱於贊天王、子牙猜二人。爾既出敵，須要小心。」狄爺稱言領令。元帥復喚：「狄王親，須帶多少軍馬，乃可退敵？」狄爺曰：「須得二萬兵丁。方才李成共是三萬，盡足了。」當時元帥打發二萬銳兵，與狄青出關接應；楊青老將也帶兵一萬，隨後跟著孟定國、沈達等，另有一班武將、副將，一一不能盡述。炮響連天，衝關而出。當日楊元帥深知西戎將兵勢大，故仍令眾將領兵助戰。時發兵已畢，與范仲淹登上高城觀看。

卻說炮響一聲，關門大開，李成父子二人心驚膽碎，魄散魂飛。李成提槍不起，李岱伭伏於馬鞍，一萬精兵紛紛湧出。只見西戎兵列成陣勢，倒海推山一般，劍戟如林之銳。有西戎國大元帥伍鬚丰，座下花斑馬，手持鋼鐵金鞭丈餘長，耀日光輝燦燦。不知李成父子如何迎敵，三關怎樣解圍，且看下回分解。

第三十七回　刻日連傷三猛將　同時即戮兩微員

詩曰：

運會與隆將勇集，邊疆破敵立功超。
五鳳樓❶前登偉績，麒麟閣上姓名標。

卻說西戎主帥伍鬚丰列開陣勢，左有大孟洋，右有小孟洋，三十萬兵，旌旗密布，器械交森。這李成父子一出至陣前，驚慌得幾乎墜於馬下，槍刀早已落下塵埃。伍鬚丰一馬飛出，大喝：「宋將何名？因甚如此驚懼？莫非不是狄青麼？本帥金鞭之下不死無名之將，快些通下名來，好送爾狗命！」金鞭高舉，嚇得父子二人抖震騰騰，倒伏馬鞍上，叩首不已，連呼：「伍大元帥，吾名李成，現為守備微員。原無計謀力量，無奈勉強臨陣的。望乞元帥饒吾一命，永沾大恩。」伍鬚丰聽了，不覺發笑一聲言：「楊宗保氣數已絕，打發這樣東西出陣混耍。也罷，饒爾的狗命。」李成曰：「多謝伍元帥。」

❶ 五鳳樓：唐和後梁在洛陽皆有五鳳樓，舊時借喻能文的人為造五鳳樓手。此處借用以與後句中的「麒麟閣」相對應。

貼馬鞍，叩頭不住。

李岱曰：「伍元帥，此是奉楊元帥所差。只因軍令難違，無奈出陣，只求元帥開恩，留吾性命。」伏是五雲汛的千總官兒，從來不會相爭相殺的。」伍驤丰曰：「爾既不會上陣交鋒，來到陣中何故？」伍驤丰又喝道：「馬上倒伏的，要死還要活？」李岱曰：「元帥，懇乞勿動手，且開恩。吾名李岱，

伍驤丰見了，言曰：「果然不濟了，又是個沒用的東西。楊宗保這般倒運，只打發此廢物來奚落本帥，好生可惡。本帥的金鞭之下，慣打有名上將，今日取了爾小卒性命，豈不污了吾的金鞭，饒爾去罷！」李岱曰：「沾元帥大恩。」父子得命，喜揚揚心安了。焦廷貴一見，怒氣沖沖，大喝：「兩名狗官，為何如此畏死貪生，倒滅了吾元帥之威？」父子不回言答話，只轉馬跑回。廷貴只恐二人逃走了，上前一手撈一人，拿翻下馬，交付與孟定國收管了；復又帶兵一萬出關。

伍驤丰正帶領眾將兵衝殺進關，早有焦廷貴率眾兵湧出。狄爺又統領二萬銳軍，一馬飛出，攔阻伍驤丰，金刀耀日，高聲大喝：「叛賊奴！爾何人？且通報名來！」伍驤丰曰：「吾乃西夏國趙王駕下滅宋元帥伍驤丰是也。爾這無名小卒，可是狄青麼？且報上名來，好送爾歸陰。」狄青喝曰：「叛賊奴！既知本官名望，還不倒戈投降，獻上首級來！且看刀！」言未了，金刀砍去。伍元帥一閃，金鞭復又打來。狄爺還刀、急架，攔腰復斬。二員虎將殺戰沙場。西戎兵刀斧交加，宋將喝令數萬雄師奮勇殺上。西兵勢倒，各自退後，自相殘踏，死者甚多。

又言狄青與伍驤丰，連人馬相比，狄青還短四尺，所以交鋒時伍驤丰低頭，狄青仰面，所以金刀發動處只好在他腰膊左右。但伍驤丰的力狠強猛，狄青不過以刀法抵擋，衝鋒十餘合，覺得抵敵不能，

只一馬退後半箭，取出人面金牌帶上，念聲「無量壽佛」，只聽得半空中雷鳴響震，一派金光罩目。伍鬚丰一馬正在追去，忽然金鞭跌地，目定口呆不語，直僵僵的跌下馬來，八竅流紅——只為他多生一目，故八竅血流。焦廷貴早已見了，飛步搶來，砍為兩段。王天君❷歸於聖帝殿中。有大小孟洋，氣怒塞胸，一持大斧，一提長槍，大喝「狄青」！飛馬奔來。狄青法寶尚未收還，連連咒念「無量佛」數聲，金光閃閃飛揚，一聲轟響，二賊將翻身下塵埃，七竅血流。焦廷貴仍把割下首級三顆，共為一束，笑曰：「果好妙！妙仙戲！」

又說明：狄青這兩件法寶，只收除得聖帝殿前神將，這些副將眾軍，都不在其中，故而沒有應驗。如有應驗者，豈不人人盡死，個個皆亡，狄青可以一戰成功了？大孟洋是張元帥，小孟洋是鄧將軍，一日同歸真武殿。只有三十萬賊兵，見主將盡死，嚇得四散奔逃，卻被宋兵奮勇追殺得真乃可憫可憐，屍橫遍野，鮮血滾流，只逃走脫的數萬殘兵，跑回八卦山，合會仕山的眾兵，也有數萬，走回西羌而去。未知又那將來爭鋒，下文交代。

當日沙場中，狄青收回法寶。焦廷貴大悅，拿了三顆首級，拋擲起空中又接回，大呼曰：「狄王親好戲法也！」狄青意欲帶兵殺上大狼山，要斬除盡賊營，只見天色已晚，只得收兵回關。楊元帥喜色揚揚，與范禮部齊步出關，迎接進內。各告禮，四人坐於帥堂，狄青刀馬自有小軍牽抬去了。元帥曰：「狄王親如此英年神武，今復盡除勍寇，立此重功，小帥有何顏面執此兵符，居此重位？告歸在即，托王親也。」狄爺曰：「小將那裡敢當？元帥重言謬獎了。」焦廷貴又提三顆人頭呼：「元

❷ 王天君：神話傳說中真武大帝屬下的神將，下文中的張元帥、鄧將軍也同樣如此。

帥，好一段戲文，殺了三名賊將，真成仙戲了。」元帥喝聲：「匹夫休得戲言！」吩咐拿出轅門號令。

又敘明：狄青到關，已有兩天，緣何張忠、李義、李繼英並三千軍馬不見提出？因狄青昨天性命尚且未保，故未對元帥說明。他一到了，即交歸關內大營，張忠三人守候狄欽差回音，故略按下。當時元帥又曰：「狄王親立下此大戰功，實為可敬。聖上洪福，故天授此韜略英雄。」狄爺拱手曰：「小將罪重如山，還望元帥大度雍容，小將即感恩了。」

元帥言罷，即吩咐擺宴慶功，並犒賞大小三軍眾將。又發令沈達，將被殺賊兵屍首覓地掩埋，未死的馬匹、械器、盔甲一一收管，暫入軍裝庫內。又將眾將功勞一一記錄畢，候再賞給。又傳孟定國：「李成、李岱何在？」孟將軍稟曰：「小將已收管在此。」元帥吩咐：「即速帶來！」孟將軍領命，即喚李成父子至帥堂，跪倒在塵埃。

父子二人齊呼曰：「元帥，卑職是有功之人，如今不望榮華富貴，只求元帥爺開恩復職，父子便深沾大恩不淺了。」元帥大震雷怒，拍案罵來：「喪心萬死！只貪圖富貴，便忍心傷人，如此心毒意狠，真乃畜類不如也！」李成曰：「元帥，這功勞實乃卑職父子的。」焦廷貴喝聲：「萬死的狗王巴！差爾出敵伍驤手，為什麼一見番將爾即叩頭不已，倒滅了元帥的威名？可惡的狗官！」李成曰：「元帥，卑職原說過並不會相爭廝殺。」焦廷貴曰：「可惱的狗官，將吾扔下水窖中，便會得緊？」

當下元帥喝令：「將李成父子捆綁起，推出轅門斬首正軍法！」父子乞曰：「元帥開恩，休要屈抹卑職父子功勞。」元帥大喝：「死在目前，還要冒功麼？」當時捆綁手將父子二人剝去衣帽，赤條條的，刀斧手登時提起大刀，推出轅門。一聲炮響，兩顆人頭落地，高掛上轅門號令，屍骸拋棄於荒郊野外。一心妄圖高官顯爵，立心傷害於人，是日過刀而亡，亦如斯狼心之一報也。

有王龍守門兵，上日急趕至三關，不分日夜在著附近打聽，方知楊元帥將父子二人一同正法。他即日夜如飛趕回，次日方到衙中，進內報知沈奶奶。這沈氏聞言，嚇得魂魄俱無，痛哭淒淒，咬牙切齒，深恨楊宗保：「若不伸冤雪仇，不算吾手段！」即日暗暗將父子的屍骸收拾埋掩了，又收拾好許多物件，帶了兩名使女，與王龍竟向東京西臺御史沈不清哥哥處商量翻冤，計較告御狀，又是一番混攪生端也，且慢表。

卻說楊元帥是日大排筵宴，慶賀大功，犒賞眾將士兵丁。且心愛敬小英雄，歡敘閒言談國家政務，狄爺一一對答如流。元帥大加讚嘆：「不意狄王親如斯年少，具此韜略奇能，真乃當今洪福，國彥降生也！」范爺、楊將軍也是大悅。四人爾言我論，甚覺投機。

元帥又言：「失去征衣，如何上本奏明聖上乃可？」狄爺曰：「元帥，今日西夏賊兵雖退，但大狼山餘寇未除。且待明日小將領兵，藉著元帥之威，或盡剿餘寇，奪回征衣，未可知也。望祈元帥上本周全些小將之罪，便足感元帥用情之德了。」元帥曰：「如若奪得轉回征衣，免了眾兵丁寒苦，本帥即當上本奏知聖上，抹過失去征衣之事，只將狄王親人功陳奏明，請旨薦爾執掌印令兵符，守保此關，本帥可以告退了。」狄爺曰：「元帥休出此言。小將乃初仕王家的晚輩，全無才德，敢當此萬觔❸重任？況有誤失征衣大罪，只可將功消罪，還敢望嘉獎？元帥重於過獎了，反使小將赧顏❹也。」元

---

❸ 觔：借用為「斤」。

❹ 赧顏：因慚愧而面赤。

帥曰：「不然。王親具此少年英略，本帥足以放心重托邊疆重任了。吾領守此關將已三十載，軍務太煩，自思年邁，及不得英年精銳時。如今交此任與王親，吾回京少奉年老萱親、高年祖母幾秋，以終天年也。」范爺、楊青曰：「元帥立意已定，王親休得推辭。有此大功，為帥何言是赧顏的？」言談已畢，是夜各歸營帳。

次日，元帥呼：「狄王親，如今仍勞爾往大狼山，剿除盡餘寇，奪回征衣，好待本帥備本回朝。」狄青曰：「元帥，小將如今要稟明了。」元帥曰：「王親有何酌量？」狄青曰：「小將有結盟義弟，現帶領三千兵，路護征衣，而現佇停關外。但張、李二將，本領不弱於小將，待他領兵往大狼山，自然奪取征衣而回。」

元帥曰：「王親既有二將隨來，何不早說？」狄爺曰：「昨天小將自命幾乎不保，那有心情及此二人。」元帥聽了，言：「昨天錯罪王親，休得見怪。」言罷，拔令焦廷貴言：「本帥著爾出關外，速傳張忠、李義到本帥營中，領兵二萬，前往進征大狼山餘寇，奪回丟失征衣，不得有違。」焦廷貴得令而出，傳知關外兩弟兄。張忠、李義領了雄兵二萬，提了刀槍，殺氣沖沖而去。

先說大狼山牛健、牛剛二人，一聞伍鬚丰已死，嚇得驚慌不定。皆因一時之錯，貪了些少金鈔，誤聽孫雲之言，劫去征衣，思害狄欽差。豈知投至此未滿七八天，眾賊兵盡消亡。想來狄青本領非凡利害也。牛健曰：「諒他們必要討取回征衣，倘他領兵剿搗，我輩怎能抵敵？如此危矣！」牛剛聽言，冷笑呼：「哥哥說此沒用之言，倘被旁人知之，羞慚難當的。」牛健曰：「兄弟，據爾之見若何？」牛剛曰：「有何難處？如今打發嘍囉，在著山前山後山左山右埋伏，倘有兵來，四邊發箭，他兵一退，即不妨了。」牛健曰：「此庸才算智！能有多少箭的？倘放完了，便吃虧了。如劫了別的東西還小故，如今劫了征衣，楊元帥怎肯干休？他關兵精糧足，被他經年累月來征剿，吾山中兵微糧寡，怎與爭鋒？」牛剛曰：「哥哥，如若不然，怎生算計乃可？」牛健曰：「吾也算計不來的。」牛剛曰：「罷了！吾二人不若即日帶兵投奔到西夏趙元昊，或投取一官，即永遠安身了。未知哥哥意下如何？」牛健曰：「賢弟若要做官，還在本邦故土的為美。據吾之見，棄此大狼山，親到轅門邊上叩見，退還軍衣，想楊元帥乃寬洪大度英雄，倘允收留，不究前非，收錄於麾下軍前效力，要做一個小小武員也何難的？想來強如在此落草為盜，是非結果收場也。況吾又不思九五之尊❺，無非靠著嘍囉在山前打劫小民，既非善行，又思量有日年高老邁之時，即打劫不得了，豈非無結果的？吾兄弟不如趁此機會，往投三關，待楊元帥收錄了，這是正路行為。」不知牛剛如何答話，往投三關否，且看下回分解。

❺ 九五之尊：舊時對帝王之位的代稱。

第三十八回　大狼山盜降宋室　楊元帥本薦英雄

詩曰：

天生豪傑護君王，保國安民賴將良。
運會當興賢者任，同心同德振邊疆。

卻說牛剛聽了牛健之言，氣昂昂呼：「哥哥，爾如此膽怯，稱什麼英雄？既為男子漢，須要自作自為的。奈何哥哥一心畏怯楊宗保，要往投降的？」牛健曰：「賢弟，爾休得一偏之見，聽吾之言，方是見機也。」牛剛曰：「哥哥，爾言無有不依，如要三關投順，弟斷不往也。哥哥立意要去，弟亦不相強留。」牛健曰：「既然賢弟不願同往，別有良圖，也罷，與爾分伙便了。」牛剛笑曰：「倒也不差。」當時牛健將在山的嘍囉兵帶了三千，盡將征衣裝載回車輛，出山而去。餘外的物件，牛健一些也不拿，留與牛剛受用。

牛剛曰：「哥哥此去，須要做個大大的官員，榮宗顯祖蔭子封妻才好。」牛健曰：「賢弟，爾做強盜，也要做得長久英雄的方妙。」牛剛笑曰：「且待看誰算的高。」當下牛健吩咐嘍囉三千，推押征衣三十萬，並劫來糧草，一同推下。炮響三聲，離山望三關路途而去。牛剛也不來相送，搖頭長嘆一聲，呼：「哥哥，爾緣何如此懼怯楊宗保，劫搶了征衣送交還？也罷，倘然他不允收錄於爾，那時一命難逃，反吃一刀之苦了。」

書中不表牛剛之言，再說李義、張忠，奉了元帥將令，帶領精兵二萬，將近燕子河，只見前面一標軍馬，直望而來。李義曰：「二哥，爾看前途那支人馬，那裡來的？」張忠曰：「三弟，此路軍馬，定然是殺不盡的餘寇也。」李義曰：「狄欽差立了大戰功，我二人也立一點小小功勞，爾道可否？」張忠曰：「說得有理。」吩咐軍士殺上前。當時二萬雄師，齊齊隊伍，殺奔上前。張忠、李義刀槍並舉，勇赳赳的，飛奔殺去。大喝：「殺不盡的反賊，那裡走！」

牛健一看，認得二人是護守征衣二將，知他是楊元帥麾下之人，今既去投降，必先向二人禮下，方是進見之機。即馬上欠身打拱，口呼：「二位將軍，吾不是西夏叛徒之黨，不必阻攔。」二將曰：「既不是叛徒，莫非強盜麼？」牛健曰：「吾原是強盜，如今不做了。強盜所為，非有結果的。」張忠曰：「爾是那方的強徒？今欲何往？」牛健曰：「二位將軍聽稟：吾本在磨盤山落草……」說未完，弟兄重重發怒，罵聲：「狗強盜，爾一班狗黨，劫搶去軍衣，險些兒欽差被害，連累及吾眾將兵關中三四十萬兵丁，俱受凍寒之苦。今日仇敵相遇，斷不容饒！」言未了，長槍大刀齊砍刺來。

牛健閃開刀，架過槍，即打拱呼：「二位將軍，請息雷霆之怒，且容小的奉告一言。」張忠、李義曰：「爾有話快言來！」牛健呼：「二位且聽稟：念小人一時不合誤聽了孫雲的言語唆弄，劫搶征衣，罪該萬死。即日劫上山，已悔之不及，恐妨連於欽差有罪，原要即日送還到關。不想牛剛兄弟不明，言已誤劫搶征衣，送還料楊元帥執罪不赦，不如獻送大狼山。是日心忙意亂，吾也依他，即晚放火燒山，投奔上大狼山，獻於贊天王，給賞眾軍。豈知他是西北外，所穿的都是皮襖毛衣，比中國征衣有天淵和暖之隔，故征衣原裝不動。吾今連劫來糧草，送還元帥，立志歸投效力，伏望將軍引見元帥。」張忠曰：「爾喚何名？」牛健曰：「小的名牛健。」李義曰：「還有一人在那裡？」牛健想來，若說明在大狼山，他二人必往尋牛剛了，故言：「他與吾已經分散，不知去向了。」張忠喝聲：「胡說！想爾們已經投順贊天王，即為敵國叛寇。今將征衣為由，其中定有計謀，莫不然差爾來作奸細，內應消息？」言罷，大刀砍去。李義長槍又刺。

牛健是有心投服，故仍不敢動手，幾次架閃開刀槍呼：「二位將軍，小人實有投降之心，望勿動疑。」張、李言曰：「爾既有投降之心，也罷，且盟下誓來方准爾。」牛健聞言呼：「天地昭然在上，吾牛健立心投順楊元帥麾下效力，若有絲毫歹意，口是心非，上遇神明責譴，在陣過刀而亡。」張忠、李義是個直性英雄，見他立下重咒，即放下刀槍，言曰：「我二人且留些情面，但作不得主張，且帶爾回關，待楊元帥定奪。如若元帥允准收留，是爾的造化；倘然不准投降，便不干吾二人事了。」牛健曰：「深謝二位將軍高義，還乞周全些。」張忠吩咐眾兵丁：「就此回關。」二將押兵而回。牛健隨後押著征衣車輛，仍從燕子河道而回。

有李義打算立功，呼：「張二哥，吾與爾到元帥帳前須說些謊語，也可立些功勞。」張忠曰：「三弟，爾怎生說謊可以立得戰功？」李義曰：「只言奉了元帥將令，殺到大狼山，殺得二牛大敗，被牛剛逃脫了，牛健已被擒回，取回征衣，奪轉糧草。如此，豈不爾我得功的？爾主見如何？」張忠曰：

「三弟，元帥案前且勿謊言，方見光明正大。即拿回強盜，討還征衣，也不算什麼功勞。且待有日血戰沙場，敵人授首，定國安邦，顯標名姓，方見馨香也。假功勞有何希罕的！豈可效著昨天李守備父子行為？」李義曰：「二哥這句言辭深為有理，到底不說謊言不欺公的好。」張忠曰：「這個自然。」路上二人談談說說，已是紅日西歸，早已封鎖關門，只得在外城屯紮一宵。

次早，元帥升坐中軍帳，文武官員多來參見畢，有焦廷貴上帳說：「啟稟元帥：於今有張忠、李義，帶領大軍前往大狼山，路逢強盜牛健投降，送還征衣，現於轅門外候令。」楊元帥喜色沖沖，連稱：「妙！妙！」吩咐速傳進二人。焦廷貴領令，不一刻間，張忠、李義報名，進至帥堂，參見過元帥，站立於兩旁。元帥虎目一瞧二將：一人面如棗色，一人臉如淡墨，體壯身魁，凜凜凶狠，不同凡將。元帥開言道：「張忠、李義，爾二人帶兵往大狼山討取征衣，事體如何，且細言本帥得知。」二將齊稟元帥：「小將奉令，帶兵未到大狼山，在燕子河即逢牛健，押解回原劫征衣並糧草。元帥，他自願投降，軍前效力，小將只得冒昧帶同牛健而來。准其投降否，伏祈元帥定裁。」元帥聞言點頭，又喚孟定國將征衣檢點明白，給散眾軍兵，糧餉貯歸軍庫。狄爺點首自言曰：「今朝才應聖僧之言，有失有歸，禍中而得福，毫釐不差也。」

不表狄青思忖，當日楊元帥吩咐捆綁進牛健至帥堂，跪於帳前，低頭伏地。元帥帶怒喝聲：「牛健，爾據占磨盤山為盜，本帥一向全爾螻蟻之命，故未來剿滅。爾蛆蟲群隊，今日擅敢劫搶御征衣，連累欽差、本帥，多有罪名。爾今又投於敵人麾下，今見賊人傾盡，進退無門，方來投順，本帥這裡用汝不著。」喝令刀斧手，推出轅門斬訖號令。牛健曰：「元帥爺開恩，聽稟告一言。原只因孫雲有書，投到磨盤山，教吾弟兄將征衣搶劫，原該如山重罪。一劫上山來，想起登時悔已不及，料得元帥震怒，大兵一至，吾弟兄休矣。登時原思送還，但都是吾弟牛剛不明，只恐元帥爺加罪，參唆吾發火燒山，投歸贊天王部下。但今糧草征衣原裝未動，今日小人悔改前非，特來獻降，願在元帥軍前牧馬效勞，以蓋前愆。伏乞開恩，留殘軀於一線，足見元帥爺仁恩。」元帥又問：「孫雲是何等之人，與爾書信往來？且直言，休得隱瞞。」牛健曰：「元帥，那孫雲的胞兄名孫秀，在朝現為兵部之職。」元帥曰：「如此，是孫秀之弟。」又呼：「王親大人，那孫雲與爾為仇麼？」狄爺細將情由說明，元帥方知其故。又問牛健：「那孫雲的來書何在？」牛健曰：「放火焚山，其書未存，已燒毀在山中了。」元帥曰：「狄王親，如若有書留存，本帥可以上本聲明，收除此賊了。怎奈憑證全無，言詞不足為據，如何是好？」狄爺曰：「元帥，孫雲雖然有罪，但今不得書為憑，他的惡貫未盈之故耳，今且慢除他。小人立心不善，下次豈無再作惡之時？待犯了大關節，再行除他未晚。」元帥喜曰：「狄王親海量仁慈，非人可及。」

又有焦廷貴半痴呆呼：「元帥，小將有稟。」元帥曰：「爾有何商議？」焦廷貴曰：「牛健是個信人，斷然殺不得！」元帥曰：「爾怎知他是信人？」焦廷貴曰：「他不是信人，怎肯聽信孫雲之言，劫了征衣，來害欽差，劫去又送還？況只有拿來犯人，沒有自來犯人。元帥是明理的，殺這自來盜寇，不是元帥欺著信善之人？」元帥大喝：「匹夫！胡言亂語。」又問：「范大人，怎生處決？」范爺曰：「想大狼山寇盡除，饒了他諒亦無妨。」楊青曰：「他投降既無歹心，何須殺卻此人。」狄青見焦廷貴討饒，料與牛健有瓜葛，就此呼：「元帥，牛健也是一念之差，恕彼已知罪，送還征衣，免其一死，仰見元帥仁慈。」元帥曰：「狄王親既如此寬洪大度，本帥未便執法。死罪饒了，活罪難寬。」吩咐捆打二十，發在軍前效用。當時打了二十軍棍起來，忍痛謝了元帥之恩。

元帥曰：「牛健，爾還有弟牛剛，如今何在？」牛健曰：「逆弟不願歸降，已經分散，不知去向了。」元帥曰：「何須猜測，定然在大狼山，少不得發兵征剿也。」牛健曰：「上啟元帥：小人尚有兵三千，求元帥一並收用。」元帥命焦廷貴將兵點明上冊，焦廷貴得令而去。牛健隨後而出。

又有孟將軍上帳繳令，已將三十萬軍衣給散畢，並三千押征衣兵補歸元帥麾下，糧餉貯歸軍庫，繳還軍令。狄爺曰：「元帥，小將有言告稟。」元帥曰：「王親大人有何見諭？」狄爺曰：「五雲汛守備銜，現今空缺，小將有一姐丈，名喚張文，向為潼關游擊，被馬應龍無故革除，望元帥著他暫署此缺，未知可否？」元帥允准，拔令差將前往，起復張文。此事慢提。

當日張忠、李義，元帥命作三關副將。獨有三關上的官員要升要革，要死要活，悉憑元帥定裁，先行後奏。只因先帝真宗時，楊延昭守關之日，已敕授斧鉞生殺之權，至宗保襲職，復贈賜龍鳳上方劍，得專授官爵，執掌重大兵符。當下楊元帥要備本回朝，一眾商量，薦舉狄青拜帥。只因失卻征衣之事，須要怎生周全乃可。范爺曰：「若言失了征衣，其罪非小。大狼山破敵，功勞雖大，只好功罪兩消，焉得聖上准旨拜帥？」楊青曰：「征衣雖失，不過三天已復還了，將此事抹煞去，有什麼證考的？本上只言欽差征衣依限期而至，進城數天，立下大戰功，豈不省卻煩思多慮。」元帥聽了，依此擬備修本章賚奏，即日差將登程。吩咐一回汴京，勿與眾奸黨得知，須要親到午朝門，通知黃門官❶

❶ 黃門官：指宦官。漢代給事內廷有黃門令、中黃門等官，皆以宦者充任，故有是稱。

傳奏。另寫書一封，送回天波府祖母佘太君、母親王氏夫人；狄爺一書，送至南清宮狄太后；范爺一書，送至包待制府中；楊將軍一書，送交韓吏部府上。別無言語，無非關照狄青征衣解至的話，並破大狼山立下血戰大功。長編文義，實難細述。

是日，只有狄青想來：生身母在張文姐丈家，一心牽於兩地。今日起復張文為守備，母親定然到此，待吾少侍晨昏，為子方得安心。是夜不表。不知後事如何，且看下回分解。

第三十九回　五雲汛李張授職　臨潼關劉慶冒神

詩曰：

莫道英雄發達遲，只因忠鯁❶被奸欺。

時來有會仍叨福，運至無虧天祿❷期。

當晚狄爺思親之際，楊元帥退了帥堂，眾將各歸營。只狄青一切無差，單單差得忘卻一位活命恩人，原來此乃龐府逃出的李繼英。他乃與張忠、李義同到此，是日，元帥只令張、李進見，狄爺已忘遺他在外營。忽一天，得遇張忠，他只言要見狄老爺。張忠反覺駭然，言：「狄老爺忘遺了活命恩人？待吾與汝傳知。」

是日，狄爺正與楊元帥對坐，談論聖上增送歲幣❸與北夷契丹之差處，有張忠上帥堂向狄爺稟知：

❶ 忠鯁：忠誠鯁直。

❷ 天祿：天賜的福祿。

❸ 歲幣：每年交納的錢幣。北宋與遼簽訂「澶淵之盟」，每年許給遼歲幣銀絹三十萬。

「繼英要求見。」狄爺聽了忽覺醒悟來，言曰：「果也忘遺了他，只算吾無情的。傳命他速請進相見。」張忠領命而出。元帥忙問：「那繼英乃是何人？」狄爺細將得他搭救前情說明。元帥與眾將都言：「此等義俠人，實為可敬。」

正言之間，李繼英已至，參見過元帥，又拜見狄爺，狄爺即挽扶起繼英；再參見范禮部大人、楊老將軍、孟、焦等一班文武員，眾將敬他是俠烈士，不便輕慢。元帥又與他一座位於狄爺位下。談論數言，元帥吩咐賞酒一桌。狄爺命張忠、李義陪燕，不用多表。狄爺又曰：「元帥，五雲汛上還缺一千總官，可命著繼英補了此缺，不知元帥尊意如何？」楊元帥曰：「狄王親既薦他，本帥且依命。」即著繼英蒞任五雲汛，繼英叩謝而往。此事暫停。

再說前文飛山虎劉慶前月依了張文之言，歸隨了狄王親，但礙著妻子，又不能逃出潼關。當日算計定，收拾起金帛細軟物件，丫環家眷送在一所僻靜尼庵安頓了，又來見馬總兵。他言：「龐太師一心要害狄王親，不想前月一連幾次汝不下手，莫非爾與他有什麼瓜葛，不肯下手的？」飛山虎拱曰：「小將與他毫無相交，焉有違命不下手？但他盔上甚奇，日夜放光，衝開大刀，不能劈下。不免待小將再至三關走一遭便了。」馬應龍曰：「狄青到關已久，爾今此去，更難下手了。」劉慶曰：「不妨。小將此去，定取狄青首級回來，斷不再誤。」馬應龍曰：「既如此，速速前往。」飛山虎退出，想來：馬總兵果也糊塗，乃貪財受賄之徒，實不可與此奸佞同群。按下劉慶不往別處，只來張文家。

又說孟氏太君，自與孩兒分別，終日掛念，只時值三冬[4]，雪霜飛下，倘道途耽擱，違了限期，

---

[4] 三冬：冬季三月，即冬季。

猶恐楊元帥執法無情。雖有佘太君書一封，不知元帥遵從寬限否？金鸞小姐時常安慰母親。張文又言：「狄兄弟乃烈烈英雄，定然無礙的。」是時已十月下旬了，忽一天，報進楊元帥差官到來，反嚇得張文一驚，只得接進來。武員見過禮，杯茶遞畢，動問：「孟將軍，到此有何公幹？」孟定國曰：「只為狄欽差英勇，殺退敵人，即於元帥前保舉張老爺為五雲汛守備職。元帥有文書在此，請看便知明白。」張文曰：「有此奇事麼？」張文前日雖做過游擊，但前程已被革去，因何孟定國仍稱他為張老爺？只為張文是狄欽差誼戚，今又起復為守備，故孟定國特恭敬於他。當下張文看了文書，滿心大悅言備酒款留，這孟將軍告辭而去。張文大喜，進內堂告知岳娘。太君孟氏聞言大悅，言：「有幸！難得孩兒立此大功。」金鸞欣然呼：「母親，果見兄弟為人膽止志高，具此奇能，如今愁悶盡消了。」太君曰：「此乃蒼天庇佑吾兒，年少立此奇功也。」是日，張文選了本月吉日，壯壯登程赴任。預早收拾物件，不用細言。

是日，又來了劉參將，言：「馬總兵必要謀害狄王親，但吾已將家口安頓在尼寺，心中無掛礙了。張老爺可還吾蔴雲帕也。」張文微笑曰：「劉老爺乃言而有信之君子也。」劉慶曰：「為人言出如山之重，豈容變更的！」張文曰：「我家兄弟年雖輕，實見英雄驍勇，方到邊關即立下大功。」劉慶曰：「立了什麼大功？」張文笑曰：「首寇贊天王等五將，數十萬敵兵，齊殺個盡罄；今又來保薦我做五雲汛守備，爾道奇妙否？」劉慶曰：「可惜！可惜！追悔已遲了。我何不及早跟隨狄欽差的？若還早到邊關，也立下些戰功了，豈不快哉！孰知耽擱來遲了，還有何面目往見欽差也？」張文曰：「劉老爺何須著惱。爾今未建小功，還有大功待後建立。」劉慶曰：「張老爺且還吾蔴雲帕，待吾刻日往見狄欽差。」張文曰：「爾即日往三關，也終遲了。如今何須性急，小弟再兩天也要動身，同往如何？」

當時張文款留飛山虎，堂中排開酒筵一桌，二人對坐，吃得盡歡。

酒至半酣之際，談論龐洪奸惡，馬應龍附和趨權，要陷害狄欽差，張文不覺寬泛而言，呼：「劉老爺，吾想龐洪、孫秀、胡坤與狄欽差結下深仇，要圖陷害，也不計較；但馬應龍與狄欽差並非宿怨，不該深信龐洪惡言，緊緊圖害，他比之三奸狠惡，倍加銳毒也。他命爾往殺狄欽差，不若爾今反往殺這奸賊，取彼首級，拿到邊關，待我家狄弟，言爾是個為國除奸英雄。但不知爾有此膽量否？」飛山虎聽了冷笑曰：「要殺奸臣到手，可得速將蕭雲帕還吾，管教即晚取到首級來此。」張文曰：「劉老爺，果敢膽子去乎？」飛山虎曰：「畏怯於往者，非為丈夫也。」張文暗自言曰：「吾不過是戲言，豈知認作為真。待吾索性將他激惱，著除卻奸黨。」即呼：「劉老爺，但下屬擅殺上司，罪名重大，倘然殺害不成，爾命休矣，這是不穩當的。」劉慶曰：「爾休得小覷於我。如若一諾允承，即赴湯蹈火也不辭，何獨此小事情，有何難處？若無首級回見於爾，即將吾腦袋送割與爾。」張文曰：「如若殺此奸臣，也算除一國患也。」當日食酒已完，不覺紅日歸西，張文取出帕子，交還了飛山虎，再言談一番長編之說。

時交二鼓，劉慶將腰刀緊緊束繫，駕飛蕭雲來至潼關，還不落下庭中，在著他內府四城觀望，想來：馬應龍諒已睡臥了，不若特喚他出來，賞彼一刀矣。即大呼：「馬應龍，吾乃上界速報神，今奉玉帝旨到此，即速接旨！」

卻言馬應龍正在內堂與夫人食酒閒談，已二更殘，夫人先醉了，這馬總兵還不住杯。想飛山虎的蕭雲奇本領，但願此去一刀兩段，收除了狄青。除得此人，其功不小，龐太師定然升吾的官爵。正在心中思想，忽聞庭外大呼喧喚之聲，靜聽來言，奇了，什麼上天速報神？忙喚丫環小使，豈期夜深都已困睡了。他只得自持銀燈，起位步出庭前。飛山虎看得明白，即厲言大喝：「馬應龍身居武員，當為國除奸，今不念君恩，反附奸臣，圖害狄青。他乃保宋良臣，今吾奉玉旨斬卻佞臣，斷無輕赦！」馬應龍早已嚇得魄散魂消，抖震騰騰，跪下塵埃呼：「尊神在上，吾實無此事……」方說得一聲「無此事」，劉慶已飛身而下一刀，血淋淋頭兒滾將下來，提了人頭，高空而去。又騰空到臨潼府內。當日劉慶想來：不好！猶恐牽連近地官民。按住雲頭高呼：「臨潼府太守何在？」

是晚府太爺還在燈前批閱幾款下屬詳文，忽聞半天中呼喚，不覺嚇了一驚，抽身出外，喝問：「那方呼喚本府？」又聞高空曰：「臨潼府聽吾吩咐：我乃上界速報神也，今奉玉旨所差至此，只因潼關馬總兵應龍所信龐洪奸佞之言，囑托打發劉參將前往邊關行刺狄欽差，此等惡狠奸臣，趨權附勢，今已上干天怒。吾乃值日，奉差先往邊關，取了劉參將首級，又回潼關，斬卻馬總兵。俱拿去首級覆旨也。本神知爾是位愛民清正官，是以特此報知，此非盜殺凶手可延追的，不要累及近地官民，即龐洪奸惡險毒，後頭自有報應誅之。」說完，嗖的一聲去了。當晚府太守聞言並不驚慌，心中明白，進回書房中。

又表明：這位臨潼府太守姓白，諱山，字峻高，是位公正無私清官。乃江西省人氏，兩榜❺出身。年近五旬，辦過多少公案，經歷❻有年，豈不明白此事。自言曰：「什麼上界速報神？本府久聞潼關

❺ 兩榜：清代以會試、鄉試為甲榜乙榜，合稱兩榜。

參將劉慶善於蕭雲之技，想必馬總兵差他行刺狄青，劉慶反而刀槍殺了馬應龍，猶恐累及他人，故來本府跟前言此譎詐之言。」想罷長嘆一聲：「劉慶，爾自不附奸臣黨羽，卻是爾正大光明立品。但不該膽大擅殺上司。況且殺害官員事關重大，豈不干連近地頭百姓、本府官員的，教我如何處決？此無憑無據之論，難以申詳上憲。有此樁重案，如何了得？」想來思去，只得請來刑名幕賓師兩人商酌。兩師呼：「老爺，這樁重案不據此而辦者，一府城文武員都有干礙了。依晚生愚見，只須據此而辦，又須快馬趕回朝，密稟馮、龐二相，送副厚禮，要求挽他周全，方保本府官員無礙。但老爺可連夜進關查確有無此事，方好播揚眾官員得知。要先說明天遣神人責備之言方妥。」白老爺聽罷點首。頃刻傳知眾衙役，打道隨從白老爺，一程來至馬總兵衙中。見其喪命，實有此事，即吩咐差人分頭往報知各官。城廂內外文武員，都熟睡了，一聞此報，眾員嚇得驚駭不小，不一刻已齊到馬府中。進中堂，只見屍骸身體，不見了首級，眾員嗟嘆稱奇。當日府內夫人也信為確，哭得肝腸寸斷。眾文武議議論論，言：「若非白老爺連夜查明是神聖顯靈，上干天譴，那裡去捕拿凶手？此樁大事怎生完結？」當下天明，眾官散去，少不得復會敘商，備厚禮中備文書本章投達東京❼。馬府夫人只得收拾無頭屍首，哭泣哀哀，不須多表。地頭百姓私議稱奇，正所謂湛湛青天，焉可欺也！

不表眾民多論，卻說飛山虎駕雲走到荒郊之外，將首級埋藏於地土中，然後回見張文，細言其事。張文撫掌欣然曰：「劉老爺果也膽量包天。」時天色已亮，只有金鸞母女，又驚又喜：驚只驚殺人如

---

❻ 經歷：閱歷，親理事務之意。

❼ 東京：指北宋時的京城開封。

同兒戲；喜只喜除了一奸臣，免了弟兄後患。次日是十月二十七日，張文已收拾齊備，攜家眷在大舟水面運進。有五雲汛上的兵役紛紛迎接進衙，又有李繼英也來參見上司張守備。眾兵人人叩首畢，一言交代，文不煩言。

卻說飛山虎一到了邊關，將此情由啟知狄青。這狄青一聞此語，責怪他目無王法，彼雖乃附奸和惡之臣，但並非爾可殺者。又妨於累及此處官民，只得將此情由稟知楊元帥。這元帥反敬羡他是義俠剛烈英雄，授他副將之職。又造製成四扇大旗，旗上取狄青為「出山虎」，張忠為「扒山虎」，李義為「離山虎」，劉慶為「飛山虎」，四圍轅門，高高豎起。此時方得四虎將，後來石玉到關，加上一扇大旗，名「笑面虎」，又成全五虎將。

又說狄青是日一見張文有文書到帥堂，他即日到五雲汛見了母親，喜色欣欣，又與姐丈、姐姐一堂誼敘重逢。敘話長編，不能細述。不知後文如何，且看下回分解。

第四十回　賢德夫人心報國　貪婪國丈計瞞天

詩曰：

賢良誥命達君恩，勸保留全護國臣。
不負朝廷存大節，流芳青史女釵裙。

慢語是日狄青母子姐弟重逢，又言楊元帥身居二十六七載邊關主帥，從無半點私曲徇情，唯獨自今本章一道，周全狄青之罪，抹刷過失征衣，單提到關即退大敵，立下戰功，李成父子冒功之事，一概不提，只候聖上准旨，封狄青為帥。豈料偏偏有李沈氏要與丈夫、兒子報仇之事，至失征衣事情仍然敗露，故又有一番大大波瀾興出，攪擾一場。故楊元帥本章未到，他早到三天。沈氏一程進城，到沈御史衙中，進內拜見哥哥，又與嫂嫂尹氏貞娘殷勤見禮，東西而坐敘談。各問平安畢，沈不清曰：「賢妹，爾今初到來，似覺愁眉雙鎖，滿面含悲，是何緣故？」當下沈氏呼聲：「哥哥，妹子好苦也！」未出言詞，淚已先墮，言：「丈夫、兒子，盡屈死於鋼刀之下，故特來告訴親兄作主。」沈御史聽了，嚇一大驚，呼：「妹子，且慢悲啼，速速明白說知。」沈氏含淚將夫、子身死情由，一一說明。沈御史曰：「賢妹，這段冒功事情，原乃妹丈差處，教我也難處決。」沈氏曰：「哥哥，妹夫雖差，但楊宗保太覺狂妄了，即使冒功也無處死之罪。」沈不清曰：「怎言無死罪的？死有餘辜也！」沈氏曰：「哥哥，但父未招，子未認，不畫供，不立案，如何誅殺得？人命大事，以故妹子心實是不甘願。抵死而至回朝，要求哥哥作主，報仇雪恨，即父、子在九泉之下，也得瞑目。」沈不清呼：「賢妹，且開懷罷手為高，何苦如此？」沈氏曰：「哥哥若不出頭，枉為御史高官。赫赫有名，反被旁人恥笑爾是個沒智量之人也。」尹氏夫人聽了這些言辭，想來這等不賢之婦，不明情理之人，世間罕有。不嫌己之歹心惡行，反怪他人立法秉公，言來句句理偏，乃不中聽的。轉身向內室去了。

沈不清曰：「妹子，吾還要問爾，古言木不離根，水不脫源。爾言狄青失去征衣之事，須要真的，方可說來。」沈氏曰：「乃磨盤山上的強盜搶劫去征衣，眾耳目見聞，不但妹子一人所曉。」沈不清曰：「爾若要報仇，事關重大，為兄的主張不來，待吾往見龐國丈商量方可。但有一說，這位老頭兒最是貪愛財帛的，倘或要索白銀一二萬兩之數，爾可拿得出否？」沈氏曰：「妹子帶回金珠白鏹約有五萬兩，如若太師作主，報雪得冤仇，妹子決不惜此貲財。」沈不清曰：「如此，待吾往商量便了。」吩咐丫環服侍夫人進內。眾丫環領主之命，扶引這惡毒婦人進內。沈氏心下思量忖曰：「緣何嫂嫂不來睬睬於我？難道沒有三分姑嫂之情？」便命自帶來兩名侍女去邀請尹氏。這夫人只強著相見敘談。是日排開酒燕，面和心逆，二人對飲言談不表。

又言沈不清匆匆來到龐府，家丁通報，見過國丈，即將妹子之事，細細言明。龐國丈想來：老夫幾番計害狄青，豈料愈計算他愈得福，如此冤家更倍結深。此小賊斷斷容饒不得！即楊宗保恃其權勢，目中無人，做了二三十年邊關元帥，老夫這裡無一絲一毫敬送到來。老夫屢次要起風波攪擾於他，不料彼全無破綻，實奈不得彼何。今幸有此大交關好機會，將幾個奴才一網打盡，方稱吾懷。但人既要除，收財帛也要領惠。待吾先取其財，後圖其人，一舉兩得，豈不為美？開言呼聲：「賢契，這段事情難辦的。」沈不清曰：「老師，此何故也？」國丈曰：「賢契，爾難道不知麼？楊宗保乃天波無佞府之人，又是個天下都元帥，兵權狠重，那人動他一動，搖彼一搖？除了放著膽子叩閽，即別無打算了。」沈不清曰：「老師，叩閽便怎生打算的？」國丈曰：「叩閽是在聖上殿前告訴一狀，倘聖上准了此狀，楊宗保這罪名了當不得了，干及狄青、焦廷貴二人也走不開，殺的殺，絞的絞。他即勢大，封王御戚，也要倒翻了。礙只礙這張御狀無人主見秉筆，只因事情交關，所以爾妹子之冤竟難伸雪。」沈不清曰：「老師，這張御狀別人實難秉筆，必求老師主裁方可。」國丈曰：「賢契，爾笑話了。老夫只曉得與國家辦公事，倘然管閒事的，不在行也，且另尋門路罷！」此刻龐洪裝著冷腔，頭搖數搖，只言難辦。沈御史當時也會其意，明知國丈要財帛，即呼：「老師，俗語言：揭開天窗說明亮話。這段事情乃是門生妹子之事，只為門生才疏智淺，必求老師一臂之力，小妹願將篋中白金奉送。」國丈冷笑曰：「賢契，難道在爾面上也要此物的麼？」沈御史曰：「老師，古人言：人無利己，誰肯早起？況此物非吾之資，乃妹子之物。拈物無非藉脂光，秀士人情輸半紙。今日仍算門生浼求老師諒情些，足見情深了。但得妹子雪冤，不獨生人感德，即父子在陰靈，不忘大德。」國丈曰：「此事必要老夫料理麼？」沈不清曰：「必求老師料理的。」國丈曰：「御狀詞爾用何人秉筆？」沈不清曰：「此狀詞正求老太師主裁；若老太師不承辦，誰人敢擔當此重事？」國丈曰：「或有言：持筆去墨取人頭者，不益蔭子孫。」沈不清曰：「非也。為人伸雪冤恨，無量之功，上天豈有不佑？老太師休得多心。」國丈曰：「也罷，既汝此說來，也不較及多慮了。但還有一說，御狀一事，非同小故。守黃門官、值殿當駕官一切也要借重使費，即用些面情，撥抵微用，也要四萬多白金。勸爾令妹且收心也，是省得費去四萬多金。」沈不清曰：「即費去四萬金，吾妹子也不吝惜。休言御狀大事要資財費用，即民間有事於官門，也用資財。」國丈笑曰：「足見賢契明白的。但不知爾帶在此鈔，抑或回去拿來？」沈不清點頭暗言：「未知心腹事，且聽口中言。這句話明要現鈔了。」便說：「不曾帶至，待吾去取如何？」國丈曰：「既如此，爾回取至，待老夫訂稿。」沈御史應允，告辭而去。

當時國丈大悅。好個貪財愛寶奸臣，進至書房坐定，點頭自喜，自言：「老夫所忌者包拯，除了包待制，那怯憚別人？今幸喜他奉旨往陳州賑饑不在朝，故老夫不畏他。那畏天波無佞府之人，天下都元帥威權狠重，那畏彼南清宮內戚。一張御狀呈進金階，穩將個狗男女一刀兩段。啊！楊宗保，不是老夫心狠除爾，只因爾二十餘年沒一些孝敬老夫。」當日龐洪猶恐機關洩露，閉上兩扇門，輕磨香翰，執筆而揮，一長一短，吐此情由。寫畢，將此稿細細看閱，不勝自喜：「不費少思，數行字跡人頭落，四萬白金唾手而得。但老夫不領，誰人敢取？」

國丈正在心花大放，外廂來了沈御史，已將四萬銀子送到。國丈檢點明收領，即呼：「賢契，爾是個明白之人，自然不用多囑。只恐令妹不慣此事，待老夫說明與爾，爾今回去將言說知令妹。」沈不清曰：「吾為官日久，從不曾見告御狀之人，怎生一法，望老太師指教如何？」國丈曰：「賢契，這一紙乃是狀詞稿耳，只要爾妹謄書的更妙。」沈不清曰：「幸喜吾妹子善於謄書。」國丈曰：「又須要咬破指頭，瀝血在上。他雖有重孝，且勿穿孝服。」沈不清曰：「此二事也容易的。」國丈曰：「又須一身素服，勿用奢華，須要裝成慘切之狀。一肩小轎，到午朝門外侍候，待黃門官奏稱李沈氏花綁銜刀。然而此事假傳，可以行得，並不用花押綁的。」沈不清點頭稱是。

國丈又曰：「主上若詢問時，緩緩而答，雍容而對，不用慌忙，切不可奏稱爾是他胞兄，他是爾妹子。倘聖上不詢問也不可多言答話。又須將狀詞連連記誦，須防對答狀詞不準，還防背誦。這是切要機關，教汝令妹須要牢牢記著。」沈不清聽了，言曰：「謹遵吩咐。」沈御史即時接過狀詞，從頭遍誦完，便連稱：「妙！妙！老太師才雄筆勁，學貫古今，此狀詞果也委曲周詳，情詞懇摯。」看畢，輕輕收藏袍袖中。是日，國丈早已命人排開酒宴，留飲一番。少刻辭別歸衙，便將狀稿付交妹子，又將國丈之言一一說知。這沈氏聽得，一行珠淚辭別哥哥，回至自寓內室中。若論沈氏雖則為婦人之蠻惡狠毒者，然而於夫妻情分卻有無差之處，立心要與夫、兒報仇，拼著一死而不惜。即晚於燈下書正狀詞，記誦一番，待至明天五鼓，要至午朝門外進呈不表。

又言沈御史至夜深，回至內室中，只見燈前肅靜無聲。有尹氏夫人，一見丈夫進來，只得抽身呼：「相公請坐！」沈御史也答言而坐。又曰：「夫人還未安睡麼？」尹氏曰：「未也。」沈不清曰：「夫人為什麼愁眉不展，面帶憂容？莫不是有什麼不稱心之事？」尹氏曰：「非有不稱心憂懷。」沈不清曰：「是了，定然憎厭姑娘到此，故夫人心內不安也。可曉得他是吾同胞之妹，千朵鮮花一樹開也，須念未亡人最苦。夫人，爾即日間冷淡他，也不應該的。」尹氏聽罷，嘆聲呼：「相公，虧爾也說此言。妾之不言無非假著呆聾耳目，我不埋怨於汝，何故相公反埋怨於妾，何也？」沈不清曰：「夫人，今日姑娘非無故而至，是個難裡人。姑夫、甥兒都死於刀下，有何心樂？爾為嫂嫂，當看吾面份，多言勸慰，方見親親之情。何故這般冷落於他，還要埋怨下官怎的？夫人，爾卻差了。」尹氏曰：「相公，妾既冷落了令妹，爾該還親熱些。但這不賢之婦不冷落他也難令人喜歡的。可笑彼為人不通情理，不埋怨丈夫、兒子冒功，反心恨著楊宗保，強要翻冤。這事是他夫、兒己之干差，冒了別人功勞，希圖富貴，將人傷害，人心變為獸心。豈知天理昭然，水落石出之時，罪該誅戮。如達理婦人即收拾夫、兒屍首，閨中自守，才為婦道。今日還虧他老著面顏，來見相公，打算報仇，豈非良心喪盡之人！妾實難與此惡狼情厚。只因他是相公合母同胞妹子，只得勉強與他交談。相公官居御史，豈不明此理的？實是不該擔承領助他翻仇。倘然害了邊疆楊元帥，大宋江山社稷何人保守？奉勸相公，休得忘公惠私的，及早回絕了他，免行此事為理。」沈御史聽了笑曰：「夫人，爾真乃是個不明白之婦也。楊宗保在著邊關，兵權獨掌，瞞過聖上耳目，不知幹了多少弊端。」夫人曰：「相公，爾知他作何弊端以欺聖上？」沈不清曰：「怎麼不知的？聖上命他邊疆把守，拒敵西戎，如何經年累月，不能退敵，耗費兵糧不計其數之多，其中作弊處不勝枚舉。縱使吾妹丈、甥兒幹歪了事，重則革職，輕則重打軍杖即罷了，為什麼這般慘薄，沒一些情面，竟將他父子雙雙殺害？況且並不畫供，又不立案，殺人殺得如此強狠，法過於律外。別人那個不忿恨？況吾的妹子，一人是丈夫，一個是兒子，焉得不思報仇？即鐵石人也心上不甘，焉怪責他報仇是蠻的？夫人，爾錯怪他了。彼今既來找哥哥作靠，豈有袖手旁觀不幫助之理！」不知尹氏夫人如何答話，圖害得三關將士如何，且看下回分解。

第四十一回　行賄得機呈御狀　受贓設計害邦賢

詩曰：

心狠欲毀擎天柱，受賄婪贓昧主恩。
滅法瞞天奸佞輩，朝綱敗紊絕彝倫❶。

當時尹氏夫人聽了丈夫之言，即曰：「不知相公如何料理翻冤大事？」沈御史曰：「本官也料理不來，故與龐老師酌議，費去四萬銀子，做御狀一紙，待妹子於駕前哭告。但願得上蒼默祐，得君王准了，天大冤仇可穩穩雪翻了。啊！夫人，是親必顧。從來說：那管得江山倒與坍也。爾是一個婦人，休得多管，休思阻擋。吾自有主意，斷無不助妹子之理。」

尹氏夫人自語曰：「大奸弄些伎倆，眾忠良然凶多吉少，但想沈氏乃卑微武員之妻，呈此御狀，事關天大，料必君王未必准他。但沈氏身屬女流之輩，如何起此惡毒念頭？潑天大膽，又如蛇蝎之凶！投仗奸權作士謀，縱然御書狀詞做得狠切，看爾弱弱釵裙，怎到得巍巍五鳳樓前？即聖上乃英明有道

❶ 彝倫：天地人之常道。

之君，爾要扳倒此大忠良，怎生准汝？豈不一場畫餅充饑的妄想，反惹人笑話。萬人羞也！」當時沈御史見夫人自言自語，又不阻擋他，只說出一番有緊無關之言，暗中擋他。便說：「夫人休得多言。爾且看冤仇翻與不翻，日後自見。且請安睡罷。」夫人諾而不再言。

不表東邊卻說西，當日龐國丈收領沈御史四萬兩白金，喜色沖沖，是日即往見黃門官，言曰：「明日萬歲臨朝，有一婦人在午朝門外來叩閽呈御狀，斷斷不可攔阻他。勞爾奏明聖上，一切言語之間幫襯些。」黃門官答言曰：「國丈大人吩咐，當得效勞。」若問龐太師女為寵妃，把握朝綱，赫赫有名一品，上下官員十有其七在他門下，如今他對黃門官說了一聲，那有不遵，誰敢強辯？是以李沈氏叩閽，名說費了四萬銀子，而龐太師一釐一毫也不曾破費，實乃一人叨惠了。

次日五更三點，東方未明，已有文武官員齊集。天子登金殿，香煙靄靄，氤氳騰騰，但見：

文臣武將參天子，國戚皇親一體朝。
東西對面分班列，個個低頭盡曲腰。

朝罷，聖上有旨：「文武眾臣，有事出班啟奏，無事即此退朝。」有黃門官俯伏：「啟奏上萬歲：有一婦人於午朝門外，自稱李沈氏，花綁銜刀，手呈御狀，俯伏哀泣，聲言身負沈冤，無門申訴，冒死而來，乞求萬歲爺作主。小臣即將該氏驅逐，該氏稱言楊宗保誤國欺君之語，不知是真是假。小臣不敢不奏明萬歲定裁。」班中國丈，暗點頭自語：「黃門官果也能言之輩。」當日眾文武員個個心驚，不知真假，竟有此交關重大事情；獨有龐洪、沈不清心頭膽定。

嘉祐君開言曰：「婦女之流，潑天膽子，敢到此間，那有此理，不知死活！有何海底極情之冤，敢於午朝門外呈此御狀？寡人不是地頭官司案民情者。恕他婦女無知，從寬免究，逐退午朝門，不許再奏。」黃門官聽了萬歲之言，焉敢再奏？即稱：「領旨。」正要抽身，只見龐太師執笏當胸，俯伏金階，奏曰：「臣思李沈氏乃一婦人耳，據稱身負沈冤，無門伸雪，想必冤沈案沒，故敢於吾主駕前求伸也。更言楊宗保誤國欺君，此事必因國家而起。陛下若不究詢明虛實，而該氏果有重冤者，何忍其伸訴無門？至如楊宗保，倘果有欺君誤國之弊，亦不便由其所作也。伏惟陛下睿鑒參詳。」君王曰：「朕思楊宗保世沐君恩，府居無侫，為將多年，只有保邦，從無誤國，此事定然婦人聽了別人唆惑而來，朕必不詢究，卿勿多言。」天子果乃明君，參透此事。有眾位忠良大臣猜測無言；獨有龐國丈滿臉透紅，沈御史心如火炙，眼睜睜只看著龐國丈。這龐洪只得再奏曰：「臣思地方有司衙署，或有刁民藐視國法，以假作真，以曲為直，揑情誣告，刁訟唆鬥者不勝枚舉，姑所勿論。但萬歲駕前，該氏若非沈冤重枉，焉敢冒死而來，以身而試法？況有誤國欺君大款頭，諒非海市蜃樓之虛也。伏望陛下准收御狀，以免此婦有屈難伸，重臣弊法，有礙朝廷綱紀，聖朝風化。臣待罪宰閣，不得不冒死罪上言。」

嘉祐王看看國丈，想：此事必是汝從中主唆也，故以著力為言。也罷，寡人且看狀上情由如何便了。言：「依卿所奏，著黃門官取狀進呈。」黃門官口稱「領旨」。去不逾時，取到李沈氏狀詞，呈於龍案上。嘉祐君御目一瞧。狀曰：

誠惶誠恐，稽首頓首，冒死上言。訴冤婦李沈氏，現年四十五，江南松江府華亭縣原籍。訴為冒功乖法婪贓冤屈，斬宗絕嗣，屈殺害命事：氏夫李成，曾為五雲汛守備，僅有獨子李岱，是汛千總。冤於本年十月十三日，欽差狄王親領解征衣，已至關外荒地屯紮，悉被磨盤山強盜搶劫。至十四夜，氏夫、子經汛巡查，偶遇胡人贊天王、子牙猜醺醉逡巡，蹈雪履霜而至。夫思二惡乃西戎巨寇，中土大患，父子私算，乘其醺醉糊塗，伺機除滅。夫箭射贊天王，子刀傷子牙猜，二首並梟。雙功望獎，父子共赴邊關，獻功帥府。孰料狄欽差盡失征衣，難彌其罪，重行賄賂於焦先鋒，而為硬證，故欽差得以冒功卸罪。惟楊宗保徇情弊法，混將氏夫及子梟首轅門。痛思氏之夫、子，功憑級證，奈楊宗保恃職司權，凌屬如蟻。嗟乎！人心何在？國法何彰？既掌三軍司命，職司生死之權，理應秉公報國，乃竟有罪得功，因功慘死。在氏冤屈沈淪，絕嗣斬宗；在楊宗保昧法欺君，專權屈殺。至彼兵符統屬，勢大藩王，故氏無天伸訴，不得已冒死午門，瀝血金階。倘黑天翻白，氏雖死之日，猶生之年。銜刀上陳，懇乞皇天電鑒，不勝哀慘痛切之至！

嘉祐君王看罷，將信將疑，推測不明。若說狄青征衣盡失，照依國法原該有罪；如無此事，這沈氏婦人怎敢輕告此詞？也罷，寡人且自准他，將情由一詢，看是如何？傳旨：「李沈氏放綁卸刀，著進金鑾。」黃門官領旨。

當日天子吩咐將沈氏鬆綁卸刀，無如這沈氏跪於午朝門外，並無背刀花押，惟是龐太師的權柄大，得了銀子，在黃門官奏事官知會，弄了手腳，自然入奏沈氏背刀綁押，天子那裡得知？這沈氏低著頭，一身淡素服式，步至金鑾殿俯伏下，兩淚交流。當時聖上詰他情節，而沈氏照依狀詞上，句句對答無差。天子想來：此款狀詞十有七八是國丈專主的，故不詰及誰人代筆主謀，降旨：「將李沈氏發往刑部天牢中。但此案未分明皂白，寡人暫准此狀，著令九卿四相，公同酌議辦理，以三日內復明定奪。」當時退朝，群臣各散，俱各不表。

單言李沈氏，天子雖言降發他在刑部天牢中，但沈御史即日弄了些權勢，只與司獄官知照說了數言，李沈氏仍歸御史衙中。原因妯娌二人不甚相得，沈爺又差人悄悄將妹子送至一尼庵內，權且耽擱。一言交代，也不多提。

當日九卿四相、文武大臣，奉了聖旨，在朝房公議。當初忠義重臣首相寇準、畢士安，仁宗即位元年已卒；次後則繼而亡者：太師李沈、待制孫奭等已棄世。如今馮太尉、龐國丈、呂夷簡秉政，欲擬狄青中途失去征衣，賄證冒功；楊宗保昏昧不察，妄傷有功兩命，誤國瞞公，其罪重大。又有左班丞相富弼、平章文彥博、吏部天官韓琦三位忠賢駁論曰：「據婦人乃一面之詞，豈得為憑，而傷邊疆望重之臣？依私柄政，焉有此法律？如要力辦此事，須要嚴審狠究李沈氏，方得分明真偽的。」此一天議不定，第二天仍復如此。

又至次日，五更曉天子設朝，正在君臣議論此事，忽有黃門官入覲：「奏知聖上，有邊關楊元帥差官賫表進呈御覽，現於午朝門外候旨。」聖上當時傳旨宣進。賫本官進階俯伏，山呼「萬歲」。有侍官取上本章，在於龍案上展開。天子看罷，其表上敘及「狄青征衣限內到關，力除西戎國五員驍將，殺敗十數萬敵兵，解了邊關圍困，特請旨薦保狄青為帥，彼要告駕回朝」之意。天子看完，欣然大悅，開言道：「龐卿，汝且將楊元帥折本看來。」

當下龐國丈言：「臣領旨。」看罷折本，嚇驚不小，頃刻滿臉漲紅，暗想來：再不想狄青有此本領，奇能深算，他反得此重大功勞。今楊宗保又薦他拜帥。如若狄青做了邊關主帥，老夫休矣。即忙俯伏奏曰：「陛下明並日月。臣思楊宗保薦狄青為帥，但現據沈氏控他失征衣，賄證冒功，希圖抵罪，此乃機關不對。而楊宗保本上於失征衣之事並寢了，既李成父子冒功正法，因何本上絕無一字提陳？是沈氏所呈確切而楊宗保弊端顯然。但昧法欺君，理當究本窮源，仰祈陛下龍心明察，庶無負冤之婦、蒙弊之臣也！」

當下君王聽罷，想來：此事教寡人也推測不來，怎生是好？有首相富弼怒氣不平，出班奏曰：「陛下，老臣有奏。」天子曰：「老卿家有何奏聞？」富相曰：「臣思此婦敢於叩閽者，必有主唆奸臣。而李成父子若不冒功，楊宗保豈有屈殺無辜；狄青果然無功，彼焉肯欺君請旨拜帥？陛下如要明追此重案，先將沈氏潑婦交包拯嚴究何人唆誘，則李成父子冒功真假，徹底澄清矣。」

此番話弄得君王心無定主，思想來：富卿所奏雖然合理，但想此事定是國丈主謀的。但憑貴妃情面，如何深究？倒教寡人左右兩難。

當下龐洪又奏曰：「臣思該氏冤大慘天，無門伸雪，到午朝上呈御狀，實為極痛冒死而來，還有那人不畏死的，與他把持？如要究李沈氏，須先究明楊宗保。祈陛下降旨往邊關，即將狄青、楊宗保、焦廷貴等扭解回朝，陛下發交大臣勘問，便分奸忠了。」有吏部韓爺出班奏曰：「臣思邊關重地，豈可一天無帥。若將彼等扭解回朝，一有洩露，其禍匪輕。契丹在北未平，西夏叛戎未服，此舉萬萬不可。」

天子聞奏，喜色呼：「韓卿所言至理。江山為重，非同小故。三位卿家且平身。」三位大臣謝恩而起。天子曰：「朕想楊宗保失察征衣，狄青疏忽被劫，焦廷貴婪贓硬證，朕亦未與信；李沈氏訴雪夫冤，亦不便置之不辦。待寡人差一大臣，密往邊關，明為清盤庫倉，實則暗查此事真偽，則無糊塗不決了。眾卿以為何如？」富、韓兩相都言：「陛下之旨甚善。」當時龐太師也無可奈何，不便再奏。

天子看看兩旁班列，即下旨二品文員，此人乃工部侍郎孫武，往邊關。龐國丈自言曰：「此官差得有機竅了。」當此，富弼、韓琦、文彥博幾位忠臣思：「孫侍郎雖是奸臣黨羽，料想楊宗保等立於不敗之地，畏他什麼！」是日只因功罪未分，天子於楊元帥的本章也不批旨，狄青的元帥也未封贈，且待孫武回朝再行定奪。時朝廷退駕，群臣回衙。不知孫武到邊關，如何覆旨回質，且看下回分解。

第四十二回　封庫倉將計就計　獲奸佞露機乘機

詩曰：

代君保國是賢良，污利婪贓佞黨行。
青史留名忠義輩，千秋唾罵是奸狼。

群臣朝罷回衙，俱各不表。單提龐國丈回歸相府，自語曰：「只言幾個畜生易於翻倒了，豈知這昏君心事不決，反差孫武往邊關查盤倉庫。汝這昏君，主意雖好，但這差官已錯用了。孫武乃孫秀從兄弟❶，又是老夫的心腹人，不免邀請到來，囑咐而行，豈不美哉！」想罷主意，吩咐備酒席，設於暖房。然後差人請到孫侍郎，進相府拜見龐太師。即於暖樓中，二人舉杯，細細商量一番。國丈又呼：「孫兄，老夫請汝到來，非為別故，一則與汝餞程，二來有事相托。」孫武稱謝，又曰：「不知老太師有何囑咐之言？」國丈曰：「狄青乃老夫不喜，又與汝哥哥、胡坤二人切齒仇人，孫兄所知也。」孫武曰：「晚生也深知的。」國丈曰：「幾番下手算帳，不獨害他不成，反被他取高官，封顯爵，又

❶ 從兄弟：從父兄弟的略稱，指同祖兄弟，也稱堂兄弟。

得此重大戰功。這冤對如此，與孫、胡二位實不甘忿的。即楊宗保身居二十六七秋元帥，眼底無人，不看老夫在目中，從無一些孝敬送回朝。此老狗囊，亦是容他不得，是以吾也刻刻悵恨於他。汝是吾的心腹厚交，今日聖上差爾到邊關，古言：明人不用細囑……」

當下國丈說到此言詞，孫侍郎即打了一拱曰：「此事都在晚生身上。」國丈笑曰：「孫兄乃明白之人，我也不用多言了。只是回朝如此如此，收拾此黨也。」孫武連連應諾。再復持杯一刻，至晚自喜告別而回。道經孫兵部府，順便傳見，談說之間，孫兵部與國丈不約同心。是日，胡制臺亦在孫府把盞，心中大悅，總要力托計算狄、楊二人。孫武見二人之言，即說：「國丈方才已說過，小弟自必當心，諒無差誤也。」孫秀曰：「若得如此，愚兄感激無涯矣。」孫武曰：「哥哥，弟兄之間，些小之托，何足介懷？」孫、胡二人聽了大悅。孫武登時告別回衙，打點動身。宴畢，胡坤亦告辭分手。

當日不表孫武出京，又說邊關賫本官尚在汴京，是日將楊元帥、狄欽差各書分途送達，還有一書要送投包待制，豈期包拯在陳州賑饑未回，故將書投送包府。是日，韓爺將楊青來書展閱，分明知果乃狄青功勞，只恨龐奸賊興此風波，至有沈氏叩閽之事。當日備酒款了差官，又修書一封，帶回邊關，說明欽差孫武到關，明查倉庫，暗則訪失征衣的緣故。

又言天波無佞府老太君，是日接到邊關來書，與孫媳穆氏、眾夫人等拆書一看，方知狄青初進，即殺退敵兵。眾位夫人一同羨慕，不用煩述。然佘太君與眾人俱不上朝，故不知孫武奉旨出京之事。

交代清楚天波府情由，又說南清宮狄太后得接侄兒回書，母子大喜，言：「難得此英雄，立建大功。」又表明：潞花王是朔望[2]上朝，或一月一朝，平日間並不上朝，隨著其便不等，故今孫武出京之事，又不得而知，即沈氏叩閽情由，亦無人提及，是恐有湊巧之端不表。

再說龐國丈、馮太尉一天接了幾方密稟，方知潼關馬應龍被神聖所誅，說出他用計惡處。馮太尉不知其由，只有龐國丈心下大驚。二人不敢陳奏聖上，即私自酌量，私放一官赴任潼關總兵。用此暗裡機關，聖上焉能得知？

不表二奸欺君昧法，卻說邊關楊元帥，見狄青力退敵兵，滅除五將，解了邊關圍困，一心敬重他乃當世英雄，國家有賴，隨時設燕款敘。每日問談論兵機、邦家、時政，覺得相投契合。忽一天，賚本官回關，元帥細問聖旨緣何不下，賚本官回稟曰：「朝廷未有加封拜帥旨意。但不日之間即有欽差孫侍郎到關，盤查倉庫了。」元帥曰：「孫侍郎奉旨到關盤倉庫麼？本帥守關二十餘年，並未見盤查倉庫，莫非又是大奸臣的計謀也？」賚本官又將韓爺的回書送與楊青，然後叩辭元帥而出。楊青將書拆展，細細看明，發聲冷笑：「可惱龐洪老賊，弄此惡奸謀，將此美事又弄歪了。」細細說知三人。

元帥曰：「縱有欽差到來，我何懼哉！況乎倉庫歷年無虧，豈畏盤查的？」范爺曰：「這孫武乃孫秀族弟，龐洪心腹，料這老賊定然有計作弄；他亦必需索財帛，回京覆旨，只言失征衣是真，李成父子冒功事假。我眾人亦不在朝與辯，必中上奸計，不妙了。須要預早打算，不落他圈陷為高。」元帥曰：「禮部大人才高智廣，如何打算便是？」范爺冷笑曰：「只略用半點小功夫可也。先將倉庫封固了，只說倉庫錢量虧空過多，要求請欽差回朝周全免盤查之意。想孫武乃貪財帛小人，送彼三五萬銀子，求彼萬歲駕前只言倉庫無虧無缺之言。如孫武得了銀了，自然應允，待他轉身後，預差一精細

❷ 朔望：農曆每月的初一日和十五日。

將官在於前途，埋伏拿下，踏住贓銀子為憑，即備本劾他。他罪大如天了，即陳奏李成冒功事假，失征衣事真，聖上也不准信他。自然扳頂出龐洪來，此為詐贓據贓之計，未知元帥尊意如何？」元帥聽了笑曰：「范大人智略高明，非人可及。所慮者，孫武倘然不上鉤，如何再處治這奴才的？」范爺曰：「定然中計的，老夫穩穩拿定也。」狄青點首曰：「這眾奸臣見了財帛，豈有放脫的！元帥休得過慮也。」言談已是日落西山，帥堂上夜燕安排，四人就席把盞，書不煩談。范爺又言：「孫武一到關，且依計而行。但焦廷貴跟前說不得明，倘被他癲癲呆呆，洩漏出機關，事不成了。」元帥曰：「范大人高見不差。」是夜不表。次早，元帥發令，將倉庫悉皆封固，不許私開。

不言邊關安排妙計，卻言孫武一自離卻王城，一程自恃欽差，故所至地方，文武官員都來迎接，留款燕宴，送程儀❸食物之官員不少。如若送饋得輕微些，孫侍郎便不動身，故一程耽耽擱擱，獲發大財。孫武想來：「這個買賣，果也做著了。但本官一到邊關，必要將倉庫查得清清楚楚。料想楊宗保領職邊關二、三十載，虧空的諒也不少，不憂他不來買求本官的。此款好美差也！」一程途喜欣欣。非止一日，到得邊關。報知楊元帥，排開香案，孫侍郎氣昂昂下馬進關，開讀罷詔書，方見禮，坐於帥堂，閒言一番。

元帥又曰：「本帥職任此關有年，聖上從無查盤旨意。如今忽差大人到來察查，莫非又是龐國丈的主唆也？」孫武冷笑曰：「元帥之言說得奇了。下官奉了朝廷旨意，只因聖上常憂倉庫空虛，是至差下官到來，一盤清白，豈是國丈從中起此根由。」元帥曰：「果也朝廷的旨意，本帥失言了。敢問

❸程儀：贈給遠行者的財物。

大人，本帥有本還朝，請旨薦狄王親為帥，不知何故萬歲沒有旨意下來？准旨否也，大人必知其由。」孫武曰：「元帥，聖上覽表之後，並無語及准與不准，下官卻也不得而知。」元帥冷笑曰：「大人竟不得知麼？果好不得知也。」當時元帥也不多辯明言。是日，少不免酒宴盛款，那天只為天色已晚，是以倉庫尚未盤查。

下一日，孫侍郎先要暗察失征衣之事，有關內的偏將兵丁，自然護著元帥，都言征衣未有疏失。又訪即附城中百姓，內有智識者，知他來訪察楊元帥的底蘊❹，亦言不失。故孫武不甚查訪得的確。又訪察到李成父子冒功之事真假，眾人都言冒功是實。這孫武此日又親往打探庫倉，豈知盡皆封固。自言曰：「楊宗保，不知爾虧空得怎樣，爾若非個在行知事者，早在吾跟前說個明白，送我三、五萬兩也不為過多。本官看了銀子分上，自然在聖上駕前將爾掩飾，只言倉庫並不空缺，還將誤殺瞞公之罪遮飾幾分。」

是日，又進來見楊元帥，只見帥堂上早已安排早膳。敘席間，孫武開言呼：「元帥，下官原奉旨盤查庫倉，不知為何悉皆封固了，難道不許盤查以逆聖旨不成？」元帥曰：「孫大人有所不知，只因本帥在此領職二十六七年，那有一載不虧空錢糧的？向來聖上不曾降過旨來盤查，本帥也便糊糊塗塗混過了。豈知聖上今天忽然要盤查起來，特命大人到關，教本帥千方百計打算，難以彌補得足，虧空多年，一朝敗露也。」

孫武聽了，想來：我料定爾虧缺倉庫的。即言曰：「據元帥的主裁，叫下官不盤查了麼？」元帥

❹ 底蘊：內情，底細。

曰：「盤查是悉憑爾的。但本帥虧空之處，仰仗大人周全些為妙。」孫武一想，自言：「吾又出不得口要借取他銀子，但彼既要吾周全，不免一肩卸在國丈身，當才易言也。」即言：「元帥若要下官回朝遮飾，這是不難。聖上可以瞞過，獨有國丈瞞他不得。」元帥曰：「國丈如何不能瞞他？」孫武曰：「吾實言元帥得知，國丈明曉庫倉有虧缺，故教下官徹底清盤。」元帥曰：「國丈既然如此，怎生料理的好？」孫武曰：「下官斷沒有不肯周全的。」元帥曰：「如此，國丈那邊送他二萬兩，大人處奉送一萬兩，有勞大人與本帥在國丈那裡說個人情如何？」孫武曰：「下官一釐也不敢領元帥之惠，但國丈那邊還要商量。」元帥曰：「還嫌微薄麼？」孫武曰：「國丈也曾言來，元帥二、三十載，從無些小往來，此是真否？」元帥曰：「果然也。歷久並未絲毫往來。再增一萬如何？」孫武曰：「元帥，爾在此為官二十餘秋，職掌重位，即一年計來三千，合總七萬二千兩。如依下官之請，不查倉庫，也免國丈多言了。」元帥開言微笑曰：「奈何本帥乃邊城一貧武官，七萬二千兩實難籌辦得來。也罷，國丈三萬兩，大人二萬，共成五萬兩，多也萬不能措辦了。」孫武笑曰：「既元帥如此說，下官從命，如數五萬兩，不用查倉庫了。」

正說之間，那知不的當，焦廷貴在左階部中，聽著大怒，跑上帥堂，不問情由，將孫武夾領一抓，拍搭一聲，撩在地上，喝聲：「貪財污利的狗王八！我元帥在此多年，從無虧空倉庫的。龐洪奸賊要元帥的財帛，想是他做夢麼！」已將孫武拿按地中。這焦廷貴那管什麼欽命大臣不大臣，將拳猶擂鼓一般打下。孫武大罵：「無禮畜生！爾辱毆欽差，該得重罪！莫非楊宗保暗使爾這匹夫如此的？」當時楊元帥氣怒得二目圓睜，大罵焦廷貴，離位上前扯開。孫侍郎方得抽身而起，還是氣喘吁吁，紗帽歪斜，怒氣沖沖，呼：「楊宗保，爾縱將行凶，可知國法否？」

楊元帥想來：好個巧妙計，被這匹夫弄壞了。早知如此，不瞞他也好。今日此計不成，范公的機謀枉思了，只落得本帥有縱將行凶，辱打欽差之罪。只得罵一聲：「孫武！爾也不該如此。聖上命爾到來盤查庫倉，本帥此庫倉歷年無虧無缺，如何爾反聽信龐惡，貪圖詐贓銀五萬兩？爾乃大奸黨羽，本帥容爾不得。好生可惡！詐著贓銀，欺君誤國，王法已無。」喝聲：「拿下！」與焦廷貴用兩架囚車禁了，連忙寫本章一道，差沈達解到京中，悉憑聖上作主。另修書一封，這一封書教沈達到了京，悄悄交送天波府，達知佘太君。沈達領命，帶了十名壯軍，押了兩個囚籠，離了邊關，向汴京城而去。

二人不知如何發落，且看下回分解。

第四十三回 楊元帥劾奸上本 龐國丈圖謀蔽君

詩曰：

慧眼君王照萬方，賢奸須辨察行藏❶。
倘然受蔽非輕禍，佞者得謀忠被傷。

卻說沈達進京去了，楊元帥心頭氣怒，又覺發笑。然哂笑者，范禮部未事而先知，設成妙計，孫武已上了圈套；惱者是不遂其謀，被莽匹夫弄歪了，不得不將焦廷貴並解回朝中，總然朝廷執罪，也體念開恩，又有祖母佘太君周全，管取無礙。范爺長吁一聲：「都是這莽匹夫，將機謀洩露了。雖然有佘太君保庇無妨，只憂這老賊臣又有風波興作來。」楊元帥曰：「事已弄壞了，縱然朝廷執罪，也定論不得。」狄爺也是點頭，長嘆一聲言：「朝內有奸臣，實難寧靖的。」楊爺曰：「從今之事，不可重用這狂莽之徒也。」

且住邊關忠良語，又言沈達趲程途。一程無阻，不分晝夜而奔，其時過了殘冬春又復。沈達到得

❶ 行藏：指出處或行止。

東京地面，未進皇城，思量：若將二人解進皇城，聖上未知，奸臣先曉，倘或被他謡弄起來，便不穩當了。即於相國寺中將兩架囚車悄悄寄放僧房內餘地，著令兵丁看守。其時天當午中，處置停妥，先往天波府內投遞了元帥家書。佘太君拆書，從頭細看，冷笑一聲，呼：「龐洪！爾何苦將此惡毒計施來？雖則狠烈，只好將別人擺弄，我府中人休得妄思下手也！」太君吩咐擺下酒宴，留款沈將軍。當日眾位夫人也知此事，即日差人往朝中打聽消息，倘有干係情由，即要報知。此話書中慢表。

又言相國寺中，焦廷貴將孫武大罵「奸賊」不休，一程出關，已是大罵喧喧，是日寺中更吵罵得凶。雖孫武欲待通個消息到龐府，無奈隨行家將人等都被楊元帥留在邊關，當時並無一人在於身旁，只得忍耐由焦廷貴痛罵，且待來朝龐太師自有打點。按下不表。

至五更，山呼萬歲，登坐金鑾，百官入朝。參見已畢，文立東，武立西。值殿官傳旨已畢，忽有黃門官奏知萬歲：「今有邊關楊元帥，特差副將沈達賫本還朝，現在午門候旨。」天子聞奏，想來：朕差孫武往邊關查察，尚未還朝，楊宗保緣何又有本章回朝？即傳旨黃門官取本進看。不一刻，已將本章呈上御案前。聖上龍目細細看完畢，又向文班中看看龐國丈，明白他貪財帛詐贓的，便曰：「龐卿，楊元帥此本，汝且看來。」國丈領旨上前，在御案側旁細看。只見上書曰：

原任太傅左僕射、統領銀餉軍機大臣、兼理吏、兵、刑三部尚書罪臣楊宗保，恭仰先帝洪恩浩蕩，職任邊疆將已三十載。復蒙我主陛下加恩，奚啻天高地厚，雖肝腦塗地，難補報於萬一。至臣銘心刻骨，頗效愚忠，敢替先人餘烈，以紊六律章程。茲奉欽差工部侍郎孫武，至關盤查倉庫，臣即遵旨，將倉廩庫藏悉行封固，恭候稽查。孰意孫武陽奉陰違，詐贓索賄，倉不查，庫不察，稱係龐洪囑托，言臣按照每年應得饋禮五千兩，共合鎰銀十三萬五千，而孫武言索送五萬二千，每年二千兩不為傷廉之語。依與則免費盤查之意，不允彼索，則回朝劾奏倉不虧為虧，庫不缺言缺。當臣不遂其欲，即帥堂吵鬧。悉有焦廷貴忿怒激烈，不遵規束，辱毆欽差，與臣例應並罪。惟臣領職邊疆重地，不敢擅離。先將孫武、焦廷貴遣差沈達押解回朝，恭仰聖裁定奪。臣在邊關恭候旨命待罪，謹此奏聞。

當時龐國丈看罷大驚，想來：只言孫武是才幹能員，豈知是個無用東西！今日駕前多文武之眾，教我如何對答當今？只得奏曰：「陛下啊，念老臣伴駕多年，深沐皇恩，豈肯貪圖索詐。前蒙陛下差孫武出城，何曾有言囑托？況今孫武現在，只求萬歲詢問他便知明白了。楊宗保會使刁，自知有罪難逃，捏言謊奏，無據無憑，希圖搪塞重罪。但現今縱將行凶，將欽差辱打，狂徒膽大，顯係恃勢欺淩。伏惟我主明鑒參詳。」

天子曰：「龐卿平身。」即傳旨焦廷貴見駕。當駕官領旨，宣進這焦廷貴。他昂然挺胸，踩開大步，一至金鑾殿，全然不懂山呼萬歲見駕之禮，高聲呼：「皇帝在上，末將打拱。」天子見他如此，也覺可哂笑。想來：此人莫非呆獃的？早有值殿將軍呼曰：「萬歲駕前，擅敢無禮，還不俯伏下跪麼！」焦廷貴曰：「要吾下跪的？也罷，跪何妨事乎？皇帝，吾焦廷貴下跪了。」

天子倒也喜色洋洋：「此人是一般呆獃腔的，只聞呆獃人老樸直梗，待寡人細盤詰他失征衣之事，定然分明了。」當日聖上緣何不問辱毆欽差，倒盤詰起失征衣之事？原來法律重於失征衣。況毆辱欽差原由，為著失征衣而起，故先問征衣失否，向呆將討個實信。如若失征衣事真，孫武詐贓事定假，詐贓既假，則焦廷貴辱毆欽差之罪不免。天子呼：「焦廷貴，狄青解到征衣怎樣？且明言來。」焦廷貴曰：「征衣到也到了，只因不小心，被強盜搶劫去的，險些狄欽差吃飯東西保不牢也。」國丈在旁，心頭暗暗喜歡：難得聖上先問失征衣事，喜這莽漢毫不包藏半言的。天子聽了失去征衣，點首而問：「焦廷貴，征衣失去在那地頭？」焦廷貴曰：「離關不過二百里，是磨盤山強盜搶去，那人不知，誰人不曉？」天子曰：「失去多少，留存多少？」焦廷貴曰：「搶去光光，失得盡罄，一件也不留存。」

龐洪想來：聖上若再問詰下去，殺射贊天王、子牙猜事情必敗露了，必須阻擋著君王問詰方妙。即俯伏金鑾殿奏曰：「臣啟陛下：那焦廷貴乃是楊宗保麾下將官，今日已經招認，失征衣的事既真，一事真，事事皆實了。狄青冒功抵罪，楊宗保屈殺無辜，李沈氏呈他冒功屈殺之語，實為確切。孫武詐贓，顯然並無是事了。焦廷貴如此強暴，豈無辱毆欽差之事？但審供案情委曲周章，誠恐有費龍心，伏祈陛下發交大臣，細加嚴鞫，詢明覆旨。未知聖意如何？」天子曰：「依卿所奏。但此事交關非小，不知發交何人可辦。」國丈曰：「臣保薦西臺御史沈國清承辦，必不有誤。」原來沈御史原名沈不清，只因聖上跟前其名不雅，久後更名國清。

當日聖上准了國丈奏議，發交西臺御史審詢。當時沈御史口稱「領旨」。早有值殿將軍拿下焦廷貴，他還是高聲大罵，呼曰：「爾如此，真乃糊塗不明帝王了。怎麼聽了這烏奸臣的言，欺吾焦將軍麼？」國丈大喝曰：「萬歲駕前，休得無禮！」焦廷貴乃一蠢莽之徒，怎知君王之尊威？還不斷大罵

「奸賊！狗畜類！」當有值殿將軍急將焦廷貴拿推出午朝門外而去，押回入囚車。國丈又奏：「押解沈達不可放歸邊關。」天子詰曰：「此何也？」國丈曰：「臣啟陛下：倘然沈達回關，楊宗保得知了，自覺情虛，恐有變端之弊。且將沈達暫行拘禁，待審詢明之後釋放方可。」天子准奏，著將沈達暫禁天牢。值殿將軍領旨，登時將沈達押下天牢。

趙天子退朝，當有忠義大臣幾人，見天子事事准依國丈佞言，氣怒不平，忿忿怪著聖上不念忠良勤勞王室，不以江山為重，輕聽一面之詞而傷重托股肱之臣❷。他既不以江山大事為重，我們何用多言插嘴？眾大臣幾位忿氣不平，不約同心，也不諫諍。又想：沈國清是龐洪奸黨，朝內官員盡知，獨有天子不曉，故發與沈御史公斷覆旨，眾員索性由他。此朝所議，並無一臣答奏。

時文武各回衙，有龐洪、孫秀，一退朝命人打開孫武囚車，同至龐府中。若問孫武也是犯官，因何沈御史既領旨審辦，又不帶去？只為一班奸黨相聯，私放了孫侍郎，獨欺瞞得朝廷耳目。仁宗之世，原係奸臣勢焰滔天。當日孫武隨著龐洪、孫秀至龐府，胡坤悉來敘會。國丈曰：「出京之日，一力擔肩，怎生倒翻楊宗保之手？幾乎及於老夫，實乃不中用的東西！」孫武曰：「太師，非吾不才，他們早已暗弄機關，裝成巧計。」孫秀曰：「岳丈大人且免心煩，如今埋怨已遲了。但焦廷貴已經招出盡失征衣，只要御史用嚴刑，還逼他招出狄青冒功之罪，何妨楊宗保刁滑勢頭，即佘太君、狄太后也難遮庇得狄、楊也。」

四人正言間，沈御史也到了，言曰：「晚生特來請命太師，這焦廷貴如何審辦？」國丈曰：「沈

---

❷股肱之臣：股肱指大腿和胳膊，故將輔佐君主的大臣稱為股肱之臣。

兄，這些許小事，還來動問麼？只要將焦廷貴用嚴刑拷究，失征衣之事，已經在駕前招認了，還要他招出李成父子功勞被狄青冒去，焦廷貴又受贓，做了硬證，楊宗保不加細察，反將李成父子糊塗屈殺了。再審得欽差孫武詐贓事假，焦廷貴毆打欽差事實。審明覆旨，將這幾名狗黨斬的斬，殺的殺，好不沁心涼也！」胡坤曰：「太師，但想那焦廷貴乃一錚錚烈烈硬漢，倘然抵死不招，便怎生設法？」國丈曰：「他抵死不招，何難之有？做了假供覆旨可也。」沈御史喜悅允諾。是日辰刻時候，頃刻中堂上排開筵宴，五奸敘酌，多言不能細述。宴別，各各告辭回府。俱已不提。

單言沈御史，進歸內堂，時交午刻。尹氏夫人一見，呼：「老爺，今天上朝因何這時候才回？莫非議政國家大事？」沈國清曰：「夫人，吾與汝夫妻之談，言知也不妨。」即將始末情由細言明。尹氏夫人聽了，心中不悅，頃刻花容失色。又呼：「老爺，此是他人之事，別人之冤，即妹子適人，已是親戚；何況胡氏之子死有餘辜，胡坤不過與汝同僚，一殿為人。既在仕皇家，須望名標青史，後日馨香乃可，緣何入此不肖黨羽，將眾賢良一網盡收？此事斷然不可！萬祈老爺回思擴量為高。」沈御史冷笑曰：「夫人，汝言差矣。本官若非龐太師提拔，怎能御史高升？夫人汝也非此鳳冠霞帔了。」夫人曰：「國丈今日勢頭雖高，但他刁惡多端，上天豈得輕饒！有朝倒勢之日，料這老奸臣遺臭千秋也。」沈御史聽了「奸臣」兩字，即怒氣頓生，連罵「不賢潑婦」數聲，「不明情由，出語傷人，因何平風自浪，惹來淘氣」！夫人曰：「老爺，不是妾身平空惹汝動氣，也不過將情度理勸君以免災禍耳。」御史曰：「怎見吾有災禍來？」夫人曰：「老爺這般奉趨奸相……」言未完，御史喝罵：「不賢潑婦，他何為奸相？奸在何來？汝且說知。」夫人曰：「妾是勸諫老爺忠君之美，何須動惱。但國丈作盡威惡，陷害忠良，貪財誤國，即妾不呼他為奸臣，也難遮外人耳目。」沈御史曰：「汝知他害了那個忠臣？」夫人曰：「怎言不是？即今要扳倒邊關楊元帥是也。爾可曉得他乃大宋世襲忠良將，保護江山老元勛。即提拔狄青，乃當今太后內親，在邊關立下此大戰功，亦武勇之臣，為國家所倚重將士。若還滅害了眾英雄，君王社稷那人撐持？但老爺食了皇家厚俸祿，須當忠君報國，方得後世流芳，若趨炎附勢的，千秋之下，臭名不免。倘君不入奸臣黨羽中，妾即終身戴德了。」沈御史聽罷，怒曰：「可惱賤人！你乃一無知婦人，休得多嘴言。倘煩饒舌，逆吾之意，定斷不饒！」不知尹氏夫人如何答話，勸諫得夫君依從否，且看下回分解。

第四十四回　賢慧勸夫身盡節　奸愚蔽主自乖名

詩曰：

彼此不分男與女，但行仁義便稱賢。
君恩洪蕩臣當念，方見存心不愧天。

當日尹氏夫人呼喚：「老爺，妾是一片忠言諫勸，還望准從。豈期爾仍歸奸臣黨羽，難怪妾身多言，也還防日後有傾家蕩嗣之禍，方知船至江心補漏遲，此日方懊悔不聽妻諫之言，反落得臭名與後人笑話。」沈爺大喝：「不賢之婦！後日縱然有傾覆之禍，與汝何涉何干！」伸手兩個巴掌打去。旁首眾丫環趲近，扯著老爺袖袍，呼：「老爺既罵夫人也罷，乞祈萬勿動手。」眾丫環扶持主母，共歸內房。夫人坐下，呼喚丫環素蘭往外堂屏風後打聽老爺將三關官如何審斷，即回來覆知。丫環領命而出。不表。

又言沈御史怒氣沖沖，不聽夫人勸諫，一出外堂，登時傳話升堂。早有差役帶上焦廷貴。他早已上了刑具，一到御史堂上，高聲大喝，立定呼：「沈不清！爾休得妄自尊大。」沈御史拍案，喝聲：

「蠢奴才！法堂上還敢如此無禮！爾要怎的？」焦廷貴曰：「焦老爺要回邊關去。」沈御史曰：「焦廷貴，今日本御史奉旨審詢楊宗保亂法欺君之事，速將狄青失征衣、冒功勞、楊宗保屈斬李成父子、爾受狄青多少賄贓、怎生毆辱欽差、楊宗保妄奏詐贓事，細細供來，以免動刑。」焦廷貴大喝：「沈不清的烏御史！說什麼話，吾焦老爺只不知，休得多問。」御史曰：「本官也知爾不動刑法怎肯招認。」吩咐將他狠狠的夾起。差人領命，即將焦廷貴下腳鐐，登時赤足一雙，套入三根木中。焦廷貴曰：「這個東西人耍足，甚趣！」沈御史拍案喝聲：「焦廷貴招罪否？」焦廷貴曰：「吾焦老爺招取爾狗命！」御史再呼役人，將夾棍一連三收，兩棍頭又加數十觔。焦廷貴愈加大罵不絕，喝曰：「沈不清，烏狗官！狗奴才！敢如此欺侮爾焦老爺麼？」御史曰：「焦廷貴，本官勸爾招了罷。」焦廷貴大喝：「沈不清，爾取得下吾腦袋，才算爾的本領。」沈御史想來：焦廷貴原乃一硬漢英雄，諒他不肯招罪的，不免做個假招供也。吩咐左右，將他鬆了刑棍，上回鐐具，發回天牢，待明天取他腦袋。

不表焦廷貴發下天牢。御史退堂回進書齋內，做備假口供，當有丫環素蘭在後屏風瞧著，打探得分明，進至後堂，細細達知主母。尹氏夫人聽了，登時臉上無光，汪汪珠淚。打發丫環眾人都出房外去了，夫人獨自一人，將房門關上，長嘆一聲，還磨香翰，題絕命詩曰：

妾身一殞有誰憐？虛度光陰三十年。
但願夫君偏性改，縱歸黃土也安然。

詩罷，淚如湧泉，言：「可憐十餘載恩愛夫妻，一日分離，未免慘傷。第今日勸諫夫君不從，出於不得已，日後亦不免殺身之禍，反要出乖露醜。與其生不如與其死也。」言罷，自縊身亡。

眾丫環見夫人進房久閉門不開，眾人說：「老爺從未與夫人淘氣❶，今朝口語相駁，叱罵一番，又動手打兩個巴掌，為著外人之事，夫妻惹起氣來。今久閉門不開，不知夫人吉凶如何？」眾丫環商議，甚覺慌忙，只得齊齊動手，打開房門一瞧，嚇得驚慌無措。都言：「不好！夫人當真尋了短見。」素蘭呼：「金菊姐姐，爾等且看夫人，待吾往報老爺得知。」言罷，慌急忙忙去了。內房丫環將汗帕解下，哭啼呼叫，灌下薑湯，那知夫人身體冰冷，那得復蘇。

不表眾丫環張皇，當時沈御史在書樓中正做完假口供，寫完本狀，要來朝奏帝。自笑曰：「此一本那管爾天波府勢頭高，諒必楊宗保性命難存，即狄青是太后娘娘內戚，也逃不脫狗命。」沈奸寫就此本，正要連日去見龐國丈，看假口供本章。只見素蘭丫環跑進，氣喘喘而來，呼聲：「老爺，不好了！」沈不清喝曰：「賤丫頭，因何大驚小怪？」素蘭曰：「老爺，不是賤奴驚怪，只為夫人死了。」沈御史喝聲：「小賤人，敢來唬恐吾老爺！夫人毫無病疾，怎的死了？」丫環曰：「果然夫人自縊身死，我眾丫環打開房室門，現有眾人尚在房中救喚夫人。」御史曰：「此不賢婦人，應該死的。」素蘭聽了，淚流呼：「老爺，誰道口頭上爭鬧幾言，就斷了夫妻之情不成？又可惜夫人乃一位賢良誥命，翰墨名家之女，死得如此慘傷，老爺還不速往看來夫人救活否？」沈御史喝聲：「賤丫頭，胡說！爾們且救他，吾不往了。彼如此可惡，口口聲聲，只罵吾奸臣，還有什麼夫妻情分！」

---

❶ 淘氣：生氣。

言未了，又見兩名丫環飛奔進來，啼啼哭哭稱：「老爺，夫人縊死慘傷，我們多方解救，只不得還陽了。」當日沈不清趨奉奸權，厭惱夫人諫阻多言，竟將夫婦之情付於流水。是日見丫環都來稟告，只得進內房，走近屍旁立著，冷笑呼曰：「尹氏，誰教汝多管我的差處？為此，爾自尋死路，實乃口頭取禍也。汝死在九泉，怨恨不得丈夫。」回身吩咐丫環：「速喚家丁掘土埋他。」眾丫環呼：「老爺，不知怎生埋法？」沈爺曰：「即於後園亭中掘個地窖，埋掩屍骸是也。」眾丫環齊稱：「老爺言差了！主母夫人曾受皇封誥命，二者是老爺敵體❷之貴，結髮夫妻。今日尋了短見，死得如此慘傷，理應開喪超度，然後棺槨入土為安才是。」沈爺喝聲：「賤婢！休要爾們多管。」眾丫環呼：「老爺，這是理該如此，算不得我們丫環多言也。」沈爺喝曰：「這是不賢之婦，死何足惜？有什麼超度棺槨成喪？那個再敢多言，活活處死！」言罷，出房而去。

眾丫環、婦女聽了不敢再言，珠淚紛紛，人人苦切，言：「夫人死得好苦楚也！何故老爺心腸如此硬，全無夫婦半點恩情？夫人，爾在九泉之下，略有三分未泯，必須哭訴閻君天子，訴明苦楚才好。」當日只得無奈遵命，喚至幾名家丁，那一個不道及主人之差？即日帶備鍬鋤，一至後園心，掘開泥潭數尺之深，眾丫環伏侍夫人，沐浴了身體，更換新衣裳，頭上插些花鈿環釵之物。眾人落淚傷心。其時候乃初更鼓也，前後有提籠燈火引道，將夫人扛抬起，是日乃三月初二，故月色早沈。來至後庭中，家人、婦女悲嚎慘切，已將夫人埋入土泥窖中，上面仍用泥土浮鬆蓋掩，以免壓腐體骸。這是眾家丁、婦女憐惜夫人受屈，不忍之心，不然日後怎生全屍起還？後話不提。是夜眾家丁、婦女，人人叩首，

❷ 敵體：指地位相等，無尊卑上下之分。

個個含悲，都言：「夫人受過皇封，金枝玉葉之體，慘死了，不得棺槨安裝，皆乃老爺薄倖不情也。」不表家人痛泣主母，又言沈爺親到後庭心，看見夫人埋於土中，言：「尹氏，爾今死了，是爾命所該，勿怨著我丈夫不情。待吾來朝奏主，殺了焦廷貴，公事一畢，然後棺槨再埋葬。只因今日公事繁忙，不及備棺收殮，今暫屈爾塗泥數天的。」言罷，回進書房，頭一搖，言：「罷了！那有這等多管閒事婦女、不畏死的裙釵！可惱他還留下詩辭四句，要本官改什麼偏性來。」言罷，命家丁持火把往國丈府中。一至，令人通報進內相見，即將本章假供與國丈觀看。國丈燈下看畢大悅：「此本甚是妥當詳明，待明朝呈進相見。」沈爺曰：「夜深如此，告退了。」當日算得神差鬼使，尹氏自盡的緣由御史並不說明，是以國丈全然不曉。

沈爺回衙，二鼓將殘了。歸房坐下，不覺動起愁思，咨嘆一聲：「夫人死去，顧影孤單，今宵沒有作伴了。」想至其間，心中煩惱，不免喚名侍兒作伴也妙。想來素蘭年長了，有些姿容，不免命他陪伴罷。忙呼素蘭到房中。沈爺一見曰：「素蘭，吾老爺有句密語與汝言。」素蘭曰：「老爺有何吩咐？」沈爺曰：「只為夫人死，衾寒寂寞，今夜汝來陪伴老爺，汝即承當敕誥鳳佩了。」素蘭聽了，驚慌呼：「老爺，奴婢乃一下賤丫環，況主母夫人待我們猶如子女情愛，厚德深恩豈敢忘？老爺休思此歪念頭也。吾又乃下賤之體，怎能陪伴老爺貴人？」沈爺聽了曰：「你這丫頭，好不中抬舉。今日陪伴老爺一宵，明日做夫人，與吾老爺敵體之貴，那個敢來輕慢爾的？」素蘭曰：「賤體福分微薄，承當不起，老爺免費盛心。」沈爺曰：「賤丫頭膽大！吾老爺好意抬舉，汝擅敢違抗麼？」言罷關閉房門，已將丫環攔上牙床❸。素蘭猶懇老爺：「吾賤質實有污老爺貴體，饒恕奴婢罷。」沈爺曰：「若再不順從，活活打死，不許多言！」當日素蘭年紀雖長，但心怯主人之威，出於無奈，只得順從。是夜陪伴老爺，不多細表。只苦尹氏夫人死得慘然，並不安入土，魂在九泉之下，焉肯饒過此薄情薄倖丈夫？此言不表。

次早，沈爺起覺，梳洗畢，穿過朝服，竟到朝房。少停❹萬歲身登寶殿，文武朝參分列。值殿官傳過旨意，有沈御史出班，俯伏奏曰：「臣奉旨審斷焦廷貴，初則倔強不招，次後略用薄刑，招出狄青失去征衣，冒功抵罪；焦廷貴受賄為證；李成父子除寇有功，楊宗保反不察而屈斬；欽差孫武又被他封固倉庫，不許盤查，縱令焦廷貴毆打欽差，反刁滑劾孫侍郎詐贓。」又將本章供狀上呈。

天子看罷，龍顏大怒，罵聲：「潑天膽大楊宗保！朕只言爾乃邊疆寄命大臣，看來乃一大奸臣也！深負國恩，目無王法。狄青既失征衣，不該冒功抵罪，屈斬有功良善。一班欺君藐法小人，斷難輕恕。差官扭解進京！」

國丈一想：如若扭解回朝，必被佘太君、狄太后出頭，仍是殺不成。即出班奏曰：「臣龐洪有奏。」天子曰：「卿且奏來。」國丈曰：「臣奏楊宗保久鎮邊關，兵權統屬，如若扭解回朝，誠恐被他聞風準備，萬一路途變端，禍關非小。」天子曰：「卿之見如何？」國丈曰：「臣思焦廷貴招認罪名，無容再問。莫若密旨一道，賜其刑典，待狄、楊二臣即於邊城盡節，焦廷貴即於皇城處決，未知我主龍意如何？」天子准奏，仍命孫武賫旨一道，朝典❺三般，密往邊關，著令楊、狄二臣速行受命；孫兵

❸ 牙床：指精美之床。

❹ 少停：不一會。

部監斬焦廷貴覆旨。二奸得差大悅。

又有眾賢臣文武，人人驚恐，一同出班保奏。有富太師、韓吏部與天子語爭辯駁，天子只是不依。眾臣只落得氣怒不悅，又無奈。此時隨駕在朝，也不能往南清宮、天波府通知消息。

時兵部奉了聖旨，一刻不停留，即往天牢中吊出了焦廷貴。這位將軍還是不絕大罵：「奸臣烏龜！」一程罵到西郊。早有天波府家丁打聽明，飛奔回府報知。佘氏老人君自從沈達回朝後，得接邊關來書，日日差家人往朝中打聽，今一見綁出焦廷貴，即奔回府報知。佘太君聞言大怒，即時上了寶輦，親自上朝面聖。猶恐搭救不及焦匹夫，先命杜夫人、穆桂英往法場阻擋監斬官，不許開刀。若問天波府幾位夫人，十分利害。這孫秀雖乃關親❻，見了二位夫人惡狠狠，也懼怯三分。大喝：「奉佘太君之命，刀下留人！」這孫秀那裡敢動？當下焦廷貴高聲呼喚：「夫人！速來搭救小將，不然活活的人分作兩段。」二位夫人曰：「焦廷貴不妨，如若殺你，自有孫兵部抵命。」焦廷貴曰：「如此方妙也。」不知佘太君上殿見駕，救赦得焦廷貴如何，且看下回分解。

---

❺ 朝典：朝廷的典章。

❻ 關親：指痛癢相關。

第四十五回　佘太君親臨金殿　包待制夜築烏臺

詩曰：

天波無佞府中臣，歷世忠良建大勛。
豈料群奸行嫉妒，欲將一網陷賢人。

卻說佘太君進至金鑾殿中，俯伏見駕。天子即命內侍扶起，坐下錦墩。太君開言曰：「陛下，未知因何處斬這焦廷貴？他乃邊關效力之將，況乃忠良之後，即有罪於國法，聖上亦須體念他祖焦贊有血戰大功，略寬恕幾分，免折斷了忠良後裔，方見陛下仁慈。」天子聽了，覺得難將此事分明說，只想一會。國丈暗言：君王何不善於答辭？何不言君要臣死，不死不忠。吾亦不敢多言辯駁，只因這位佘太君不是好惹爭論的。當下天子不言。

太君曰：「陛下，臣妾丈夫、兒子數人，都是為國捐軀。苗裔只存一脈，即吾孫兒，領守邊關，將已三十載，盡心報國，並無差處，陛下所深知。即焦廷貴隨守邊關，也有戰功，未知犯了何罪，要處斬他？」天子見太君多問，只得言：「朕差孫武往邊關查倉庫，焦廷貴不該辱毆欽差；如毆欽差，即毆朕一般。如此目無王法放肆，理該處決。」太君曰：「孫武既奉旨查盤倉庫，倉庫不查，反詐取贓銀五萬兩，欽差詐贓，猶陛下詐贓也。應該將孫武執法正處乃是。」天子又曰：「孫武並未詐贓，處決他豈不枉屈的？」太君曰：「焦廷貴辱毆欽差，並無此事，殺之無辜也。」天子聽了，微哂曰：「焦廷貴辱毆欽差，已經明究招供，豈是枉屈斬他。」太君曰：「既重辦焦廷貴，孫武何得並不追究？況毆打欽差，理該罪及楊宗保，如何獨執焦廷貴？如此，非陛下刑法私立，法不當乎？」

天子聽了太君之言，龍首略一點，開言曰：「汝孫兒果也有罪，難以姑寬。朕且念彼是功臣之後，守關二十餘年，不忍身首兩分，特贈三般刑典，全其身首也。」太君聽了大怒，大聲言曰：「故臣妾丈夫、兒子十人，死其七八，俱乃為國身亡，不得令終。聖上毫不作念，也罷；即吾孫兒楊宗保，守關有年，辛勤為國，陛下輕聽讒言，一朝賜死，其心忍乎？即此民間訟案，也須詢詰分明，兩造❶誰是誰非，方能定斷；何況如天大事情，不究孫武，不詰宗保、狄青親供，但據狂妄焦廷貴之言，便殺者的殺，賜死者的死。倘果他奸臣作弊，不獨一死何所惜命，而且忠良受此冤屈，一生忠義之名，化作萬年遺臭之行，豈不冤哉！然沈御史與龐國丈是師生之誼，孫武是孫兵部手足，內中豈無委曲之弊？伏祈陛下暫免焦廷貴典刑，且將楊、狄二臣取到，陛下親主詢供。如果有實情，非但宗保之罪難免，則無佞府之名污矣，臣妾滿門亦願甘受戮矣。若此陛下不分明四人罪端，先將焦廷貴處斬，是立志存私，非立法之公也，何能服眾臣之心，公論怎泯？」

又有國丈暗看佘太君，想來：今天穩穩的殺了焦廷貴，並無反供口對，那邊關上兩名奴才，易於

❶兩造：指訟事的雙方，猶今之原告、被告。

收拾。不知那個畜生膽大，暗中往天波府通知消息，故這老婆兒到朝，說出一段臭言狠烈。君王猶如木偶一般，老夫好計謀枉用了，定然焦廷貴殺不成，狄青、楊宗保還在也。又有文閣老、韓吏部、富太師眾良臣想來：老太君之言理明而公正，直破奸黨衷腸，聖上定然准依了。

當下天子聞太君之言，想來有理，只得傳旨：「焦廷貴暫免開刀，仍禁天牢；孫武免賞朝廷典物，另頒旨意；召取楊宗保、狄青回朝，詢明定奪。」太君又懇奏陛下：「將焦廷貴賜於臣妾收管，決不有礙。」天子准奏。又著旨太監四名，送老太君回歸天波府內。

當時聖旨一到了法場，焦廷貴不用開刀，旨上又著令孫兵部送回天波府。有杜夫人、穆桂英冷笑，罵聲：「奸臣佞賊！你敢向大蟲頭上捏汗麼？」當日天子駕退，群臣出朝。有孫侍郎仍奉旨往三關，召取楊、狄回朝，次早登程。國丈回歸相府，心中忿怒，也不多表。

再言佘太君與杜、穆二位夫人回府，眾人帶怒罵：「大奸臣！緣何平地起此風波？你要計害別人猶可，要計算我天波府內之人也難了。」太君曰：「且待宗保孫兒回朝分明此事，復與眾奸狠作對也。」當日焦廷貴到府，拜見老太君並列位夫人。太君曰：「邊關之事，實乃如何？」焦廷貴曰：「狄青失征衣、立戰功是真，李成父子冒功是實。孫賊一到，即詐贓數萬，是以小將將他毆打。」太君曰：「都是爾打了孫武，中了龐洪眾奸之計。」焦廷貴曰：「太君不妨。龐洪這奸賊，斷斷容他不得，待小將往取他首級，方消此恨。」太君喝曰：「休得闖禍！或是或非，且待元帥回朝再行定奪。」當日太君猶恐焦廷貴出府闖禍招災，故以將他留款在府中，不許私出。又差人往天牢吩咐獄官，待沈達細心供給。此話不表。

又先說明：陽間世事可見可聞，方可為據，獨有陰司杳冥，不見不聞，何足為憑？但據尹氏夫人還陽之後，洩出情由，方有此段之書。不然書上言及鬼神陰府之事，實見荒唐荒誕了。今略表明，以免看官疑議也。

有尹氏夫人死去，壽數原未終盡。哭訴閻君身遭慘死之由，閻君查閱夫人年壽有八旬八，目下雖亡，實僅屈死，應得還陽。況不清年壽三十六，本年三月初八應死於凶刑刀下。閻君開言曰：「尹氏夫人雖被冤屈，但汝丈夫本年該凶死於朝廷法律。夫人可速回陽世，包待制那邊告訴，他自有救汝還陽之法。」夫人上稟閻君：「包大人往陳州賑饑未回，氏乃一亡女，如何越境遠奔？豈無神人阻隔？」閻君聞言，即備牒文，差鬼兵二名，吩咐送夫人往陳州城隍司管收留，以待夫人告訴冤狀回陽。二鬼卒領旨，護送尹氏夫人，一刻乘風，已至陳州城隍那邊交代。

不能詳表陰司之案，卻說包爺上年奉旨賑饑，尚未回朝。前書言陳州地面連饑數載，眾民苦度維艱。歲歲粟價倍增，只因蝗蟲太盛，稼稻被蝕，十不存一。有產業之民猶稍可度捱，更有貧乏之家，老少多少死於溝壑之中，災殃可憫。故本府官員是年申詳上憲督撫文武拜本回朝。聖上恤民，敕旨包公，調取別省米糧到陳鎮，低價而沽，濟活多少生民性命。人人感沾皇恩，個個美戴包公大德。包爺又立法，不許富厚土豪積聚，倘查出多收積而昂價沽者，即要拿究，均施與貧民。是以惡棍土豪，不敢積粟圖利，官吏糧差，不敢作弄賣法，人人懼怕著包拯利害。

當日乃三月初三日，包公督理饑民糧粟，正在轉回來。三十六對排軍，前呼後擁。包爺身坐金裝大座轎，凜凜威嚴，令人驚懼。其時日落西山，天色昏暮，忽一陣狂風，向包公耳邊呼的一聲響而過。

包爺身坐轎中，眼也烏黑了，眾排軍被此怪風吹得汗毛直豎。包公想來：此風吹得怪異，難道又有什麼枉屈冤情事？想罷即吩咐住轎。即開言大喝：「何方冤魂作祟？倘有冤屈，容汝今夜在荒地上臺前托告。果有冤情，本官自然與汝力辯，如今不須攔阻，去罷。」言未了，又聞呼一聲狂風，捲起砂石，漸漸靜了。

包公吩咐打道。回至衙中，用過夜膳，即命張龍、趙虎：「今夜可於荒郊之外，略築一臺，排列公位於臺中，在此伺候，不得遲延。」兩名排軍領命去訖。是晚只為要迅速趕辦，立刻在於北關外尋了一所空閒荒地，周圍四野空虛。邀齊三十餘搭浮竹棚人，不半刻，已搭成一坐棚，上中央排列公案一位。其時初更將盡，二人回稟知包大人。包公賞了眾人之勞，不帶多人，止攜兩對排軍董超、薛霸，合共張、趙二人，在著臺下伺候。

當夜，二人提燈引道，二人後擁相隨。街衢中寂靜無聲，只聞犬吠汪汪徹耳。是夜初三，早收鉤月，止有一天星斗。到了北關，約有二里之遙，包公一到郊野之中，空荒之地，住了坐轎。但見周圍都是青青蔥草，亂叢叢的磚瓦，坍棺古冢，破骨枯埋，東一段、西一塊骷髏。包大人見了，倒覺觸目傷心。單有築臺，四邊清靜，是用工打掃潔的。包爺上了臺中，焚香叩祝一番，然後向當中坐下，默靜不言。下面四名排軍遵著包爺命，立俟於臺下肅靜。

已有二更中，臺上只有包大人醒醒然的坐著，聽候冤鬼告訴。當時臺上止有一燈光焰，臺下提籠一對。其時又聞三更初轉，忽有一陣怪風，猶如冰霜，寒冒透肌膚，四排軍早已毛骨悚然，雙目昏昏睡去。當下包爺也似半睡半醒，於案中耳邊尚覺陰風冷冷。朦朧只見一女鬼，曲腰跪下，呼：「大人聽稟：妾乃尹氏，名貞娘，西臺沈御史髮妻也。」包爺曰：「汝既云沈御史髮妻，乃是一位夫人了，且請起。」

當下包爺曰：「夫人，汝有甚冤屈之情，在本官跟前不妨直說。」當時夫人將丈夫沈國清與國丈眾奸臣，欺君審歪了楊元帥、狄青，要為沈氏翻冤，欲殺誅了楊元帥三人。只為一心勸諫丈夫，不要入奸臣黨，須要盡忠報國，方是臣子之職，不料丈夫不聽，反是重重發怒，垢罵毆辱妾身。是以想丈夫既歸奸臣黨中，日後豈無報應？定然累及妻孥出乖露醜，不如早死，以了終身。這是妾身自願自歸陰的，自別無所怨。惟有丈夫不仁，妾雖死有不甘心之處。今已哭訴閻君，言妾陽壽未終，故求大人起屍，妾可再生了，感恩非淺。包公曰：「夫人，汝卻差了。古言婦有三從之道❷，出嫁從夫，理之當然。爾因丈夫不良，不依勸諫，忿恨而死，不該首告丈夫。既告證丈夫，豈得無罪？」夫人曰：「大人，妾自求身死，有何怨恨丈夫？但妾身曾叨聖上之恩，敕贈誥命之榮。丈夫既不念夫妻之情，死固不足惜，亦該備棺成殮，入土方安，何以暴露屍骸，將塗泥埋藏土內，辱沒朝廷命婦？豈無欺君之罪？混將使女為妻，私承誥命，有乖人倫，綱常大變。妾若不伸訴明，則世代忠良將士危矣。今現有欽差，往調拿楊、狄二臣回朝了，一付奸臣究問，二臣猶比釜中之魚。若非大人回朝公辦，擎天棟梁登時倒，宋室江山一旦傾。妾今告訴，一來為國除奸，並非別意；二來訴明被屈，以免有玷清白之軀。但大人須速回朝，方能搭救二位功臣；如遲二臣危矣。」

包爺聽了，不勝讚嘆：「你身屬婦人，尚知忠君惜將之心，真乃一位賢哲夫人了。枉吾輩男子漢，

❷ 三從之道：封建時代，要求婦女幼從父兄，嫁從夫，夫死從子，合稱「三從」。

七尺之軀，食著皇家俸祿，尚不及你一婦人。」轉聲又問：「夫人，你今玉體在沈御史衙署中否？」夫人曰：「現在府中後廂內東首桂樹旁，掘下塗泥數尺，便見屍骸了。」包爺聽罷，怒曰：「果有此事！可惱沈御史糊塗，不通情理也。爾妻乃一誥命夫人，緣何暴露屍骸，便埋土中？欺天昧法，莫大於此！更兼行私刑，做假供狀，以欺瞞聖上，欲害忠良，以假作真，更為死有餘辜。夫人且請回原處，待本官星夜趕回朝便了。」夫人即拜謝，冉冉而去。

包公已悠悠蘇醒，耳邊仍覺陰風冷冷。想來似夢非夢，十分詫異，心中一一記清白。不知是夜回朝，如何起屍救活尹氏夫人，且看下回分解。

第四十六回　得冤有據還朝速　奉令無憑捉影難

詩曰：

莫道陰陽報應無，欺公瞞法罪難逃。
一朝勢盡機關洩，天譴收除不錯毫。

當晚包公醒覺起來，籌算尹氏所云，初二身亡，今日初三，趕得三日三夜回朝見駕，是第四天，起屍還陽，限期未晚，但早到些為妙。是以包公要星夜趕回朝，明奏奸臣，即要起屍的。主意下了，臺棚四名排軍早已醒定了，扶持包大人坐進轎中，持燈引道，一路回歸衙署。坐下思量，定立下主意，發下欽賜龍牌一面，差兩名排軍：「將奉旨往邊關拿調狄、楊欽差阻擋住，不許出關。待本官進京見駕，待聖上准旨如何，再行定奪。」兩名家將奉了鈞諭，持了龍牌，連夜往關口而去。

包爺即晚傳進陳州知府，囑咐曰：「本官有重大案情，即要進京見駕。所有出糶賑濟一事，目下民心已寧，且交貴府代辦數天。必須照依本官賑濟之法，斷不可更易存私。如有作弊，即為擾害貧民，貴府有不便之處，本官斷不諒情，必須公辦。」陳府卅爺曰：「大人吩咐，卑職自當力辦，豈敢存私作弊，以取罪戾？大人休得多慮也。」是日，包公將糧米冊子，尚存多寡糧金，貯下若干，一一交代清楚。張、趙等眾排軍擁護而行，外役人夫持攜火把光輝，不待天明，連夜動身。

眾排軍役人不知其故。當日只因起屍心急，故即夜登程。有陳州知府、州、縣文武得聞，齊齊相送畢。眾官議論：「這包黑子做的事俱也詭詐難猜，不知又是何故，不待天明，竟自去了，倒覺可哂。我們眾同僚想來，包待制在本州糶賑饑民，眾百姓人稱恩頌德，如今我們接手代辦，比他倍外加厚，待百姓倍加喜，有何不妙？」眾官稱是。不多煩表。

再言包公是夜催速趲程，一心只望早回皇城。一路思量，言：「龐洪只與一班奸黨，妨賢病國，弄出奇奇怪怪事情。別人的財帛，爾或可貪取的，楊宗保是何等之人，爾想他的財帛，豈非太妄也！吾今回朝，究明此事，諒來聖上不依，扳他不倒，也要嚇他個膽戰心寒也罷。」行行不覺天色曙亮，再趲一天，將近陳橋鎮不遠。至晚了，包爺吩咐不許驚動本鎮官員，免他跋涉徒勞。不拘左右，近地尋個廟宇觀堂，權且歇宿可也。

薛霸啟稟：「大人，前邊有座東岳廟，十分寬廣，可以暫息。」包公曰：「如此，且在廟堂中將息便是。」原來一連二夜未睡，一天行走，眾人勞苦，是以包爺此夜命眾軍暫行歇宿。當晚包爺下了大轎，進至大殿中，有司祝道人，多少著驚，齊齊跪接，同聲曰：「小道不知包大人駕到，有失恭迎，乞祈恕罪。」包爺曰：「本官經由此地，本境官員尚且不用驚擾，只因天色已晚，尋些地頭夜宿，即明早天登程了，不須拘泥也。況爾們乃出家之人，無拘無管，何須言罪。」眾道人曰：「領沾大人汪洋海量姑饒，且乞大人到客堂請坐。只是地方未潔，多有褻瀆為罪。」包公曰：「本官只要坐歇一宵，不費爾們一草一木，休得勞忙。」道人曰：「大人到來，夜深了，小道無非奉敬杯清湯齋膳的。」包公曰：「如此，足領了。」

包爺進內，只見殿中兩旁四位神將，對面當朝大丹墀，兩邊左植青松，右樹綠柳。包爺進至大殿，中央一座尊神大帝，凜凜端嚴。道人早已點起燈火香煙，包大人沐手拈香跪下，將某官姓名告祝。祀已畢起來。是夜，道人等備了上品齋素一桌，與包公用晚膳。眾排軍、轎夫另設別堂相款。不多細表。

當晚，眾道人只言包大人在此安宿，忙往預備一所潔雅臥房，請大人安睡。包公反說他們厭煩，「本官不用息睡，且坐待天明，爾們不必伺候，吾於大殿中坐立。」又吩咐眾排軍、役夫眾人將息，五更天即要起程。當時眾排軍人等先夜未睡，今日又跑走一大，巴不得大人吩咐一言，眾人各各睡去。單有包公在大殿上，往往來來，或行或坐。有道人遠遠陪伴包爺，不敢睡臥。包公幾次催促他們睡，眾道人曰：「大人為國辛勞，終夜不睡，貴體不惜。況小道乃一幽閉無用卑民，焉敢不恭伴大人，擅敢私睡？」包爺曰：「這也何妨。本官路經此地，只作借宿於此。」眾道人見包公說出此謙婉之辭，人人感激。不一會，又恭奉清茶。至五更天，眾軍役指日抽身，道人早已設備燒湯梳洗。此地近陳橋，離皇城不遠，即膳行程。包公先取出白金十兩，賞與道人，作香燭之資。即時打轎起程，眾道人齊齊跪送。都言：包大人好官，用了兩齋膳，卻賞回一兩白金。

不表道人讚嘆，卻說包公催趲了一程，已是陳橋鎮上。方到一橋中，忽狂風一捲，包爺打了個寒噤，一頂烏紗帽子吹捲，在滾滾碌碌。原來包公在西而下東來，當時這頂冠在轎中吹出在橋石上。張龍、趙虎即忙抓搶，豈料四手搶一冠，都搶不及，已滾跌於橋下，露出包爺光頭一個。包公喝聲：「什麼風，這等放肆也！」旁立排軍呆獃答曰：「這是落帽風。」包公冷笑曰：「如此是落帽風了，不得放肆。」正言間，張、趙將金冠與包公升戴回。包爺一想，喚張龍、趙虎：「著爾二人立刻往拿了落帽風回話。」二人想來：不好了！如今又要倒運來。二人啟上大老爺：「要往拿落帽風，但此是無影無蹤之物，何處可拿捕？乞懇大人參詳。」包爺喝聲：「狗奴才！差爾些須小事，這等懈慵退避！」二人曰：「並不是小人們貪懈畏避，只因無根之物，難以捕拿，求乞大人開恩。」包公喝曰：「該死奴才！天生之物，那有無物之理？明是爾們貪懈畏勞。限你們一個辰刻，拿落帽風回話，如違吾命者，刀斧手在此。」言罷，吩咐仍轉回東岳廟宇中等候。

卻說張龍、趙虎吐舌搖頭，趙虎曰：「張兄，吾二人今危矣。一連二夜睡得不多，如今又要拿什麼落帽風。」張龍、趙虎二人正惱悶而行，張龍曰：「趙弟，到底怎麼是落帽風？怎生捕拿？」趙虎曰：「這陣狂風是天上無形之物，那得捕拿？實乃我二人倒運的。」張龍一路思量，又呼：「趙弟，此事我們辦不來的。不免且覓尋陳橋鎮上的保人❶，要脫卸在他身，將落帽風交出。若還交代不出，即拿這保人回去見包大人。爾便意下如何？」趙虎聽了笑曰：「這個主見倒也不差。」

當日，二人昏昏納悶，尋鎮上保人，是以逢人便問。內中有人言：「此地保人家住居急水鄉。」二人又即查詰至急水鄉——名卻尷尬。得人在家。二人動問姓名，此人姓周，名全。又問二人到訪何幹。張龍曰：「吾二人乃包大人排軍。只因在橋上被狂風落帽，有此無理之風，故大人差吾二人取陳鎮保人，立刻將落帽風拿回究罪。」此人曰：「爾二人既奉包大人差遣，豈無牌票拘諭？既無牌票，

❶ 保人：即舊時的保長。

猶恐假冒官，真假誰辨。皇城內地，爾們休得逞凶也。如無印牌，吾不往，也奈我何不得！」二人笑曰：「這句言說得有理。如此，爾且在家中候著，待吾請了大人發牌，再來動勞。」周全應允。

二人一程跑回東岳廟中，上稟：「大人，要簽牌保人方肯將落帽風拿出。」包公聽了大怒，二目圓睜，喝罵一聲：「兩個奴才！本官經由的地頭，尚且不驚動別人，如今差爾往辦些小事，即要驚動保人，可惱奴才！」二人啟稟：「大人，凡要拘拿，只要據憑票牌，著落地方保人，乃能交犯人。」包爺喝聲：「胡說！地方上保人只管得地頭百姓，落帽風不是保人管領，何用驚動他們？況你二人還未知落帽風著落，你擅敢妄擾保人麼？」二人再稟上：「大人，落帽風實乃無影無形之物，教小人如何捕捉？望懇大人開恩見諒，饒赦落帽風，早些趲路才是。」包爺喝聲：「胡說！既為承當衙役，總要捕風捉影。今日有了風，還捉不著影麼？也罷，本官念你二人是個不中用的，准賞差牌一面，不許驚動保人，滋擾地方，再限爾一辰刻即辦拿落帽風回來問究，若再推諉，文武棍一頓打死兩狗命。」二人領諾，拿牌跑出廟中，垂頭喪氣，長嘆一聲：「誰辦此奇事也！」

當日若論包公不是當真要拿落帽風，故意難為二人。只因這狂風又來得奇怪，身坐轎中，能捲出烏紗，料然有些奇異事。這包老是多管事官員，故今知張龍、趙虎是個能智差役，故力著他二人捕風捉影查究，又不許他們驚擾地方保人，既免了一番周折，是包公深知差吏擾民之害。

當下張、趙二人一路心煩意悶，恨著包閻羅，如差我二人捉霜拿雨也還有形可取，偏偏要捕落帽狂風之難。二人又跑上陳橋，立定了，左盼右瞧，當時何有些狂風？抑或多少人是那個名落帽風？呆呆立著，彼此交看。有過往多人，見二人瞪目交晛❷，不明其故。內有多言的，詰詢他們，二人言：

「奉包公所差，捕捉落帽風。只為伺候得久了，不見那人是落帽風之名。」內有一年少多言曰：「只有橋西側藥材店一人，名駱茂豐，且去拿拿他，看內有幾人？」老成的曰：「多言亂說！此人乃一良善人，守分營生二三十載，並不招非作歹。爾這人好沒分曉的，倘不是此人，豈不枉屈錯拿了他！定然另有落帽風之著落也。」

張、趙聽了，倍加愁煩，手中摩摩弄弄牌票，站立得足困了，只得坐於石橋上自語：「票牌，包大人差我二人捉拿落帽風，如今尋找不出，回去定然受責，如何是好？」二人想不著路，無奈只得跪下叩首，稟告當空，聲言「奉了包爺之命」，一番祝禱。當下如痴如呆一般，又呼：「風也，爾好不弄人，緣何將他紗帽吹滾下，令吾二人受此苦災差也？」

言未了，只見「呼」的一陣狂風，捲將迎面。二人勢急，即忙立起，四手搶拿，只呼：「捉風！」豈知風捉不牢，反將票牌一紙吹捲過橋，猶如高放起風箏一般，已捲起半空中。二人並言：「危矣！風捉不牢，反將牌票吹捲去，如何回覆得包大人？」

又言陳橋鎮東角上有一街衢，名曰「太平坊」，是一所小市頭，對衢兩廂鋪店稠眾，來往行人不少。當這陣狂風實來得怪異，捲起票牌，吹至太平坊上，落在一副菜挑之內。那販菜之人見了言：「為什麼這紙當票寬張吹來也？」已將擔子停住，雙手拾起來看。早有張龍、趙虎急忙忙趕來，大呼：「落帽風在此地了！」張、趙二人趕近了，要搶奪回那票牌。此人拿牢不放，反叱喝二人狂妄。張、趙也不爭辯，只雙手並扭挽牢，曰：「落帽風，爾可知包大人在著東岳廟宇中等候你訊究否？速些走罷。」

❷ 睨：斜視。

那販菜人嚇驚得震抖抖，即大呼曰：「我是販小經紀人❸，並不為非犯法，為什麼無端將吾拘扭的？」張、趙並言曰：「不管爾犯法不犯法，你且到包大人跟前，隨爾分辯。走罷！」不問情由，二人扭一人，推推拉拉，同並跑走。又有太平衢上眾百姓，一見七言八語的喧吵，忿忿不平，一齊多少人跟隨二人，看他將販菜的扭扯往那一方。不知拿捕此人可是落帽風否，包公如何審究，且看下回分解。

❸經紀人：經營買賣的人。

第四十七回　落帽風無憑混捉　真國母有屈詳伸

詩曰：

光明日月有曚時，何況為人禍到期。
身居國母朝陽貴，十八年前事可悲。

卻說張龍、趙虎扭捉了販賣小民，有太平街道上眾百姓曰：「這販賣人乃郭海壽也，窮困苦度，每日間販些菜韭小物，進得分文膳母，雖乃困窮而不失孝順，是以近處地頭上人多呼他為郭孝子。素知他是個樸質守分人，又不犯法招非，包大人拿捉他何故？我等眾人不服也。」一齊要至東岳廟中，一刻間擁鬧得成群結隊喧嘩，何下二三百人民，老少不等。已有人代他挑了菜擔，倘包大人錯拿處治他，一同力保，要求放釋良孝人之意。

不表眾民擁來東岳廟，先說張、趙扭拉此人進至廟宇中：「啟上大人：小人已將落帽風拿到了。」包公吩咐帶上。二人牽他，當面喝聲下跪。此人曰：「小人並不犯法，爾冒捉良民，何須下跪？」包公將此人細細一看，倒也生得奇怪，年紀約來二十上下，臉半黑白之間，額窄陷而兩目神光，耳珠缺而貼肉不撓，鼻塌低而井灶❶分明，兩頷深而地角豐潤。當下包公細看此人，那裡是什麼落帽風？本官因為風捲冠帽，疑有冤屈警報耳。如今定然張、趙二役難查，亦暗謎混拿此人來搪塞。且也詰究他，有何機竅的？包爺沈著發怒，喝聲：「爾這人還不知法律麼，本官跟前膽大不下跪！且細說明爾的來歷也罷。」

此人啟稟：「大人在上，小的乃經紀小民，並不犯法，身無罪過。貴役不該冒捉無罪小民，故吾膽大，不下跪也。」包爺曰：「爾名落帽風麼？」此人口：「啟上大人：小民名郭海壽，並不是落帽風。」包爺曰：「爾是何等之人，住居何方，且細言本官得知。」此人曰：「小人名郭海壽，乃陳鎮一貧賤民。方出娘胎，父親已喪，母親苦守破窯。但前時娘親街衢乞食，撫養成人。吾年交十五，豈知娘親雙目已失明。如今小民年紀長成十九，一力辛勤，積蓄得銅錢五百，近今幾載，終朝買販菜蔬為生，日中膳母，方少足用。豈知近年二三載饑饉難甚，家家戶戶日見淒惶。米價如珍，每升錢資三十。小人生理❷不勝淡泊，日中只有一飯兩粥，與娘貧廣苦楚。今載有幸，上年十一月聖上差來包大人，好位清官，開皇倉平糶，方得米價如常，連及本地頭官吏也好了，不敢索詐良民，惡棍匪盜，遠跡潛蹤。本府數縣，人人感德，個個稱仁。但今小的乃一貧民，並不犯罪，大人拿吾來作落帽風，未知何故，懇乞大人明言下示。」

包公想來：此人說來是個大孝之兒了。正要開言動問，只見眾百姓老少不等，何下二三百人，成

❶ 井灶：指鼻孔。

❷ 生理：做買賣。

群擁進廟首來，言言語語。內中有數位老成的，開言呼「大人！」早有排軍三十餘人阻擋呼叱，不許擁入廟宇中堂。包公遠遠瞧見，吩咐眾役不須攔阻，容眾人緩進來，不許喧嘩。眾人遵著吩咐，緩進至宇廊中。

包爺問曰：「爾民許多，有甚事情？本官在此，敢來這裡胡鬧麼？」內有幾位老人曰：「大人在上，這郭海壽乃一經紀之民，勤勞良善之輩。家雖貧困而不失孝道供親，此近地算他是個行孝少年的。向日安分守己，並不招非。我等小民，人人盡知。今日不明大人何故拿他。若是錯捉了他，羈留了，彼不能做小生理，母在破窯饑餓死了。故吾眾子民到，懇大人開恩，釋放他回。倘大人不准信，現有他販賣菜擔為憑，祈大人明鑒。」包爺曰：「眾民休得喧嘩。」眾民遵諾。原來包公的性情，不肯自認差的，當下呼喚張龍、趙虎，喝聲：「狗奴才！本官著爾往拿落帽風，怎麼混拿郭海壽來搪塞？可惡！」喝令打板。二人連忙啟稟：「大人，吾等有段情由啟上。」包爺曰：「容爾言來。」張、趙曰：「小人奉拿牌票，四下找尋落帽風。忽於陳橋又遇狂風，來得奇怪，已將牌票吹捲起半空中，嚇得吾二人驚也不小，猶恐回不得命。一程追趕至太平衢上，只見挑蔬菜擔人手中拿著牌票一紙。奉大人命捕風捉影，故將他拿來。」包爺喝聲：「胡說！風吹落帽，風捲牌票，都是風的作怪，只要拿風之類。爾二人故違吾命，妄捉良民，應該重處。」二人曰：「大人開恩！待小的再往拿落帽風也。如若打傷小的，二腿難以行走，怎能奉命去拘拿？」包公曰：「也罷，限爾交午時要拿回，如違重處。」二人謝了起來，一程跑出。趙虎曰：「張兄，我二人今日危矣。」張龍曰：「趙弟，這件事情教我們實難處置。且與汝再至陳橋擔捺一回，同歸稟上，實辦不出落帽風，抵生他除革身役罷了。」

書中不表張、趙之言，卻說包爺呼聲：「郭海壽，既然爾乃善良之民，本官且釋放爾了。只作役人誤拿錯的，你們不必在此耽擱喧嘩。」眾民叩首，都言：「大人開恩釋了，海壽及他母親可以活命了。」包公曰：「本官念爾是個行孝貧民，賞爾銀子五兩，回去做些小買賣，好供養母親。人若行孝，天必佑之。」董超早已交他白銀五兩。郭海壽好生人喜，即謝大人，仍挑回菜擔而行。眾民多已散去，皆言包公仁德。贊言也且不表。

卻說郭海壽回至太平坊上，將擔菜付交住所，還至破窯，將茅門一推，進內呼聲：「母親！」那瞎目婆娘喚道：「孩兒，汝去之未久，何故即回？」郭海壽呼：「母親，方才孩兒擔挑菜子出了大街衢，還未有人與兒採買，方在太平坊上，忽一紙官牌票，風大捲來，兒方拾起，早有兩位惡狠公差，拉擔兒至東岳廟。有位官員，渾身打扮皆黑色，面色黑，頭戴烏紗帽，朝袍玄黑，朝靴黑。原我初不曉他是那位官員，只道本處官員妄拿我的，故不肯下跪。後又查歷吾長短來了，眾人稟吾行孝。此位官員帶喜悅，賞吾白銀五兩，做小經紀供親，真乃幸也！故特回安慰母親。」婆兒曰：「他如此愛民，是什麼官員？」郭海壽曰：「母親，汝雙目失明，如若好目，見了此位官員，只恐嚇壞了汝，凶惡難觀。不知他乃朝中包待制大人，名包拯。難道母親不聞人說，包公是個朝上大忠臣，為國愛民的清官？」婆娘曰：「原來此官是包公，果驗也。孩兒，爾且往請他來，做娘有重大事與他面訴。」郭海壽曰：「母親有何事告訴，且說與兒知曉，代稟上包公。」婆娘曰：「孩兒，吾的身負極大冤情，滿朝臣除了包公鐵面無私，非輕可伸訴也。吾兒往代訴，終於無益，必要與包公面言，方可歷言。」海壽笑曰：「母親之言，也覺奇了。吾母子住居破窯雖然貧苦，但無一人欺侮母親，有甚極慘之冤？」婆子曰：

「孩兒，此乃十八年前之事，爾那裡得知？速往請他來，為娘自有言告訴。」海壽曰：「原來十八年前事，果也，孩兒不得而知了。倘或包大人不來，便怎生是好？」婆娘曰：「爾往言：吾母有十八年前大冤，要當面伸訴。別官不來，包公定然到的。」海壽曰：「既然如此，孩兒往請他來，母親且將銀子收拾好。」言罷，奔出破窯。

先說張龍、趙虎兩人奉令，商議若等候到明日也不中用，不如回去稟覆大人，悉聽他處治也罷。兩人垂頭喪氣，戰戰兢兢，回轉廟宇中，下跪啟稟：「大人，小的奉命捉拿落帽風，實乃無影無蹤之物，難以搜求。懇乞大人開恩。」包公一想：只道狂風落帽有什麼冤情警報，只強押二人去搜求，既無別事，且罷了。況尹氏之事要緊，耽誤不得日期。吩咐打道回朝。有張、趙二人放心。

正要喝道出門，忽來了郭海壽，呼：「大人！吾家母請汝去告狀。」眾排軍喝曰：「該死奴才！你莫非瘋癲的人？還不速退！」海壽曰：「吾家母有大冤事，故來請大人前往告訴，你們不須攔阻。」包爺見曰：「不用阻他。」原來包公情性古怪，辦事也是迥異。況今日事情更又奇特，想他怎麼反要本官去告狀？想這婦人說得出此言，定有來歷。即呼：「郭海壽，汝母親在那方？」海壽曰：「現在破窯等候。」包爺聽了，吩咐打道往破窯。當時郭海壽引道前行。又言：「眾人到門，不可吆喝，猶恐驚壞吾娘親也。」包爺又命不用鳴鑼打道。

當日郭海壽先跑，後面差人肅靜，卻從太平坊上經由。旁人喚：「海壽，緣何不往買賣，只管往來跑走，何也？」海壽言：「母要包公到門告狀說知。」眾人曰：「但不知包公來也否？」海壽曰：「後面來者不是包黑麼？」眾人看見，果然排軍擠擁而來，多笑曰：「這樁奇事，古今罕有。這化婆久住破窯，雙目已瞎，年將五十，財勢俱沒，莫非犯了瘋癲的？諒他沒有什麼冤情告訴。又少見告狀告子民，妄自尊大，反要老爺上門告狀。想來原乃包公蠢呆子也。」你言我語，隨走觀看。

當時海壽一至茅門，立著呼：「大人，這裡就是了。」回轉呼：「母親！包大人到了。」婆子曰：「孩兒，且擺正這條破凳在中央，待吾坐下。」海壽領命擺正，婆娘當中坐下，海壽站立旁邊。包公住轎，離茅居半箭之遙，命張、趙前往問婦人，速來告訴有甚冤情。二役領命到門，大呼：「婦人知悉，包大人親自到此，有甚冤情，速速出來訴稟。」這婦人答曰：「教包拯進來見我。」張、趙大喝：「賤婦人！好生膽大，擅敢呼喚大人名諱，罪該萬死！」婦人曰：「包拯名諱我卻呼得，快速教他進來，有話與他商量。」張、趙二人又覺惱又覺發笑，言：「大人目今官星不現了，至遇這痴癲婦人。」二人只得稟知包公，言：「郭海壽的母親是個痴呆婦人。」包爺曰：「怎見彼是痴呆？」二人稟曰：「他將大人的尊諱公然呼喚，要大人往見他答話。」包爺曰：「要本官往見他的？」二人稱是。包爺曰：「這也何妨。」言罷，吩咐起轎。有眾排軍隨言：「包大人真乃呆蠢官，如孩童之見。」更有閒看多人，稱言奇事。論包大人乃貴顯之官，隨著這盲目污穢婦人耍弄也，覺可笑可哂。

當時，包公到了門首，張龍跑進茅屋中，呼：「郭海壽，包大人到來，何不跪接？」有婦人接言曰：「包拯來了麼？喚他裡廂講話。」張龍喝聲：「狗賤婦人！這污穢所在，還敢要大人進來，休得做夢。」婦人喝聲：「胡說！吾也在此久居了，難道他卻進來不得？必須他到裡廂來，乃可面言。」張龍聽了，不住的搖頭，言：「大人今日遇鬼迷了，回到京中烏紗冠也戴不穩也。」又來啟上：「大人，這呆婦人要大人進裡邊講話，小人言此地污穢，不能安請大人進去。彼言住居久了，難道大人進去不得之言。」包公聽了，想來忖度：這婦人出身定然不是微賤之輩，故有此狂大之言。也罷，且進他茅屋中，看此婦人有什麼大冤情。當時包爺出轎進步，張龍、趙虎二人扶伴。包爺身高於茅門，故低首曲腰步至來。細將婦人一看，約有四旬七八的年紀，髮髻蓬蓬，雙目不明，衣破襤褸，面雖焦瘦，而貌卻佳，似非閒賤之人。

郭海壽曰：「母親，包大人來了。」他說：「在那裡？」包爺曰：「本官在此。」他說：「包拯，爾來了麼？」包爺聽了，又氣惱又覺笑，膾大婦人，當真呼起本官之名。即曰：「婦人，本官在此，爾有什麼冤情，速速訴明。」婦人曰：「汝趲近些。」包爺又走近些，那婦人兩手一撈一摸，不著包公，又將手一招呼：「趲近來些！」包公無奈，只得走近，離不上三步，被他摸著了半邊腰。他呼曰：「包拯，爾見了老身，還不下跪麼？」包爺瞪目自語曰：「好大來頭婦人，還要本官下跪，是何緣故？」婦人曰：「汝依吾下跪，我可訴說前情。」這包公只無奈，說聲：「也罷，本官且下跪。」張、趙二役見大人下跪，他也同跪地中。郭海壽見了，倒也哂笑起來。

當下婦人將包公的臉上左右遍摩一摸，至他腦後偃月❸三叉骨，將指頭撳幾撳，擦幾擦，連說兩聲，曰：「正是包大人了，一些也不錯。」包爺乃好生疑惑，倒覺難明不解。忙問：「爾這婦人果有什麼緣故大冤情，速速說明來。」只見那婦人淚珠一滾，呼聲：「包大人，我果有極情冤屈之事，十八年前久蓄至今，諒先夜神人吩咐，想必今日伸冤有賴，只求包大人與吾一力擔當，方得一朝雲霧撥

---

❸ 偃月：半弦月。

開，復光日月也。」包公聽了曰：「本官有要事在身，要急趕回朝。汝既有冤情，速速訴明，待本官與汝伸雪。」

當時，這婦人呼聲：「包大人，且請起。」這句公果然跪得兩膝生麻痛了，只得立起一旁。不知婦人訴說出什麼冤情，且看下回分解。

第四十八回　候審無心驚事重　訴冤有據令君悲

月缺重圓自有期，訴提前事實堪悲。
玉葉金枝栽穢土，遭冤千古最為奇。

詩曰：

當下婦人曰：「包大人，爾乃鐵面無私的清官，審究明多少奇冤重案，只憂我此段冤情審斷不白了。」包爺曰：「到底什麼冤情，休得含糊隱諱。」婦人曰：「吾原乃先帝真宗天子西宮李氏，正宮即今劉后也。十八年之前，吾與劉后身同懷孕，其時真宗天子與寇準丞相往解澶州之圍，御駕親征，尚未還宮。我在宮中產下太子，宮娥內監已有知者。過不刻間，正宮劉氏忽又報生公主，誰知一刻禍生不測，起於當時。」

包公聽此，眼睜睜呆想來：若是真情，此是李宸妃娘娘了。當初先帝興兵往澶州，去後二載，吾由開封府後升知諫院，身在朝中干政。遂問：「爾在宮闈，有何人起禍？」婦人曰：「只為正宮劉氏心懷妒毒，與著內監郭槐同謀。忽一天，劉氏自抱公主到我碧雲宮來，只言乏乳，要吾乳娘餵飼。當時劉后假裝美意，懷抱吾太子，又邀吾到昭陽宮赴燕。我即順情，即日同行。當時相隨內監郭槐，抱持太子同往。豈知早已藏過，我焉知是奸人早施毒計。後來飲宴已畢，要取回太子，他言郭槐懷送抱太子先還碧雲宮。我並不多疑，至回內宮，有宮娥言郭槐方才將太子放下龍床，稱說睡熟，不可驚他，又用綾羅袱蓋了。我只道是真情，又思小兒子不多驚擾，直至晚才揭開羅蓋，要看兒子。不料嚇得死去還魂，床上蓋的乃血淋淋的死狸貓也，方知劉氏、郭槐計害。是時，只因天子興兵未回，怨海仇山怎發洩？豈知是夜劉氏、郭槐，潑天膽大，又生惡計，謀害於我，即晚放火燒吾碧雲宮。當晚得寇宮女通知，盜取金牌，悄悄教吾扮為太監，腰掛金牌，連夜逃出後宰門。臨去時說明太子交付陳琳持抱去，故又指點明我，別無去路，且往南清宮八王爺府狄氏娘娘。況且他心慈善良之人，定然收匿，且待萬歲回朝，然後奏明此事中冤，奸后狠監自難逃脫。當日只是心忙意亂，依此而行……」

包公聽到其間，連忙跑開數步，又跪下曰：「未知狄太后收留否？」婦人嘆聲：「我乃女流之輩，久居深宮，從不曾街衢一步，焉知八王爺府在那方，故覓尋不到南清宮。可憐黑夜中孤身隻影，燈火俱無，步行步跌，顧影生疑。忽聞後面似有人追迫，膽戰心驚，暈厥跌撲在民家門首。豈期此家是一孤孀婦，郭姓，夫君上年身死，但此婦中年人，身懷六甲。當夜救蘇醒，邀吾進家，問及來由。我亦不敢說明露跡，只言夫死，翁姑逼勒改節不從，私為逃避。但此婦為人厚道有情，收留作伴。後來生下遺腹子，僅得半載，可惜此婦一命歸陰，只得吾將此嬰兒撫育。不一載，又遇禍不單行，隔鄰失火，累及遭焚，一物難攜，止逃得命。出於無奈，遠出京城。後來得聞聖上班師，豈知八王爺上年已歸仙界。聖上歸朝未及半載，又聞頒詔，先帝殯天。豈非老身無望還宮也！慘守此破窯，屈指光陰將已二十載。」包公曰：「娘娘如何度日？」婦人曰：「言來也覺慘悲，守此破窯，那得親情看顧，只得沿門求乞，以度殘生。撫養孤兒長大，取名海壽，年交十一二即知孝順娘親。子母相依，實難苦捱。幸得他一力辛勤，尋下些小生理度日。不料連年米價如珍，至夏天身受蚊蟲毒噬，天寒不得暖服沾身，年秋苦捱，直至今日。每思腹裡苦來，只有自知。近數載，雙目惱盲了，若非孤兒行孝供養，一命亡之久矣。」言未了，嚎哭起來，咽噎塞喉，說言不出。

郭海壽在旁頓然驚呆了：「原來我身不是他產下的，嫡母早歸泉世。」包公帶驚又說：「請問娘娘，你兒子既長成，何不教他引汝到南清宮去，甘心受此苦楚，何也？」婦人曰：「大人有所未知，古言：畫虎畫皮難畫骨，知人知面不知心。倘做了蠅投蛛網，思脫難矣。」包爺曰：「請問娘娘，當年太子怎生著落？」婦人曰：「方才說至寇宮娥通線救我，尚未說明。即日狸貓換去兒子，劉后差寇宮女將我兒撂拋金井池，幸他不忍加害，奈何欲救難救。喜遇陳琳進苑，懷抱兒子到南清宮，交狄氏收留。數年後，八王歸天，那先帝班師回朝。後聞頒詔，冊立八王長子為皇太子，故吾知當今是吾親兒。只可憐母在破窯苦捱，受盡淒涼，弄得雙目失明，子母無依。昨夜三更，偶得一夢，只見一神聖自言東岳大帝，言吾目今災星已退，有清官可待明冤。當即問清官是誰，神聖言龍圖閣待制包大人，乃忠鯁無私清官，教吾將此段情由訴知，許我撥開雲霧，得月團圓也。我又問，陳州地面多少官員來往，那知誰是包公？大帝又言：要知的確包公不難，他腦後生成偃月三叉骨，是以方才摸有三叉異骨，方肯白露十八年前之冤。若得大人與我斷明此案，感德如天了。」言罷，淚下一行。

郭海壽想來：可笑母親，既然是當今太后，有此大冤，遭磨此難，在我並不洩出，直至今天才知他不是我生身嫡母。但太后遭此大難，不孝要算當今聖上。又有張龍、趙虎聞此遍言，嚇得魂不附體，低伏地中，不敢抬頭。包公又請問：「娘娘，那當今萬歲是汝所產，有什麼憑認否？」婦人曰：「何言沒有記認？手掌山河，足踹社稷，隱隱四字為憑，乃是吾嫡產兒子也。」

包公倒伏塵埃，吐舌搖頭，曰：「可憐娘娘遭此十八年苦難，微臣也罪該萬死！」婦人曰：「大人言差了，此乃吾是該有此飛難也。若究明此理，斷饒不得郭槐。望祈大人為吾表白重冤，即死在破窯，也得瞑目了。」包公曰：「娘娘且自開懷，微臣今日趕回朝中，於此頂烏紗不戴，也要究明此冤。望祈娘娘放開心緒，且免傷懷。」婦人曰：「若得大人與吾伸明冤屈，吾復何憂？」包爺曰：「娘娘且耐著性，等候數天，回朝將此事究明，少不得萬歲也排鑾駕自來迎請。」婦人應諾。

當日包公差人，速喚地方文武官來朝見太后。宮院趕辦不及，須尋座奇雅樓房，買取幾名精細丫環。是時三月初，天氣尚寒，趕辦些暖服佳饌供奉。雙目不明，速覓名醫調治，若一人懈慢者，作欺君罪論。兩名排軍如飛分報。李氏曰：「大人不必費心，老身久居破窯，落難已久，侍奉又有孩兒，望大人不必動勞眾官了。」包公雖然應允，但安頓了太后方得放心。當下婦人呼：「我兒，汝且代娘叩謝了包大人。」海壽領命，上前呼：「大人，吾家母拜托於你，祈代伸冤。」包爺曰：「都在本官擔承。」海壽曰：「如此，待叩謝。」包公想來：此人目今雖是貧民，但與太后子母之稱，倘聖上認了母后，他是個皇弟皇兄了。當時還禮起來，連稱：「不敢當！為臣理當報效君恩。」婦人呼：「大人站於何處？」海壽接言曰：「跪了許久也。」婦人曰：「大人，快些請起！」包爺曰：「謝恩！娘娘千歲！」起來立著，細看娘娘，髮髻蓬蓬，衣衫襤褸，實覺傷心。丟下龍樓龍閣、御苑皇宮，破窯落難十餘秋，幸得孤兒孝養，他實乃聖上救母恩人。

不表包公思想，眾排軍驚駭，有窯外觀看眾民，交頭接耳，多稱奇異，再不想這求乞丐婦人，是一位當今國母。一人言曰：「曾記前十載到門討食，孩兒尚幼，哭泣哀求，被吾痛罵，方才蹝去，後來母子不再來了。早曉他是當今太后，也不該如此輕慢。果然海水可量，人不可量也。」眾人聽了，皆是嘆息。也且不表。

此時來了許多文武官，將閒人驅逐散，不許囉唣。只見破窯門首，立著包大人，眾官員多來參見，垂首曲腰。眾曰：「太后娘娘破窯落難，卑職等實出於不知，其咎難貸了。」包公冷笑曰：「本官道經此地，即知太后在此，可怪爾們在此為官，全然不懂？少不得本官還朝，奏聞聖上，追究起來，爾們官職可做得穩安否？」眾官員曲背俯腰，再懇曰：「大人格外開恩，卑職等不知太后落難，實有失於覺察之罪，求大人海量姑寬。」包公閃過一旁，曰：「你等文武員到此，理該朝見太后也。」眾員應諾，即於窯門外，文東武西，通名道職，山呼千歲朝見。

海壽遠遠瞧見，呼：「母親，外廂許多官員，在此叩見。」婦人曰：「教他各請回衙理事，不必在此伺候。」郭海壽蹝出曰：「眾位老爺，且聽吾家母吩咐，各請回衙辦理，不必在此叩禮。」眾員雖聞如此說來，仍不動身，共啟包爺曰：「卑職方才奉命，已差人速辦雅室，挑選丫環，供備朝服。」包公曰：「如此才是。」忙進內曰：「臣包拯啟稟娘娘。」婦人曰：「大人有甚商量？」包爺曰：「臣因國家大事，卻要還朝速辦，故拋下賑饑公務事回朝，不想偶遇娘娘一段大冤，更不能耽擱。臣已著地方官好生安頓娘娘，臣即別駕，還望娘娘勿得見怪。臣回朝即奏明萬歲，理明此事，即排鑾駕來迎請。祈娘娘且放寬懷，有屈多一天。」婦人曰：「吾身久賤居破窯，今何用奢華？免勞盛心牽掛。且本地官員政務太繁，豈可再勞他？有煩大人傳知眾官，一概俱免，日中不必到來。」包公謝別，出窯門，有言諭眾官：「太后吩咐，日中朝見問安，一概俱免，以省繁勞，此皆太后仁慈體恤之恩。但鳳凰豈可棲於荒林之地，方才吾言必當依辦，但本官因有急事還朝。」眾官連連共諾。言罷即吩咐起程，眾官相送，眾差役一路呼道而去。當日張、趙二人安心了，私議曰：「落帽風實乃奇事，教吾二人好苦差也。不想拿落帽風搜出天大重事，大人又一力擔承。但不知此重事辦理得妥否？」

不表包公回朝，當有眾官見包公已去，不敢進茅窯，只在門外站立。少刻有幾位夫人，各帶丫環進內，朝見請安，請娘娘沐浴更衣。豈知太后也不沐浴，也不更衣。言曰：「吾在茅居十幾載，已經苦捱了，不必爾們費心，各自請回。」眾夫人俱覺不安。那知太后執性如山，眾人無可處置。又有承辦役人稟上眾位老爺，言：「已經覓了幽雅室一所，可權為宮院。」又請太后遷居。豈知太后又言：「茅居久住，不勞眾官。多請且各回衙。」眾官再三懇求，太后只不允請。眾官無奈，只得於茅窯前後立刻喚工匠，趕造宇房。一日三次，豐膳參茸藥，一切調停。眾官商議：「太后不願更衣，只求郭海壽可准了。」當下眾官來懇求，海壽曰：「既吾娘親不願更衣，也非眾位老爺之咎，且請回衙中，不然反激惱他了。」眾官無奈，只得聽其自然。當時定然男官一班，女夫人一群，天天來請安。太后有百味珍饈多不用，母子只淡飯清湯常用，仍居破窯。丫環一人不用，仍打發回眾官衙。

少言太后多事，百姓私談，卻說包公不分星夜，趕回朝中。其時乃三月初五，尹氏夫人初二終世，不過僅得四天。包公一進開封府，天色已晚，回至衙署中，眾衙役齊齊跪接。至了內堂，夫人迎接坐下，先請安，復問：「老爺奉旨賑饑，如今回來，豈非完了公務也？」包爺曰：「賑饑公務，尚未清楚，但本官因國家大事而回。」夫人還要詰情由，包公曰：「國家政事，非夫人所知，不必動問。」夫人不敢再言，只命人備酒與老爺接風，言幾句饑民苦楚，別的不言。不知包公來日面聖如何，且看下回分解。

第四十九回　包待制當殿劾奸　沈御史欺君定罪

詩曰：

忠義賢臣惟護國，有如奸佞必欺君。
倫常不立徒瞞昧，洩露難逃殺戮身。

次日五更，包公進朝，先聚集於朝房，眾文武頓覺驚駭。內有幾位忠良詰曰：「包大人，賑饑事已畢了?」包爺回言：「未也。」內有眾佞曰：「既然賑饑未完，大人還朝何也?」包爺曰：「有要事還朝，非此刻所言，少停便見。」眾人聽說，想來包拯是個怪東西，生成詭譎性情，暗裡機關，誰人可曉?分加不悅的。龐國丈想：這包黑忽竟還朝，不知因甚事情。只願他月月年年不在老夫目前，吾心可活潑了。

少言國丈自語不喜，當五更初，只聽得景陽鐘撞，龍鳳鼓敲，聖駕登座。東華門內文臣進，西華甬道❶武官奔，皇親國戚也不在正陽門❷而進。當日文武官金階入覲已畢，執笏當殿。有黃門官啟奏：

❶甬道：兩邊築牆的通道。

「萬歲！有龍圖閣待制包拯，在陳州還朝，現在午朝門外候旨。」天子傳旨宣進。黃門官領旨宣進無私鐵面賢臣，山呼萬歲。朝參已畢，天子欣然傳令平身，呼曰：「卿賑饑公務完畢否？」包爺曰：「臣賑饑未完，特回見駕。」天子曰：「卿公務未完，何故忽回見朕？」包爺曰：「臣啟陛下，臣無事不敢私回。只為奸臣欺公瞞法，但國家大事，非同小故，豈容狼毒成群，暗裡欺君誤國？陛下雖然未曉，老臣在外盡知，是以不分晝夜趕回朝，要奏明陛下，削佞除奸，以免江山搖動之憂。」天子曰：「據卿所奏，奸佞出於何方，且奏朕曉。」包公曰：「臣知奸佞出在朝中。」君王聞奏，看看兩班文武，不知又是那人動了包黑之惱？當日有幾位不法奸臣，都是面面相覷。

天子曰：「滿朝文武，人人赤膽忠心為國，卿家知道誰是奸臣？」當時包公向兩班文武皆不朝頭，只雙目睹向沈御史，只有沈爺低下首，只恐他言彼是奸臣，心裡只覺驚跳起來。包公奏曰：「臣啟萬歲，那沈國清是奸佞之臣。」沈爺聽了，越覺心駭，想來：不想他言我是奸臣。但本官雖然作些小不端小故，但今全無半點破綻，也難處分。

君王聽了，開言曰：「包卿怎見沈國清是奸臣？」包爺曰：「陛下，這沈國清是個欺君誤國大奸臣，藐視國法之輩。」君王正要啟言，有龐國丈出班曰：「臣啟陛下。」天子曰：「龐卿有何奏？」龐曰：「臣奏包拯欺瞞陛下，藐視國法。因何賑饑公務未完，又非奉旨宣召，擅敢私離陳州饑土，忽地回朝？搖唇弄舌，欺壓朝臣，望吾王不可聽他惑言，原命彼往陳州賑饑，完其公務乃可，饑民方得沾恩。」

❷ 正陽門：即今北京的前門。本書常按清時的情景，去描寫宋時開封的皇宮。

天子聽罷，微笑一聲，正想開言，激惱了包公，即呼曰：「國丈！本上非干及你，下官所奏別官，爾今太覺多管了。」君王曰：「彼不干涉，龐卿何須多說！」當時國丈也覺無顏，只怒而不言。有嘉祐君王想：包拯原乃正直之臣，不奉旨召，一日忽回，想必因國有緊要事情。即呼：「包卿有奏，速也明言。」包爺曰：「臣啟陛下：楊宗保領職邊關二十餘秋，辛勞佐國，我主所深知。即狄王親失去征衣，旬日討回，又有大戰功，可抵大罪。五雲汛李守備父子，謀害焦先鋒，冒功而被殺戮，此乃按照軍法而辦。豈料李成妻沈氏，不守婦道，膽敢來告呈御狀，冒犯天顏。我主未明內裡主唆之弊，委曲多端，差孫武往邊關，豈知倉庫不查，竟公然圖詐贓銀多少，乃欺君佞臣也。又被莽漢忿怒其詐贓，打辱欽差，犯了法律……」

當下包拯尚未奏完，嚇得國丈驚駭不小，連忙奏帝曰：「陛下，包拯乃無憑無據之言。彼在陳州遙遠，路隔邊關數千里，邊廷之事，焉能一一概知？況他不承宣召，民饑未賑畢，眾民豈不仍受饑苦？望吾皇仍命他往陳州救濟饑民，方不廢公務也。」包公曰：「國丈何須喋喋煩言。吾非國家大故，必不捨公務而私回也。特為國除奸，與汝何涉？」當時君王點首，呼：「包卿，爾在陳州，果也怎知邊關委曲事情也？須細言朕知。」包爺曰：「臣啟陛下：臣在陳州，不但邊廷之事明晰，即朝中大權奸欺君弊法之事，亦已盡知，容臣細奏。前數天，朝內奸狠擺唆婦人叩閽，上呈御狀。我主但聽一面之詞，准狀發交沈國清審辦。聖上那裡知他存私，倒陷功臣，不究孫武詐贓，獨究失征衣，嚴刑焦廷貴，屈責不能成招。膽大沈國清，傳假造口供以欺陛下。若非佘太君進朝分辯，焦廷貴固難免死，而功勛元老一朝傾殞於屈殺中。此等欺君昧法之臣，留為國患。臣故趕趲回朝，徹底澄清，定與奸黨不兩立於朝堂也。」一言奏一番，嚇得班中沈御史、孫侍郎暗暗驚懼，龐國丈也同心怯。

君王又呼：「包卿，爾果也明其內裡原由，且細細奏來。」當時包公曰：「三月初三臣在陳州，路逢怪冷風冒體，是夜似夢非覺，只見女鬼魂，稱言尹氏名貞娘，訴說丈夫是西臺御史沈國清也……」君王聽至此間，向沈國清曰：「此姓名可是卿之妻否？」文班首有一內閣大臣文彥博，欣然奏曰：「彼尹氏者，臣中表之戚，自少年時，賢淑之德素著，果沈國清原配髮妻也。」當時君王聽了點頭。

再說沈國清，當他方才聞見包公之言，已聽出元神❸了，毛骨悚然，心膽戰驚，不敢抬頭，君王詢他，答言不出，愁然不語。君王見此，滿心疑惑：因何問他，口也不開？旁首國丈，好生著急：想來機關定然敗露了。君王又問：「包卿，這尹氏有冤屈，至告托於汝？」包公曰：「據尹氏訴言，丈夫沈國清食君之祿，深負君恩。又言李沈氏，是他胞妹子，只因妹丈李成父子冒認了狄王親功勞，被楊元帥所殺，故特來求兄，膽敢呈皇狀。聖上准狀，差官查庫，孫武欺君詐贓。丈夫身入奸臣黨，至他勸諫丈夫多少，不特不從，反遭其毆辱。又思丈夫作此歪心之行，日後終無結果之美，故早完性命，以望丈夫改善離奸之意，又為君扶保忠良，知曉忠君大節。此等賢良，名播人間，留芳青史。故臣得此一信，速趕回朝，以分清白，奏明陛下，速辦眾奸乃可。倘或擎天棟柱忠良，被其盡情一網打盡，聖上江山誰與保守？」君王聽了曰：「卿言若此，朕以前誤矣。」

三位奸臣聽了，心搖搖不知措置。孫侍郎、沈御史欲待強辯幾言，又思量果然自己理虧，反駁反露真情。只因包公先奏明眾奸機竅，至說得二奸嘿嘿呆呆。即龐國丈亦是干連重係人，原要將二人幫

❸元神：道書以人的靈魂為元神。

助的，只因包公比別臣不同，他是位骨鯁執性的，難以硬對的。況方才與他辯論太多，似涉於自執了，故他在旁不語，眼睜睜看包公。

當日君王呼：「包卿，惟據鬼魅之言，作不得真，算不得為憑也。況前數天寡人已差官前往邊關，召取狄、楊二臣回朝了。且待寡人親自問供，不必卿家費心。且不要耽擱在朝，速往陳州賑救饑民，待完公務，然後還朝，厚報卿勞。」

包公曰：「陛下，若云楊元帥領守邊關，無事平寧之日，尚且不可一日失守，何況目前兵臨城下之秋，若將楊元帥等召取回京，邊疆重地，萬一有失，江山即難保守了。這是斷然動不得也。臣斗膽已將御賜龍牌將奉旨欽差阻攔止步，恭候聖命追轉。若論陳州之饑，賑濟十已八完工告竣了，故臣敢於交代與州官代辦，決無誤民之慮了。茲有此警報，陛下勿云鬼魅幻境盡屬虛誣，臣會歷歷見聞之夢，只有自裁自忖，臣拿得定是真情，是敢於力辦，以辨清濁也。伏乞我主發臣司辦，是非公私斷不循的。」

嘉祐君王還未開言，有沈國清忍耐不住，只得進階俯伏曰：「臣也有奏言。」嘉祐君曰：「卿家有何奏言？」沈國清曰：「臣妻尹氏，乃急病身亡，並非怨忿自盡，豈有鬼魂警報，求浼伸冤的幻事？此乃包拯狂妄誣言耳。伏惟我主睿聖天聰，勿准包拯妄言誑語，仍命他速往陳州救濟饑民為上，又免他在朝妄生枝節也。」包爺曰：「臣也有奏。前時臣借著聖上三般活命寶，曾救民間婦活轉。又今石御史被王恩內監所害，也是臣救活，我主所目擊。目今尹氏雖然身死，望吾主再借三般寶貝與臣，尹氏定可活也。細細審詢，定知內裡委曲了。及明其曲直，免教忠良被屈。」沈國清曰：「臣妻身亡多日，已經備棺成殮，埋入塋墳，皮骨已消化了，焉有死而再生之日！包拯強言要奏，無非思害臣一命耳。望吾主勿降此旨，方免死者不安。」這一番言激得包公怒氣勃勃，呼聲：「沈國清，休言此刁語！爾妻尹氏，曾經誥命，現受皇恩，死了尚不備棺成殮，將屍埋掩泥土中。爾乃一刻薄之徒，今日駕前還敢謊奏欺人，說什麼備棺成殮，什麼玉體消化的？」沈國清聽了此言，心下猶如火炙，震抖騰騰，不敢復辯。國丈聽了，也覺心驚。當日尹氏身亡時，沈國清在國丈前未曾言及，如若龐洪知此不法事，定然勸勉他備棺埋土的了。當日國丈也氣得面色青紅，呆呆看著沈御史，想來：不該土掩這皇封誥命的夫人，實乃欺君辱爵，大不敬也。倘被包拯起了屍，實事罪加重，怎能輕赦？

不表龐洪自語，當下包公駕前請旨起屍，好追究失征衣、冒功詐贓事。嘉祐准旨，即曰：「依卿所奏，即著起屍救活尹氏，召回欽差，免取楊、狄二臣。此案重大，卿須嚴加細究，審明覆旨定奪。」包公稱：「臣領旨。」天子又命內侍，取出先帝時高麗國入貢三般還陽活命寶貝，付賜包公。已畢，忽班中閃出孫兵部啟奏。他一來不服包拯多招管事，二來幫助著孫武弟兄，連忙俯伏金階，曰：「臣兵部尚書孫秀有奏。臣奏據包拯所語，尹氏的屍骸放於泥土中，只是憑鬼魅邪說，乃一面之詞。陛下也須問他屍骸埋於那處土中，如若起不出屍首，包公也該有謊奏欺君之罪。」包爺曰：「臣也有奏。臣據尹氏告訴之詞，已知其屍骸在於沈府中署內庭前東方桂花樹旁泥土之中，伏祈我主詢問及沈國清，可知真否了。」嘉祐君曰：「包卿之言是也。」又曰：「沈卿，此事果也是否？」當時沈御史聽了，心中又驚又亂，發震寒寒，料想瞞不過，再強辯不得，只得奏曰：「臣妻尹氏，果也露體埋掩於後園桂樹旁土內。」嘉祐君聽了，龍顏觸惱，喝聲：「無禮欺君賊臣，斷難輕恕！皇封命婦，不得備棺成殮，露體輕褻，全無夫婦之情，倫常倒置，敗壞三綱，莫此為甚！」喝令值殿將軍：「將此欺君賊拿下！」登時剝除冠帶。即國丈也難開口求饒，一班奸黨盡吃驚慌；滿朝文武多感吃驚。是日包公領了三般法寶，別了聖駕，帶了沈御史，出朝而去。

是日天子退朝，文武各散，內有眾官員都好議論者未回，仍在朝房內。忠良敘於一處，奸臣集會一方。有言：「這些奸佞臣作此暗室虧心之事，陷害忠良，如今一經包拯之手，看汝怎生逃脫的！」又有奸黨也有一番議論，不知什麼言論，且看下回分解。

第五十回　賢命婦得救還陽　忠鯁臣溯原翻案

詩曰：

昭昭天眼豈徇私，善惡分明報有期。
未到循還仍不悟，一朝敗露禍難離。

當時朝房內與沈御史厚交的官員，爾言我語，都言：「沈國清不通情理，將皇封誥命夫人不備棺成殮，暴露屍骸於土中，原乃欺君重罪。今被包拯拿定破綻，倘或起屍被他救活，爾即難免過刀而亡了。」

不言奸黨紛紛議論，又言包拯忖度自言：「倘將孫武釋縱回衙，猶恐情虛而尋短見，反為不美。」著令張龍、趙虎領了三般國寶，包公又邀同孫侍郎帶同沈御史往他府衙而去。又有孫兵部倒也心上不安，不知包拯果能起屍否？並他邀同孫武兄弟，以故放心不下，同至沈府而來。然當日包公緣何抹煞李太后之事不提，單奏楊、狄、沈、孫之事？只因尹氏的屍骸過不得七天，倘至七天，難以還陽了，故以救活性命為先，將李太后之事暫且丟下。此一番仍驚動多少人民，言言論論稱奇，遠遠跟隨觀看之間人不少。不關正傳，不用多提。

包公一刻進了御史衙，孫家弟兄並至。招進沈國清，無數役人從後徐進內。沈御史只得引至裡廂，大小衙役房吏人等嚇得一驚，不少議論私談，不明大人犯了何法，至包公來抄沒家產。當日沈御史引至後園內，沈御史指明埋屍之所。包爺與孫家兄弟一同舉目，果見一株小小樹，乃月桂也，是新種植之象。包爺立差排軍將土泥挖開，扒去土泥，仍覺陰風颯颯之慘。忽見有女屍骸，面目如生，略不改色。包公嘆惜曰：「可憐一位賢德夫人，遭此一難。」二孫弟兄也覺駭然。沈御史見了，心中煩悶，嘿嘿不言。

包爺又曰：「這屍骸是爾妻否？」沈御史回言：「是也。」包公又吩咐董超、薛霸二役，小心細細起屍，安放庭心靜所。二排軍領命，即將屍骸悠悠扶起，安放肅靜所在。又命張、趙二人，將溫涼帽子戴上夫人頭上，還魂枕扶乘首下，返魂香放在身中，令四排軍遠離，傳他內丫環侍女近前。

有二孫弟兄，心中焦悶，不想包黑之言，盡有應驗，正要別了包拯回衙。有包公冷笑曰：「令排軍速將孫侍郎拿下，他是朝廷重犯，那裡放得？此法律當然。」排軍領命，即上前將孫侍郎抓定。孫兵部見了大怒，挺胸直前喝聲：「包拯！爾非奉旨，怎生胡亂拿人？速些放了吾弟，萬事干休；若不依時，與爾面君。」包公冷笑曰：「這是案因，你令弟亦在其中。他原是朝廷犯人，是非且待尹氏活了，皂白已分。若詢問明有罪時，應該追究；倘若錯以無辜，定罪下官。大人且請回衙，休得多管。」原來孫兵部仗著王親之勢，羽黨相聯，橫衝直撞，欺侮同僚，單懼包拯的硬性。當日含怒不言，吩咐打道回到龐府中，另有一番忿話。

單表包公，令排軍兩人押著孫侍郎、沈御史，一同收禁天牢中。但孫侍郎不上刑具，只因不奉君命，止拘阻他不回衙，猶恐眾奸謀多，又生枝節。當日沈府家人、婦女，嚇得驚慌無措，素蘭婢子，躲閃房中，緊閉房門。當下包爺在御史府中耽擱，只待救活了尹氏，然後回衙問供。又吩咐公堂上面炷上名香，包爺下跪叩禮，當空祝告上蒼、過往神祇、地府、閻君、本都城隍，伏惟鑒察，信官包拯，一一祝告奸臣誤國之由，立心秉公報國之意。祝告已畢，仍起而坐於公堂，自有沈府家丁遞送茶湯。是日天色已晚，夜膳設陳，佳釀美饌送至，包公用畢。又言包公在沈衙用膳，自然排軍役人都在此用膳也。且不表。

又言孫兵部來到龐府見國丈，龐太師開言呼曰：「賢婿，爾同往沈衙，可知事情怎辦？」孫兵部曰：「岳丈大人，休要提說！可惱恨這黑賊全無半分情面，一到沈府中，果於塗泥裡起出一女屍骸，面目如生，而未腐消。又將吾弟阻留下，言他案內之人，難以放釋回，與著沈兄一併收禁了。倘或尹氏果被這包黑賊救活還陽，只憂追究明此事，吾弟與沈兄即難逃遁了。」

龐太師聽罷煩悶，轉加深惱包拯不往陳州，特趕回朝，偏究此事，連及老夫也有干係，日夕多憂不安也。又呼：「賢婿，吾想沈國清乃平日之間十分精細能士，今此事愚呆了。妻死緣何不備棺槨埋殮，胡胡亂亂埋於土內？況屬冬寒霜雪天，自然肉體不消化了。聖上三般還魂活命寶，出在東洋高麗，太宗時入貢，留傳至今。前者包拯曾救過被冤兩命，今尹氏又經包黑領辦，復活還陽必矣。被他究出真情，二人正法，難免一刀之慘，連及老夫有礙的。今日事情破綻盡洩，即深宮通線與女兒，也難解救得兩人之命。」孫兵部聽了，長嘆一聲：「可憐吾弟一命斷送於包黑賊之手！」

不表翁婿之言，回文只說包公。是晚用膳畢，已有一更殘，只覺寒風凜洌，青燈一暗一明，家人侍女在旁，將尹氏夫人聲聲呼喚。少停，初交二鼓，包爺早已傳命他家人，於夫人睡所遠遠用火盆四圍統炙。再一刻，只見夫人手足洋洋轉動，口氣一呼一吸。有張、趙二人遠遠瞧見，啟上包大人：「尹氏夫人轉活還陽了，手足遠觀已有活動的情形也。」包爺聽了，言曰：「他還陽好了。然他土屈數天，身體定沾了寒土之氣。」吩咐速備薑湯與吞下。二役傳言，有侍女連忙往取薑湯，傾灌夫人喉中。有包爺復叩禮上蒼，已畢，已有三更時分。尹氏夫人身體移動，雙目張開，一汪珠淚。

包公離位遠遠觀瞧，心頭喜悅。又命取回三般寶貝，略言：「夫人身負冤屈，歸陰數日，今幸喜還陽，皆賴聖上寶物之功。」又吩咐沈府家小：「小心扶起夫人更衣。眾侍女須要殷勤，左右不可睡臥，守候夫人為要。」

又言尹氏死去數天，今夜雖則還陽，但尚未醒靈，比不得平時，心神尚恍惚，一言也說不出。只叫得一聲：「苦也！」當下眾婦侍女遵著包公吩咐，扶挽夫人進內，小心伏伺，沐浴更衣。又有家丁、婦女不下百人，都說包大人神手清官，將我家夫人救活，交頭接耳的喜歡。不言眾人紛紛閒話，尹氏略略醒靈，當夜包公又喚役人將後庭上穴填回，吩咐從役一同回府，已是四更天候。

至天色黎明，包公帶了三般法寶，要繳還聖上覆旨。其時天色尚早，君王尚未坐朝，文武各員都在朝房候駕。當日尹氏夫人復活，文武大員知者很多，私言：「包拯是位異人，不久又將人救活，莫非他不是凡間之種，奉天差來救搭凡人不成？」不拘忠佞多少言談，只有孫秀、龐洪心焦惱悶，有什麼意氣來答話？

少一刻，聖駕登殿，文武大員參拜已畢，分班侍立。有包爺執笏當胸，俯伏而奏曰：「老臣包拯見駕。」聖上一詢問尹氏之事，包公奏曰：「臣啟陛下，那尹氏夫人已於昨夜二更時候還陽，然而再生之德，皆叨陛下洪恩也。今臣覆旨，復繳還三般國寶。」天子聽了，喜色洋洋而言曰：「活人命，功德彌天。今包卿數次救活冤死之人，乃代天活人，其功浩大，上帝賜福無涯了。如此，朕也難及了。但以後如有被屈身亡者，縱然又請此寶，拿去拿來，豈不周折返費。如今將此寶貝三般，賜與卿自用收藏。以後若逢冤屈枉死，便宜行事救搭是也。」包爺謝恩，還有奏言曰：「昨蒙陛下敕臣究審李沈氏呈狀重案，伏乞陛下將邊關楊元帥本章並沈氏御狀一併賜交於臣，核對分白。並求敕發焦廷貴與臣，方能面質詳明。」嘉祐君曰：「依卿所奏。」命內侍速取至邊關本章並李沈氏的御狀，又旨下天波府，立取焦廷貴，一併敕交包公，究辦明覆旨。包公領旨，收接了本章、御狀，嚇得龐洪渾身汗下，手足俱麻。想來：「昏君主見不善，發交本章猶可，這紙御狀交關非小，包黑好不利害，非比別位官員，可以求些情面的。況李沈氏乃婦女之流，倘查究起御狀那人撰寫，那沈氏縱生鐵舌鋼牙，也難抵他刑法利害。倘招出狀詞是老夫做的，那時烏紗帽子戴不牢了！」國丈自語著急。

當日包公將本章、御狀一一看明，再啟奏曰：「楊宗保的本章上，只有狄青一人退敵立功。又言孫武到關，倉庫不查，只詐贓銀多少，並不陳及失征衣冒功的緣由，與李沈氏所呈狀上，情節毫不相關，此中是破綻機竅也。唯楊宗保身居邊廷主帥，率統兵權二十餘載，數世忠良將士，為朝中棟梁臣，即聖上也知他是盡忠保國之臣。他怎肯私庇狄青而傷害有功李成，作此損益不均以欺陛下？他既非奸貪之輩，斷無欺君之行。從來婦人呈狀，定有主唆之人。臣閱歷民案多年，十有九驗。那沈氏女婦之流，那有此潑天膽量？內中豈無膽量勢狠者唆撥他，故放膽叩閽，來冒犯天顏？當此之際，陛下也須追究主唆之人。若非尹氏棄世訴冤，險些奸臣以假作真，而忠良反遭枉陷矣。」天子聽了，言曰：「當時原是朕之愚也。」又詰：「包卿，主唆呈狀者，汝可知否？」包公神明推測，十將八九是國丈專主。但想：這奸臣非別人可比，女在宮中做皇妃，得君寵幸的。想今日扳他不倒，吾且留些地步。也罷，倘若不提出唆狀之人，反被這老奸言吾無知識，沒用了，不免說出些機竅之言，恐嚇他一頓便了。即開言曰：「臣觀此狀詞，句句來言不勝利害懇切，即平等人也吐達不出，定然朝中大臣主筆，方得有此狠烈之詞。待臣嚴究出其人，定不輕饒。只求陛下准臣嚴究。」

國丈聽了包公之言，滿面遍紅而白，又插不得言。天子又曰：「包卿，朕思朝內大臣，雖則狠言，唯李沈氏在著邊關，至此數千里，況微微武員之妻，怎能扳結朝內大臣？據朕思來，還是邊關上書吏專唆，也定論不來。卿也不必深究其人了。」包爺曰：「臣啟陛下：這不是臣定究主唆之人。但這主唆者看得法律甚輕，狠心太重，要害盡忠良，方得稱心。據臣愚見，其狀定必朝內奸腸曲心刁臣做的。若做奸佞，全不顧名節，只貪著財帛耳。李沈氏雖不識認朝內大臣，然只用了財帛，不結識而可結識了。」

國丈當時滿臉汗下振騰，可恨包黑賊，當駕前挑起老夫的心病，巴不得君王不將包拯詢言，恨不能退了朝各散去。豈知君王偏偏不會得國丈之意，想來：這包拯好放刁，爾既知朝內大臣撰寫王狀，著實指名那人，算汝狠也。即曰：「包卿既知朝內大臣秉筆，果也何人？」包爺又奏：「此狀詞是一品大臣，權勢狠重御戚，方有此膽量攛唆婦人而來。」國丈暗曰：「如今看來，將說至吾身來了。」

欲待插言論駁，又涉及於己；欲待不言，又防這包黑說出他事來，實是兩難，心頭懊悔錯幹了此事。

君王聽了包公說到朝內一品大臣，君王心中豈不明白，無非國丈撰寫的。倘或被他說出來，教朕如何處分？不如及早兜收的可也。又道：「包卿，朕思主唆之人，非是正案所關者，卿不須多究了。」當日包公也猜得君王之意，定礙國丈之故，只得做個人情，稱言領旨。是日退朝，不知如何審辦群奸，且看下回分解。

第五十一回　包待制領審無私　焦先鋒直供不諱

詩曰：

蕭何❶六律定難移，豈料奸臣偏有私。
以假滅真多誤國，只貪贓物便相欺。

不表君王退駕，文武官員各散，只有龐國丈回歸府內，心煩不悅，惱恨包公。孫兵部愁悶沈沈。國丈只因做御狀主唆人，事關非小，孫兵部只因兄弟難免國法之誅。當時國丈即差家丁兩名，前往打聽包拯如何究審，好歹也要報知。按下慢表。

再說包公回轉衙中，將君王所賜寶貝物謹敬收藏下，即差張龍往天波府請發焦廷貴，又命趙虎速往沈府請至尹氏夫人，薛霸立拘李沈氏，董超帶上犯官沈御史、孫侍郎及眾人候審，各各奉差而去。

當此三路不提，單言天波府內，先有旨意赦發，佘太君、眾夫人得知大喜，焦廷貴聞此心中活潑。正在打點抽身，又有包公差人邀請。當下焦廷貴別了佘太君、幾位夫人，與張龍竟往包衙而去。有趙

❶蕭何：秦漢間人，佐劉邦建立漢王朝，論第第一，封酇侯。漢之律令典制，多其制定，故世稱蕭何定律。

虎往御史衙請至尹氏夫人，一肩小轎，扛至包府。單有原告人李沈氏並無下落，薛霸稟明包公，帶出沈國清，詰他沈氏在於何所。沈御史想來：豈不分明的，此件案情經了包黑子之手，必要追究唆訟之人。但吾之妹子女流之輩，被他恐嚇，用起刑，當熬不起，又要招出國丈來。也罷！吾今拼著一命抵莊了，以免牽連國丈，又出脫了妹子。主意已定，呼聲：「包大人！那李沈氏本非汴城人，犯官審詢後即行釋放了，目今不知去向的，犯官那裡得知？」包公聽了，冷笑曰：「爾還放刁相瞞的！」沈國清曰：「包大人，犯官那有欺瞞？果然釋放他不知去向了。」包爺喝聲：「胡說！這李沈氏是爾同胞妹子，況且此案未曾完結，爾如何便將他釋放？顯見是汝將他藏匿過，少不得嚴究來，不憂爾藏到那裡去！」吩咐坐堂。一聲傳令，衙役人列於兩行，肅靜威嚴。

當下包公坐於法堂上，先傳話敬請尹氏夫人上堂。當時若問呈御狀，乃李沈氏是原告，論陰告，要算尹氏是原告。凡聽審情由，先要問原告。只因尹氏是位誥命夫人，更兼為諫夫保國，甘心自盡，不是罪犯，乃是賢良德婦，是以包爺不敢怠慢他，是以傳請一聲。尹氏一至法堂上，低著首，曲腰。早有左右兩丫環，將蒲扇與夫人掩蓋臉。呼：「大人在上，再生婦尹氏叩見。」包爺立起位，雙手一拱，曰：「夫人身為誥命，本難褻瀆尊體，因在法堂之上，權且告罪，有屈了。」夫人曰：「賤妾已登鬼錄，今得餘生，皆叨大人洪恩也。」包爺曰：「今日之事，夫人乃沈御史之妻，沈御史汝丈夫也。夫君有過，妻難控告。如此乃越禮之事，豈非夫人先有不合者？」夫人曰：「大人聽稟：妾雖女流，頗知禮節，豈不知今日有所不中夫禮？唯今日之事，為著國家之事、君事、公事也，是妾略去夫妻小節而就君臣大節。然妾少適沈夫君，承叨誥命一十三載，夫妻從來和順無差。是非只為邊關之事而至，容妾再訴明大人。」當此包公聽了夫人說出為國公事、夫妻小節、君臣大節之言，不勝讚嘆：「明理！品行俱全，千秋上古，不獨女中所稀，即男子漢不易多尋。」時夫人將丈夫幫扶李沈氏呈御狀事，一長一短訴明。只因此事上回書已經表白詳明，今不用重複。包公聽稟罷，請夫人暫進後堂夫人裡邊。又吩咐帶上焦廷貴。

這位莽將軍，仍復癲頭呆腦，來見包公。他在金鑾殿上見君尚且沒有規矩，由於莽將不知禮法也。當時他見包公，大步踏階曰：「包大人！吾在邊關，聞爾在陳州賑饑，不勝勞忙事情，怎的又有閒工夫來辨這段案情？」包公見他如此，想來：這焦廷貴原來乃莽魯匹夫。只裝假怒，二目圓睜，怒基一拍，喝聲：「焦廷貴！爾在本官法堂上擅敢沒規矩，令人可惱！」焦廷貴冷笑曰：「吾在楊元帥虎堂也由橫衝直撞，即前天在君王殿上也是步跑飛奔，何況爾這小地段，有什麼希罕！」包爺喝聲：「膽大匹夫，休得胡說！」張、趙二役喝曰：「現中央供萬歲聖旨牌，速速下跪。」焦廷貴曰：「爾這官兒要下跪，無非為著聖旨牌。」只發笑，叩叩下跪。

包爺曰：「本官今天奉旨敕差究追此案，在別官跟前可以將真作假的胡言，在著本官案下，絲毫作弊也作不成的。須要實實公言，倘有半字虛誣隱瞞，一鍘刀兩斷。吾且問汝，狄青如何失去征衣，又不該冒認功勞，反將有功李成殺害了？爾在邊關，又不該辱毆欽差，即速一一招供。」焦廷貴聽了包公幾句言語，激惱起他性急火發，高聲呼嚷：「老包黑炭頭，爾蠢呆了！人都稱爾是位大忠臣，清白之官，原來是個假名聲，誆人耳目的。吾也知爾入了奸臣黨羽，貪了金銀，有忠臣不做，要做奸臣的。」包公聽了，不覺笑惱交半，喝聲：「焦廷貴休得花言！到底狄欽差征衣失與否，且明言來，不許囉唕。」焦廷貴曰：「汝問失征衣之事，待吾從始說來，汝且恭聽。」焦廷貴由奉帥令催取征衣說起，至被磨盤山劫去。包公聽至此間，不覺搖首自語：「狄青果也失去征衣，緣何本上全無一字提及？莫非狄青果也冒了功勞？」即呼：「焦廷貴，狄欽差既然失去征衣，因何楊元帥本上並不宣提？即有欺君之罪。據李沈氏所呈，冒功屈殺，定然情真了。你還欺瞞的？」焦廷貴聽了，怒曰：「爾言差矣！吾元帥秉公報國，毫無私曲，焉肯庇著狄青，屈殺有功之人？況且與狄青毫無瓜葛，豈肯欺君昧已，以益他人？」包爺曰：「據李沈氏御狀上，乃李成箭殺贊天王，李岱刺殺子牙猜，是鑿鑿有據。爾言狄青之功，莫非汝受了他財賄做見證也？」焦廷貴挺胸膛喝曰：「爾這黑人，真不是個清官兒了！吾那裡受他財帛？豈是李成父子殺的西夏將，實乃狄欽差的好仙戲好手段的戲法。」包爺曰：「爾言什麼仙法，什麼戲法？爾且說明。」焦廷貴聽了，從強盜劫去征衣，與狄欽差中途相遇，同至大狼山討戰說起，至自挑了首級，在五雲汛上守備府中夜膳，「當時李成問及吾首級那裡來歷，吾即言……」這焦廷貴說至其間，頓住了口。他倒也粗中有細，直裡有勾，思想來：吾若說明來歷，有冒功之弊，斷斷言不出的。且卸脫不出言為高。

包爺目一瞬，喝聲：「焦廷貴，因何不說？其中必有隱情。若有絲毫瞞昧，以假作真，且看鍘刀。」焦廷貴曰：「老包，爾也欺人太甚！難道說了半天之言，不由歇一息之氣的？」包爺曰：「如此，須速說來。」彼聽了，即卸脫哄瞞李成之言，冒功在已之語，卻將被李成父子灌醉，拋下冰窖，得樵夫所救，後至父子投關冒功，險些欽差遭害說了一遍。「小將回關，方得對質，顯見他父子冒功，故元帥將他梟首。那曉沈氏一婦人有此膽量，奔朝呈告皇狀。吾元帥眾人在邊疆，那裡得知？不過天天元帥擺宴慶賀狄欽差功勞，分加隆敬他英雄。忽一天，韓吏部大人書到，沈達回關，方知此事。孫武來盤查倉庫，元帥早將倉庫貼皮封固候旨盤查。只為歷年無缺，只由查詰，有何怯懼！不料孫武這狗官妄自尊大，自認為是欽差官，一至邊關即索酒吞，今日不查，明日不盤，反要詐取贓銀七萬多，不用盤查即回朝覆旨。當時只氣得吾焦將軍火起攻天，忍耐不下，將這狗王八一掌打下。元帥登時大怒，說什麼毆打欽差，國法難容，將孫武與吾拿下，打入囚車備本，沈達押解回京見駕。豈知這鳥皇帝不公平，聽了老奸臣言，發吾與沈烏龜官問供，將吾一味夾打。但焦將軍怎肯以假作真，聽悉他們夾打？這奸賊也無奈何，將吾送入天牢，想必陰謀惡念，妄做假招供，不然這昏皇帝不將吾處斬。後虧得佘老太君上殿保吾回歸無佞府，方存吃飯的東西。」

包爺曰：「汝言狄欽差收除二敵人，用什麼仙法戲文？」焦廷貴曰：「言來也覺好觀看也。他與贊天王戰殺不上數合，只聽得空中一聲響亮，飛出一枝兩頭尖小箭兒，高起雲端，半空中雷聲相似，小箭溜下，金光團繞，已將贊天王打撲在地。這不是戲法？他又與子牙猜索戰，取出金面兒，蓋於臉上，像著跳加官❷模樣，咒言聲無壽佛，惡狠狠的子牙猜已雙目定瞪，身體不動如泥的，跌於馬下。這不是仙戲？」包爺聽了一番混語，想：這莽夫之言，三不對四，是什麼仙戲奇詞？料然狄青有此仙術之能，故得立除敵將也。當時吩咐焦廷貴下堂。他曰：「老包沒有什麼盤詰的，吾站在旁看看爾審詢公斷，可否？」

❷跳加官：舊時傳統戲劇開場，先一人戴面具，袍笏緩步而出，循臺三匝，不作一聲，謂之跳加官，祝觀眾加官進祿之意。

包爺命取孫侍郎上堂。這孫武奸賊，平時惡狠狠的奸貪之輩，如今在著老包法地，刁奸狠不得，反心驚膽戰，呼曰：「包大人，犯官孫武當面！」包爺曰：「孫武，汝食了朝廷俸祿，受了聖上恩典，理該秉公報國乃是。即汝平素行事，吾也盡知，今也不多詰汝。只今奉旨到邊關，因何倉庫不稽查，而索詐贓銀數萬？汝這賊臣，不念君恩，只圖己利，欺瞞君王，結黨要陷忠良。倘若屈害了焦廷貴，連於邊關宿將❸元勛也遭此害。若此，擎天棟柱被砍折，錦繡江山豈不塌墜？可恨群奸結黨，蛆蜂蛇蝎一般惡毒。但今在本官法堂，須直直招供，倘一字支吾，刑法難免也！」

孫武想來：包拯是個硬客，難以情面哀懇的，縱然乃巍巍皇親國戚，都畏懼此老。又審究過幾番奇蹤異跡的冤屈事，即當今曹國舅如此勢力，尚且被他扳倒，何況吾今做了籠中之鳥。如經別官手，亦可以強辯，今也落在這活閻羅王手，倘糊塗抵賴，定必行刑。動了刑法，原要招供的，不如早認了詐贓，以免刑楚。況贓未入手，諒無死罪。但焦廷貴辱毆欽差，不怕包拯不究治其罪。又思卸脫了龐太師，好待他從中庇助吾些。原來無事福至心靈，定然災隨志昏。若孫武牽連出國丈來，仁宗皇定礙著國丈，縱然大罪，也要從寬而辦，孫武未必至於死地。然而龐太師的福運很好，是以孫武立下此意，卸脫他，好待幫忖於己，反落得斬罪。這是彼倒運時，故其立意好歹錯落也。即呼：「大人！吾奉旨到關，豈料楊宗保將倉庫悉已封固，言二十多年，歲歲虧空，難以徹查。若奏明聖上，還妨執罰，要犯官格外周全。但恨吾一刻差見，心利彼數萬之資，故不查倉庫，回朝覆旨，只言倉庫不虧。當時楊宗保懇吾，願送數萬白金。正言之間，焦廷貴已搶將來，扭著下官，辱毆不休。包大人，但念犯官

❸ 宿將：老將。

贓未入手，從寬免罪，足見大人洪恩！但楊宗保若無虧空，何故將倉庫預先封固行賄，以免盤查？楊、焦二人，豈無欺君罪？」焦廷貴聽了此語，大罵「狗官孫武」！搶進一足踹下，喝聲：「該誅的狗囊！吾元帥領守邊疆二十餘載，一切軍需庫餉，按例開銷，何曾有絲毫虧缺？彼忠君保國大功臣，耿耿無私烈漢，犯了罪時，不分至厚至親將士，必不廢刑法；有了功時，不論至微至低小軍，定必獎賞。爾這狗官一到，即索取贓銀數萬兩，吾元帥焉肯送爾銀子？奸賊休得妄言！」不知孫武如何答話，包公如何分斷，且看下回分解。

第五十二回　復審案扶忠抑佞　再查庫辦公難私

詩曰：

宋室若無包待制，奸臣越法更猖狂。
忠君方見留名後，誤國惟斬認不良。

當下孫武聽了焦廷貴罵言，即曰：「胡說！前者乃汝元帥自送銀子與吾的。」焦廷貴喝聲：「好刁滑狗官！吾元帥乃世襲侯王，兵權秉屬，豈懼汝一群小鼠輩，送汝絲毫銀子？狗官休得妄言欺公！」孫武又呼：「包大人，前日焦廷貴辱毆欽差，也該問罪；今日在大人法堂上，原是如此沒規矩的。」包爺喝聲：「焦廷貴不許胡鬧！」喝令左右役推他出堂，焦廷貴下階去了。包爺曰：「孫武，今未動刑，招認了詐贓之罪，也算爾造化，得免行刑。」喝他下堂。又吩咐帶上沈國清。奸臣初時抵賴不招，次後熬煎刑法不得，只願從細招認明，只獨卸脫了龐太師這奸臣。雖念平日師生之情，也是龐洪威福當盛銳時。包爺又詰：「沈氏實藏那方？」沈國清料想瞞不過，不免招出，齊同死罷，只得言明沈氏在尼庵中。

包爺立差張龍、趙虎往拿捕沈氏。豈期這刁婦人早已知風，他雖躲存在庵寺內，天天差王龍打探消息，正候著與夫、子報仇。是日忽見王龍氣喘噓噓進內報說：「尹氏夫人被包大人起屍救活了，萬歲又發交包大人審。孫大人、沈大人一口招成了，今即差張、趙二役來拿捉叩閽告狀人，倘奶奶爾去時，定然凶多吉少也，反不如速速逃生為妙。」沈氏聽了，嚇得魂飛天外，戰驚曰：「不好了！不想今日大難臨身。也罷，丈夫、兒子都已死盡，吾即留此殘生也不中用了！」即打發王龍出外，急急忙忙正要懸梁死。又有七八名女尼跑進來，齊說：「包大人差人在外，立刻要夫人至案，速些去也，不要牽連我們。」沈氏曰：「妾已知了。吾犯國法，決不連及爾們。」當時只憐沈氏上吊也弄不及，即望向旁柱上搶頭去狠狠兩撞，破了天靈蓋，腦漿迸出，鮮血漂流，撲跌下而死。女尼數人，要救已不及，只好驚呆呆看罷，即齊奔出外，說與張龍、趙虎得知。二役聞言，並同進內看畢，回衙上覆包大人。又言包公如聞別人之言，自然要相驗分明。只因張、趙二役，乃包公得力用人，歷歷試測，秉直無差，諒無私弊，故免親到相驗。又擬判曰：

李沈氏如若情真，立於不敗地，何不挺身出堂？此乃情弊理虧，畏法自死。李成父子冒認功勞，事也顯然；又見得楊宗保並無屈殺有功之人。然而焦廷貴擅毆欽差，應得有革職摘參之罪，姑念毆於詐贓之非，忿怒嫉奸激烈，從寬免議。據孫武供稱，楊宗保庫倉虧缺，尚應差官復往稽查明，倘果虧空，照數處分，依律定議。狄青失衣事真，幸其不日討還，仍有血戰軍功抵罪，未便即封拜帥。李沈氏所呈御狀，按律定須嚴究主唆之人，存案定罪。但該氏早經殞命，無從根究。惟該氏刁惡，妄呈御狀，有礙朝廷雅化，雖茲畏法斃命，然而典刑未正，不便苟且以從，應請戮屍，以彰嚴明國法。孫武藐違旨命，擅稽倉庫，私圖婪贓，雖贓未現獲，律無死罪，只昧心逆旨，利己欺君，罪加深重，律該腰斬。沈國清身居御史，享朝廷厚祿，不念君恩，昏弊私恩，小惠而圖網盡忠良，假供欺主，死有餘辜。例應罪及妻子，幸妻賢良，可蓋坐及❶之愆。惟其諫夫受辱，雍容自盡，死後尚圖忠君保國，略私恩而存大節，當代賢淑，亙古無雙，應叨旌獎。卑賤婢女素蘭，混叨誥命，雖為主威所逼，亦為負主不貞，例應絞決。嗚呼！五刑❷不立，何以懲奸；功懋❸不賞，何以勸善？臣不勝待命凜切之至。

包公定斷已畢，吩咐將犯官孫武、沈國清嚴加紲鎖，收禁天牢；焦廷貴仍歸楊府。又差家將護送尹氏夫人回轉御史衙中。又著拿下素蘭婢，好生收管。再命董超、薛霸將李沈氏屍骸嚴細看守，統候旨下正法。

當日不言二奸收禁、尹氏回衙，只言焦廷貴回轉天波府，有佘太君、眾夫人大喜。有話不提。

是日，包爺備下本章，又有龐府家人打聽明，回歸相府報之。龐國丈得知，心頭納悶；孫秀也是一般著急，只為素知包拯是硬烈之官，即皇親國戚也畏懼於他，而當今天子也怯彼鯁直性情。次日早

❶ 坐及：此處指因丈夫犯罪而連帶受罰。

❷ 五刑：唐代法律於名例之首，列笞、杖、徒、流、死五刑，明清律因之。

❸ 功懋：大功勞。

朝，將審案本章呈上。天子看畢，龍顏變怒，曰：「可惱賊臣，暗欺寡人！若非包卿回朝，險些害了邊疆棟梁之將。朕今依議，包卿本上定斷法律。」仁宗帝當即降旨下：

尹氏乃一女流耳，豈期具此賢慧，割略私恩，深明君臣大義，保國除奸，忠良免禍，朕也欽敬。洵❹為萬古女師，足當表行。即於御史府改賜旌表流芳，加封恭烈元君，每歲額加俸銀二萬兩。沈國清財寶俱歸夫人所管，每逢朔望之日，文武員代朕一月兩謁，以示榮異加恩。生則永叨厚祿，死則附葬皇陵，享其廟祭。而邊關依本差官復查定奪。狄青功罪兩消，未得拜帥，著於邊關效力，有功日再行封賞。焦廷貴雖辱毆欽差有罪，始念先祖功臣一脈，又出於忿怒嫉奸，情有可原，恩寬免究。即沈達跋涉被羈，加八一級，以補其縲絏無辜，並同回關，不得久留。二奸一婢正法，即著卿施行。

包爺稱言：「領旨！」當日國丈心頭放下。他初時只恐案內定有牽連，因何並不提及老夫？想必包黑畏懼老夫狠也。若問包公豈不知龐洪主唆的，然沈氏已殞命，死無對質，非但扳他不倒，反被奸權討笑。二者聖上也明白諭他不必追究主唆者，這個人情不得不從權做的。

不表國丈洋洋快意，只惱得孫秀漲面通紅，「可憐弟即一朝差見，依了丈人之計，免不得身遭國典了。」當日退朝。

---

❹ 洵：誠然，實在。

卻言包爺奉旨正法兩奸，一刻難留，回衙吩咐調出二奸捆綁起，素蘭並同拘出。這丫環苦恨滿胸：前日做丫環時，是逍遙耍樂；今老爺不仁，將吾逼害了。可憐這婢子樂得幾天風流，如同一夢，做了枉屈幽魂。

不提丫環怨恨，當日包爺排道，威儀擁從至法場，眾軍人大刀綽起，押了犯人，排軍抬扛鍘刀，哄動多少百姓閒人，遠遠偷瞻，言言論論：「好清正包大人，嚴比冰霜，法如山岳。不然眾奸臣愈作威福，而陷忠良也。」不表閒人私論，只見沈、孫二奸押至西郊，猶如呆子不言，魂魄飛蕩，頃刻間鍘分兩段，鮮血淋淋，目睹慘傷；素蘭婢白綾絞決，全屍。是日打道回衙，多少人散去。

次日設朝，包公覆旨。當日君王厚賜金帛與包公，想來包黑乃是不貪財寶硬人，故力辭聖上恩賜。君王只得傳旨，排賜燕筵，命富太帥、高太尉、韓吏部、龐太師相陪。包爺俯伏謝恩。飲燕畢，復奏知君王：「差著那官往邊關再查倉庫？」君王瞧著兩旁文武，呼曰：「包卿，汝欲那位官員可往？」包公尚未開言，龐太師出奏曰：「臣有啟奏。臣思狄青失去征衣，楊宗保本上緣何並不提明？亦有瞞君之罪，未便置之不究，伏乞聖裁。」包公想來：本官放脫汝，汝反饒不過他人。隨即奏曰：「國丈保薦孫武查盤庫倉，故違主命，倉庫不查，反替國丈討詐贓銀起禍，他罪比楊宗保大加數倍也，該梟首正法，伏乞聖裁。」

天子看看國丈未語，想來：汝何用多言插舌，反教朕如何分斷？當下君王少不免因礙國丈，免不得兩面周全，即曰：「多是些小之過，一概寬免了。」國丈謝恩，又復奏，天子曰：「龐卿不須奏了。」國丈曰：「臣非奏別事，無非薦一官員復查庫倉耳。」天子曰：「卿薦那官？」國丈曰：「臣薦兵部尚書孫秀可往，方得無私。」天子聽了，喚：「包卿，汝知孫兵部可往否？」包爺曰：「孫兵部可當此任也。」當日君王即傳旨：「孫秀往邊關復查倉庫，須要實力奉行，不得徇私。回朝覆命，賞勞加升。」兵部領旨。國丈曰：「臣有復奏。」天子曰：「卿又有何奏？」國丈曰：「陛下不准封贈狄青為帥，也須降旨。莫若使孫秀賫詔順附，以免又復差官，往返徒勞。不知聖意如何？」天子曰：「卿此算倒也合宜，可准。」即詔交孫秀。包公暗語曰：「好不知利害奸刁，還思作弄。孫秀此去倘有絲毫作弊，教他又嘗鋼刀美味！」

當日群臣無別款章奏，君臣退朝。眾文武領旨，都來御史衙首，代君參謁賢良夫人。早有夫人傳話相辭，而當北闕叩謝君恩。又言尹氏夫人念著夫妻之情，早已收拾丈夫屍骸，不勝悲傷，備棺盛殮，掛孝盡情；又將素蘭屍首掘土而埋。苦只苦沈氏立心不正，一念之差慘死了，又逢戮屍不饒，屍首示眾。可憫親屬不周，飄零枯骨，這是惡人報應也。即孫武依了龐洪計，貪婪財帛，腰分兩段，幸有孫秀備棺成殮，差人送柩，回歸故土去訖。當日鐵官自有提升補代。又有工部奉了聖旨，將御史衙改造「淑德觀」，待尹氏夫人在著裡廂修行。靜處正堂上供了當今萬歲龍位，後樓堂供一尊觀音大士，旁首奉著包大人的長生祿位，朝暮焚香，以報答活命之恩。素齋有期，以供丈夫牌位。每逢朔望，眾官奉旨登謁，一概辭謝。談不盡夫人多緒，且略不詳。

又說包公一天到趙王府內拜見潞花王母子，於陳橋遇李太后之事並不提及，只將狄王親失征衣，立下戰功之事詳奏明。狄太后微笑曰：「包卿，汝覺人不情了。吾侄兒既立下此大戰功，理上還該加升重職，楊元帥上本自讓為帥，汝何故反阻擋聖上的？」包爺曰：「臣奏娘娘：狄王親有此武功，該得升職；但他失去征衣，罪也重大。這是朝廷律例，有功得賞，有罪必罰。倘不計罪而計功，不獨廢弛國法，且難服眾奸黨之心。如若被他參奏明，反得無雅趣了。臣歷歷政辦秉公，倘要徇私，寧斷頭難依，伏乞娘娘見諒。況王親乃英雄漢子，自有大功在後，而顯耀驚人。娘娘且請放心。」太后聽了，欣然曰：「包卿若不說明，吾也深怪汝了。且設燕，待王兒略款數盅淡酒如何？」包爺曰：「多謝娘娘，臣不敢當賜了。」登時告別。潞花王也留款，包公力辭，只由拜別而去。

包公一路自思：可哂高年太后，不明道理，錯怪別人。只我將狸貓換主事究明，爾也憂著欺君之罪。一路自言。到了天波府第，焦廷貴聞報，忙出接迎。請出佘太君，包爺見禮坐下，杯茶而敘客談。太君曰：「吾家孫兒被奸臣算計，多虧大人一力周全，使老身感激不盡。未到府拜謝，又勞大人光降，心有不安。」包爺曰：「此乃各官與國家辦事，那敢當太君重謝。」太君又曰：「吾孫兒既無虧空，庫倉今何又往盤查，是何緣故？」包爺曰：「且告稟太君，下官當奏審究時，孫武稱言元帥也有虧空之說，倘經別官領審，已將此言抹煞了，也未可知；惟下官出仕朝廷二十八載，由做知縣官，案歷萬千，只依法律公辦。故孫武供稱言，也即奏知聖上。今天龐洪又薦保孫秀前往。」太君聽了，頓覺駭然，呼聲：「包大人！老身久曉孫兵部是奸臣黨羽，如今奉旨盤查倉庫，此賊未必秉公，只憂作弊，又波浪興翻，怎生是好？」包爺曰：「太君但請放心。孫兵部此去如有徇私作弊，自有國法與他理論，下官怎肯輕饒縱放？只祈太君早日發遣焦廷貴回轉邊關，不可羈延於此；況元帥未知情由，不安的。」言罷告辭。太君曰：「大人再請少坐，水酒粗饌相款，望祈勿卻。」包爺曰：「雖承太君美意，惟賤冗太煩，改日叨領。」

按下包公回府而去，只言佘太君即日說知孫媳穆氏夫人，早已修備家書一封，取付白銀百兩二人路費。書銀交付畢，焦廷貴、沈達二將刻日用膳罷，拜別老太君與眾位夫人等。家丁早已牽出兩匹駿馬，鞍轡整齊，二將欣然騎上。老太君又囑咐二將：「路程小心，休得恃勇闖禍招災。並孫兵部奸臣不日奉旨又到復查詰庫倉，此賊定然詭謀百出算賬，說知元帥、眾人，早作防備，勿墜奸賊計中為要。路途上勿阻延遲，須速回關，免元帥懸望也。吾囑言須牢謹記。」二將諾諾答言，一程出了楊府，匆匆馬不停蹄而跑。此話兩分，不知孫秀奉旨往邊關查倉庫，怎生妙計，害得楊宗保、狄青二人否？且看下回分解。

第五十三回　孫兵部領旨查倉　包待制申冤驚主

詩曰：

中興令主首尊親，不比民間小孝聞。
不正乎名難主國，倒顛必失本來因。

一天，龐國丈排備下酒筵，差家丁請至孫兵部。國丈開言呼：「賢婿，不想此事愈弄愈敗了。但楊宗保、狄青二畜，斷難容留他的。因汝今奉旨復查倉庫，吾特備酒餞行。汝一至邊關，須要見景而為，算賬二賊，好思覆旨劾奏於他也。須拿定破綻，免被黑包子又放刁，則不妙了。」孫秀曰：「有勞泰山大人費心。小婿至關，定然在意，持拿柄首，雪報弟仇。」言罷，用燕已畢，辭謝回衙，打點動身，拜別同僚。文武多官齊送。御王親眾官不表，只有包公遺近，呼聲：「孫大人，爾今奉旨到邊關，須要秉公著力而行乃可。即有奸權囑托行私，汝切不可依行。倘存私作弊，下官定然秉公與汝作對。」孫秀曰：「包大人，汝太多心了。此行那有旁人唆囑徇私得來？吾此去定須秉公，決不負君恩也。」包爺曰：「如此，方為公也。」

不表孫秀離卻汴京，是日天子設朝，包爺上殿謝君賜燕。天子曰：「包卿，陳州賑濟未畢，速宜打點登程，免使萬民懸望。」包爺曰：「臣還有一樁國家大事，也要理論分明，方往陳州。」君王曰：「包卿，還有何重大事情，且奏知寡人。」當此龐太師巴不能包公早早動身去，不曾拔去眼中釘，即出班曰：「臣有奏。」仁宗皇一想：國丈真乃多管閒賬的，此小事也要多言喋古。只得呼：「龐卿，汝也有何章奏？」他曰：「臣奏非為別故，無非為國保民耳。今陳州賑濟未完，包拯半途不往，萬民仍不免饑寒苦楚，望乞吾皇不要留他在朝。若說國家有事，即有何難處，自有多少朝臣可辦。只要他說得分明，那位官員不可辦的？伏乞陛下准奏。」

君王聽了，正要開言復問，包公接言曰：「這是如天大事。上於天子，下咎人臣，即臣身受陛下隆恩，難免失察之罪。」當時眾文武大臣聽了此言，心內驚疑不定，只有奸黨交行者倍加驚駭，不知又有何故，只因沈御史之事，實乃驚弓之鳥。君王當下急喚：「包卿，既如此交關大事，且速速細奏分明。」包公曰：「今陛下不是來歷真天子，故臣要理論分明。」仁宗聽了，也覺他言奇說；兩旁文武大臣一聞包公此言，嚇得驚駭。龐國丈即出班俯伏奏曰：「包拯仰叨聖上隆恩深重，不思報答君恩，反敢戲謗君王，冒瀆天顏，不敬莫大於此，罪大滔天，乞陛下將他正法，以警慢君之罪。」嘉祐天子呼曰：「龐卿平身。」天子雖然不悅，然而倒確問包公，言他為官日久，一向無錯無差，丹心鯁直之臣，何故發此戲言，說寡人是假天子，何也？且問他真天子在那方？呼聲：「包卿，寡人是天子非真的，汝且奏明緣故。」包爺曰：「陛下若還說得出有憑為據，方是真的。」君王聽了，也覺忍不得的微哂曰：「包卿，朕是君，汝是臣，緣何與君討起憑據來？寡人御宇已有七八載，在朝之官多是先王舊臣，目今所升選新官計來僅十餘臣耳。新舊眾官，並無一人言朕是假的，包卿何故發此戲言？」包爺曰：「陛下若是真天子，定有為憑。」君王曰：「這顆璽印可不為憑？」包爺曰：「陛下既御宇江山，豈無璽印？這算不得為憑。只要陛下龍體上有何記認才是真憑據。」君王微哂曰：「此語包卿說來甚奇。要討憑據猶可，緣何又討寡人體上之憑？若問朕體上之憑，只掌中有兩印紋『山河』二字，足中央也有『社稷』兩字，可得為憑據否？」包公聽了「山河」、「社稷」，卻準對了李后之言。即奏曰：「陛下實乃真天子，只可惜宮中並無生身國母的。」君王曰：「包卿，爾言差矣。現今南清宮狄太后是寡人生身母，安樂宮中的劉太后是寡人正嫡母❶。包卿妄言寡人無母，也該有罪。」包爺曰：「國母本有，只因不見了陛下生身國母。狄太后只生得潞花藩王，他並非陛下生身母。只因生母遠隔別方。」嘉祐皇聞言，大驚駭然，忙呼：「包卿！爾言來不白，令朕難以推猜。既然明知寡人生身之母落在那方，何妨直說，緣何吞吞吐吐，以欺侮寡人，此乃何解？」包爺曰：「只今郭槐老太監，未知今在那宮？」君王曰：「若問內監郭槐，現在永安宮養靜，卿何以問及於他？」包卿曰：「陛下要知生身國母，須召郭槐，問他便知明白了。」

天子聽了，不覺呆愁，想來包拯說話蹺蹊，料此大事，他斷非無中生有。又思南清宮狄母后，既非寡人生身，如何又冒認寡人為子？此事教人難以測猜。他又言內監老郭槐得知，不免先召郭槐詢問明緣故。即傳旨內侍往永安宮，宣召郭槐去了。天子又問：「包卿既知此段情由，也須細細奏知根底。」包爺曰：「陛下，臣若奏出情由，即鐵肝心腸也令他墜淚。身居國母朝陽貴，屈於破茅窯，衣衫襤褸，

❶ 嫡母：舊時妾生的子女，稱父的正妻為嫡母。本書中劉后為真宗皇后，故仁宗稱之為嫡母。

垢面蓬頭，乞度光陰將二十載。雙目苦惱失明，只因兒身登九五朝陽位，娘為乞丐下流。諫我主也有非宜，雖尊為天子，尚然孝養有虧，自然朝綱不正，要出奸臣亂法。家不齊，國難平治。」嘉祐聽了包拯之言，色變神惶，呼：「包卿，破窯之婦，汝曾目擊耳聞？」包爺曰：「臣若非目見稽查明，焉敢妄奏以誣陛下？」天子曰：「即此可細細詳奏，怎生起止？」包公即將因尹氏之事，趲趲回朝，道經陳橋，被風落帽，疑有冤屈，至命役人聞風捕影；至郭海壽請去告狀，當日李婦人將十八載被屈破窯長短，歷情盡吐，力托於臣，言非臣不能代為伸冤力辦之事奏明。「當此驚駭臣不小，不意拿落帽風，拿來此天大冤情，實乃千古稱奇也。臣思彼時之前十八年先帝時，官陞開封府二載，尚未得預於朝政，即火毀內宮，臣亦不得而知，當此將信將疑。故臣又反詰他，既知太子，即今見在那方？彼自言：得寇宮女交陳琳懷出，往八王府中，後聞長養成大，接位江山，即今皇是吾親產太子。當時臣也再盤詰他，有何憑認？他又言：掌上印紋是『山河』字，足心有『社稷』字，回朝且究問老郭槐，可明十八年前冤屈事了。陛下想來，兒登九五之尊，享天下臣民之福，豈知生身母屈身至卑賤苦楚之境，聞者如不傷心，非孝也；見者如不淒然，非仁也。若非孤兒郭氏子代養行孝，李娘娘早已赴歸黃泉，身負沈冤，終難得白了。」

君王聞此奏言，嚇得手足如冰，呆呆坐下龍位，口也難開。兩旁文武官員，目定相觀，暗暗稱奇，還未明真假，有無此事。內有幾位大臣想來：十八年前之事，我們還未進位公卿。有國丈想來：我只言是非又涉及老夫，原來乃朝廷內事根由，不干我事，吾即心安了。

慢言殿上君語，先說瞞天昧法人。又言郭槐乃劉太后得用之人，是以仁宗即位，太后即傳旨當今加封九錫❷，時年已八旬，奉旨在永安宮養靜，隨侍太監十六名，受享納福，其樂無窮。仗著太后娘娘勢力，人人趨奉，倘或宮娥、太監，少有服侍不細，即靴尖打踢，踢死一人，猶如捽死一蟻，利害無窮，凶狠慘極。人人對面，自然要逢迎為「九千歲」，背後眾人咒罵怨他不已，巴不得此凶狠早日滅亡。偏偏郭槐精神滿足，雖則八旬之人，精健猛於少年。一體肥腴，生得流圓面貌，兩耳扛肩，頭尖額闊，濃眉長一寸，鴛鴦怪眼，兩顴高露，口方，鶯哥尖鼻，腮頷大開。數十年來，安享於永安宮內，福祿叨全，快樂不異天仙，即當今皇上也無此清閒之福。每日閒中無事，與劉太后下棋雙陸❸，或撫琴弄瑟。

這一天，正在永安宮中與劉太后吃酒談心，言言語語，彼此欣然，多不能盡述。忽聞內侍進來，報說聖上在殿上相宣。又說明：若然郭槐平日做人良善，結好上下，自然內侍官幫助些，說明李后陳橋告發之事，也使郭槐早已打算如何脫身的計謀。只為他平日凶狠，故人人蓄怨日深，內侍今得此消息，心中悅然，遂恨不能將他早日收除了，只說「萬歲旨宣」四字，並不提及別的機關。郭槐聽了，冷笑曰：「從來萬歲並不宣吾，今有什麼閒賬？但咱家今天食酒，不得空閒，改天出殿也罷。」內侍暗語曰：「萬歲爺都宣他不動，太覺狂妄自大了。」只得去覆旨，將此言稟奏萬歲。

天子聽了，龍顏變怒：「可惱賤畜逆旨！」即呼內侍且再宣，言有國家大事，文武百官不能妥議，定再宣他上殿做個主見，看事體如何，今天必要奉宣，再不許逆旨。內侍領旨而去。若論君無戲言，

❷ 九錫：古代帝王尊禮大臣所給的車馬、衣服、斧鉞等九種物器。
❸ 雙陸：古代博戲之一，今已失傳。

只因當時郭槐不奉旨宣出殿，是出於無奈，將他哄出殿來，這事到其間，暫且從權耳。當有內侍復走至永安宮，曰：「啟上老公公，萬歲爺有一國家大事，文武各大臣不能妥議，必要老公公出殿定個主見。萬歲爺在殿候久了。」郭槐聽了，曰：「厭煩得緊！咱家心不喜出殿，何故兩次相宣？有何大事？別改一天也罷。」劉太后微笑曰：「郭槐，既然當今兩次宣汝，汝若不往，豈不失君臣之禮？難免朝臣批點不是也。」郭槐曰：「娘娘，朝臣批點吾什麼來？」太后曰：「只言萬歲君王宣汝不動，太覺妄大欺主了。理上還該出去見駕，以免朝臣多評是非。」郭槐冷笑曰：「娘娘，汝還未知，滿朝文武，誰敢言吾一聲不是！」太后曰：「爾說那裡話來！雖然對面無人說，背後防人把汝暗批。況國務非同小事，無人妥議，政令難行。當今宣汝，定然說汝年高智廣，有政同商。勸汝再不可推辭。」郭槐聽了，曰：「娘娘既如此說來，吾且走走何妨。」太后曰：「出殿回來，吾還等候共燕。」郭槐允諾，呼：「左右扶吾出殿！」內監應諾，挽扶曰：「九千歲慢此好。」太后曰：「眾人且小心挽扶。」當日並非年老難行，只為身軀肥胖異常，若獨自行走，多有不便。

四名內監綽綽拽拽，到了殿上。內侍先稟知，萬歲宣旨。郭槐朝見，對君王曰：「陛下在上，奴婢見駕。」君王曰：「郭槐，寡人宣爾上殿，非為別故，只因內廷究事，有不明冤屈，故特宣汝究明奇事。」郭槐曰：「未知陛下有甚內廷不白事？」君王曰：「只因十八年前事，也覺奇哉怪哉，將狸貓換主；何故火燼碧雲宮？為首是何人？李太后如何被害？今已盡洩機關，爾須將實事細細言明罷。」

郭槐聽詰此言，嚇得呆呆，自語想來：因何今天一時提起十餘二十年事？不知那個狗王八提掇起此事。但這樁事情只有天知地知，劉娘娘與咱家得知，餘外別無一人可曉。不知今日那人忽提及起來？

也罷！吾只推不知當初之事，幾句言辭撇開。君王見他不語，即喝道：「郭槐！今日機謀盡露，何須隱諱不言！」郭槐即呼：「陛下！奴婢實不知什麼狸貓換主，那人火燒碧雲宮，休來下問奴婢。孩子們，扶吾進宮。」四名太監左右挽扶。有包爺怒目圓睜，跑上金階上，伸手當胸扭定，喝聲：「郭槐慢些走！」郭槐喝曰：「爾這鬼官是那人，擅敢無禮的？」不知包公如何捉下郭槐，且看下回分解。

第五十四回　嘉祐皇痛母含冤　王刑部奉君審案

詩曰：

齊家治國聖經言，南面為君首重先。
耕耨歷山行大孝，上聞朝野覓高賢。

當下包爺喝聲：「郭槐！爾既不識認本官，好！如吾說出姓名，只憂唬嚇死汝這老奸狼！吾乃龍圖閣大學士待制官包拯也。」郭槐聽了，曰：「爾是包拯麼？當今人稱爾是忠烈賢臣，即吾內官也仰慕清名。既當今萬歲加恩寵眷爾，不該膽大將咱藐欺。太覺狂妄了！」包爺冷笑曰：「郭槐，爾還不知麼？」郭槐曰：「咱家知道什麼來？」包公怒曰：「恨爾為人凶刁狠毒，十八年前擅將幼主換去狸貓，又縱火焚毀碧雲宮，謀陷了李宸妃娘娘，都是爾奸謀。瞞天昧地，只言永久遮瞞，豈期今日天發其奸，今聖上駕前，還不直供！」郭槐聽了失色，只得喝聲：「包拯休得含血噴人，先紅自口！爾緣何攝此無蹤無影之言，妄唆聖上，欲害咱家？不知怎火毀碧雲宮，什麼狸貓換主。吾歷內監數十秋，未聞此事，爾休得無端而尋唆鼓惑，擅敢當駕無禮，扭拉咱家。」喝令小監子：「拈他去！吾還宮去也。」包爺喝曰：「郭槐！爾今休思還宮了。」牢牢扭拉不開。四名內監只好呆呆看著，只因懼怯包黑子，豈敢妄動。眾文武大臣，又無人答奏。君王心下也覺焦煩，喝令：「拿下！寡人定須追究毀陷真情。」有值殿將軍凶狠似虎，即拿下郭槐，捆綁捺定。

郭槐慌忙中呼曰：「聖上可憐奴婢今已見年八十二之秋，靜處閒宮，並無差錯，伏乞我主勿依包拯無蹤無影妄奏相欺之言，恕奴婢還宮，深沾陛下天恩。」君王曰：「郭槐！爾將一十八年前一大事：狸貓換去小太子、放火焚毀碧雲宮之事，一一奏明，即放爾回宮安養；如有支吾一字，定決不饒！」郭槐一想：若將此款大事說明，吾自抵罪必矣，又怎好害卻劉太后娘娘？罷了，我也拿定主意，自願抵死不招的。即呼：「陛下說什麼狸貓換主，怎生火毀碧雲宮，奴婢實確不知緣由，焉有憑據上奏？」包爺奏曰：「此事交關重大，臣想郭槐是潑天肝膽之人，方能幹此欺天害主之事。若將言詞盤詰，怎肯輕輕招認？伏乞我主將他發交與臣，待臣嚴加細究，方能明矣。」皇曰：「依卿所言。」龐國丈自言：「不好了！發交包黑審究，郭槐危矣。審明又增他之威勢也。」惺惺自是惜惺惺，奸臣只是為奸臣，並忌包拯之功，即出班奏曰：「陛下，這郭槐發不得包拯究審。」皇曰：「龐卿，緣何此事發交不得包卿審詢，何也？」龐洪曰：「臣思此事關天重大，諺語云：來言此事者，即此事有礙之人。今此事包拯獨自言來，焉知真假？倘被他一頓極刑，唯郭槐乃八旬以外之人，那裡抵捱得重刑？倘假事勘成真的，即大不妙矣。」君王聞奏，頭一點言：「龐卿此論，卻是秉公而言，朕今不發交包卿審究，還有那位卿家願究此重大事情？」龐洪曰：「伏乞陛下：發交於臣，自必秉公而辦。」包爺曰：「如將此案與國丈究斷，必不秉公力辦。倘被他存著三分私弊，十八年之冤終於不白，卻將誕育聖躬之母永屈於塗泥中矣。」

君王聽了兩奏之言，細思一刻，只得對包爺曰：「包卿，據爾主見，還須發交汝審辦的麼？」包爺曰：「國丈如此言來，臣也為涉嫌疑，不敢承辦了。」皇曰：「卿既不領辦，可於文武兩班中挑選一人，可否？」包爺稱：「領旨。」立起一看，左班首是富弼老太師，他是一鯁直大臣，然是老耄高年，煩務之事不代勞矣，將頭低垂。包公又看首相吏部韓琦，他一想：此案重大事情，領辦來，一位是劉太后，一位是狄太后，兩人是被告，教我如何審法？只是搖首喑嗟而已。包公又看閣老大人文彥博，他又目也不一瞧，似乎不約同心，皆思此案所關甚大。當下包公想來：爾們眾臣也稱是忠良之輩，如何這等膽怯畏死的？只須秉公正辦，有何妨礙，如何人人不願領辦？如此爾們徒有忠節之名，算不得銅肝鐵膽之臣也。包爺又看至西班內，一見刑部尚書王炳，二目相瞧，包爺一想來：王兄與我是同黨里，並同科❶出仕，他平素秉性賢良，此段事情如交他辦理，諒得妥當矣。斯時包公一瞧，面頭一擺，王刑部即出班奏曰：「此事微臣領辦，伏乞陛下降旨發交，自必秉公力辦也。」皇曰：「包卿，王卿領辦如何？」包公曰：「王刑部果能領辦，不誤也。」皇曰：「既如此，朕將郭槐發交王卿，定限三天內究明回奏。須要細心著力公辦，如有半點私弊，即處決斷不姑宥。」王刑部稱：「領旨！」當日散朝，王炳家丁帶出郭槐。

君王還宮，龐貴妃迎接皇駕，即請安，言問：「君王何得龍顏不悅？」君王一聞動問，不覺觸感孝行有虧之心，言：「早朝據包拯所奏，朕不是南清宮狄母后生，也非安樂劉太后所產，尚有生身母

---

❶ 同科：封建科舉時代，同榜考中的叫同科。

在別方。」言畢，不覺龍目珠淚一行。龐妃聞言，也見駭然，即呼：「聖上，既據包拯所奏，而必有因。我皇何不詢詰明他生育聖躬嫡母太后在於何方。」皇曰：「貴妃，朕也曾詳詰他，包拯言，還朝道經陳市，有白髮老婦人訴說十八年前之冤，言來確據分明。」當時，君王將前言一長一短，慘言盡吐，更覺感傷，紛紛淚下。此刻龐妃更覺心驚，不意有此彌天大事，未知真假。若還果有狸貓換主，此事郭槐罪重千斤，狄、劉二太后俱有欺君之罪。只願當初並無此事，兩宮太后方保無慮，郭槐也無罪了，止將包拯罪其欺君謊奏，正了國法。若除了包拯，我父扼柄朝綱，畏懼何人？想罷，開言呼：「我皇且自放心。雖則包拯如此言來，臣妾細思此事，諒非真情也。破窯市井中老婦，非是狂癲之疾，定然妖人惑眾。可笑包拯為明察之官，聽信妄詞，特犯驚君上。倘無此事，兩宮太后一怒，這黑臉官兒豈活得成？況乎謊奏君上，讒污國母，罪該萬死。我皇乃至聰天子，豈從拯賊如此作弄爾聖心？我皇其熟思之。」龐妃雖然狡猾，如此言來，唯君王心下分明知包公乃是正直無私清官，豈是輕信無憑謊奏以欺上的？即破窯婦人，說得有憑有據，何云犯疾痴癲？倘此事是真的，寡人便有彌天重罪了。身登九五之榮，母在破窯苦屈，豈不被滿朝文武議論於寡人，有何面目南面稱孤？今雖發交王刑部究詢，倘或被他存了私弊，好生猜疑難決矣。只祈天地神明憫佑，若得冤明會母，即退位不為君，也心安無愧矣。是晚，貴妃觀君王惱悶，傳旨於宮排燕，一腔嬌媚，趨迎君樂。只君王勉強進宴，何嘗喜悅添歡？

慢語宮中君臣夜宴，再言安樂宮中劉太后想來：不知外朝有何疑難國政酌議，兩次召宣郭槐，去而許久，尚未還宮。正盼思之際，忽有太監四人，急匆匆報進宮曰：「啟上太后娘娘，不好了！」劉太后曰：「我居宮闈三十餘秋，從未聞不吉一字。」今聞此急言，不覺大怒，罵：「狗奴才，何事擅敢大驚小怪！」眾內監稟曰：「只因當今萬歲爺已將九千歲宣去拿下。非為別事，只因包大人奏明聖上為十八年前狸貓換主，火焚內宮之事。」劉太后聽罷，嚇驚不小，連忙立起位，即曰：「萬歲怎生分斷的？」內監曰：「萬歲爺要九千歲招出真情，九千歲只言並無此事。萬歲爺即喝值殿將軍，登時拿縛了九千歲，發交刑部尚書王大人審斷去矣。」劉太后聞言，曰：「果有此事也！你們且退外去。」當時四內監出宮去。劉太后想來，惶恐無心，又言：「十八年前，將太子換去，暗害李妃，但機關祕密，無一人所知，因何故急發洩？但不知那有此冤仇人來作對，告訴包拯。又值君王偏聽信他言，將吾腹心人拿下。若還究出當時事，郭槐固不免重刑處決，即累及吾老身，也難免欺君害主之罪矣。幸喜當今不是發交包拯審斷，還有挽回之機。想來王刑部雖是位清官，不貪財寶，諒來及不得包拯鐵膽銅肝之硬。且將密詔行下王炳，將金珠寶貝重賞他，豈有不受？難道他懼怯包拯，反不畏我的？倘王炳若肯周全郭槐，私留一線，郭槐無罪，我也無慮矣。」劉太后定下主見，登時端修密旨一道，外有馬蹄金❷五十錠，明珠三百顆，不下十萬之金，打發心腹內監三人，另遣王恩賞了密旨，至將晚時候，潛出後宰門，往刑部府衙。太后又囑咐一番，王恩等領旨。按下慢提。

再言王刑部，是日將郭槐暫禁牢獄中。進歸內衙，有馬氏夫人忙來迎接坐下。夫人開言呼：「相公何事今日退朝太晚，又有不悅之容，何故也？」王爺曰：「夫人，爾未知其由。茲今領了聖旨，為聖上內廷一大異事，是以想來實於難辦也。」馬氏曰：「老爺官居司寇❸，只管得頑民匪盜刑務事情，

❷ 馬蹄金：鑄成馬蹄形的黃金。

如天子內廷大事，自有富太師、范樞密、文閣老、韓吏部力辦，老相公不該管涉，何用心煩？」王爺曰：「夫人，爾有所未知。此事如盡忠辦理，不避斧鉞之誅，則不拘五府六部❹，人人可領辦的。」當日王爺將包公還朝於陳鎮，遇婦人訴冤始末，一一言知。

馬夫人曰：「既然陳州一貧婦有冤屈，自有本土官審理。」王爺曰：「夫人，爾休將破窯中老婦人小覷，他乃先帝李宸妃也，產育當今聖上，至尊之貴。」馬氏夫人聽罷，冷笑呼：「老爺，莫非今日包拯道途中沖逢邪祟？不獨妾女流不准信的，即滿朝大臣皆先皇手上大臣，豈不知當今乃狄氏所出，經先皇所立。只有包拯一人偏執妄言。」王爺曰：「包年兄乃一剛正無私之鯁臣，豈有誣毀君上的？是得憑有據而言奏也。」馬氏搖頭道：「老爺，你本是向來明理，為官十餘載，難道不明此案關天重大？且交還包拯辦理為上，爾何得多招煩惱，自尋憂惱。」王爺曰：「夫人，並非下官多招煩惱，亦只因沒一人敢於駕前領旨。我因思來，一位當今國母，冤屈當災，於心未忍；況吾與包兄是同里❺年交、同科一殿之臣，故在駕前領辦此事。然為臣受祿，定代君勞也。」夫人曰：「妾思滿朝文武，多少官員，盡受君王俸祿，君恩人人可報效，何獨老爺一人？想他眾官知事關重大，故無一人承辦。他們是明人，老爺是呆人，不諳事者。」王爺曰：「汝那裡話來！倘吾將此案辦明，難道聖上不見吾情

❸ 司寇：刑部尚書的別稱。

❹ 五府六部：此處泛指官員。五府為東漢時太傅、太尉、司徒、司空與大將軍的合稱，六部則是指吏、禮、戶、工、刑、兵六部。

❺ 同里：同鄉。

分？即不厚加升爵，下官只願留芳美名。」夫人曰：「老爺，汝且拿穩些。妾勸汝休得痴心妄想，倘要安穩時，須當依妾之言，不結怨於上，又無旁人嘖怪，久遠安妥為官，豈不妙的！」王爺曰：「據夫人主見如何？」馬氏曰：「此案即云是真，唯今口說無據無憑；況且內奸郭槐威權太重，外交黨羽，內結太后，況事如天大，郭槐怎敢輕輕招認？他如不招，定必動刑。如此他立下一主意，留頭不留腳念頭，抵死不招，老爺怎奈他何？事既不得完，先結仇於劉太后，倘被他執一破綻，暗算起來，實難防避，只得身投於羅網中。那時包拯決不來看顧汝是同里同科之誼，破窯中貧婦也難救搭於汝。古云：識權達變者為豪傑。老爺也須三思得來。」不知王柄依從夫人勸諫如何，且看下回分解。

第五十五回　刁愚婦陷夫不義　無智臣昧主辜恩

詩曰：

為臣食祿報君恩，何故愚人昧此因？
只因智昏無遠慮，至教欺主滅彝倫。

當時王刑部聽了妻言，煩悶昏昏，呆呆不語，暗罵一聲「不賢婦」！又表明：王刑部有一畏懼不好言，聽來上則敬畏君王，是本然也；下則三分畏懼夫人。當時雖則怪著馬氏，然而罵辱之言，不敢朗朗發於高聲，只得將髭一弄，長嘆一聲，側身呼侍環進上茶兩盞，夫妻用過。

夫人一看，又曰：「老爺，爾今緣何像著痴呆一般，不言而發此嘆聲，莫非怪著妾身勸諫之言也？」王刑部聞言曰：「怎敢見怪於夫人？下官只思代聖力辦之難故也。」夫人曰：「老爺既然不怪妾，須依吾言的了。」王刑部曰：「夫人還有什麼商量，汝且說來。」馬氏曰：「老爺，我勸諫汝多一事不如省一事，一動不如一靜。通達者結千人緣，懵懂者結萬人冤。若將此事認真嚴審，不過奉承包拯耳，包拯無非說一個好名色罷了。這也不足為老爺之增榮，早有劉太后、狄太后兩位娘娘將汝怪恨，正是福不來而禍惹身。如今老爺既承領旨擔辦，乃是卸肩不脫了。莫若假混瞞真，聲張審詢幾堂，並無實據，覆了聖旨，只由聖上主見，是兩不失其情。包拯危與不危，我也不多管，唯兩位太后娘娘深感汝之用情，定然暗中提拔汝為官，勢力之倚靠，如泰山之穩重矣。倘老爺不依妾言，定取禍生不測也。」

王刑部曰：「此言差矣！本官若將此案審斷明，聖上既得母重逢，滿朝文武人人欽敬，好不榮光。即無極品償勞，亦揚名於當世矣。」夫人曰：「汝乃斗筲❶之見也！全不想破窯中貧婦，乃是隨口胡言，或犯狂癲之疾，只有痴呆包拯聽他誆哄的。如若果有此事，為何一十八年之久，他甘心受苦？況天下官員甚廣，平日之間並不提起，直至今冷灰復熱，豈有是理？想這包拯目今昏昧了，妄奏當今；也有這般昏昧君，又聽此狗官之言。老爺是一向明白人，今日為何卻愚了？現現成成一位劉太后，威威凜凜的九千歲不去奉承，反因著一呆貧婦，真假未分，以結大勢力的冤仇，豈非老爺目今也顛倒了？汝若力求承辦此事，只憂今世今生也究不明的，反做了燈蛾撲火，自惹焚身耳，可憐要累及妻孥的。若待死在鋼刀之下，悔恨已遲，不若為妻先別了丈夫罷！」立起位，將茶盞一拋，假裝飛撞石棟中。此番嚇得王刑部一驚，飛步趕上，雙手拿抓定，口：「夫人，死不得的！」夫人曰：「妾身這一命，定然害在汝手裡，強不如早些死在夫君之前，豈不乾淨也。」王爺曰：「夫人，且慢酌量。爾若一死，下官也活不得了，且待坐罷。」馬氏首一搖，淚下紛紛。王刑部恰像奉敬如神一般，將夫人髮鬢一一捏弄，戴正珠冠。

又說明：當初王炳原立下美意，與李太后鳴冤，今已被不賢馬氏放刁弄壞，心偏別念。是以人生

---

❶ 斗筲：斗與筲都是容量很小的量器，因而用來比喻人之才識短淺，器量狹小。

有賢良內助，有關乎一生名節。今王炳有此倒運夫人，猶如遇鬼祟昏迷，一片鐵石心腸，化為綿軟，故做出欺君誤國污名。當下又曰：「夫人，汝原一向智慧之人，只因性情屢是急躁，不拘好歹，便將性命來抵當。難道爾之性命是螻蟻之賤？我勸夫人休得急惱，耐忍性子安也。」馬氏呼：「老爺，妾勸諫汝萬語千言，皆因欲爾免遭災禍耳，豈知反怪著妾言，呆呆不語，怒目睜睜。倘依包拯之言，兩位太后娘娘治起罪，為妻也難逃脫。故先死於老爺目前，以免遭別人之辱，非妾有意撒賴老爺也。」王炳聽了曰：「夫人，爾言來句句金石之言，如不依從，我之差矣，如今且依夫人高見。」馬氏喜曰：「妙！妙！老爺如肯聽妾之言，管教指日之間，汝定有福祿高增之榮。」王刑部又曰：「此重案已經領旨，怎生辦理，倒要夫人出個主意，下官照辦如何？」馬氏一想，呼：「老爺，一些不難，只須如此如此，神不知鬼不覺，便能奏知聖上了。」王炳聽罷，笑曰：「夫人倒有此機謀，下官且依計而行也。」當日夫妻言談之際，早有侍環送上酒宴排開，音樂齊奏和鳴，夫婦坐定，暢敘細談，無非商量此案情由。也且不表。

少停，日落西山，月兒漸起。又有家丁報進曰：「有王恩內監三人奉太后娘娘密旨一道，金珠之寶相賜。」當下王刑部傳進司衙，讀來詔書大意，密旨上要核他審得郭槐並無此事，罪歸包拯，便要加官增祿，厚賞金珠；如不遵旨意，先將王炳取罪，定不姑寬之意。當時王炳打發去扛抬金珠二內監先回。又對王恩曰：「小公公，汝今且回上覆太后娘娘，下官遵旨而辦便了。」王恩道：「王大人，爾老依太后娘娘旨意而辦，太后娘娘不獨如此些小金珠賜贈，還須極品高官，指日榮升矣。」王刑部諾諾連聲，登時送別王恩去了。

復進後堂，命家丁扛抬金珠物，將情說知夫人。有馬夫人聞此，喜色揚揚，呼：「老爺，妾只是不差的，汝之智見反不如妾之見也。茲今一些皂白未分，太后娘娘即有許多厚禮相賜，後又得顯爵高官，封妻蔭子。若還依了汝自主見，頃刻間即有滅門之禍也。破窯中貧婦，豈見爾之情，憐爾遭禍的？」王炳聞言，拍掌喜曰：「夫人智見高明也。不必多說了，請用酒膳罷。」

是夜，酒膳已畢，王炳又言：「太后有懿旨，並赤金五十大錠，明珠三百顆，不下十萬白金厚賜，夫人且一併收拾起。」馬氏欣然應諾，又呼：「老爺，我想九千歲爵位尊隆，不該收禁天牢，速些差發家人，請至內衙用酒膳才是。」王刑部曰：「夫人果也周到，理該如此。但今天時候尚早，還防眾人耳目，且待至夜深寂靜些，方可邀請他。」

其時話分兩頭，當初真宗先帝時，包爺已為官十載，然龐洪還先出仕早包公五六年。包公自升朝內官，正值龐洪當道之時，一向恐奸臣有什麼詭謀不測，故日夕留心稽查，弄得群奸及龐洪有權難弄。前時喜得包公往陳州賑饑，眾奸正在活潑之時，豈知他忽又還朝，龐奸黨好生不悅。當時這包公夜膳罷，吩咐密夜稽查，不乘大轎，不騎馬，不鳴鑼打道，青衣小帽，只帶了張龍、趙虎、董超、薛霸四健漢手，四衢大道上跑來闖去。只見街衢寂靜，深夜少人行，一輪孤月高空，光輝燦燦。不覺遠遠已是刑部衙，忽遇王恩內監。但他三人同來，因何只得一人回？只因兩人一交卸了金寶，即時回宮去。有王恩是等候王炳讀明詔書，又交代太后叮囑一番方回。當時他認不出包公，包公亦不知王恩，一人過東，一人下西。月光之下，包爺見他是名內監，即迎步對面曰：「汝奉那人差使？往那裡？」王恩聞言，猶如做賊的心虛病，不回言，只管飛步跑去。包爺曰：「此人定有蹺蹊了！」忙喝拿下。張龍飛跑上前，恰如鷹抓小雞一般拿定。

這王恩未曾被拿，一些凶惡不發出，一被抓擒，倒狠凶起來。喝聲：「該死的奴才！何等之人，擅敢將咱家拿下麼？」張龍曰：「包大人問得一聲，汝一言不對，發步走，何也？」王恩聽是包公，嚇得兩臉漲紅，一時呆著，對答不來。包公越覺動疑，即曰：「爾奉那人差使的？」王恩曰：「吾奉萬歲爺差遣。」包爺曰：「差遣汝往那裡去？」王恩曰：「差往刑部衙中。」包爺曰：「差往什麼事情？」王恩曰：「聖上命著刑部認真辦理狸貓換主之事。速放咱家回覆聖旨。」包公聽了，冷笑曰：「汝言語支吾，豈是聖上所差。今日機關已經敗露。」吩咐帶轉回衙。當下張龍勇赳赳押著王恩，趙、董、薛三人隨伴包公，回至府衙。

更敲三鼓，包爺換了冠帶坐堂，緊閉衙門，堂上四邊燈燭，兩旁排軍三十二名。當時帶上王內監。他立著喝聲：「狂妄包拯，咱家奉了聖上旨差，爾有好大膽子，擅敢拿我誤旨的！」包公喝聲：「胡說！如若聖上旨差，何不差在日間，豈有夜靜更深，並無火把。見本官問得一聲，並不回答，一溜煙而遁，難道聖上差爾是這般光景？我早已明知劉太后娘娘差爾暗行賄於王刑部，命他不須嚴審郭槐也。須將實情招說，免教動刑難當。」王恩聽了，心內驚慌，想來：「包拯果然利害，有神明之慧也，我所行之事，被他一猜而破。但不供認明，焉能罪我！」呼：「包拯休得亂言！咱家天明奏知聖上，管叫汝驢頭滾下。」當時包公捉得定他決非奉聖上所差，喝令左右狠棍夾起，王內監痛楚得死去還魂。三番兩次，只得想來：「久聞包黑賊執法無情，即聖上尚畏他三分。料想今也瞞不過他，不如招了，免受慘刑。況且我是奉差，是非自有太后娘娘在，於我何干！況且是不是，乃一位當今國母，豈懼包拯的！」主意已定，呼聲：「包拯，汝好刑法，只算咱家今日讓了汝，待吾實招也！」包公喝曰：「招供來便饒汝狗命！」王恩只得將奉懿旨一一招明。包公吩咐一一錄了口供，鬆了夾棍，上了刑具，不禁獄牢，就於側衙內，鎖在一空房，用四名役人看守，不許外廂走漏風聲，待等審明此重案，然後釋放。役人領守，不必細云。

包公暗想自語曰：「如今不是口說無憑的，劉太后反行賄賂於臣下，這是憑據也。我想王炳往日為官，卻無差處，原是一良臣，故而著他領辦，我也放得下心，豈料劉太后竟將賄賂暗中而行。古云：酒紅人面，財動人心。倘或王炳從中作弊審歪了，不獨本官遭其所陷，李太后十八年之冤又難明矣。或另有一說：劉太后行賄於他，而王炳不便即推卻，暫或收領下，如審不明白時，抱贓呈首，或是這個主見，也未可知。王炳，汝若有此心，才算汝與本官是同僚年交故友；況明白了十八年前李氏之冤，得聖上母子重逢，年兄弟但為司寇之官，即極品當朝卻不難。汝若貪婪賄賂，欺瞞君上，暗弄弊生，管教汝鋼刀過項也。也罷，是非曲直，且不張聲，暗察他機關為要。」

不表包公神算，再說王刑部是夜差心腹人到天牢，悄悄將郭槐扶引至內衙中。王炳鞠躬接迎，內堂見過禮。當中南面擺下一位，請郭槐坐下，王炳朝上面向東而坐。當日潑天膽狠郭槐，雖被拿禁天牢，卻也安然無慮。想來：咱家雖被禁天牢，然太后娘娘得知，自然極力周全於我，不用心煩也。正想之間，今又見王刑部差人相請到，心頭喜悅：定然太后娘娘關照之驗也。即開言曰：「王大人，今日又不來審問，請咱家到來，是何故也？」王炳呼：「千歲老公公，只因包拯平風起浪，要陷害於爾，下官豈不忿恨的，即滿朝文武盡皆著惱。若非下官領辦，聖上定然發與包黑。倘經他之手，老公公定必吃刑苦。」郭槐曰：「這也不妨，由他將吾放在鍘刀之內，決不招認來。」王炳曰：「老公公如受他之刑法，不如下官不得罪的更妙也。」郭槐稱是。又問：「太后娘娘有什麼話來？」王炳即將太后行密旨並賜金帛一一說知。又云：「下官未得密旨，已存庇護之心，今又承懿旨，吾何敢不遵？但日間猶恐耳目招搖，故今夜靜方敢候請。待下官敬上薄酒，以示負荊❷。」郭槐大悅，曰：「王大人是明白快士❸，且拿酒來，吾與爾細敘談情。」當下郭槐公然正坐，王炳側坐相陪，傳杯把盞敘談。還不知二奸如何洩漏，且看下回分解。

❷ 負荊：身背荊杖，言願受杖，表示謝罪之意。
❸ 快士：爽快的人。

第五十六回　王刑部受賄欺君　包待制乘機獲佞

詩曰：

君王大節五倫先，報答王恩方是賢。

倘立偏心辜負主，萬年遺臭愧青天。

卻說是夜郭槐與王炳對酌之際，呼：「老公公，下官將斷之法定算過，照計而行，萬無有失也。」郭槐喜曰：「汝且將審法說與咱家得知。」王炳曰：「下官並不忌別人，只憂包拯。他久慣搜人破綻，瞯❶人罅漏❷，須防他暗裡來探著機關。又不好用刑審詢，如要瞞人耳目，用刑審詢，須覓一人，面貌相似老公公的，得他當起刑來，公公且躲避著，露發聲音哀喊，別受著刑苦。老公公安然無事，糊糊塗塗詢了一堂，便去覆旨，那時包拯妄奏朝廷之罪非輕。」當時郭槐聽罷，滿面喜悅之顏，呼：「王大人，汝若將此案辦得妥當，不但咱家感汝之恩，即太后娘娘也見汝之情分也。今賜些少金珠，有甚

---

❶ 瞯：窺視。

❷ 罅漏：縫隙，漏洞。

希罕，還要升個極品之榮的。」王炳曰：「全仗老公公。用酒罷。」爾一盃，我一盞，甚是機合相投。郭槐又將王炳面上一觀，呼：「王大人，爾因何忽然呆呆不語，似有所思的，何故也？」王炳曰：「老公公有所未知，汝之事容易妥辦，只難覓一人像肖老公公體貌也，下官是以心內躊躇不來。」郭槐一想，呼：「王大人，已有此人。方才咱家下獄時，只見一犯人，生得身材肥胖，差不多與吾一體。咱家也曾問他名姓，他言藍姓，沒有名，排行第七，人人呼他為藍七。乃是汴京人氏，只因打死人，問成死罪。爾若弄得他來，即可頂冒矣。」王炳聽罷，欣然。

次早王炳差人往獄中，喚到司獄官進衙，將此事說明，許賞金銀加封官爵。這獄官朱禮，乃是刑部的屬下，怎敢違忤？立將藍七帶至。王炳目一瞧，果然生得身長肥胖，面貌魁偉，單差得一張黑臉及一臉絡腮鬚子，一略相像，總有差處不符，只得要他代著。即將此情由達知藍七，吩咐他不許洩漏機關，事完之後，定然將汝開了死罪，還有賞賜東西。藍七聽了，上稟：「大人，小人已是釜中之魚矣，若受了些苦楚，得開此罪，實乃人生之德也。只待行刑夾棍收盡，小人只苦捱，無喊痛之音的。」王刑部大喜，曰：「如此，汝盡會意矣。」即取過新鮮服色與藍七更穿起，又賜賞酒食，不多細言。那時藍七穿的服色與郭槐一般，且躲在內衙一個閒靜所，以待候審。這王炳做成這般計策，一來忌著包公洞明探察，二來刑部衙役人多，只用兩名心腹家丁來做夾軍，教他不可洩漏風聲。這是欺君大事，故特用此心腹家人，一名錢成，一名李春，及獄官朱禮得知此事，餘俱不知。又表明：郭槐住著永安宮養靜，已久常不出經道途的，他眾衙役人都不識認得。且暫停此話。

再說劉太后娘娘，打發三名內監去，只得扛抬金錠內監兩人回來，不見王恩回話，不知何故。倘或王炳不從，反將王恩拿下，前事即要明穿矣。自語自知，不敢發言。當晚劉太后心亂如麻，倒睡牙床，不能成寐。

不表太后是夜心煩，至次早天子坐朝，文武恭謁畢，君王開言，問王刑部曰：「王卿家，朕昨天發交郭槐審辦，未知審斷如何？」王炳奏曰：「還未審供。」君王曰：「緣何還不審勘？」王炳曰：「臣思此事關天重大，不便草率從事。況聖限三天，待臣細細嚴加勘究，依限覆旨。」嘉祐君王曰：「卿家，寡人知汝是忠良之臣，此事須要認真辦理，休得疏忽。曲直須當分明決斷，受不得賄，容不得情。若究明此事，寡人得母子重相逢，王卿即有天大之功；如若存了私，欺瞞於朕，定加處斬，斷不輕饒。」王炳稱言：「領旨。微臣深沐皇恩，常思報效，有此重案，自當公辦理明。」天子點首退朝，百官紛紛轎馬歸衙。

有包公出至朝門，曰：「王年兄，乞念多年故里之情，務必誠心著力而辦，使弟感激不盡矣。」王炳曰：「年兄何出此言？」包公曰：「王年兄，此事多因是小弟身上所關，年兄如若審壞了，小弟欺君謊奏之罪難免也。」王炳冷笑曰：「年兄言差矣！小弟與汝是同里故交，一殿同僚，相與伴駕多年官同，何敢欺君，自污行已，以害年兄？但有一說，如果然此事人假偽，也難審作真情覆旨。」包公曰：「這也自然。只要兄秉公審斷無欺就是了。但今天不審詢，明天定然要審明覆旨。倘明天仍不審斷，小弟要劾奏汝故違欽限之罪名的。」王炳應諾，又言：「年兄言之公也。明天定然審明，不誤事情罷。」二人一拱而別。

不言包公，卻說王炳回衙，進內堂見了夫人，不談別語，只言領審一事。夫人曰：「老爺，爾此事既然安排妥當，何不今日夜間審詢一堂，好放下心。緣何應承著包拯，明朝審斷？但聞這黑炭臉，最是把細明察，明朝若到確查，如一洩漏些風，即危矣。」王炳笑曰：「夫人，爾雖明白，下官亦非愚呆也。今故意哄誆他明天審斷，使他今夜不小心提防。即此夜審過一堂，明朝既上朝復奏聖上，汝道妙算否？」馬氏夫人聽了大悅，曰：「老爺，這是福將至，故生出心靈性巧也。」

少言夫妻閒說，是晚日落西山，王刑部尚未升堂，先將郭槐藏在桌案下，然後傳諭候審夜堂。有一班衙役，俱已齊集在天牢內，調出假郭槐。法堂上掛一盞玻璃燈，是晚夜堂，不許多燒燈燭。又傳諭出來，云：事關重大，須當祕密，衙役吏員人等，須要站立遠遠候著，不許近聽審詞，親詢口供。這吩咐是王刑部懷著私弊之設：燈燭多猶恐認出桌下真郭槐；役吏近猶恐聽出真郭槐口訴之音。當日眾役人那裡知此弊端，只依著王大人吩咐，遠遠排班。

當下王刑部調到「郭槐」，怒基一拍，大喝：「郭槐！爾可將十八年前狸貓換去小太子之事明白招認來！若有半字支吾，難當夾棍之刑！」藍七只不開言，郭槐在桌下，口口聲聲叫屈，呼：「王大人！汝休聽包拯妄奏謊言，要咱家招出什麼狸貓換主來。」王炳喝曰：「本部也知爾硬強，不動刑怎肯招認！」喝令上夾棍，早有左右二名家丁，一聲答應，惡狠狠提起生銅夾棍，將假郭槐夾起。可憐藍七，痛楚得死去還魂。若問藍七犯罪已經定案，只候一刀了決，餘外沒有一些痛苦，豈料今夜又在刑部堂中，再嘗銅棍滋味。這是他倒運，禍不單行，又承馬氏的厚惠。當時只夾得悠悠蘇醒不呼聲。郭槐桌下輕輕叫冤屈。一人真痛，一人假喊，其聲音差不得尺遠，不獨站立衙役聽不出真假，即兩名夾軍家人也難分辨其喊叫之音。

先說包公，是夜又帶四名健漢，青衣小帽，巡杳夜出。側耳聽得街上兩個行人，一人說：「事關欽案，非同小可，但不知審得如何？」一人曰：「既然開了衙門審詢，緣何不許閒人走進看的？」一人曰：「刑部衙門，威嚴赫赫，豈容閒人喧集的？」言言談談的跑去。包公聽了，滿腹狐疑，想來：王炳約吾明天發審，因何今夜晚堂即審？必然生弊端矣。即急忙忙帶了四健漢竟向刑部大衙而來。但見門首大燈籠點起光輝，包公進步，即呼管門人：「汝家王大人可是審夜堂否？」有把門官認得包爺，跪而答曰：「正是。」包爺又問：「審詢何事？」把門官曰：「啟上包大人：即審斷狸貓換主之案情。」包爺曰：「且待本官進去看看。」把門官曰：「如此，且待小的通報，速接大人。」包爺曰：「不消通報，本官與汝大人是同年故交，且略禮。」把衙稱：「是！請大人進內。」退去把衙。

包爺招呼張、趙、董、薛隨後一程進內。一連進了幾重府門，都言不用通傳，直進至中堂。只見差役遠遠兩行班列，當時只在燈火之下，又值正在夾詢假郭槐之際，這些衙役人等，面向刑部大人，小心於堂上，不當心於堂下。王刑部只顧問供假郭槐，那裡有眼目看瞧堂下。不覺他主僕五人已悄悄打從堂側之半黑暗中而上，伏於旁側，立著遠離刑部半丈之隔。只聞王炳呼：「郭槐！速將真情招認！」一息不開聲音，有桌案下哭叫冤屈之聲不絕。王炳喝曰：「還說冤屈麼！」喝令再收。原來包公天性明靈，當時況又分外留神，又肅靜公堂，故聽出聲音不見慘切，不是犯人喊苦。撒開大步，跑上堂，呼曰：「王年兄，下邊夾著是何人？」王炳側身一看，嚇得魂也失去，猶如烈雷轟頂，立起位，硬著言曰：「小弟在此審詢狸貓換主之事。下邊夾刑者，乃郭槐也。」包爺曰：「據小弟看來，此人非是郭槐。」即持案燭，東西一瞧，伸手將桌圍一撩，言：「在此了！」夾領一把抓定，呼張龍、趙虎連忙拖出。包公連忙扭住王刑部，兩個巴掌夾面打去，不問長短，即呼董超、薛霸，將王炳鎖住。當時一堂差役吃驚不小。如別位官員猶可，一見此位黑閻羅拿了王炳，好不驚駭，一哄而散。當下包爺坐了王刑部的公位，吩咐薛霸放起犯人夾棍，大喝：「汝這奴才是何人？聽了那人來頂冒當刑？招出情由，本官決不罪汝；若不明言，即上鍘刀，分段不饒！」藍七聽了，想：包黑久仰芳名，不是好惹的，如今料想瞞不過了，只得將情一一稟知。包公聽罷，冷笑道：「王炳，爾果然弄得好神通！豈料我包拯偏偏又湊巧，又無通風密報，自來觸破汝機關。本官不與爾多言，明日面聖再議。」王炳心中著急，只懇告：「年兄，小弟一時差見，望兄大德周全，寬容於弟，再不敢欺瞞，著力而辦也。」包公全然不睬，命張龍將藍七發回原獄；趙虎帶鎖王炳；董、薛帶了郭槐回衙管束，明朝見駕。好一位堂堂刑部官，皆因聽依不賢婦之言，欺君貪財，今已魚投繒網。

慢言包公帶去犯人，有王府家丁，慌忙進內報知夫人。馬氏一聞，嚇得戰戰兢兢，咬牙切齒，恨包公將丈夫拿去，定然凶多吉少，怎生是好？一眾使女丫環，也紛紛議論。不表。

卻說包公回歸府內，已是四更漏下，不去安睡，停一會，命四健丁持了提籠，帶了兩名犯人到朝房。眾官均覺驚駭。龐洪道：「包大人，兩名犯人是那個？」包公曰：「國丈，爾且認認，像是何人？」龐洪免不得走近一瞧，駭然曰：「這原是王炳，此是九千歲。」包公曰：「虧爾身居國丈之尊，還要逢迎奸佞，呼他九千歲，豈不自倒威權也！」龐洪還要詰問，只聽得鐘鳴鼓響，天子臨朝。各官無甚章奏，只有包公出位曰：「臣有事啟奏天顏。」天子曰：「包卿有何奏聞？」包公即將昨夜二更天候，帶領家丁稽查奸究凶民，偶到刑部衙，將近時，有道衢中過往之民私語，方知刑部審詢夜堂，又暗弄機關，遂一一奏聞。又言：「玆臣已二欽犯人拿下，帶至午朝門外，恭候聖裁。」嘉祐君王聞奏，不覺龍顏大怒，曰：「可惡王炳！有此欺瞞！」即差御前校尉，速拿王炳上殿見駕。御前校尉領旨。不知王炳宣進性命如何，且看下回分解。

第五十七回　包待制領旨勘奸　王刑部欺君正法

詩曰：

既承君命必公行，法律如何容亂更。
不是包公多把細，含冤李后屈難明。

當時龐國丈想來：這包黑賊是難以些小瞞昧的，他在朝中，人人弄些破綻也被他揑持著。早有王炳帶到，俯伏金鑾曰：「罪臣王炳見駕。」嘉祐君王龍顏發怒，罵聲：「膽大的惡佞臣！寡人待汝並無差處，因何全不念君恩，欺瞞昧法？朕也曾再三叮囑，托汝代辦，如斷明此事，自然朕也知汝之勞，見汝之情。緣何口是心非，只強詞而對，力言公辦，卻貪婪財寶，辜負朕之相托？實乃畜類之臣也！可曉得湛湛青天，瞞昧不來。可知包卿乃神明之智，可作弊端否？汝今有何分說，只管言來。」王炳伏倒駕前，呼：「陛下開恩！罪臣初立定主見，即領旨將十八年屈事伸理明。只因不合聽信了旁人參唆，故今做出欺君誤國之事，悔恨已遲了。」君王曰：「汝聽了那人參唆的？」王炳曰：「陛下，臣原不合軟耳根，誤聽馬氏妻言，唆臣趨奉劉太后娘娘為上。破窯貧婦日久年多，不知他果是李太后否。

或是此婦乃痴呆妄想的，審不明白時，即招兩位太后娘娘嗔怪，官既做不成，命也活不得。誤聽了妻言，實乃罪臣志氣昏迷也。萬望我主念臣一向無差，法外從寬，赦臣重罪，深感天恩。」君王聽了王炳之言，不覺笑怒交半，言曰：「虧汝身居堂堂刑部之尊，聽了婦人言。緩別事猶可，今欺君壞法之行，如何聽之而為？汝妻比之尹氏賢良，有天差地遠之行也。」當時君王又想來：一婦人家，斷沒有此膽量，還疑王炳推卸之詞。一面無憑之言，不能深信，並要將馬氏拿出，發與包卿質詢。唯郭槐雖則拿到朝房，不用押他上殿，仍著包卿審詢。當有國丈曰：「臣有奏。此案情倒也發不得包拯詢審。」君王曰：「此是何緣由也？」龐洪曰：「如今包拯是個有罪之人，如何陛下還發他審詢？」君王曰：「包卿有何罪可指？」龐洪曰：「臣啟陛下，這王炳乃是包拯保薦的，薦來一個欺君壞法之臣，豈非包拯先有大罪的？」

君王一想，還未開言，包公曰：「果然臣誤薦王炳，願甘待罪。念臣又有一功，可以將功消罪，仰乞龍心鑒察。」君王曰：「包卿有何大功，可奏朕曉。」包公曰：「臣前夜二更天，微行訪察，路遇一人，月下觀瞻，乃內監官，臣即詰他何往，他不回言，跑走如飛。是臣起疑，即捕他回衙審問明，方知劉太后娘娘行賄賂於刑部。他名王恩。用刑方招出：黃金五十錠，明珠三百顆。此是狸貓換主之實據，十八年前之冤白矣。俯唯陛下龍心詳察，方准臣言非謬也。」國丈曰：「臣還有奏言。臣思包拯前夜拿了內監，何不昨天奏明陛下，直至今天啟奏？內監不見拿到，乃是口說無憑，希圖卸罪耳。伏乞我主依准不得他一片謊言欺哄之語。」

當下爾一言，我一語，反弄得君王分辨不清，只得默默想像。又有左班首俯伏一位老賢臣，曰：

「老臣富弼有奏。」君王曰：「老卿家請起，有何奏言與朕分憂？」富太師謝恩立起曰：「臣思包拯乃是忠肝義膽之臣，眾民人人感德，個個稱賢。目今此案所關重大，非比緩閒，乃是我主內廷重事。況此事乃包拯得據而來，他怎敢存私以取罪？伏萬望陛下休聽國丈饒舌之詞。如托交別員究斷，有些小弊端者，已有前轍王刑部可鑒。且放開龍心，發交包拯，方能明白係十八年前之冤。況今王恩已被他拿下，看來不是無憑無據的謊言。再差官往刑部衙中捉拿馬氏，並搜出金珠行賄之物，正如撥開雲霧，復見青天。一事者真，諸事可白。望我主聰鑒參詳。」

天子聽了此奏，點首言：「老卿家之言甚屬有理，可准依。」又呼曰：「包卿，內監可曾拿捉下否？」包爺曰：「臣昨晚已將王恩拿下。」君王曰：「現囚於何所？」包爺曰：「未發天牢，現押於臣衙署中。」君王即降旨內翰大學士歐陽修往包府衙將王恩押扭至金鑾。歐相領旨而去。又差國舅龐志虎往刑部衙搜盤金寶並拿下馬氏，到來見駕。龐國舅正要領旨，有內閣中書文彥博連忙出班，曰：「老臣有啟奏。如今此案情，這龐姓一人也用不著。陛下如差國舅往搜，倘存一線弊端，謊言賄物搜不來，即天大事情又屬狐疑不決了。」有龐家父子暗暗生嗔，又不能強辯「吾領旨無礙」之說。有東班內閃出知諫院杜衍，此人又是忠鯁賢臣，俯伏曰：「微臣領旨。如有少私，即與罪臣正法。」君王准信杜爺，曰：「二位卿家平身。」文、杜二臣謝主，而後杜衍領旨而去。

殿上君臣還是議論言談，已是紅日東升。又有黃門官啟奏，歐丞相已將王恩拿到。當下天子宣進。王恩猶如萬箭攢心，戰戰兢兢的，俯伏金鑾，連呼：「萬歲開恩！」嘉祐君呼：「王恩，汝今奉著何人差使，緣何在著包拯衙署中？一一奏與寡人得知。」王恩曰：「此乃太后娘娘打發奴婢往刑部衙署，賜送他赤金五十錠，明珠三百顆，密詔書一封。這是太后娘娘懿旨，奴婢如何敢違逆不往？還有兩人同往，一交卸了金珠，二人回宮覆旨。只有奴婢後回些，道中遇著包拯，被他拿下。」君王正要開言，有杜爺帶了從人，將金寶財物抬至駕前，一一交代。當時天子也覺無顏：只因她乃國母太后之尊，大不該行賄賂於臣下，教君王有何面目臨臣下，絲御滿朝眾文武的？當下龍顏不悅，面色紅紅。只得命王恩速速還宮，懿旨、金珠一併攜回。劉太后得此，心中倍加慌忙著急。按下休提。

再言殿上君王命著包公，將男女欽犯盡發交他審斷。君王曰：「須要嚴加細究，不容少緩。倘明了母后冤屈之由，卿乃寡人救母之恩人也。」言罷，聖駕帶著羞慚退朝，群臣各散。單有包公領旨，將犯人帶轉回衙。只有刑部的獄官朱禮，嚇得寢食俱廢，猶恐事有干連，身入網中。

慢言朱禮驚懼，卻言包大人轉回衙中，立刻坐堂不緩。公位排開，差役兩行侍候，吆喝威嚴，真乃：

法堂好比森羅殿，公位猶如照膽臺。

包爺當中坐下，肅肅嚴嚴，怒基一拍，喝聲：「帶上欽犯！」王炳只嘆道：「王炳昨天是堂堂刑部之官，今日做了犯人。」長鏈搭鎖領項，頃刻法堂上，心下驚煩。當聖旨位，雙膝下跪。往日「年兄」、「年弟」相呼，今日「犯官」自待。包爺曰：「王炳，汝難道不知，食君之祿，必當君之憂？領了聖上旨意之先，聖上何等面諭，即本官也再三囑托，倘皂白分明，國母離災，君王母子相逢，即沒有加恩升爵，也是揚名後世的美事。因何口是心非，欺君弊法？若非本官勘查，豈不混濁難分？顯見太后娘娘金珠是寶，且也不賢婦之言易聽從也。」王炳聞罵言，低著頭告曰：「原乃犯官痴愚也，誤聽不賢妻煽惑之言，實無顏面的。只求大人法外從寬，便領大恩德矣。」又言王炳當日若念夫婦之情，只不扳出馬氏，實言劉太后行賄，則足以脫卸了馬氏之罪。偏偏王炳惱恨著他妻：「我原要做個留名官，卻被爾言三語四，弄得我變節行歹。如今害得我如此光景，如我王炳一死，將此賤奴留存下，乃是一生未了之事。索性一同死去，豈不乾乾淨淨。」故以一口咬定於馬氏。包公聽了，冷笑一聲，曰：「虧汝堂堂刑部，七尺男兒，畏聽婦言。為民上者，家既不齊，焉能治國？欺君誤國，壞法婪贓。國法森嚴，豈容私廢！是死有餘辜，還望什麼法外從寬的！況且汝身居刑部，知法豈容犯法，有壞官規！」王炳只是叩頭，懇懇哀求曰：「犯官果然昏瞶。」求情不已。

包公吩咐將王炳押過一邊，又喚馬氏上堂。有馬氏低著頭跪下，一雙媚眼，兩淚交流。若說包大人法堂上，縱憑汝膽大包天之漢，虎腹狼心之人，又屬名聲赫赫，見此威嚴，無不懼畏幾分。這馬氏雖則狼心膽大，身出宦門，然到底女流之輩，久聞包黑利害官員，當時心中驚懼，發震騰騰不已。包爺曰：「馬氏，汝也曾叨誥命，應念君恩，好生膽子，不守婦道，挑唆丈夫，幹此不法欺君之事！今日罪有應得，皆汝不賢之起禍也。且直言與本官知之。」馬氏呼稱：「大人，休得聽信王炳之言。我婦女之輩，怎敢惑於男子？朝廷大事，豈有唆擺丈夫為惡？只因他不明差見，一心貪賄，要欺瞞聖上。妾曾將良言勸諫多少，不獨不依，反嫌多言諍犯，要將妾處治，故生不睦。今事已破洩，仍懷恨於妾，實欲牽連在案，害吾一命也。」包公聽此訴詞，冷笑一聲，嘆曰：「好個伶牙利齒的嬌嬈刁婦人！」

即呼王炳，且與對質。當時夫妻情面俱無，一個怨汝多言，唆擺於我；一個罵汝妄扳牽連，害妾無辜。包公見他夫妻二人對質不分明，吩咐將王炳夾起，又將馬氏拶起。一人夾，一人拶，夫妻二人乃貴宦之軀，那裡抵當刑法，只得一同直供，招出真情。包爺命人鬆了夾棍、拶子。又問：「王炳，汝妻唆縱在前，還是太后行賄在先，也要說個明白。」王炳曰：「實乃馬氏唆擺在先，太后行賄在後。」包爺又詰馬氏一番，口供原是一般。包爺得了口供，書明：「劉太后既為天下母儀之尊，不該行賄於臣下，倒置尊卑，大失於禮體。即陛下不知內宮邪弊，焉知天下之邪正，亦不免失於覺察。且待審明郭槐，然後定奪。」

當日包公將太后、聖上也指出不合之處，失察之由，即比修史官執法如山，一定不移之法律也。又上本劾奏王炳職司刑部之權，身居司寇之任，不思報效君恩，混聽妻言，並貪財寶，誤國欺君；馬氏身為婦道，不守閨閫之條，唆縱丈夫，欺君太惡。此等刁惡婦人，一者欺瞞君上，二者惑陷丈夫，一刻難容，應得與王炳一同腰斬，以正國法。當時審斷明，仍將犯人一併發下大牢，連郭槐也押去，待次日上本奏明聖上再審。是日不表。

次早五更初，天子臨朝，聖上准依包公定斷之法，命下，著包公押斬決王炳夫妻。有眾文武奸黨，人人懼畏。龐國丈吐舌搖頭曰：「如有包拯幾人之輩，老夫的烏紗也憂保不牢。」是日，包公押出男女二犯人，捆綁至法場中。王炳怨著不賢妻唆縱於我，至今一命難逃；又有不賢馬氏，深恨丈夫何故沒一些夫妻之情，牽扳於妾，當時汝怨我恨。有閑民遠遠觀看，湧道填衢。內有百姓曰：「包大人回朝不到半月之間，殺了幾位官員。今日斬一位，明日殺一雙，豈非不消一年二載，眾官被他殺戮絕也。」

有一人言：「殺的奸臣，是妙不過的。滅絕奸臣，待忠臣致太平之治。」

不表眾民閒說，王炳夫妻時辰一到，包公吩咐，一鍘刀一人，已是了結他性命。早命家人備棺成殮，命人運回故土，這是包公存心之厚處。當即喝道回衙。次日上朝，上覆聖旨。缺了一官，自有挑選補缺，不用煩提。當日只有嘉祐君王龍心抱悶，皆因此案未明。又不知郭槐發交那官審辦，且看下回分解。

第五十八回　懷母后宋帝專差　審郭槐包公正辦

詩曰：

天性之恩焉割愛，情深骨肉迥難離。
含冤李后災殃滿，母子重逢會有期。

當日嘉祐君王龍心不樂，只因生身母后屈於塗泥之中。初時據包公陳奏，還屬將信將疑，費心推測。豈知識母劉太后暗中行起賄賂於推官❶，又得包拯機智察出原贓，情真事實無疑矣，不意果然落難貧婦竟是寡人生身母。子為九五之尊，母屈衢塵乞丐，難道有此命間？天下臣民豈不言談朕之差也。聖意欲即往陳橋，迎請母后還宮，但內中還有不安：郭槐尚未親供招認，須待審詢明白，方往迎請。聖上想罷，即敕旨包爺審辦郭槐。包爺奏曰：「微臣不敢領旨。」君王曰：「卿如不領辦，誰敢領辦？」包爺曰：「臣保薦國丈可以承辦此案。」龐洪一想，口：「這包拯昨前言老夫辦領不得，今日反薦我承辦，這包黑必然想下什麼詭謀來算賬老夫，他的罅隙利害，不可上鈎。」即忙奏道：「前日包拯言

❶ 推官：掌管刑獄之官。

臣領辦不得，望吾主另委別官辦理。」君王復問包拯：「如此發交何人方可？」包公曰：「如國丈既然辭辦，別員總是力辦不來。」王曰：「據卿所言，難道此事罷免不成？」包爺曰：「算不來的。其若陛下當殿親詢審供，才得無偏可白也。」

當下君王煩悶，呼聲：「包卿，汝曩日所辦多少奇難異案，一片丹心，為國勤勞。今日國母遭屈災難，因何不與朕分憂，故意推辭不領辦何也？」包爺奏曰：「臣啟陛下：並不是微臣故意力辭逆旨，只因國丈曾經有言『來說此事者，即為此事之由』。唯臣若不承辦此案則已，如將此事發交於臣，只要辦至徹底澄清的，正條律也連及安樂宮，劉太后娘娘也須定罪，難以私秘不提。如若定了太后娘娘之罪，豈非臣有藐君犯上大罪？國丈一劾奏於臣，是臣那裡敢當抵其罪。望乞我主開恩，免發此案也。」君王聽奏，想來此論不差，即曰：「包卿且免多慮，如若太后娘娘應得定罪，亦難掩飾，依卿定斷。倘國丈多言，亦當議罪。如今不須多慮了。」包公曰：「臣領旨。」國丈此時再不敢插言，懼著包公硬執之剛，只在班中氣怒得二目圓睜，看覷包拯。當下頒旨退朝，眾臣各散，議論紛紛不表。

卻言宮中太后今又打聽明聖上發旨包拯審供，深感不好的，心中著急。想來如若別位官員，可以行旨恐嚇，行賄私傳。獨有包黑，不懼風火烈臣，豈貪賄賂的？況此事是他得據而來，倘審詢不明，他又有欺君大罪。此事總之不妙了。

不表太后心驚，宋君納悶，只言包公退朝回，用過早膳，即傳知吏役人，往天牢吊出郭槐。頃刻間呼喝贊堂，正門大開，書役左右分排，包公正中坐，吊出郭槐。又說明：此奸宦平日倚著劉太后恩寵，威權妄專，即當今天子也由太后執政，故他自逞自尊，是以王刑部領審時，越加看得輕微。今被包公捉破王刑部，又著人禁守天牢，即便有些芥蒂於懷。然而心中主見有定，言：「蒙太后娘娘待我恩深，自加封後，恩隆一十八載，今日平地起此風波，還來送命實與王炳，尚圖相救。豈料這包黑賊又來捉真破綻，領旨審供，但他比不得別官，免不得嚴刑勘斷。彼的刑法雖狠，咱家自願抵死不招，以報太后娘娘厚待我之恩也。」

當有四名健軍，如狼似虎，將他當中拍搭一聲，摺攢塵埃，跌得昏昏眼暗。郭槐罵聲：「包拯，爾乃多大的官兒，將咱家如此欺淩的？聖上雖然隆寵於汝，只好壓制得下屬卑員，即朝內平官，爾也欺侮不得，今如此輕視我的！對汝休得如此猖狂也，須留情一二才好。」包爺冷笑，大喝：「膽大奴才，圖謀幼主，敗紊綱常！汝欺瞞得人，湛湛青天焉可昧？今日惡貫滿盈，不期穿發，分明報應有時。速速招出狸貓換主、放火焚宮的手段。倘藏半字扎詞，生銅夾棍，做不得情來！」郭槐聽了，喚聲：「包拯！汝真乃呆愚人也。世間多少刁民滑吏，將假作真，汝既為官清正，並無私曲，緣何今日混聽破窟貧婦的胡言，竟來謊奏昏君？實乃無據無憑，無風白浪，比著刁民滑吏，又加凶狠矣。汝陷害了咱家也罷了，又扳害太后娘娘，以臣下誣陷君上，豈非大逆不道，罪惡滔天矣！據汝言，當初有此事，猶如海底撈覓繡針，悉聽汝酷刑慘法，咱家斷不胡亂招供，以害人后娘娘也。」包爺曰：「郭槐！爾這奴才，休得強辯。若說當年無此事情，貧婦焉有此膽大，訴此大款頭之冤？劉太后又暗中行賄，藍七又作替身行刑。莫言貧婦訴詞無憑據，他親口言來：聖上手足『山河社稷』四字為分，豈非是憑據之大端也！本官也知汝這奴才平素驕橫日久，看得國法輕如鴻毛，今且嘗此美味。」喝令健軍：「將他狠狠夾起！」左右呼呼喝應，頭號生銅夾棍，非同小可。如別人抵此刑，已經痛成發暈了，唯郭槐精神倍足於別人，當時抵捱疼痛，還不肯招認。包爺又喝：「收盡！」加上七八十斤，郭槐喊痛聲，還喝：「包拯，汝之刑法雖狠，但咱家實難招認，以假作真，休得錯了念頭。」有包公自言曰：「這奸賊果然捱當得刑苦。但我也審斷多少奇難冤屈案情，必也審出真情，分斷明白，難道此辦不來？如審不得口供，難以覆旨。」

又說明：大凡案情事，不論官民之斷定，有兩造對供，詢問了原呈又再勘被告；又有見證推詳，反反覆覆，三推五問，自然有機竅可入手詢明呈被是非。只有此案，原告乃是李太后，被告乃劉太后，對供二人皆不在法堂上，故只將郭槐一人究問。如郭槐硬幫卻被告，是則原告輸虧了。因他是正案人，又半是見證，所以包公與郭槐一般干係，原呈被告均及二人，唯郭槐抵莊。今日留頭不留腳，寧死在他鍘刀之內，只是不招供。當時也弄得包公擺布不來，只得從新盤詰，細細推問，郭槐反是高聲狠罵。包爺吩咐將他上了腦箍。

若問腦箍這件東西，原是極利害之刑，憑爾銅將軍鐵猛漢，總是當受不能。郭槐上了腦箍，兩邊略略一收，頃刻間冷汗如珠，眼睛突暴，叫一聲「疼痛死也」！登時發暈了。有健漢四人，左右扶定，冷水連連噴射，一刻方得漸漸復蘇。首搖搖，氣喘噓噓。包公曰：「郭槐，汝還不招麼？」郭槐曰：「汝若要咱家招供此事，除非紅日西升，高山波浪滔滔也。」包公曰：「郭槐，在本官案前，由不得汝不招。難道汝沒有死的日期麼？有日命歸陰府，是陰府也要對案分明。陽間幹下欺瞞事，陰府豈容作奸狼。有閻君明察汝也，可瞞可胡賴得成否？」郭槐曰：「包拯，咱家實對爾言：我若有一線之息在著於陽世，憑爾敲牙碎骨，總只難招認；除非歸陰，在著閻羅天子殿前，方能說也。」包公聽了，自忖曰：「原來這賊奴單懼畏閻君的。」包公點首，即吩咐將他鬆刑，押回禁天牢。四名大漢扶他下了法堂，腳鐐手鎖而去。郭槐雖然精強神旺，唯生銅火棍不是好玩耍之物，且腦箍倍加利害，是一至獄中，兩脛酸疼，頭腦疼，竟覺身重腳輕，煩而不寧，恍惚如痴如醉，日間不知飢飽，夜裡不懂坐眠，大大不如往日之剛健矣。

不表郭槐，再言包公。是日退堂，想來：這賊奴才自願抵死不招，反說歸陰在閻羅殿下方能實說。我不免將計就計，進朝奏知聖上，將御花園改辦成陰府，等候更深夜靜，然後行事。若得誤認了，瞞過他，定然實吐原由。唯宮中劉太后知不得，龐氏眾奸黨也要密瞞。包爺定下計謀，更換朝衣，即到午朝門，對守黃門官說知，有機密事面奏君王，有勞請駕。當日黃門官深知包公是清正之官，並且當今耳目隆重之臣；又將郭槐發交他審辦，定因此事而來，故即允諾請駕，一重重傳叩進皇宮。

君王一聞此信，龍心略覺開懷，言：「包卿定然審得機竅了。」連忙急步跨至大殿中，宣進包公朝見。君王曰：「包卿，此地休拘君臣禮，且坐下細談。今見寡人，想必審詢此事得機竅也否？」包公謝主下坐，曰：「上啟陛下：只因事關機密，若待明朝啟奏，朝臣人人得知。倘然機關洩漏，事更難白矣。」君王曰：「卿既有機密，速言朕知。」包公曰：「臣即今大開堂嚴究郭槐，奸賊抵死不招，反說除非在著閻王殿上方招實言。故今臣將計就計，欲將御花園改造作陰府，人也如此如此。待至更深夜靜，又如此作用，賺得他認不真，即可吐露出真情了。」

當日嘉祐君巴不得早日會見生身母后，故於包公所言，無有不依，還讚嘆曰：「包卿真乃朕手足心腹之臣也。」包公又呼：「陛下，唯安樂宮中休得走漏與聞，倘太后娘娘得知，事難成矣。」君王應諾，又囑咐：「包卿，汝雖智足機靈，但此大事還須倍加小心。倘朕得母子重逢，報卿不盡之勞辛矣。」包爺曰：「陛下何出此言？念臣之微勞，為臣盡忠，為子盡孝，分所當然。」君臣算計已定。是晚忙差人將一座御花園裝作森羅陰府殿。劉太后宮中既不知曉，即眾妃后聖上也不洩知。

包公辭駕回轉衙中。用過晚膳，已是初更鼓響，即於階下吩咐排開香案，燈燭輝煌，禱告當空，上稟：「信官某姓某名稟言：當今國母，身遭大難，將歷二十年屈苦。信官道經陳州，得蒙東岳大帝夢中指示，太后娘娘在拯前訴冤，方知有此奇事。今夜奉君審斷，只因奸監郭槐抵死不招，無奈將御花園改作陰府，以賺郭槐招認。但今夜月色光輝，狂風不起。倘李太后深冤得白，當今母子應得重逢，伏乞蒼天后土，諸位神祇，威靈赫赫，降顯神通，即夜施法，狂風黑雲四起，蔽遮星月，幫助陰風，以瞞奸惡，得露真情，方得當今認母無疑，仰感天恩。」

包公禱告畢起來。莫道無有神明，凡事論理至正無差。如世人孝順雙親者，尚且感動天庭，賜其福祉。今包公只為君保國，愷切忠誠，禱告上蒼，豈有不護祐乎？況太后災難已滿之日，又屬東岳大帝指點，李后告訴包公，方可代鳴冤屈之由，故而神靈顯應，力助於他。不交二鼓，已是烏雲四起，漫布滿天，狂風大作，星月無光。閒人多少稱奇：「不見頃刻間如此狂風大作，樹木拔搖，呼呼響亮。」還有膽小者驚慌無措，聲言：「天公之變也！」閒言休表。只有包公暗喜，心裡自知有感神明，實乃當今聖上之幸也。

當夜包公又吩咐眾軍役人如此如此，依計而行，各人重賞；如有一人倘若洩漏者，可定不饒。眾役人諾諾領命，依計而辦。包公一出衙，一程來見聖上。其時已是二更中，有聖上扮為閻君王，包公扮作判官，還有數名內侍扮為鬼卒，多在兩行，朝著閻羅天子。包公手下眾健漢、役人搽花了臉，扮作夜叉、獄卒，四邊繞立。其時扮齊安當，往拿捉郭槐。但未知審得他供認如何，且看下回分解。

第五十九回　假酆都賺佞招供　孝天子審奸得據

詩曰：

君王有道重賢良，寵任奸臣不久長。
李后多年遭苦困，只緣佞宦作災殃。

卻說君臣侍御軍人等，裝扮陰府事畢，並眾軍或朱紫塗臉，或墨水糊模，披髮異裝，四邊繞立。其候陰風颯颯，冷氣陰陰。推測其時，嘉祐君王該當母子相會之期，故包公稟告後，即感格天神地祇，助發狂風，吹動樹木松竹，一派聲音，呼呼嘯叫。四圍殿之前後，燈燭半明半暗。值當日正是郭槐罪惡滿盈，該當報應之日，及昨天受刑，押下天牢時，已是神思恍惚，如今似夢非夢，心下糊塗，想然鬼神暗裡作祟於他，也未可知。當夜又見奇形怪狀的猙獰凶惡催命鬼，手持鋼叉，一到牽押，早已嚇得仰面一交，跌得昏迷懵懵認作死，一路只由拘鎖而去。

押至御花園首，只是陰風慘慘，冷氣森森，東也鬼叫，西也鬼嚎。黑暗中一長高鬼，披髮千千萬，厲聲攔阻，喝曰：「鬼門關那得私走！」有後邊拘押眾惡鬼喝曰：「他有大罪在身，奉了閻君王之命，拿捉詢究，休得阻攔。」有長大凶鬼呼的一聲，閃去不見。這郭槐嚇得朦朧之際略蘇，言曰：「不好了！果然我今死去，得到鬼門關而來。」尚不知黃泉路渺茫茫，行一步跌翻數尺。黑暗中，隱隱微光，風狂竹響，陰冷侵骨。只聞鬼神呼呼嚎泣，又聞處處銅鍾、鎖鏈之聲，驚慌得魂魄離身。忽聲聞，拘至森羅殿中了。

郭槐微微睜目，見殿中半明半暗，閻君天子遠遠南坐，兩旁惡鬼披髮，凶狠慘叫。一赤髮紅臉，抓提上背，一攢撲倒了。郭槐伏倒發震騰騰，不敢抬頭，低聲呼道：「閻君王饒恕！」閻君厲聲喝曰：「郭槐，汝在陽間，幹此欺君惡事，可知罪否？」郭槐發抖，只是求饒。又聞喝曰：「汝在陽世，將一龍胎鳳種之君，希圖謀害；又放火燒毀碧雲宮，謀絕君嗣，罪孽淵深。陽間被汝瞞過，今陰府幽冥中，斷難遮瞞。如有半字虛情，喝令鬼卒將此奸狠先擄入油鍋之內！」早有青黃赤黑四凶鬼，「嗷」的一聲，一把拖下。

郭槐慌忙中喊泣曰：「乞閻君饒宥！自願招實無虛。恨我生時，原不該設計於劉太后，卻自愚了。身為內監，還望什麼富貴榮華。只因先帝北征未回，李宸妃娘娘於興師之日產下太子，又值東宮劉氏產下嬌娥。是時劉娘娘起了妒嫉之心，只恐先王回朝寵眷西宮誕生太子，必思將他母子早日陷害。當日吾與施謀，宰殺狸貓包裹固。劉娘娘是天親往碧雲宮，聲言公主要餵哺乳，又值聖上親征，實煩寂寞，邀請赴燕。有李娘娘不知機謀，將太子付與劉娘娘，又轉交於台懷去。只將死狸貓用錦被遮蓋，送還碧雲宮，言知宮監，太子睡熟，不許驚恐，是李娘娘的囑咐云云。是夜，劉娘娘又密差寇承御宮女，將太子撩棄於御花園金水池。我又言知劉娘娘，先帝還朝，李娘娘定然奏知，即不妙了，不若斬草除根方穩妥。故吾即夜放火焚宮。豈料寇宮娥想必早已通知李娘娘逃去，只燒死他宮太監、宮娥百餘人。後來寇宮女屍首浮於金水池面，方知不好。他死去前既通知李后，諒情未必肯將太子拋於池中。只四下差人密察，李娘娘隱藏並無蹤跡，至今將近二十年，近此數秋不差訪察矣。只今略知當今聖上非乃南清宮狄太后所生，實乃陳琳當初暗將太子懷歸八王爺府中，狄后撫育長成。先帝回朝，只痛恨李后母子被火遭殃，那知吾之深謀作弄。只當今聖上經先帝冊立時，只言是八王爺長子，實情乃李宸妃娘娘誕生也。如今句句實言，一字不諱，叩頭哀懇閻君王爺開恩免罪。」

當時嘉祐君王聽畢，心如刀割，止不住龍目珠淚一行，暗想：可憐母后遭此劫難，苦捱至今，將有二十載。當初之事，暗如黑漆，朕那裡得知？若非包卿明哲，膽量忠貞，屈冤沉淪，不孝之罪，朕負千斤矣！今日實乃君沾臣德之不盡也。只嘆息：「包卿如此勤勞於王室，今已年七十，緣何上蒼不賜以後嗣之人？」語畢，乃命收禁去郭槐。包公早將伊口供一一錄清，殿上燈燭復明，眾軍御洗淨裝扮形容。少刻，又見雲開月現，君王頗覺略安。又呼：「包卿，寡人雖得汝為吾明白了母后冤情，但朕實於孝養有虧，有何面目為君？又覺羞慚，難見生身之母也。」包爺曰：「陛下龍心且安。太后娘娘當初遭逢此苦難，皆由劉太后妒心、郭槐詭謀作弄耳，我主正在哺乳之年，難將不孝以自待也。但今郭槐雖則招明，來日登朝，還要詢及陳琳，既然曾將小主救出，緣何先帝回朝時又不奏明此事？」君王曰：「包卿之言有理，深稱朕心。」當晚早有內侍一眾，四下持燈燭一遍引道伺候。君先臣後，同行出踱至偏殿，更換過衣冠。時將四鼓，君留臣燕，言談暢敘，也不煩陳。有御花園內假裝陰府排層，自有一眾閒人拆卸下。包公機智，非比別員，早已吩咐得力家丁四名看守天牢，不許一人私至獄中窺探。是夜，君臣敘談蕪暢。不覺已五更之初，百官齊聚朝房候駕。一刻鐘鳴鼓響，聖上御臨，百官朝拱畢，聖降綸音❶往南清宮宣召陳琳。

又溯提老陳琳。自當初救主之後，狄王妃知他救主有功，言賜敕安，享年登九十二，雖然鬚髮如銀，尚得精神強健。常常想起當初郭槐同謀害主之事，緣何日久天眼不開，全無報應，安然無事，何也？時時想念，只有自知。

此一天早晨，正起來梳洗畢，忽聞有旨宣召，不知何故情由，只得應召。當日年老難行，坐上轎至朝房而下，兩名小內監扶上金鑾殿謁朝。山呼已畢，有宋君王喚曰：「陳琳，當初火焚碧雲宮之日，汝既已救出小太子，先帝班師之日，緣何爾不即啟奏分明，奏知奸陷？如今太子著落何方？須將真情奏知寡人。」陳琳見問，嚇了一驚。口未開言，想來：命也，君王為何倏忽盤詰起此根由？但思此事無幾人得知，今當駕前教我說明，不得瞞，又瞞不得，如何答奏的乃可？包爺明知陳琳事當兩難之際，即明言曰：「狸貓換主，火毀碧雲，已經三審郭槐，招供得明明白白，故今聖上詢及於汝，不過取對口供耳。汝乃有功無罪之人，須當直說。如若藏頭露尾，反有干究。」

陳琳聽了包公之言，方才放心，言：「郭槐既經招認，我何妨直言奏知。」即曰：「奴婢當初只因次日八王爺慶祝千秋，故早一天奉了狄妃娘娘命，至御花園採取仙桃花果。只見寇宮女珠淚紛紛，站立金水池邊，手捧一小孩兒。問及情由，方知劉太后妒忌西宮李娘娘，寇宮女奉命拋棄太子於池河。當時奴婢也驚慌失措，無奈，花不折採，即將太子載藏於採花果盒中。幸得五更天未明，並無一人知

❶ 綸音：封建時代皇帝的詔旨、制令等常被稱作綸音或綸言。

覺。當時膽戰心寒，急匆匆奔歸王府，將此情由上稟八王爺。其時千歲接上小太子，一驚一喜。又想來重重發怒，待候聖上回朝，要奏理明奸陷，收除妒逆。這狄妃娘娘只權作養生兒。即夜又聞火焚碧雲宮，內監宮人燒死百十人，想必然李娘娘也遭此災殃無疑矣。只落得狄妃娘娘撫他兒，而常常憶恨耳。」君王又曰：「汝既洞明此天大冤情，先帝征北回朝之日，何不將此事奏明？」陳琳曰：「陛下未知其詳。只因先帝未回朝，八王爺先已染病，一日復重一日，年餘而薨❷。次年先帝方回。即狄妃娘娘見八王爺去世，想來劉太后勢大，不敢結怨於他，故未敢動。陳奴婢乃屬下人，不敢多言少洩。」君王又問曰：「如今太子何在？」陳琳曰：「若言太子根由，即乃當今陛下也。」君王曰：「如此明白了，寡人不是狄太后所生的了。」陳琳曰：「陛下實乃西宮李娘娘誕育聖躬。奴婢焉敢妄奏欺言？」君王點首，尚見心煩未安。即傳旨侍御：「左右扶起陳琳。」曰：「汝乃忠誠為主，善念堪嘉。待寡人迎請母后，再加旌表，以明朕得爾再造之恩。」又命內侍數人，幫扶持護送他還南清宮。去後，文武百官盡皆稱奇：「不意有此罕聞異事。如非包拯精明察理，誰能干辦分明？」

當日君王傳旨：「暫且退朝。」膳後，君王單召包公與幾位一品老大臣：閣老文大人、平章富弼、國丈龐洪、吏部天官❸韓琦、樞密院歐陽修、參知政唐子方，餘外官員不必伴駕。又帶領內監、宮娥數十名，前往服侍李太后。且暫停表。

先說陳琳老內監，一程回歸王府，想來：包公實乃神人，至聖如此。二十年沉密之冤情，被他一

---

❷ 薨：唐制，凡喪三品以上稱薨，五品以上稱卒，自六品至於平民稱死。

❸ 天官：吏部之別稱，亦用以代指吏部尚書。

朝返白，不枉他四海遠近標名。當今聖上全憑他作心腹耳目之臣也。言來不覺已回內宮，將此宣召情由稟明潞花王母子。有狄太后聞言，喜憂交半：憂只憂冒認先皇太子為己子，亦有欺君之罪；喜只喜西宮李氏尚還在世，前之受陷冤情今得包公理辦分明。劉后、郭槐故有千斤重罪，即我身也有些驚駭。冒認了太子為親生之子，只為當初出於不得已也。有潞花小王，亦不知當今聖上非狄母后所出，至今方如明白，不勝驚異駭然。又說明：包公回朝十餘天，所領辦審郭槐數次，潞花王緣何盡不得知？只因小王爺身體有恙欠安，已經不登朝一月多，故郭槐之事，他母子一概不聞。即小王爺不是有微恙的，一月中或有十天也不上朝的，只由自便，也不多言。

又言劉太后一自郭槐被拿，包公又捉破王刑部賄賂，真乃計不成而機先洩露。今發包公審辦，定然剖白當初之謀，招出真情，吾怎能逃脫國法森嚴？況非別故小關犯的，乃斬滅君王，斷絕宗嗣，欺君固寵，罪大如天，今危矣！悔不當初勿作此歹心。當日劉太后心悶意煩，縱然珍饈佳味，玉液瓊漿，也懶甘嘗。坐臥不寧，心神恍惚，一連數天，倒睡龍床，翻翻覆覆不成眠。一至天明，忽有內監一人，急忙奔進：「啟上娘娘，危矣！奴婢奉命探聖，聖上設朝，已經先晚審明狸貓換主，是聖上與包拯親審，郭公公招認分明。又宣召陳琳對實口供，一一絲毫無差。今聖上、包拯及幾位大臣擺齊鑾駕，往陳州迎迓李太后而去。」劉太后聽罷，喚一聲：「果也不妙，危矣！」頃刻面龐失色，玉手發震騰騰，曰：「包拯，我與汝定然是宿世冤仇，至此今生作對，特拿此事來認真。茲郭槐難免淩遲碎剮之罪，我亦難逃六律之誅。即今皇兒不便加罪吾嫡母，猶恐李氏回宮怨報恨深，又有包拯執性唆挑，皇兒不容情的。細想來安樂宮多年何限樂，豈知樂不到頭禍反侵。也罷！不如早死了，以免受他人之辱也。」

即打發宮娥內監出外，劉太后閉上宮門，下淚一行。即下跪宮房，拜叩先皇，以辭恩德。心頭慘切，三尺紅絲，自縊於宮中。不知可能救活還陽否，且看下回分解。

第六十回　迎國母宋君悲感　還鳳闕李后榮回

詩曰：

多年國母遭冤屈，今日方清被陷冤。
報應有期天眼亮，分明善惡豈容瞞。

卻說劉太后自縊死於宮中，只憐他年十六進宮，安享十五年皇后之福，今將二十載正嫡太后之尊，壽交五十齊頭，實因從前作惡，妒忌生心，今日紅綾慘死，原由立心歹曲，自作之孽也。早有內監、宮娥盡知，嚇得喧嘩著急，飛報各宮妃后得知，打開宮門，紛紛解下紅綾結索，救解多般。豈知劉太后該當大限難逃，三魂七魄，渺渺無蹤，那裡救得還陽？此言暫止。

先表嘉祐君王，鑾駕一向登程，多少御前侍衛將軍，劍戟如林，武士高頭駿馬的擁護，一隊隊的內監、宮娥，龍車鳳輦同行，幾位一品大臣隨駕，威武揚揚，音樂喧天，哄動多少本土萬民，遠遠偷觀。當日擺駕來迎，乃包公先作頭隊，只為他先知根由著落。是日已至陳州。又表明：如若聖駕經臨有定日期，自然地頭官、百姓等整端備接駕。豈知此日君王不期密地而來，是以官民人等未得早知，直至包公一到，傳諭下來方著急。克日趕辦，上司轉委下屬，而下屬又命著本土縉紳士人，頃刻間張綢掛彩，潔淨街衢，安排香煙明燭，紛紛多絮，實難概述。

包公一到了陳橋下，住八抬大轎，數十名擁護鐵甲軍，步隨包大人來至破窯門。雖然前昔言是破窯，污穢小舍，如今不比前之破窯了，只因本土文武員遵著包公之命，修造得破窯煥然一新，趕造雅致精工，不多細述。只因李太后不願遷居別所，故眾文武官不得已，在他破舍中繼續改建高堂畫棟，數十名丫環送至，伏侍太后娘娘。日用珍饈，式式俱備。郭海壽日中侍伴李后，只等候了十餘天。李后曰：「未知包拯還朝，可能代吾伸辨得此重大冤情否？但他雖乃一忠硬良臣，然二十年翻沉天大案，猶恐難辦理清。只可倚者東岳聖帝夢中點示之符驗也。」天天盼望，日日思量。

此一天，只有郭海壽進至座前曰：「母親，包大人來也。」李后曰：「他到那裡來？」海壽曰：「現在門首外，他言要見母親。」太后曰：「我兒，且請包大人進來。」海壽領命出請，包公吩咐眾軍門外伺候。一至內堂，即叩首山呼朝見。李后曰：「包大人休得拘禮，且請起。」包爺領諾起來。李后曰：「大人回朝，未知此事究辦得分明否？」包公曰：「臣啟太后娘娘：已將郭槐三番審究，方得他招認分明。故今聖上親排鑾駕，到此迎迓❶娘娘還宮。」太后聞言大喜：「今得分明此段冤情，實勞包大人擔當千鈞之力也。吾老身如不得回朝，抵當苦度至死也休了。只因身屈不白之冤，仇人現享榮華，豈非天眼永久不開的？」包公未及答言，郭海壽笑曰：「當今聖上也非明目之君，心歪不念生身誕育之勞，反認他人為母，豈非不孝之罪千斤？滿朝中只有包大人是忠君為國耳。待他來時，兒

❶ 迎迓：迎接。

且代替母親狠狠罵他幾聲，方出此惱也。」包爺曰：「爾言差矣！聖上今方二十二之年，當初乃一幼哺乳之兒，焉知奸人暗害，怎曉娘有覆盆❷不白之冤？汝言錯怪聖上也。」李后曰：「我兒休得咆哮。包大人之言果也不差。隨娘在此，聖上到來，汝若多言躁說，有失君臣之禮，反取罪戾。這是國法，親私不得也。」海壽曰：「既然母親如此吩咐，孩兒焉敢不遵！」當下包公又言：「請娘娘更換珠冠宮服，好待聖上到來迎請。」太后呼：「大人！吾身落難已久，衣裳破碎襤褸，久已穿服的，而今不合穿著此鮮美衣裳。」包公曰：「臣啟娘娘：今非昔比，娘娘乃鳳體貴軀。前時落難，無人知之，是至衣食有虧，是該有此劫難。如今枯木花開，昏鏡然明，斷不可復穿此襤褸之裳。況乎聖駕自來迎請，萬人瞻仰，非同小可。娘娘仍穿此破服，有失威儀。伏望娘娘准依臣請，速換宮衣。」太后曰：「既如此，依大人良言。且待聖上來相見過，老身然後更換宮衣。」

正言之際，流星快馬報進，言：「萬歲爺駕到！」有包爺出外，一見俯伏於道旁。嘉祐皇曰：「包卿平身！」當時聖上傳旨，不須放炮，恐驚國母不安。又有眾護駕軍，眾小武員臣，住佇於太平街道。天子不乘車輦，領與隨駕五位大臣，宮娥、內監隨跟於後。當日陳鎮街衢，不獨人民關門閉戶迴避，即雞犬也肅靜無聲。但一程道路中，香煙燈燭撲鼻香濃的，恭迎聖駕，不啻迓降神祇。包公引駕至內堂，仍俯伏於一側，呼：「臣包拯上啟娘娘：聖上駕到了！」先又有眾大臣也俯伏一旁側。太后曰：「皇兒在那裡？」當時只因太后雙目失明，即將兩手伸扒的呼喚。嘉祐皇見了娘親如此形模，未開言心如刀刮，忍不住龍目珠淚滾流，焉能顧得君王尊體，搶上數步，當日塵埃早已鋪上氈毯，君王下跪，

❷ 覆盆：覆置的盆，喻黑暗籠罩，沉冤莫白。

垂淚曰：「母后！兒已在此。」太后手按君王膊肩，不覺珠淚掉下胸襟曰：「皇兒，自思十八年前逃難後，苦捱至今，只道母子永無相會之期，何幸得上蒼憐憫，東岳聖帝指示於包卿，方得沉冤復起。落難時，若非郭海壽孤兒行孝，亦不能度命延捱至今。今天母子重逢，皆賴包卿、海壽二人之功力也。恩德重大如天，皇兒切須念之。」言未了，喉中已咽，而難再聲。

宋天子龍目淚如一線，呼：「母后，豈有娘遭苦難，身屈污塗，兒登九五，貴享萬方？總為兒有彌天大罪，須當萬死，還有何面目為君！只求母后娘娘將兒處決剮淩了；如仁慈不忍，可廢棄幽宮，另立賢孝之君，以承宗嗣，補報孝養劬勞方可。包卿與郭兄，兒即在世或泉壤❸，二人恩德定然銘於肺腑不忘。」說未完，慘切之狀也不能再言。感觸起幾位大臣，也是人人下淚，個個動悲，原者天性之恩，人所不忍忘也。均同奏曰：「當初萬歲正在襁褓幼年，那知奸人起此蕭墻之禍。今陛下難將不孝自目，伏乞我主勿以傷心之言感貶，猶恐復觸起前悲，兩有不安也。惟今得上蒼寧佑，復得子母贍依，正當接回皇宮孝養，實為喜慶之秋，伏惟吾主與太后娘娘准奏。」李后曰：「眾位卿家雖有此念及之良，然吾老身已雙目失明，是個殘廢之人，還宮之念久已灰心。身軀賤捱已久，不覺是苦酸。但得今天皇兒明白了前之冤陷，即住破窯中度日，我心也安放了。」眾臣未答，宋君曰：「母后休言此語。今既不加罪於臣兒，正要迎迓回宮孝養，以補報罔極❹於萬一，兒庶幾贖卻些小重愆。倘母后不還宮去，臣兒豈可獨自回朝，也要處於此間，以侍奉母后的，方免被朝臣民庶私批不孝忤倫之君也。」

❸ 泉壤：指人死後埋葬的墓穴，此處代指去世。

❹ 罔極：不正；不合中正之道。極，法則。

太后曰：「皇兒，爾休得自罪傷心。眾位賢卿之言，理上不差。爾當初乃哺乳幼兒，焉知奸人詭弄，難將不孝以罪皇兒。但今娘已雙目俱瞽，即還宮，也無光彩的。」天子聞言，覺得淒慘，抽身伏跪階前，禱叩上蒼：「今日寡人特到迎請母后還朝，只因雙目失明不願還宮。如母后不還宮，寡人也難以回朝。懇乞天地神祇垂佑，念朕微誠，母目重明白。念陳州地，連歲饑饉，餓莩❺很多，寡人自棄財寶以惜生民，上體昊天❻好生之德，願免十載國征糧稅，並大赦天下罪人，以補萬姓。」

禱祝罷，不期孝感神明，寬免百姓征糧十載，大赦縲絏囚人，實乃恩德無窮無量，是至神祇感格，李后復得重明。當時李后喜曰：「皇兒，果也雙目漸漸生明了。莫不是皇天憐念，神聖扶持也？」君王大悅，眾大臣駭喜稱奇。郭海壽忍不住笑而曰：「妙！妙！母親雙目不期得聖上、神祇復明，好了！」君王龍目一觀，呼曰：「母后，這是何人？」太后曰：「這是孤兒郭海壽也，乃義兒，養供母親。皇兒且略去君臣之禮，謝謝此子如何？」宋君曰：「他是恩兄了。」又呼：「郭恩兄請上，受寡人一禮。」宋君王正要下拜，包公明言曰：「尊卑有序，君不合拜臣，父不當禮子。礙於禮體，郭皇兄須當力辭。」宋君無言可答，只不下禮，雙手一拱，稱言：「恩兄，母后全虧汝孝養，代朕之勞，方得復活至今，恩德彌天之大。且還朝，再行恩封，同享榮華。」又論當日海壽乃一貧賤小民，禮律一些不懂不知，今者福至心靈，一變起來，看見君王雙手打拱，又聞包公大言曰：「君不合拜臣」，他即下跪曰：「臣不敢當！聖上的生身，我也一向蒙他撫育成人，也是兒子一般，焉敢受當聖上作謝也！」君王曰：「如

❺ 餓莩：餓死者。

❻ 昊天：天。昊，元氣博大貌。

此，恩兄且免禮請起。」御手相扶。

當日太后雙目復明，還見眾多大臣俯伏下，忙言曰：「眾位老賢卿，還不請起！」幾位大臣謝恩起來。君王又命：「郭皇兄上前拜見眾大臣。」海壽領命下禮，眾大臣體仰君王、太后之面，要行參見山呼君臣禮，海壽那裡會懂，只是答拜。只有君王曰：「他乃後輩少年，那裡敢當眾老卿一品之尊，休行參見大禮，且平禮可也。」眾臣依命，禮畢。當日眾臣喜悅，單有首相呂夷簡、龐國丈不悅，自言：「吾等一品之榮，不當與此乞丐子見禮，真是一辱恥也。」

又有包爺曰：「請娘娘更換宮妝，起車駕。」太后准依曰：「今已過勞包大人，且回朝再作謝也。」包爺曰：「微臣於勞何有，敢望娘娘賜謝的！」早有宮娥、內監一同叩首罷，起來請娘娘更衣梳髮，眾大臣退辭，出外伺候。君王又命內監與皇兄更換冠袍、玉帶，一同還朝。內侍領旨，拿上四爪龍袍、冠帶，俱下跪兩旁，請王爺更穿。有郭海壽搖首曰：「我久服粗破布衣，只甘淡泊，豈敢用此美服龍袍？倘過份穿著此好東西，豈不折盡平生之福？」正要退出，李后呼：「我兒，汝與前時受當許多苦楚，今日理該同享榮華，休言折福之語。」君王呼：「恩兄陪伴母親二十年，苦捱方得朕母子敘會，功力萬鈞。速換衣冠回朝，厚加封賞，少盡朕知恩知報之情。」海壽曰：「聖上所命，臣本不敢逆。然吾一自長成，久已甘守清貧，生成野性，實不願奢華；伏望聖上由吾於此窯中度過光陰足矣。」太后曰：「我兒休逆聖上旨意。他雖與汝是弟兄之稱，然他是君上，爾是臣下，為臣忤君，猶如子逆父母。況君言深為合理，汝若定逆不隨娘回朝，我心有不安矣。」海壽曰：「母親如此吩咐，兒焉敢不遵以逆君親，遵命！」聖上欣然。海壽更上衣冠。聖上又傳諭陳州地面官員，要將此窯宇起造王府，照依皇宮之次，所費用銀均於國庫開銷，限期趕辦竣工，以待郭王安享。一道旨意發出，本地官自然遵旨照辦。不表。

當日太后登上寶輦，宮娥、內監擁護兩旁，宋君也駕上鑾車，眾大臣與海壽共同十位，起坐金鑲大轎。眾護駕武員，駿馬高乘，鐵甲軍排開隊伍，一路笙歌，音樂悠揚，金爐香煙馥馥，道衢上結彩鋪氈的肅迎。太后心花大放，想來：不道落難中竟有回朝之日，算來實得東岳帝神靈托夢，指示包拯，聞得他一力擔承而辦，方得今日母子重逢。回朝發出萬金，重建廟宇，維新金軀，以酬神明大德，加爵包拯，以表其忠勞，我心方安也。不表太后自言，到處萬民私論紛紛。不知太后還朝如何了決眾奸陷，且看下回分解。

第六十一回　殯劉后另貶塋墳　戮凶狠追旌良善

詩曰：

兢兢守法作忠良，奸計機謀是佞行。
但得存心無內疚，仰天不愧行堪揚。

話說李太后還宮，早有在朝文武官員時刻俱有探馬通遞消息。是時忽聞報鑾車到了，一眾官員紛紛出城外恭迎。只見旗旛招展，一派進城。一見天子鑾車、太后寶輦，即兩旁俯伏。君王一進皇城，傳旨「接駕文武員俱退，不必在此伺候。眾御林軍校速歸本部，另日賚頒」。又命「光祿寺賜頒御燕，款御皇兄，著幾位隨駕大臣陪燕」。慢表。

又有曹皇后帶領嬪妃、三宮六院，多少內監、宮娥擁護，迎迓太后進宮。先是天子朝參過，曹皇后朝禮畢，各妃子宮嬪人人都來朝見。請安罷，李太后傳命各還本宮，不必在此伺候，只有君王留坐下。李太后嘆嗟而言曰：「想起前情，不在皇宮已將二十載，只言永在陳州破戶中歸世。豈料今復得回皇宮，皆賴神祇與包拯之功力也。」君王又詰起母后得神明之由，方知東岳聖帝夢中指示與母后，告訴包公，方得他認真力辦，又得神佑之力。天子又言：「且待國務暇些，數天後著官發出庫餉之金，再建廟宇，重塑金軀，以答神聖洪恩。但今郭槐凶惡施謀陷害，必須重正行刑。惟安樂宮中劉氏太后，算來罪重不輕。即南清宮狄母后亦有偏處也：欺瞞先帝，冒認兒作嫡生，豈非名有不正者？然吾乃是兒子之輩，必須母后主裁乃可。」李太后言曰：「皇兒爾枉為南面之君，即此事已欠明決了。當日陳琳救汝到南清宮，全虧狄氏襁褓撫育長成。雖非十月懷胎之苦，也有三年哺愛之恩；雖非親誕汝躬，比著劬勞無異了。即今劉氏，雖然心狠意毒，須念他乃先王原配，汝也奉養他多年，名目為嫡母，中外盡悉。而今乃得子母敘圓，且免提追究；況子難執母罪的。惟陳琳是救主恩人，須當厚報；寇宮娥已自慘亡，須當陰封旌表。此事須當與參政大臣商議，但凶惡郭槐，斷然姑宥不得，速命包拯將他正其重刑。」

君王諾諾領命。又言：「母后仁慈，世所希也。」李后又呼：「皇兒，娘今日還宮來，諒想劉氏無顏到來見我的。我倒要進安樂宮相見他，看彼怎生光景，有何言語為情。」言罷，李太后即喚宮娥引道。有旁侍宮娥，上啟稟萬歲爺與太后，言：「劉太后於上日聖駕出皇城之後，自用白綾縊死於宮中矣。」天子曰：「既有此事，為何詢及起方奏，如何不早說明？」宮女曰：「東宮娘娘早已吩咐，言太后還朝，既是喜事，不須早報，且待緩些奏知。故奴婢等依命，不敢即奏聞。」李太后聽罷，嗟嘆一聲，不覺垂淚一行。只因李后心懷慈善之賢良輩，即言：「可憐他畏罪先自尋死了，豈知我心並不計較他之前非。」宋君王曰：「劉太后既然自縊死，可曾入殮否？」宮娥啟上萬歲爺：「曹娘娘又言：劉太后乃是有罪之人，要等候萬歲爺回朝作主，是以尚未成殮。」李太后曰：「須念他是先帝正宮，既不罪他，彼已先尋自盡，且好生之德，以安葬於皇陵，以早成喪。」宋君王曰：「此事不可！母后也未知其詳，他雖先皇原配，惟罪重千斤，想他欺瞞先帝，滅自子孫，世無此婦。比之唐朝武后罪之相等。倘將彼殯葬於皇陵，先皇在天之靈豈不嗔怪：有重罪者反得附葬於皇陵，是加恩於有罪之人，將來無罪而有功者，又何以待之？母后雖有容人之量，然情理上有偏也。還將棺柩另立墳塋，方見示貶無偏理之無礙也。」李后曰：「皇兒處分有節，是可依也。」當日宋天子傳旨：將劉太后棺槨成殮了，另尋一土，立樹墳塋，不舉哀成喪。又論劉太后乃是先皇的正后，只因一念之差，死於非命，不成喪，不舉哀，中外百官不掛素，只用棺柩一口，靜悄悄的收殮下；又不容安葬皇陵，猶如死了無位一宮嬪的一般。

交代明劉太后身亡之事，再言南清宮狄太后，只因有冒認太子之非，是以進宮來見李太后。當日狄太后要行君后參見禮，李太后執意不容，竟如姊妹平禮。相敘畢，對坐下。惟狄太后心有不安，正乃良心發現處，偈促赧顏。豈知李太后反是再三致謝曰：「當初我幼兒身遭大難，多蒙賢妹肯慨然收留，撫養長成，接嗣江山。洪恩大德，何以為酬？今朝母子再敘完聚，皆虧賢妹維持之力也。」狄太后曰：「那裡敢當！姐姐云謝，言重，說來更使愚妹羞愧無顏也。冒認太子之罪彌深，但當時迫於勢所難言，一說明此事，先結怨於劉娘娘，實乃事在兩難。然亦不知寇宮女通知姐姐逃出別方，只道被奸監火焚一害耳。今賢姐仍叨天佑，得活人間，實乃可喜。」

姐妹正在言談交謝，有宋天子進宮，朝見狄母后，狄后反覺羞慚。當日李太后又差內監往無佞府，邀請佘太君進宮。太君到了，請安畢，敘談一番。頃刻間，內宮排開筵燕，三尊年一同暢敘。各宮多排喜燕，不能一一細述。

一宵晚景不提，次早，天子臨朝，百官參見已畢。宋君王開言曰：「包卿，朕思寇宮女曾將寡人母子搭救，隨即受慘而亡。如今陳琳現在，亦有救主之功。然生死之恩，據卿如何旌贈乃可？郭槐罪惡滔天，如何正法，卿家也須待朕處分。」包爺曰：「啟上陛下：寇宮娥有功慘死，應得追封，可起柩附葬於皇陵腳下，再建造廟祠，追封為天妃元母，由是旌表流芳，永受香煙食祿。陳琳身為內監，救主忠貞，加封公爵，另建府第，御賜宮監，事奉晚年安享，生則永沾皇家厚祿，死則敕歸太廟，永享香煙。郭槐害幼主於先，謀主母於後，斬絕皇家宗嗣，十惡大罪，無逾於此之外，例應抽腸拔舌，粉骨揚灰。臣擬如此，伏乞聖裁。」宋君曰：「依卿所擬。」即著包卿押郭槐赴市曹正法覆旨。包爺曰：「臣啟陛下：郭槐、陳琳俱為內監，郭槐害主，其心險惡，陳琳救主，其善堪嘉，二人之心，有冰炭之不同。可著陳琳督同往觀正法，使其悅目爽心，庶不負他救主之忠勞也。」宋君聞言，喜色揚揚曰：「卿處置的當，深稱朕心！」即傳旨下南清宮，宣召陳琳。是日退朝，眾官各散不表。

卻說包公一回衙中，頃刻傳出百十差軍，往天牢吊押郭槐。只因他連日飲食不進，也不知飢寒。問詢他，不言不答，猶如痴呆一般。當時提押至法堂上。包公與陳琳先後齊至，見禮畢，二人分東西對坐。郭槐赤著身，捆綁堅牢，朝對下跪：正乃善惡相朝。包公吩咐行刑。刀斧手領命，當時因為大凌遲之刑，故設放一大木桶在側，刀斧手上前拱跪過，稱：「啟稟大人：逆犯行刑了。」往彼肚腹上一尖刀戳去，通於背後。此刻郭槐痛疼慘切，雙目暴出，手足綁縛於木樁，不能振動，只搖頭張口。左手一刀砍下，右手一刀截斷，手足皆分，血流遍地。又將刀破腹，肝腸五臟，俱卸出來，膏血滾流如注。狠毒人一命勾消，還將頭顱斬下，俱抛於木桶中。

有老陳琳點首長嘆一聲，不覺呵呵發笑曰：「郭槐，可恨汝當初立心不善，欺君害主，罪重淵深。只言歷久年深，並無報應了，豈知天眼昭昭，不容脫漏，分明報應不爽也。如行惡之人，即遠遁高飛，只差遲早報復耳。此番樂殺老陳琳！」撫胸大笑不已。只因他年紀已近百歲期，氣息精神到底安弱衰矣，一刻間笑至氣不返，復有呼無吸，而絕倒斜伏交椅中。

包公即命左右侍衛呼喚他，已不見答言。眾人多嚇一驚，啟上包大人：「陳公公笑得氣絕了，喚之不醒，想必死去。」包公聽罷一想，言曰：「不用喧嘩。倘若救解不來，奏知聖上，然後成殮可也。」眾軍領命，速取藥到，又將火堆烈烈焚起，郭槐屍骸骨肉抛下，頃刻化作飛灰。單留首級示掛，以警將來。今報應了惡奸人，多少人議論嘆息不提。

是日奉命救解陳琳的，取至通關藥末之類，下氣參湯，豈知愈灌濾，久而身體漸漸冷凍如冰。一眾役人稟知包公，言：「小人用藥，力救之不活，莫非又勞大人的御賜法寶可救？」包爺曰：「陳公公並非冤屈而死，縱有外邦之寶，難以救之。」吩咐：「且將屍骸看管，待本官進殿奏之聖上，然後開喪收殮。」眾軍領諾。包公離座，走近一看陳琳，長嘆一聲；「可惜陳公公，今日反是包某弄害爾身亡。念爾年高九十零，未全期頤❶，今返蓬萊，只未沾聖上酬恩，先歸泉府。惟生死有何干惜，為人只要馨香百世，青史流芳，即死猶生也。」言罷喝道：「進朝覆旨。」

宋君王一聞，又悲又喜：喜只喜郭槐正法，報卻母子宿仇；悲只悲死去老陳琳，未得沾恩而先喪。

❶ 期頤：對百歲之人的稱呼。百年為生人年數之極，故曰期；此時起居生活待人養護，故曰頤。

即領詔文武官員：「代朕設祭，合宮內監盡至法場伺候，人人掛帛穿素，以成舉哀。」皆言：「嗟嘆郭槐害主，粉骨揚灰，深正其罪；欽羨陳琳忠心救主，功勞重大，只可惜未受君恩而先死去。今日又得君王知恩報恩，命許多大臣祭殮，差不多天子之喪也不過如此。」

不表眾民爭羨，又言郭海壽久慣清貧，不貪著美繁華，不願為官受職，只因自是一小民，出身微賤，儀文禮度不諳，實不思在朝，倒思回陳鎮居處，自得其樂。宋君留款他不能，李太后不覺動悲，喚聲：「孩兒，我子母相依十八載，受盡多少苦楚，而今離災得貴，兒理當在朝伴駕，娘也得時常見汝。因何執意要回陳州，撇別為娘？實不該當的。」海壽曰：「母親休得愁煩。兒也原是久樂清貧，母也深知。況在朝禮數不周，實多慚歉，豈非見笑於各位文武大臣。娘今與嫡生兒已得敘會了，今非昔比矣。況陳鎮地所隔三天程途，兒可常來往謁。而今承歡膝下，但有聖上供行，兒已放心別去。望乞聖上、母親恕臣兒逆旨命之罪，深沾洪恩矣。」

海壽雖然如此言來，早已含著一汪珠淚。只因他天性至孝，原不忍離親，只是不思在朝耳。然李太后與他相處將有二十年，豈有不知兒之性情，萬事未有一次逆忤母意，今不願留，原出萬不得已的。故太后不苦留他，下淚呼：「兒且等候數天。前者聖上已著令陳州地面官趕造府第，且待王府工竣時，差官送汝榮回。」郭海壽依命等候。當其時，有潞花王、靜山王、汝南王等六卿、四相、大臣多敬他是當今王兄御弟，又知是大孝賢良，所以今天我請燕，明日爾邀迎，不能細述。

卻言李太后今乃苦去甜來，居處寧泰宮，安享暮年之樂。君王、妃后每早請安。當日李太后細加思察，眾后妃之中，莊重不一，惟有龐氏貴妃，雖則花容月貌，姿色嬌妍，然而柳眉生殺氣，玉貌現凶形，看來此女決非循良之婦，實乃劉太后一般人也是。一天，妃后俱不往傳，李后叮囑：「皇兒，勿將龐妃加寵。他的佞心滑性，妒忌生成的，如加恩倍寵，他即猛蛟得水，便要作浪興波。」宋君謹遵母命。太后又言：「寇宮女、陳琳死去，未沾國家一點之恩，須及早追封，使彼仙靈有感。包拯有此忠勞，也須加恩隆爵。又郭海壽，他執意回陳土，不用強留，且加封官爵，贈賜賚頒，以酬供孝之德。兒須早日頒旨也。」君王領命。不知如何，且看下回分解。

第六十二回　安樂王榮歸結締　西夏主恃暴興師

詩曰：

壽夭窮通須待時，強求未必遂如期。
時來風送滕王閣❶，運去雷轟薦福碑❷。

當日宋君王母子商議恩封存歿有功之人，君王又呼：「母后，前在陳州時，兒已稟告上蒼，母后雙目得明，願免陳州十年國課❸。今果得母后雙目重明，兒豈敢誑哄上天乎？即今要頒旨下傳知悉。」太后曰：「皇兒言之有理。今日既得母子團圓，正該免脫陳州國課；即天下犯囚，須當減等恩寬。況

---

❶ 風送滕王閣：相傳唐代王勃本因路途遙遠，來不及趕赴南昌盛會。後得水神以風相助，一夜舟行七百餘里，及時赴會，並寫下了不朽的《滕王閣序》。

❷ 雷轟薦福碑：宋時范仲淹打算救助一窮書生，當時唐人歐陽詢所書薦福寺碑墨本值千錢，范仲淹已準備了紙墨欲製千本，不料一夕雷擊碎其碑。後因此常以薦福碑作為命途多舛，所至失意的典故。

❸ 國課：國家征收的賦稅。

陳州地連歲饑饉焉，遍市貧民很多。雖有十中一二富厚之民肯施見憐，無奈一連六七載，糧粒無收，即富者不免漸生饑饉了。目今得皇食措濟，略得歲豐；皇兒今又頒免征課之旨，實乃萬民頌德無疆。」

是日，天子領諾，旨意敕封寇宮女為天妃淑德元母娘娘，陳琳謚為忠烈公，各造廟堂，春秋二祭，永受血食❹香煙。郭海壽敕封安樂王，頒賜黃白金數十萬，並賜宮監一十六名，當穿服色，永享王府，不上朝謁主，陳州地文武官，朔望請安。包待制加進龍圖閣樞密院正一品，恩賜上殿座位，五日一登朝謁主。大赦天下囚犯：十惡大罪俱減等，小罪一概赦免。陳州國課免征十載。旨頒一下，各省均沾太后洪恩。又當日建造郭王府，並陳琳、寇宮女廟祠，開銷國庫白金一十八萬兩。

包公受爵加封，正要辭駕，繼續賑饑公務事情。是日朝中接得陳州賚本，因建造王府已竣工。宋君王降旨包公、國丈二人，護陪郭王榮歸。國丈先回朝，包公仍留陳州，完了賑濟，然後回朝。當下忠佞二臣領旨，欽天太史❺選定良辰，即登車駕。更有文武官俱來送別。郭海壽又進宮拜別母后娘娘。太后囑咐不盡的母子安慰言辭，又言須要一月一來朝，安樂王諾諾連聲。母子灑淚而別。又拜辭天子，眾大臣紛紛餞送。皇城內外，民家店戶，多排香燭，不能細述。有眾文武送別數里俱回，只有龐國丈、包大人一路全程，處處地頭都有官員迎接。

一天到了州城，動著多少本土人民，紛紛私議，言：「郭海壽幼年時，母子二人也曾乞丐多年，後來長成，方得肩挑背負，市販東西度日。然他雖一貧如洗，仍不失奉養，原算也是一孝順之人。今

❹ 血食：古時殺牲取血，用以祭祀，故稱血食。

❺ 欽天太史：指掌管觀察天象，推算節氣曆法的官員。

有發達之福，皆由孝養中得來，天之眷賜也。」當日郭王未進陳州城，早有大小文武官員、本土縉紳耆老，車馬紛紛的等候恭迎。一路旗旌劍戟、月斧龍旗、文武軍棍，一隊隊擁護，何下千人長道。音樂雅韻，悠揚一派。進至王府中，奢華奪目，不啻金鑾殿之威模，郭王爺當中坐下，眾文武官員參見：大員慶賀打拱，小文武官員俯伏塵埃未起。又表明：郭海壽本是個少年民出身，飯食也討過，日勞奔走市廛中，昨者雖則包大人也見過，聖上也參謁過，然君臣之禮尚屬全然不懂，坐定金交椅，由得眾官叩首，也不說聲「免禮」，不說聲「請起」。只有龐國丈好生氣惱，暗暗生嗔。倒旁有宮監代說一聲「免禮」，眾卑員起來。龐國丈向包公對面，首一搖，目一睜，似乎煩大人待我說一聲：不好在此耽擱，我沒好言與此丐子說話。包公會意得，即言：「千歲，國丈職佐中書❻之任，不便在此久於耽延，且速還朝公幹為要。」郭王曰：「那人留他耽延？由彼自便回朝去也。」包爺曰：「下官也要辭駕了。」郭王曰：「包大人，汝是去不得的！且在此，吾與汝作伴頑談，未知尊意若何？」包爺曰：「只因賑饑未畢，不得久留，故亦要相辭千歲，公辦去也。」郭王曰：「如此，包大人別去。汝們本土眾位文武官也須退回，不必在此。且天天不用到拜，反動勞煩，兩有不便。」眾文武拜謝千歲，並國丈、包公，俱已登程去訖。

原來，郭海壽是小狹胸襟，不理詩禮王爵，那知朝廷有一定之規，為官有無二制體，故彼當日只吩咐本土官員，天天不用到拜，是借勞煩兩有不便之說，實乃他不知官規的本來面目，只樂得本土文武官員天天省卻請安之勞，暗自喜悅。不提。

❻ 中書：此處指中書省的長官，其職權相當於宰相。

是日，包公、國丈殷勤別卻安樂王，分程而去。國丈自回汴京，包公仍往執賑饑公幹。不覺光陰迅速，一連三月，已是秋稻晚成，十分歲豐。萬民贊頌天子、包公恩至之德。是歲民樂豐登，語休煩絮。

只有郭海壽，今日得貴受封，一貴一賤，迥異天壤，脫形換骨，生成好相：胖而腴，黑而白，丰姿體態，煥然一新。居處王宮，自得逍遙。又乃當今聖上一皇兄御弟之稱，本土文武員故不敢簡慢，敬謁之際，不異本土帝王。

又言本陳州有位先皇時出仕宰相的，姓王名曾，只因年老告駕歸隱。有女孫兒名美珠，年方及笄❼，尚待字閨幃。生來中常之貌，只性淑端莊。已知安樂王尚未婚娶，想是有意絲蘿❽。一天，包爺賑務事畢，到來拜望。王老太師言及起招親之由，包爺一諾擔承，曰：「包某依命。即言知安樂王，此良緣料亦和諧也。」王太師喜曰：「此事全仗包大人，只有勞大駕不應當耳，容日道謝如何？」包公曰：「此乃和諧美事，何足言勞的？」登時告別。王太師送出中門外相辭，包公登轎而去。

一到王宮，會著安樂王坐下。他言：「包大人，汝連發王倉賑濟勞忙，何暇到此？」包公即將本土王太師有孫女，年方及笄，未曾受聘，生來性情端重，意欲送進王宮，以侍巾帨❾。包某特來作伐❿，

---

❼ 及笄：古代女子十五歲而始戴笄，表示成年，可以許嫁。故後來稱女子到了成年為「及笄」或「將笄之年」。笄，用金屬、玉石、骨角等物製成的別頭髮用的一種簪子。

❽ 絲蘿：菟絲與女蘿均為蔓生，纏繞於草木，不易分開，故常以絲蘿比喻男女結成婚姻。

❾ 巾帨：帨，佩巾。古代女子出嫁時母親親為繫帨，以示告誡。此處巾帨代指妻子。

望千歲見允勿辭。郭王聽了，微笑曰：「我乃出身微賤，偶然得遇皇母后，不期顯貴，豈敢私心妄想歡娛。雖然向日貧賤，也蒙太師周濟糧食，他乃積善良門，甚覺相宜。惟王小姐乃千金貴體，我卑寒出身，豈敢扳登的？望包大人轉知，另尋佳偶乃可。」包公曰：「此乃太師有意招親，爾雖前時寒苦，今日貴顯王封，他是世代名門閥閱，兩相匹配，甚覺相當，千歲休得過辭。」當日安樂王聽了包公勸言，不好當面力辭，只得言曰：「感包大人情意殷勤，只我陋性不戀奢華，不貪歡樂的愚漢。今既大人有此美意，且為吾奏知聖上，待旨允准如何？」包爺曰：「千歲高見有理，待下官與汝修本中奏明言罷。」抽身作別，仍還相府，將情復達王太師。太師大悅，曰：「奏明聖上，君王作主，更藉有光也。」

當日包公別去，回歸署寓，修成本章，差官賫送到京。非止一日，有一天到汴京，黃門官接本，上呈御覽。君王看畢，喜色沖沖退進宮，達知母后。有太后聞言，喜悅欣然。言曰：「陳州地久仰王太師為人忠厚，子孫世襲，乃先帝功臣。此段姻緣，實見相當。況兒已封王，顯貴中饋，正當有佐。」太后即賜宮粉資十萬兩，珠翠金鈿滿匣。聖上敕命：王小姐封王妃夫人，御賜珠冠玉珮，本章准批，著包公為月老，欽賜完婚，迥異尋常。是時，老太師送孫女到王宮，此番熱鬧非凡，本州大小文武官員，盡皆兩相拜賀。王府外殿、內堂，多排酒燕，十分豐美。王宗設燕，貴品多般，不能細述。是日，一片音樂歌聲。一連數天燕樂，郭王夫婦和諧。話休煩絮。

交代完陳州，又言朝內。宋君王自得國母還宮，朝中文武各加升賞。又再差官趕上孫兵部，不用

⑩ 作伐：為人作媒。

清查庫倉，只依楊元帥本提戰功，加封狄青為副元帥之職，與楊宗保一同鎮守邊關。其時焦廷貴、沈達也奔趕回關中。眾將士俱有加升官爵。元帥、眾將謝恩已畢，天使回朝復命。不多細述。

當日，反惱得國丈納悶昏昏，一心算計狄青，反被他們聯成一黨，養成羽翼，威勢炎炎，老夫的威風漸藏了。今喜得包拯不在朝，且再尋機會算賬他們。豈知這昏君，依著包拯言，調回賢婿不究庫倉，諒來又弄不得狄、楊二畜生，反又加狄青為副帥之職，真可恨包黑賊也！

不表龐洪煩惱，再說邊關楊元帥見四員虎將均沾聖恩，封贈統制之官，狄青又加封副元帥，關上文武官員，人人喜悅。忽一天，狄副帥不意染一恙恙，臥病不起，一連數天，水米未沾，呻吟疾苦。楊元帥與范爺、楊將軍自然延醫調治，三虎弟兄，天天來帳前問候。患疾十天未痊，楊元帥心中憂悶，只得與范、楊酌議，賫本回朝，奏知聖上。即日差官而去。

次早正升帳，有探子報上：西夏王復興兵三十萬，遣上將薛德禮拜為滅宋元帥也，駐兵城外五十里。楊元帥聞報，當日自仗本領英雄，兵精將勇，全不介懷。即令孟定國傳齊部將，岳剛傳知眾兵，俱至帳前參見元帥候令。是日，賊營內戰書投發進關，楊元帥批回「決戰」之詞。不一辰刻，有飛報進：「啟上元帥爺：賊將薛德禮，帶兵城下討戰。」元帥聞報，拔令焦廷貴，領兵一萬，與薛德禮會陣，須要小心。焦廷貴口稱「得令」！上馬開關，轟天炮響，手拿鐵棍，殺氣騰騰，一馬當先，一萬精兵，旗旛飛擁，吶喊如雷。

焦廷貴一看：西戎賊將生得藍面獠牙，三綹花鬚，丈餘高猛。手持一柄大銅刀，坐下一匹五色花鬃豹。焦廷貴膽氣豪豪，一馬拍近，鐵棍當頭即下。又言薛德禮乃西夏國有名上將，焦廷貴那裡是他對手，衝鋒不上二十合，連喊數聲：「利害！薛德禮，我的兒！」即帶兵逃走回關。薛德禮催兵追趕，只見城上箭如雨落，反被射傷兵丁數百，只得招兵回營去了。

內城元帥帳中坐下，勇將齊列兩行，范禮部坐於東首，楊將軍坐於西邊。忽焦廷貴至帳前，尚是氣喘噓噓，打拱稱：「元帥在上，末將殺不過薛德禮。這賊十分利害，人雄馬壯，一柄大刀，大如板門，打過來沉重如泰山。」又謊言：「小將與他交鋒五六十合，抵敵不住，只今敗個羞回，望元帥恕罪。」元帥曰：「勝敗乃兵家之常，爾本事低微，何得誇著別人之勇？汝今出關，午刻即回，不像五六十合的工夫，豈非謊言的？」焦廷貴聽了，忙說：「小將言錯了，原十五六合耳。」楊元帥想來：西夏賊兵初陣逞強，善弱者也不來。諒賊將本事高強，兵雖銳利，但本帥城中雄兵四十萬，文武並標官，教爾馬倒人亡而回也。此日閒文休細表。

來朝紅日透扶桑⓫，又報進薛德禮指名元帥會陣，十分猖狂。楊元帥即發令張忠出馬。戰至四五十合，大敗進關。元帥又差李義出馬，薛德禮連勝了三員虎將。楊元帥好生不悅，言：「薛德禮果也驍勇，狄王親患疾未痊，待本帥明日親自出馬，與他見個高低也罷。」是晚休提。

次早又報薛德禮討戰，楊元帥擇定此日親臨赴敵。上馬提刀，浩氣宕宕，好位保國老元勛。銀盔高豎赤幘，背插八角彩旗，銀鬚三綹，雲甲長披，高乘銀獅豸。三聲號炮，三萬鐵甲軍，擁隨左右。焦、孟先鋒護衛首陣，張忠、李義衝頭，一同飛擁出城。

薛德禮一見來將生得威風凜凜，比昨天來將，大有分別不同：手執金刀，高駿白馬，身長丈餘，

⓫扶桑：神木名，傳說日出其下。

白臉銀鬚。薛德禮衝近，喝聲：「來將可是狄青否？」元帥冷笑曰：「無名小卒有目無珠，人也不曾認得，還來混擾！」他言：「汝既不是狄青，且報名來！」元帥曰：「本帥乃天波無佞府山後老令公之孫，官封定國王，開基大宋天子駕下敕受天下招討使楊宗保也。」薛德禮聽了，不知如何答話，勝負怎分，且看下回分解。

第六十三回　楊元帥中錘斃命　鬼谷師贈扇遣徒

詩曰：

擎天棟柱楊元帥，保宋辛勞第一功。
獨惜中傷遺殞命，梁材忽折悵何窮。

當下薛德禮言曰：「原來汝是楊宗保。汝若知事知時務者，獻降邊城，投順我主，難道不封汝一侯王之位？如不聽好言，只憂汝此番性命休矣！」楊元帥乃喝：「叛逆賊，敢誇大言，看本事知強弱！」金刀一起，耀目光輝。薛德禮青銅刀急架相迎，真乃龍爭虎鬥。南北兩員虎將，各為君王，殺到難解難分。薛德禮雖則西夏國一員猛將，到底及不得楊元帥老當益壯，刀法精通。兩位元帥衝殺百合，德禮招擋不住，大呼：「楊宗保老頭兒，果然利害！本帥殺汝不過，且讓了汝多活一天。」拍馬敗走。楊元帥大喝：「賊奴，那裡走！」飛馬追趕。薛德禮心下慌忙，即取出混元錘，回馬當頭打去。有萬道金光罩目，楊元帥覺得目花昏亂，閃躲不及，混元錘打在左肩上，疼痛難當，拿不定大刀，口吐鮮血，翻身跌撲雕鞍下。早有張忠、李義飛步趕上前，一人擋阻賊手，一人背了元帥，飛逃回關。薛德禮此番催發西兵捲地殺將過去。宋軍見元帥被傷，大驚四散。焦、孟抵擋不住，眾兵被殺得七零八落。三萬精兵，折損一半，餘眾走回城中。眾將敗回，緊閉城門，嚴防攻擊。

再言薛德禮大勝回營，洋洋喜氣，言：「妙！妙！楊宗保乃宋邦主帥，有名上將，本帥卻殺他不過。今被吾打了一錘，也不過三天，化為血水而亡。今日除了楊宗保老英雄，懼什麼狄青！少不得一同傷他性命。宋主還有何人抵敵本帥？豈不功居第一！」是夜，西夏賊營排頒筵燕，犒賞三軍，也不多提。

再表宋軍敗回城中，元帥受傷，范爺一見大驚，忙召醫生看治。楊青氣惱得二目圓睜，罵聲：「可惡叛逆奴才，戰不過元帥，用錘傷人，真可惱也！」當日元帥睡倒牙床，范爺吩咐四方城門緊閉。惟有元帥受傷，那知服藥不效，是夜幾次發暈。眾將長夜看守，只見元帥昏沉不醒，眾大小三軍驚慌無措。范爺連夜修本來朝，差岳剛飛趕回朝。

若問薛德禮的混元錘，是妖人傳授，非比凡間兵器之物。如此人中傷一錘，由汝英雄健漢，不出三天之外，也化為血水而亡，是非藥餌難救的。今元帥被打了一錘，遍身疼痛，死去還魂，也無一言說出，只昏昏沉沉，一身肌肉，漸漸消磨。憫憐元帥，一生為國辛勞，今日死於肌消肉化，只留得一堆白骨。范、楊二人慘切傷心，文武官員、大小三軍無不墮淚，只得收拾骨骸殮了。范爺是日又追上一本，即差沈達並送骨骸回朝。

先說薛德禮，因傷了楊元帥，領兵直抵城下，天天攻打關門甚急。范爺權執帥印，發令四門加倍弓箭石灰炮火，日夜當心巡查。此時狄副帥患疾未痊。

慢表邊關危急，先言雲夢山頭，鬼谷先師清晨正混用元氣元神，神占一課，已知西夏復興雄師，楊元帥被薛德禮用混元鍾傷了，化血身亡，實乃定數難逃，不能救搭。但薛德禮有此混元鍾，宋朝雖有上將英雄，也不能抵敵此鍾，即賢徒狄青亦難收取此鍾。不免打發石玉下山，收取此鍾，以免西戎猖獗也。即差小童喚傳至小英雄。

又言石玉日在仙居，已經一載，習詣雙槍，已經純熟，只是時憶念老萱親、岳父母，又丟不下美賢郡主，實乃音信難傳，那知我耽在此仙山，豈不憂壞百之母、妻也。忽一天，見童子來呼喚，言：「師兄，師父喚汝，速隨吾來。」石玉應允，即隨童子轉卻彎彎曲曲，一到丹墀，參見過，即曰：「師父在上，弟子石玉參見。」仙師曰：「賢徒免禮。我今喚汝至跟前，非為別事。只因西夏將薛德禮有一混元鍾，非凡兵刃可抵擋。楊元帥被打一鍾，已經化血身亡。宋朝雖有上將英雄，但難以抵擋此鍾。我今贈汝風雲扇一柄，到邊關上除敵。彼用鍾飛打過來，爾只將寶扇輕輕一拂，可收取此物了。原薛德禮乃巡海夜叉，凶惡星轉世，應得凶惡死亡。汝今回關，與狄青賢徒一同立功，顯揚於當世，譽美於千秋，方不負為師收留汝二人一番。還有八句偈言相贈，是汝一生結果，取功名富貴盡於此矣。」言罷，袖出一柬。石玉復雙膝跪下，雙手接轉，收藏過。又言：「弟子有蒙仙師帶上仙山習藝，已經一載，傳授槍法，已得精妙，深沾洪恩，難報萬一。即此拜別。」鬼谷師曰：「賢徒不須多禮了。」石玉叩首已畢，起來，抽身又別仙童、師弟，藏好風雲扇，持著兩刃三尖槍下了仙山。當日上山時，並無馬匹，故撒開大步而奔。當時又得老仙師一朵雲，已送至邊關下。石玉將師父所贈之柬拿出，外有數重紙包固。拆開看，並無一物，只有七律詩一章。其詩曰：

仙緣無分不須求，叨福人間建業優。
年少只遭顛沛困，中途惟喜戰功稠。
三番歷苦登麟閣，二次平西進鳳樓。
早運未通奸妒害，晚成除佞報親仇。

石玉看罷，自言曰：「師父贈我詩偈，說我沒有仙緣，只好立功取貴。但少年災困，歷盡苦楚，方得成功。又許我能報父仇。但思龐洪奸賊，正在勢頭盛日，未知何日可報復不共戴天之仇耳？」

丟開石玉中途語，卻說邊關一段情。楊元帥身亡，狄副帥病體雖然輕些，然而還未如平日強健，在著後營靜養。范爺早已吩咐眾人：「元帥身亡之事，切不可言知狄王親。」是以眾將依言瞞著，狄青並不知外廂緣由。惟西兵日日圍城攻打，范禮部已飛本還朝，不知何日救兵到來？當日飛山虎乃一魯莽之徒，大怒曰：「西夏賊奴的薛德禮，他之銅錘如此利害，不知何物做成？待吾駕起蓆雲，進彼大營，悄悄的一刀結果他性命，拿了此錘回關，起發大隊軍馬，殺他片甲不回，方報卻元帥之仇。」想罷，即稟知范大人。范爺不許，言：「劉將軍乃粗莽之人，若不小心，反為不美，不可造次也。」劉慶曰：「范大人休得多心。我既刺不著賊將，定然盜他此錘，也不懼此賊奴了。」范爺納悶不言。

是夜初更，劉慶駕上蓆雲，一至番營大寨，四下一看，只見燈火光輝，是犒賞三軍，正在那裡吃酒。劉慶看見天色尚早，難以下手，按下雲頭。聽候一會，已是二更中，只見薛德禮徐徐伏倚於中軍帳交椅中，醺沉大醉。眾將兵盡皆散歸自營寨去訖，近身只存一番女。此刻飛山虎暗喜，落下營中，悄悄邁步進中營。一到薛德禮身旁，正要拔刀行刺，只聽得姣嫩聲喝道：「刺客慢來！」又表明：此少女娘，乃薛德禮之女，名喚百花，也是一員女將，習得家傳武藝，隨父行軍。是晚出營，伺候父親吃酒已完，談論一刻，薛德禮已醉得沉沉，倚伏身入睡鄉，呼呼鼻息。百花女也伏案假寐，一見人影近前，喝聲抽身。飛山虎反嚇一驚，駕雲不及，被他一把扭住，掙扎不脫。但百花女原一將門出身，兩臂剛健，劉慶左手打去，他右手招，右手飛來，左手迎。二人扭結定，百花曰：「汝這南蠻，誰使汝來作刺客？早說分明，好送汝歸陰。」劉慶心驚意亂，猶恐他呼喊醒賊將，只得言：「我乃宋營中虎將劉慶也。只因吾元帥被薛德禮打了一錘，化為血水身亡，是吾心忿恨，特來汝營作刺客。這是實言的。」

這百花女看上劉慶乃位英雄漢，不覺私存招親之意。又見父親鼻息如雷，輕輕呼聲：「劉將軍，薛德禮是奴生身父，汝今夜思來行刺難矣。這邊來罷。」一把扯牢而走。飛山虎暗想自言：「這小丫頭好生奇的，不知他拉扯我何也？」此時只得隨他跑走。曲曲彎彎，到了後營一所，燈光如晝，目前侍女十餘名。百花女吩咐眾侍女多出外廂。眾小環評論曰：「此位將軍不是我邦人，因何我小姐拉他進來？像什麼？好羞人也。」有幾人言曰：「吾家小姐未有丈夫，要拉此中原將軍來做夫妻。如今且先敘會，也快哉，奚分羞恥？」

不表侍女閒言，再說百花女看中了中土將軍，當四顧無人，呼喚：「將軍請坐下，奴與汝細談。」當時劉慶猜著：「他生來有此姿色非俗，今又如此柔和，想必有意於我也。惟吾一粗直之人，豈將女色介懷的。況有妻兒了，汝與吾結對，真乃冰炭不交也。」若問百花小姐，生長西北外荒野之夷，年交及笄，有此美質，又因本邦男子都是奇形怪狀，粗俗不堪的，是他父故尚未與對親。當日劉慶雖非美貌驚人，但比之他北外蠻邦也有高低之別。今見劉慶乃烈烈少年，故欲仰攀。又言：「劉將軍，汝敢於今夜來行刺吾父親，好生膽子！欺他酒睡，若非奴拿下汝，我父一命休矣。但別將拿下，將軍的性命也難活矣。」飛山虎曰：「若問小將行刺汝父親，無非兩國相爭，各為其主，怎顧得利害交關？倘小姐用情，放我回關，小將自是感承恩德。」百花曰：「將軍既進我營，休思回去。」飛山虎曰：「小姐此言何解？」百花曰：「將軍，奴看汝一烈烈英雄，諒必武藝高強。惟今邊關死了楊宗保，大宋還有那人撐保江山？奴勸劉將軍投順吾邦，撇卻宋朝。」劉慶曰：「小姐此語一字不須言。如要吾投降汝邦，今生難矣，除非來世依命的。」小姐曰：「汝若不甘投順，回關休得妄想矣。」飛山虎曰：「既然小姐不放我回關，即甘願一死，豈有悔怨之心。」百花曰：「將軍之言差矣！汝既為堂堂大丈夫，因何全無智量？倘投降於我邦為官，美貌佳人卻也不少，覓一位與汝作配，有何不妙？仰懇將軍依奴勸諫言，是知機之輩。」飛山虎聽罷，冷笑曰：「小姐，吾劉慶豈是貪花好色之人？又已有妻兒的，誰人貪爾蠻邦佳人結締！今日既入汝牢籠，有一死而已，何須多勸投順不入耳之言。我劉慶雖然一粗魯之夫，頂天立地自許，豈肯叛君而投降敵人？休得妄思量也！」百花聽了，自言曰：「豈知此將有了妻子。也罷，我今囚禁不放他回關，且待明朝爹爹發落的。」言罷，又呼勇侍女幾人拉扭住將彼囚禁後營，好生看管，好待他心服歸投，即時囚禁下。飛山虎大怒，大罵狠毒賊丫頭不絕。此語慢提。

次日，百花女梳妝已畢，來至中軍帳，拜見父親，說明：「昨夜三更時候，宋營中一將名劉慶來作刺客，已被女兒拿下，囚禁後營。稟知爹爹，如何發落定奪？」薛德禮曰：「可惱南蠻，怎生混進大營來作刺客！若非女兒把細，為父一命休矣。且押出一刀兩段，方見不敢小覷我們。」百花曰：「爹爹，此人乃宋邦猛將，倘困得他投順，與我們做個裡應外合之人，此關唾手可得矣。」薛德禮笑曰：「女兒倒有此機謀。如此，且囚禁下慢勸彼降順，做個內應也。況且此關堅固，又防守嚴密，守城炮火弓箭利害，近數天攻城，反傷去兵萬多。得內應人甚合。」不言父女機謀，未知邊關如何退敵，且看下回分解。

第六十四回　破混元大敗德禮　解重圍掃滅西軍

詩曰：

天命難違定不移，恃強輕敵枉偏思。
順存亡逆從來理，造化玄機應有期。

慢言西夏營中父女議敵，再言石玉得鬼谷先師施法力，一陣狂風送至邊關，說明緣由，范爺等方知石御史郡馬公。又言知仙師賜贈來寶扇，可破混元錘，眾位將軍大悅。是日，范大人吩咐排酒筵，與石御史接風。石玉是個性急英雄，即言曰：「待小將破了混元錘再回吃酒的。」范爺曰：「昨夜劉將軍往劫賊營圖行刺，要盜取混元錘，今天不見回城，諒得凶多吉少。他是粗莽之徒，不依勸阻。今石大人馬上出敵，且探他消息如何？」

石玉應允，即領精兵一萬五千，頂盔貫甲，命人牽回昔日領解征衣遺下之馬。是騎熟腳力，登時跨上，氣象岩岩，炮響關開。橫持雙槍兩柄，大呼曰：「西夏賊聽著！今石將軍特來候戰，速喚薛德禮賊奴出營納命也！」早有小軍報進，薛德禮立即上馬提刀，帶兵飛出陣前，大喝：「小小犬兒，擅敢口出大言，且祭本帥大刀。」當頭劈下。石將軍喝聲：「好傢伙！」使動雙槍架開。老少各顯強狠，鬥殺衝鋒，自辰時交至午刻，不分強弱。薛德禮自言：「不好了！這員小小宋將，看不出有此利害雙槍。看來難以取勝，不免又用混元錘傷他的。」將刀一隔，即帶轉馬而逃，取出混元錘在手。石將軍早已提防他，大喝：「逆賊！又思用物傷人。」即持寶扇高張，一見錘飛來，輕輕一扇打去，真乃仙家妙用，相生相剋，混元錘早已撥下塵埃。薛德禮大驚，拖刀不敢拾取此錘，被宋隊掠陣岳剛所拾。石將軍拍馬追趕，大喝：「賊奴才休走！」正在趕上，忽有百花女衝出阻擋，雙雙接戰。百花女一見石玉生得貌如美玉，比劉慶迥別懸殊，不勝羨嘆。如擒拿得回營，勝劉慶萬分矣。豈料這石玉乃仙傳槍法，薛德禮尚且不能取勝，百花女焉能抵敵？頃刻被生擒過馬。眾西兵殺上，要奪回小姐，有宋兵萬五千大隊捲殺去，西兵紛紛倒退，自相踐踏，死傷遍地，不成隊伍，四處奔逃。薛德禮幾乎被衝倒，那裡還敢殺上前奪取女兒，只得棄馬雜於亂軍中，招集回殘兵一路回營。仰天長嘆曰：「不知那石玉是宋軍中何等之人，好利害！破收寶錘，又捉去女兒，傷去兵丁萬餘，俱可惱。也罷，待本帥明日與他決一死戰的！」

不表賊營內事，且言石玉生擒女將回城，大獲全勝。范爺大喜，記錄功勞，即日又上本回朝。捆綁過百花女，他豎地立而不跪。范爺喝曰：「反叛小丫頭，今被擒下，敢生膽子，立而不跪！」百花曰：「南蠻聽著，奴非下輩之流，乃薛元帥之女。既被擒來，甘代一死，豈肯屈膝下跪敵人。」范爺冷笑曰：「汝乃一介小小丫頭，倒也膽子狠大。吾且問汝，我們一位將軍劉慶進汝營中，今在那裡？」百花女笑曰：「好老面皮的南蠻，既云上邦中國，堂堂義帥，因何效尤刺客之流？今不能抵敵，便希圖行刺。已經被我們拿下，苦勸他投降不依，故現牢囚於後營中。」

范爺聽了，心頭放下，明日且如此救出劉慶矣。石玉聞言曰：「既劉慶被擒，現在賊營，待小將殺進，討取回城，如何？」范爺曰：「石大人休得輕躁。如今天色已晚，且待明日討救他未遲。」又吩咐將百花女囚禁於中後營看管。是晚，帥堂內外，大排筵燕，並犒賞三軍，慶表戰功，殷勤敬款石爺。范爺、楊將軍大加讚嘆：「郡馬一到關，即立戰功，與狄王親一般年少英雄。關上有四虎將軍，今石大人有名笑面虎，且又加上一繡旗笑面虎，共成大宋五虎將軍。惟同心協力，掃攘外敵，保國安邦，聖上之幸也。」石爺謙遜畢，又言：「劉將軍被擒去，定須明日殺踩賊人大寨奪回，方成全五虎。」范爺曰：「吾已算度定，賊人捉去劉慶，諒情定不放回。幸喜郡馬大人擒得百花女回關，不如明日以女易男，兩相調換耳。」石爺曰：「范大人高見不差。」

眾人燕畢，石玉邀同張忠、李義來看狄青患恙症。原來狄青染病已經痊癒了，然而精神尚未強健，故尚未出登帥堂，在著後廂安歇。即西賊來攻城，范爺不令人說知。當時一見石玉，驚喜交半，及問明，方知鬼谷師妙用，撤去賢弟。又及關內事，才知元帥中錘，化血身亡。嚇得神色慘變，不覺虎目淚泣一行，長嘆數聲，心中煩惱。弟兄三人各各勸解，惜念患病不宜感傷之意。是夜，四人長說談敘，直至天明。

是日眾文武官員在帥堂上正酌議破敵，忽軍兵報進：「賊將薛德禮領了大隊精兵，指名石大人、狄大人出敵，罵辱猖狂。」石爺聽了，冷笑曰：「殺不盡的賊奴才！」言罷，即披掛盔甲，上馬持槍。三萬精兵，衝關而出。石玉飛馬當先，大喝：「賊奴才！昨天殺得大敗，饒汝多活一天，還不自惜其命，退兵回去，早獻降書，送還吾劉將軍，便饒汝賊奴一命。可細想來！」薛德禮冷笑曰：「小小犬兒，休誇大言。汝若還了本帥百花女，吾即還汝飛山虎，然後會戰也可。」石玉曰：「既如此，且准依汝。」一邊吩咐往後營放脫飛山虎，一邊關內跑走女英雄。男女二人，各歸本陣，面赧顏羞矣。當時薛德禮與石玉復又交鋒，一連百合，未定高低，兩下軍兵混殺一場。時已日沉西角，彼此鳴金收兵。

石將軍帶兵進關，與范爺、楊將軍細談西夏賊趙元昊強盛，自當今御位之初，至今用兵二十載，兩相用兵，損去不下二百餘萬軍兵，憫死良深可慨也。范爺曰：「這是氣運該當有此劫殺，即上數載，加以契丹北侵掠，損兵折將，亦不下百餘萬。惜乎真宗先帝時，不依寇準丞相之謀，當得勝之日，不要制其稱臣，是機會之大失也，故至當今又不免侵凌之患。總之民不聊生，武夫之勞悴遭殃也。」三人正言談嗟嘆時，劉慶上前拜謝救脫之恩。是晚不表。

次朝計點昨天出戰兵，折去五百名。西夏兵營，一點起亦折去千多。是日狄爺忍不耐煩，竟出帥堂，對范大人言知出馬。范爺曰：「王親大人貴體尚未痊癒也，須忍耐安歇，未可造次衝鋒。」狄爺曰：「薛德禮自興兵以來，如此猖獗，晚生患疾中，全然未曉。只深恨元帥死於西賊之手，如此慘傷，小將恨不能與此叛賊雷同粉碎其軀。如非他死，便即我亡，並不暇及矣，那裡還待候得多天？且吾患恙已痊，豈可坐視，由得賊人猖獗？今且出城，定然見別高低。」

范爺正要開言勸阻，忽軍兵又報進言：「薛德禮喊戰，領了大隊軍兵駐附城下了。」狄青吩咐扛抬上金刀，披掛坐上龍駒。范仲淹、楊青二人阻勸他不住，只得差孟定國、焦廷貴、張忠、李義四將領兵接應。石玉又言：「待我與彼掠陣。」焦廷貴大呼曰：「汝眾人勿憂，副元帥有名的仙戲，豈懼薛德禮強狠！」當下狄青頂盔披掛，果也非弱。金刀一擺，龍駒連打三鞭，號炮一響，數萬精兵擁關而出。一望敵兵，果也劍戟如林，排開陣勢，喊殺如雷，銳氣正盛。

狄爺勒馬掄刀，高聲大喝：「來者叛賊奴，可是薛德禮否？」賊將曰：「然也。汝是何名，通報上來納命！」狄青大喝：「誇口賊奴，死在目前，還敢大言。吾乃副帥狄青也。」薛德禮冷笑曰：「本帥只道狄青怎生的大英雄，豈知一小微犬耳。」狄青大怒，喝聲：「誇言賊，看刀！」二將衝開坐騎，大刀架劈，火焰飛騰，叮噹響亮，殺在一團。

將及兩個辰刻，惟狄青患疾後力氣未足如常，看看抵擋不住。有石玉掠陣，一見狄青刀法將亂，即忙飛出，大喝：「賊奴休得逞強，石爺在此！」雙槍照面門刺進來。賊將薛德禮好生著忙，閃開大刀，急架雙槍。金刀又起，當時薛德禮只抵敵得一人，那裡招架得兩般軍器？正要放馬奔逃，大刀一慢，腿上早中了槍。喊聲：「不好！」狄青金刀一揮，中他肩膊，已跌於馬下。焦廷貴趕上，割下首級，喝聲：「賊奴！前天殺敗吾焦將軍，又戰我元帥不過，用妖錘傷人。往日狠強，於今何在？」

不言莽夫妄言，此日二十萬西賊兵，一見主帥身亡，軍心驚亂，不鬥戰而四散逃生，不成隊伍。宋兵數萬，四邊追殺。狄爺大呼：「願降者免遭殺戮！」內有逃不及者，多已投降。一睹殺死者，屍橫遍野，滿地流紅，實慘然可憫。宋軍所得刀槍、馬匹甚多，且牽回關而去。有百花女聞敗兵報知，哀哀痛切，諒來父親已死，抵敵不來，不敢殺去，只得棄了大營，領了男女兵數萬，逃回西夏而去。

當日，關內楊青老將，提了百斤鐵錘，與眾小英雄領兵接應，抄殺進他大營，並無一卒，只得收拾遺下糧草、馬匹、軍器運回關中。范爺大喜曰：「二位上親、郡馬大人，果乃國家棟梁之輩，永固宋室，江山得倚矣！」狄青、石玉並謙言：「那裡敢當！范大人過譽。得除敵寇，乃天子洪福，又得眾位將軍協助之功，非晚生二人之獨力也。」范爺又言：「王親大人患疾後，元氣未復，筋力先勞，還該將息尊軀才是。」狄爺曰：「有勞大人費心。惟吾元神已足，復動如常，不用介懷也。」范爺又吩咐焦廷貴將薛德禮首級號令於轅門。眾兵及將卒各歸營裡候賞軍功，刀槍、馬匹、糧草各點歸廨庫中。又著令孟定國招令丁夫於沙場外，盡將賊兵屍骸埋掩於間土中去訖。范爺即晚著排酒筵於帥堂中，與眾將慶功。各營哨兵多有犒賞，惟助戰得勝兵丁數萬，倍加犒勞，金錢銀牌賞格均沾。所賞項費、所用之煩，自然國庫奏餉開銷，不須多述。眾將兵開懷燕樂一宵晚，略敘休提。

次日，眾將兵只因殺散賊師，解了城圍困，正閒暇中無事，各歸營寨。只有范爺、楊將軍、狄爺、石御史四人，在帥堂言及起楊元帥一生為國辛勞，年交六十，未得一日安閒，一旦喪傷慘死。想來出效力於邦家，身當武夫之任，睹此寧不灰其心？說起此言，眾人均覺傷情感觸。又言及起前月聖上有頒召到來，言當今國母李宸妃娘娘，十八年前被郭槐唆惑劉太后，陷害太子，放火焚宮，今被包拯審究明，李后還宮，郭槐處決，有此天大事情。范爺曰：「當先皇真宗自北征時至今二十六七載，先皇起兵去後三年之際，果也火毀碧雲宮，內監、宮娥被火災，死卻百十多人。眾言李宸妃母子已焚死在內，只付之嘆息而已。其時我也官居知諫院，是目睹其事，惟怎知李妃逃難越出宮闈之事？今將二十載，被包拯一朝究明，在此異聞，算他果也神智，非人可及也。」狄青、石玉二人並言：「吾是晚輩，此事是前二十載，毫不得知之。」楊老將軍曰：「若云內朝火焚宮一事，也有詔旨得聞，計其時年，楊延昭老元戎終世二年，吾與宗保元帥俱已得知。但范大人在內朝官，不知李妃逃難出宮，吾與元帥領守邊關，自然不知的。」言談之際，不覺日墜西山，又是一宵晚景，也無枝幹別言，且看下回分解。

第六十五回　悼功臣加恩襲嗣　詔拜帥厚賞邊軍

詩曰：

英雄虎將敵人驚，力佐江山永保寧。
洪福當今添國彥，全師奏凱大功成。

不表邊關眾將言談，卻說朝中宋天子，一天得接邊關一本，心下著忙：一者西夏大起雄師，二者狄青染病不起。又過五天，一本又到，嚇得大驚一喜：驚只驚楊宗保一命遭殃，邊關幹將一殞，猶恐江山搖動不安；喜只喜石玉仍回，與狄青破敵有功。君王想來：楊宗保老帥，在先帝時已職任邊關，為國勞忙，曾經三十載。藩衛邦家用武，並不得安閒，功勛屢著，一旦遭此慘傷，是折朕之棟梁也。天子龍目中紛紛下淚，是即頒旨往無佞府：聖上欽賜御祭，用以王禮；朝內文武官員俱服素衣一月，加謚耀武王；其世子文廣，年方十七，應襲厥職，加封紹烈侯。是居喪之際，又因年輕，不必到邊關赴任，且隨朝伴駕。當日楊門一聞凶信，駭驚不小。穆氏夫人哀哀慟切，佘太君悲苦失聲，眾夫人垂淚相勸，解慰一番。是日少不免外槨內棺，王侯殯殮，煩用多般，不能細述。

不表楊家喪制，卻言宋天子，只因楊元帥棄世，朝中武將雖皆分鎮邊疆，功臣世襲之子曹偉（曹彬子）、种世衡老將二人，乃智勇兼備，惟其時北狄、契丹入寇多年，兵勢甚銳，二將早已領守邊城，即在朝吏部韓琦，亦已出鎮延安府，宋天子只得加封狄青為天下招討元帥。石玉一回關即破敵，立下大戰功，加封招討副元帥，同守邊關。眾文武官員俱加升三級。詔旨發往，下文自有交代。當日宋天子追憶念老功臣不得安然正薨而亡，況勤勞王室有年，故特加恩敕旨：文武大臣往楊府致祭，代主之勞。忙亂一番，也不多表。

又言南清宮內，狄氏娘娘母子，一聞狄青在邊關又敗西戎，立下軍功，楊元帥已陣亡了，又頒旨授彼為邊關正帥，母子欣然大悅。太后曰：「不料侄兒倒有此高強武藝，馬上建立功勞，實乃先靈憑藉有光也。」

慢語潞花王母子喜悅之言，又說龐國丈，自從李國母進宮之後，郭槐已死，心腹同黨羽翼被包拯除去數人，是以凡事心寒了，權柄漸減卻些。這日聞訊，想來：只因目下喜得楊宗保死了，那日老夫正在駕前保薦孫賢婿領鎮邊關，可除❶此職，免卻狄青、石玉二奴才，得此兵柄權勢，否則吾老夫休矣。當日聖上略有允准之意，無奈有富弼與韓琦兩老匹夫，阻擋聖上。二人言吾賢婿只可作文員之任，在朝伴駕耳，不合往邊關當此征戰之勞。又奏言狄青、石玉等乃年少英雄，又得范仲淹、楊青老成慎重維持，屢次立功，敵人畏懼，合當拜帥，接楊宗保之任，方為用武之才。聖上不准老夫之請，只依二賊之言，真令人可惱恨也，又可哂笑。這昏昧之君，一接得邊關本章，聞楊宗保死了，即便紛紛下

❶除：拜官授職。

淚的痛慘，連日設朝，並無喜色。吾想楊宗保死了，有什麼干礙的？好不明昏昧。隆寵這班狗黨，只今收除不得狄青，連及石玉也回關。前時只道在仁安被妖魔吞陷了，豈知又得仙人救去，一回關又立下戰功，詔旨封敕副元帥。一班老少賊聯成一黨，勢大權高，教老夫算帳他不來了。又思：吾女兒自進宮數年，聖上寵眷十分，說來之言，無有不准依。一自李太后進回內宮，不知聖上何故，將女兒略略冷淡些。想必女兒與國母不相投機也，是以唆著聖上疏冷吾女兒，也未可知也。惟女兒不得聖上喜歡，老夫有機竅事與女兒即通明，惜不准了，怎生是好？惟現今且喜包黑、韓琦等一班狠烈狗黨俱不在朝，老夫把弄日中，並不介懷畏懼，且待有了機竅，再行設施，定必倒弄卻邊關這些狗奴才，方稱老夫之心願也。

正在自思之際，有家丁稟上，言：「孫大人、胡大人到拜！」國丈傳命：「請進相見。」孫、胡二人進至內堂，國丈起位相迎，一同見禮坐下。國丈言道：「楊宗保死去甚妙。正在打點保薦賢婿，往任邊關，有富弼、韓琦兩個老奴才阻擋聖上，反去保薦狄青、石玉二小畜生為正、副元帥。今被他於邊關上聯成一班狗黨，老夫正在心煩，又奈何他不得。」孫秀曰：「前者奉旨復查倉庫，正要將機就謀，回朝劾奏。不料聖上於半途召回，一場打算又落空了。」胡坤曰：「老太師且免心煩。我想狄青、石玉今已權高勢重，諒情弄他不得，吾兒子之冤難以報復的了。」三人言論，只是悶煩著惱，按下休提。

卻說勇平王高瓊老千歲，是日接得邊關賢婿之書，喜悅萬分，方知賢婿上年雖被奸臣算計，果有妖魔陷害之事，又得仙師帶上仙山習藝。今天聖上頒旨，加封副招討使，與狄青同守邊疆，真乃妙！

妙！老夫從此丟下愁煩矣。即進內堂，言知夫人、女兒。夫人與郡主真乃喜從天降。是日，一門父女，叩謝上蒼，言喜不盡。即日高王爺命郡主修家書一封與丈夫，待搭付賫本欽差，順往邊關。郡主欣然領命，是晚修書，也不多敘。

再表邊關上，狄青與石玉對坐下私談，狄青曰：「如今邊關圍困雖解，敵兵盡數勾消。今聖上雖乃仁賢之君，惟邊庭武備不足，故契丹強悍於北方。今西夏趙元昊屢次侵擾，實由朝廷立法不嚴，專主姑息，禮宥奸臣，多緡歲幣於外敵之過，而自削弱也。」石玉曰：「身當武將之任，恨不能於疆場馬革裹屍，以報聖上知遇之恩。惟朝內奸佞，怎惜馬上辛勞；只顧苟安一時，私著一身一家之計，那知君國危與不危的。想來真乃令人可惱奸佞賊臣也！」狄青曰：「龐賊翁婿與胡坤屢次算計圖害，恨如淵深。目下雖得身榮，怎奈奸黨未除，而心實有未平也。」石玉曰：「小弟亦與龐賊有不共戴天之仇。惟目今乃龐洪當道盛時，藉女龐多花得寵勢頭，想來未知何日得申報父之仇冤。若得報冤，即不為官，也是心如所願矣。」

二人正言談間，有范爺笑容滿臉進帥堂，二將起迎。眾將軍又到，隨同見禮下坐。范爺曰：「二位王親與眾位將軍力退西戎賊兵，不日旨意頒來，狄、石二位王親，定敕主帥之權。只可惜楊元帥一命升天，身遭慘死耳。」狄爺聞言，長嗟一聲，言：「楊元帥乃保國功臣，多年血戰，未得一日安閒。勞當國務未平，身受慘傷，想來令人傷感也。」言畢不覺虎目中墮淚一行，感動起楊老將、范爺二人。只因與楊元帥戍守此關多年，乃情投意合，今言起一旦折去此棟梁，也忍不住的滔滔下淚的。狄爺又呼：「范大人，如今楊元帥升天，老成諳練將帥棄世，猶恐西兵復擾。晚生輩乃無知少年，才庸智淺，難當招討統領重任，還宜上本力辭。待聖上另老成別將為元戎，力當厥職。」石玉曰：「哥哥高見不差。我二人一般少年後輩，怎能服得眾三軍？上本狠辭為宜也。」范爺未及回言，有楊青老將軍曰：「不然。狄王親、石郡馬武藝非凡，智勇兼人，敵兵懼怯。立此重大軍功，理當登壇拜帥之任。兵符統屬，焉可妄讓於庸劣之人？」孟定國曰：「西夏賊人，屢次被我們殺得片甲無回，料他再不敢輕視小覷我邊疆了。」飛山虎聞言笑曰：「事端不測，人所難料。雖然不是畏怯於他，到底也當防備，以免兵臨再設施聽也。況他未有投順表文，焉知他賊心幡悔否？不若待小將駕上蓆雲，跑到西夏打聽這叛黨怎生主見，以定虛實如何。」范爺曰：「劉將軍之言有理，須要小心。」狄爺又叮囑飛山虎，須當見景生情，不可被他們看破機關，須要早去早回，休得耽擱才好。劉慶曰：「小將理會得來，休得多慮。」

當時劉慶正要動身，旁有焦廷貴大呼：「眾人休得聽信他言！昨昔往敵營作刺客，一遇見百花女子即被其迷困，反被擒拿下。全賴石郡馬出敵，將百花女活捉回關，方得調換而回。如今又到西戎地去，定然貪愛嬌嬈。倘又被拿下時，如今更無別物可相更換的。」當日飛山虎聽了一席妄誕之言，反羞慚得口也難開。石玉看來劉慶羞慚，好生沒趣，即口：「焦將軍休得妄言多說，如今彼此有分也：前番劉將軍粗心莽為，急思了決敵人，故有此失；如今只要小心，不可妄動，速去速回，以安眾心是也。」劉慶曰：「小將領命。」焦廷貴曰：「況今敵兵盡殺個寸草不留，正好吃些太平酒，享些太平安逸福，因何汝眾人又定必去尋些打仗交鋒的工夫？其非汝眾人還嫌殺得這些敵兵少，不厭足，尋些來頑殺不成？」范爺喝聲：「胡說！膽大焦廷貴，軍中無戲言，汝敢亂軍規麼？」焦廷貴曰：「范大人休得著惱，小將乃是直言，並無勾曲的，奈何汝們不聽的。待等劉將軍被百花女子迷戀了之時，方知吾焦廷貴之言真不謬也。」楊青冷笑曰：「怪不得楊元帥在日，言焦廷貴是個呆痴莽漢，正辦事只作小兒戲弄一般。只一味多言囉唕，只不分上下，弄唇翻舌。前時毆打了欽差，險些兒累及了元帥。若非包拯回朝公辦，汝的吃膳東西也難保牢，看汝還得在此呀呀多言！」眾將官聽了，人人忍耐不住的發笑不止。焦廷貴曰：「汝們眾人言來，皆是至當公言，吾說的皆戲弄多言。從今吾閉口不言，像個木偶人一般。」閒語不多表，當下飛山虎辭別過眾人，登時高駕蓆雲而去。此事暫停。

又一連數天，有朝廷欽命官頒詔旨到來。外廂傳鼓咚咚響亮，狄爺傳齊眾將，一同出帥堂，吩咐大開正南城門接旨。早已擺開香案，天使開讀詔書，敕加狄副元帥為招討正元帥；石郡馬一到關即立下戰功，敕加副招討元帥。張、李、劉三將戰功多立，俱封將軍之職。邊關舊將俱加升三級，並頒賜厚賚甚多，不能一一細述。各軍兵俱有獎賞。只因軍功乃朝廷所至重，故其獎勵甚厚也。敕命罷，元帥宣眾將與趙忠獻欽差見禮。他官居參知政事之職，此位大臣亦忠鯁之輩，史稱趙爺，與包公並列，二者皆宋室之賢臣也。當時君命在身，詔宣畢，即時告別。狄爺眾人款留不住，只得殷勤送別。出至城外，相辭登車而去。

當時元帥、大小三軍回進帥府，范、楊二人兩相稱賀，正、副元帥一同見禮下坐。狄爺曰：「今因楊元帥殯天，又蒙聖上洪恩庇蔭，敕旨忝居帥位，只憂才庸德薄，難當此重權。伏望范大人、楊老將軍諸事指點，又藉諸位將軍襄贊成功。」范、楊與眾將曰：「元帥二位立此大戰功勞，今蒙聖上加封拜帥，甚合其宜。吾等皆藉有光，實實合稱厥職，二位元帥何用言來太謙虛的？」狄、石二帥稱謝，言：「難當此重獎。」石爺又曰：「目今雖然兵解，還未得西賊降書。須當早備戰策，各要協力同心，機隨時轉，制勝出奇，方不負聖上重托，楊元帥之遺志也。」狄爺曰：「石大人之言甚屬有理，小心遠慮，吾不及也。」是日兩人相讓，調遣將兵不竟。狄青乃正元戎，自然是他先發調眾兵。但未知劉慶往西夏國探聽得如何，且看下回分解。

第六十六回　守邊關勤勞盡職　貪疆土復妄興師

詩曰：

貪利終須敗厥德，猖狂逞勇必凶危。
試看西夏偏邦主，辱國喪師有所虧。

卻說趙欽差去後，是日石玉得接付搭家書，即晚自於燈下看觀明，已知岳父母康健，郡主來書賀喜添歡。石玉自思回來後，已上家書問候，只因道途遙遠，未得妹丈回音，未知母親近日體健否？但今奉了君王城守重任，怎能忠孝兩全？

不言石玉思量，次早正、副元帥升坐中軍帳，左右對坐大小文武。三軍參見已畢，狄元帥拔令箭一支，呼喚道：「張賢弟，有屈汝統領偏將十員，精兵一萬二千五百，俱穿青衣青甲，在東門鎮守。大旛上大書『虎』字，灰石、弓箭、滾木齊備。倘有敵兵舉動，連聲以號炮為警，西南北俱有照應。」張忠領令，立刻不停而去。元帥又拔令呼：「李賢弟，汝也統領十員偏將，一萬二千五百精兵，各穿紅衣紅甲，在南方鎮守，紅旛旗上大書『虎』字，倘聞號炮之聲，各即接應，不容慢緩。」李義得令而去。

元帥想來：焦廷貴乃狂妄之徒，不堪當把守之任。但劉慶未回，且著他暫署權理，待劉慶回來，再行交卸是也。元帥呼：「焦將軍聽令。」焦廷貴撒步上前，大呼曰：「二位元帥，有何軍令差遣？」元帥曰：「北方尚缺領兵之人，只因劉慶未轉回城，如今有屈將軍代為把守北方，待彼回關，再行交卸。汝今領十員偏將，精兵一萬二千五百，俱穿黑衣黑甲，在北門，黑旗上大書『虎』字。一聞號炮響聲，即要接應，不得延遲。如違，定按軍法，決不姑寬。」焦廷貴領諾而去，自言曰：「難道我焦廷貴做不得領兵頭目的？為什麼偏偏要待劉慶回關？真乃看我不值毫釐之輕也！吾今只不來分辯，且待自守有日，兵權自屬。那時獨自成其功業，方顯我焦將軍非居人下者。」

是日，元帥分派已定，自與石副帥鎮守正西。五萬精兵，俱穿五色：青、黃、赤、白、黑。大張旗旛，亦分五色。另建高大白旗，上大書「五虎衛金湯」五字，均看東西南北四門城上，真乃殺氣沖天。一番號令威嚴，眾將兵那人敢不遵服？

不表中原主帥調兵，又言西夏王得報敗兵，心頭煩悶。只因一心貪圖中國一統，故發差精兵猛將，只言錦繡江山，唾手而得。豈知興師有年，不料勝敗參差，計來折去精兵百餘萬，勇將數十員。昨差首將薛德禮再攻瓦橋關，楊老將軍身亡，只道大宋穩拿掌。不意又出少將狄青、石玉等一班小奴才，均全猛將，殺得吾邦兵殘將戕，孤心實有不甘。倘得一智勇兼備英雄領兵，再復攪擾他一番，僥倖得勝，即親統傾國銳兵，殺進汴京城。倘若不能取勝，心下方休，然後度勢而為，未為晚也。言未了，部班中閃出一員凶狠武將，曰：「臣聞中國狄青小將，善用一銅面鬼臉，嚇死我邦上將無數；更兼箭法高強，故屢藉二物取勝。今臣手下有部將二員，善於喊叫聲，敵將一聞，猶如烈雷打頂，聲似山崩，其人即心驚意駭，跑走不及。平日已於臣部署中試驗，眾將人人驚懼的。今臣願領兵攻進宋境，以擒拿狄青。仗我主之威，勝之必矣。」元昊曰：「將軍果有此二部將之能，即封為左右先鋒，卿為統兵主帥，領兵二十萬，往除滅狄青，以報御弟贊天王、薛元帥等之仇，少解孤心之惱。」當下孟雄領命，往傳命教場中，點足二十萬精兵，帶左右先鋒：一名吳烈，一名王強；百花小姐願衝頭陣，要報復父仇。

按下西夏調兵，先說劉慶一連三天，席上雲端，一到西戎地，早已探聽得分明。當日於他營教場點兵之時，恨不能一落下雲頭，將他領兵主帥割下首級。只因一人本事縱然高強，怎敵得彼千軍萬馬之眾？倘有不測差遲，豈非又被焦廷貴恥笑的。況且當起行時，眾人曾叮囑不可莽為，中彼陷阱中，不免早些回去也罷。惟今算吾料測得準，果然今又興兵侵擾。吾今早日回關，報知元帥，好待預備迎敵之策。不分晝夜的駕起蓆雲速奔。

一到關中，只見刀槍密密，劍戟森森，旗旛招展，漫布兵丁，東西南北四門，皆是一般威模。劉慶曰：「這又奇了，難道賊師早已到關攻打不成？我駕雲，他步走，豈比我倍加捷速？諒來決無此理。定然元帥調撥將兵，在此鎮守，故今隊伍肅嚴，刀斧交連。待吾先從北門而進，看其動靜如何？」只遠遠又見黑旗上大書「虎」字，盡是黑盔甲的軍兵，不知何人在此把守。想來：「狄青雖乃一少年，今楊元帥死了，他為副元帥，果有武略將才，調度有法，怪不得楊元帥敬重於彼。」是時嗖的一聲，飛進城垛。

守城巡邏軍一見，認得是劉將軍打聽軍務而回，即去報知焦將軍。有莽將想來：劉慶必然是跑走回家，耽擱數天，焉得是打探西戎消息？待吾頑耍他的，然後稟知元帥，交卸此北門與他。想罷，呆頭呆腦的跑上城垛，喝聲：「劉慶！汝回來的，好膽了，不令人早通報我！命汝往探聽西夏軍情事，且一一稟明於吾焦老爺得知。」

飛山虎聞言，頓覺驚駭：因何焦廷貴出此無狀大言的，凌喝於吾的，何故也？即呼：「焦將軍，汝今領兵在此麼？」焦廷貴曰：「劉慶！汝還未知其詳。自那日汝動身去後，聖旨下來，敕封狄王親為正印元帥，我又敕封為副元帥。汝不該如此怠慢，不敬吾副元戎，有失軍威的。」劉慶曰：「焦將軍，果如此，抑或汝妄言哄我否？」焦廷貴曰：「誰來哄汝？且覷幾員戰將歸我管下，數萬精兵由吾調發，難道是假的？」飛山虎曰：「但不知聖上頒來旨意，末將的名上有升提及否？」焦廷貴曰：「聖上詔旨全然未有提及汝之姓名。想必汝無名小卒，一撇丟開，只好做個軍前巡報的探子耳。我當初原教汝不要去打聽的為高。如今且在我帳前做個賞差得力之人，有功之日，候再升提罷。」劉慶聽了，好生不悅，曰：「豈有此理！難道我劉慶止做個探子當差之輩？吾自願隱藏，做個耕農園圃，無憂無慮，以度光陰，何苦強在軍營，效力疆場，危地爭鋒！」焦廷貴曰：「劉將軍休得動氣。到底汝打探得西賊軍情如何，且說知明白。待吾送交帥所，讓汝統轄軍兵，我卻在汝麾下聽令，全憑差遣，這便如何？」劉慶曰：「此言差矣。汝承聖上敕命官爵，怎讓得過別人？待我說知西賊之事。可笑西夏主不知見機，重新又興動大兵二十萬，領兵主帥乃孟雄，史有二位先鋒，百花女將為頭陣，不日殺奔到來。」焦廷貴曰：「如此，果也元帥慮得到。汝也算打探得分明。看來這副元帥只好讓汝做的。」當時焦廷貴說得糊糊塗塗，飛山虎聽得將信將疑，尚未知底止如何，且待通報了正元帥得知，方為正理。焦廷貴又呼：「劉將軍，汝可在此管轄眾兵，等吾與汝報知元帥。」劉慶曰：「這是不可！汝乃執掌帥印之尊，如何教吾代管，敢當代報的？待吾自進帥堂報稟，方合宜也。」焦廷貴聞他此語，只得聽彼自進去了。

劉慶一路想來：這焦廷貴言此說，只道當真封敕為副元帥，故今統領將兵在北方門保守。一心思量不悅，氣忿不平：「因何兵符副帥屬了此人？這樣蠢夫做什麼元帥，如何提兵調將？呆頭呆腦的莽匹夫，豈不敗壞了大事！如此聖上也非知人之聰哲也，此職權真乃錯交此人的。況即今西夏元昊又起大隊雄師到來，又有一番狼敵，看你怎生發調眾軍是！」又過東門，只見高高扯起青旗，上書個「虎」字，眾將兵青衣青甲。又見南紅西白，四方城門俱有將兵把守。

進至中堂，正要通報，忽又見聖旨下來。原因狄青少年，尚未結婚，范大人有小姐，正當及笄之年，超群美麗，范爺久已留心於狄英雄，故前月附搭上本，奏聞聖上，求君王作主，不由狄青不依。又覺面對，難於啟齒，故並未發言知狄爺。今宵聖旨一下，范爺早已明白，又聞詔旨允准欽賜聯婚。一番朗詔，范爺喜色揚揚。狄帥想來：軍務未完，那有閒暇心議此婚配事？當日，狄爺辭謝推卻。范大人笑曰：「此乃君王美意，理當早諧花燭。小女雖然不才陋質，下官不及仰攀。但念旨命難違，乞允小女權執箕帚，大人休得推辭。」當日狄元帥不便執意推辭，只言：「雖蒙大人過愛，聖上隆恩，但今軍情事急勞忙，且待兵退稍暇之日再議可也。惟有勞大人即可具本奏復聖上，晚生也有本章達呈。」當時賫本欽差乃楊元帥之子楊文廣也。他在朝奏知聖上，要到邊關助敵，建立武功。天子見他雖乃少年，實乃將門之裔，是以准旨允請，並頒旨附帶范、狄聯婚之事。當此會見正、副元帥，范、楊等眾位將軍，齊同見禮下坐。又有飛山虎到來，將西夏興兵之由，一一稟知。有狄爺曰：「范大人，可惡西夏賊，復又興動干戈，如今且理明軍務，再訂婚姻便了。」范爺聞言，無奈，只得允肯，暫停姻事。連夜修備本章，差人賫送，狄元帥也備附一本，達呈聖覽。

話分兩頭，卻說夏將孟雄帶領二十萬雄兵，左右先鋒攻衝。頭陣一到邊庭，探子報上。離城不遠，孟雄吩咐於五十里之外安營。不表。

再言宋將劉慶，是日回關，已領守回北城，方知焦廷貴是滿口胡言的狂妄之夫。忽一天，探子報進：賊將帶兵攻城。狄元帥一傳令，眾將候差伺立，真乃明盔亮甲層層密，五色旗旛色色新。當時元帥差發劉慶往衝頭陣，著焦廷貴去助陣，叮囑小心為要。二將領兵二萬，炮響出關。劉慶一馬飛出，大喝：「殺不盡之賊奴！可惡的西夏狗主，敗而復來送死！一班逆黨，今日休思逃脫了。」西賊吳烈大怒，不回言，一鐵棍打去，劉慶大斧急架相迎。戰殺一場，吳烈不意大喊一聲，實似天崩地裂，馬也驚退數步，地也震了。劉慶不預意，早嚇得幾乎跌於馬下。這吳烈是慣家，趁敵人一驚，手略一慢，即一棍打下。劉慶早已蓆雲起上空中。已將馬首打碎，跌撲塵埃。

焦廷貴一見大怒，喝聲：「狗奴才，休得逞強！」一棍打去。吳烈接馬交鋒，各逞強狠。一連衝殺數十合，焦廷貴一生狂莽，惡狠狠，雖非懼怯敵人，但本力欠三分，一刻抵敵不過，心中著急。想來：可惱飛山虎，吾與汝掠陣助戰，豈知一跑上空中，脫身而去。賊將又利害不過，如今不妙了。果然抵擋不及，卻被敵將鐵棍略打在肩上。焦廷貴側身一閃，已打中手腕，只手打得血滴淋淋，大喊一聲：「不好！」忍痛拍馬奔逃。賊兵吶喊如雷，追殺上來。宋陣上，張忠、李義押兵奮勇殺上，賊兵散亂奔逃，卻殺去數千。

吳烈大怒，又來爭戰，大喝一聲轟響，宋兵嚇得倒退回，不敢追殺。只有張忠、李義虧得你倚我靠，不覺驚駭殺上，刀槍並刺，吳烈賊將不能抵擋得兩般軍器，只得復喊一響。當時二將聽喊了數次，全然不懼，吳烈只得敗走。又有王強截殺，上前助戰。四將殺在一堆，勝敗未分，不知如何，且看下回分解。

第六十七回　美逢美有意求婚　強遇強灰心思退

詩曰：

凶危逆德是鏊兵，何故元昊不忖情？
古訓貪狠多敗戾，回思失利是攻征。

當下大宋、西戎四員虎將，戰殺得煙塵滾滾，各逞奇能。正在不分勝敗，王強忽也大喊一聲，比吳烈倍加響震轟天。二匹戰馬跳跑驚慌，張忠、李義幾乎跌下塵埃，心下慌忙，刀槍略慢。狄元帥在旗下，對石玉言：「二將稍弱，且收軍為上。」石玉曰：「狄哥哥小心慎重，大合行兵之法，且收軍罷。」即下鳴金。張忠、李義即帶兵而回。西夏二將也收兵回營。張忠進關，呼：「元帥因何一刻收軍退回？」元帥曰：「二位賢弟，未知其詳。吾與石弟看來，兩名西將本領強狠，一時恐二位賢弟有失，況焦廷貴先已受傷。想來二賊將是勁敵，然行軍是弃為不得，兵驕必敗，為將者小心持慎為要也。今且收兵，明日別作良謀。吾等同心合志，何懼西兵強盛哉！但汝二人勞苦半天，且往後營將息也。」二將謝別二位元帥而去。只見焦廷貴已在帳中，呼呼叫疼痛，只怪劉慶走脫，不上幫助，自逃走了，至吾一人抵敵，故被賊將所傷。當時用止痛藥敷上，略略將息睡去。

不表三人後營安靜，又有劉慶至帥堂繳令，曰：「小將奉令出敵，不意賊人大喊之聲甚覺利害，彼吼聞時猶如天崩地裂之聲，烈雷霹靂之恐。小將駕雲走快捷些，戰馬已被打碎。有此利害奴才！」元帥曰：「勝敗乃兵家之常，何須掛齒。劉將軍且退，明天出敵，自有敗敵之謀。」劉慶諾退。

不表宋軍歸隊伍，再提賊將兩英雄，收集兵丁，計點折去軍兵八千餘人。一進大營來見元帥，言知交鋒情由：「初陣打退三將，一將飛跑上雲頭。第二陣又衝出兩員宋將，本事高強，不畏哮咆喊聲，殺個平交。只因宋兵甚銳，反傷去軍兵八千之數。今日只作敗陣奔北，望元帥恕罪。」孟雄聽了呵呵冷笑曰：「二先鋒休誇奬宋兵之勇，滅自己之威風。汝且看本帥明朝親臨出敵，自必取勝，汝二人方見吾言非謬也。」當宵晚景休提。

至次日，西戎主帥點挑精兵五萬，帶領左右先鋒，百花女也後陣隨出。一至關前，喊殺連天。宋陣中狄元帥衝頭陣，左孟定國，右沈達，中佐石副帥，精兵三萬；楊文廣押掠後陣；飛山虎暗駕蓆雲觀看戰場。不表。炮響出城外邊。主帥會敵，二馬交鋒，各逞平生伎倆。西夏陣中，飛出左右先鋒，宋陣中，孟定國、沈達也拍馬接應，後面百花推動兵丁數萬，殺上宋陣。後楊文廣小將軍也掠押宋兵殺上。此戰將有將逞能，兵有兵鬥勇，殺得征塵四起，霧鎖長空。喊殺聲音大振，兩邊戰鼓不斷，如雷催殺。

當時兩位元帥兵刃交加，格殺本事相均，爾不饒，我不捨。狄爺曰：「西夏將也有此本領，殺個平交，不免用穿雲箭傷他取勝也。」當時大刀一隔撇，正要取出寶箭，只聞二員敵將大吼一聲，真覺震天響亮。狄元帥也覺心驚，收回寶箭，復又鬥殺。但王強、吳烈是個躁力，全虧混氣元神強逼精力喊叫，過一刻漸漸力疲困了，必須又要弄頓氣息，一會方得叫響如初。更加力氣不及足，故筋疲力竭之際，抵敵宋將沈、孟不住。又有孟雄與狄青殺個對手，平交上下。石玉一馬飛出，大喝：「逆賊休走！」雙槍刺進。孟雄閃開，大刀斧鉞一擋，三馬交騰，兵刃飛響。孟雄怎能抵搪得兩般軍器，實覺兩臂酸麻。不走性命休矣，拍馬招兵而逃。

狄青指揮眾兵追殺，西夏兵見主帥一敗，心慌忙亂，抵敵不能，四邊奔散。後陣百花小姐一騎飛出，楊文廣小將軍悉值拍馬衝迎。二騎對面，百花一見宋陣上一小將軍，生得像粉妝玉琢，心下驚駭，細細一瞧，只生得：

兩道秀眉分八彩，一雙美目有奇神。
五官六腑多端正，錯認仙童下俗塵。

楊文廣亦是翩翩少年，一逢美麗，未免留神注意，將白花小姐一看，果也生成一朵嬌花之艷：

媚眼一雙澄湛美，兩眉彎月線絲長。
瓊瑤山岳櫻桃口，體態風流迥異常。

當時小將軍看女將生得似玉如花，想來：不道西夏外邦西域邊夷，也有此絕色佳人，這也奇了。看來吾中土可賽並此女之花容者亦甚希矣。當日百花女呆呆看著小將軍，生得好丰采，瞧看入了神的贊羨。只聞兩邊男女兵喊戰，二人方醒悟是交兵陣前。各通姓名，百花女方知此小將乃楊元帥之子。久聞楊元帥威儀凜凜，穆氏夫人美質無雙，是以此位楊公子美貌如斯也。惟思：奴的母親早喪，隨父南征，父又遭敗喪於沙場。故國又並無弟兄親屬掛懷，不免歸投中國，得匹配此位小將軍，足勝為后了，是一生叨福無涯，有何不妙？想罷，男女衝鋒，不上十合，小姐拍馬詐敗而逃。一奔至郊外無人之所，即抽轉馬頭，楊文廣追至，催馬數步，大喝：「小賤奴休走！吃吾一槍！」言畢，照面門刺去。百花女長槍架定，呼喚：「楊公子休得動手，容奴奉告一言。」

又另言飛山虎雖不奉元帥將令，眾將兵出敵時，彼已起在雲端。當下只見眾將兵人人得勝，心中暗喜。正要跑下助戰，只見楊公子追趕百花女，遠遠飛跑。他一想來：楊公子雖乃將門之子，但百花乃一員利害女英雄，況公子年輕，初出敵見陣之人，倘追趕去，不知進退，萬一有失，即不妙了。是以劉慶在雲頭一路隨他跑去。只見百花扣回馬，打拱於公子。劉慶早已會其意，知他一心思匹楊公子，只因前番被擒拿下求匹偶，是故今心中明白。

只聞百花女呼聲：「公子，奴今本國父母俱亡，國王大勢已瓦解，實有心歸順天朝，亦預早自為之志，未知公子肯容納否？」楊文廣聽畢，言曰：「汝若果真誠降伏，我亦體念眾軍好生之德，並不深究。但汝今即欲隨吾回關，待汝達稟元帥，抑或汝回營做個內應，以破敵軍。」百花當時欲言又止，但四顧無人，只得言曰：「公子，奴實立心歸宋，惟思己乃一青年弱女，無可為依。今實欲上托微軀於公子，未知尊意如何？」楊文廣聽了怒曰：「汝乃青年一少女，緣何不知廉恥？豈有不憑媒妁之言，未由父母之命而私婚姻者，有是理乎？汝雖乃美麗超群，亦何所取哉！」當時百花女聽了，羞得玉臉上泛桃色，半晌無言。只得又呼：「公子，奴非貪淫賤行、理上不分明者。然為終身無所依歸耳，故忍垢含羞言此衷腸情中事，又不能實托他人為言，伏望公子諒情鑒察。」

公子未回言，飛山虎落卜塵埃，反嚇得二人一驚。劉慶笑曰：「楊公子，既然小姐一心歸順我邦，汝亦何妨順情俯就？況汝二人乃青年美質，實百年伉儷相登。」文廣曰：「劉將軍之言差矣。他既云青年少女，也不該陣上言婚。既不畏羞慚，便為淫行之女，何足取哉！吾去也。」催馬回關而去。劉慶曰：「小姐，汝既願一心歸我天朝，公子婚盟一事，都在末將擔承。汝今不必畏羞，方才汝心事之言，我已洞知，不必隱諱。小將雖然一粗莽之夫，但一心公正，並不虛言，斷不耽誤汝兩人佳偶良緣也。」

小姐正羞愧得面色遍紅，又聞劉慶言婚配事，他肯一力擔肩，況前言早已被他聽得明白，只得開言告曰：「叨蒙劉將軍如此鼎力相扶，奴感不盡海涵之恩。我今回營，做個內應，以立寸功。惟專望將軍幫持，以成就奴初心歸順，勿虛所望為感也。」飛山虎允諾。又言：「此事末將定必一力綴成，小姐休多過慮。如此請也。」仍駕蔫雲騰空而去。百花不覺稱奇異：「宋朝有此異人輔佐，實乃真命之君。我偏隅微弱小邦，妄想侵擾，豈不損兵折將乎？但今劉將軍許我綴成公子匹配，未知應允如何？倘姻緣該配合，千里也牽絲。」一路自言，回營而去。

單表劉慶回進城中，細將此事達知元帥眾人。有狄元帥詢曰：「但未知楊公子意見若何？」文廣曰：「彼乃外敵偏邦之女，況於陣上訂婚，未稟母命，焉可行之？望祈元帥休聽劉將軍之言。」元帥未及答話，有范爺微笑曰：「此乃成功匹配美事。此女今願歸降為內應，目下可以一戰成功。既是人材美麗，老夫定為賢侄執柯，奏明聖上作主。爾言陣上招親為非理，即楊元帥亦乃陣上招親於穆夫人，是老夫所目睹也。賢侄休得多疑。」楊青笑曰：「范大人真好記性也，又將元帥四十餘年招親之事一提說起來，令人可慨嘆也。想吾老楊，自隨延昭老元戎領守此關，算來已有六十二載。人生在世，猶如大夢一般耳。回頭一想，吾年已七十八，豈非光陰迅速乎？吾幼賢侄休得推辭此段婚姻美事，范大人必不誤汝於不義也！」眾位將軍聞言，人人感嘆。又言：「老將軍之言是也。」爾言我語，楊文廣也不強辯。狄青也會其意了，言：「此事須待小姐歸降，是必奏知聖上；再有書達知穆夫人，然後可也。」公子曰：「二位大人與元帥之言未必理上有差，小侄那敢不依？」范、楊聽了，喜色欣欣。是夜只因大勝敵人，少不免犒賞眾將兵，也無煩說。

只說孟雄敗回營中，計點折去二萬餘兵，受傷殘疾者萬餘，二將又戰敗。看來難以取勝，不如帶兵回見夏主，稟明求和為上。吳、王曰：「元帥不可因一敗便灰了心，不若明日再決一死戰如何？」百花曰：「不可！兩次出師，看來不獨狄青智勇，即眾宋將人人俱是年少英雄，兵精將銳，料難取勝，不如投降為上。」孟雄曰：「小姐高見不差，明日整備還邦矣。」當夜膳用不表。

次日五更，夏營正要拔寨登程，忽一隊軍馬來投伙。此人是牛剛，在大狼山自與牛健分手後，又想起楊元帥，只憂他來征剿，故帶兵回磨盤山。忽遇龐興、龐福，三人合為一路，日在磨盤山打劫，又到各處居民村莊搶奪。李繼英是五雲汛千總，張文是守備，二人幾次打退他。想來三盜為患不淺，有害居民，是日二人一同離汛而來，稟元帥動兵征剿，不思牛剛三人求投了西夏。當日孟雄正在打點動身回國，不意中得此數萬兵又來投。三將初時還疑宋人奸細，問及起，方知乃本地頭強盜，故收錄下，重新整兵，離營盡數而出，單留一萬與百花女守營。

卻說狄元帥等在關前，是日有巡查軍士，拾得百花小姐箭書一封，方知磨盤山強盜投到西夏營助戰。狄爺對石玉曰：「此乃疥癩之疾，何足懼哉！」忽又有繼英、張文進到，要請元帥發兵征剿山寇，二人不知他等降了西夏。元帥即說明白三盜原由，張、李大悅，曰：「此三盜合當滅除。不勞動一兵，更妙也。」是日一聞報西夏討戰，二位元帥即分派四路軍馬迎敵，另點一旗暗抄後面，踏破敵營，待他敗回，無有歸宿營盤住足。分撥已定。不知宋、夏勝敗如何，且看下回分解。

第六十八回　因兵敗表求降附　賜婚配賚贈團圓

詩曰：

曆數惟歸有德君，逆天好殺必傷軍。
將亡兵敗初幡悔，方信貪狠是禍根。

卻說宋營元帥調兵，拔令一支，著張忠、李義領兵五千抵敵頭陣，又令沈達、劉慶領兵五千抵敵二陣，尚有焦廷貴前天受傷未痊癒，又令岳剛、牛健領兵五千抵敵三陣，李繼英、張文抵敵四陣。當時即發兵一萬，與小將楊文廣，放火燒焚西夏大寨，待他敗回，並無屯紮，以成一鼓而擒之勢。分撥五路軍馬已畢，兩位正副元戎各帶兵五千，攻擊中軍。即日吩咐放炮開關。是日兩邊軍馬不約而同，亦是分路而出。張忠、李義二人頭陣，兩馬飛出，五千銳兵喊聲如雷，殺進陣場，正遇吳烈揮兵，混殺在一方。張、李弟兄奮勇動兵，吳烈抵擋不得兩般軍器，逃走不及，已被殺於馬下。一萬西兵見主將被殺，驚得四散奔逃。宋兵殺上，死者甚多。

不表張、李得勝，又言王強押兵一萬，正罵戰間，有劉慶、沈達領兵，二馬飛奔，不問情由，雙刀並舉，王強急架相迎。宋兵捲地殺上，西兵怯懼，早已立腳不定，喊走奔逃。王強押止不住，又抵擋不得兩人，只得拍馬而奔。沈、劉二將那裡肯放縱，正追殺之間，張忠、李義一見，抄殺來，把截去路。王強著急，只得拍轉馬。劉、沈趕至，雙刀了決歸陰。尚剩西兵數千，盡皆投降。

又說岳剛、牛健領兵五千，正遇牛剛率兵一萬而來。牛健大呼：「兄弟！汝今做了西夷人否？」牛剛曰：「哥哥，汝做了宋朝高官未？」牛健曰：「雖非做了高官，只不忘父母之邦耳。見笑於古人者，中土而投降於外也。一向既為兄弟，汝未投降於外邦，尚有兄弟之義，為兄尚有勸諫汝之言；今汝既投順外邦，即為敵國之仇，弟兄之義絕矣。今日刀槍之下，斷不容情，以私廢公也。」言畢，大刀一起劈下來。牛剛呵呵冷笑，一槍架定，曰：「哥哥乃大英雄之度，兄弟也不怪汝了。」二人動手殺將起來，本領不相上下的平戰。岳剛住馬，不明二人說的言辭何意，只道牛健勸此人投降，豈知言罷，一陣殺起來，不分勝敗。岳剛拍馬一推，大刀振動，牛剛實擋不住兩般兵刃，手略一慢，卻被岳剛一刀揮為兩段。宋兵殺得西兵星散很多，岳剛二人催兵前進。也且不表。

再言繼英、張文領兵五千，攻逼第四陣。二馬當先殺進，正逢龐興、龐福二人，排開一萬西兵，揚威耀武。繼英大喊：「該死的狗強盜，也有今日送死之期！地頭白姓，被汝狗畜類輩殘害不少，今日正罪盈滿貫之時，自投羅網，正好賞汝一刀！」二龐不語，刀斧一起，張文、繼英急架相迎。殺了半刻，龐興弟兄本事低微，那裡抵敵，早被張、李殺死於馬下。夏兵被殺得七零八落，紛紛逃竄。單剩得中軍主帥孟雄，提柄大刀，抵住中原兩位正副元帥。看看抵擋不住，又只見宋將紛紛殺到，人人俱拿首級，部下兵丁四散，方知不妙。那裡顧得敗殘兵丁，即閃開刀槍，拍馬而逃。數萬精兵，十不存二、三，降的降，死的死，全軍破覆了。

又提楊文廣領了一萬兵丁，一至夏營，正在喊殺放火，有百花女即跑出營前，一見楊文廣，便呼稱：「楊公子且慢用火，內有馬匹、糧草頗多，況有兵萬餘。不若將糧馬帶運回關中，有何不美？」文廣曰：「小姐高見不差。」百花進回營，大呼眾兵：「今日元帥大敗，逃回本國，爾等願投降者，免遭殺戮。」眾兵皆曰：「願降！」百花吩咐，盡將糧草、馬匹、輜重齊同搬運出，文廣方命人放火，將大寨前後盡皆焚燼，一同百花統揮投降兵，一程回關去。

又先表宋之將兵，人人得勝，宋帥鳴金收軍回關，眾人獻功單。單有不見了楊公子回關，元帥心裡著急。有飛山虎笑曰：「人人對壘者，盡是軍兵敵將，只有楊公子領兵去焚毀營寨，守營者乃百花女。小將昨天看測公子言雖推卻此婚盟之事，然心實有所願也，故我敢決於一力擔承百花之約。今未回關，彼必與百花知會，合兵而回矣。元帥何須多慮。」范爺微笑曰：「此事被劉將軍猜著矣。百花晨早有書來，說明磨盤山強盜投進西夏。今百花守營不出，公子今奉令往焚破敵營，測度其理，定必不久合兵而回矣。」元帥曰：「雖然如此，只為楊公子乃楊門接嗣貴公子，非別將等此也，萬一有失，即不妙矣。不免著劉兄弟出關探聽如何？」

當日飛山虎正領諾抽身，有軍士報進：「楊公子並投降女將領了降兵萬計，現在轅門。」元帥等大悅，即著請進，一同見禮下坐。當日元帥對范爺說明：「不若將百花小姐送至大人府中，待等趙元昊納降之日，一折奏知聖上，以待公子完婚。大人尊意如何？」范爺曰：「元帥之見，理之所宜。」即日駕車送百花到范府閨閣中，與范小姐並同處下，也且慢提。是日正、副元帥將眾位將軍的武功，一一酌量注明，少不免是夜通排筵燕，合城大小二軍俱有犒勞，暢敘交酢，至更深方罷。只為當日已將敵人殺敗逐訖，逃走回邦，士卒俱已投降。故是夜各將士兵丁雖用酒過了一些，也不妨有礙軍情。

不表當晚宋營犒勞排筵，再言西夏孟雄逃陣而出，止望回營與百花女收拾眾兵歸國，奏知夏主，言大宋將兵精銳，難以取勝，勸諫國王求和於宋君，以免屢次損兵折將之意。只一到了大營，又見火焰沖天，嚇得心下驚駭，不意宋人又焚毀大營，兵卒不留個。想來：不知百花女逃走回邦，抑被宋人所害？想來長嘆一聲：「不知大宋有此能人，楊宗保既歿，又生出狄青這個英雄。但本帥悔不當初，恃勇領了夏王之命，統兵二十萬，戰將數十員。如今只剩下幾百殘兵回邦，真好羞慚也！」

此行非止三天兩日程途，水陸難以瑣言。忽一天，歸至本邦。次早國王設朝，孟雄入謁領罪，將兵敗情由一一奏知。夏王聽奏大驚。當日孟雄俯伏謝罪，只求夏主開恩。夏主曰：「卿家平身，此非汝不用意，不忠於孤。只因狄青兵精將勇，更以用智力，實難與爭鋒。卿且回家養息一月，待孤家賞勞。」當時孟雄謝恩而出。夏主又與群臣酌議，眾文臣皆言：「大宋將兵英勇，難以動取得彼江山。如今我主屢次興兵，擾侵他土地，倘彼乘得勝之師，到來征伐，原理曲在我邦，他出師有名，未見我邦之利。莫若趁早，他兵未至，而先下了降書請和為上策也。未知我主聖意如何？」元昊曰：「眾卿所奏有理。事有不可為而為之者，如今出於不得已，且修備求和表文，打發文武員進關見狄青等，待彼附呈宋君可也。」是日，夏主端了表文，傳旨於軍中，取到金珠土物，用車輛載起，然後封贈過陣亡將士，賞賚孟雄軍勞。這是敗軍之將，原該有罪，而夏主反厚賞之，雖與法律有不當之處，然量力不能與爭，是略去罪而加獎，故臣下感德，而後還有肯為國家出力臣很多。是夏主厚待於臣下之驗也。

冷言住表，當日夏主備下降表之書，並金珠土產之物，差文武員各一人，即日登程，望邊關進發，非止一日程途。其時西夏強狠，一連寇宋二十餘年，今已略悔初心。只因自興兵以來，損折去猛將數十員，雄兵百餘萬，糧餉困竭，其心方息也。

再言邊關正、副元帥酌量：「諒必西夏兵竭將疲，不敢輕睹我們了，想必求和於我邦矣。」石玉曰：「可惱西夏屢次興師，侵犯邊疆，如非各智勇之臣，分鎮西路邊城，則山西全省之廣，非朝廷之有矣。」范仲淹曰：「其故非今日之患也。始初釀成者，只因呂夷簡專權，聖上又務姑息為安，奸佞夏竦、晏殊共相濟黨。夷簡之惡，君子正士紛紛貶黜，西夏聚兵於西北，成後日之患。斯執政之偏公，論所難泯。惟奸佞只圖私己之利，豈顧後日遺噍❶是目乎！」眾將聽畢，莫不感慨咨嗟。元帥是日備修本章，克日差武將孟定國趕回朝中，達呈天子。

其時包公已完賑饑之務，復命還朝。此日天子設朝，孟將軍達呈表奏，俯伏金階。本章上大意言：西夏復又興兵二十萬，攻進邊關，已被殺敗逃回。遂將眾將某人某人武功，一一疏明。又有百花女美麗超群，一至關即投降，復與楊文廣訂結盟婚，亦有戰功於本朝。是至臣等允其降伏，然於招親一事，臣不敢自專，恭候聖裁之意。天子觀罷奏章，龍顏大悅：「戰卻西戎賊師，乃寡人之幸也。既然女將美麗超群，投降而有功於國，正該與楊文廣匹偶。待寡人作主，賚旨往邊關，加升眾將武功。然狄青職司主帥之任，不能離關，即於關內與范氏完婚。文廣年輕，況楊門人口已缺少，且同百花回朝歸府完婚。邊關將士俱加爵祿。」即著孟定國領旨回去，不用別著欽差往返。傳旨：「暫回楊府安頓，候

❶ 遺噍：指殘存者。

旨回關。」孟將軍謝恩起來，退朝。

次日，有黃門官啟奏：「西夏國差使臣，有求和表章並土儀之物上貢吾王，現朝午門候旨。」嘉祐君王傳旨：「宣進使臣官。」當下一文一武進至金階。只見兩班文武，人人侍立，個個鞠躬，威嚴氣象，中土外邦迥別懸殊。二使臣官俯伏下，戰慄呈上表文，略曰：

西夏臣趙元昊表奏聖主御案前：以罪臣不自忖度，不遵偏思，弱邦危主，數數妄動干戈，有損天威臨蒞，罪歸於臣，無容分辯。第臣固不德而妄於犯上，然臣之臣下武夫皆恃其強暴，百般唆誘，妄勸以兵戈。臣蔽於聰而不加毫察，利欲心一動，至兵越上邦境界。究不深思：普天之下，莫非王土，莫非王臣之訓敕。迨雄師喪於疆埸，梟將亡於越境，方知猛勇，幡思兵凶戰逆之戾。茲伏乞仁聖澤被萬方，恕以大毒，藉沐鴻麻❷，世守臣節，歷悔初心，不敢再萌妄念。茲奔貢獻，懇鑒微誠。僻境遐方，惟呈土物。冒瀆天顏，曷勝戰慄冰兢❸之至。

嘉祐君覽畢，天威和霽。又見附表後其貢土物，乃珊瑚、瑪瑙、沉香之類，外有赤金五萬兩。宋君曰：「外邦使臣平身。」文武二人三呼萬歲起來。君王曰：「二卿家，汝主趙元昊屢年妄動兵戈，理該征討。今既知罪悔過，寡人且免究，許其自新之路。二卿家還邦去達轉汝主，自今須要永守臣節，

❷ 麻：庇蔭。
❸ 冰兢：謹慎戒懼貌。

各分邊界，不宜再妄生心。倘再蹈前轍，朕斷不姑貸也。」二使臣俯首呼曰：「仰感聖主洪恩，擴括海涵。微臣君臣感激無疆，焉敢復懷邪念，以負聖恩？」當日宋天子券冊元昊為夏國王，厚賜使臣，著他即此還邦而去。自此宋、夏相和，不復用兵。按史，是仁宗癸未三年❹，而西夏平伏。後傳至第九主，至宋理宗寶慶三年，元滅之，與金同亡❺。此是後事，休多煩表。嘉祐君次日傳旨，頒至邊關。

又言孟定國回歸楊府，達交公子家書一封與母親。穆氏夫人與佘太君大喜，曰：「楊門有幸，出此將門之裔。今已立下戰功，聖上敕賜完婚，更仰榮光也。」是日，天子敕旨：「孟定國復回邊關。」克日拜辭佘太君、眾夫人，登程而去。數十天水陸程途，方回至關。小軍報進，元帥著令傳見。孟定國言啟：「上有旨命賫頒。」元帥命排班接旨，仍是孟定國宣讀旨意大略：狄青加升公爵，范小姐誥敕一品夫人，吉日在關完婚。加升石玉為侯爵。張、李、劉三人入五虎振國將軍。孟定國升威武將軍。焦廷貴升威烈將軍。岳剛升忠勇將軍。沈達升義勇將軍。楊唐封參將。張文封輕車都尉。繼英封都司。投降牛健封千總。楊青加授龍虎上護軍。范爺召取還朝，入閣拜相。其時因呂夷簡被眾諫院眾臣劾他專權誤國，棄逐忠良，他亦知難掩公論，辭相位而致仕告退。宋君准旨，故召回范爺入相。

又表楊文廣襲父王爵極品不復加升，只誥敕百花一品正夫人，回朝完婚。當日副將、偏將何下百十餘員，只論功升爵，一一不能盡述。厚賞眾兵之禮，也無紛煩交代。

❹ 癸未三年：指宋仁宗慶曆三年（一〇四三）宋夏和議成，宋冊封趙元昊為夏國主是宋仁宗慶曆四年事。

❺ 後傳至第九主句：此句所言史實有誤。蒙古滅西夏時，西夏已傳至第十主；金亡於宋理宗端平元年（一二三四），並非與西夏同亡；此時蒙古尚未改國號為「元」。

狄青當日只得遵旨於帥府完婚，大設燕筵。大小三軍、眾將士慶敘，俱沾天子頒賚之恩，也不煩提。次日，楊公子奉旨回朝，范爺同往，拜辭正、副元帥、眾位將軍。百花少不免另設大舟，有女娘服役。不表。

眾人殷勤送別回朝，非止一日路途。狄青先已修書，接取母親、姐姐同至邊關完聚。又有書一連五封，附搭楊公子回朝：一封與潞花王母子並請金安及已成功完婚一事；一封送與呼延顯老千歲請安，並感前提拔之情；一封送與韓府吏部叔父，亦是請安之語；一封送與包府，情敘多辭；一封送與佘太君，敬請金安並賀喜。一一並無提及傳書情由。

且敘楊公子一回朝，先全金鑾叩謝君恩；回府拜見佘太君、穆氏母親，並眾位夫人。先已選定吉期，是日完婚，花燭慶敘。文武大臣多來道喜，御賜結婚，王侯設燕，言不盡豐美山珍海味，富貴禮繁，一連數天慶鬧。

不表楊公子夫婦和諧，又言石玉也有書回歸長沙故土，接取母親、姐丈夫妻到關完聚。一書送回朝中高王府，向岳父母請候金安，並接取郡主到關敘會，也不多表。有劉慶在邊關，也對元帥說知，要回潼關接取母親、妻到來敘會。元帥曰：「今已國家平寧了，有家者正該完敘。賢弟須當早日動身。」劉慶大悅謝去。

此書事事畢。單言潞花王母子得書，喜悅萬分，不意狄門有幸得此雄材武略英雄，至使狄門昌大，實乃天眷善良，方有裕後光前也。不表母子欣然，只有龐國丈、孫兵部、胡制臺三人不遂其謀，狄青、石玉反得重權，為正、副元帥，只是悶悶不開眉的交談。不表。

又說明，此書與下《五虎平西》一百一十二回，每事略多關照之筆，惟於范小姐招贅完婚事有不同，然其原古本以來已有此筆，悉依原本，不加改作，看者勿深求而議之可也。

此書因前未得其初傳，只於狄青已職任邊關中截而起，是未得全錄。今已採得完成，復於真宗天子天禧二年起，至狄青行伍出現，及以上三世，及其父狄廣。又至仁宗癸亥三年，趙元昊始降伏，是照依史而結。一始一末，條達頗不紊錯雜。惜惟稗傳可見哂，一覽於談笑中為幸耳。

- **兒女英雄傳** 文康撰／繆天華校訂／饒彬標點
- **東周列國志** 馮夢龍原著／劉元放改撰／劉本棟校訂／繆天華校閱
- **封神演義** 陸西星撰／鍾伯敬評／楊宗瑩校訂／繆天華校閱
- **七俠五義** 石玉崑原著／俞樾改編／楊宗瑩校訂／繆天華校閱
- **文明小史** 李伯元撰／張素貞校訂／繆天華校閱
- **大明英烈傳** 楊宗瑩校訂／繆天華校閱
- **鏡花緣** 李汝珍撰／尤信雄校訂／繆天華校閱
- **官場現形記** 李伯元撰／張素貞校訂／繆天華校閱
- **拍案驚奇** 凌濛初原著／劉本棟校訂／繆天華校閱
- **濟公傳** 王夢吉等撰／楊宗瑩校訂／繆天華校閱
- **警世通言** 馮夢龍編／徐文助校訂／繆天華校閱
- **醒世恆言** 馮夢龍編撰／廖吉郎校訂／繆天華校閱
- **喻世明言** 馮夢龍編撰／徐文助校注／繆天華校閱

- 老殘遊記
  劉鶚撰／田素蘭校訂／繆天華校閱
- 何典　斬鬼傳　唐鍾馗平鬼傳（合刊）
  張南莊等著／黃霖校注／繆天華校閱
- 孽海花
  曾樸撰／葉經柱校注／繆天華校閱
- 包公案
  明・無名氏撰／顧宏義校注／謝士楷、繆天華校閱
- 隋唐演義
  褚人穫著／嚴文儒校注／劉本棟校閱
- 三俠五義
  石玉崑著／張虹校注／楊宗瑩校閱
- 楊家將演義
  紀振倫撰／楊子堅校注／葉經柱校閱
- 豆棚閒話　照世盃（合刊）
  艾納居士等著／陳大康校注／王關仕校閱
- 平山冷燕
  天藏花主人編次／張國風校注／謝德瑩校閱
- 海公大紅袍全傳
  清・無名氏撰／楊同甫校注／葉經柱校閱
- 西湖二集
  周楫纂／陳美林校注
- 品花寶鑑
  陳森著／徐德明校注

・石點頭

天然癡叟著／李忠明校注／王關仕校閱

・萬花樓演義

李雨堂撰／陳大康校注

・東西漢演義

甄偉・謝詔編著／朱恒夫校注／劉本楝校閱

・十二樓

李漁著／陶劍平校注／葉經柱校閱